贵州侗族当代文学史

陆景川 ◎ 著

中国文史出版社

图书在版编目（CIP）数据

贵州侗族当代文学史／陆景川著. —北京：中国文史
出版社，2024.1
　ISBN 978-7-5205-4404-7

　Ⅰ.①贵… Ⅱ.①陆… Ⅲ.①侗族 – 少数民族文学 –
文学史 – 贵州 – 当代 Ⅳ.①I207.972

中国国家版本馆 CIP 数据核字（2023）第 196912 号

责任编辑：王文运　　　　　　　装帧设计：王　琳　程　跃

出版发行：中国文史出版社

社　　址：北京市海淀区西八里庄路 69 号　　邮编：100142
电　　话：010 – 81136606　81136602　81136603（发行部）
传　　真：010 – 81136655
印　　装：廊坊市海涛印刷有限公司
经　　销：全国新华书店
开　　本：787mm×1092mm　1/16
印　　张：30.75
字　　数：470 千字
版　　次：2024 年 5 月北京第 1 版
印　　次：2024 年 5 月第 1 次印刷
定　　价：98.00 元

勤劳至朴
侗族人

魏巍

1997年10月，著名作家魏巍为作者题词

1957 年 10 月，吴培信（前左三）把侗歌带到莫斯科第六届世界青年学生和平友谊联欢节上

1986 年 10 月，侗族大歌登上巴黎秋季艺术节舞台

第二届贵州省文艺奖颁奖大会

2005 年 2 月 3 日，在第二届贵州省文艺奖颁奖大会上，侗族作者多人受奖

2008 年 8 月 29 日，侗族大歌申遗文本审稿会在凯里召开（右一为作者）

2015 年 10 月 1 日，北京大学中文系教授段宝林（二排左十）和全国侗族作家在古村落瑶白参加摆古节活动

2015 年 10 月 27 日，袁仁琮（中）、杨玉梅（左一）和作者（右二）等在贵阳参加"陆景川与地域文化研讨会"合影

2016 年 6 月 5 日，侗族文学研讨会在北京召开，中国作家协会副主席白庚胜（中）出席并讲话

2016 年 6 月 6 日，参加侗族文学研讨会的作家、专家学者合影。前排左起：吴基伟、李健、粟周熊、袁仁琮、吴宗源、井绪东、陆景川、杨玉梅

2017 年 9 月 23 日，侗族作家、侗学专家参加侗族文化论坛合影。前排左起：冷孟欣、刘亚虎、陆景川、黄雪鸿、曾佑光、吴宗源、杨玉梅、龙水平、邓敏文、张泽忠、吴桂珍、石佳能

2018 年 4 月 30 日，著名作家冯骥才（中）考察锦屏县九寨侗族文化博物馆并留影

2018 年 12 月 10 日，《贵州侗族当代文学史》编审会合影（左起：杜小书、龙昭宝、何积全、吴大华、陆景川、罗剑）

2023 年 6 月 10 日，黎平肇兴，万人齐唱侗族大歌

2015年7月9日，作者（左二）在天柱县摆洞村采访侗语电视剧组演职人员吴世江（左一）、龙恩弟（左三）等

2023年4月30日，作者（左）在天柱县幞头寨采访李世荣亲属

2023年12月9日，作者（中）与《情寄岩》剧第二代演员合影

深切之爱，铸就大作

——序《贵州侗族当代文学史》

顾　久

　　20 世纪 80 年代，时任中国社会科学院文学研究所副所长的陈荒煤在一次文艺理论批评座谈会上说："周扬同志要我搞一本现代文学史，哪怕是简单的，只写三十年，我也做不到。文学史很难写，因为我没有材料。"①荒煤同志是著名作家兼评论家，曾任过文化部副部长。曾经沧海，好学深思，但却坦陈：若无资料，无可著史。这说明两点：一、丰富的资料是文学史的基础；二、有了资料犹有砖石，终要建成大厦，仍非易事。可我的眼前，却摆放着文字 40 多万、纵述 70 余年的《贵州侗族当代文学史》。面对沉甸甸的书稿，我惊异而赞叹。

　　陆景川先生是黔东南地区的文化工作者和文艺爱好者，长期从事宣传、文化及党史、文史、社科工作，虽似无重要身份，也无显赫头衔，但却被贵州省社会科学院院长吴大华教授礼赞为"草根学者"，认为"景川先生几十年来用笔头守护乡土文化，研究地域文化，硕果累累，贡献极大"。②曾荣获"贵州省第二届德艺双馨会员""贵州省优秀社会科学普及专家""全国优秀社会科学普及专家"及"全国侗族地区纪念改革开放

---

①　刘锡诚：《文坛旧事》，武汉出版社 2005 年版，第 91 页。

②　吴大华：《做一个坚定的地域文化的守望者》，《鼓楼》2015 年第 6 期。

40 周年侗学研究有影响力的学者"谐称号,其作品先后获得省部级及联合国儿童基金会的奖项。我任贵州省文史研究馆馆长期间,自然将其推荐报省人民政府聘任为文史研究馆馆员。正是这位"草根学者"久久为功,积十年心血,终于推出了眼前这部大作。

我认为,这部书是贵州侗族的第一部当代文学史,当然也揭开了中国侗族当代文学研究的新篇。

一、篇目丰赡,目光独具。先是,1988 年出版过的《侗族文学史》,仅把新中国成立后的侗族文学设为其第五编下的"概述""作家文学的繁荣"与"民间文学的新貌"三章而已,而本书内容更为丰赡:第一章绪言,下面将小说、诗歌、散文、纪实文学、戏剧、影视文学、文学理论研究、民间文学的新发展等单独设为八章,凡九章并有资料附录。相较之下,丰俭自现。不仅如此,章下各节,更有作家考据之功。比如贵州名人李世荣,原著《侗族文学史》记述他为剑河县人,并把他归类于"民国诗歌"介绍,而本书作者依据自己长期从事文史工作又为文史研究馆馆员的条件,多次到天柱县润松乡幞头寨进行田野调查,寻访他的儿女子孙,查阅其族谱世系,搜集到了李世荣于新中国创作的诗作是其诗歌总量半数之多,且成为贵州省人民政府首批聘任的文史研究馆馆员,并当选贵州省第一届人大代表和政协贵州省第一届委员等。因此本书对李世荣的籍贯未沿用旧说,而恢复为天柱县润松乡幞头寨;同时,将他置于新中国后的诗人来评介,以彰显其旧式军旅诗人的历史风貌、革命晚节、生命异彩!再如侗族大歌,这是一种蜚声海内外的多声部、无指挥、无伴奏、自然和声的民间合唱音乐,历史悠久,异彩纷呈。2006 年5 月获第一批国家级非物质文化遗产名录,2009 年 9 月被联合国教科文组织列入人类非物质文化遗产代表作名录。因此,在第九章"民间文学的新发展"中,陆先生单设"侗族大歌——人类非物质文化遗产"专节,以凸显其非凡影响、艺术特色与文学特征。

二、拾遗补阙,内容厚实。原《侗族文学史》在当代文学部分仅评介作家文学与民间文学约 7 万字，不无缺憾。本书则 40 余万字，不仅使侗族文学更加丰满照人，还做了大量拾遗补阙的工作。如杨至成是贵州唯一的开国上将，也是授衔时的三个少数民族上将之一，在军界享有"将军诗人"声誉。他的不少诗文创作并发表于二十世纪六七十年代的重要报刊，并被选入《星火燎原》《红旗飘飘》等大型丛书出版，可原文学史没有收录评介，这是很大的遗漏与缺憾。而陆先生依据其曾主编出版《杨至成诗文集》的丰富资料，增补了"杨至成的诗歌"与"杨至成革命回忆录"等重要内容，为侗族的革命文学增光添彩。同时，还吸收了 2022 年出版的《辞海》（第七版）中有关"杨至成，中国无产阶级革命家，中国人民解放军高级将领"的最新表述成果。我国历代良医多具文学之才，且留有华彩诗文。吴定元是获国家两次表彰而进京的首批国医大师，历经三朝，寿高百岁有七，著有《草木春秋》医作，其中闪烁着侗医侗药智慧光芒的不少医歌，当是侗族歌谣之经典。陆先生崇拜中医，沉潜医著。在本书中，他把"吴定元的医歌"作为诗歌篇目之首予以评介，首次拓宽了侗族诗歌的题材领域。这既是编著视野的开拓扩展，也是文学赏析的新貌景观。还有作者对侗族题材电影《秦娘美》拍摄过程的深度发掘，也极具功力，弥补缺遗。而且，少数民族文学历来不太关注女性作家作品，可侗族是个尊崇女性的民族，这本新著秉承传统，让侗族女性作家诗人与影视剧作者及其作品登上舞台，芳华展示，馨香飘逸，难能可贵。如此等等，不胜枚举。

三、研究深入，洞见卓然。新著不仅单设"侗族大歌"之章节，而且对大歌作了深入的探源研究，深思熟虑，精辟卓异。侗族大歌是如何产生的？或者说在中国，侗族为什么能够产生大歌？与侗族相邻的其他兄弟民族为何无缘摘取这朵艺术奇葩，而使"侗族大歌"一枝独秀？长期以来，中外专家学者在论及侗族大歌的起源时，众说纷纭，有"外来说"，有"劳动说"，有"模仿说"，还有"改造说"，等等，不一而足，莫衷一是。而且比较权威的《侗族百年实录》《侗族文化大观》《侗族通史》《侗族通览》《侗族民歌选》《侗族人歌与少数民族音乐研究》等著述都没有很好地解答这个重大的文化现象和历史课题。就是中央民族大学教授的重要编著《侗族民间文学史》《中国侗族》与新近问世的《侗族大歌志》及一些侗族大歌研究的诸多博士论文等，也没有深入论及这一核心问题。即便是黔东南州和贵州省主持编报的《侗族大歌申遗文本》也未能完整地阐述这一重要的理论课题。而陆先生以自己长期从事文化工作的丰富实践，加上对侗学的精深钻研以及与中国古典文论和西方文艺的比较研究，厚积薄发，一朝悟道，排除人云亦云旧说，得出侗族能够产生大歌的根本原因及综合条件：第一，侗族的民族性格是产生侗族大歌的根本文化核心；第二，侗语为侗族大歌的产生提供了思想情感载体、穿戴了华美外衣；第三，鼓楼为侗族大歌的产生支撑起广阔的文化空间；第四，集体歌咏为侗族大歌的产生传唱提供了长期有效的传承机制；第五，大山阻隔、沟壑纵横的自然环境使侗族大歌的保护传承有了顽强可靠的天然屏障等。如此对侗族大歌产生的探源，其学术见解虽然离不开先贤的滋养和对他人学术识见的借鉴，但主要原因还是他的独立思考、精心研究与独特概括。这些或许就是这部新著的耀眼成果与创新之处。有言道，作家最关键的是他的视野，视野的关键是视角的独特性。于文学史而言，其关键也应该是独特的视野与视角。

从这个意义上说，他的这一学术成果，填补了侗族文学史与侗族大歌研究的历史空白，实在可喜可贺！不仅如此，这部新著还有对传记文学如《聂荣臻元帅》等在全国影响的论及，以及侗族翻译家翻译苏俄文学为"一带一路"文化交流作出的独特贡献，还有侗族文艺对助推城乡文化旅游业态发展及乡村振兴作用的阐析，也目光独具、评述公允、认识深刻。

除此之外，新著还有几点鲜明的特色。首先是史论结合的叙述风格。新著以新中国成立70余年来磅礴阔大风激云涌的历史背景为经，以评述不同时期作家作品产生的时代背景及思想内容与艺术特色为纬，经纬交错，史论互融，益彰相得，从而揭示了文学作品创作的一般规律与特殊个案，给读者以深刻启迪与创作借鉴。其次，融文学史、民族史、中共党史、改革开放史为一炉。比如评介的杨至成将军诗文、罗来勇的将帅传记、龙大道英烈传、李世荣诗歌、张作为的军旅名篇、袁仁琮的获奖小说等，本身就是各个时期侗族文学史的代表作；但这些作品展现的历史轨迹与博厚内容，又艺术地再现了中国共产党苦难辉煌的宏大历史和风云诡谲的地方史；同时也承载了侗族或其他少数民族的风情史、发展史与改革开放史。再次，注重了作家文学与民间文学平衡发展共同繁荣的叙写。新著不仅遴选了老中青三代作家的重要作品评介赏析，而且还对新时期以来民间创作的新民歌、新故事、新侗戏、新侗语影视剧也能博采点评，展现出侗族文学人才新作，代不绝书，摇曳多姿。特别是插配珍贵的历史图片 60 余幅，呈现出图文并茂之美。

当然，本书的撰写，断断续续历时十年，产生于市场经济背景下，以陆先生一人之功，财力贫乏，于索取资料等，多有受限，困难重重，故或有遗珠漏玉，亦属自然。另外，陆先生谦虚，说自己个人识力，难免一孔之见，舛错之处，还望读者与方家指正云云。

这里还须赘言几句。历史上，凡立言者多有命运之舛。青年时代陆景川因故致使眼睛受伤，虽曾前往北京解放军三〇四医院、同仁医院及广安门中医医院等就医治疗，无奈造化弄人，回天乏力，他只好低萎无望带着一只眼睛仅有 0.04 模糊视野的剜心伤痛，回到家乡。在很长的一段时间里，他几乎心灰意冷，万念俱灭。后来受"左丘失明，厥有《国语》；孙子膑脚，兵法修列"的鼓励，才开始调整心态，重整旗鼓，昂然走上了"路漫漫其修远兮"的业余写作之路……像他这样命运多舛的"草根学者"，竟能写出如此专著，不能不使我感到惊诧与神奇。也许他自有王阳明般"我心光明"的一片蓝天，方才无怨无悔，永不言弃。难怪早在 2007 年 1 月 2 日《光明日报》刊发采访他的记者文章《深爱黔东南》就对他的业余写作赞许有加："这些著作，字里行间，无不流露出作者陆景川对家乡黔东南州的深切之爱!"

于是,就有了 2015 年 10 月 27 日,贵州省文史研究馆举办的"贵州情怀:一个人和一片土地——陆景川与黔东南地域文化研讨会"的召开。来自中国作协《民族文学》总编室与《光明日报》社总编室的专家学者及省内外的文史、文学、文化界人士 50 余人和媒体记者参加了研讨。对陆先生的研究成果和文学创作及对黔东南文化的贡献给予高度的肯定;对他几十年来关注乡土文化,致力于乡土文化建设的精神表达敬意。吴大华院长热情赞许他是"一个坚定的地域文化的守望者"。我在研讨会上特别强调:贵州文化中有两只翅膀:一是接近儒家的经世致用,能够与中原文化联结的精英文化;另一是接近道家的敬畏自然,守雌不争的民族文化。对贵州文化的研究也有两翼:有着专业素养的学者型精英文化研究,和扎根于脚下土地的乡土文化研究。前一种研究非常重要,得到了普遍的认同和关注;而后一种研究也不可忽视,应该得到发扬和彰显。陆景川先生正是这后一种学者,孜孜不倦致力于侗学研究与黔东南民族文化的发扬传承和建设发展,实在难能可贵。也寄希望于贵州文学文化今后的研究,立足于乡土,关注、传承和发扬从乡土中孕长出来的地域文化。

最后,我也想借用上述《光明日报》记者的那句话,这部《贵州侗族当代文学史》的每一分努力和成果,无不流露出作者陆景川对侗族人民、侗族文学和侗族文化,乃至对整个贵州文化的深切之爱!

是为序。

2022 年 12 月 20 日于贵阳

(序者为贵州省第十届人大常委会副主任、贵州省文史研究馆原馆长、贵州省文联原主席、《贵州文库》总纂)

目　录

第一章

绪　言

　　侗族是中华民族大家庭中一个古老的民族。侗族自称为"干"（Gaeml，侗文，下同），由于方言不同，有的地方称为"更"（Genl）或"金"（Jaeml、Jeml），从语词来说，自称都是一致的。在周边，苗家称之为"呆故"（Daix guv），水家称之为"更"（Genl），而汉家称之为"侗"（Dongh），或"侗家""侗苗"等。汉家称"侗家"的"侗"（Dongh），是从古代之"洞""峒"发展而来的。

　　侗族源于中国古代百越的一支。百越是众多越人的统称，有吴越、闽越、扬越、骆越、瓯越、西瓯、荆越、干越等众多支系，故称"百越"（或百粤）。"百越杂处，各有种姓"（《汉书·地理志》）。学界一般认为，侗族来自骆越和干越。侗族和壮、布依、水、仫佬等兄弟民族，秦汉时期统称为"骆越"。魏晋南北朝泛称为"僚"，"侗亦僚类"（明邝露《赤雅》）。隋唐时代称"僚"或"僚浒""乌浒"。自宋以后，以汉字记侗音书写成"仡伶"或"仡览"。如《宋史·西南溪峒诸蛮下》载：乾道七年（1171年），靖州有仡伶杨姓者；沅州生界有仡伶峒官杨友禄、副峒官吴自由。南宋陆游《老学庵笔记》卷四"辰沅州蛮"记：辰、沅、靖等州，有仡伶、仡僚、仡偻、山僚，俗亦土著。可见，侗族的自称汉文最早记载于宋代。而宋史和笔记中所记的辰、沅、靖等州之地即今之湖南的新晃、芷江、会同、靖县和贵州的岑巩、石阡、玉屏、三穗、天柱、锦屏、黎平一带，正是侗族聚居之地。明代称为"峒僚""峒（硐、洞）人"或"洞蛮"。清代多称为"洞苗""洞民"

"洞家"，或泛称为"苗""夷"等。民国时期称为"侗家""侗苗"等。新中国成立后，1953 年经民族识别后，国务院认定统称为"侗族"。从此，确立了侗族名称的法律地位。

一

侗族主要分布在黔、湘、桂、鄂四省区毗邻地带。据 2010 年第六次人口普查统计，全国侗族总人口 2879974 人，在少数民族中排第 10 位。其中贵州省 1431928 人，占全国侗族人口的 49.72%，主要分布在黔东南苗族侗族自治州的黎平县、榕江县、从江县、天柱县、锦屏县、三穗县、镇远县、剑河县、岑巩县和铜仁市的玉屏侗族自治县、万山区、石阡县、碧江区、松桃苗族自治县、江口县和黔南布依族苗族自治州的荔波县、独山县和都匀市等地；湖南省 854960 人，占全国侗族人口的 29.69%，主要分布在新晃、通道、芷江三个侗族自治县以及靖州苗族侗族自治县、城步苗族自治县、绥宁县、洪江市等地；广西壮族自治区 305565 人，占全国侗族人口的 10.61%，主要分布在三江侗族自治县、龙胜各族自治县、融水苗族自治县和罗城仫佬族自治县等地。此外，湖北省 52121 人，占 1.81%，主要分布在鄂西土家族苗族自治州的恩施市、宣恩县等地的侗族乡，以及散居在全国其他省区市的 235400 人，占 8.17%。贵州黔东南州的侗族人口 1010352 人，占贵州侗族人口的 71%，占全国侗族人口的 35.1%。黔东南是侗族的主要聚居区和侗族文化的中心。据媒体和《中国统计年鉴 2021》显示，全国第七次人口普查中，中国境内的侗族人口为 3495993 人。侗族居住总体呈现大聚居、小分散状态，在黔湘桂鄂毗邻地域集中连片，内部交往密切。聚居区内除侗族外，还有汉、苗、壮、瑶、水、仫佬、布依、土家等民族杂居。在漫长的历史岁月中，侗族同其他兄弟民族和睦相处，相互学习，共同开发创造了中华文明。

侗乡气候温暖，雨量充沛，土地肥沃，生态优良。侗族是我国的主要稻作民族之一。黔东南天柱县的天柱坝子、锦屏县的敦寨坝子、黎平县的中潮坝子、榕江县的车江坝子等均在万亩以上，被誉为"侗乡粮仓"。历史上侗乡的水稻生产基本上是清一色的糯稻，到清朝时期，才从汉族地区引进籼米种植,不少地方新中国成立后才改种籼稻。因此,侗家喜好种植糯禾,以糯米为上等粮食,有的地区还以糯米为主粮。过去,黎平的"香糯",锦屏九寨的"红糯",是糯中珍品,一家为炊,全寨香溢。糯米不仅是侗家生活之必备食品,而且与许多民情风俗紧密相连,旧称侗家人善良、温和、柔韧,是糯米心肠,糯米性格。

侗家的"稻鱼鸭耕作方式"是"耕种一季稻,放养一批鱼,饲养一群鸭",它是传统农耕技术的绝活。其核心智慧是均衡多元化利用各种生物资源,保持各种生态系统的多样并存与可持续发展。2011年6月11日以黔东南州从江县为代表的侗族传统"稻鱼鸭复合系统",被联合国粮农组织列为"全球重要农业文化遗产"。

侗谚有"住不离楼,走不离盘(盘山路),穿不离带,食不离酸"的说法。这是对侗家住、行、衣、食的真实写照。侗家饮食以米饭为主,有糯米、粳米、杂粮等,还喜欢吃炒米、爆米花、糍粑和侗果等煮成的美食油茶。侗家嗜好酸食,酸鱼酸肉酸菜,"食不离酸"。除了酸食,还青睐牛瘪、羊瘪、血浆鸭、烧鱼、生鱼片等等,而且糯、酸不分家,待客必饮米酒,以酒敬人,以歌愉人。

侗乡盛产杉木、油茶、油桐,素有"杉海油湖"之称,是全国重点八大林区之一。自明代黔省开发以来,清水江盛产的古杉,因"木干端直,纹理细致,入土不腐,作棺不生白蚁",频频被朝廷调往修建宫殿陵寝,获恩赐"皇木",闻名遐迩。旧时"坎坎之声铿訇空谷,商贾络绎于道,编巨筏放之大江,转运于江淮间者,产于此也"。侗家历来有人工培育杉木传统,素有"十八年杉""十年杉""八年杉"优良杉种。锦屏县的"栽杉习俗"已成为贵州省的非遗传承项目名录,2020年1月,"贵州锦屏杉木传统种植与管理系统"入选第五批"中国重要农业文化遗产"名录。侗乡油茶、油桐林漫山遍野,在清代,茶油、桐油通过长江水系和珠江水系远销武汉、广州、香港等地。茶油是一种优质食用植物油,有降低胆固醇、预防高血压和心脑血管病的功效,还可加工成润滑油、防锈油、生发油、人造奶油等,是制作医药用品等轻工业品的原料。黔东南茶油闻名遐迩,备受青睐,2018年12月,在北京召开的全国第四次农产品地理标志登记专家评审会上,侗乡"天柱茶油"被评为国家地理标志保护产品。

侗寨一般依山傍水。传统的侗寨建筑有吊脚楼、鼓楼、花桥和寨门等。信奉"萨"（Sax）的村寨设有"萨坛"（dangc sax）。寨边溪水长流，花桥掩映。寨内鼓楼耸立，木楼层叠。寨头寨尾古树参天，寨门挺立。侗族聚族而居，小的寨子二三十户，大的寨子五六百户，有的千户有余，如黎平的肇兴侗寨，锦屏九寨的平秋村等。房屋一般为木结构外廊式"干栏"楼房，溪河边或陡坡上的房屋依地形建成吊脚楼。房屋的下层为碓房，放置生产用具，饲养家禽家畜；二楼为堂屋、卧房、客房与伙房，伙房有火塘；三楼为次卧、客房与库房等。

侗族聚居的村寨，有寨便有鼓楼，有河便有花桥。鼓楼是侗寨特有的标志。侗族南部方言区的村寨几乎每寨都有 1 座鼓楼，大寨多达 5 座。侗族北部方言区村寨的鼓楼、花桥因清咸同年间农民起义遭受镇压而毁于战火，但新时期以来又得到重建复兴。鼓楼飞阁重檐，形似宝塔，巍峨庄严，气派雄伟。从江县的增冲鼓楼高达 13 层，结构精巧，玲珑秀伟，是全国重点文物保护单位。从江县的信地鼓楼、高增鼓楼和黎平县的纪堂鼓楼都负有盛名，皆为贵州省文物保护单位。侗乡的桥梁大多建筑在村前寨后的交通要道，有石拱桥、石板桥、木筏桥、竹筏桥和独木桥，其中以木质结构的长廊式绘有花花绿绿图案的花桥最具特色。花桥又称风雨桥，被视为侗乡的标志，与鼓楼、大歌并称，侗谚云"侗家三件宝，鼓楼大歌风雨桥"。修建于清光绪八年（1882）的黎平地坪风雨桥为贵州侗乡桥梁之冠，是全国重点文物保护单位。侗族鼓楼和风雨桥造型独特别致，建筑技艺高超，既不用铁钉铜铆，也不用描纸绘图，但结构科学，坚固耐久，可谓巧夺天工，在国内外享有盛誉，被誉为世界建筑艺术的绝作。20 世纪 60 年代，郭沫若曾赋诗赞美侗乡三江县林溪河上的程阳风雨桥："艳说林溪风雨桥，桥长廿丈四寻高。重瓴联阁怡神巧，列砥横流入望遥。竹木一身坚胜铁，茶林万载苗新苗。何时得上三江道，学把犁锄事体劳。"[1] 1982 年程阳桥被列为全国重点文物保护单位，它与我国的赵州石拱桥、泸定铁索桥、罗马尼亚的钢梁诺娃桥并称为

---

① 冼光位主编：《侗族通览》，广西人民出版社 1995 年版，第 155 页。

世界四大历史名桥。2006 年，侗族木构建筑营造技艺被列入第一批国家级非物质文化遗产名录。

侗家有种植棉花和采麻的传统。20 世纪 80 年代以前，男女服饰均采用自种自纺自织自染的侗布，崇尚深紫、青、蓝、黑、白等色。在古代，侗服有奇特的芦笙衣，其结构复杂，做工精巧，有原始遗风，为侗族部落首领穿用；当今则为吹笙祭祀庆典时穿戴。另有紧束型裙装、宽松型裙装和裤装。男子穿裤装，而妇女装束因地区而异，大致可分为穿裙和穿裤两种，两种女装又有若干不同的款式，具有明显区别的就达 2 类 6 型近 30 款。侗族妇女喜欢佩戴银饰和绣品，并"以多为美，以重为贵"。银饰种类繁多，有银冠、银花、银梳、银簪、银锁、项圈、项链、压领、手镯、护手、耳环、戒指等，重达二三十斤。男装有常服和礼服之分。常服多为立领深紫或青色对襟衣，礼服领边、襟边、袖口等处缀有精美刺绣，保持古越人之风。侗族服饰刺绣，图案精美，技艺精湛。侗绣的传统绣法有绣花、挑花、贴花 3 种，仅绣花针法就达 20 多种。2011 年，侗族刺绣入选第三批国家级非物质文化遗产名录；2014 年，侗族服饰入选第四批国家级非物质文化遗产名录。

侗族有自己的语言，侗语属汉藏语系壮侗语族侗水语支。壮侗语源于古越语，越语→僚语→侗语，一脉相承。根据 20 世纪 50 年代侗语大调查的结果，现代侗语分为南北部两个方言区，其划分以锦屏县南部启蒙镇作为分界线。贵州黎平、从江、榕江和锦屏启蒙与广西三江、龙胜、融水及湖南通道等县为侗族南部方言区；贵州锦屏北部、天柱、剑河、三穗、镇远和湖南新晃等县为侗族北部方言区。每个方言区又包括 3 个土语。但新近调查发现的材料和研究成果显示，在南部方言中还应该划分出 1 个土语，而南部方言原第 3 土语的镇远报京话应该调整到北部方言，也就是说，南北方言区各有 4 个土语。虽然两大方言区包含了 8 个土语，但两个方言区的语言、词汇、语法都基本相同，同源的常用词约占 70%。不过相同的词汇在声、韵、调上也有一定的差异，使得不同方言区人们的语言交流存在一定的困难，需要互相磨合一段时间方能互相听懂。由于北部方言区和汉族交往密切，懂汉语汉文的人较多，语言中吸收汉语词汇和使用汉语语法也较普遍，而南部方言区则保持古侗语的风貌比较明显。长期以来，侗族就和汉族及苗族、瑶族、壮族、水族等兄弟民族杂居在一起，因而不断地使用汉语借词并吸收了一些其他民族语词，从而增进了各民族之间的团结交流与进步发展，进一步体现了中华民族共同体的牢固意识。

侗族历史上没有文字。民间有用汉字记录侗语的习惯，俗称"汉字记侗音"。犹如学界认为古代的《越人歌》是用汉字记录越语歌是一样的道理。被尊为侗戏鼻祖的吴文彩，最早就是用汉字记侗音写出了侗族文学史上的第一个侗戏剧本《梅良玉》。可见，"汉字记侗音"客观上起到了侗族文字的作用，它对侗族民间文学的创作、传播和保存发挥了独特的作用，也标志着侗族文化文学的发展进入了一个新的阶段。至今在侗乡，仍保存着许多用汉字记侗语的"歌书""历书""医书""家谱""族谱"等"侗书"。新中国成立后，"汉字记侗音"运用得更加广泛，不少采风者都用它来记录实地调查的资料，有的甚至登在当地报刊上，并用"汉字记侗音"整理出版了不少《侗戏》《侗歌》《侗族大歌》《侗族传说故事》等民间文学文本。但"汉字记侗音"无严格的标准，即使一个人所记前后也不完全一致。有的用同一个汉字记不同的侗音，有的同一个侗音又用不同的汉字来记录，形成"和尚写字和尚认"的现象，令他人不易明白看懂。

新中国成立后，党和政府极其重视发展少数民族的语言文字。1954 年政务院批复中央人民政府文教委员会民族语言文字研究指导委员会及中央人民政府民族事务委员会《关于帮助尚无文字的民族创立文字问题的报告》，要求侗语的普查和文字方案的设计工作由中国科学院少数民族语言调查第一工作队组成侗语工作组来完成。1956 年 12 月侗语工作组在完成《侗语方言土语调查大纲》的基础上分南北中三路对侗语进行调查。南路包括贵州黎平、榕江、从江和广西三江；北路包括贵州天柱、锦屏、剑河、三穗、镇远和湖南新晃；中路为湖南靖州、通道以及广西龙胜、融水。这次调查共涉及侗族地区 14 个县 22 个语言点，基本上覆盖了侗语分布 98% 的区域。在调查研究的基础上，提出了侗语的基础方言、标准音和文字方案的初步意见，设计创制了侗文。1958 年 8 月在贵阳召开了由中共贵州省委直接领导的，有湘、黔、桂三省（区）侗族代表参加的侗族语言文字科学讨论会，并通过了《侗文方案（草案）》，从此侗族人民结束了没有文字的历史，第一次有了真正意义上的侗族文字。

新创制的侗文是一种用拉丁字母为记音符号的拼音文字。它以南部方言区的侗语为基础方言，以贵州榕江县章鲁寨的侗语为标准音。侗文方案有 32 个声母 64 个韵母，用 9 个辅音字母缀在音节后面标示 9 个声调。侗文方案通过后，有关部门曾在侗区各地试点推行，效果良好，广受欢迎。"文化大革命"期间，侗文的学习推广受到破坏。党的十一届三中全会后，1980年第三次全国民族语文科学讨论会重申国务院和国家民委批准推行和试行的文字方案继续有效。从此，被搁置了 20 多年的侗文再次得到推行。实践证明，学习侗文与学习汉文是互相促进、优势互补的，推广普及侗语和汉语的"双语教学"对于发展促进民族地区的教育事业、繁荣复兴民族文化是极为有利并切实可行的。

侗款是侗族传统社会发展到一定阶段的产物，它是一种社会组织和制度以及带有区域行政与军事防御性质的联盟。侗款大约产生于原始氏族社会末期。款，侗语自称为"kuant"，其他民族称为"侗款"。款有小款、大款、联款之分。小款由几个村寨或十几个村寨组成，方圆百里左右，又称为"洞"；大款由几个或几十个小款组成；联款由几十个大款组成，规模宏大。《侗族古歌》说：从前我们做大款，"头在古州（今贵州榕江县），尾在柳州（今广西柳州市）"[1]，可见，款头与款尾方圆包括黔、湘、桂毗邻的侗族地区。款设款首、款军、款脚。款首，由款众民主公推德高望重、武艺高强并具组织能力的歌师、款师、巫师等担任，负责处理款内重要事务；款军，由各村寨的青壮年男子组成，对内负责治安维稳，对外承担御匪抗敌；款脚，即"跑腿"人，由勤快机灵责任心强的男子充任，是款组织中唯一常设人员，并有一定的报酬，而款首、款军均无报酬。款脚专司"传讯""击鼓""堂炮""烟火""信牌"等工作。小款开会较多，但大款的会一般每年只有两次，即民间的"三月约青、九月约黄"活动。它指庄稼下种，三月开会订约保护青苗；庄稼成熟，九月开会订约谁种谁收，不准乱拿。大款集会，处理大款内的事务；联款议事主要对付外来侵犯。大款或联款，在特定

---

① 冼光位主编：《侗族通览》，广西人民出版社 1995 年版，第 2 页。

的历史背景下往往发展成为农民起义的组织根基。集款时，要念诵款词。款词内容有款坪款、族源款、创世款、约法款、出征款、英雄款、习俗款、赞美款、请神款、祭祀款等，概括起来就是政治法规、历史文化、习俗颂美三大类。而其中约法款最为重要，它是具有法规性质的民间习惯法。款规有"六面（即东南西北上下）阴规""六面阳规""六面威规"。违犯"阴规"，处以重刑，包括开除寨籍、体罚，乃至活埋、沉潭、棍棒打死等极刑，并由犯罪亲属来执行；违犯"阳规"，处以罚款罚物罚工等；违犯"威规"，则进行教育、警告、威慑、规劝等。侗款在侗族社会历史发展的各个不同阶段有其不同的社会功能，但主要作用是维护社会的安定有序和民族内部的凝聚团结。因此，自秦汉以来，侗款恒昌，使侗族社会成为"道不拾遗、夜不闭户"的"没有国王的王国"①。新中国成立后，特别是新时期以来，侗款演变为村民自治的乡规民约，在社会主义法制建设中仍然发挥着不可替代的积极作用。

同时，"侗款""款词"的表现形式又是一种民间条理话，通俗易懂，易记易背，富于哲理，后演变为俗语垒词，成为一种富有特色的古老的民间文学艺术。如在《侗款起源》中这样吟诵："当初村无款规，内忧无法解除，外患无法抵御。有人手脚不干净，园内偷菜偷瓜，笼里偷鸡偷鸭。有人起歹意，白天执刀行凶，黑夜偷牛盗马。杀死好人，造成祸事，闹得村寨不安宁，打得地方不太平。村村期望制止乱事，寨寨要求严惩坏人。祖先为此才立下款约，订出侗乡村寨的规矩。"②

侗族的宗教信仰是原始崇拜。侗家认为，万物有灵，灵魂不灭。神灵无处不在，无时不有，万物皆神，信仰多神。侗族没有专一的人为宗教，也没有系统的教义、教规、理论、信条，只有独具特色、世代口传的信仰内容和形式。侗族的原始宗教，包括自然崇拜、图腾崇拜、祖先崇拜、鬼魂崇拜等等。

自然崇拜的主要对象包括土地、天体、山峰、树木、岩石、水火等等。在侗家意念中，天体崇拜不以"天"作为单独的神，"天地"（侗语"闷

---

① 邓敏文、吴浩：《没有国王的王国——侗款研究》，中国社会科学出版社 1995 年版。

② 张世珊、杨昌嗣编著：《侗族文化概论》，贵州人民出版社 1992 年版，第 56—57 页。

堆"menl dih）是连在一起，结成统揽万物、主宰人间祸福的至上之神。所以，侗家特别崇拜"天地"，上祭天空宇宙，下敬"土地""水井""老树""巨石"诸神。如果得罪了"天地"，就是对日月、星辰、风雨、雷电和厚土的亵渎，就会遭受水、旱、风、雨、虫、雹或雷劈、火殃、疾病之灾。这种原始宗教观反映了侗家"天地人"合一的自然生态观。图腾崇拜是一种最原始的宗教形式。侗家认为自己的祖先都源于某种动物或植物，或是与这些动物、植物发生过亲缘关系。因此，侗家对卵、狗、牛、蛇、鱼等图腾崇拜的动物对象都膜拜而祭之。同时侗乡地处杉乡林海，侗寨绿树环抱，古树参天，有如仙境。故凡村寨的"风水树"，都被视为"保寨树""生命树""神树"来祭拜和保护。侗族的祖先崇拜是与血缘联系在一起的，依次分为远祖、始祖、族祖、宗祖、家祖崇拜。远祖崇拜是对女始祖的崇拜，始祖崇拜是对松恩、松桑以降祖灵的崇拜；族祖崇拜是氏族祖先崇拜；宗祖崇拜是对同一姓氏祖宗的崇拜；家祖崇拜是对已故直系亲属先辈的崇拜。必须指出，侗家对女始祖特别崇拜。在南侗地区至高无上的远祖女神是"萨玛"，意为大祖母、老祖母，她神通广大，主宰人间的一切，是一位远古女性英雄，因而南侗村寨都建有"萨堂"以敬祭。而北侗地区多敬供"圣婆"或"姜良、姜妹"。"圣婆"相当于南侗的"萨玛"，而"姜良、姜妹"则相当于南侗的"松恩、松桑"，也类似于汉族"盘古兄妹"成亲的人类起源神话。余下的祖先崇拜，或设列祖列宗牌位、或设神龛予以敬供而祭拜。至于鬼魂崇拜，是因为侗家相信在活人身上，附有"灵魂"维持生命，死后不灭，变成为鬼，居处冥中，具有超人力量，为活人所畏惧与依赖，故视俗所需而祭拜之。侗家还信奉巫教和占卜神判，有时又是巫医合一。此外，侗乡的外来宗教，主要有道教和佛教、基督教，大约在明清时期传入侗乡，但人数较少，影响不大。

二

侗族是一个古老的民族，历史悠久，历经原始社会、封建社会、半封建半殖民地社会至当代的社会主义社会等历史阶段。

一般认为，侗族在唐代以前属于原始社会。当时社会生产力低下，采集狩猎是维持生活的重要手段。尽管侗族早已发展成为一个以农为本的稻作民族，但"童年"时期的那些生产活动传统习惯还在一些地区保存着。如今贵州黔东南的"六洞""九洞"等地[①]，仍有畜犬打猎习俗，保留着一些原始狩猎生活的遗迹，而妇女则承担采摘野生果实和拾蚌捞虾的劳动，那是原始社会女性从事采集的遗风。生产资料公有与平均分配的原始社会生产关系的遗影在侗族地区仍然依稀可见，一些村寨或氏族占有的土地、山林、鱼塘、牧场、河流、溪沟等为同族、同寨所共享，不许私人霸占。集体出猎的猎获物一律按"上山打猎，每人有份"进行平均分配，甚至过路人也能"见者有份"。侗族远古的劳动"耶歌"《手拉手》就记载了这种原始社会的主要生产方式：

公上山，把兽赶；

婆下河，把鱼捉；

公得肉，分众友；

婆得鱼，分不留；

人有股，喜盈盈；

人有份，笑嘻嘻；

手拉手，喊呜呼；

脚跟脚，歌来合！[②]

这幅原始社会的生产劳动图景，就是人类童年时期的侗族风情画。

侗族早期的母系氏族社会以母权为中心。侗族最信奉和崇拜的是"萨"神。"萨"侗语叫"sax"（萨，意为大祖母）。直到现在，南部方言区很多村寨还设有"萨坛"祀"sax"（萨），视其为庇寨护人的至高无上的圣母；而

---

① "洞"或"峒"是唐宋时期在侗族地区设立的行政单位，相当于当代乡镇一级的管辖范围。如元代侗族地区被称为"九溪十八洞"，故闾乡地名多带有"洞"。今黎平、从江两县交界的肇兴、龙图、贯洞等地区历史上称为"六洞"；黎平县的岩洞、述洞，从江县的增冲、德洞及与榕江县交界地一带历史上称为"九洞"。如今的"六洞""九洞"地区共有大小侗族村寨60余个。

② 侗族文学史编写组：《侗族文学史》，贵州民族出版社1988年版，第33页。

在北部方言区则信奉"圣婆",即"坐婆佬"("坐",侗语,意为母),这些都折射了远古母权制时期的历史,并有《萨玛之歌》《圣婆碑》流传至今。侗族地区大部分聚族而居,族有族规、族长。每个族姓或一个大的房族都建有鼓楼,它是集会和议事的神圣场所。族长和寨老是群众拥戴的自然领袖,负责处理讼事、调解日常纠纷,并代表本族本寨与外界联络。这些即是父系氏族社会的历史反映与文化遗存。

如果从侗族家庭婚姻和亲属关系等风俗来看,亦可窥见远古原始氏族社会发展的脉络。侗族《起源之歌》中关于卵生人类、兄妹结婚的描述,正是反映人类社会早期只知其母不知其父,过着原始游群生活,并从群婚过渡到辈分婚的历史。步入母系氏族社会后,婚姻由族内婚转变为族外婚,后来又发展到一夫一妻制。长期残存的"姑表舅婚""女还娘头"以及黔东南六洞、九洞一带村寨按房族为基本单位或彼此有血缘关系的多房族组成的男女歌班及锦屏九寨侗族社区男婚女嫁唱"九寨嘎花"的习俗[①]都是两族群婚制的遗迹。广泛流传的"不落夫家"的习俗,是侗族先民从母系过渡到父系,从母权制过渡到父权制、从群婚过渡到对偶婚、从妻居过渡到夫居的婚姻制度的遗留,它们多在侗族民间文学和作家文学题材中有体现。

早在秦始皇统一中国派兵南征后,侗族分布的地区,即已归入中央王朝版图。但在两汉、三国时期,由于中央王朝的统治力量未能完全到达侗族地区,故侗族社会内部仍以地缘为纽带的农村公社组织在起着重要作用。隋唐时期,侗族地区的民族村社组织被称为"洞"或"峒"。唐王朝统治时,在侗族地区实施"羁縻"政策,故有"羁縻州峒"之称,其中大者为州,小者为县,又小者为峒。宋代,由于中央封建王朝加强了对侗族地区的经营开发,实行直接统治,因而在侗族地区逐渐确立了封建的政治制度。在其强大的封建政治、经济、文化的影响下,促使侗族地区的社会发生激烈变化,使它有条件跨越奴隶社会而直接由原始社会末期的农村公社过渡到封建社会。原为公社所有的土地转化为氏族酋长占有,实行劳役地租。到了南宋末年,侗族不少地区的土地逐渐转为少数富户和权贵者所有,新兴的地主经济

---

① 陆景川:《九寨嘎花与侗族古代婚俗》,原载王胜先主编:《侗族文化新论》,贵州民族出版社 1991 年版。

随之逐步形成。这时期，侗族地区的农业生产已发展到相当水平，耕地逐步扩大，农田水利得到兴修，棉花等经济作物亦已普遍种植。冶铁、铸银、纺织等手工业技术得到传播发展。农业手工业的发展促进了商业的繁荣，商业的繁荣又促使侗族农村集市场所不断增加，不少集市后来逐渐形成为当地政治、经济和文化的中心城镇。

伴随着封建政治制度的确立和汉族先进生产力的传入与影响，汉族文化也逐步渗入侗乡。唐代，科举制度已推行到南方，开始在侗族地区创办学馆、书院。据清《黎平府志》《开泰县志》载，唐代著名边塞诗人王昌龄被贬谪到如今湘黔侗族地区任龙标县尉后，有感此地荒蛮，民智不开，教化落后，便发动绅士里人，兴建龙标书院。书院建成后，王昌龄拨开烦冗官务，挤出时间，亲自上台讲学，传道授业，培养边地学子，开创了"蛮僚"地区兴学重教之先河。明万历黎平府首位侗家进士龙起雷拜谒其衣冠冢后有感而吟赋《王少伯墓》诗①："龙标天远接龙溪，黯黯青山月欲低。千载羁魂应不怨，诗荒开遍夜郎西。"诗作寄寓了对王贬谪龙标的深切同情与哀思，也颂扬了他在龙标传播诗文惠及后人的深远影响。广西柳州也是古代侗族祖先的聚居地。唐代著名散文家、诗人柳宗元被贬为柳州刺史后，不以己悲，广施德政，除弊兴利，还把废弃多年的"府学"重新修复，并亲自登坛授课，培养"峒人"。他还兴致勃勃以七言律诗《柳州峒氓》描述了"峒客"的奇风异俗："郡城南下接通津，异服殊音不可亲。青箬裹盐归峒客，绿荷包饭趁虚人。鹅毛御腊缝山罽，鸡骨占年拜水神。愁向公庭问重译，欲投章甫作文身。"②诗中"异服殊音"的"峒客"，常以青箬竹叶包裹盐巴、用绿色荷叶包饭赶集、拿鹅毛装填被褥抵御冬寒、以鸡骨占卜年景祭拜水神、靠"款"断案不进"公庭"（法庭）审判、而公庭还要请翻译重述案情及喜爱刺画文身装饰等奇风异俗。这些习俗一直传承保持至后世侗人的生活方式和民俗习惯之中。当年的柳刺史，对"峒氓"的"异服殊音奇俗"并无歧视之意，反而有与民同乐入乡随俗之心。为此，柳州人民对他极为爱戴，

---

① 陆景川：《侗族第一进士龙起雷》，载陆景川著《千年风采》，贵州人民出版社 2017 年版，第 176 页。

② 冼光位主编：《侗族通览》，广西人民出版社 1995 年版，第 59 页。

建"柳侯祠"以祀之。郭沫若对柳宗元惠政"峒氓"也十分敬仰，曾亲临视察柳侯祠并赋诗赞颂："柳州旧有柳侯祠，有德于民民祀之……地以人传人以地，拜公遗像颂公诗。"[①] 南宋理学家、工部侍郎魏了翁，远谪湘黔毗邻的靖州后，见州境地处边陲，文化落后，便创建鹤山书院，开门授徒。魏公满腹经纶，知识渊博，蜚声湖湘，不但州人踊跃从学，连江浙学子亦慕名前来求教。魏公在鹤山书院著述讲学近 7 年，为湘黔边地文化教育、人才培育作出了重要贡献。之后，又有侍郎程悼被贬到靖州，在此"养晦读书，化及地方"，薪火相传。以上被贬朝廷命官都对侗乡的文化教育、人才蔚起和社会发展起到了重要的促进作用。

明王朝建立后，朝廷鼓励农工，兴修水利，移民新区，把江西吉安一带的农民迁移至湘西、黔东地区垦荒，促进了侗族地区社会生产的迅速发展。同时，朝廷对侗族地区轻徭薄赋，禁止额外苛扰，人民得以休养生息。农民生产积极性提高，不仅兴修了很多水利设施，还广泛应用新式工具，改进耕作技术，扩大耕地面积，使粮食产量空前提高，到了 18 世纪中期，黔东南的黎平、锦屏、天柱、古州都已成为著名产粮区。同时，明廷实行军屯政策，而军屯下的"屯田"可以自由买卖，致使土地更趋集中，侗乡一些地方开始出现了较大的地主，有的地主占田地千亩以上。至于中小地主，除边远山区外，已遍及各大村寨。伴随着地租剥削出现了高利贷剥削，利率有的高达 50% 以上。此外，广大侗族人民还要负担沉重的土司赋税和劳役。而且明廷在对侗族地区进行武装征服，施行"拔军下屯，拔民下寨""插标占地"的政策中，不断掠夺当地人民的土地，并肆意蹂躏、驱赶侗、苗人民至穷乡僻壤，激起了当地人民大规模的武装反抗。

洪武十一年（1378）六月，在黎平五开洞终于爆发了以吴勉为首的侗族农民大起义。义军一时风起云涌，席卷"八洞"，发展至 20 万众，吴勉被推举为"铲平王"。这次起义的活动范围在今之贵州黎平、从江、榕江、锦屏、天柱、三穗、岑巩、剑河、镇远与广西三江、龙胜、融水和湖南靖县、通道、新晃、芷江、会同、绥宁、武岗等地。十八年（1385）八月，明廷命

---

① 柳州市柳宗元学术研究会编：《柳侯祠石刻注释》，广西人民出版社 1993 年版，第 135 页。

汤和任总兵官，江夏侯周德兴、都督同知汤礼充副将军，随同楚王朱桢率领30万大军"进剿"铜鼓（今锦屏县属）、十万坪（今黎平县属）等地，对义军四道夹击，湖耳等10个长官司相继投降。上黄一战，明军纵火烧寨，义军孤战无援，4万余人惨遭杀害，吴勉和儿子吴禄被俘后，被解送京师南京而英勇就义。坚持了8年之久的大起义归于失败。但吴勉的英雄事迹被侗乡人民编为传说、故事和款词、歌谣而世代传颂。

义军被镇压后，明朝在侗族地区设置了大量的卫、所、屯、堡等军事机构，仅今之黎平、锦屏等地就设置了五开卫、龙里所及72屯、堡，圈占土地1250余顷，屯军3.2万人。如今锦屏县隆里古城这块"汉文化的孤岛"，就是当时军屯文化的著名历史遗存。洪武三十年（1397）初，明廷又在今锦屏县设置铜鼓卫，圈占土地354顷，屯军1.8万余人，对侗族地区实行军管苛政的封建统治。失去土地的农民流离失所，无法生存，再次引发官逼民反。同年4月，古州上婆洞（今锦屏县）侗族农民林宽揭竿而起。上洞、油洞、赖洞、朗洞等48寨纷纷响应，一时草木皆兵，义军集聚10万之众，林宽被推为"林王"。随后，义军一路攻克龙里、新化、平茶等千户所。明廷震惊，急调湖广军队前往镇压，潮门桥一战，官军被杀死1000余人，被迫退守铜鼓卫城。明太祖朱元璋闻报大怒，乃命楚王朱桢和湘王朱柏率军30万进剿。战斗中，义军腹背受敌，寡不敌众，惨遭杀戮者21500余人，林宽被俘蒙难，声势浩大的农民起义又一次被镇压失败。但歌颂起义英雄林宽的《林王古歌》却传颂至今。

清初，中央王朝在侗族地区的统治仍袭明制的"土流并存"，但土司的实权已趋削弱，均受到流官的节制。雍正年间，中央王朝对侗族地区的部分卫、所进行调整，加强了对流官的控制。雍正三年（1725）改五开卫和铜鼓卫隶属黎平府，雍正五年（1727）改铜鼓卫为锦屏县，改五开卫为开泰县，改平溪卫为玉屏县，改清浪卫为青溪。雍正七年（1729），在榕江和剑河分别增设古州厅和清江厅。通过改土归流，侗族地区基本上被纳入了流官的统治范围。

道光二十年（1840）鸦片战争后，清廷因鸦片战争失败而大量对外赔款，封建剥削和官府土司的横征暴敛日益加重，加上连年天灾，侗乡人民处于水深火热之中。在太平天国运动的影响下，咸丰五年（1855）初，姜应芳以"天地会"为组织，广泛吸收侗、苗、汉教徒，于三月二十日，在贵州天柱县织云乡关帝庙齐聚 1000 余人宣布起义。他以"打富济贫，灭清复明"为宗旨，以"大户人家欠我钱，中户人家莫乱言，小户人家跟我走，打倒大户来分田"为口号，打击大户豪强，没收钱粮物资，分给贫苦人民，深受群众拥戴。之后，他将"天地会"改为"太平教"，教徒义军迅速发展壮大至 3000 余人，他以"奉天伐暴灭清复明统领义师定平王姜"为王号，并与台拱（台江）张秀眉领导的苗民起义军联合，攻城掠镇，先后占领王寨（锦屏）、凤城（天柱）两县城，开仓济贫，安抚百姓。他还提出"出征湖南，挥戈直捣京城"的战略目标。兵分三路入湘，连克数县，湘军溃败，义军人马扩增十万余众。清廷震动，明令湘黔两省官军汇集 40 余营联合会剿，并重金秘密收买义军叛将。在官军洋枪洋炮猛击下，奸细叛将倒戈迎敌，姜应芳寡不敌众，战伤被俘，旋遭押解铜仁府杀害。临刑前，贵东道台、铜仁知府质问他："你投降不投降？你还反不反？"姜应芳昂首怒视："若要我投降，难于上天摘太阳；若要我不反，除非地上石头烂！"

这次起义是北部侗族农民大起义，持续达 20 年，给清王朝以沉重的打击，并留下了《姜大王》《织云揭竿而起》《拆树阻敌》《红云九天》等歌颂姜应芳的系列传说故事。

此后，清政府慑于农民革命的巨大力量，不得不采取让步措施，告谕各地不许苛派役税，明令招抚流亡返乡，将田地悉数退还原主，减免粮税，贷款扶农，使战争创伤逐渐得到医治，社会经济逐步恢复发展，侗乡人民得以相对安居乐业。

在用洋枪洋炮镇压农民起义的同时，外国资本主义的经济侵略也接踵而至。同治末年，鸦片开始输入黔东南地区，王寨（锦屏）、邦洞（天柱）、古州（榕江）等地成为鸦片集散市场，而洋纱、洋靛等洋货也相继出现在侗族地区的县城和主要集镇，帝国主义者还通过买办商人在侗族地区掠夺原料，打击当地的手工业产品。从此，侗族地区既是帝国主义者倾销商品的市场，又是他们掠夺原料的商场，侗乡自给自足的自然经济开始遭到破坏，并逐步沦为半封建半殖民地社会。

1911 年辛亥革命爆发，侗族人民纷纷起来与清王朝政权进行英勇斗争。当时，正在武昌湖北陆军第三中学读书的侗家青年王天培和李世荣，踊跃参加武昌起义，因作战勇敢，被保送入保定陆军军官学校。之后，俩人都参加了护国战争，屡建奇功，深受孙中山先生器重。1926 年秋，王天培被国民革命军事委员会任命为国民革命军第十军军长兼左翼前敌总指挥。他率领黔湘边地侗、苗、汉各族子弟兵 25000 余人在湖南洪江誓师北伐，一路纵横千里，所向披靡，成为北伐名将，后被蒋介石罗织罪名，蒙冤被害，留下了诸多慷慨悲歌的诗文。特别是成都武侯祠长联，传世不衰①：

> 公本识字耕田人，为感殊遇驱驰，以三分始，以六出终，统一古今难，效死不渝，遗恨功名存两表；
> 世又陈强古冶子，应笑同根煎急，谁开诚心，谁广忠益，安为天下系，先生以往，缅怀风义扶残碑。

而李世荣在护国战争中，因"艰苦卓绝，智虑忠纯"，旋被任命为广州军政府军事委员会委员，并受孙中山委派，回黔组建建国联军第十一军，亲任军长。1925 年孙中山逝世，李悲痛欲绝，即离开军界，归隐山林。新中国成立后，他参加民主建政，喜获新生，成为贵州省第一届人大代表和政协委员，被省人民政府聘任为首批文史研究馆馆员，留下了诸多承载历史风云感怀时政的诗歌。

辛亥革命推翻了清王朝，结束了中国两千多年的君主专制，但没有完成反帝反封建的民主革命的伟大任务。国内各派军阀在帝国主义的支持下，各据一方，连年混战，整个社会遭到严重破坏，人民处在水深火热之中。大革命失败后，国民党反动派在侗族地区推行"保甲制度"，实行"联保联坐"，一户犯法，株及九家，对广大侗族人民严控统治。这一时期，侗乡人民除在经济上受地主阶级、商业资本和高利贷资本的盘剥之外，在政治上更受民族压迫和民族歧视，致使社会动荡不安，边胞人民苦不堪言。

---

① 陆景川:《王天培与武侯祠长联》，载陆景川:《千年风采》，贵州人民出版社 2017 年版，第 269 页。

1921 年 7 月中国共产党的成立，使中国革命进入了一个新纪元。无数的侗族优秀儿女积极投身于新民主主义革命和武装斗争的时代洪流中。锦屏县的龙大道，青年时期就辗转武汉、上海求学，1921 年进入红色学府上海大学学习，1923 年秋参加了中国共产党，后赴苏联莫斯科东方大学留学，回国后历任中共上海曹家渡部委书记、上海总工会经济斗争部部长和秘书长、中共湖北省委执委、中共浙江省委常委、代理省委书记、中央特派员等职，参与组织和领导了上海工人三次武装起义和湖北、浙江、安徽、江西的革命斗争。曾率上海工人代表团出席全国第四次劳动代表大会，并向大会报告了上海工人运动的盛况，随后出席党的第五次全国代表大会，成为我党早期的工人运动领导人和职业革命家，是著名的上海龙华 24 烈士中唯一的少数民族英烈。龙大道的诗文成为宝贵的红色文化遗产和侗族革命文学的珍品。

榕江县的罗统一，少年敏慧，多难苦学。1919 年投奔"滇黔联军"。1925 年在贵州铜仁受贺龙收编后，任混成旅三团二营营长。1926 年在北伐战争中加入中国共产党。1927 年率部参加南昌起义占领省政府。会昌战斗克敌后，升任第三团代理团长。1928 年初跟随贺龙、周逸群开创湘鄂西革命根据地，任中共湘鄂西前敌委员会委员。1929 年 1 月任红四军第四团团长。1932 年 5 月调任湘鄂西警卫团团长。后在阻击湘敌第四师范绍增部战斗中，毙俘敌军 3000 余人，缴枪 2000 余支，被提任为警卫师师长。8 月上旬，湘鄂西中央分局书记夏曦在指挥对国民党 10 万大军的反"围剿"中，多次失利，损失惨重。罗统一见军情危急，断然建议"避敌锋芒，迅速转移，寻机歼敌"，可夏曦一意孤行，刚愎自用，竟以"改组派"罪名下令将他杀害。一代战将虽然冤死，但罗统一的英名，至今仍在湘鄂西洪湖边传颂。

三穗县的杨至成，1926 年考入黄埔军校第五期，1927 年加入中国共产党，参加了南昌起义和湘南起义。是井冈山斗争时期毛泽东和朱德的军需副官长，后历任红军总兵站主任、中央革命军事委员会总供给部部长兼政治委员，参加中央革命根据地历次反"围剿"作战。长征中任先遣工作队主任，为中央红军开道并提供后勤保障。后任红一方面军后勤部部长、黄河两延卫戍司令员、抗日军政大学校务部部长，1938年冬去苏联就医，后入联共（布）远东局党校、伏龙芝军事学院学习。1946年回国后，历任东北民主联军总后勤部政治委员、华中军区军需生产部部长。新中国成立后，任中南军政委员会委员、中南军区第一副参谋长兼后勤部部长、中国人民解放军武装力量监察部副部长、军事科学院副院长兼院务部部长，高等军事学院副院长等职。被毛泽东赞誉为人民军队的"老后勤""大管家"，成为老一辈的无产阶级革命家。1955年被授予上将军衔和一级八一勋章、二级独立自由勋章、一级解放勋章，为第三届全国人大常委会委员，第二、三届国防委员会委员等。传奇丰富的军旅生涯，为杨至成将军的诗文创作提供了厚实的素材。

锦屏县的王定一，1922年秋考入贵州省立师范学校。1927年结识中共湖南麻阳县特别支部书记孙家信（化名舒保罗），并以教育为掩护，传播革命思想。1931年，考入"贵州行政人员训练班"，结业后被委任为八寨县（今丹寨）县长，获"政通人和"德政碑。后辗转贵阳，在中共贵州省工委领导下从事革命活动。因遭通缉离境，1934年11月在成都加入中国共产党。1939年，应著名教育家黄齐生邀请，前往云南蒙自草坝蚕业新村开展乡村教育，从事抗日救亡和地下活动斗争。因再次遭受通缉潜回贵阳。皖南事变后，贵州地下党遭受严重破坏。1941年2月，王定一等4名共产党员相继被捕，5月19日深夜，4人在贵阳图云关山脚下惨遭国民党反动派密杀。新中国成立后，获国家民政部颁发烈士证书。

天柱县的龙贤昭，1925年中学毕业后，投奔贵州建国联军李世荣部任军需官，后转入国民革命军第十军王天培部任团部副官，参加了北伐。后因病离队返乡，接触了革命青年孙家信、王定一，深受影响。1938年初，辗转奔赴延安。同年6月在延安加入中国共产党。在延安大生产运动中，被评为"劳动模范"。后随贺龙部奔赴抗日前线，1945年春任淮北区武委会训练部长，10月调任淮北七分区独立团参谋长，后编入华东野战军张震部九纵队八十一团。1949年随军南下，任西南服务团重庆分团行政处长，后任中共重庆市委党校副校长。1956年黔东南苗族侗族自治州成立，1958年受中央派遣，调任中共黔东南州委书记处书记。1969年调任贵州省委统战部副部长，1980 年当选省人大常委会副主任，1983 年任省顾委常委。1986 年离休后回天柱老家定居，旋承包 1000 亩荒山，创办"岩寨示范林场"亲任场长，为家乡植树造林留下金山银山。1998 年 9 月 17 日，在贵阳不幸病逝，享年 95 岁。生前先后被中共中央、中央组织部授予"全国老干部先进个人""全国老有所为精英奖""优秀离休干部"等荣誉称号。

在第二次国内革命战争时期，湘黔桂侗族地区一直是革命武装斗争的沃土，中国工农红军多次转战黔东南，留下了光辉的足迹。1930 年，红七军转战从江、榕江、黎平，并在榕江县城举行盛大集会，庆祝"五一"国际劳动节。1934 年 9、10 月间，红六军团西征入黔，先后转战黎平、锦屏、天柱、剑河、三穗、台江、施秉、黄平、镇远、岑巩等县，在黔东南谱写了武装斗争、民族团结的光辉篇章。1934 年 12 月初，中央红军突破蒋介石的围追堵截，进入湘黔边境的湖南通道县，举行"临时会议"，决定向敌人力量薄弱的贵州进军，于 14 日进入黔东南黎平县。12 月 18 日，中共中央在黎平县城召开了长征以来的第一次政治局会议，博古、周恩来、朱德、张闻天、毛泽东、王稼祥、陈云、刘少奇等参加了会议。经过激烈争论，会议采纳了毛泽东关于放弃原定计划与红二、红六军团会合，改向黔北进军，创建以遵义为中心的川黔边根据地的意见。这是长征以来具有战略转变意义的关键，在危急紧要关头挽救了红军、挽救了党，并为遵义会议的召开奠定了重要基础。1936 年 1 月，红二、红六军团开始长征，再次转战黔东南的镇远、施秉、岑巩等县。以上各路红军在黔东南及贵州期间，踏遍了侗寨苗乡的山山水水，认真执行民族政策，打富济贫，纪律严明，秋毫无犯，买卖公平，在这块边陲土地上产生了广泛而深远的影响。侗苗汉儿女热情帮助红军救治伤员、带路架桥、筹集粮款、参军参战，积极支持红军北上抗日，至今广大侗乡还流传着歌颂红军的传说、故事和歌谣。特别是锦屏县婆洞侗族青年药师、歌师、武术师杨和钧，舍生忘死救治红军王连长和吴排长的英勇传奇，被载入史册。他撰写的"怀念红军诗"稿本，浸润了侗家人冒险救治红军、写诗拥护革命和深情缅怀红军的殷红热血，先后被遵义会议会址和中国革命军事博物馆展陈，被定为国家一级文物，是党史教育的鲜活教材！

三

1949 年 10 月 1 日，伟大的中华人民共和国宣告成立。中国人民解放军第二野战军挺进西南，侗族人民配合人民解放军推翻了国民党政府的反动统治，11 月侗族各个地区全境解放。不久，国民党残余和当地反动势力进行武装暴乱，匪患遍及各地侗乡。为了巩固新生的人民政权，稳定社会秩序，保障人民生命财产，1950 年秋，中国人民解放军第二野战军第五兵团所部在侗族地区开展了大规模的剿匪除特斗争。在侗族人民群众的支持和配合下，至 1951 年春，境内国民党残余势力被全部歼灭。经过清匪、反霸、减租、退押、镇反、土改，彻底地推翻了国民党反动派的统治，从根本上消灭了封建剥削制度。

中华人民共和国成立初期，为加强与少数民族的联系，中央人民政府派出民族访问团于 1950 年至 1951 年先后到侗族地区访问，传达了党中央和毛主席对侗族人民的深切关怀，并了解侗族人民的愿望和要求，宣传党的民族政策，增强了民族团结；同时，组织各民族代表赴北京参加国庆观礼，并受到毛主席、朱德总司令、刘少奇副主席、周恩来总理等党和国家领导人的亲切接见。朱总司令还为年仅 24 岁的侗族代表莫虚光亲笔题词："侗民族代表莫虚光先生：各民族团结起来，为建设新中国而奋斗！"[①] 1951 年至 1952年，侗族地区完成了土地改革，1953 年至 1957 年实现了农业合作化和社会主义改造，解放了生产力，促进了生产力的发展。在中国共产党民族政策的光辉照耀下，湘黔桂鄂侗族地区，先后建立了黔东南苗族侗族自治州，三江、通道、新晃、玉屏、芷江 4 个侗族自治县和靖州苗族侗族自治县、龙胜各族自治县，之后又建立了众多的侗族乡，实现了侗族人民当家作主、参与国家行政管理的愿望和理想。

到 20 世纪 60 年代初期，侗族社会经济文化事业取得了亘古未有的发展。工业从无到有，分别创办了机械、化工、纺织、皮革、造纸、酿造以及食品加工产业等；农田基本建设、水利建设、农业技术推广等都取得了巨大

---

① 冼光位主编：《侗族通览》，广西人民出版社 1995 年版，第 1 页。

的发展，粮食产量大为增收；公路建设通达各县，有的延伸至部分区乡；邮政和电话通达区乡，使侗乡边远、偏僻、闭塞的局面大为改观；教育迅速发展，基本达到县和重点区有中学，一般区乡都有小学，从50年代中期开始，逐年都有不少侗家子弟考入省和国家两级大学深造，源源不断地为侗族地区政治、经济、文化等各条战线输送人才；医疗卫生事业普惠人民，各县都建立了医疗、防疫和妇幼保健机构，县区建立了医院，各乡配置了卫生员，形成了县区乡三级覆盖的医卫体系；文化建设进展喜人，自治州都有几个剧团以及群艺馆、图书馆和电影发行放映公司等文化机构，各县都有文化馆、电影放映队和广播站等文化设施。侗族人民的物质生活和精神生活，都得到了空前的改善与提高。

1966至1976年的"文化大革命"时期，侗族地区和全国一样，遭受了巨大的灾难与破坏，经济社会濒临崩溃的边缘。1978年党的十一届三中全会胜利召开，揭开了我国发展的新篇章。自改革开放新时期以来，我国确立了社会主义市场经济体系，国家先后实施西部大开发和中部崛起发展战略，侗族地区发生了翻天覆地的变化，经济社会发展取得了辉煌成就，人民生活水平得到空前提高，政治稳定、社会和谐、民族团结，呈现出欣欣向荣的景象。以贵州黔东南州为例，2020年全州地区生产总值完成1191.52亿元，增长4.5%。城镇和农村居民人均可支配收入达到3.45万元和1.1万元，分别增长5.4%和8.3%。十大工业实现产值320亿元，新能源电池、新型建材、电子信息制造等产业较快增长，食品加工、中医药及民族医药、玻璃制造等产业规模显现，规模以上工业增加值年均增长6.2%。旅游业态蓬勃发展，乡村旅游、红色旅游、非遗旅游、康养旅游如火如荼，镇远古城成功创建5A级景区，雷山县成功创建国家全域旅游示范区，全州全年接待游客8526万人次，实现旅游综合收入719亿元。农村产业革命成效显著，林下种养殖利用森林面积突破100万亩，农林牧渔业增加值年均增长6.1%。水利设施建设取得新突破，建成35座中小型水库，新增工程供水能力1.7亿立方米，新增有效灌溉面积17.9万亩。完成新一轮农网改造，农村供电可靠率达到99.8%。城镇燃气普及率提高到75.3%。实现4G网络州域全覆盖，乡乡通5G网络，行政村通光纤，快递网点乡镇全覆盖。县城以上环境空气质量优良天数比例达 96% 以上，森林覆盖率提高到 68%，成为长江、珠江上游的重要生态屏障。社会事业大踏步发展，实现县域义务教育基本均衡发展，学前教育普惠率达到 87%；实现乡镇卫生院和行政村卫生室标准化建设全覆盖及州县乡三级远程医疗全覆盖，基层医疗卫生条件明显改善，突如其来的新冠肺炎疫情得到有效防控，夺取了疫情防控和经济社会发展"双胜利"。新建落成的州图书馆、文化馆、游泳馆投入使用，实现行政村体育工程和综合文化服务中心全覆盖。成功创建全国民族团结进步示范州，首府凯里市入选全国文明城市。精彩承办 2018 年央视春晚肇兴分会场，成功举办中国国际民歌合唱节、中国"丹寨非遗周"等重大活动，"民族原生态、锦绣黔东南"享誉全国、走向世界！① 特别是近年来，黔东南的"村晚""村 BA""村超"，更是精彩纷呈，活力四射，闻名全国，惊艳海外。

新时期以来，一大批大型基础设施建设项目落户贵州侗族地区。如投资 61.15 亿元的锦屏县三板溪水电站是"十五"期间国家实施"西部大开发"和"西电东送"跨区域战略的重点能源建设项目，已载入黔东南及贵州省经济社会发展的史册。山高水险的贵州，实现了"机场星罗棋布，市州通高铁，县县通高速，村村通公路"的宏伟蓝图。黎平机场、黄平凯里机场、凤凰铜仁机场是贵州侗族地区的重要机场；贵广高速公路、沪昆高速公路、夏蓉高速公路穿境而过，使"边缘化"的侗乡四通八达，天柱、锦屏、剑河、黎平、榕江、从江等县到贵阳的行车时间从过去的 10 个小时缩短至 4 个小时；随着贵广高铁、沪昆高铁及贵南高铁贯通黔境，贵州豪迈跨入了"大高铁时代"，缩短了贵州侗乡与京津冀、长三角、珠三角、粤港澳大湾区的时空距离，并为内陆城市与东盟国家的往来搭建了桥梁，成为贵州侗乡脱贫致富的快车道。尤其是历史上"人无三分银"的贵州人，夺取了脱贫攻坚的伟大胜利。至 2020 年底，困扰黔东南大地千百年来的绝对贫困问题得到历史性解决，全州 15 个贫困县全部摘帽，彻底撕掉千百年来的绝对贫困标签，1853 个贫困村全部退出，共有 79.05 万贫困人口全部脱贫，30.81 万农村居民搬迁进城，成为全省减贫成效最好的地区，这是黔东南具有划时代历史意

① 见《2021 年黔东南苗族侗族自治州人民政府工作报告》，黔东南州人民政府网站，2021 年 3 月 19 日发布。

义的大事件！同时，全州发挥区位和资源优势，狠狠抓住省级支持与东西部协作及粤港澳大湾区建设的重大机遇，加快顶层设计，以政策创新为动力，以黎（平）从（江）榕（江）锦（屏）4县为重点，以全州为支撑，以康养旅游基地、产业承接基地、优质农产品生产供应基地和区域性物流中心及产品集散中心建设为载体，加快打造对接融入粤港澳大湾区"桥头堡"，以推进黔东南的全面高质量发展！

经济的发展和社会的全面进步，为贵州侗乡的文化繁荣、文学创作提供了社会环境和坚实基础，使侗族文学的创作繁荣出现了发展的新局面。

四

"一唱雄鸡天下白，万方乐奏有于阗。"1949 年 10 月 1 日，中华人民共和国在北京成立。1950 年，侗族地区先后获得解放，从此侗族人民走上了当家作主、民族复兴的康庄大道。在党的民族政策光辉照耀下，70 多年来，特别是改革开放新时期以来，侗族地区的政治、经济、文化及社会各项建设事业都得到了长足发展，人民生活不断改善提高，并走向脱贫致富奔小康。经济基础决定上层建筑。侗族文学也因党的"百花齐放，百家争鸣"方针的正确指引步入了日益发展、繁荣创新的崭新阶段。其显著标志是：

第一，侗族开始形成了自己的作家队伍。早在 1942 年春，侗族青年苗延秀奔赴延安，进入鲁迅艺术学院学习，成为最早投入革命文学创作的侗族作家代表，当时在全国少数民族作家中是凤毛麟角。至 20 世纪 50 年代初，他加入中国作家协会，成为新文学时期侗族文艺队伍的领头雁。60 年代，北京的龙世辉、杨志一和广州的柯原等侗族作家、诗人先后被吸收为中国作家协会会员，随后陆续出现了一批侗族文学新人。在 60 年代至 70 年代"文化大革命"十年动乱中，侗族文学创作受到了极大的摧残。1978 年党的十一届三中全会后，经过拨乱反正，打碎了束缚作家手脚的"镣铐"，侗族文学创作如雨后春笋，问世了一批作品，出现了一批新人。80 年代初贵州籍的张作为、滕树嵩、粟周熊、刘荣敏、谭良洲、袁仁琼等侗族作家被吸收为中国作家协会会员，加上五六十年代湘桂籍的 4 位侗族会员，侗族共有中国作家协会会员 10 人。而据统计，1986 年中国作家协会会员中的少数民族会员也仅有 266 人，侗族占到了 3.75%。90 年代全 21 世纪以来，贵州有潘年英、蔡劲松、罗来勇、黄松柏、吴基伟、石庆慧、姚瑶等加入了中国作家协会，至 2022 年侗族共有中国作家协会会员 39 人，其中贵州有 21 人。黔湘桂鄂还有不少侗族作者参加了省区级作家协会，大批侗族文艺新秀崭露头角，显示了不菲的创作潜力，侗族作家已形成老中青三代结合的多梯队创作队伍。

第二，侗族作家文学创作出现了兴盛繁荣、门类齐全、成果丰硕的新局面。20 世纪初，在侗族文学史上，"曾出现过多位侗族诗人，其中革命烈士龙大道最有成就。他的诗充满革命理想和革命激情，是侗族革命文学的先声，为侗族当代诗歌的发展开辟了道路"。① 而身处武汉的锦屏文艺青年王先平在进步刊物《青年文艺》1936 年第 1 卷第 2、3 期上，先后发表《生活》和《活在记忆中的一位亡友》两个短篇小说。王先平成为运用小说进行创作的第一个侗族作家，在侗族文学发展史上留下了文学先驱的足迹。至 40 年代，苗延秀的短篇小说《红色的布包》《共产党又要来了》先后在延安的《解放日报》和东北的《文学战线》发表，这是侗族文学史上最早以小说形式反映无产阶级革命斗争的作品。从 50 年代中期至 80 年代末，苗延秀先后创作了三部长篇叙事诗《大苗山交响曲》《元宵夜曲》和《带刺的玫瑰花》，引起全国文坛的关注与赞誉。《中国大百科全书·中国文学》称：这些作品"采用了苗族和侗族民歌的明丽、清新的格调和朴素的语言，反映了广西苗族和侗族人民反封建压迫的斗争和社会生活，具有鲜明的民族特色"。还有柯原，自 1946 年至 1948 年，就在京、津、沪、港发表诗作 200 余篇，产生了良好的社会效果。至 21 世纪初，他先后出版《露营曲》《一把炒面一把雪》《椰寨歌》《柯原抒情诗精选》《相思柳集》等各类诗集 37 部，有的诗歌还在美国、法国、加拿大、菲律宾等国发表，成为出版诗集最多、最具影响力的侗族"军旅诗人"，是被写入王庆生主编的《中国当代文学史》的著名诗人。杨至成将军的革命诗歌及回忆录刊发于《光明日报》《解放军报》《解放军文艺》等大型报刊，后被辑入《星火燎原》《红旗飘飘》《将帅诗词选》

---

① 李鸿然：《中国当代少数民族文学史论》，云南教育出版社 2004 年版，第 359—360 页。

等，列入我国党史、军史文艺之林。早在 60 年代初，滕树嵩的短篇小说《侗家人》就为我国当代小说园地增添色彩。党的十一届三中全会后，侗族文学进入了新的发展繁荣时期。张作为的长篇小说《原林深处》（上）和滕树嵩的长篇小说《风满木楼》相继问世，结束了侗族文学史上没有长篇小说的历史。21 世纪以来，不少中青年作家创作了大量的小说、散文、诗歌、报告文学、传记文学、戏剧、影视文学等作品，可谓主题鲜明、题材广泛、数量众多、品种齐全，有的甚至在全省乃至全国都有一定的影响。特别是"军旅作家"罗来勇的中短篇小说，是改革开放小说的重要收获，斩获了全军优秀作品奖，其《聂荣臻元帅》等纪实文学，影响不凡，广受好评。老作家袁仁琮的鸿篇巨制《破荒》问世，备受关注，成为全国少数民族文学创作的标杆式作品，荣获第十一届全国少数民族文学创作"骏马奖"。还有，80后女编剧丑丑的电影《侗族大歌》等，声播海外，喜获国际金奖。

第三，侗族作家文学作品的思想性和艺术性达到了前所未有的高度。新中国成立之前的侗族作家文学，在揭露黑暗社会、歌颂民主革命和反映侗族社会及人民生活方面发挥了重要的认识作用。但由于时代的局限，当时的作品内容比较单薄，篇幅结构短小，而且艺术表现手法也欠成熟，未能全面深入地描写和展现侗族人民错综复杂的社会生活与历史进程，尤其在探索侗族人民的精神气质、思想感情和民族性格以及揭示社会生活本质与规律等重要问题上，均未有深刻的表现与科学的把握。新中国成立以来，在党的民族政策和文艺方针的光辉照耀指引下，随着侗族文艺工作者文化修养的不断提高，生活积累的不断丰富，艺术技巧的日臻成熟，创作了众多的长篇叙事诗、歌舞剧、短篇小说、中篇小说、长篇小说、纪实文学、影视文学和其他形式的文艺作品。这些作品通过对广阔历史画卷的描写，再现了侗族和其他民族人民在中国共产党领导下，争取独立自由解放，投入祖国生产建设，抵制"左"倾路线，探索农村经济改革，参加"四化"建设，涌入改革开放潮流乃至脱贫攻坚的丰富纷繁的火热生活与奋进历程，而且充满了浓郁的乡土气息。在艺术表现上，由于作家们的不断努力，有的已初步形成了自己的民族气派与风格，有的已构建了自己文学艺术世界的图景，有的已形成了独自的文学作品体系。特别在凸显侗族人民的精神面貌、心理素质和思想感情上，进行了认真的探索和细致的刻画，塑造了一批栩栩如生的艺术形象，揭示了侗乡社会生活的主流与本质，达到了内容与形式相得益彰的艺术审美效果。总之，这些创作实践及成果，充分说明了侗族作家的创作方法、表现技巧、艺术风格都日趋成熟与丰富多彩。

第四，侗族民间文学的搜集、整理、翻译、研究与出版取得了显著的成绩。早在 20 世纪 50 年代，中央有关部门提出了抢救、搜集、整理各民族文化遗产的号召，出现了深入民间采风的群众性热潮。1958 年，中央宣传部作出编写各少数民族文学史或文学概况的部署，极大地促进了侗族民间文学的搜集整理工作。

1979 年，中央有关部门在北京主持召开了全国民间诗人、民间歌手座谈会，这是民间文学战线拨乱反正的有力措施。侗族歌手潘老替、吴贵元、杨立中等应邀出席。从此，那积满尘埃的侗族琵琶又叮咚作响了，"歌的海洋"又开始沸腾了，为人喜爱的侗戏又开始演出了。随着农村经济政策的进一步落实，侗族人民群众的温饱问题逐步得到解决，精神文明建设及各种文化活动空前活跃，侗族民间文学的搜集、整理、翻译、研究、出版工作得到了充分的重视与加强。据统计，至 2020 年末，侗族的中国民间文艺家协会会员已发展到 60 余人。此外，还有一大批省级的侗族会员。贵州侗族在全国公开出版发行的民间文艺专集已有近 100 部，散刊的作品数量更多。此外，各州市县（区）还内部编印了百余种侗族民间文学资料集。不少文集还采用侗文记录，再对照翻译，印成原始版本，为人文学科的研究利用提供了真实可靠科学的文献资料。特别是侗族传统爱情故事《珠郎娘美》被改编为侗戏登上了首都舞台，并被上海海燕电影制片厂改编为电影《秦娘美》搬上了银幕，还有美丽的侗族民间传说《长发妹》由上海美术电影制片厂改编为彩色木偶动画片在全国放映。这两部片子均受到观众的喜爱和好评。而侗族大歌先后被改编为电影和侗族歌剧在全国播放和巡演等，这在侗族民间文学发展史上是一个历史转折与飞跃。

新时期以来，由于工业和城市化步伐加快，生产、生活方式的改变，都市外来文化的冲击等，少数民族的民间文化面临冲击、失传甚至濒临消亡的危机触目惊心。为此，抢救和保护民族民间文化已十万火急，势在必行。

为了弄清黔东南州民族民间文化面临冲击、失传的危机与保护传承的现状，2002年10月，笔者曾组织黔东南州政协委员中的专家学者对黎平、锦屏、天柱、台江、丹寨和雷山等苗、侗县份进行了为期10天的考察调研，并亲笔撰写了万余字的调研文章《黔东南州民族民间文化面临冲击、失传的危机与抢救保护的对策》。该文先后发表或转载于《黔东南日报》《贵州政协报》《贵州民族报》。中共贵州省委机关刊物《当代贵州》在2003年第4期作为要目文章发表并加了编者按。《人民政协报》于2003年2月24日在"民意"专刊头版头条配醒目照片以《救救黔东南民族民间文化》为题发表后，同时被新华网、中国民族文学网、中国民间文化遗产抢救工程网等国家级与地方网站转载，引起中外学者和社会的广泛关注。2003年3月25日至26日，笔者应邀参加了在北京召开的中国民间文化遗产抢救工程工作会议。全国地州市级单位只有黔东南州和新疆伊犁哈萨克自治州出席会议。笔者作为西南代表在会上发言介绍了黔东南州抢救、保护民族民间文化的工作情况，引起良好的反响。中央电视台和北京电视台等媒体对这次会议作了报道。4月17日，《光明日报》发表了该报记者王建明采写的《民族民间文化须加大抢救力度——访贵州黔东南州政协文史与学习委主任、州民间文艺家协会副主席陆景川》的专访文章。年底，《黔东南州民族民间文化面临冲击、失传的危机与抢救保护的对策》被写进《中国文学年鉴·2003》"民间文学研究综述"。

之后，我们欣喜地看到，国家从战略高度对民族民间文化予以抢救和保护。2005年3月，国务院办公厅印发的《关于加强我国非物质文化遗产保护工作的意见》强调指出："非物质文化遗产是文化遗产的重要组成部分，是我国历史的见证和中华文化的重要载体，蕴含着中华民族特有的精神价值、思维方式、想象力和文化意识，体现着中华民族的生命力和创造力。保护和利用好非物质文化遗产，对于继承和发扬民族优秀文化传统、增进民族团结和维护国家统一、增强民族自信心和凝聚力、促进社会主义精神文明建设都具有重要而深远的意义。"并提出了"保护为主、抢救第一、合理利用、传承发展"的工作方针。侗族地区积极有效地开展了各项申报工作。至今，在国务院公布的第一至第五批国家级非物质文化遗产名录中，全国侗族共有

30项（包括扩展项目名录），贵州则有《侗族大歌》《侗戏》《珠郎娘美》等15个项目榜上有名，《侗族大歌》还于2009年被列入联合国非物质文化遗产项目代表性名录。进入省级非物质文化遗产项目代表性名录的更是灿若星辰，并在保护、传承、利用工作中得到了繁荣与发展。

第五，成立了侗族文学学会，为有效开展侗族文学活动提供了组织协调领导机构。1987年10月14日，中国少数民族文学学会侗族文学分会（简称侗族文学学会）在湖南新晃侗族自治县成立。经过民主协商选举，产生了学会第一届领导班子。侗族文学学会是中国少数民族文学学会的团体会员，它是在中国共产党的领导下由侗族文学工作者和业余爱好者自愿结合组成的群众性学术团体。学会成立后，努力组织开展了卓有成效的工作：一是积极联系黔湘桂鄂侗族地区的学会会员，指导开展文学创作与研究活动，并定期召开学会年会与五年一届的换届工作，以推动促进侗族文学的持续创作繁荣发展。二是认真主持侗族文学文化作品的编辑出版。这一期间，学会先后谋划出版了系列丛书，如《侗歌三百首》、《当代侗族短篇小说选》、《月地歌谣——侗族小说选》、《侗族散文选》、《侗族诗选》、《侗族作家丛书》（5卷本）、《理性的曙光——当代侗族文学评论选》、《救太阳——侗族民间故事精选》、《山乡记事——三江当代小说选》、《努之潭——三江村寨传说》、《侗族文坛记事》、《侗学论著序言选》、《粟裕大将——侗族人民的好儿子》、《杨志一诗文集》等。三是组织侗族文学评奖活动。如2000年10月举办首次（1949—1999）侗族文学"鼓楼奖"和"风雨桥"奖评选，其中苗延秀、杨昌嗣、龙贤昭、王胜先、滕树嵩等去世的11人和陈衣、向零、莫虚光、杨通山、杨志一、冼光位、梁旺贵、龙玉成、柯原、杨权、张勇、张作为、郑国乔、谭良洲、刘荣敏、袁仁琼、李鸣高、梁普安、杨国仁、朱慧珍、吴培信、过伟、周东培等离退休的39人共50人获"鼓楼奖"；创作部分的柯原、苗延秀、吴宗源、林河、滕树嵩、陆景川、张作为、刘荣敏、谭良洲、杨通山、周东培、吴跃军、袁仁琼、黄钟警、粟刚兵、吴浩、潘年英等39人和研究部分的张人位、冼光位、吴宗源、张民、杨权、刘芝凤、王继英、石佳能、石开忠、傅安辉、李瑞岐、冯祖贻、石林、罗竹香、龙耀宏等61人共100人获"风雨桥"奖。以上均按得票多少排序。四是精心开展文学创作研讨培训班。学会成立30多年来，为了发现和培养侗族文学的创作研究人才，先后在黔湘桂侗族地区及北京举办了多次文学作品讨论会和理论研讨班。如经新任会长杨玉梅筹划，2016年6月5日至6日，学会联合《民族文学》杂志社、中国少数民族作家学会、中国少数民族文学学会在北京共同举办"侗族文学研讨会"。中国少数民族作家学会常务副会长叶梅、《民族文学》主编石一宁以及10多位专家学者，来自贵州、湖南、广西和北京的40多位侗族作家、诗人、学者参加研讨。中国作协副主席、党组成员、书记处书记白庚胜到会讲话，他强调：改革开放以来，侗族文学实现了从民间文学向作家文学的转型，文学力量薪火相传，形成了一支颇具创作实力和创作潜质的作家队伍。他们创作出一批思想性与艺术性俱佳的优秀作品。研讨会上，北京的评论专家对老中青三代侗族作家代表袁仁琮的三卷本长篇小说《破荒》、潘年英的长篇非虚构作品《河畔老屋》和杨仕芳的长篇小说《白天黑夜》展开深刻研讨，专家们认为三位作家的作品展示了不同年龄段、不同时代的作家的创作特征。来自《民族文学》《诗刊》《中国作家》等刊物的8位编辑还对18位侗族作家诗人提交的作品进行了点评，提出了修改意见。这次研讨会，对于调动侗族作家诗人作者的创作热情，提升文学素养，挖掘新人的创作潜质，按照习近平总书记"为人民抒写、为人民抒情、为人民抒怀"的要求，精益求精讲好中国故事，讲好侗族故事，为少数民族文学事业的繁荣发展作出新贡献产生了积极深远的影响。中国作家网、《民族文学》、《文学报》、《文艺报》等报刊媒体予以热情报道。

　　总之，新中国成立70多年来，侗族作家和民间文艺家坚韧求索，或辛勤笔耕，或口传心授，无论在文学的题材主题、思想内容上，或是文学的表现形式、艺术风格上都呈现出前所未有的丰富性和多样化特征，作家文学与民间文学出现了齐头并进、比翼双飞、成果丰硕的喜人局面，是继清代以后在侗族文学史上出现的又一个发展高峰。当前，侗族文学存在的主要不足是：作家创作队伍的力量还有待发展壮大，写作理论素养和艺术技巧与全国水平或与文学发达的其他少数民族相比，仍有差距，有待提高；在全国范围内有影响的作家作品、特别是对国家对民族和时代的宏大叙事的精品，犹如"侗族大歌"式恢宏厚重的巨制还处式微局面，更待冲刺与突破；民间文学搜集、整理、研究、出版的作品虽然不少，但在有效利用、提升创新方面仍然任重道远。

"江山代有才人出"，"万紫千红总是春"。目前，侗族文学力量薪火相传，呈现出老中青几代作家构成的颇具创作实力和创作潜能的作家队伍，尤其是年青的一代文学才俊充满青春锐气与文学激情，是侗族文学的未来希望与生力军。我们坚信，只要侗族作家和作者们深入学习贯彻习近平文化思想，脚踏坚实大地，扎根人民，扎根生活，放飞艺术的想象翅膀，大胆探索，锐意进取，勤奋耕耘，开拓创新，就一定能创作出更多脍炙人口、深入人心、为人民喜闻乐见的优秀作品，为繁荣兴盛文艺百花园作出新的贡献！

第二章

小　说

　　锦屏文艺青年王先平在 20 世纪 30 年代发表于《青年文艺》的短篇小说，开启了侗族小说创作的先河。新中国成立后，侗族人民不仅在政治经济上获得了翻身解放，而且在文化教育上享受到了前所未有的权利，产生了新一代的侗族知识分子，由此涌现了第一批侗族文学创作者。这其中以天柱县民族中学影响为最大，几十年来她为哺育新一代的文学作者，奠定了文化文学素养的坚实基础，使天柱县产生了新中国成立后的第一代作家群，这是侗族文学史上传为美谈的耀眼现象。这批作家群，生在旧社会，深受苦难的煎熬，长成于新社会，沐浴春风，苦尽甘来，获得新生，他们都有揭露旧社会、歌颂新时代的强烈愿望和情愫。他们对故土，有童年的深刻记忆，熟悉民情风俗，烙印了不灭的乡愁。他们都告别故里，走出大山，负笈求学，学有所成，并经历了社会主义革命和建设乃至改革开放的洗礼，对社会与人生有切身的体验与感悟，因而创作了承载历史与时代生活的小说作品。如滕树嵩在 20 世纪 60 年代首先发表了颇受关注的短篇小说《侗家人》，张作为创作了侗族的第一部长篇小说《原林深处》，袁仁琮的长篇巨著《破荒》斩获"骏马奖"，潘年英的文化人类学小说标新立异，粟周熊的俄罗斯小说译作成为"一带一路"文化交流的珍品，等等。这些作家、翻译家都先后就读于天柱民族中学，之后考入大学，有着学士、编辑、教授等头衔，可谓是文化学者型的侗族作家。新时期以来的军旅作家罗来勇的小说创作享誉军内外，产生了良好的社会反响，他的短篇小说集《鲍尔斯先生，再见》是改革开放以来现实主义文学的颂歌。特别是近年来，还产生了当代新锐作品的侗族女作家，更是侗族小说创作发展繁荣的重要标志。

下面介绍的侗族当代小说创作，包括短篇、中篇和长篇，其中的代表性作家和作品已走出侗乡，走向全国，甚至海外。为行文叙述方便，谨以作家出生年月为序予以评介。

第一节　滕树嵩的《侗家人》《风满木楼》

滕树嵩（1931—1992），原名滕鸿钧，笔名棋屏，出生于贵州天柱县城关水东门一个小手工业之家。童年常听祖母说唱民间故事歌谣，7 岁入私塾，后转新式小学。少年天赋不高，时有课文背不出被同学笑话。[①] 1946 年高小毕业考入天柱县简易师范，1948 年转入天柱中学初二插班，时常"偷读禁书"，涉猎了不少中外文学。课外乐趣是喜欢观看街巷里的红白喜事，暗学民歌，收集歌谣；节日赶场，跑去"玩山"，对歌记歌；春节中，沿着大街小巷读背春联，引为文艺欣赏；常爱尾随父亲，听戏唱戏。这些民间文艺活动的熏陶，对他喜爱上文学产生了不小的影响。

1949 年夏初中毕业。这年底天柱县迎来了解放，他很开心勇敢，带领解放军先头部队，找出保长粮仓开仓出米，为部队筹集粮草。1950 年初他踊跃参加解放军，7 月，加入新民主主义青年团。因熟悉世事社情，被留在天柱县公安局当秘密侦察员，为剿匪斗争搜集了不少情报。1951 年剿匪胜利，他才公开了身份到县公安局上班。1961 年调黔东南州公安局工作，其间兼任过凯里机械修配厂副厂长、厂长，并开始业余创作。后受其《侗家人》"毒草"小说牵连，被下放到凯里监狱当管教人员。1979 年 5 月，在贵州省第三次文代会上当选为中国作家协会贵州分会理事。1982 年加入中国作家协会，历任贵州省民族文学创作委员会副主任、黔东南州作协主席等。1983 年参加《黔东南苗族侗族自治州概况》编写。晚年热心参加州、市县

---

① 滕树嵩：《生活·思考·读书·学习》，《苗侗文坛》1988 年 6 月创刊号。

文学活动，介绍自己几十年的创作得失，鼓励文学青年努力笔耕，形成风格，冲出贵州，走向全国。

还在读初中时，滕树嵩就于 1948 年在浙江文艺研究会刊物《野风》发表了第一篇文章和一首诗，并被该会吸收为会员。1954 年在《贵州文艺》发表了短篇小说《互助组里的人们》。1960 年至 1963 年，陆续发表短篇小说《花开时节》《新人》《侗家人》《屋》《席上》及叙事长诗《侗寨风雨》等作品。其中《侗家人》发表于 1962 年《边疆文艺》第 12 期。随后，小说引起争议，被打成"毒草"反动作品，受到不应有的严重批判。从 1963 年 3 月至 1965 年 2 月，云贵两省报刊先后发表诸如《〈侗家人〉是一篇有毒素的小说》《批判小说〈侗家人〉所宣扬的反动思想》《〈侗家人〉是对侗族人民的丑化》等 30 多篇批判文章，这在当代中国少数民族文学史上也是绝无仅有的。直到 1979 年 1 月 25 日，在贵州省委宣传部、省文联召开的"贵州省落实文艺作品政策座谈会"上，滕树嵩及《侗家人》得到平反。1979 年《边疆文艺》第 5 期发表了黔东南民族师专中文系七七级文学评论组的《把〈侗家人〉从冤狱中解放出来》，《侗家人》由此获得了"解放"。① 随后，该作品被日本岛根大学助理教授西胁隆夫译成日文，收入《中国少数民族小说选》第一辑，于 1983 年在日本出版。这是第一篇翻译到国外的侗族小说，受到日本读者的喜爱。

粉碎"四人帮"后，滕树嵩迎来了创作的高峰。经过反思，他清醒地意识到，60 年代自己写《侗家人》跌了跤，遭了殃，如今，他要让"侗家人"重新站起来。于是，就有了中篇小说《侗家人》中的 4 个章节在 1977 年第 2 期的《贵州文艺》上发表，1981 年 3 月《侗家人》这部中篇由贵州人民出版社出版。这是第一部反映侗族地区解放初期我公安人员深入匪区与敌周旋斗智斗勇的作品，在侗族文学史上具有划时代的意义，先后获得贵州少数民族文学创作二等奖、第一届全国少数民族文学创作中篇小说二等奖。

《风满木楼》是他的第一部长篇小说。这部他前后花费了 20 多年心血创作的以反映黔东南侗族聚居区生活及斗争为内容的长篇，通过"酒楼赌

① 中国社会科学院少数民族文学研究所：《当代少数民族作家文学研究资料索引》，1981 年内部版，第 226—228 页。

胜""新房伏霸""智闯下江""夜猎匪首""碧亚借枪""沙场私会"等一连串动人心魄的故事，展示了一幅令人眼界大开的绚丽多彩的民族画卷。它是作者在对本民族深刻了解的基础上，选择新颖的艺术视角去处理素材、结构故事、塑造人物，因而使作品具有浓郁的民族特色及强烈的传奇色彩。此外，他还发表了一些具有时代气息的短篇小说，如《侗乡行》《监狱与爱情》等。

纵观滕树嵩 20 世纪 30 多年的创作历程，其 50 年代的作品，不论在思想或艺术上都还比较粗浅。60 年代的作品，思想和艺术表现力日臻成熟，在读者中产生较大的影响。特别是短篇小说《侗家人》曾引起全国民族文学界的关注，是他早期最具影响力的力作。李鸿然在《中国当代少数民族文学史论》中评述道：从 20 世纪 50 年代中期到 60 年代中期大约 10 年间，少数民族小说创作队伍逐渐形成规模，长、中、短篇小说大量问世，涌现了以老舍为首的一大批少数民族作家。他们各以独具一格的作品，为我国当代小说园地增添了绚烂的色彩，也为少数民族小说创作造成了一个艺术高峰。其中提到的侗族作家就只有滕树嵩一人。[1] 70 年代后，他主要致力于中长篇小说创作，继续探索侗家人的性格气质，向人物的心灵世界开掘，并取得了令人瞩目的成果。

首先，他的系列作品成功塑造了侗族人物画廊的诸多鲜明形象。

短篇《侗家人》中的龙三娘，在解放前夕杀死骑在侗族人民头上作威作福的县官，在雪报夫仇的惊险场面中表现出侗家女杰的英雄性格。接着便写她收留县官的女婴，表现了侗族劳动人民纯朴、厚道、善良的心灵。解放后，她把这个女婴当作自己的女儿来抚养，取名龙三妹，进一步拓展了侗族劳动妇女淳朴正直、宽广慈善的胸怀。

中篇小说《侗家人》中的秦辉，是一个对党忠诚、沉着机智、无私无畏的侗族侦察员。解放初期，黔东南地区匪特四起，武装叛乱，攻城掠镇，形势严峻，秦辉只身潜入匪区，时而化装成林海中学的学生，时而装扮为马佛徒的情报员，时而冒充麻大少爷，时而扮演蓝云生的角色，斗智斗勇，应付

---

[1] 参见李鸿然：《中国当代少数民族文学史论》，云南教育出版社 2004 年版，第 517 页。

自如，游刃有余。他牢记党的教导，坚持群众路线，把阿耿、水妹、吴小妹及吴懒夫妇都团结在自己的周围，主动向敌人展开攻势，智擒黑杀队长，还利用敌人矛盾摸清敌情，揪出了企图长期潜伏的反共专员。最后为营救狱中同志，胜利完成党组织交给的任务而英勇地献出年轻的生命，表现了侗家新一代在党的教育下的成长历程，以及为侗乡彻底解放而英勇献身的奋斗精神。而这个人物的原型，应该有作者曾为公安侦察员的缩影。

长篇小说《风满木楼》通过层层深入、剥茧抽丝、细致入微地刻画人物的内心世界，着力塑造了充分反映侗族人民性格特征的多蛮这一主人公形象。在作品中读者看到，多蛮打上了个人印记的

滕树嵩长篇小说《风满木楼》书影

强烈的民族忧患意识。出于对侗乡经济社会的思考，他整顿木坞，开办"小本木行"，要同外来的经济势力一决雌雄。又出于"不要搞烂地方"的政治思考，他主动出任新镇区自卫大队队长。很明显，多蛮的性格里有一种很深厚的民族感情。他希望自己的民族能够发展，不要永远受制于人，希望自己的民族在和平安静的环境中繁衍生息。这样的思想基础，养成了他睿智、坚韧、倔强的性格特征。同时，他性格中又潜藏着保守、固执、偏狭的一面而不能自拔。比如他对龙三娘的斗争方式不屑一顾，成见使他在自卫队迫切需要外援时却拒绝与龙三娘合作，甚至拒绝龙三娘的资助。当解放大军即将到来时，他却放走了当地恶霸龙氏兄弟，虽求得了一时的和平，却留下了严重的社会隐患。可见，他这个艺术形象打上了侗民族文化心态的强烈烙印，给人的印象非常鲜明深刻。与此同时，作品也成功地刻画了阿弄、姜英、龙三娘等侗家妇女的鲜明气韵与动人风姿，在探索侗家人的民族性格与心理气质上取得了可喜的成绩。《风满木楼》中人物形象的艺术探索无疑是滕树嵩小说创作的新突破。

细心的读者还可发现，在主人公多蛮的身上，集中体现了作者的美学追求。多蛮不仅以一个解放前夕侗乡的"政治人物"出现在读者面前，同时更以一个"民族人物""文化人物""历史人物"活跃在作品之中。他勤劳、善良，具有一般侗家汉子的性格，更有刚烈、勇毅、智慧过人的鲜明个性。他出身贫苦，有朴素的阶级意识，却又因为同军阀沾亲带故，出过远门，见多识广，因而工于心计，深藏不露，不苟草率。他接受了侗族传统文化的影响，又清醒地认识到本民族文化的粗浅狭隘，容易使人陷入愚昧，因此他嘲笑告嘎老人传唱的古歌中所宣扬的古朴习俗与伦理，认为只有借助先进的客（汉）家文化，民族才有前途和希望。多蛮这种开放的文化观念，是作者长期考察民族传统、民族现状的成果。善于吸收、融汇先进民族文化的气质，正是侗家人最可宝贵的民族性格。如果说多蛮兴办木行，希图将穆老板挤出侗家山寨是为了民族自强，不让"肥水落入外人田"的话，那么，他的强烈而又呈开放状态的民族意识及民族心理，在风云激变之际，势必要推动他登上政治舞台。为了保护地方，他利用龙大区长同王琪隆之间的矛盾，掌握了自卫队的兵权，并且成功地壮大了实力，使得保安队一筹莫展，最后夜袭县城，联络开明人士，从内部瓦解敌军，终于"逼"走了保安队。作者在塑造多蛮形象之时，始终把握住他热爱本民族、保护地方的性格基调和愿望，而毫无拔高之嫌，在其复杂性中更显得合情合理。这种力求从特定时代、特定环境、特定民族生活出发的现实主义描写，带来了这部作品的真实性和感染力，从而也就产生了更为丰满的审美意蕴。

这种民族气质和精神境界的获得，还因为一种文化力量的渗透。作品中环境描写、生活方式、风俗民情、传说歌谣……无一不是清水江畔侗家文化的显现。比如饮酒，作为侗家人的生活习尚，与日常生活不可分离，在作者的民俗视角中，不可不用。他在这部小说中写了多达数十处的各种人物、各种场合、各种方式的饮酒，其中"酒楼赌胜"一章尤其有声有色。民族文化的广泛运用，而又有机地融入故事之中，不仅带出了新的事件，推动了情节的进展，富有侗家生活的色调，更有助于显示人物的民族气质，展现人物的性格特点，进而深化了作品的主题。不仅增强了人物形象的传奇性，还平添了一层富于文化意味的美学色彩。

《侗乡行》是 20 年后与短篇《侗家人》遥相呼应的姊妹篇。吴大姐和龙三娘有着共同的性格特征。她击毙拦路的土匪，为父母报仇，为人民除害。她打伤偷抢橙子的国民党散兵，叫偷她家马匹的国民党伤兵狼狈摔死。这些都表现了一个侗家女强人疾恶如仇的性格。有恨必有爱。她敬畏自然，对山水草木充满了爱，就是对几根小杉苗也要细心护理，这些无不体现了侗家人爱护生态、保护风水的朴素情怀。同时，她对解放前夕被吓跑逃往台湾的丈夫痴情不改，表现了对海峡彼岸亲人的深切思念和对两岸统一的热切期盼。

揭示侗家人的民族性格，是作者长期探索的结果。因为侗家人的气质是在长期的历史生活中形成的，它包含着侗族的道德观、人生观和价值观。中篇小说《侗家人》中有一段关于侗家人与外民族关系的论述，可以说是作者对侗家人心灵气质的直接表述："侗家山民的所谓蛮悍，只是对反动官家、侗霸财主，对那些将他们视为可欺的傻瓜肆意蹂躏、不把他们当人尊重的恶徒。至于其他一切来客，他们都是善意接待的。所以，在那大民族主义恶性摧残的历史上，侗家这个民族不但没有毁灭，仍能开化前进，便与他们和各民族的兄弟友善往来、重情重义有关。"在《风满木楼》中作者进一步阐释："这个民族的民族自尊心之强，也是令人敬重的，据一位侗族知识分子独出心裁的阐述，侗者，同字加人，同别人一样的人也。所以，谁要不拿他们当人看，他们就要反抗，甚至造反！"

其次，滕树嵩非常注意人物表现艺术角度的选择，并把人物放在矛盾冲突中去淬炼形成。《花开时节》中的顾大嫂，小说把她放在劳动前列和自然搏斗的最激烈的尖端环境去表现她的禀性，去深入刻画她闯将性格的特征。《新人》通过腊娘与丈夫来福主观主义思想的冲突，展现各自鲜明的性格。矛盾冲突最尖锐最复杂的是中篇《侗家人》，人物众多，线索纷繁。其中有麻三畏、麻岚、刘定江、黑三枪等土匪头子，有未出场的马怫徒、罗将才、蓝参议长、陈开明等其他匪首，有准备长期潜伏的反共专员，有秦辉、张樵等公安人员，有被敌人关在狱中的革命同志，有在林海坚持地下斗争的地下党员，还有告嘎老人、吴小妹、水妹、阿耿、吴懒夫妇等普通群众。两个营垒，六条线索，纵横交错。在这复杂的环境中，秦辉带着党交给的三项任务即挖出反共专员、摸清敌情、营救狱中同志而打入匪巢。在完成三项任务的过程中，各种矛盾交织起来，将情节步步推向高潮。高潮中，更是波澜迭起，险象环生，九曲回环。

再次，匠心独运叙述方式，纵横结合艺术构思。滕树嵩的作品无论是用第一人称或第三人称的叙述方式，也无论是以纵式结构还是横式结构，都是为了更好地达到表现人物性格的艺术效果。《花开时节》和《屋》以第三人称纵式结构的形式，情节按时间的顺序发展，人物性格随情节的发展而逐步展现。《监狱与爱情》同是用第三人称，但结构上却采用从中间切入，然后才逐步补叙"女犯"石玉春和管教干部宋干事的不同遭遇，再顺叙他们感情的发展与最后的结合。这样，既有悬念，又脉络清晰，也能更好表现特定环境下的人物性格。《侗家人》《侗乡行》和《新人》则都用第一人称的叙述方式，这是作者颇费匠心而选取的表现龙三娘、吴大姐和腊娘众位形象的最佳艺术形式。特别是短篇小说《侗家人》的叙述角度更加巧妙。作品先从老营业员的回忆中，倒叙 18 年前龙三娘杀县官、收遗孤的历史场面，使情节跌宕起伏，从而把龙三娘的鲜明形象真实地展现在读者眼前。接着以 18 年后老营业员第二次过这山坳的所见所闻，展开对现实场面的描写。最后，作品写龙三娘深夜开会，布置任务，进一步从正面表现她身残志坚、老当益壮的大无畏精神。这一叙述角度，把昔日县官的罪恶，侗族人民的反抗，龙三娘收留并抚养伪县长遗孤和虎口救人的义举、慈心，侗家青年一代的成长，侗家山区生活和人们的精神面貌的变化等，都浓缩体现在这短短的 5000 多字的小说中，如同电影般多角度地展现出龙三娘解放前后 18 年生活历程的多彩画卷。

至于作者的叙述语言，也很有趣，极富特色。他是侗族，通晓侗语，但侗族没有文字。他生长于县城，自然熟悉汉语，所以别无选择只能借助汉文来创作。"这样，就难免产生语言逻辑上的矛盾和叙事方面的困难。一方面，他必须用标准的汉语进行创作；另一方面，他又摆脱不了民族语言的影响。于是，在他的创作中，出现了一种非常独特又富有个性的叙述语言，即我们平常所说的'夹侗语言'。"[①] 换句话说就是"夹侗的汉语"。例如《风满木

---

① 潘年英著：《民族·民俗·民间》，贵州民族出版社 1994 年版，第 167 页。

楼》第 43 页中的一段话，就极具这种语言特色："好呵！卖人脑壳发了财，又升官，真是赚钱生意。冤宰我的丈夫，糟害侗家人，你不还账就想走？办不到。你变麻雀飞过岭，也从半天打你落！"

由于作者曾读过几十本的中国古典小说，又读过外国的海涅、拜伦、梅里美、契诃夫、哈代、高尔基等，因此，在他的作品艺术表现中，既可看到他对中国古典小说通过人物行为刻画人物性格手法的运用，也可看到他对外国小说中截取生活横断面的技巧的借鉴，此外还有对丰富多彩的侗族民间文学中传奇色彩的继承与发扬。

当然，滕树嵩的作品在结构上也存在某些章节之间笔力松散的不足。

第二节　张作为的《原林深处》

张作为（1931—2022），原名祚炜，贵州天柱县石洞乡汉寨人。自小身体孱弱，性格内向，好思向学。6 岁塾师启蒙，7 岁读乡里小学。13 岁考入天柱县初级中学，毕业后考进贵阳清华中学高中部，在校期间喜爱阅读古典文学，并与同学创办文艺刊物《狂飙》《清华译文》，还经常参与诗歌朗诵会、歌咏比赛等文艺活动，不久秘密加入"新民主主义青年联盟"组织。1949 年 11 月为迎接贵阳解放，参加清华中学护校斗争，随即投笔从戎，考入中国人民解放军军政大学第五分校，学习政治理论、军事训练及军事测绘。后报名参加抗美援朝，被调入军区炮兵团整装待发。板门店谈判一停战，即奉命随军进驻滇南。在部队历任班长、测绘排长、军事教员、第十三军政治部征文办公室编辑等，在部队受到教育与培养，文学素养迅速得以提高。1957 年 26 岁时，"反右"斗争进入高潮，部队也开始"反右"，他因在自我批判运动中实话实说，被扣上"右派"帽子，先后遭受遣送农场、工厂劳动改造。"文化大革命"结束后获得解放。之后转业云南省政协工作，旋任省政协对外联络委员会副主任。1980 年加入中国作家协会，曾任云南省电视艺术家协会常务理事等。

1955 年张作为率队在西南边陲搞测绘工作，走遍了滇南的老林和村寨，在傣族竹楼吃过竹筒饭，在苦聪大寨嚼过烤马鹿肉，在苗家学过吹芦笙，和哈尼乡亲对饮过水酒。在与他们亲切相处的日子里，他禁不住记下了他们前进的脚步和心愿，积累下了厚厚的几大本采访笔记而返回部队。忆及这段生活，他感慨地说："祖国明媚春天的早晨无限美好，边疆丰富多彩的绮丽风光使人迷恋。作为一个来自贵州的侗族战士，能接触苗、瑶、彝、傣、哈尼等众多的兄弟民族，心中的那股高兴劲儿真是无法言传，虽然语言不通，但在生活交往中，仿佛也有许多的共同语言。各民族苦难的过去何其相似，而幸福的今天使我们心心相连。用什么来表达这满腔的激情？怎样抒发自己深入肺腑的感受？我作为一个文学爱好者，忍不住提起笔来，在行军的小憩中，写；在暗夜的篝火旁，也写。"① 于是，许多反映云南边疆各族人民生活的特写、诗歌及散文发表在《解放军报》《人民日报》《西南文艺》《中国作家》上。或许他是民族作家中写其他兄弟民族生活题材作品最多的作家之一。

至于长篇小说《原林深处》（上）的创作，那更是一段刻骨铭心的非凡经历。"文革"后期，由于作者认真劳动改造，"右派"有幸得以摘帽，随后到一个家属厂去做木工，他就利用夜间秘密写作。那时武斗频繁，工厂时常停工停产，他有了比较充裕的写作时间。熬过无数的不眠之夜，尽管头发脱落，视力减弱，他仍是充满激情地艰辛笔耕。终于在 1978 年党的十一届三中全会到来之际，秘密偷写的 50 余万字的长篇《原林深处》得以完成。在部队伯乐的举荐下，1979 年 4 月《原林深处》（上）由山西人民出版社出版，第一次印刷就达 33.7 万册，在文学界引发了强烈反响，并荣获云南省文学创作特别奖。《原林深处》（上）反映的是西南边疆苦聪人的生活，它细致刻画了白眉射达和缪娜、白虎和美索两代英雄人物悲欢离合的斗争故事，歌颂了我党我军贯彻执行少数民族政策取得的伟大胜利。

在小说里，作者成功塑造了白眉射达、缪娜、白虎、美索等感人至深的形象。白眉射达是灾难深重、勇力反抗的苦聪人的代表。作为苦聪人最剽悍勇敢的人，他有准确的弩箭和惊人的勇武，在氏族里备受尊敬和爱戴。而他又是以那阴森恐怖、无边无际的原始森林为活动空间。在那里，他"纵

---

① 吴重阳、陶立璠编：《中国少数民族现代作家传略续集》，青海人民出版社 1985 年版，第 156 页。

跳如飞，穿行似箭""像飞鸟一样地快速，像猴子一般地敏捷"。作品表现了他超人的本领和非凡的箭术，描写了他对反动统治阶级有着不共戴天的仇恨，有着坚韧不拔的复仇意志，对本民族人民有着深沉的爱和高度的责任感。由于反动统治阶级对苦聪人的长期侵扰和掠夺，在他内心深处也形成了一种"老林外无好人"的偏见。他将穿黄绿军装的解放军也误当成"老黄狗"，加上盲目自信，以至受骗上当。白眉射达虽然固执，但当来自老林外的瑶家姑娘——缪娜在他的生活里一出现，他那固执的偏见便得到了

张作为长篇小说《原林深处》书影

化解。缪娜的性格，充分表现在她的"贯穿动作"——毅然逃离瑶家土司的逼婚，坚决与被反动派称为"野人"的民族通婚，并决心改变苦聪人的现状，用现代社会的科学知识武装他们，让他们富起来。缪娜的努力，终使长期与世隔绝的苦聪人开始动摇了"老林外无好人"的观念，而看到老林外有坏人也有好人的事实。继白眉射达、缪娜之后，苦聪人和"林外"人的结合又出现了白虎和美索。他们的性格是 20 年前第一代人的继承和发展，第一代人追求幸福生活的理想到他们才变成了现实。

此外，作品对"林子"内外的其他形象也作了极其精要的描绘。特别是对"林子"内苦聪人群像的描绘，作品不仅写出了他们各自的行为和性格，还写出了他们悲惨的命运，更着重表现了他们顽强、坚毅、勤劳、勇敢的美好气质。对于"林子"外人物的描写，其中值得一提的是解放军班长龙大海。龙大海是个远离本民族的生活环境而和其他兄弟民族同胞一起投入革命斗争行列的侗族人。作品通过他在革命斗争中的表现来揭示侗族人特有的心理素质。

独特的艺术构思，是这部小说的突出特点。作品以我边防部队架设国防

电线道路侦察组在执行任务时，发现苦聪人的踪迹便攀危涉险地寻找，并迎接他们下山定居作为结构的骨架。将四条线索——以肖红为首的边防军道路侦察组，以白眉射达为首的苦聪人，以缪司洛全家为代表的瑶族群众，和以挨天香等土司、老叭、老黄狗为代表的反动统治阶级——进行交织描写，构成波涛起伏、引人入胜的情节，层层深入地表现苦聪人悲惨的遭遇，展现了一幅幅色彩斑斓的苦聪人生活的风情画和原始森林的风景图，给作品涂抹上了浓厚的浪漫主义传奇色彩。

作品的另一特点是善于运用伏笔和悬念。在作品里作者匠心独运地以"弩箭"作为情节发展的一条线索贯串全书。"弩箭"是苦聪人生活斗争的唯一武器，也是民族社会的一个重要标志。作品中的弩箭，凝聚着苦聪人对老黄狗、土司、老叭等反动统治阶级的无比仇恨，表现了苦聪人对人民解放军从误解到了解的过程，也是解放军寻访苦聪人的导向与线索。开头，以三支神奇的弩箭揭开作品的序幕，留下总的悬念。情节的开端，便是解放军三次查访箭主人。当缪司洛讲了弩箭的来历——白眉射达的身世、与缪娜的爱情悲剧和复仇的英雄行为后，却不知道他的下落，悬念未解。情节的发展和高潮，是解放军三上哀牢山，寻访苦聪人。中间有达亚守狐皮射出的箭和纳柏囡射狼救肖红的箭虽然与开头的弩箭相似，但只是白眉射达徒弟的箭，而不是白眉射达的箭。情节的结局，苦聪人下山定居，放映电影《白毛女》时，白眉射达"拔箭助喜"，带着愧悔的心情回到人们当中。肖指导员又将原来的三支弩箭"箭归原主"。白眉射达将它折断表示告别旧的生活，开启新的征程，悬念落地。

细节描写前后呼应，场面描写富于诗意，是作品的又一特点。火，在人类生活中是不可缺少的。作品中写了火的宝贵，也写了不同性质的火。一次大搬家，又遇上大雨，就没了火。冷了没火取暖，饿了没火烤肉，只有用原始的方式转竹取火。缪娜为了改变现状，决心下山取回火柴，终于为取火柴而遭刀罕师的毒手。白眉射达从缪娜遗体上带回两盒火柴，转到保管火种的能手柴么荣的手上。柴么荣把它珍藏在腰间的麂皮里，到病危时才拿出来交给最信赖的纳柏囡。火柴，凝结着缪娜和柴么荣的心血，寄托着苦聪人对缪娜的怀念。它是人类文明之火，也成了苦聪人的希望之火。

语言生动，富于节奏感和边疆民族色彩。作品的开篇对白眉射达作了这样的描绘："像飞鸟一样地快速，像猴子一般地敏捷。""黧黑的脸膛方方正正，圆圆的大眼灼灼有神，厚厚的嘴唇微微翘起，短短的胡须成八字形……腰系虎皮，手执弩弓，背斜箭囊，腰挎刺刀，显得既威武而又倔壮。"这里用比喻、对偶和排比的句式，不仅生动地描绘了白眉射达英武、剽悍的形象，而且以急促的节奏为传奇性情节的开展渲染了气氛。又如对哀牢山区的描绘："举目皆山，山外青山，千峰万壑，层层叠叠，犹如海涛奔腾，巨浪排空。……峡谷里，有的苇草密集，有的杂树丛生，有的红花遍地，有的流水潺潺。"绘出了哀牢山区的原野气势和如画的美景。这种排比句式，在作品中经常用以写人状物，绘景抒情，其节奏鲜明，音调铿锵，生动凝练，感染力强。同时，像"十个指头有长短，满园竹笋有高低""狗闻千里屎，鸽识万里路""蠓虫飞过都有影，世间没有不透风的墙"等民间俗语，读来朗朗上口，又传神入画，极富表现力。而且在篇章的开头都冠以苦聪人的谚语，也很有特色。如长篇卷前用"人如吃得山桃苦，更会坚强更聪明"等，既统领全篇，起到"画龙点睛"的作用，又精准地概括了苦聪人的民族性格。

《原林深处》结束了侗族作家文学没有长篇小说的历史，是张作为在文学创作道路上树立起来的一座里程碑。中国作家协会副主席、著名文艺评论家冯牧曾对《原林深处》高度赞誉和肯定：作者利用十年浩劫的时间写出 51 万字的作品，这是一个奇迹，小到作者个人大到整个侗族和中国文坛，无疑是个可喜的收获。这本书，就其反映时代及少数民族命运的生动性、复杂性、深刻性以及它的传奇色彩、丰富的情节和出色的叙述等方面来说，它的价值和意义都是应该肯定的。《原林深处》除了具体而真实地、生动而准确地反映了苦聪人出林定居与反出林定居的全过程外，在写作方面由于能够注重艺术形象的刻画，注重情节的描写及其连锁反应，形成了作者自己独到的显著创作特点和风格。更为可贵的这是目前中国文坛不多的由少数民族作家写少数民族的作品，对过去全由汉族作家写少数民族的作品的状况来说，不啻是一个文化跃进![1]

---

① 张泽忠编：《理性的曙光——当代侗族文学评论选》，广西民族出版社 2002 年版，第 82 页。

对于《原林深处》在"文革"浩劫时期的写作，作者曾感慨万千："我活着是因为那些曾与我共甘苦的苦聪人以及曾使我激动不已的事，老在我的心里闪光，我有责任讴歌那些舍生忘死为拯救一个民族而长期在老林中奔波的解放军战士，我必须把与世隔绝的勤劳、勇敢、机智的苦聪人介绍给人们。使一个长期受疾病、冻饿和野兽的威胁而趋于灭绝的民族获得新生，这是多么壮丽的事业！这不是充分地说明了社会主义制度的优越性吗？于是，在繁重的体力劳动中我回忆，在那难熬的饥饿状态里我构思，只要我活着，我就要写作。"[①] 这就是情动于心，发乎为文；艰难困苦，玉汝于成。作者原计划《原林深处》分上、下两部，可最终未能见到下部出版问世，实为憾事。

第三节　袁仁琮的《破荒》及历史小说

袁仁琮（1937—2017），贵州天柱县三合乡碧雅村人。小时上过私塾，先生为清末秀才，藏书甚富，对其多有嘉勉。而父亲为铁匠，远近闻名，且喜唱歌，使其耳濡目染，深受影响。1951年，他小学毕业，考入天柱民族中学，1957年考入贵阳师范学院中文系，毕业后分配到贵阳一中。1964年参加贵州省报告文学写作组，深入农村采风。1979年调贵阳师专中文系任副教授，后升贵阳学院中文系教授，1986年加入中国作家协会，系贵阳市文联委员、全国侗族文学学会顾问等。

1956年中学暑假时，他回到家乡。受农村新人新事新气象的感染激励，他创作了独幕话剧《小花和尚看梨》，歌颂热爱新生活的农业社小朋友们，发表在当年的《贵州文艺》第95期上，从此走上了文学创作之路，笔耕终生，无怨无悔。纵观袁仁琮的创作轨迹，可以分为三个时期。

1956—1965年为初露才华的第一时期。先后有《吉娜》《路遇》《打姑爷》《午休》《搭车》《投师记》《月下赛歌》等短篇小说和诗作在《山花》

① 吴重阳、陶立璠编：《中国少数民族现代作家传略续集》，青海人民出版社1985年版，第157页。

《贵州日报》《上海文学》《延河》等报刊发表，显露出他青年时代的创作才华，其内容主要是表现劳动人民翻身解放后对美好前景的憧憬，以及对共产党、毛主席和人民政府的感恩情怀，歌颂侗族同胞挣脱旧思想、旧习俗，为美好未来忘我工作、辛勤劳动的精神风貌。

"文化大革命"中，他无奈停笔，历经磨难，对社会和人生有了比较深刻的了解和认识。

1978—1997年为继续发力、积淀打底的第二时期。1978年党的十一届三中全会后，他重新提笔，先后在《花溪》《山花》《民族文学》《人民文学》等发表了短篇小说《山里人》《铁师傅》《机线班长》《挫折》《普尼和朵约》《北京来客》《暑假第一天》等作品，其中《铁师傅》获1981年贵州民族文学创作一等奖。1986年，贵州民族出版社出版了他的短篇小说集《山里人》。该书选入作者20世纪50—80年代初发表的短篇小说13篇，共15万字，其中《打姑爷》被收入全国《三十年短篇小说选》和《当代少数民族作家作品选》，《挫折》选入台湾新地出版社出版的当代中国大陆作家丛书《岸上的秋天》，有作品被选入《中国小说年鉴》。这一时期，其作品无论思想性和艺术性都有了明显提高，当然也自有不足。著名作家、贵州省文联主席蹇先艾曾在《山里人》集子序言中指出："仁琼的小说，反映了本民族的喜怒哀乐，已经打下了一个良好的基础，今后主要是更加深入广阔和沸腾的社会生活，进一步观察、理解、思考和分析新时期侗族人民现实生活中本质方面的问题，扩大视野，发展题材和主题。再就是仁琼有些作品思想性并不算高。有些素材还需要提炼，注意剪裁，力求写得精练、紧凑一些。"作者也感悟到自己起点不算低，但写去写来，提高很慢，却又无法放弃文学。在不断地深刻反思中，他逐渐发现自己最大的差距就在于功底差，库藏少。于是，他停下笔来全力读书，认真研究传统文化、现代文化、古今哲学以及文艺学、美学、心理学、创造学、民族学、人类学等等，从而拓展了思路，开阔了视野，打下了比较扎实的底子，提高了综合实力，终于出现"柳暗花明又一村"的创作高潮。

1998—2014年为创作突破与飞跃丰产的第三时期。1998年袁仁琼退休，结束了繁忙的教学工作，他全力以赴投入文学创作，作品频频问世，如同井喷，进入了"庾信文章老更成"的收获期。先后创作出版了长篇历史小说《王阳明》《庄周》和《孔子》。《王阳明》是新时期以来他由理论研究转向文学创作的标志，具有不可忽视的意义。作品对古代哲学家、教育家、军事家、文学家王阳明的一生治学及从政经历恢宏描述，全景式地再现了明代中叶官僚政治的低能腐败和社会走向末世的情状，堪称展示了一幅明代社会的历史画卷。《王阳明》是他长篇历史小说创作的力作。而《庄周》则浓墨重彩地描写了我国战国时代的思想家、哲学家庄周一生的思想、遭遇、生活及感情历程，揭示了其一生思想、观点、性格形成和发展的逻辑轨迹，塑造了一个血肉丰满的古代智者形象。《孔子》以东周动乱的社会现实为背景，一方面揭露了各国统治集团的私欲膨胀与权谋内乱杀伐，另一方面又歌颂了孔子为文化教育文明创造辛勤奔走倾情呐喊和呕心传播的历史勋绩伟大人格及精神风貌，构成了广阔宏大瑰丽多姿而又纷繁复杂矛盾交织的历史图景。同时，他还出版了理论专著《新文学理论原理》《鳞爪集——关于写作及其他》《解读王阳明》《庄周今读》等，并承担主编了《新时期少数民族文学作品选·侗族卷》等多部文集。

这一时期，他还创作了几部革命历史题材和现实生活题材的长篇小说。《血雨》写的是共产党人罗时文、杨虎城等革命者和爱国将领在息烽集中营里和国民党特务的斗争，展示的是抗日战争至解放战争这一革命历史时期的社会生活；《穷乡》写的是农民在新时期的觉醒和走出贫困的征程；《难得头顶一片天》塑造的是城市下岗工人生活的艰难，保守与开拓的矛盾；《阳光底下》写的却是中学生生活，无论是学生、老师和校长，都是作者笔下的新人物，涉及中国教育改革的重大话题，曾荣获 2007 年贵州省第二届乌江文学奖；《梦城》描述的是当下重大社会变革，聚焦农村城市化这一伟大历史进程的当代社会问题等。

袁仁琮最重要的代表作是百万余字的三卷本长篇小说《破荒》。这部巨著，既是他的创作巅峰和里程碑，又是侗族文学史及贵州文学界标杆式的作品，同时也是 21 世纪初中国少数民族文学创作的重要收获。《破荒》包括第一卷《太阳从西边出来》，第二卷《梦幻岁月》，第三卷《土匪名单》。作品时间跨度为侗族山乡解放前几年至改革开放、进入发展新时期的 30 多年岁月。这期间，侗族地区经历了史无前例的社会大变革，人民由被剥削被压迫者成为国家主人，经历了好心办坏事的大挫折、大失误乃至十年动乱。历史出现了大曲折，党和国家与人民蒙受大灾难，但还是艰难地走过来了，在吸取历史经验教训之后，奋然前进了。作品站在历史的高度，真实地再现了这三个特殊历史阶段侗乡壮阔的社会生活，视野广阔，主题深刻，人物众多，形象鲜明，关系复杂，气势恢宏，多姿多彩，绚烂斑斓。

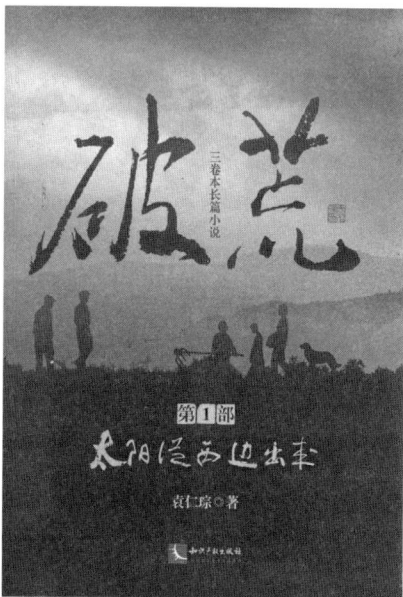

袁仁琮长篇小说《破荒》书影

"中国人走到今天不容易"这一主旨命题，是《破荒》贯穿始终的思想，它不仅仅指侗乡经历种种磨难，仍然不停步地前进；还指被剥削被压迫者转变为国家主人的艰难。要成为国家的主人，不但要有思想觉悟，还要具备一定的文化素质与工作经验，要面对种种困难复杂局面，经得住磨难考验与挑战。比如侗乡几个小村寨的贫苦青年农民，正直肯干，但不识字，思想不成熟，被选为农会主席，却听不明白上级指示的电话内容，只好走几十里山路亲自到区里去询问。"出身不能选择，个人道路可以选择，重在表现"这样的话问了多遍也不明白。手里有权了，可以发号施令，但在群众心里，威信还没有开明地主的高。可见，要得到群众的真心拥护，还需要长期磨砺和积累。

这就充分说明，建立新政权，巩固新政权，建设从旧中国母体中脱胎而来的新中国，为中华民族造福，不但翻身农民存在"成长"的问题，领导者也同样存在。《破荒》中写了10多位中国人民解放军转业干部和现役军人，他们有的很快适应新形势，有的要经过艰苦努力，才能赶上时代步伐，而有的险些栽跟头。新提拔起来的干部——县委书记左德琪利用工作之便夺人之爱；地下党出身的老县委书记赵子青在政治风浪中也时常手足无措，仅凭心中有老百姓这一点"老本"，才闯过一道道难关。如何正确对待新形势下的新问题依然需要学习，仍然有个成长过程。成长，是每一个民族、每一个国家、每一个社会、每一个人的共同课题，是必经之路。人的知识、经验、能力都不是先天的，前进道路上遭遇曲折、挫折、坎坷难免。必须如实地承认这种客观现实，并遵循其客观规律，才不会被暂时困难吓倒，才能有所进步与继续前进。《破荒》将中国人民成长过程中缺乏经验，缺乏科学精神，吃尽苦头，历经磨难，付出了惨重代价，写得如此惊心动魄又入木三分，从更广阔的角度揭示了"中国人走到今天不容易"这一鲜明命题，因而具有广泛的普遍意义和深刻的历史启示。

《破荒》先后获得贵州省第二届少数民族文学创作"金贵奖"和第十一届全国少数民族文学创作"骏马奖"，成为荣膺全国大奖的第一部多卷本侗族长篇小说。可以说，《破荒》堪称是一部荡气回肠、可歌可泣的生命大歌和历史画卷。2016 年 8 月，第十一届全国少数民族文学创作"骏马奖"颁奖词写道：

> 《破荒》三部曲用亲历者的冷静而理性的观察代替历史主义式的想象与虚构，在生活面前保持中立和客观，又充满同情的理解，将贵州西南腹地山村和县城从新中国成立前后到改革开放三十多年的历史进行正面强攻式的细致勾勒，充分展示了历史本身的复杂性和人性的丰富与变化，却又没有做轻浮的道德评价，依靠丰富的情节、真实的细节、广阔的社会背景表现了较大的思想深度和意识到的历史内容。它无愧于是一个民族的风俗史和心灵史。

袁仁琼之所以能写出《破荒》，完全是生活的馈赠和情感积淀的喷发。他亲身经历了中国旧社会的黑暗，那是个烂透了的社会。他亲眼见到过拉壮丁的残酷场面，看到保安团的兵大爷们在小镇上明拿暗抢，在众目睽睽之下将赶乡场的老大爷用枪托打翻在地，不管死活。同时，他本身的成长经历也伴随着不少的屈辱。新中国成立后，他看到了欣欣向荣的新社会和人民当家作主的喜悦。之后，又经历了1958 年"大跃进"、大炼钢铁、人民公社化、三年困难时期以及后来的十年动乱和拨乱反正后改革开放这一历史阶段的社会生活，感受至深。因此，真实地再现这三段历史的社会生活，就成了他作为这些历史事件的亲历者和见证人的不可推卸的责任。再加上那些人和事他都很熟悉，可以信手拈来，而且他还和家乡一直保持着良好的联系。这就是他创作《破荒》并取得成功的重要原因。①

正如他获奖后所说的："我写三卷本长篇小说《破荒》遇到的最大障碍，就是要从纷繁复杂的历史和现实生活中找出一条路来。从新中国成立前期到改革开放这 30 多年，中国人民走过很不平常的一段路，既无法抹去，也不能绕过，更不能随意涂写。经过几年的苦苦思索，翻阅我国和其他一些重要国家的历史，我发现一个基本事实：没有一个民族一个国家的发展和进步是一帆风顺的，走弯路、出现挫折在所难免。我意识到，中国人民走到今天不容易，应该倍加珍惜。这便是我创作《破荒》的基本出发点，是我在作品中集中表达的真情实感。"②

袁仁琼笔下的人物，都是侗族个性鲜明的普通劳动者。有质朴、善良、正直、耿介的老一代，也有勤劳、忠厚、刚毅、执着而又勇于改革的新一代。作者在描绘他们各自鲜明个性的同时，又赋予他们共同的民族性格和心理气质。《山里人》中的普老照，因为在"大跃进"和"农业学大寨"中两次要修水库令他搬家，但都没有修成而使他遭受损失。粉碎"四人帮"后，公社党委认识并改正了"左"的错误，真正要为群众办实事，要把水库建设好。但无论怎样动员，他也不相信。声言"等水漫到床上来再说"。可是当他看到这回是真拿实在的了，就从动工的第一天起，主动请公社书记搬进自己的屋住，并积极出谋献策，早早晚晚督促公社书记，不顺眼的时候还要大声武气地吼几声。他又砍掉屋前自己栽下如今已经成林的竹子，编成撮箕、箩筐交给水库工地。晚上又揽下修整、看守工具的任务，以积极的行动支援水库建设。这种倔强而质朴的性格特征，是民族气质的鲜明体现。

同样，在作者塑造的青年一代的身上，我们也能看到这种民族性格得到继承和发扬。嘎拉和松古都具有含蓄、内向的性格。他们沉默寡言近于笨

<hr>

① 陆景川：《不断攀登，撑起灿烂的天空——怀念侗族作家袁仁琼兼评长篇小说〈破荒〉》，《文艺报》2017 年 11 月 6 日。

② 《第十一届全国少数民族文学创作"骏马奖"获奖者创作感言》，《文艺报》2016 年 9 月 9 日。

口拙舌，老老实实似乎"傻头傻脑"，但却善于用心，爱动脑筋想办法。嘎拉不动声色，悄悄帮助拉朗妇女队砍下杉木，绘制插秧机图纸和模型，解决她们技术革新中的难题；松古闷声不响，一项任务到来，他开始总是不哼不哈的，有时甚至一问三不理，但是执行起来，却又是那么踏实、卖力，就是折筋断骨也决不后悔。这种踏实纯朴的品格，埋头苦干的精神，坚韧不拔的毅力，正是民族气质在新时代的传承。妇女队长拉朗和吉娜的性格，既有直率、开朗的一面，也有温柔、执着的一面。拉朗具有洞察人物的眼力，她所爱的不是能说会唱的后生，而是心地耿直、聪明勤劳的青年。吉娜并不像旧社会侗族妇女那样，只会绣花，事事顺从父母和丈夫，而是敢说敢干的时代妇女代表。

特别是《破荒》中的龙文昺、布劳兆、县委书记等众多的人物群像，更是血肉丰满，性格鲜明。"作者在凝望这段历史时，不是抽象地解读政治，而是从生活、从人性出发，在事业、爱情与家庭中刻画人物，借人物命运演绎时代风云。袁仁琼不惜笔墨，笔下人物有名有姓者多达 90 余位，这些人物群像的故事构成了对社会生活的全面展示，使得作品既包含深厚的社会生活内容和人性内涵，又蕴含着独特的民族文化特质。其中人物命运的多舛，社会发展道路的曲折艰辛，生动说明了'中国人走到今天不容易'的深刻命题，也阐释了国家必须科学发展的道理。"[1]

在艺术表现上，时常巧用对比手法。如《机线班长》中检查线路时，以"我"的急躁和粗心，对比普老直杠的认真和细致；以"我"天黑想回家，对比普老直杠为了工作，"好像忘了时间，甚至自己的存在"的忘我精神；以"我"的恐惧，对比普老直杠的沉着镇静；以"我"的只顾自己，对比普老直杠对人的关心；以"我"的冻、饿、累，对比普老直杠吃大苦、耐大劳的精神。在《打姑爷》中，拉朗的急，嘎拉的稳；拉朗的热，嘎拉的冷；拉朗的活泼，嘎拉的沉静等，都是用对比来表现的。在故事情节的发展和结局上也是采用对比的写法，如：一边是姑娘们"砍呀砍呀"的动态，另一边是嘎拉"猫着腰在那儿吧叶子烟"的静态；一边是拉朗和伙伴们砍伐大枫树的

---

① 杨玉梅:《2014 年：文学精神的延续与拓展》,《文艺报》2015 年 2 月 6 日。

蛮干，另一边却是嘎拉砍杉树的巧干等等，都形成了强烈、鲜明、符合特殊环境和典型性格的对比。

此外，人物语言个性化是其作品的显著特色。他的人物个性，很多并非通过故事细节描述出来的，而更多的是通过说话让读者体味到的。即使是在他早期作品中，也少有那个时代的"千面一腔"。他在塑造人物时，比较注意人物的身份、个性，什么人说什么话。到了《破荒》等后期作品，更是较好地发扬了这一特色，不仅在人物对话中，还在相当程度上拓展到了叙事语言上。特别是对一些方言的巧妙运用，既通俗易懂，又能体现人物性格，读起来生动有趣，形象鲜明。

纵观袁仁琮的创作与作品，反映的生活领域广博浑厚，人物形象鲜明各异。内容从历史到现实，主题从社会变迁到教育改革，故事情节从政治斗争到感情纠葛，人物群像从历史名人到当代老农、社会青年、在校师生，几乎涉及社会生活的方方面面，人物面貌形形色色。特别是在几部长篇小说中展开了非常广阔的时空背景，显示出作者的学识深度和生活广度，也显示出作者宝刀不老、思维活跃、与时俱进地把握时代脉搏的艺术造诣。①

总之，在侗族文学界乃至全国少数民族文学之林，袁仁琮都是一位既勤于创作实践又有理论建树且摘取了桂冠的多产作家。

第四节　罗来勇的《鲍尔斯先生，再见》及军旅小说

罗来勇（1951—2021），笔名煦峰、洛勇，贵州省铜仁县（今铜仁市）城关镇人。他读小学时，就用零花钱买了几十本小人书经常翻看，还与小朋友们分享。因沉迷于《西游记》《三国演义》《水浒》等古典小说而成绩下降，考不上初中。"落榜"后随父亲去乡下补习，在当地六龙山的崇山峻岭中，幼小心灵感受到了湘黔边地山水的壮美迷奇。1965 年 14 岁方考入铜仁县郊的坪茶初中，1969 年下乡插队务农。1970 年以知青被推选入著名的铜

---

① 参见苑坪玉：《学识与生活的结合——侗族作家袁仁琮作品概览》，《贵州日报》2008 年 11 月 21 日。

仁中学高中部。因年长成熟，在校期间德智体全面发展，又担任过文艺宣传队队长，还有一篇反映六龙山寨支农的散文在校刊发表，轰动全校。且爱好体育，连斩铜仁专区中学生运动会的百米短跑、百米跨栏和跳远三项全能冠军，在校期间就加入了中国共产党。1972 年秋高中毕业，留校负责团委工作。1972 年 12 月，参军入伍到铁道兵第十五师第七十四团，参加北京地铁建设，由此步入人生发展的新里程。历任战士、班长、排级新闻干事，1976 年开始发表作品。1979 年所在铁道兵部队并入基建工程兵，被调任基建工程兵文化部干事，为后来的文学创作奠定了基础。后晋升连营级干部，1982 年调任《解放军文艺》编辑。1984 年 10 月调入国防科学技术工业委员会成为专职作家。1988 年加入中国作家协会。1989 年毕业于解放军艺术学院，为解放军总装备部正师级军官，二级作家。先后发表或出版有短篇小说、报告文学、纪实文学及影视剧本等累计 300 余万字。

罗来勇的小说创作主要是中短篇。跨入 1979 年，他在中国的政治中心北京已亲历系列国家重大事件：1975 年邓小平复出，1976 年"天安门事件"、唐山大地震救灾、毛泽东主席逝世、粉碎"四人帮"，1978 年 12 月党的十一届三中全会召开，国家走向改革开放，1979 年对越自卫反击战他参加解放军总政治部采访团赴广西前线……这一系列涉及党和国家重大进程社会变革的历史事件，给予他的文学创作以深刻的影响，也近水楼台获得了宝贵的创作素材，先后推出了系列有影响的中短篇小说。

1984 年 1 月，他的第一本小说集《鲍尔斯先生，再见》由解放军文艺出版社出版。这本集子虽然收录的作品不多，却是当年解放军文艺出版社推出的包括他和朱苏进、王海鸰、江奇涛、莫言、刘宏伟等新时代优秀青年军人作家的佳作之一。对他来说，是其文学创作道路上的一次历史性总结与纪念。其中的《鲍尔斯先生，再见》是其处女作，发表于 1979 年《解放军文艺》第 2 期。小说以我国引进一家美国大型化工厂的建设为题材，表现落后的闭关锁国观念和打开国门走向世界的矛盾冲突。作者大胆地把过去视为敌人的西方国家中的美国专家表现为正面人物，这成为新中国成立以来文学的勇敢尝试，也突破了文艺创作的禁区，给人以振聋发聩的影响。在当时，也只有《解放军文艺》才敢于刊载这样承载着政治风险的作品。小说一经发表，立即在文学界引起不小的反响，后被著名画家俞晓夫改编成连环画，由北京人民美术出版社出版。《女囚徒》刊载于 1979 年《广西文学》第 10 期，这是他参加对越自卫反击战广西前线采访后，以少有的视角观照越南人民生活的力作，曾获《广西文学》优秀小说奖。特别是在深入探索改革开放题材的创作中，他收获了有影响力的短篇《世界在他们眼前展开》。作品描述了中日合作工程中我国在引进国外先进技术，改变国家落后状态的进程中发现了资本主义唯利是图的顽疾。故事以中方代表在日本检验我国订购的钢铁厂设备发现曾经十分信任的日本厂商提供的某些设备竟然是翻新的二手旧货，随后展开了针锋相对的外贸论争。作品打碎了国人对西方国家和其技术的一味信任与盲目崇拜，警示打开国门后面对崭新的世界，既需要谦虚地学习，更要有自己的国际眼光和科学定力。这是在当时崇洋媚外思潮盛行之时，又一次站在时代潮头适时地表现了我国科技人员的独立思考与爱国情怀。小说发表后，即被有巨大影响的《小说选刊》转载，并作为当年优秀短篇被人民文学出版社选入《1982 年全国短篇小说选》于 1983 年出版，同时还被当年中国青年出版社的畅销书《青年佳作选》辑入。

当然，故乡题材也是他小说的表现内容。儿时种下的故乡情怀、家乡人物的鲜明形象，时常涌动在他的心头。他推出的系列反映故乡小城人生活的小说有《芳芳》（山西《北岳风》1989 年创刊号）、《赌场》（湖北《芳草》1989 年第 1 期）、《老八之死》（北京《青年文学》1988 年第 9 期）、《碎月》（贵阳《花溪》1988 年第 11 期）等。其中《碎月》的文笔很是娴熟，近乎老辣，结构跳跃留白把握到位。

作为一个军旅作家，部队题材是他作品创作的主要源头活水。铁道兵和基建工程兵的多年磨砺，使他捷足先登深入部队承建的交通、能源、黄金、水电、钢铁、矿山，甚至核能等国家重大工程建设项目优先采访，由此创作了系列中短篇小说。

《人·狼·坟》和《绝望木乃伊》等短篇，塑造了坚守于千里戈壁渺无人烟的核试验场的军人的孤独坚毅和无私奉献的报国情怀，这些罗布泊独有的隐蔽人物、冷门故事极具创意，引人关注。中篇为《在那洁白无声的世界》《西域》《泽国》，分别发表在 1983 年解放军文艺出版社《昆仑》第 4

期，1990 年《解放军文艺》第 12 期等刊物。这些作品以承担国家基建的部队为背景，塑造了军人在现代工业场景下的生活形态。特别是《西域》可以说是他小说创作走向成熟的一个界碑。该作以远赴罗布泊核试验场大戈壁滩的军人为核心人物，塑造了几位年轻干部战士复杂的性格，军人们为寻找导弹落点面对生死的考验、献身及爱情。这篇作品改变了作者之前的人物性格单一、风格过于严谨甚至刻板的弊端，开始出现人物性格的多面性与复杂性，使作品思想内容开掘深厚、人物形象的丰富饱满，均达到了内容与形式的和美统一。1991 年，《西域》获解放军文艺优秀作品奖。

由于这些作品题材的独特性，因而使他获得了难得的文学成就，受到文学评论家的较高评价。值得一提的是，1986 年 8 月由北京大学出版社出版的北大中文教材《当代中国文学概观》在"军旅文学的新拓展"一章中专门提到，罗来勇作品中的军旅人物具有新时期的特点，拓展了军旅文学新的题材、新的人物，在军旅文学创作中独具特色。

纵观罗来勇的小说创作，有如下几个显著的特点。

第一，主题宏大，题材独特，是改革开放以来现实主义文学的颂歌。如《鲍尔斯先生，再见》表现了因为闭关锁国造成孤陋寡闻的中国人此时对外面世界充满着新奇与钦佩，并渴望追随世界现代化步伐，改变国家的落后面貌，这是改革开放之初我国历史进程的见证。这种思考在当时是引领时代潮流的。而《世界在他们眼前展开》则反映中国青年知识分子在日本面对其先进技术的深刻反思，而我们的积极进取和刻苦坚毅精神也撼动了日本专家。这篇力作，不仅在国内引起震动和赞扬，同时引起了日本舆论的关注。日本《朝日新闻》《朝日杂志》发表

罗来勇短篇小说集《鲍尔斯先生，再见》书影

评论认为,《世界在他们眼前展开》表达了中国青年一代对引进西方技术的开放态度,值得关注。

第二,表现了人民军队和军人的风采,塑造了新时期以来"最可爱的人"的鲜明形象。如果说小说《鲍尔斯先生,再见》《世界在他们眼前展开》和纪实文学《国土·民族·士兵》等作品充分塑造了那个特殊时期的军人是国家经济建设战线"最可爱的人",那么《人·狼·坟》《绝望木乃伊》《火箭城人》《艰难的历程》等作品则表现了在国防科技尖端领域的军人风采。《人·狼·坟》描述了值守罗布泊核试验基地的军人在惊天核试验之后与狼群为伴,执行国防任务尽忠尽职;面对恶劣环境的坚毅执着与献身精神;对待动物的人道善良甚至引起罗布狼群的情感撕裂。而《西域》描写为追寻导弹落点残骸被困在冰天雪地渺无人迹的戈壁滩中的军人,他们视军令如山,宁死不放弃。在冰冻彻骨的寒夜里坚守岗位,为取暖生火一块块拆下军用卡车的车厢板……救援部队赶到时看到守卫在导弹残骸旁的那辆只剩钢铁残骸的军用卡车以及驾驶楼里两个已变为冰雕的年轻战友,无不为之动容,流下铁汉之泪。在那片孤寂的洪荒大漠深处映射出现代军人为国献身的光芒,其风采情操催人向上。

第三,成功借鉴外国文学表现手法,融入自己的文学创作。《在那洁白无声的世界》里,以修筑天山公路的军人为主人公,其艺术结构和表现风格,显示作者成熟地吸纳了杰克·伦敦表现荒原戈壁的硬汉风格,以及海明威《老人与海》的孤独与坚硬的艺术手法。在军人和大自然的面前没有人与人之间的剧烈矛盾冲突,而如何写没有人物之间矛盾冲突的情节就成为对作家的考验。作者正是借鉴了杰克·伦敦和海明威等大师的小说表现技巧,对小说艺术表现力的把握开始有了自己的追求,并取得了成功的效果。

第五节　潘年英的《木楼人家》《寂寞银河》

潘年英(1963—),笔名帕尼,贵州天柱县石洞镇盘杠村人。幼年聪慧,5岁上学,先后在盘杠小学、都岭初中和天柱民族中学读书,1980年考入贵州民族学院中文系，1984 年毕业分配至贵州省社会科学院社会学所工作，1995 年晋升副研究员。1996 年随贵州省委扶贫工作队到独山县马尾镇挂职扶贫。1997 年在厦门大学中文系做高级访问学者，1999 年底调入福建泉州黎明大学，历任副研究员、研究员。2003 年 7 月调任湖南科技大学人文学院教授、文学与人类学研究所所长。1994 年加入中国作家协会，同年当选贵州省作协理事，侗族文学学会副会长。

潘年英自小饱尝生活艰辛，亲历亲闻诸多悲哀不幸，由此激发强烈写作冲动，在大学期间即发表散文和小说。尔后勤奋笔耕，作品先后在《花溪》《山花》《天涯》《上海文学》《民族文学》《青年文学》等刊物发表，结集出版有文学作品及论著 30 余部，部分作品被译成法文和英文在境外发表。1994 年获中国作协庄重文文学奖，1996 年获贵州省茅台文学奖。

小说集有《木楼人家》《寂寞银河》《故乡信札》《伤心篱笆》《金花银花》《塑料》《昨日遗书》等。他的小说按题材大致可以分为两大类：

第一类为农村乡土题材。他在故乡生活了 17 年，对他来说，那里的生活是一个永远重要而难忘的回忆。因此，他常以这种生活为题材进行写作。《木楼人家》《故乡信札》《伤心篱笆》3 本系列就是这类题材的小说创作。他的这类小说描写的是自己童年记忆中具有浓厚的侗乡风情色彩的地域生活方式，实际上是一曲褪了色的侗乡文化的挽歌。所以这些小说充满了悲观忧伤乃至泄愤抗击的情绪。比如其中的中篇小说《落日回家》就以自身体验的方式来写在经济大潮和外来文化冲击下故乡或者说农村的惊心动魄的急遽变化。在这部作品中，作为叙述人，作者不是被动的角色，虽然用的是第二人称"你"，但读者都明白这个"你"其实就是"我"，就是主人公。当主人公坐车回盘杠老家时，就听到几个村民讲述了新近发生的凶案，如此残忍的凶杀在曾经是"夜不闭户，道不拾遗"的家乡发生，令主人公感到惊讶和惶然。回到家中又知道，金矿的发现破坏了村里原有的传统礼俗秩序，人员杂混猛升，店铺林立，机声隆鸣，乌烟瘴气，原来山清水秀的家园因开采黄金被毁坏得百孔千疮，人们的生活方式及人际关系也发生了令人惊异的变化，农民们不再种田，全村人轰涌淘金挣钱，连孩子也辍学去捡沙金。对金钱的顶礼膜拜，致使人情淡薄冷漠。自家的二弟成天沉迷于淘金和赌博，把活路全丢给父亲料理。而父亲认为只有农活才是农民的正道，淘金是误入歧途，不务正业，是玩命的行当。以父亲为代表的传统农业旧意识与以二弟身上体现的商品经济时代的观念产生冲突，引发了家庭矛盾的激化裂变。还有小表弟在母亲小店的偷窃，父亲与二弟的冲突导致分家，特别是兄弟们想占有主人公应得的家产，如此重重的家庭矛盾冲突，再加上以前的森林、峡谷、山溪和溪流里的鱼虾都没有了，故乡面貌的今非昔比，令主人公感到痛心疾首，最后，只能选择离开那熟悉而又陌生的故乡。这部小说反映了作家的回归意识。"在城市的喧嚣中，你就每日都在梦中神游故乡，梦中的故乡啊，那就简直是你心灵的一片净土……"可曾几何时，当"你"疲惫至极，辗转回到故乡时，曾经诗情画意的故乡，却已风光不再，令人陌生和惊惧。面对故乡的"落日"，他心有悲观、焦虑，甚至愤懑，最后只能消极无奈地落荒而逃，远离故乡。小说不仅仅为我们展现了贵州民族地区在 20 世纪末急遽转型时期的社会风貌，而且充分表现了转型时代民族地区农民所承受的精神负载与矛盾交织的广阔背景，艺术再现了社会转型的阵痛与艰难，揭示出社会变革之路的任重而道远，也传达了作家对人文精神重建的呼唤。由于这一类题材的小说，作者是用人类学的思想来指导创作的，因而又被学术界和编辑界解读为"人类学小说"。

第二类是以城市生活为题材的。代表作品如《寂寞银河》《塑料》《昨日遗书》等。如果说作者乡土题材的小说，在为故乡传统文化的衰落而哭泣呐喊之余还有一种温暖美好的回忆的话，那么作者在写到城市生活的小说时，则具有强烈的批判意识，对城市文明所持的态度，基本上也是否定的。如《寂寞银河》就完全是批判城市文明、人事和生活的。作者在写这一类小说时，或者是激愤难耐的谴责，或者是怒目圆睁的控

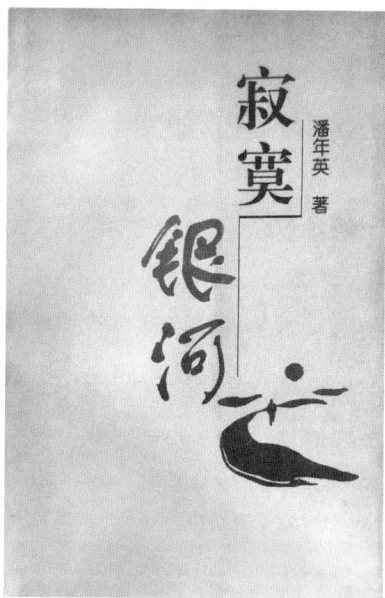

潘年英小说集《寂寞银河》书影

诉，或者是暴露批判的抗争，或者是沮丧落魄的尤余。他写这类题材的小说，简单而又唯一的原因正如他在作品中所说的，"我没法回避迄今为止我已在城市度过的十八年生涯。更何况生活哪里分什么城市与乡村，只要是有人类存在的地方，就会充满垃圾"。"或者说粪坑"。他就是为了排遣这些"垃圾""粪坑"而写作，因而他的内心是苦涩而愤懑的。

在侗族当代文学中，潘年英是一个特点、个性和成果都比较鲜明突出的多产作家。他的人类学小说在中国当代少数民族文学中可谓风格特异，独树一帜。虽然潘年英的作品至今都还尚处文学边缘，还没有引起文艺界的广泛注意和足够重视，但其别致的风格特点的确是新辟蹊径另领风骚而令人难忘的。从思想内容上看，他的作品真实真情而富有现实性。可以说，他的所有作品都是他的真实体验的抒写，是他真情感悟的宣泄。"以真写情，以情动人，以情感人"，是他文学作品的一个重大特点。据他所言，他作品里所写的人、事、物基本都是有原型的，写实的成分很大。因为他的很多创作都是源于有一种现实在压迫他，使他不吐不快，非要表达。同时，他的作品始终立足于自己的民族文化。他有着极其深厚的生活根底，这个生活根底有着非常独特的文化气韵，这就是侗族文化。他对自己的民族有着非常复杂的感情，有浓浓的热爱，也有深深的忧虑，还有诸多的思考与寄托，这一切在他身上都非常地投入，浸入骨髓与魂魄，也体现在他的作品创作中。可以说，正是独特、厚重、荒远、多彩的侗族文化造就了侗族作家潘年英。

从艺术形式上看，他的作品总的特点是比较清新朴素。这种清朴得益于他对中国传统文化和民族文化的吸收。他读高中时就阅读了《三国演义》《水浒传》《西游记》等古典文学作品，而且他非常热爱谙熟民族民间文艺，在对中国传统文化的吸收与利用中，他吸取了古典文学作品语言凝练、含蓄、古朴、省俭和民间文学简洁、清新、明白、自然的特点。因此，他的语言风格就表现出少浮辞、不渲染、重质朴、求净洁等艺术特色，给人一种清新隽永的艺术美。

当然，对于文学作品的鉴赏也是见仁见智。评论家刘大先在《潘年英创作价值论》中对其小说创作论析道：潘年英"在其自己指称的'小说'中，大多数篇章也无法寻觅关于情节的跌宕起伏、悬念的巧妙设置、人物的精心塑造、典型的理想追求、细节和场面的铺叙和描画，这些优秀小说所必然要求的基本特质。"他"关于故乡的书写模式大致沿着'回乡——故乡已经变异——再次离乡'的路线起伏。游子在回乡之前可能会有思乡，因而避免不了会对于回忆中的故乡带有某种意想中的期待，然而当他回到现实中的故乡时，却发现时移事异，故园不在，最后带着深深的失望与落寞离开故乡。潘年英作品中的主人公的回乡没有脱离这种模式类型，而在回乡中明确的观察意识却是以前作家所没有的。""比较之下，他关于城市题材的作品显得单薄，范围也很窄，只是一些关切自身经验的内容，并且停留在表面，没有进入城市的细节。那也许是他所熟悉的，毕竟已经长久地在城市谋生和生活，但是城市及其所代表的文化始终进入不了他的内心。他的创作中出现的城市及其城市人物形象都是颓废、尴尬、堕落、懈怠、丑陋不堪、缺乏道德感的，一言以蔽之，城市就是个'生活的粪坑'。"①

　　总之，潘年英，就是这样一位具有独特的个性和气质又被挡在主流文学之门外的学者型作家。于此，他也有自己的独特体验："不入流是痛苦的，而且肯定要四处碰壁，不要说学者们不喜欢，便是朋友恐怕也很难理解。"②不过，作为学者的他，他是以学术著作显示了自己的存在和存在的方位，他理性地分析生活、批判生活；而作为作家的他，则是通过小说和散文创作来证明自己的身份，且在创作过程中感知生活，描述生活。

第六节　刘荣敏、谭良洲、熊飞、石新民的小说创作

　　刘荣敏（1936—2016），贵州天柱县章寨人。在旧社会，他从小看到地主头人对穷苦侗家人的盘剥与压迫，也看到了新社会给侗家人开辟了通向幸福的光明大道。1958年天柱民族中学毕业即参加工作，分配在贵阳市文化局从事创作兼业余辅导，1961年调贵阳市群众艺术馆，1965年调回贵阳市文化局，先后任贵阳《群众文艺》《贵阳文艺》《花溪》的编辑。1981年任

---

① 吴宗源主编：《潘年英研究资料集》，2007年内刊本，第129、131、132页。

② 潘年英：《边地行迹》，贵州人民出版社1999年版，第141页。

贵阳市文联副主席，1983 年加入中国作家协会，1988 年获副编审职称，系贵阳市政协第六、七届政协委员。

刘荣敏中学时代便广读中外名著。1956 年 2 月，他的第一篇小说《小小演员唱大戏》在《贵州文艺》发表。这篇儿童小说写得生动活泼而又难免稚嫩，意外地受到人们的好评。当年 5 月他被推荐参加贵州省第二次文艺代表大会。这一年，还先后在《贵州日报》《贵州文艺》发表小说《车站上的那位姑娘》《莲尼》及寓言《公鸡和母鸡》。1958 年上海《萌芽》发表小说《吃豆茶》，1962 年 3 月和 8 月《山花》先后发表小说《山寨棋风》《铁打的爱情》，1963 年 2 月《人民文学》发表小说《忙大嫂盘龙灯》。这些作品得到读者的好评。1963 年《文艺报》第 6 期文章《介绍一些短篇小说新作者》曾指出："在我国民族大家庭里，十三年来曾出现许多有才能的兄弟民族作家和年轻作者，他们的作品都具有本民族的特点，反映了本民族的乡土人情和生活面貌，它们丰富了我国文学艺术，使我国文艺园地更加绚丽多彩。最近读到贵州省侗族青年作者刘荣敏的短篇小说《忙大嫂盘龙灯》，又一次产生了这种感觉。过年过节耍龙灯，我国许多民族都有这种习惯，但在迎接龙灯时唱着那么优美的本民族的盘歌，却是侗族所独有的。青年男女恋爱、求婚，是各民族都有的，但在恋爱时，青年抱着牛腿琴在寨路上又弹又唱，小伙子亲自编个精巧的竹篮，请个歌手把竹篮送到女方家去求婚，送篮的人还要放鞭炮，口唱吉利歌，都是侗族的风俗习惯。作者根据自己写作上的需要，很自然地把这些民族特点描写在作品里，就使他的作品显出了特殊的光彩。这篇作品虽然写的是忙大嫂盘龙灯，作者却巧妙地穿插了爱情故事和两个村寨的生产关系，因此内容并不显得单调。再加上作品有独特的民族风味和优美的抒情描写，读后就使人念念不忘了。"后来，《忙大嫂盘龙灯》被收入《中国新文学大系·少数民族文学卷》。

"文化大革命"期间，刘荣敏的创作受到严重影响，搁笔将近 10 年，直到扫除"四人帮"，才重新振作提笔。

1984 年他的短篇小说集《金鸡飞过岭来》由贵州人民出版社出版。这是他从近 30 年创作的短篇小说中选出的 15 篇小说的结集，其中有 13 篇是写侗族生活题材的。较为突出的作品有《忙大嫂盘龙灯》《金鸡飞过岭来》《打牛场上》《高山深涧上的客栈》《大龙山里的传说》《龙嘎寨轶事新编》《塘门客俏》《龙塘黑脚俏》《心海微澜》等。这些小说主要反映的是侗族地区社会主义时代的新变化及侗族人民在新旧社会不同的生活光景，也有一部分是反映城市、厂矿和其他方面的生活和斗争的。其中《高山深涧上的客栈》荣获 1985 年第二届全国少数民族文学创作短篇小说二等奖，《风雨桥头》《打牛场上》获贵州省作协、省民委文艺创作奖，《龙塘门客俏》获1998 年贵州省人民政府文学创作奖。其中《金鸡飞过岭来》和《打牛场上》都写了侗家的斗牛习俗，但都不停留在描绘习俗本身，而是以习俗为背景，展开更丰富多彩的画面，揭示作者对生活的敏锐思考和独到见解，寄予炽热的情愫。前者写侗族农民龙计老冒的大水牯牛斗赢了，他牵着斗牛上公社要求"平反"。公社书记吴补若坦诚地承认当年禁止斗牛的错误，党的民族政策正进一步落实。最后，作品暗示了恢复斗牛习俗的意义不在于它本身，而在于从此侗乡将万象更新，前程似锦。真是峰回路转，题旨凸显，意蕴深远。

刘荣敏的作品，不仅民族色彩芳香浓厚，而且承载了清晰的历史发展轨迹，充满强烈的时代印记。20 世纪 50 年代的生产竞赛，60 年代的困难灾害，70 年代的大动乱，80 年代的"对内搞活、对外开放"，在他的作品中都有反映与见证。作品中清楚地反映了新中国成立 30 多年来侗族人民走过的历程，迈过的坎坷，给读者留下了很多思考的课题。但他不是对政治的简单图解，而是在纷繁万象的生活中，在千变万化、错综复杂的社会现象中，抓住那些可以表现我们社会生活的本质、表现社会前进的方向、新旧事物矛盾斗争的典型来着笔体现，从中提炼出有思想意义、美学价值的东西来奉献给读者。

其次，塑造具有侗族性格特征的人物形象。民族题材并不是文学民族特点的决定因素，更不是唯一的因素。正如果戈理所指出："真正的民族性不在于描写农妇的无袖长衣，而在于具有民族的精神。"[1] 而民族精神主要表现在人物形象上。刘荣敏小说中的人物形象正是注入了民族的精神，表现了民

---

① 见《别林斯基论文学》，第 79 页。

族的性格。如《小小演员唱大戏》中的一群孩子，演戏的活泼天真，看戏的出神入迷，无不栩栩如生。《龙嘎寨轶事新编》中的老队长罗老替，正义善良、见义勇为、敢担风险，精神世界明净晶亮，可以说是民族性格的化身。《风雨桥头》中的乃吉姆大妈和《忙大嫂盘龙灯》里的忙大嫂，个性独特，形象鲜明，她们的正直刚强、重情好义和充满智慧，无不体现了侗族妇女的传统美德。同时，小说还塑造了较多的、活灵活现的干部形象。他们有正面的，也有反面的。正面的，寄托了作者的敬意和褒扬，反面的，饱含着犀利的抨击与针砭。

再次，他娴熟地运用多种表现手法，用插叙、补叙来丰富作品容量，从多时空多角度刻画人物，以明暗线交织构拟情节，长于心理活动描写，勾勒丰满而个性的人物形象。如《金鸡飞过岭来》《大龙山里的传说》《龙塘香酒》《龙嘎寨轶事新编》《相望歌》《打牛场上》《忙大嫂盘龙灯》里都有插叙或补叙。它们不是横生枝节，而是为着更有力地揭示主要情节，以增强作品的艺术表现力。他的很多小说常以主要情节为明线，以一对青年男女的爱情故事为暗线。如在《风雨桥头》中，乃吉姆大妈与说一套做一套、破坏婚姻自由的公社书记朴兴的斗争是明线，汉舍与俾芒的爱情是暗线。明、暗线的互相作用，使故事呈现出时起时伏、波澜跌宕的艺术效果。

最后，采用丰富多彩的民族语言，增强了作品的民族色彩。民族语言是民族形式的第一要素。刘荣敏虽用汉文写作，但作品中引用了大量的侗族俗语、谚语，如"火笑水笑，贵客来到""茅屋也是留客处，浅水也做得养鱼塘""吃鱼看刺，讲话听音""人爱花开，树爱鸟来"等等。作品中所引用的侗族民歌，也恰到好处。例如《风雨桥头》中引用了拦路

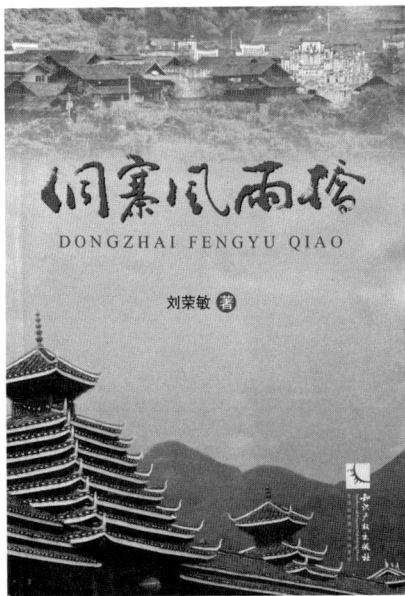

侗寨风雨桥

DONGZHAI FENGYU QIAO

刘荣敏 著

刘荣敏短篇小说集《侗寨风雨桥》书影

歌、盘歌，使主人公乃吉姆的形象跃然纸上，表现了侗族人民乐观、开朗、诙谐的性格，聪颖的悟性，使整篇小说洋溢活泼轻松的格调，增强了作品的民族气息。

2013 年，他的最后一部短篇小说集《侗寨风雨桥》由知识产权出版社出版。集子汇集包括《金鸡飞过岭来》的新旧作品 34 篇 30 余万字，作品中浓墨重彩地描绘了侗家人独特的生活环境和精神风貌，充分展现了侗乡风雨桥、鼓楼、吊脚楼、村容寨貌、远山近水及行歌坐月、节日风俗的一幅幅生态风情画面，以及丰富多彩的人物画廊，其意境瑰丽多彩，韵味隽永绵长。

谭良洲（1937—2019），笔名谭覃，贵州天柱县石洞镇人。少小家贫，念了两年私塾就跟随父母刀耕火种。父亲是当地歌师唢呐师，对其颇有影响。他常从学校跑回家，晚上跟寨里腊汉（男子汉）学歌唱歌抄歌，听老人摆古，深受乡土文化熏陶。1951 年 8 月，考入天柱县民族中学，1957 年高中毕业，考入贵阳师范学院中文系。不久，因父亲去世母亲病重而退学。曾先后在贵阳市群众艺术馆、市曲艺团、市劳动人民文化宫工作。1984 年加入中国作家协会，1985 年调入贵州民族出版社，历任汉文编辑室编辑、主任、副编审。

在几十年的文艺创作和编辑生涯中，谭良洲勤奋笔耕，多有作品问世。其创作历程，大体历经三个阶段：

第一阶段是 20 世纪 50 年代。1956 年还在中学时，他就在《贵州文艺》发表散文《赵大叔》。1958 年，在《山花》发表了第一篇小说《姑娘的心》。随后短篇小说《苗家村的斗牛节》《抢亲》分别发表在 1958 年的《萌芽》和 1959 年的《山花》上，它们反映了苗族人民在新中国成立后改变了斗牛不让牛斗死的传统习惯与抢亲旧规的故事，揭露了陈规陋俗造成的后果。这些作品基本上情节引人入胜，矛盾解决合情合理，细节和场面描写富于浓郁的生活气息与民族色彩。但它们不够重视人物形象刻画，揭示生活内涵不深。

第二阶段是 20 世纪 60 年代。1960 年他是在阅读中外名著中度过的，以期总结经验教训，寻求突破路径。1961 年后，分别在《山花》《边疆文艺》《上海文学》《解放军文艺》发表了《大路上的纠纷》《出嫁的时候》《梦巴姑娘》《我的老庚》《游方》等短篇小说。这些作品，无论思想性和艺术性都有明显提高。《我的老庚》比较生动地刻画了一个纯朴、坦率、热情、干练而又略嫌粗野的山区苗族姑娘阿妮，描绘了汉苗民族团结以及苗族新人成长的社会图景。《游方》着力刻画了复员军人桑洛、阿娇和阿妈三个人物，他们各有性格和生活际遇，给读者留下了较为鲜明的印象。而发表在1962年《山花》第6期的《拦路歌》实为这个阶段的代表作。小说以侗乡迎亲嫁女引吭高唱"拦路歌"风俗为背景，通过生动细腻的细节，富于情趣和喜剧色彩的场面以及"拦路""绕路""设卡""埋伏""失守""进寨"等奇曲情节来表现人物，塑造了一个热情爽朗泼辣能干聪明伶俐争强好胜而又能说会唱的阿春姑娘与机灵通变后生们的鲜明形象，令人印象至深。1979年，该篇被收入四川民族出版社出版的《少数民族短篇小说选》。

十年动乱，写作中断。党的十一届三中全会以后，新的生活激起他的创作热情。

20世纪80年代后，他进入了创作的第三季。其特征是创作题材呈丰富扩大之势，有描写侗乡风俗风景画的，如《娘伴》《赶歌会》等；有描写知青、侗家女、林场工人真挚爱情的，如《侗家女》《杉山月》《憨妹姐》；有揭示十年动乱给侗家人心灵造成创伤的，如《一位姑娘的过失》等；有歌颂改革开放与揭露不正之风的，如《红娘》《艰难的脚步》《小店风波》《林中鸟》等。1984年，短篇小说集《侗家女》由贵州人民出版社出版，选入作者20世纪50至80年代的代表作品14篇，这既是对前期文学创作的总结，也是对新的历程的开启。其中发表在《人民文学》的《娘伴》获贵州少数民族文学创作一等奖，后收入《中国新文学大系》，并被译成日文；《拦路歌》入选建国三十年《全国少数民族短篇小说选》。

谭良洲短篇小说集《侗家女》书影

2009 年贵州民族出版社出版的中短篇小说集《月色清明的夜晚》，是作者对 20 世纪 80 年代以后中短篇小说创作的又一次总结。集子选入 37 篇作品，总基调是表现了党的十一届三中全会后，民族地区冲破重重障碍，转变观念革除陋俗，坚定不移地走上改革开放发展经济道路的主题，同时，又浓墨重彩地描画了侗乡山水的诗情画意与富于韵味的风土人情。

此外，作者还先后出版了《豪杰风云》《少女梦》《歌师》《侗乡》等长篇小说。

《豪杰风云》是一部百余万字的描写清代侗族农民起义军首领姜应芳英雄史诗的历史小说。它记述姜应芳因父被官府残害被迫背井离乡，浪迹江湖，寻师习武，与好汉陈大六等盟誓创立"太平教"，联合苗族义军首领张秀眉攻城夺池与清军进行殊死斗争，直至建立"王位"，终又被叛徒出卖惨遭杀害的史迹。这部长篇，情节曲折生动，富有民族和传奇色彩，充满了革命英雄主义精神。

《少女梦》写改革开放初期侗乡的生活。侗乡地处偏僻，封闭落后。觉醒较早的侗族姑娘婢香和伙伴们走出侗乡，外出打工。经过一段时间的拼搏，赚了钱，学到了经验，增长了见识，再毅然返乡艰辛创业带头致富，改变了侗乡旧貌。《侗乡》写汉族姑娘李晓梅爱上外出打工的侗乡小伙子比者，一起回来开发侗乡的故事。

而《歌师》无疑是谭良洲长篇小说中的重头戏。写的是人所熟知的人物，说的是耳熟能详的事，却未必有人认真留心思考过，更不会叫人关心它的命运与未来。它像貌似平静却暗藏凶险的河滩，平时谁也不在意，一旦它近乎干涸才大吃一惊——可为时已晚。小说中的主人公吴一富，少年时随父走村串寨，学歌传歌。父亲去世后，他以自己稚嫩的肩膀担负起传承侗乡这份珍贵遗产的重任。他所处的时代，恰是中国社会全面转型时期，一方面要实现现代化，一方面又要保护传统文化。随着改革开放的步伐深入，外来文化的侵袭，民族文化正面临异化消失的危机，这是无法回避的残酷现实。为了学歌传歌，他妻子离散，儿子堕入歧途，还与歌师发生了无法回避的矛盾。但是，他是一个有见识有毅力的侗家青年，他坚守初心，克服困难，化解矛盾，终使民族文化得以传承与弘扬。《歌师》还揭示了这样一个道理，民族文化的传承必须和民族性格、民族心理对接才富有成效。这是深层次的传输与接纳。在当今理想缺失、道德滑坡、低俗庸俗媚俗泛滥、浮躁喧嚣、急于求成盛行的时代，作者能写出如此震撼心灵的作品，确属难能可贵，这是《歌师》的意义与价值所在。2012 年，《歌师》斩获贵州少数民族文学"金贵奖"。

纵观谭良洲的文学创作，有两个鲜明的特点：

一是时代特征鲜明，富有历史纵深感。作者出身贫苦，来自底层，深知人民当家作主不易。从走上文坛之日起，就完全自觉地成为党和人民的歌者。旧社会人民的痛苦，新中国人民当家作主的欢欣，社会的变革前进，改革开放道路中的艰难挫折，等等，都在他的作品中留下了时代的印迹，它们是侗乡历史发展的见证与记录。

二是地域特色凸显，风俗色彩斑斓。作者从小生活在美丽的侗乡，山路、小溪、木屋、凉亭、风雨桥、歌场、坡坳、乡场，学歌、传歌、赛歌、斗牛、玩山……这些富于民族特色的生活进入他的血液，甚至可说是他的一种思维和生活方式。其作品中凡人物举手投足言语行歌，无不折射着侗族的特点。如此这些，对他来说，既不是引进，也不是强加，而是生活的本源，自然的再现。正所谓只有民族的，方可是世界的。

熊飞（1940—2014），贵州天柱县城北门街人。少小命运多舛，曾落入洪水被救，又险遭邻居火殃吞噬。5 岁随母迁居锦屏县城，就读于锦屏三江完小、锦屏初中。童年时期常从老人摆的故事、唱的山歌中吮吸民间文学乳汁，尤其爱读文学书籍。1957 年考入天柱民族中学。但高中未毕业即闯入贵阳谋生，先在贵阳甲秀楼小学当代课老师，后调入贵阳南明区广播站当编辑，再调入贵阳南明区宣传部当干部，后升任副部长。1995 年调贵州省文联《南风》杂志编辑部任副主编，为贵州省作家协会会员，中国少数民族作家学会理事等。

20 世纪 50 年代读高中时，他就习作诗歌、小说。70 年代开始文学创作，先后发表短篇小说《甜甜的少年梦》《风雪夜》《碾坊里的战斗》《桥》《积雪悄悄消融》《钥匙》《桃李门前春意浓》等作品。

中篇小说《山葬》是其代表作，发表于《民族文学》1987 年第 11 期。作品在中国当代民族文学中有着特殊的意义，具有民族文学时代背景下寻根文学的显著特征。

作品取材于古老的传说，其实是作者个人的理想建构：在一个年代不清，种族、国籍不明的地方有一种十分奇异的风俗。当新的哨标（部落首领）被选出来后，旧的哨标就要被全族人活活放于露天的深深坟坑中，举行"山葬"。老哨标腊亚汗一生虔诚地捍卫祖宗流传下来的规矩，认为没有赖以维护全哨秩序的古规，一切都会乱了套，世界也不成为世界。因此，他不允许触碰古规的一根毫毛。当时干旱了一个多月，在全哨人都要被干死的情况下，他也不愿意找一个水土肥美的地方重新安哨，以摆脱旱灾困境。因为哨是祖宗创下的基业，列祖列宗的神灵居住的地方。所以，他决定沿袭古规，采用"定童祭神"的老办法来消灾弭难，这就是残忍地用两个男女幼童的鲜血来浇洒在泥塑的火魔身上，以便求雨安民。他的儿子帅慕强烈地反对这个惨无人道的古规，坚决主张废除古规，集体迁哨。腊亚汗认为帅慕是明目张胆地向古规挑战，是大逆不道。为了维护古规的尊严与施行，他决定杀一儆百，惩治帅慕。正当腊亚汗要把长剑刺进帅慕肚腹的一瞬间，帅慕的母亲莎秀乜在他的背后猛踢一脚，致使剑头刺歪，帅慕却乘机刺伤了他。由于打败了腊亚汗，帅慕夺取了哨标的位置。而腊亚汗因为失败，只能选择遵从古规，给自己举行"山葬"。面对着死亡的到来，腊亚汗浮想起诸多往事：原来这"山葬"完全是哨标个人的选择，如果举行"山葬"，其灵魂自然升天为神而受哨民崇拜；反之，若选择生存，则人格降至猪狗不如，而受全哨人鄙夷。其实在腊亚汗之前，许多的哨标都选择了"山葬"。但前任哨标斯里卡夫却在即将"山葬"时突然反悔不愿下葬，结果是众叛亲离，全哨人嘲笑、咒骂他猪狗不如，根本不配享受全哨人尊崇拥戴的殊荣，众人弃他而去。他苟延残喘一些岁月死去后，不仅进不了这圣洁的葬坑，就连普通哨民的葬地也进不去，最后被几个汉子拖到深山野谷扔了。有鉴于此，腊亚汗果断地选择了"下葬"。然而，当他的情人莎秀乜也跳下坟坑要与他殉葬时，他又着实后悔了。毕竟生命是宝贵的，生活是美好的。他还醒悟到"一些不遵古规的行为，恰恰是人的感情的需要！"但后悔也没有药吃了，深深的坑壁，又高又滑，就连猴子也难攀缘上去，何况人呢！最后，两人只能绝望地紧紧相抱着死去。

而初登哨标高位的帅慕发现腊亚汗虽然死了，但那忠于古规的幽灵仍然附在不少人身上。母亲的殉葬，虽然他认为是"多糊涂"的行为，但权衡再三，又觉得是一件更有意义的事情。而他自己，为了争取全体哨民的一致拥戴，为了维持和保护他的权力和地位，他不但一反年轻时要革除陈规陋习的愿望，反而还要借助古规当法器，以便立威治哨谋利，他又重新陷入新一轮的怪圈，甘当了古规旧俗的顽固维护者，或者还有过之而无不及。

《山葬》以一个古老的故事、特殊的生活、奇异的习俗，表现了与旧习惯、旧意识、旧势力决裂斗争的重大思想内容，给读者留下了强烈震撼的印象。作者用时代的眼光去认识那些人们不该再重复下去的生活和世态，揭示了传统的古规陋俗作为一种可怕的治理制度和文化机制，对个人和民族都造成巨大的悲剧。腊亚汗这个人物的人生命运也象征着我们民族的命运，落后的"古规"是扼杀人们情感的精神鸦片，是麻痹人们效忠旧制而引起互相残杀的嗜血"机器"。对于这种最可怕的传统机制，只有彻底变革它、打倒它，被异化的人民和民族才能获得精神和人身的解放。在当代社会改革开放的新时期，我们的人民、民族和国家，也恰如腊亚汗一样，面临着艰难的选择与构建。我们只有对传统的机制进行改革与创新，才能冲出阻力，走出新路，创建一个找回自己的价值和尊严的和谐社会。作品的题材意义因为纵贯古今，包括侗族社会都有的变革所造成的心态、情态和世态，从而获得了对人类生活的概括力。因此作品荣获1987年《民族文学》优秀作品"山丹奖"与第三届全国少数民族文学创作新人新作中篇小说奖。

在写作技法上，《山葬》以一种整体形象的隐喻与象征的结构方式，试图通过故意虚化、淡化背景来叙述故事，以反映在变革背景下的人们文化心理结构所面临的冲击和变化，探索、排除和抨击与时代浪潮不和谐的种种阻力，相信失去自我的人最终会找回自己的价值和尊严。同时，还比较成功地运用意识流方法来精巧结构，采用了一种时空交错的情节安排，节奏紧凑严密，情节描写细腻生动。而且语言鲜活古朴，极具民族特色和地域文化风采，令人读后回味深省。

对于《山葬》取得的成功，作者的创作体会是：第一，"用时代的眼光去认识那些人们不该再重复下去的生活和世态。"第二，立足表现"在变革背景下的人们文化心理结构所面临的冲击和变化，复杂交错的社会意象，斑驳纷繁的人际关系，令人心酸的生活画面，与前进的时代浪潮不和谐的种种阻力，失掉自我的人最终会找到自己的价值和位置。"第三，把"《山葬》放置在一个'年代不清、种族国籍不明'这样一个扑朔迷离的环境里，这种带有强烈的主观意识完全脱离实际生活的形式，便于展开想象的翅膀任意驰骋。""以假定、虚拟的生活代替真实的生活，写一个让人感到真实的'虚拟'故事。"第四，把"传统小说的表现手法"和"某些新派小说的表现手法"，"取其长而去其短地把两者结合起来"①。这就是其成功的秘诀。

不过，黔东南州文学艺术研究所副研究员杨秀琭在其《茁壮的蓓蕾　病蔫的花朵——中篇小说〈山葬〉得失谈》中却认为，虽然小说取得了"可贵的美学追求与艺术探索"，"为我们民族文坛增添了一朵幽香远播的新花"。但也存在诸如"内容多处不符合历史真实"，"细节描写多处失真"，"人物文化心态与时代背景的逆差"，"臆造民俗化石"等"不容忽视的失误"。②

石新民（1951—），贵州黎平县洪州人，农民，1980 年至 1993 年当过中小学民办教师，系贵州省作家协会会员，黔东南州作协副主席，2022 年加入中国作家协会。

石新民的长篇历史小说《太阳石》，艺术地再现了 1934 年中国工农红军二万五千里长征来到侗乡黎平的艰难历程及其悲壮历史。作品塑造了毛泽东、朱德、周恩来、张闻天、王稼祥等老一辈革命家及众多将士的光辉形象，歌颂了红军指战员们为了天下劳苦大众的解放而舍生忘死的英勇精神，还以犀利的笔力刻画和揭露了蒋介石、何键等反动势力对红军及苏区人民的残酷镇压和血腥屠杀，颂扬了苏区老百姓对党和红军血浓于水的情谊，同时浓墨重彩地描述了长征途中少数民族群众不畏艰难困苦支援红军、保护红军

---

① 熊飞：《写〈山葬〉前的思考》，《民族文学》1988 年第 7 期。

② 见张泽忠主编：《理性的曙光——当代侗族文学评论》，广西民族出版社 2002 年版，第 294—302 页。

的鱼水深情。作品还大胆地揭示了中央红军和党中央高层领导复杂的斗争内幕，使作品蕴含比较深刻的思想和历史内涵。贵州省副省长、侗族诗人龙超云在序文中称："《太阳石》是一部开卷给人教育，掩卷让人沉思的好书，读起来犹如驾舟于长河，刚进平滩，又入险滩之感。"《太阳石》曾获黔东南州人民政府第二届文学奖。

石新民的《大风歌》是继《太阳石》之后，又一部长征题材的长篇小说，是贵州此期重大革命历史题材创作的又一收获。作品反映的内容是中央红军从黎平城出发，历经猴场会议、强渡乌江、遵义会议、娄山关大捷等党和红军在贵州演绎的历史活剧，彰显了文学作品的史学价值。

《刺破青天》是石新民长征题材的第三部长篇小说。该书没有大起大落的硝烟场景，而从历史的细微处描述毛泽东坚定的理想信念和一往无前的大无畏精神，表现了中央红军征战贵州黔东南在苗侗地区播下的革命种子和留下无数感天动地的历史故事。

石新民为了创作《太阳石》《大风歌》《刺破青天》长征题材三部曲，数年中克服了常人难以想象的艰辛，迈开双脚，沿着中国工农红军长征的道路进行采访，搜集资料，体验生活，然后在极其艰难的环境中进行创作，其精神是难能可贵和令人感佩的。

2017年1月，四川民族出版社出版《石新民中短篇小说选》，收录作品16篇。这些作品闪射着时代的生活色彩，从各个角度，各个历史时期，反映农村百姓生活的苦涩、甜蜜和乐趣，以及年青一代对爱情的追求。翻开集子，侗乡的山山水水扑面而来，弯弯的溪流，层层的梯田，长满杉树、松树、楠竹的郁葱欲滴的山峦，在十月小阳春里，南风荷曲，勾人魂魄的侗歌飘荡在山间木楼……作者为自己的故乡写生，为侗家乡民造像，为他们生命叹咏，为这块土地歌唱……他写出了他们对美好生活的热爱和追求，也写出了底层生活中的艰辛和无奈，展现了侗乡生活中的方方面面，作者对这些百姓的爱之深，对这片土地的恋之情，溢于言表。

石新民的作品，充满了浓郁的乡村气息和侗族品位，特别是历史小说主题重大，气势磅礴，昂扬时代的主旋律，是进行革命传统教育的教科书。其小说人物众多，而且各具性格，有血有肉。在结构上，能巧妙地运用时空交错的手法，使故事向外延伸与扩展，显示了作者驾驭宏大题材的表现力，且有情节跌宕、引人入胜的艺术效果。但细品长征题材三部曲，似有史实内容的重复之嫌，给小说带来艺术审美之不足。

第七节　蔡劲松、石庆慧的小说创作

蔡劲松（1969—），贵州石阡县人，生于松桃，长于思南。1987年考入西安交通大学自动控制专业，毕业留校工作。后获得北京大学法学硕士学位、北京航空航天大学管理学博士学位，1998年调北京航空航天大学，历任副教授、教授，校党委宣传部副部长、部长等。1997年加入中国作家协会，系侗族文学学会副会长、北京作协少数民族创作委员会委员等。小说作品散见于《山花》《花溪》《延河》《收获》《民族文学》《北京文学》《当代小说》等刊物。

《亮是什么颜色的》是作者自20世纪90年代以来发表的20余篇小说结集。其取材广泛，有大学校园、研究所、遥远的武陵边城、古都西安等不同地域，人物有少年、大学生、教授、土匪、石匠、屠夫、卖鸡蛋盲人、下岗职工等各色人物。阅读他的小说，总好像孩提时的作者就站在小时候家门口的某片树荫下，不动声色地瞭望。那些忽远忽近的童年，如何潜伏在我们单薄脆弱的生命底脉，一路幽行，是一个谜。他的小说有着自己宽阔的行走空间，好像任何事件任何背景任何人物在他的笔下都信手拈来。那南方土红的石板寨、砾镇那边的鸡冠山、乌江岸边的小城、香椿树叶鲜嫩的大王乡、城墙闪动的古都、长满

蔡劲松短篇小说集《亮是什么颜色的》书影

高楼大厦时尚新闻的现代都市、小学大学乡村古寨……还有那各种各样的人物，他们小心而精致地分落在小说的场景里，以各种可能的样式构筑着小说的叙述平台。而且，在变幻的时空变幻的心境以及变幻的小说欲望的探索企图中，他多维度触摸的，一直都是自己所困惑的生命与存在。总之，这些作品描绘了众多人物成长的复杂历程，也是作者人生轨迹的生命体验，它不仅是一个时代的多彩记忆，而且是中国社会发展的一面镜子。

长篇小说《觅果集》，是一部探讨都市情感问题的小说，或者说是一部孤独的生命个体的自我倾诉与灵魂忏悔录。作品贯穿了一种恍惚的梦境与真实，用极其敏感和细腻的描述捕捉了男女之间基于爱、情、欲的隐秘关系，以及对人自身、对环境日渐生疏的感受。小说对当下都市特定知识阶层的生活状态、内心困惑、情感徘徊和精神漂移进行了深刻描绘，饱含着对生活的深刻思索和独特想象，给人以灵魂的冲撞与反思。

"自由的知觉"，是蔡劲松小说创作一直追求和探索的尺度。在写作实践中，他融入宽宏、严谨、厚朴、执着等要素，透过不同的题材、多层次的视野、自由的姿态连接着虚构与生活、幻想与记忆、鲜活与灵动、意象与张力……完成了从单纯的语言的诗意到小说艺术的"知觉"转换。

蔡劲松的小说，最好的品质是体现了一种沉着、从容和朴素，他很少去刻意渲染什么，对笔下要表达的东西把握准确，没有那种漫无边际的随意处置，这一点正是他不同于其他小说家的地方。他一开始就显示了良好的控制能力，洞悉一篇好小说的"文心"究竟在哪里，他把握住了这一点，从而使每篇小说紧紧围绕着"文心"而显得紧凑，富有张力。而且笔触常常涉及人复杂多变的内心情感、对历史和现实的深刻洞察与思辨、人在成长过程中的精神景观等，都足以唤起读者的真切感受与共鸣。同时，其小说风格也多有变化，时间则是从历史到现在甚至还有幻想中的未来，可以说从内容到形式都不拘一格，左右逢源。写法上有朴素的现实主义的，有离奇的魔幻写法的，也有带实验色彩的，这也显示了他在不同方向上的探索。而且他对小说艺术的追求十分执着，在创作中充分发挥想象、虚构等表现手法，在叙述、结构、语言上也很讲究，充分显示了他对小说文体本身的自觉，尤其对语言艺术的诗性运用与把握能力，给叙事注入了炽热的象征与魅力，兼具可看和好看的品质，因而使他的小说充满了生活气息与勃勃生机。

有评论认为，蔡劲松是有影响的青年作家，其创作风格独异，产量丰富，潜力颇大，实为当代为数不多的理工科出身的实力派青年作家。

石庆慧（1982—），女，笔名庆子，贵州黎平县孟彦人。1994年考入黎平县一中民族班。2000年考入贵州民族学院中文系。2004年毕业分到榕江县一中任语文教师，后调任榕江县兴华乡副乡长、榕江县委宣传部干部。2016年调回黎平县文联。为2013年鲁迅文学院第二期少数民族文学创作培训班学员，2015年加入贵州省作家协会，2018年出席第八次全国青年文艺创作会议，2019年加入中国作家协会。

2012年开始小说创作。小说集《村庄之下》收入7个中短篇计12万余字，获黔东南州人民政府文学三等奖。

这部小说集将村庄放在当代社会背景下观照，其中的人物、事件似乎都在顺应着这个历史的大潮流，但故事中的一个个人物又顽固地坚守着与生俱来的血性，充满了捉摸不透、近乎残酷的命运悲剧。因此，这部小说集就具有了对当代侗族农村现实生活进行真实写照的意义，而且充满了乡愁记忆的浓厚蕴意。

其中《被黄蜂追赶的人》是比较有代表性的一个短篇，发表于《天津文学》2014年第5期。小说写一个即将毕业的乡村少女、中学生乎美突然失踪了，这犹如一块石头投进山涧平静的深潭里，激活了村庄人们的神经，也串起了与青春少女可能涉猎的乡间习俗……直至后来，人们才知道，乎美在一天傍晚被一伙歹徒奸杀，而目

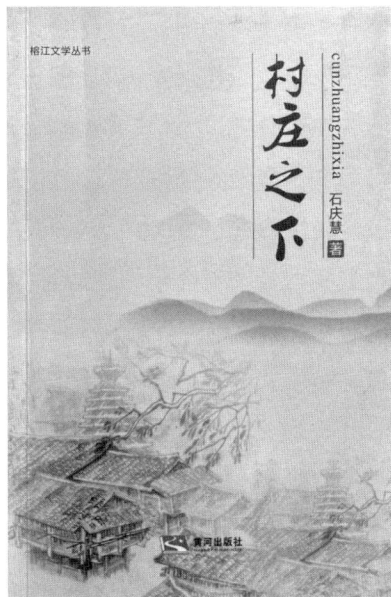

石庆慧短篇小说集《村庄之下》书影

睹全过程的一个中年男子田生却因没有义举跳出来而深受良心的惩罚。小说结尾写到田生再也没有回到村庄，谁也不知他走向哪里，因为他已被一只缠绕在心头的黄蜂无休止地追赶。当然，那只追赶田生的黄蜂也在追赶着每一个人的心底的罪孽。

《落眠》是一部比较显示功力的中篇，刊于《民族文学》2016 年第 12 期。它讲的是一个从乡村到城市安家的农村妇女阿珍由于不适应城市环境变化产生乡愁而失眠的故事。阿珍和丈夫靠着乡村开发得到的土地补偿款后，来到城里购房居住。开始他们整天不用做事，黏在一起，觉得城里人的生活太惬意了，因而对城里的新生活充满了憧憬。可时间一长，她又感到不安和焦虑，仿佛每天感觉踩在空中，夜夜不能入眠，于是苦涩渐渐浮现了起来。小说还写了村中的人们，因为有钱无地，就渐渐学会了赌博。又因为钱和地，阿珍的娘家也不希望她再回来，而村庄再也没有了昔日的安详和平静。作者正是因为抓住了城乡变化这份边界，一下子就把社会现实的种种怪象一一展现了出来。

有评论指出：石庆慧的《落眠》中阿珍的内心活动可谓将乡愁体现得淋漓尽致。她不适应城市始终明亮如昼的夜晚，与丈夫之间形成的莫名裂痕使她日渐消瘦，倍感孤独。她热爱着的土地被政府征用，征用款的分拨情况使兄弟反目，一切现实情况都逼迫她孤立无援烦躁痛苦地去接受无所适应的生活，在这种被迫无奈的情况下，乡愁就愈加刻骨难耐。往往这种瘦弱善良的弱势女子都是大环境变化最直接的受害者与牺牲品。[①]

石庆慧的小说，善于将侗族的民间习俗传说故事引入自己的作品，在客观上展示了民族文化的独特魅力和地域特征，笔下的人物性格也打上鲜明的侗族印记。同时故事情节延宕起伏，张弛有度，具备了一般现实主义小说的艺术特点，形成引人入胜的故事性和悬念感。

---

① 见苏涛：《2016 年〈民族文学〉年度述评》，《民族文学》2016 年第 12 期。

第八节 粟周熊的小说译作

粟周熊（1939—2023），贵州天柱县高酿镇木杉村人。少年时代他就迷恋民间文学，尤其喜欢唱侗歌。1956 年由天柱民族中学保送到贵州民族学院预科读高中。1964 年毕业于四川大学外文系俄罗斯语言文学专业，分配到中国科学院哲学社会科学部国际文献研究所工作，1971 年调北京图书馆（现国家图书馆），历任图书馆报刊文献部副主任、副研究员、研究员等。1982 年加入中国作家协会，1984 年加入中国翻译工作者协会。1996 年至 1998 年任中华人民共和国驻哈萨克斯坦共和国使馆一等秘书。专业的学养，独特的经历，使他成为侗族的第一个外国文学翻译家和写外国历史文化风情题材的作家。

还在大学时代，粟周熊就阅读了大量的俄罗斯文学作品，调入北京图书馆后，在人民文学出版社外国文学编辑室的帮助下，他于 1973 年开始翻译苏联著名作家谢尔盖·米哈尔科夫的《泡沫：风尚喜剧》，为其处女译作。从此，在漫长的 50 余年的翻译生涯中，他除了翻译俄苏（包括苏联解体后的各个国家）100 多位作家的作品外，还介绍过南斯拉夫、波兰、斯里兰卡、瑞典、意大利等国的文学作品，总计近 1000 万字，出版译著 60 余部（含与人合译）。

其主要译作有：长篇小说《我的将军》《丑八怪》，短篇小说集《铃兰花》《穿方格大衣的女人》，苏联当代妇女题材小说选《紫罗兰》《不能接受的爱》，描写列宁青少年生活及其母亲的小说集《慈母心》及儿童文学《一箱珠宝》《不听话孩子的狂欢节》《机灵鬼的故事》《外国动物童话世界》《雪娃娃学校》《男孩与狗》《母亲的欺骗》《会说话的树》等。

其中《我的将军》是俄罗斯教育科学院院士、著名作家阿·利哈诺夫的优秀长篇。它记述了一位战功赫赫的"二战"将军，用自己的行动带给孩子深刻的心灵震撼的故事。作者将作品背景设定在 20 世纪 70 年代，描写了发生在少年安东和他的爷爷老安东中将身上的各种故事，刻画出了小安东在爷爷的影响下，从爱慕虚荣到开始自我审视和自我检讨，再到正视和改正错

20 世纪 80 年代，粟周熊（右）与来华访问的苏联著名作家利哈诺夫在北师大留影

误，走向成熟的内心成长历程，展现了一位身经百战的老将军对青少年思想道德上的启迪和影响。艺术上这部作品情节悬念迭起，人物刻画生动传神，使中国的读者朋友们领略到了俄罗斯儿童文学的无穷魅力。

而《丑八怪》则是俄罗斯著名的儿童文学家热列兹尼科夫的长篇小说。其故事梗概是：莲卡是一个活泼开朗的小姑娘，当她迁入一座小城后到校的第一天，就因为长得幼稚古怪而被一些冷漠残酷的同学称为"丑八怪"。虽然她被贴上了这样不雅的标签，但却磨灭不了她炙热仁爱的心灵和诚实勇敢的天性。一次她因帮助自己崇拜的同学季姆卡，而勇敢地承担起"叛徒"的罪名，因而受到残酷的凌辱。一些同学把她追得满街乱跑，追上后便拳打脚踢……小说真实地再现了当代俄罗斯中学生活的一个侧面，揭示了中学生心灵的美与丑、善与恶。小说告诉人们这样一个道理，当自己面对种种不公平的时候，要学会把爱藏在心里，不要屈服，无论遇到什么困难都要忠于自己，不能因此而丧失勇气，要学会与不公平的事物作斗争，直至取得胜利。这部书的难能可贵，就是能够给曾经受过伤害的孩子带来心灵上的慰藉和治愈，给正在经历着痛苦的孩子带来精神上的支撑和反抗的勇气，也能让蒙昧无知的实施者能够及时修正自己的行为。

大千世界是丰富多彩的，据说竟有 3000 多万种动物。如果一种动物就是一个故事，那就有故事、童话千千万万，何况有的动物的故事、童话还何止一个十个。而且，这些童话大都以拟人化的手法描述了动物善良、聪明、勇敢、伶俐或愚笨、狡猾、胆小、自私、暴戾等种种自然天性，以及它们之间互相联系的生物链关系。阅读这些童话故事，对于儿童陶冶天真纯真、善良无邪的性格，培养良好品质，扩大知识面，愉悦生活情调都是大有裨益的。为此，粟周熊译介了系列的外国动物故事和童话。比如《男孩与狗》就是俄罗斯动物小说的精品书系，它收录了《白色的阿鲁阿那》《老马布其发尔》《海犬的故事》《一条狗的悲惨遭遇》《小兔子斯焦普卡》《狗的自尊》《男孩与狗》《皮拉特卡》《小鹰瓦尔拉姆》等故事。这些作品表现出作家对大自然的真知灼见，揭示人与大自然千丝万缕的联系，传递人们爱惜自然、敬畏自然，与自然和谐相处的人道主义精神。而且这些童书杰作，无不经过漫长岁月的历史淘洗，又经不同文化背景下代代读者的检视与认同，确为具有伟大和恒久品质的不朽之作，能为全世界不同国家和民族的少年儿童们所接受，也给大读者们带来接受再教育的思索和反省。诸如《不听话孩子的狂欢节》，就是著名童话作家米哈尔科夫的优秀之作，曾获安徒生童话文学奖。作者就曾提示过读者，这是一个"给孩子和他们的爸爸妈妈的童话"。

他与人合译的长篇小说有《木戈比》《白比姆黑耳朵》《确有其人》《恶风》《良心》《荣誉》《阿尔巴特街的儿女》以及《罗佐夫戏剧选》《阿拜箴言录》等，其中《白比姆黑耳朵》曾先后5次再版。

《阿尔巴特街的儿女》是苏联著名作家阿纳托利·雷巴科夫1987年出版的长篇小说。作者曾先后获得斯大林文学奖和俄罗斯国家文学奖。小说中的阿尔巴特街，是莫斯科市中心的一条著名步行街，它对俄罗斯人的意义相当于北京人的"西单"和"王府井"。作品通过对莫斯科阿尔巴特街区一些青年男女主人公命运的描写，来深刻反映苏联20世纪30年代初期的社会历史现实：苏共十七次党代会后，斯大林独揽大权，个人崇拜逐渐蔓延，对他所认为具有潜在威胁的领导层，采取种种残酷的镇压手段，制造了一桩又一桩草菅人命的冤假错案；而大规模的肃反和镇压，又给苏联人民蒙上了阴影，带来了无穷的灾难。小说一经出版，即引起苏联国内和国际社会的巨大反响，"世界舆论界认为，小说《阿尔巴特街的儿女》是当今描写30年代事件的一部非同凡响的作品，是今天苏联的改革和公开性带来的文艺'复兴'新气象。"① 究其原因主要是：第一，作品对那些敏感的甚至是触犯禁忌的政治

---

① 郭锷权：《文学对历史的深沉思考——雷巴科夫新作随笔》，见《阿尔巴特街的女人》，湖南人民出版社1988年版，第1页。

问题给予了客观的披露，揭示了那些被歪曲的历史真相，打破了30年来苏俄社会的沉默局面。第二，作品对斯大林的形象进行了全新的塑造。即使是在猛烈抨击、深刻揭露斯大林身上某些个人品质及作风的同时，也能真实地描写他作为"一个有卓越功勋和重大过失的领导人"的领袖形象，显示了客观公允和实事求是的态度。作品提示人民对历史进行反思，让人们记住历史的教训，并从中悟出真理，更稳健地沿着列宁开创的社会主义革命道路继续前进。

《白比姆黑耳朵》是俄罗斯作家特罗耶波尔斯基的一部催人泪下而又发人深思的长篇小说，1975年获得了苏联国家文学奖。它描写了一条叫作"比姆"的黑耳朵白狗的悲惨遭遇。比姆的主人是一个叫作伊万·伊万内奇的单身退休老人。他从小就开始抚养比姆，直到比姆成了他忠实的朋友，并和他相依为命。一次，伊万因为战争留下的创伤发作，不得不撇下比姆去莫斯科住院治疗。于是比姆天天为思念主人而忧愁，每天都为寻找主人而在大街小巷奔跑着。其间，它受到了许多善良人们的同情和爱护，享受到了理解和温暖，但种种不幸也接踵而来：遭毒打、被拐卖、受欺骗……历尽千辛万苦，无数次死里逃生。为了获得自由，为了回到主人爱抚的怀抱，它勇敢顽强地同恶势力作斗争。而在它即将与主人团聚之际，却被人诬陷为"疯狗"被抓上了囚车。当伊万打听到比姆的下落而赶去营救时，它却已经怀着对自由的向往和对主人的深深思念而撞死在囚车中……这部小说通过狗的眼睛所看到的人类世界与对狗的心灵描写，有力地抨击了现实生活中的自私、欺诈、冷酷与残暴，赞美了善良、友谊和人道。这一译作出版发行后，在我国掀起了一阵"白比姆"热。之后改编的同名电影在其国内播出后，引起了强烈的社会反响；在我国译播后，"黑耳朵小比姆"的形象更为深入人心。

《阿拜箴言录》是粟周熊与人合作翻译的又一力作。原著是一部散文诗式的经典。作者阿拜·库南拜乌勒，是哈萨克斯坦伟大的诗人、思想家、哲学家和作曲家，被誉为哈萨克斯坦的精神之父。这部箴言录涉及天文、地理、社会、历史、科学、文化、教育、民族、宗教、哲学、经济、法律、语言、民俗等诸多方面，内容丰博广泛。而且，作者还在书中对本民族的劣根性作了无情的批判和揭露，积极主张吸收其他民族的先进文化来改造自己的民族。他的这种见识和勇气，这种警醒锐智和深邃高远的目光，使这部著作远远超出了本民族的视阈界限，成为留给人类的一份珍贵文化遗产。为此，联合国教科文组织早在 1993 年 11 月的巴黎全会上就通过决议，在 1995 年阿拜诞辰 150 周年之际，在教科文组织巴黎总部和世界各地纪念这位国际文化名人。2013 年 9 月 7 日习近平主席在哈萨克斯坦的纳扎尔巴耶夫大学发表演讲时就曾引用了《阿拜箴言录》中的一段至理名言"世界有如海洋，时代有如劲风，前浪如兄长，后浪

粟周熊翻译的俄罗斯儿童文学

是兄弟，风拥后浪推前浪，亘古及今皆如此"来阐释创建新"丝绸之路经济带"的历史趋势及赞誉青年同学们朝气蓬勃的精神面貌 ①。

更值得提及的是他与好友高昶一起翻译的乌兹别克著名作家雅库鲍夫的长篇小说《良心》。作为一部道德题材的作品，这部长篇闯出了创作的新路，尖锐地触及了当今时代的腐败问题。小说的主人公阿塔库兹是闻名遐迩的"百万富翁"集体农庄主席。他原本是一位"实干家"的典型，处处称心如意，踌躇满志，但是遇到牵涉个人利害的问题时，竟然把"共产党员的良心"置诸脑后，以致发展到是非不分，善恶不辨，干出违法乱纪的事情来。《良心》的问世，揭示出 20 世纪 80 年代苏联作家已不满足于单纯刻画实干家的人物，而要把他的典型形象置于道德法庭之上，摆到"良心"与反腐的透视下，进行观察、分析与考量。因此，译作《良心》1982 年北京出版社出版后，受到中国读者的青睐，也获得了乌兹别克文学界的好评。1989 年 10 月，为表彰粟周熊"高水平地译介乌兹别克作家的作品"，乌兹别克共和

---

① 习近平：《弘扬人民友谊 共创美好未来——在纳扎尔巴耶夫大学的演讲》，《人民日报》2013 年 9 月 8 日。

国作家协会授予他谢尔盖·博罗金文学奖，成为获此殊荣的第一位中国作家。此外，他还常在报刊上发表一些中短篇小说译文，均喜获读者欢迎。他以丰硕的译作和研究成果为"一带一路"架起了一座文化交流的金桥，成为中外文化交流的友好使者。

纵观粟周熊的译作，有其鲜明的特色。

第一，选题严谨，题材广泛，内容新颖，时代感强。他的译作主要是当代苏联最有影响的作家作品，无论是政治题材、道德题材、妇女题材、儿童题材或动物题材，他都感兴趣。如曾获 1980 年俄罗斯联邦国家文学奖的长篇小说《我的将军》和中篇小说《欺骗》及《负疚的心》，都是苏联新一代作家阿·利哈诺夫的作品。它们主要以青少年性格及其道德观念的形成为题材，通过描写青少年与成年人的关系，提出成年人对青少年命运应负的责任等诸多苏联当代存在的社会问题。在我国，反映青少年题材的作品还不算多，粟周熊把这一题材的苏联重要作品译介出来，受到了我国文学界的一致好评。他译介的妇女、儿童文学作品亦广受青睐。如《慈母心》，是苏联女作家卓娅·沃斯克列先斯卡娅的一部由系列短篇小说组成的集子，曾获1968 年苏联国家奖金。小说歌颂了列宁的母亲玛丽娅·亚历山德罗夫娜对儿女及对革命事业的伟大的爱。这些译作对我国的少年儿童和家长都具有教育意义。

同时，作为少数民族的一员，粟周熊认为任何一个民族都应积极地、批判地吸收别的民族的文学精华，从中选择适合自己的东西，为我所用。因此，他更加意识到自己有责任把外国少数民族作家的作品译介过来，这或许对我国少数民族作家的创作有所借鉴，使本民族的文学创作能更快更好地发展。所以，他译介了众多的苏联少数民族作家的作品。如格鲁吉亚作家顿巴泽的《白旗》《母亲》《狗》《城里哪来的鹞鹰》《别惊动它们》，吉尔吉斯斯坦作家艾特马托夫的《面对面》《早来的雁》《我是托克托松的儿子》，乌兹别克作家雅库鲍夫的《良心》《爱绝不能是这样的》，朝鲜族作家阿纳托里·金的《带电视机的牢笼》，阿米自治共和国作家尤什科夫的《爱惹祸的娜斯佳》，哈萨克伟大诗人阿拜的散文诗集《阿拜箴言录》和哈萨克作家桑巴耶夫的《白色的阿鲁阿娜》等等。在 20 世纪 80 年代的苏联文坛曾引起过很大反响，可作为我国民族文学的交流互鉴。

第二，译文本真，优美流畅。翻译外国文学作品是一种创造性劳动，而"信、达、雅"又是文学翻译的灵魂。在长期的翻译实践中，粟周熊逐步深化认识到各民族语汇都有其特定含义和色彩，某些词语在该民族语言是一种含义韵味，可翻译成另外的民族语言就不一定精准妥切、风韵犹存。为此，他恪守"信、达、雅"的翻译原则，以严谨认真的态度，对原著精心细读，反复研究，斟酌推敲，恭谨翻译，从不敷衍。力求使译作忠实原著，保持本色，并以考究贴切、灵活鲜明的语言，将原作的内在意蕴与文字风格完美地表现出来，达到"神形统一"，文从字顺，意精词美，流畅通俗。

第九节　其他作家的小说创作

罗庆芳（1941—　），笔名施伟、岑旸，贵州岑巩县思旸镇人。1956 年在上初中时就开始给校刊和县报写稿。1960 年由岑巩县中学考入贵州大学中文系，毕业后在天柱县民族中学任教。1975 年调任天柱县委宣传部通讯干事，1980 年调任贵州人民广播电台黔东南记者站负责人。1982 年调入贵州人民广播电台，历任编辑、主任编辑、高级编辑等，1999 年加入中国作家协会。

20 世纪 80 年代末 90 年代初，正是我国从计划经济向市场经济转型的阵痛时期，在那难忘的日日夜夜，企业改革的洪流冲闯激荡着人民的心扉。特别是"下岗再就业"成为全社会的热点难点问题，引起上上下下的普遍关注。而对于下岗者来说，更意味着苦闷、惶惑、生存的挑战和人生道路的艰难选择。其间，有许多无法与人言说的心境和思结，更有许多令人唏嘘慨叹的故事和人物。作者作为专门采访工业战线的电台记者，目睹了工商企业职工们在这个历史转折关头的失业挫折阵痛与奋斗，不能不为他们的遭遇所揪心、痛楚与哭泣，或为他们的奋起而激荡鞭策与欢乐。为此，他拿起手中的笔，在一两年的时间里创作出了《下岗纪事》《重返工厂》《明星之路》三部中短篇小说集，其中不少篇什在报刊上发表，有的作品还获得有关的奖项，2016 年结集为《砸铁饭碗的那些岁月》由现代出版社出版。集子里的这些故事，有的委婉，有的悲壮，有的轻松，有的激越……人物中有的怨天叹命，有的自惭形秽，有的寄望于救济，有的上访闹事……但更多的下岗职工是面对现实，鼓足勇气，求学钻技，反身自救，在失业下岗面前，寻找人生转机，突破困难瓶颈，拥抱新的生活。在作品中，当读者看到唐华、王老大、金花、多多妹等奋起谋业的事迹，会让人生出许多感慨与钦佩。同时也会为安顿、姑妈、志强、任忠贤、刘绍成等诸多人物的故事生出许多联想与思考。

这些下岗再就业的种种遭遇与突围，启迪人们一个简单而颠扑不破的道理，面对下岗，人们只要勇于克服困境，变危机为转机，就能发现机会，抓住机会，重新筑造不凡的事业，获得凤凰涅槃的转身。读着这些作品，能够使人们从中获得生活的希望；而对于不幸遭遇的下岗者，定能够从中得到温暖的慰藉或鼓舞。他的这些"下岗再就业"系列作品，因源于生活，贴近现实，身有体察，情动于中，所以写得既揪心悲壮，又别有人情意味，算得上是 20 世纪末期我国下岗职工的一个国情缩影，比较真实地反映了那个特定时期的中国社会，充满了改革的激情和时代的精神，唱出了一曲深化改革的时代颂歌，是改革开放的历史见证与实录，其思想性和艺术性都达到一定的高度，成为 20 世纪末我国社会的一面镜子。

这些作品的特点是，攫取现实生活为题材，以独特的叙事风格，叙写身边的平常人和平常事，故事真实可信，具体生动，拨人心弦，具有作为新闻工作的那种"非虚构小说"的特色。这种特色来自海明威的影响。据说海明威曾经当过记者，他的代表作《老人与海》也常常具有简洁明快的新闻特色。

张琪敏（1952—），贵州松桃县人。1968 年初中毕业后下乡当知青，后就读于铜仁教育学院和贵州教育学院，历任松桃县中学教师校长、县政协文史委主任、秘书长、副主席等。系贵州省作家协会会员。

1983 年开始文艺创作，先后在《梵净山》《花溪》《广西文学》《山花》《民族文学》等发表作品。

2008 年，中短篇小说集《夏天过去了》由作家出版社出版。作者认为，他青春的岁月是人生的夏天。他说，如果四季有分工，那么，春天意味着萌动，夏天意味着追求，秋天意味着收获，冬天意味着享受；如果生命有分工，那么，少年意味着萌动，青年意味着追求，壮年意味着收获，老年意味着享受。可以说，《夏天过去了》就是一部作者自己生命体验轨迹的编年史。在这部融 26 篇 35 万字的集子中，知青生活是最重要的内容，如《插队纪事》《知青们的鸡们》《昨天的老师》《少壮行》以及《矿山的太阳》《源》《连线》等篇什。在他的世界里，知青生活平淡得就像日出日落那样寻常，也像春夏秋冬互相更替一样自然。但在这些波澜不兴的叙述中，读者却获得了一种无法用言语道尽的深刻，让人们看到了虚空中的一只风筝，在风雨中如何飘摇，如何挣扎，最后跌落尘埃的风景。诸如《十亩大田》通过三位农民在承包经营十亩大田过程中的种种表象，展现了农民在真正成为土地主人后的喜悦与局促，揭示了小农意识的某种弊端。《强按始末》通过两个小青年的自由恋爱悲剧，对农村落后宗法意识进行了鞭挞，反映了土地个体经营后农村文化建设上的某些真空与缺失。身为人师，作者对自己的教育对象也十分关注，如发表于《民族文学》1990 年第 8 期的《蜻蜓》和发表于《山花》1992 年第 1 期的《游戏》，则共同表现了青少年学生成长中的迷惘与困惑，它以文学的形式对戕害孩子的思想与行为予以鞭挞和揭露，体现了作者对教育理念的反思。后一篇曾获铜仁地区新时期首届文学短篇小说一等奖。

还有《啊，509》这个中篇让那个激情时代的中青年知识分子，在读者心中留下了鲜明的形象。《蚂蚁坟》这个中篇，可视为作者的内容厚重、结构宏大、人物组成最为复杂的一部现实主义力作。作品通过一个少年的视角，讲述了发生在僻远梵净山麓一座小村寨的故事，时间跨度从解放初期到改革开放新时期。主人公一家及其乡人在特定社会历史背景下的命运变迁和人性转变，衍生出对生存的追求和生命意义的思考。正是这种真实的文学叙述，让人们在故事的熏染下变得智慧与深沉。

现实主义特点鲜明，是张琪敏小说的重要特征。其作品始终把握时代脉搏，对准社会进程中各类人物群像，反映其命运变迁，透视出人性的真善美。表现视觉独特，是其小说的又一特征。描写一条河流，只需捧掬一朵浪花；看一个世界，只需透过一扇窗尸。其小说多半通过少年的日光，将其所看到的纷纭世界聚焦成一个点，透过稚嫩的心境，客观地描述和品味生活万象，给人一种纯真悠长、让人留念又带些无奈的况味。

石干成（1959—），贵州黎平县水口镇人。1976 年参军，曾任战士、文书，1979 年 2 月参加对越自卫反击战，同年 7 月考入西安陆军学校步兵专业学习，1981 年毕业任营部书记。1985 年转业回黎平县工作，历任县委办秘书、县委宣传部副部长、肇兴乡乡长、县文化广播电视局局长兼县文联主席、黎平县志办主任等，系中国民间文艺家协会会员、贵州省作家协会会员等。

石干成长期坚持业余文艺创作。其中短篇小说集《高原上的村庄》共收录作品 21 篇，主要描写新时期侗族农村的生活题材，从不同角度和方位反映了侗乡所发生的人和事，并以真实、细腻的笔法刻画塑造了五爹、德望支书、水姑娘、陆瞎子等一批生动的侗族人物形象。其中很多篇什虽然都抱着同情、苦涩、无奈之情，但它们都是一个土生土长侗族知识分子对生活事态深入思考后从内心深处发出的呐喊，不难看出作者企盼同胞脱离苦难的一种职责与担当。尤其短篇小说《五爹趣事》中的五爹这位侗乡人物，在作者的笔下栩栩如生，五爹身上多重性格中所折射出的古朴、智慧、奇特的人性之光，深深地打动着读者。五爹这个艺术形象，赫然突立，人物气韵沉郁，生活场景中的文化神韵浓重，使人读后产生一种情感与理性的双向冲击，体现了作者对南高原侗乡农民的一种悲悯的情愫和真切的人文情怀。《五爹趣事》曾荣获 1993 年第四届全国少数民族文学创作新人新作奖。

长篇小说《月地民谣》，2007 年 11 月湖南人民出版社出版。作品描写了边地里的弱小人类族群，在千年历史长河中，为着生存的土地与自由而受尽凌辱与苦难。书中从宋末元初写起，直到 1934 年红军长征过境黎平而止。作品反映了侗乡"月牙谷"在长达千年的历史长河中所发生的一系列历史事件和侗族人民的生存境遇，以及这片土地上各个朝代涌现的有血有肉的历史人物等，纵贯几朝皇帝、数代边民，可谓纵深久远；而官与民、土地与生存、强权与自由、争斗与和谐等重大主题贯穿始终，又可谓气势恢宏；对于各朝帝王、土司氏族的统治，尤其是对"更人（侗人）"部落石、姜、陆、杨四大姓氏数代人守土、守业、守望家园之民族气节的描写，又可谓笔墨厚重，荡气回肠。所有这些，几乎使这部长篇小说构成一部侗族成长发展的史诗。同时，作品把中国几千年封建社会的官民关系、民族关系交融叙写，并以"灾难意识"反衬侗乡侗族所倡导的"和谐共生理想"。因此，小说揭示的深刻主题是，当社会尚未文明到善待弱势群体时，弱势群体的处境是困顿、无奈的。而当人们以尊严承受苦难时，人性的高贵往往产生于弱势和困顿的群体里。

这部长篇艺术视角独特，文笔细腻，情节跌宕起伏，人物个性鲜明，具有鲜明的地域特色和民族特征，它不仅丰富了侗族文学的题材内容，也拓展了侗族文学的创作领域。另外，作品里作者不满足于已有的小说模式，而在结构、叙述、人物、时空等方面，均作了大胆探索，所塑造的人物上至皇帝，中至土司、寨长，下到村姑等，无不性格各异，是各个阶层的缩影。

石玉锡（1964—），贵州锦屏县平秋镇高坝村人。毕业于黔东南师专中文系和贵州大学哲学系，历任锦屏县平秋中学教员、锦屏县委党校副校长、锦屏县人民政府办公室副主任、县民政局局长等职。贵州省作家协会会员、黔东南州作家协会副主席。

1981年，石玉锡在《山花》发表第一篇诗作，随后在省内多个报刊发表散文和小说，并出版了多部作品。

《竹影》是2010年由中国文联出版社出版的第一部长篇小说，写的是平秋镇高坝村的彭祖代和欧翠柳两夫妇及子女的故事。他们共生养了五六个儿女，结果只有杏花和杏枝两姊妹幸存下来。因两姊妹都长得水灵鲜活，美丽出众，于是，围绕着她们的婚姻和生活而展开。这部长篇虽然没有曲折离奇的故事情节，却成功地描写了典型的侗族乡村的环境，塑造了侗族地区最具代表性的人物形象。同时作者对人物形象心理的刻画和分析，很见功夫，特别是对于女性心理的描写和把握，更是细腻传神，入木三分。《竹影》成功地把九寨那一方水土风情写活了、写美了，并让这些元素服务于主人公的塑造。

中短篇小说集《金桂》，2011年由贵州人民出版社出版，共收入作者6

个短篇、1 个中篇。写的全是作者家乡九寨高坝地方人的情爱故事。每个故事都写得凄美生动，让人牵肠挂肚，愁绪万端，拍案叫绝。作品中塑造了一系列的人物，几乎个个都饱满而生动，性格特点鲜明而突出，但每个人又有着各自不同的遭遇和命运。从《梨园》中的美丹、运来，到《丙生爷》中的丙生爷，到《老杨梅树》中的桂老头，到《棉地》里的庆吉和宣兰，到《虎林》中的仙柳和明虹，再到《金桂》中的金桂、生林、坤才、胡部长、文翁等等，他们几乎是栩栩如生，呼之欲出。

长篇小说《高坡佬》，2016 年由贵州人民出版社出版。它以九寨之一的高坝村为背景，通过一个叫石显恩的老者在传统节日"六月六"到来之际，请木匠来为他"造老屋"（做棺材）的故事而展开，由此牵动诸多人物和故事，构建了一个复杂多面历史与当代的九寨高坡的人情世态，从而展示了高坝侗乡九寨高坡乃至整个北部侗族地区的人们在多维时空中的特定生活状况、精神面貌与人物命运，同时也揭示了转型时期大巨变时代传统的农耕民族文化传承、保护的困惑艰难与探索。小说的主人公石显恩最具有"高坡佬"的禀性，他天性朴实，为人善良，勤劳耕作，生活简朴，因循守旧，安于现状，不图名利，但在国家危难关头，又能挺身而出，奔赴前线，抗美援朝。之后，退伍还乡，友善邻里，安居山乡。及至老而临降，仍不忘坚守乡风文化，渴求"老屋"，追踪青山。他就是大山深处"高坡佬"的形象典型。

石玉锡的小说创作具有鲜明的特点。首先，营造特定的典型环境。在业已完成的 2 部长篇、2 部中篇和 11 个短篇小说中，都以作者的故乡九寨侗族社区为背景，而且所有地名和景物描写都是真实的，使小说极具地方特色。其次，塑造鲜活的人物。石玉锡小说中的"村上人"都塑造得比较成功，一是得益于他对生活的认真观察，二是作者对于人物心理的分析和刻画具有相当的功底。最后，具有独特的美感。其小说没有强烈的矛盾冲突，而以画面的形式展现了故乡诸多美好的东西，使读者在阅读的过程中，可以欣赏到故乡的美景。还有他那浓重的方言语体，也为作品增色不少。

杨芳兰（1974—），女，贵州三穗县瓦寨人。1993 年考入贵州省农业广播电视学校会计统计审计专业班学习，1996 年毕业后，在榕江县农业局果树开发公司任出纳、会计达 10 年。2002 年辞职后个体经商。2015 年加入贵州省作家协会，2016 年加入中国少数民族作家学会，为 2016 年鲁迅文学院第 25 期少数民族文学创作培训班学员。2021 年加入中国作家协会。

杨芳兰于 2012 年开始小说创作，有 20 余万字的作品先后在文学刊物及网络上发表。2015 年，结集 11 篇作品 20 万字的中短篇小说集《白日梦》由黄河出版社出版。内容主要叙述新一代少数民族青年在从农村走向城市的过程中，所经历的那些仿佛命中注定般的困厄和伤痛。其中最有代表性的是中篇小说《滨江花园》，曾刊发于 2015 年《民族文学》第 3 期。小说讲述"我"是一个乡村低收入的女教师，为在县城拥有一套商品房而不惜与现实展开博弈的故事。为了日思夜想的房子，"我"一个受学生尊敬的女教师，忍着节衣缩食的日子，向"好姐妹"借钱无果，丈夫也向任信用社主任的同学借贷被刁难，无奈之下，只好回老家向年老多病的父亲借回卖掉棺木的寿木钱，而公公也变卖东西帮凑钱，但"我"这个有身份的知识女性，还是在被以前对"我"有好感的同学作弄后方才凑齐了房钱。最终房子是买到了，可接下来的生活幸福吗？小说结尾处是这样说的："我"已决绝地关上手机，提着从乡里搬进滨江花园时买的那口皮箱，钻进开往乡里的车子，一溜烟窜出滨江花园。"我"还能找回从前的生活吗？

2017 年 7 月，长篇小说《生计之外》获得中国作家协会少数民族文学重点作品扶持项目。这部作品凡 12 章 25 万字。作品中的所有人物都放在熬村和榕城两个地点来完成。熬村的男男女女在榕城与熬村之间来来回回，乡下人和城市人的日子正被时代的洪流所裹挟。乡下人在城市会遭遇什么样的生存境遇？乡下人的命运与城市人会有怎样的不同？乡下人能否圆自己的"城市"梦？这部小说为读者解开了一个个隐藏的秘密。虽说是一部长篇，其实也可以把它看成是由多个章节的独立故事而构成。其中最具代表性的是发表于《民族文学》2017 年第 11 期的中篇小说《跃龙门》，它写的是摆地摊的一对表姐妹——兰香和明珠的生存遭遇，她们为了能在县城买一套房子，能捞到一个城市户口，让孩子在城里接受更好的教育而奔波、挣扎。作品揭示了当下时代的重要社会问题，一个乡下人要想在一个与乡村世界完全不同的异质环境里生存下来，男人不易，女人更难，她们付出的代价更为惨重。这部小说无疑已能站在人类进步的角度来看待命运，跳出民族与地域的界限并用更广阔、更包容的客观叙述来写一部乡下人进城拼搏的奋斗史，为我们眼下正在变迁的繁芜事象留下了真实可靠的记录。

杨芳兰的小说结构精巧，叙事精练。语言流畅自然，本真质朴。特别是那些仿佛信手拈来的地方口语的自由运用，使得文本语言生动活泼，富有魅力。

陈永忠（1974—），笔名一禾，贵州三穗县人。1996年考入贵州广播电视大学黔东南分校中文大专班。1999年4月在三穗县雪洞镇任武装干事，2000年7月调三穗县政府办公室，历任政府办副主任、县委宣传部副部长、县文联主席等。2017年6月调任凯里市文联作协常务副主席。贵州省作协会员。曾参加2018年鲁迅文学院第32期少数民族作家、编辑班和2019年鲁院第37届高研班学习。2021年加入中国作家协会。

陈永忠2018年开始小说创作，已发表作品近20万字。他的作品"系列性"意识比较强，比如他的"鸭系列"《鸭客》《半边月》《山那边水那边》《木娘》等，都以三穗县鸭文化为叙述背景来展开养鸭人的故事。短篇小说《鸭客》发表于《民族文学》2019年第4期。小说叙写当年清水河畔的鸭客生活。老鸭客在一个洪水滔滔的雨夜失踪了，其养子来宝，在四处寻找老鸭客的过程中遇到了落难的春秀姑娘，还被她偷走了卖鸭钱。丢失卖鸭钱后，来宝被生产队长惩罚，白天抬石头修水库，接受劳动改造，晚上还得遭受群众批斗。后来，春秀重现于来宝身边，并道出了偷钱原委。原来老鸭客被洪水卷走后，春秀父亲因救老鸭客而丧生，春秀偷钱是为了葬父。至此，两人的误会消失，前嫌尽弃。之后，来宝接了老鸭客的班，成了新一代牧鸭人。《半边月》2019年发表于《广西文学》第5期。主要写来宝和老鸭客父子一起放鸭，来宝瞒着老鸭客，与放排佬的女儿春秀悄悄好上了的爱情故事。如果说前两个短篇写的是老鸭客和第二代鸭客的故事，那么刊发于《中国铁路文艺》2020年第11期的《山那边水那边》，写的则是第三代鸭客的故事。小说中的主角是来宝和春秀的二女儿，即老鸭客的孙女对花。对花考不上大学，既无心复读，也不打算外出打工，却对爷爷（老鸭客）的故事感兴趣。

对花迟迟不谈朋友，急坏了母亲春秀。后来一个外来的养鸭技术员走进了对花的心扉。对花既找到了事业，也收获了爱情。

陈永忠的"鸭系列"作品，情节内容虽各有侧重，却是主题一脉相承。其特色主要表现为以下几点：

第一，作品内容多以民族文化和地方风物为叙事底色，文本带着淡淡哀伤和对于人生境遇的观照，把底层的生活写出了乡土田园韵味与诗意之美。第二，小说有散文化倾向，人物不多，结构简单，不以故事情节取胜，而以风土人情的描绘见长，却又构建了艺术结构的系列性和完整性。第三，语言细腻清秀，民歌俚语增色。如《鸭客》中的"看鸭客来看鸭客，竹子篙篙十八节；白天跟着田坎走，夜晚睡的半边月"等为小说增色不少，增强了乡土之美。

此外，还有一大批侗族文学爱好者笔耕文坛，也写下了许多较好的小说作品。如发表于《山花》1981年第6期的短篇小说《最后一套嫁衣》的作者滕剑鸣，1954年出生于天柱县凤城镇，系老作家滕树嵩的女儿，曾在凯里210厂工作。她先后发表《侗乡小路》《十六的月亮也是圆的》等作品。其《最后一套嫁衣》曾获贵州少数民族文学创作三等奖。作品叙述一个自新中国成立以来在历次运动中都十分积极的侗家姑娘，对母亲坚持姑娘出嫁时，向夫家索要八套嫁衣的陈规陋俗，从激烈反对到默默接受直到不胜感激的思想变化过程，由此展现了从20世纪30年代至80年代侗家生活的坎坷经历，揭示了某些旧习俗从产生、流传到消失的社会历史原因。作品以第一人称按时间顺序叙述故事，但读者毫无平铺直叙之感。其奥妙在于以八套嫁衣作为叙事的线索，情节紧紧围绕这八套嫁衣展开，显得严密、集中、紧凑，作者又用一句侗族民歌"妹还小，妹的辫子未曾长"作抒情线索，在作品中反复七次，每次都在特定场合中用不同的语气来说、来唱，从而使作品增强了抒情的韵味。这篇小说被收入1982年4月贵州人民出版社出版的《贵州少数民族短篇小说选》。

1965年出生于天柱县高酿镇的龙新霖，两岁时因患小儿麻痹症造成双下肢畸形而成为残疾人，但他身残志不残，读小学时就爱上了民间故事，还特别喜欢阅读乡土文学作家赵树理的《小二黑结婚》《李有才板话》《三里湾》和浩然的《艳阳天》《金光大道》等文学作品，心里泛起了作家梦。后长期坚持业余笔耕，十余年中先后创作了各类体裁的文学作品 50 多万字，并于 2001 年加入了贵州省作家协会。其中《生死冤家烈女泪》荣获 1997 年上海《故事会》中篇故事一等奖，中篇小说《喋血黄金梦》发表于 2000 年《今古传奇》第 3 期，《毒巢卧底》获《故事家》2001 年中篇故事三等奖等。中篇小说《流浪的青春》2007 年由中央文献出版社出版。他的作品，故事性强，乡土味浓，语言鲜活，为人喜爱。

第三章

诗　歌

　　中华人民共和国成立后，侗族诗歌的创作出现浪花璀璨的势头。这些诗作，内容丰富，思想深刻，有对侗族在中华民族解放斗争中英雄风姿的吟唱，有记录从辛亥革命到新中国成立波澜壮阔历史进程的史诗，有歌颂改革开放、经济建设、脱贫攻坚、民族复兴、追逐梦想的华章，还有描状民族医药、边地风光、民情风俗、自然生态的颂歌等。其中，百岁老人吴定元的医歌，体现了侗族传统医学的古老文化及歌谣特色；李世荣的感世歌承载了辛亥革命老人洞见历史变幻和国家独立自强的荣辱复兴风云；杨至成将军的诗词，不仅是我国党史军史的一份红色档案，中国少数民族当代革命文学的壮美史诗，同时也是侗族人民弥足珍贵的文学遗产；罗庆芳的旅游诗摇曳多姿，龙超云的女性诗歌激情如炽，蔡劲松的诗歌诗画交融，吴基伟的诗作礼赞航空航天伟业和英雄；姚瑶的新诗饱含着诗人对当下社会现实与底层民众生活的热切关注，是"感于哀乐，缘事而发"的时代记录。

　　在艺术形式上，旧体诗词焕发新春，民歌体诗歌摇曳生辉，自由诗和散文诗脱颖而出，长诗与短诗竞相绽放，出现了老中青几代诗人迭出的可喜局面。

　　2006年由广西民族出版社出版，粟永华、吴浩主编的《侗族诗选》，选入自明代吴勉《反诗》以来600年中200多位诗作者的作品，其中贵州占80余人。这是全国第一部收录侗族诗作的诗歌选集，具有开创性及总结性。2014年由作家出版社出版、中国作家协会主编的《新时期少数民族文学作品选·侗族卷》着重收录了反映改革开放以来至 2011 年底的侗族诗歌创作的成果，在 12 位诗歌作者中，贵州有 9 人。

第一节　吴定元的医歌

吴定元（1884—1991），又名吴文贵、吴桂桂。出生于湖南芷江县梨溪口乡六脚寨一个侗族中医世家，父亲为第九代郎中。1 岁时定元随父亲全家逃难贵州，最终至剑河县柳荫堡落户定居。7 岁随父上山采药，走方行医。13 岁父亲过世，母亲为激励子承父业，送他投塾馆拜道人李世勋为师。16 岁出师离馆，李师赠以《本草医方》，叮嘱坚守医者仁心。随后，李师以古稀之年驾鹤西去。为承父志，为继师业，他悬壶济世，成为吴氏第十代郎中。之后，他拜认 70 多位巫医药师，博采众长，自成一家，成为黔湘桂边区融中医侗医于一家的一代名医，集儒释道巫于一身的特技法师。新中国成立后，他受邀参加了解放初期的民族中草医发掘抢救工作。1958 年在古稀之年，被政府安排为剑河县柳川区卫生院编外医生。1984 年柳川区卫生院升格为剑河县民族医院，他成"镇院之宝"。1983 和 1986 年两次被卫生部表彰为"全国卫生先进工作者"，被誉为侗乡苗寨的"李时珍"，旋当选中华中医学会黔东南分会副理事长。1988 年 3 月国家科委直接授予他民族医药主任医师职称。1989 年 7 月荣获全国"老有所为精英奖"，1990 年 10 月在北京人民大会堂出席全国首届名老中医传承拜师大会，成为全国第一批"名老中医"传承导师之一。1991 年 5 月 12 日（农历四月二十一），在剑河县老家无疾而终，享年 107 岁。

据研究，《易经》本是古代筮书，在其卜筮的卦辞和爻辞里，保留了不少优美民间歌谣。有学者指出，凡善诗歌者，无不筑基于文，发之于心。然而，能文者未必谙于医，但良医却又多具文学之根。人谓"不为良相，即为良医"。陶弘景为古代良医，其诗文多有传世，如《寒夜怨》即被宋代郭茂倩辑入《乐府诗集》，成为绝代佳作。陆游虽是大诗家，却十分谙熟医药养生，高寿 85。据陆应南选注《陆游诗选》及朱伟常《医林吟韵——历代医

1990 年 10 月，国医大师吴定元在天安门广场留影，时年 106 岁

家诗词赏析》评介，陆游曾是一位颇有造诣的医家，涉及疾病医药养生的诗词近 30 首。如《山村经行因施药》组诗，其四云："驴肩每带药囊行，村巷欢欣夹道迎。共说向来曾活我，生儿多以陆为名。"又其临睡前，常饶有兴味热水泡脚，其《洗脚诗》云："老人不复事农桑，点数鸡豚亦未忘。洗脚上床真一快，稚孙渐长解烧汤。"

侗族是一个以"歌养心"的民族，由于没有文字，侗族医药也只能以歌诀、巫词、谚语、传说、故事等形式，代代口传心记。据现今所知，虽然在唐宋的汉文典籍中亦有对侗族医药一鳞半爪的记载，然而，侗家人以汉字记侗音的侗医药正式抄本直至明代才出现。但这些抄本中，以歌诀、故事传承医药技术者，甚为零散，不成体系。只有到了吴定元积 90 余年临床经验荟萃而成的医著《草木春秋》，才算是真正意义上的以歌传医，以歌传药。

《草木春秋》凡 20 卷 18 万余字，记载了吴老一生的医案医话、医德养生，论述了 72 种病症的发病机理、临床特点及治疗药方。书稿经整理考订，命名《〈草木春秋〉考释》，于 2015 年由贵州科技出版社出版。这部医著为我们留下了许多宝贵的医歌。从文学上讲，医歌是指可以咏唱的口诀，属于歌谣范畴。据《〈草木春秋〉考释》和《黔东南苗族侗族自治州志·卫生志》记载，吴定元编撰的医药歌诀竟达 150 行之多，或许还有散佚未搜集者，现归纳为以下内容。

第一，小儿科歌诀。诸如：

> 婴儿十指冷水凉，定是惊风便不安；
> 十指梢头热似火，必是挟食又伤寒。

> 大肠有病泄泻多，掐按虎口病即脱；
> 头痛肚疼身酸痛，推按劳宫就快活。

> 三朝七日眼边黄，便是脐风肝受伤；
> 若见腹胀带啼哭，医师诊治便无妨。

第二，妇科歌诀。比如：

> 代脉动止良久来，腹痛浅痢下元乖。
> 吐泻气衰精神损，女子血旺定主胎。

> 滑脉流利快往来，气实血壅痰热挨。
> 无力元虚脾肾弱，女人经闭是有胎。

第三，内科歌诀。由于内科病症非常复杂，故歌诀也比较丰富：

> 心脉沉浮定楚风，沉紧心病积在胸；
> 迟脉心虚气不足，数脉新热火上凶。
> 肝脉浮大血生风，沉弦左胁痛不通；
> 迟则血虚宜滋补，数乃血热失血重。
> 肾脉浮散肾不足，沉紧腰痛血虚容；
> 迟则肾气虚之极，数乃虚热便生风。

肺脉浮大风热重，肺沉紧滞痛在胸；

迟则气虚宜补脾，数乃热遗大肠中。

脾脉浮缓湿气重，沉则肠痛紧滞功；

迟则脾弱宜温补，数则疮痒热难容。

命脉浮紧主风寒，命产紧疾足气痛；

迟则阴虚宜温补，数乃虚热相火攻。

第四，其他歌诀。在古代中国，勤劳智慧的劳动人民在长期同疾病斗争的过程中，逐渐摸索了许多诊断疾病的方法。战国时代的著名医学家扁鹊把它们加以总结，归纳为四种方法：望、闻、问、切，医学上叫作"四诊法"。而吴定元继承了这一中医传统，又结合侗医的实践摸索，归纳增加为"看（望）""摸""问""闻""划""算"的"六诊法"。

比如他摸脉的经验是"凡诊脉者，人长脉长，人短脉短"。故歌诀是：

右手心肝肾，左手肺脾命。

每部审四诊，病状无不应。

他为病人看诊时的面色主病歌为：

心家病面赤，肺家病面白；

脾家病面黄，肾家病面黑。

看指纹颜色红紫辨寒热歌为：

身安定见红黄色，红艳多从寒里得；

淡红隐隐体虚寒，莫使深红化为热。

看指纹纹型主病歌为：

腹痛纹入掌中心，弯内风寒次第侵；

纹向外弯痰食逆，水型脾肺两伤阴。

如此医歌，内容博富，多姿多彩，极具鲜明特色。

第一，内容比较全面，能够自成体系。它们不但囊括了他擅长的儿科、妇科与推拿，而且内科也翔实具体，细致完备，丰富广博，包括了心、肝、肾、肺、脾五脏诸病症，并给以中医的系统考量与诊治，同时还包含了阴阳五行和脏腑经络学诸学科内容。

第二，形式活泼，诊医结合。比如摸脉歌、望诊歌与小儿歌及妇科歌，其歌诀格调，以内容定形式，彰显不落俗套。句式上既有五言，更多七言，也有四言，而且逢偶押韵，活泼轻快，方便传唱。同时常用排比句说明病况，并对症下药，诸如"命脉浮紧主风寒，命产紧疾足气痛；迟则阴虚宜温补，数乃虚热相火攻"等。

第三，中医词汇多，俗语显缤纷。诸如惊风、伤寒、头痛、肚疼、腹泻、气衰、主胎、经闭、心脉、肝脉、肾脉、肺脉、脾脉、虎口、劳宫、温补、滋补、火攻等中医语汇，比比皆是。再如"细脉委细血气衰，诸虚劳损七情乖；湿浸腰神精遗急，呕吐浅痢汗雨来"等歌诀，字字俗语，句句民言。

第四，赋比兴兼用，侗歌风味浓，易记易唱，方便传承。作者身为侗

吴定元医歌手稿

家，喜欢哼唱山歌和法事歌，十分娴熟侗歌韵调，加上国学医经功底不浅，也能自然运用赋比兴手法。比如"婴儿十指冷水凉，定是惊风便不安；十指梢头热似火，必是挟食又伤寒""心家病面赤，肺家病面白；脾家病面黄，肾家病面黑"既是赋陈句，又含有比喻与排比，形象生动，明白晓畅。又如"三朝七日眼边黄，便是脐风肝受伤"等起兴自如，通俗易懂。这些医歌，富有侗歌风味，音韵优美，朗朗上口，易记易背，利于传唱，方便传承。

总之，吴定元把传统的修辞手法与侗歌风格、医家行语自然运用于中医歌诀之中，把科学性、知识性、趣味性巧妙结合在医歌的吟唱之中，极大地增强了侗医医歌的形象性、生动性和可读性，令人吟诵生动有趣，回味绵长，是侗族诗歌百花园中一朵独秀的奇葩，它填补了历史上侗族文学史没有医家歌谣的空白。

第二节　李世荣的感世诗

李世荣（1890—1957），字子仁，号菊秋，贵州天柱县润松乡蟆头寨人[①]，兄妹 8 人，排行老三。父亲因不识字，被人陷害入狱，方设家塾培育子弟。世荣 7 岁入塾，13 岁作文答辩。1903 年考入天柱县官立小学堂，在校结识王天培，成为挚友。1906 年与王一同考入贵州陆军小学，1909 年二人同升武昌陆军第三中学。1911 年 10 月 10 日，辛亥革命爆发，李任战时总司令部侦探科员兼督战指挥官参加武昌起义，因"智勇兼全勋劳卓著"受中华民国临时政府通令嘉奖，获"开国纪念枪"。1912 年由贵州督府保送，与天培同入保定陆军军官学校第一期专攻炮科。1914 年毕业返黔，历任讨袁护

---

① 之前，有关资料一般都记述李世荣是贵州剑河县南明乡八十溪人，出生于 1887 年。经笔者多次深入天柱县润松乡蟆头寨调查访问李世荣的儿孙及查阅家谱，确认李世荣 1890 年农历四月二十二生于蟆头寨，并于天柱县官立小学读书投军。1911 年参加武昌起义。后因厌政，退隐归田，为躲避乱政滋扰隐居于离蟆头寨 9 里山路的剑河县南明乡八十溪村，并在此病逝安葬。2018 年 4 月 5 日清明节，经天柱、剑河两县协商，黔东南州文物局批准，同意其亲属将李世荣遗骸由八十溪迁葬回故乡蟆头寨的岑原水库边。

李世荣将军

国军营长、主任参谋等职，因军功获"艰苦卓绝智虑忠纯"称誉。1920年在日本就医加入同盟会。1921年孙中山委为黔军总参谋长，奉令率黔军入桂镇守，以解北伐后方之忧。次年，回黔督师却遭滇军压迫出境，陷入川战。1923年在香港出席孙中山召开的建国会，被委任为广州军政府军事委员会委员、建国联军第十一军军长兼贵州巡宣使。1925年孙中山逝世，李悲痛欲绝，深感前途无望而离开军界，归隐老家幞头寨。后为躲避乱政滋扰而移居近邻的剑河县南明乡八十溪村。1927年，蒋介石叛变革命，李深为忧愤。之后，国民政府在庐山召开会议，李应邀出席，被任命为"国民政府特派贵州宣慰委员"，并授铜印一枚，着往接管贵州。李抵贵阳后，目睹军阀内战，枪戈遍地，兵匪如毛。如此乱象，令其意冷心灰，再度解甲归田。1932年于八十溪创办"四维小学"，自任校董兼校长，为地方育才尽绵薄之力。

1941年，贵州省主席吴鼎昌亲临天柱县请其出山，被婉言拒绝。但他仍在乡间热心鼓励、积极组织侗苗子弟参军抗日。1950年黔东南地区解放，李世荣把"开国纪念枪"奉交人民政府。1953年贵州省人民政府聘任为文史研究馆馆员。1954年，当选贵州省第一届人民代表大会代表和政协贵州省委员会第一届委员。1957年正月初由天柱县城返八十溪拟过完元宵节后搬迁贵阳，不料正月十二（2月11日）突发疾病而去世，享年67岁。2005年9月，李世荣被中共中央、国务院、中央军委追授"中国人民抗日战争胜利六十周年纪念章"。李世荣墓现为黔东南州文物保护单位。

李世荣一生坎坷，既有辉煌业绩的出彩，也有消极愤世的无奈；既有慷慨悲歌的壮士情怀，也有柔弱避世的脆弱性格，既有旧军人受政治左右的哀伤，更有新中国枯木逢春的欢欣。这些错综复杂悲欢际遇，酿造了他文人从军、厌政隐居、终又喜获新生的诗情。20 世纪 80 年代末出版的《侗族文学史》称"李世荣留下的诗歌作品为数不多",仅介绍 5 首诗作。近 30 年来,通过不断地收集发掘,据目前所知,其诗歌多达 40 余首之富,或许还有的散佚民间①。现依据其思想内容,大致分为五个部分。

第一部分,暴露弊政,痛斥匪患。这部分诗作不多,但却十分深刻有力。如《暴敛横征猛如虎》《匪帮乘机用心机》《万水滔滔都向东》是其代表。那一年,李世荣在家居期间听到从湳洞司赶场归来的乡亲说,大白天里,集市上盗匪闯入民宅,伤人越货。而民团在追匪过程中,却将盗匪丢弃的财物占为己有,百姓求诉无门,政府反而横征赋税。他痛感匪患横行,民不聊生,感时愤世,慨然出诗:

> 乌云密布景悲凉,动地惊天鬼猖狂。
> 暴敛横征猛如虎,男儿无志恨满腔。

1949 年 10 月新中国成立。1950 年,西南临近解放,国民党反动派残余势力企图负隅反抗。剑河县反动县长陈开明,竖起"绥靖区司令"大旗,招兵买马,按照国民党制定的"应变计划",纠集匪众,妄图抵抗解放军的进军铁流,便把主意打到李世荣身上,欲借其声望,笼络人心,扩充势力,组建反共救国军政组织。随即派员携重金持"顾问"委任状登门,请李出山相助。面对逆流丑类,纵观几十年风云变幻,展望未来社会发展趋势,李以为只有中国共产党才能救中国,因而当场挥毫即就《万水滔滔都向东》,以诗明志:

> 万水滔滔都向东,欲挽逆流苦费工。
> 此行不与彼苍盟,穷途岂能遇顺风!

诗作中,作者首先肯定了当前人心归向,万水滔滔,势不可挡,谁要想逆历史潮流而动,那是白费功夫,自取灭亡。作者通过两种力量的形象对

---

① 陆景川:《一生坎坷 情怀悲壮——李世荣将军诗歌评析》,《贵州政协报》2018 年 11 月 9 日。

比，有力地嘲讽了不自量力的反动势力，最后表明自己绝不助纣为虐的鲜明态度。这首诗反映了作者顺应历史潮流，居高望远，老马识途，绝不与反动势力同流合污的昭然义举与明智选择。它与黄遵宪的"滔滔江水日趋东，万法从新要大同"的诗句有异曲同工之妙。

第二部分，追忆往事，缅怀战友。如《惜别保定》《悼念诗》（二首）、《缅怀》（二首）、《日本就医》、《几度春秋几度留》、《壮志未酬空洒泪》等。

1927 年 9 月 2 日，北伐名将、国民革命军第十军军长王天培被蒋介石、何应钦以莫须有的罪名，秘密处死于杭州西湖，年仅 39 岁。噩耗传来，时在武汉的李世荣头昏目眩，悲愤至极。遥想当年，二人同窗共学，效命武昌起义，投身北伐革命，追随中山先生，为国奔波驰骋，风雨同舟，情如手足。如今挚友蒙冤遇害，他手抚遗照，百感交集，遂成《悼念诗》二首：

一

鸢二南飞过洞庭，同军同学共生存。
潜龙自命传佳话，遗像空留不见人！

二

浩气凛然涉洞庭，军旗千里倍精神，
吴头楚尾羽翼折，百战勋中恨未成！

诗中，作者把战友与自己比喻为两只奋飞的雄鸢，虽然一生豪情，横戈跃马，终因世事艰难，遭人计算，羽翼折毁，壮志未酬。诗毕，他还意犹未尽，激情荡流，乘兴又作了一副挽联：

国共合作，誓师韶关，扫荡北洋军阀，一统海宇；
江淮攻取，泪洒西湖，痛哭南天子弟，百战牺牲。

第三部分，托物言志，感怀时事。这一部分的诗作较多，有《江口屯抒怀》《渡江》《日本抒怀》《思故园》《杀尽胡人方罢休》《桂林感怀》《男儿气

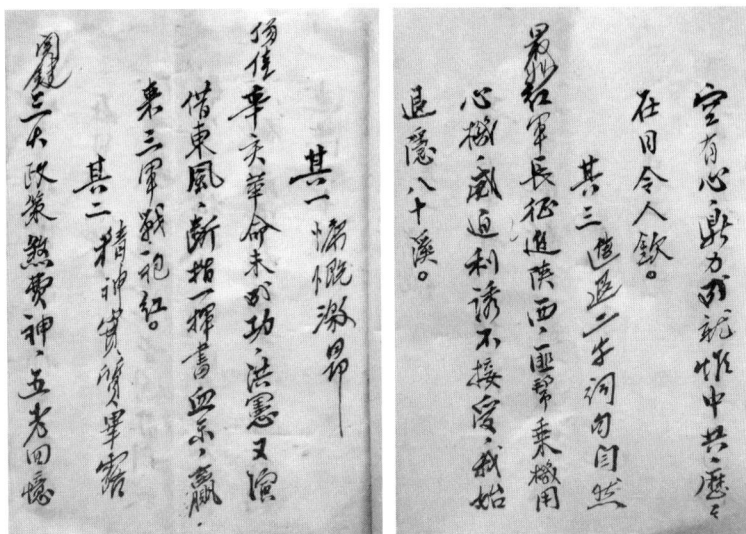

李世荣诗歌手稿

概贯神州》《赢来三军战袍红》《偶吟》《时从余地读诗章》《隐居七绝》《浪淘沙·二首》等。

1916 年，在护国倒袁高潮中，李世荣率护国军参加讨袁，在湖南芷江断二指书写五份血书，以激励三军进攻袁军马继增部。在齐天界大挫袁军后，他感慨地写下《赢来三军战袍红》：

> 辛亥革命未成功，洪宪又演借东风；
> 断指一挥书血示，赢来三军战袍红。

1922 年，孙中山以陆海军大元帅督师北伐。李世荣奉命率黔军入桂镇守，当他到达桂林时，已是深夜。在漓江岸上，凭栏观望江中渔火，而思绪万千：

> 涌涌寒流锁桂林，依栏尤静夜色深。
> 漓江景致抒文采，浓淡虚实总关情！

当时，虽然北伐在即，但国内军阀争战不断，各派政治力量互相牵制，北伐命运令人担忧。他身处寒流，面对桂林夜景，发出了"浓浓虚实总关情"的忧思。

第四部分，退隐山林，吟诵田园。作者被迫离开军界后，回乡隐居。为排遣胸中块垒，他常以读书生活田园风光吟诗自娱。《偶吟》《浪淘沙·二首》《草虚四面尽开窗》《七绝·壬辰初十是交春》《七律·渊源流派落蛮方》《五谷丰登乐异常》等就是这方面的诗作。其中《五谷丰登乐异常》写道：

> 秋日居吾别墅堂，满街梧叶任风狂。
> 菊开篱畔香见秀，桂吐庭前艳且芳。
> 壤下虫声鸣不已，空中雁阵畅飞忙。
> 田园郊野多黄色，五谷丰登乐异常。

作者秋居木楼，仿如别墅，风吹落叶，幽静自得。作者抓住秋景特点，由近及远，从堂内庭前到壤下空中及田园郊野，似乎在菊桂飘香虫鸟啼鸣五谷丰登的无限秋色中获得了精神寄托与人间享受。

隐居乡村，不问时政，似醉还醒，过着一种悠闲自得的耕读生活，不亦乐乎？如《七绝·隐居》：

> 醉后不知秋色老，醒时最爱月光浓；
> 于今暂托鸿门好，半学修身半学农！

第五部分，欢庆解放，讴歌新生。这部分的诗歌不少，如《齐吹太平箫》《选举光荣盛会临》《逢春》《颂文史馆》《政协大会》《征轮滚滚具瞻前》《山河锦绣乐悠悠》《仆仆风尘步后人》等，尽展喜获新生枯木逢春之情怀。

当全国解放时，他欢欣鼓舞，以诗《齐吹太平箫》热烈欢呼：

> 得逍遥，且逍遥，骑马过土桥。
> 若问太平日，等待小将到。
> 寿阳桥，杀尽鬼怪妖，齐吹太平箫！

全诗通过欢呼革命的胜利，热烈赞扬中国共产党的正确领导。从词句诗行上，看出作者政治态度，非常鲜明。他把人民解放军称为"小将"，表现了自己作为旧军人，对解放军异乎寻常的亲切和信赖；把国民党反动派称为"鬼怪妖"，表达了他对反动势力的无比痛恨，极为蔑视，并欢呼小将们誓将反动派斩尽杀绝，解放全中国，"齐吹太平箫!"

李世荣归隐乡田，一晃 30 年过去。新中国成立后，他欣逢盛世，被贵州省人民政府聘为首批文史研究馆馆员，还当选首届省人大代表和政协委员，身负重托，参政议政，挥毫撰史，发挥余热。虽然白头皓首，老态体弱，但他深感党恩，愿比老松，志坚节挺，奉献余生。后因年高多病，蒙组织照顾，返归故里，安度晚年。他决心沿着党指引的光明大道，高瞻向前。《征轮滚滚具瞻前》就抒发了如此情怀：

> 世事一别三十年，出山济任感万千；
> 文史兴国融宏志，政协议治肝胆悬；
> 不因马老惊途远，愿为松扎比节坚；
> 今日返乡躬故地，征轮滚滚具瞻前!

1956 年 7 月 23 日，黔东南苗族侗族自治州成立，李世荣当选州首届人大代表，被安排与省委书记周林同乘一辆车由贵阳前往州里出席盛会。庆典会上，他和省、州领导同坐在主席台上。当晚，他激情澎湃，思绪联翩，即兴作《仆仆风尘步后人》，以表达对共产党盛德隆恩的感谢，并立志以老病之躯，融入新生队伍，踏上革命和建设的新征程：

> 选举光荣盛会临，群情鼓舞竞登程。
> 恨余老病不时作，仆仆风尘步后人!

纵观李世荣的诗作，内容丰富，思想深刻，是从辛亥革命到新中国成立初期国家风云变幻、奋斗崛起、开国新政、国家兴旺、民族团结的史诗，也是民族地区政治、经济、文化、社会发展历程的实录，富有现实主义和浪漫主义相结合的表现风格，其诗言凝练，清新朴实，句式活泼，侗味酽浓，是传统古体诗歌和侗族民歌艺术交融辉映的诗作佳品，值得后人鉴赏和学习。

第三节　杨至成的军旅诗

杨至成上将

杨至成（1903—1967），中国无产阶级革命家，中国人民解放军高级将领。[①] 贵州三穗县青洞乡木界村人。父亲早逝，靠母亲勤俭持家送他进私塾和学堂。1919 年贵州甲等农科学校毕业后，投入滇黔联军，任过军需官。1926 年考入黄埔军校第五期，1927 年加入中国共产党，参加了南昌起义和湘南起义。历任红军连长、井冈山留守处主任、红四军军部副官长、红军大学校务部部长、红军总兵站主任、中央革命军事委员会总供给部部长兼政治委员，红一方面军后勤部长、黄河两延卫戍司令员、抗日军政大学校务部部长。1938 年赴苏联治病并入伏龙芝军事学院学习。1946 年回国后，任东北民主联军总后勤部政治委员。新中国成立后，历任中南军政委员会委员、轻工业部部长、中南军区第一副参谋长兼后勤部部长、中国人民解放军武装力量监察部副部长、军事科学院副院长兼院务部部长，高等军事学院副院长等职。1955 年被授予上将军衔和一级八一勋章、二级独立自由勋章、一级解放勋章。为第二、三届国防委员会委员，第三届全国人

---

① 《辞海》（第七版），上海辞书出版社 2022 年版，第 2640 页。

民代表大会常务委员会委员等。1967 年 2
月 3 日病逝于北京，享年 64 岁。

　　杨至成将军一生戎马，历经百战，无
奈战争频繁，兵马未到，粮草先行，他这
个红军"大管家"、军队"老后勤"，只好
把诗词情结搁置一边。直到 20 世纪 60 年
代，中央军委批准他挂职休养，得以游历
祖国大好河山，重访当年战斗遗址，并与
各地战友重逢叙旧，喜看山河旧貌换新
颜，人民生活谱新篇，历史与时代的交集
碰撞，战争与和平的酿造催生，使他长期
积攒下来的如火诗情，井喷迸发，一泻千
里，创作了百首有余的诗词，分别在《解

陆景川主编《杨至成诗文集》书影

放军报》《解放军文艺》《光明日报》《北
京晚报》《贵州日报》《河南日报》等发表。后由其亲属委托笔者主编《杨至
成诗文集》出版①。现依据其内容，分作如下赏析。

　　第一部分，回忆战斗历程，歌颂革命战争。在几十年的革命斗争中，他
和许多战友洒过血，流过汗，许多山山水水都留下他奋斗的足迹，成为他生
命的一部分。若干年后，他旧地重游，回望往事，历历在目，诗涌如泉。如
《纪念"七一"》《忆南昌起义》《纪念"八一"》《参观南昌东校场》《井冈山
会师》《在茨坪》《中央苏维埃旧址》《忆长征》《抗战》《回忆东北解放》《重
到遵义》等。《忆南昌起义》诗云：

　　　　　　八一枪声震长空，赤旗飘舞九霄中。

　　　　　　一轮明月融融亮，满空祥云朵朵红。

　　　　　　奋勇沙场皆俊杰，血溅赣水尽英雄。

　　　　　　运筹帷幄指挥妙，星火燎原遍地红。

---

　　① 见陆景川主编：《杨至成诗文集》，贵州人民出版社 2003 年第 1 版，2013 年修订版。

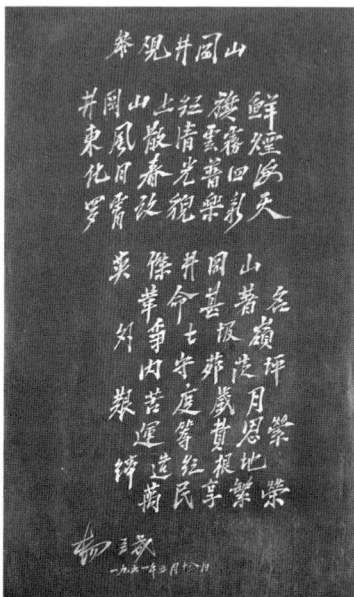

杨至成诗词手迹

1927年8月1日"南昌起义"时，杨至成任国民革命军第二十军三师六团六连指导员，担任城东大校场的主攻任务。"一轮明月"下，他率部向敌七十九团营房冲去，睡梦中敌兵还没摸上枪就当了俘虏。接着他们投入协助友军围歼敌八十团的战斗，夺取了最后胜利。当他重访南昌起义旧址，忆及战事，触景生情，吟诗志记。诗作歌颂了我党领导的人民军队向国民党反动派打响第一枪的伟大事件及其在我党我军辉煌历史中的重大影响。在《参观南昌东校场》中，他还留下了这样的诗句："城东大校场，八一动刀枪。我连幸临阵，烽烟岂能忘！"

1961年杨至成重返井冈山茨坪时，想起当年任红四军井冈山留守处主任负责后勤保障、医药供应、伤员救治工作时，曾下山去永新找党代表毛泽东汇报请示，毛党代表批拨了200块大洋，使留守处克服了战时困难，极大地鼓舞了士气。对领袖的关怀，他终生难忘。睹物思情，挥笔写下了《在茨坪》：

> 昔日此乡村，四军大后方，我负留守责，管理指战伤。
> 筹备医药品，下山运食粮，领袖多关怀，至今难以忘。
> 曾经几何夕，革命放光芒，山河焕然变，建设美井冈。

这首诗，是对他井冈山后勤工作艰辛岁月的真实记录。

1934年，"左"倾机会主义路线在党内占据统治地位，造成第五次"反围剿"失败，杨至成遭株连被撤销红军总供给部部长兼政委职务，降为科员。1935年1月，遵义会议批判了"左"倾错误路线，毛泽东重新回到红军领导岗位，杨至成也被重新任命为中央军委先遣工作团主任，担负起打开长征前进道路和筹集粮食物资供给的艰巨任务。仅在贵州遵义、桐梓一带，"先遣工作团"就筹集到银圆 6.7 万元，粮食布匹黄金一大批，为红军北上斩关夺隘提供了后勤保障。1963 年 6 月底他回访遵义，感慨万端，即赋《重到遵义》诗，以歌颂毛主席领导革命战争胜利的丰功伟绩：

> 重临遵义芙蓉开，回首当年何伟哉！
> 天堑乌江飞渡过，娄山关头强攻来。
> 领袖重新掌航舵，拨开云雾扫阴霾。
> 帷幄运筹巧指挥，乾坤旋转澄清埃。

第二部分，悼念战友首长，重逢诗酬唱和。《悼罗帅》《悼李克农同志》《吊刘亚楼同志》《谒悼邓萍同志及卫生员墓》《与谢象晃同志合影纪念》《谢叶长庚同志伴行》《和胡金淦游龙门诗韵》等，均为这方面的诗作。

从井冈山到长征直至东北野战军，杨至成都曾在罗荣桓领导下工作。1963 年 12 月 16 日，罗帅不幸去世，他挥泪《悼罗帅》，歌颂其辉煌的一生。此诗发表于 1963 年 12 月 20 日《解放军报》：

> 元戎一世志英豪，政治领先思想高。
> 秋收怒潮蹈火焰，苏区分地复澜涛。
> 马行齐鲁狼烟靖，旗展松辽鸿鹄翱。
> 赤胆忠心高日月，丹青史上永昭昭。

这里，还要谈及杨至成为母亲写的一副挽联。自 1922 年离家投军，他与母亲就再没有见面。1937 年杨至成在延安任黄河两延卫戍司令员时才得以与家里取得联系，方知母亲已去世一年有余。回想起自己是遗腹子，与母亲相依为命，母亲命苦，却深明大义，贤惠刚强，辛劳一生，而他却不能为老人尽孝送终。迢迢千里之外，只好遥寄一副挽联，寄托自己的无限哀思和拳拳之心：

两万里长征报国即为报母；

四十年矢志教子亦是教人。

而《与谢象晃同志合影纪念》则回忆抒发了战友之间的革命深情：

合拍影照甚欢欣，不忘当年患难情。

沙场负伤蒙救护，革命恩爱似海深。

谢象晃是井冈山时期的后勤干部，杨至成的战友和老部下，新中国成立后历任江西省民政厅厅长、省人大常委会副主任等。当年在第三次"反围剿"战斗中，是谢在死人堆里把重伤的他背下战场，捡回了一条命。之后苏区发生"富田事件"冤案，曾使 200 多名红军军官蒙难，是杨至成力挺压力硬把谢从刑场上解救下来，使他幸免一死，成为冤案中的两个幸存者之一。所以，他们之间患难与共的革命情谊深似海。1961 年 5 月底，杨至成在江西南昌与谢象晃同志重逢，喜出望外，故合影纪念，赋诗志记。

第三部分，描绘祖国壮丽山河，赞美家乡崭新面貌。为了祖国的强盛和壮美，他和战友们抛头颅，洒热血，奋斗了几十年。如今，理想变为现实，他兴奋溢于言表，即以浓墨重彩之笔，描绘讴歌祖国旧貌换新颜。如《国庆颂》《桂林山水》《七星岩》《漓江》《叠彩山》《游大明湖畔》《游云龙山》《胶州湾行》《舟过三峡》《洛阳游》《东湖》《长江大桥》《庐山含鄱口》《渝黔道上》《贵州行》等。

其《长江大桥》描绘黄鹤楼、长江大桥的恢宏气势，歌颂人民飞架彩桥列车奔驰天堑变通途的时代新貌：

黄鹤楼前气象雄，长桥飞架镇西东。

风云驰骋通天堑，喜见江山飞彩虹。

而发表于 1963 年 10 月 17 日《贵州日报》的《渝黔道上》则咏赞：

渝黔道上意如何，云脚山根水绮罗。

四月麦畴翻细浪，三春柳岸扬清波。

飞车驰马奔关岭，筏排浮舟行江河。

布谷催新展瑞意，豫望丰岁稻粮多。

诗中一幅贵州家乡公路盘旋、山水奇秀、稻麦翻浪、柳岸清波、布谷催春、车马飞驰、舟排泛江的春和景明图画，跃入眼帘。诗作以物抒情，寓情于景，讴歌了贵州的发展变化，并泛起缕缕乡情与浓浓眷恋。

第四部分，颂扬建设成就，礼赞时代生活。这部分内容的诗歌不少，如《三门峡》、《重来重庆》、《飞过乌江》、《柳州果园》、《北海舰上》、《颂王杰》、《颂霓虹灯下的哨兵》、《将军下地割麦》（二首）、《参观拖拉机厂》、《天安门欢庆"五一"节晚会》、《三八妇女节》等。

1963 年 5 月初夏，他参观了三门峡水利建设工程。这是新中国成立后在黄河上兴建的第一座大型水利枢纽工程，控制流域面积 68.84 万平方公里，枢纽总装机容量 42 万千瓦，为国家大型水电企业，被誉为"万里黄河第一坝"。他站在堤坝上，极目瞭望，河岸壮阔，日丽风清，诗绪如同万顷波涛，滚滚涌来：

三门峡目水添花，横坝筑成震海涯。

征服黄河换新面，春风吹满万人家。

这首《三门峡》状物写景，联想古今，充满了革命的英雄主义和飞扬的浪漫主义诗情。

还有他在广西之行中作的《柳州果园》，更是一幅人勤春来早、果场田畴披绿装、柳州更添好风光的勃勃春耕图：

万顷平畴种植忙，果花馥郁迎风香。

园场缤纷新天地，更添柳江好风光。

第五部分，咏物言志，以事寄情。这类诗词有相当高的艺术水平，能够将诗人志向和人生感悟通过意象表达出来。如《牡丹花》、《红叶》、《咏雪》、《朝霞》、《海边》、《成都草堂》、《访苏州》、《在赣江舟中》、《访韶山冲》、《中秋》、《参观西楚项羽戏马台有感》（二首）、《六十生日感怀》等。

《六十生日感怀》是杨至成 1963 年 1 月 4 日写的抒怀言志诗。他把它写成条幅挂在客厅，经常用来勉励自己，教育儿孙。

> 生在光绪癸卯春，父亡母养抚成人。
> 少而入伍黄埔校，壮大参加南昌军。
> 内战十年蹈火焰，长征二万历艰辛。
> 一生革命不苟喘，期待儿孙更日新。

本来应该是 1963 年 11 月 30 日才到生日，可是刚翻新年，他就早早赋诗，以鞭策自励，启迪儿孙，意蕴深远。诗中前六句，都是追忆苦难童年和从军征战的艰难历程。最后两句点明诗眼，寓意深刻，意义有二：于己反省自身，虽然赴汤蹈火，久战沙场，意志坚定，但不能吃老本，而要坚守初心，毫不"苟喘"，日日求新，奋斗终生；于儿孙后辈，期待他们继承前辈光荣传统，焕发革命精神，不断前进更日新。中华诗词强调美在意象。诗中化用了《礼记·大学》中的"苟日新，日日新，又日新"之儒家经典，这是中华优秀传统文化的精髓，表达了从勤于省身和动态发展的角度来强调及时反省和不断革新，加强明德修身，努力追求创新的思想理念。习近平总书记曾在许多场合讲话中引用了这一名言，意在强调倡导创新精神。

在《参观西楚项羽戏马台有感》第一首中，诗人吟诵：

> 项王当日称豪雄，颠覆秦邦自幸功。
> 汉楚相争凭奋勇，战场对阵逞骄风。
> 荥阳关上困刘汉，戏马台前战韩戎。
> 可惜沽名终乏略，乌江自刎水流东。

这是一首观物感怀咏史诗，戏马台是徐州的名胜古迹之一。1963 年 6 月初，杨至成参观此台，有感而发。此首前六句颂扬了西楚霸王项羽一生金戈铁马几乎无敌于天下的豪强雄姿和盖世之功。最后两句叹息英雄末路悲剧结局，总结了项王穷途末路"乌江自刎"的根本原因在于其沽名钓誉、刚愎自用、一意孤行，终而落得个自吞苦果！诗中多处用典，叙事加抒怀，言物以寄寓，展示了将军之敏锐眼光，深叹末路英雄之历史悲情。这首诗与陆游的《项羽》诗"八尺将军千里驹，拔山扛鼎不妨奇。范增力尽无施处，路到乌江君自知"有异曲同工之妙。

杨至成将军一生丰富多彩艰难崎岖的军旅生活，在他心中积攒下了火一样的热情，井一样的酿泉，土一样的厚意，加上他蕴藏着诗人的情怀、诗人的胸襟、诗人的素养，因而留下了百余诗词，被誉为"将军诗人"。纵观其诗词，艺术特色十分鲜明：

首先，他的诗词是革命现实主义和革命浪漫主义相结合的壮美史诗。如"天堑乌江飞渡过，娄山关头强攻来。领袖重新掌航舵，拨开云雾扫阴霾。"歌颂了毛泽东的丰功伟绩；"八一枪声震长空，赤旗飘舞九霄中。一轮明月融融亮，满空祥云朵朵红。"既叙写了血与火生与死刀枪拼搏的武装斗争，又抒绘了崇高的革命理想和乐观浪漫的诗情画意。认真鉴赏这些艺术佳作，不仅使人鉴史明智，深受教育，备受鼓舞，也获得曼妙的艺术享受，同时又令人倍加珍惜今天的幸福生活，并努力开创更加美好的未来。

其次，他的诗词在体裁上，多为七律、七绝、五言等旧体诗，富有古典诗词的格调，凝练简洁，工整对仗，但又不为格律束缚，而是自由驾驭，遣词造句，直陈胸臆，抒发感情，韵味悠长。如"内战十年蹈火焰，长征二万历艰辛"韵律铿锵，工整对仗。而《将军下地割麦》的"满野山花阵阵香，农家新麦正登场"就是从陆游《蔡中郎》"斜阳古柳赵家庄，复古盲翁正作场"中化用过来。至于"期待儿孙更日新"句，运用典故，出神入化，毫无雕琢之痕。

最后，他的诗词有浓郁的民歌风格。青少年时代，作者就国学功底不浅，再加上母亲是侗家歌手的熏陶，使他得以古典诗词与民歌风格兼收并容。故其诗词蕴含侗歌韵味，风格清新，语言质朴，通俗易懂。如《钓鱼观感》"晚来结伴海边游，三五渔翁立岸头。一轮线竿垂水钓，叫那贪鱼上钬钩"等即为如此。将军的诗，一如贵州山区浓郁滴翠的绿色，能给人清新夺目的感觉。

杨至成将军的诗词，不仅是我国党史军史的一份红色档案，中国当代革命文学的壮美史诗，同时也是侗族人民弥足珍贵的文学遗产。

第四节 龙树德的时政诗

龙树德（1923—1990），曾用名甫明，贵州锦屏县城赤溪坪村人。童年入私塾，1935 年转锦屏县立小学。1940 年春赴贵阳西南中学读书，后因贫辍学，始到贵阳惠丰商行为徒。其间，常到"生活书店"阅读《大众哲学》《抗战三日刊》和高尔基、鲁迅等名家文学作品。1943 年夏赴惠丰商行昆明分行工作。此间，进入中共地下党开办的业余中学求学。1945 年 11 月 25 日晚，勇毅前往西南联大参加有各大中学生 6000 余人集会的反对内战、呼吁和平的报告会，受到反动军警围追胁迫。接着参加昆明"一二·一"学生爱国民主运动。1946 年入建民中学高中部读书，加入"中国民主青年同盟"。1947 年春奉地下党组织之命转长城中学读书，被选为学生自治会主席，成为当时昆明市学生运动的骨干之一。

1948 年 2 月在长城中学加入中国共产党，后受党组织派遣转入边区武装斗争，历任中国人民解放军滇桂黔边区纵队第二支队政治部主任、边纵二十二团副政委兼政治部主任、中共兴安工委书记（辖兴义、安龙、贞丰、兴仁诸县），后兼兴义游击团政委等。1950 年 3 月出任中共普安县委首任书记兼县长。后遭受诬告，被错划为"反革命特务嫌疑"，长期遭受限制使用。1952 年秋调任共青团兴义地委副书记。1956 年 10 月调安顺地区任水电局副局长、安顺一中校长、安顺师范革委会副主任等。党的十一届三中全会后，终获平反，任安顺行署教育局副局长，1984 年以地专级干部待遇离休。1990 年 6 月因病去世，享年 68 岁。

龙树德一生传奇，学生运动的地下暗流，武装斗争的血雨腥风，建立新政的激情岁月，蒙受冤屈的忍辱负重，重获新生的晚年夕阳，抗斗病魔的疼痛体验。其风云际遇、沉浮起落、本色风骨的画卷人生，谱写了独特的史迹诗章，成为滇桂黔边区重要的革命史诗和西部发展的历史见证①。其诗歌作品主要有以下内容。

一、追忆革命岁月。这些诗作有《蝶恋花·原兴安工委同志合影》《七律·参加罗盘区贵州境党史会议感赋》《钗头凤·战！战！战！》等。如作于1973年1月的《念奴娇·功罪待评说》可以说是追记了两次不同性质的革命岁月。

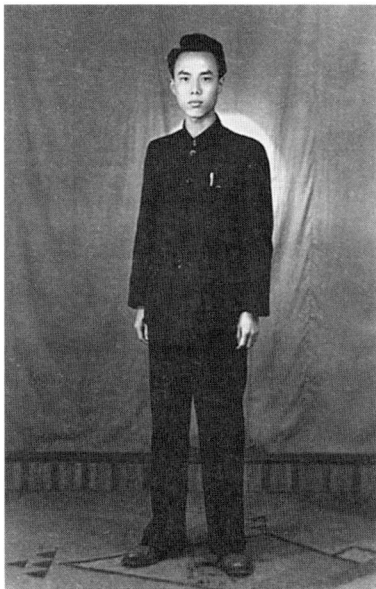

1944年，龙树德在昆明

少游春城，相思切，龙门登险赏雪。化雪洗面精神爽，从此浓抹红色。舌战街头，挥戈山野，奋力斩龙蛇。横渡盘江，直捣草霸巢穴②。　　正当春风得意，突生不测，疑是"绿林贼"。普安除恶人称快，功成即是罪孽。批斗连年，是非难白，强忍辱与胁。评说功罪，泪眼期待来日。

上片回忆起1945年底他在昆明读书时，第一次从《新民报》上读到毛主席《沁园春·雪》时，即登上著名险峻景区龙门赏雪，豪情满怀，精神焕发，而后积极上街宣传，游行示威，投身民主爱国运动。后来参加武装斗争，领导边区纵队上山打游击，纵横盘江两岸，捣毁兴义县城敌巢，解放普安，清匪反霸，建立新生政权的那些烽火岁月。而过片三句笔锋一转，历史跌入低谷，人生突发不测，被诬陷为"绿林贼"。下片即记述了经受比刀光

① 参见《龙树德纪念文集》，2002年内刊本。

② 作者自注："兴义县城，又称'黄草坝'。'草坝'我改为'草霸'，隐喻敌人。"见《龙树德纪念文集》，第106页。

剑影、血雨腥风更为摧残人的政治迫害的考验。由于功臣成了罪孽，故惨遭"批斗连年，是非难白，强忍辱与胁"。当时正是"四人帮"猖獗时期，作者只能忍受冤屈，遭受批斗，有口难辩。但是，他直面屈辱考验，更加坚定信心，强忍泪眼，期待来日，功罪自有评说。这种大丈夫包羞忍耻、能伸能屈的胸襟气度，不禁使人想起杜牧《题乌江亭》的诗作："胜败兵家事不期，包羞忍耻是男儿。江东子弟多才俊，卷土重来未可知。"

二、鞭挞"文革"罪行。十年的"文化大革命"对中国是巨大的社会灾难。"四人帮"以极左面目，倒行逆施，打棍子、扣帽子，抓辫子，大施淫威，成千上万的领导干部遭受批斗打倒，政治心灵饱受煎熬折磨，全家老小无不株连蒙难，给人们留下了无尽的创伤。作者组诗《抄家》《钗头凤·休！休！休！》《学习班》《抬棺出丧》《帽店》等都是记录揭露"文革"罪行的史诗。《抄家》诗 3 首，真实地记录了 1966 年至 1970 年横遭三次抄家的悲惨经历。其中 1970 年 5 月第三次被抄家后，作者悲愤控诉：

> 风紧雨急晓梦残，披衣开门见凶顽。
> 老幼惊叹缘何故？贼鬼嗥叫逞凶强。
> 掳我钱物不足贵，夺母寿衣胜刀伤。
> 逆天悖道难长久，云头已现北斗光。

诗中，作者形象逼真地揭露了造反派抄家时的凶恶嘴脸和种种如盗匪抢劫的可耻行径。最后坚信这种倒行逆施必定不会长久，因为乌云终将过去，曙光必定来临。还有《病杉》中，以"病杉"自喻，感遇抒怀：

> 江岸孤杉老且直，斧后风雨生虫蚁。
> 骄鸱乏术空攀树，恶魔多变无形迹。
> 十年雷霆十年病，一生正气一生痴。
> 病树未能刻龙凤，化作白纸绘春枝。

"杉"本是作者老家的良材，其家乡被誉称"杉木之乡"。据史书记载，锦屏良杉具有"木干端直，纹理细致，入土不腐，作棺不生白蚁"等特质，如今"良杉"变成了"病杉"，这是谁之过？诗中引而不发，又尽在言中。通篇巧用比喻对比，既控诉"文革"十年浩劫的肆虐，给受害者造成"十年雷霆十年病"的空前灾难，又表达了"病者"也即作者"一生正气一生痴"的坚定意志。同时还寄寓其"病树未能刻龙凤，化作白纸绘春枝"的由衷夙愿与人格风骨。

三、描写战友情深。作者从学生时代就追求真理，投身革命，带领滇桂黔边区各族人民举红旗、挥刀枪、闯敌巢、斩凶顽、建政权、搞建设，与战友和同志们结下了深厚的革命情谊。作者对此珍视铭记，倍加爱惜。《悼郑春明同志》《为刘清同志还京赠排律一首》《闻某君离休赋感》就是这方面的珍贵记忆。如《为刘清同志还京赠排律一首》深情吟诵：

> 滇池击水君领航，护我破浪到清江。
> 日出山头学弓剑，月上柳梢弄刀枪。
> 佩剑潜水斩蛟龙，抽刀越岭砍豹狼。
> 烟尘滚滚战滇黔，红旗飘飘赖刘杨。
> 千山万水涉艰险，二十五载叹沧桑。
> 黑白颠倒莫须有，是非不分信雌黄。
> 试金念年随批斗，魔拳一挥任疯狂。
> 欲渡银河告马翁，尚待仙鹊架桥梁。
> 君去北京观日出，还须南天看夜郎。
> 晴日聚会天安门，欢叙别情话更长。

刘清是龙树德的老领导和战友，1942 年曾任中共云南省工委委员，1948 年后任罗盘地委书记兼罗盘地区支队政委，杨江任地委副书记兼支队司令员。当时，龙受党的派遣，从昆明来到罗盘地区的罗平县钟山乡从事武装斗争，就是在刘清和杨江的领导下进行军事训练与浴血杀敌的。而钟山乡公所门前那条蜿蜒奔流的清水河，曾是他们战斗岁月的革命摇篮和历史证物。新中国成立后，刘清历任国家一机部基建局局长、贵州省计委副主任，

1978年调京任六机部副部长。这首长律就是为刘清还京任职而作。全篇分三个部分，第一部分前十句追叙当年在刘、杨率领下开展武装斗争的烽火历程；第二部分八句痛陈作者自己的不白遭遇与企盼昭雪；第三部分最后四句是祝贺老首长赴京任职并期待他回望贵州、憧憬来日，"欢叙别情话更长"。

四、抒发乡情敬意。家乡既是人生的童年，也是人生成长的摇篮，更是梦魂牵绕的乡愁。作者因为爱乡而离乡，因离乡而怀乡，更因有乡难回而心痛而断肠而流血，可谓历尽劫波，难诉衷肠……那年冬夜的晚上，他独坐炉边，睹物思情，思绪万千，愁肠翻滚，想起离家已有36年了，应该回乡去看看家人和乡亲，可是自己还身带"嫌疑"，又怎么去见亲人呢？只有在彷徨矛盾之中期待。《冬夜偶感》就反映了这种复杂矛盾的痛苦心境：

> 少小离家胡不归？不是无家不愿回。
>
> 千言万语说不尽，留待后人评是非。

但实在是思乡难耐，就是背负冤屈，未得洗刷，他也要携带妻女，终于在1977年2月中旬回了一趟杉乡锦屏，并作《满江红·返家途中见闻》以记之：

> 雏儿北去，今返巢、妻女同来。侗苗汉，团结一家，豪情满怀。湘黔高峰架天梯，雄关险道脚下踩。新城凯里金光大道，喜未来。　清江水，汇大海。木头城，新气派。看十里长滩，汹涌澎湃。百年古木又逢春，"红军树"下缅英才。无限深情怀念导师，献樟材。

词的上片描写回到故乡锦屏及在州府凯里之所见。当时湘黔铁路刚通车不久，凯里成了"三线建设"的新兴电子工业城市，未来发展无可限量。下片叙述身处故乡清水江"木头城"的所见所闻。见的是杉乡林海、木排泛江的新姿风貌；闻的则是感人肺腑的红色故事，毛主席逝世后，锦屏林区各族人民化悲痛为力量，曾在红军长征的"红军树"下，砍下优质的樟香木材敬献给毛主席纪念堂的深切情怀。

五、晚年唱叙感怀。虽然自20世纪50年代初作者遭遇冤屈以来，几十年间身心受到惨痛的创伤，但党的十一届三中全会后，他获得了平反，但人已老迈病魔缠身了。1987年，他已近癌症晚期，在夫人陪伴下前往上海手术。其间，老伴问寒问暖，细致入微，精心照料，他有感而赋，作《一剪梅·陪医》安慰老伴，表述心怀：

> 比翼东飞两意愁，黄埔春寒，卧病高楼。无情刀剪有情人，伤我肌肤，君痛心头。　　随伴床前泪自流，犹劝加餐，解闷消愁。余生幸得偕白头，春暖江滩，结伴同游。

对于夫人，既是他的伴侣更是战友，他们结识在地下斗争、武装割据的烽火年代，由相识相恋到相爱相亲，结为伉俪，比翼双飞。几十年来，沉浮与共，不离不弃，白了青丝，谢了韶华。可如今手术后，癌症已转移，伤夫肌肤，痛妻心头，催泪暗流。

俗话说"少为夫妻老来伴"。词作以赋比兴及对比手法，通过细腻的白描和细节刻画，为读者塑造了一对革命夫妻、终身伴侣的感人形象，以洞见"生命诚可贵，爱情价更高；两情长相伴，白头共偕老"的恩爱人生。

由于龙树德有特殊丰富的经历与奇特深沉坚毅的生命体验，故其诗词有着鲜明的风格特点。

首先，它们是历史和时代的史诗。作者作为特定历史时代的先锋、勇士、执政者与受害者，经历了中国革命从地下斗争、武装夺取政权到建立新中国及经济建设、政治动乱、拨乱反正、改革开放新时期的波澜壮阔的沧桑岁月，他的诗词以亲历者、参与者、见证者、受益者、受害者和观察者、记录者的多维角度，留下了"三亲"的重要史料，它们既是斗争的记忆、岁月的吟唱、历史的实录、革命的颂歌，又是血泪的悲泣、冤屈的控诉、灾难的借镜，更是不屈的抗争、初心的坚守、逐梦的誓言、搏击的足迹、尽瘁的忠诚。这些丰富厚实的不同题材，填补了20世纪40年代至改革开放新时期侗族诗歌思想内容的空白。

其次，艺术表现手法多样自如。赋比兴的运用在他的诗词中比比皆是。比如《为刘清同志还京赠排律一首》就充分显示艺术手法的摇曳多姿。诗中不仅直陈作者革命的起点、地点和历程，而且以"蛟龙""豹狼"等比喻凶恶的敌人，以"红旗飘飘""学弓剑""弄刀枪"象征武装革命，以"黑白颠倒""是非不分"暗喻"左倾"势力的兴风作浪，祸国殃民。同时，排比和对仗也用得十分自然灵活。

另外，作者古文修养较深，极为讲究推敲炼字。在《念奴娇》中的"横渡盘江，直捣草霸巢穴"句，本来兴义县城的地名称为"黄草坝"，作者把"草坝"改为"草霸"后，虽一字之别，却使新意跃然纸上：一是仍指兴义县城的地名；二是隐喻了敌人的凶残霸蛮；三是体现了解放军的英勇强大、摧枯拉朽，直捣敌人县城的巢穴，胜利在望。这一字之改，竟使意象全活。

第五节　张作为的风情诗

张作为在诗歌创作上的成就是多方面的，新旧诗作，都得心应手。在家乡，他从小受到侗歌熏陶，又熟读过《三字经》《增广贤文》《幼学琼林》及古典诗词。投笔从戎后，无论是边防巡逻，还是站岗放哨，都能结合生活灵感，构思提炼诗行，并逐渐在省级报刊及《解放军报》上发表。后来辑有128首诗选为《晨星集》，其中大多数写的是兄弟民族生活，当然更把勤劳、勇敢、智慧的侗族人民写进新诗。如有一组《侗家洛月》诗歌，那是别有风味，令人吟唱：

一

侗家洛月爱唱歌，
行云流水过高坡。
凉亭余韵，
鼓楼笙歌。

琵琶伴奏和声美，
木叶悠悠颂阿哥。
爱遍情山，
情满爱河。

二

侗家洛月爱干活，
脚勤手快乐呵呵。
背柴挑水，
栽秧摘禾。

里里外外一把手，
燕语莺声待客多。
甜酒一碗，
油茶一锅。

诗作第一节十分新颖别致，风格奇俏，引人入胜。诗中的"洛月"是侗语，即侗家姑娘，"阿哥"是侗家小伙。第二节明白晓畅，声香袭来，如见其人，韵味悠长。接下来的第三节是"侗家洛月爱绣花"，第四节是"侗家洛月爱钻研"，最后第五节倾情赞颂：

五

侗家洛月美如花，
云里生长雾里家。
青山灵气，
绿水精华。

坠耳雪环悠晃闪，
满头银饰玉钗斜。

> 天姿国色，
> 九霄落霞。

这最后一节极尽夸张，细腻刻画，使侗女秀俊、色倾霞辉呼之欲出，惊艳天华。这一组诗歌准确、典型、成功地歌颂了侗族姑娘优秀的品质、机敏的智慧、青春的朝气、辛勤的劳动以及清纯俏丽的仪容天姿。无论诗情画意、遣词运字、韵律节奏都凝聚着诗人的功力，全诗既有侗族民歌之美、侗语入诗之韵，又有古典诗词之雅及日本俳句之奇，以其妙笔生花的艺术魅力成功地雕塑了侗家姑娘的独特气质和外秀内美。

还有组诗《侗乡抒情》等，写的都是诗人的人生经历，故感受特别深刻，也寄托着一片真挚的爱意，抒发了希望之光。其佳句联语如"几度归心伤夜露，千番别绪怨金风"（《梦》），表现诗人对故乡的深切依恋和难以割舍；"九条龙骨铭心久，一管芦笙入耳长"（《恋》），对故乡景物的入怀，刻骨铭心，情深意切；再有《银汉山居》对种种景物的描写：《夜歌》《汲水》《早行》《引蜂》《牛颂》《驾云》《玩山》《斗牛》等，无不充满了童趣童真侗味，其思乡怀友之情，溢于言表，感人至深。

在260行古体七言长诗《半屏山怨歌》中，则以民间故事歌谣引入诗歌创作。半屏山位于温州瓯江口外的一个岛屿，民间传说此岛远古时是完整的一座山，名叫南屏山。后来为一条孽龙劈分两半，一半落在大陆舟山，一半飞落台湾。民谣有"半屏山，半屏山，一半在大陆，一半在台湾"的传唱。又传说南屏山有一个凄美的爱情故事，一对夫妻为精怪所害，遭受分离，隔海相望，聚首无期，终于化成男女石像，守望地老天荒，而流传至今。20世纪70年代末，作者应邀参加昆明市工业代表参观团，奔赴全国各地学习取经，得以游历祖国大好河山，那段难忘的记忆，涌起了他春水般的诗潮，诸如《五湖四海》《过五关》《登五岳》《七楼望远》《九湖环游》《六洞探奇》等都属此类诗作。《半屏山怨歌》就是其中的重要收获。诗中写道：

> 屏山挺秀原无缺，谁使地动遭崩裂……
> 女儿化为望母礁，望郎无归泪成血。

天地为之动悲哀，石身不朽恨不绝。

　　诗人的构思奇特，想象丰富，比喻连珠。以真实的感情灌入全诗，深刻地揭示居住海峡两岸的炎黄子孙，40余年来，关山隔断、梦萦魂牵、望穿秋水、切盼团圆的悲痛而思乡恋亲的挚情，同时表现出诗人与国家和人民同呼吸共命运的胸襟情怀。诗的调子乐观旷达，给人以美好的向往。此诗因此斩获北京首届中国诗歌节一等奖。

　　同时，他军旅诗歌也占了大量篇幅，比如《测绘兵之歌》组诗中的《照像》，是他率领测绘兵在祖国边防测绘军事地图时写的，既幽默风趣，又亲切感人：

红领巾们奔下山岗，围着我们欢呼叫嚷；
请叔叔给我照一张，照我们的红旗飘扬。
对不起亲爱的孩子，我们又不会照人像；
只会照祖国的河山，只会照无尽的宝藏。

　　又如《做新鞋》，以平实朴素的语言和白描的细节描述了测绘兵女友的浓浓爱意，深深恋情，切切之心：

什么风刮来你的信？什么风送来你的心？
看这照片你多神气，多么英雄的测绘兵。
米柜子盖上摆灯台，茶油灯光下做新鞋。
夜深人静心总不静，灯花心花一齐绽开。
线会捎话针会传情，我和你永远心连心！
把鞋底纳得梆梆硬，让石子也要怕三分。

　　诗中恋女形象鲜明，诗韵绵长，意象动人。潜心默诵，给人以清新优美雅致的审美享受。30年后，《测绘兵之歌》这组诗被选入《中国新文艺大系》。
　　《羔银汉诗》是张作为的诗词选集，1992年贵州民族出版社出版，次年再版。"羔银汉"系侗话，即诗人的故乡之名，汉语译为"汉寨"。"羔银汉诗"，意为"汉寨"人的诗。这本集子精选了他从1949年后创作的旧体诗词曲700多首，分"侗乡抒情""横枪跃马""彩云南现""苗岭欢歌""屐痕处处""香港即兴""云天诗鸿"几个部分，内容广泛，时间跨度达半个多世纪。诗人以饱满的激情、丰富的想象、雄浑磅礴的气势、绚丽多彩的语言、奇特独到的风格，抒写了他自己真实坎坷而又值得纪念的人生历程；倾心赞颂工农兵和亲朋文友以及海外游子依恋祖国、热爱故土的真挚情怀；歌唱祖国明媚多娇、秀丽壮美的大好河山。如《银汉山居·冬趣》在首届中华诗词大赛中获奖并被收入获奖作品选《金榜集》。诗云：

> 寨北村南锣鼓哗，连台侗戏野飞花。
> 狂欢娃仔争相认，哪是姑姑哪是妈？

诗中的意境，犹如侗乡美妙野趣的一幅节日风情画，趣味盎然，引人入胜，余韵无穷。

而有的诗作则以物寓意，情理交融，立意高远。如赠熊秉坤的《钢鹤志》：

> 仙鹤古来寓寿康，先生卓织化精钢。
> 用心良苦寻思远，创造离奇韵味长。
> 夜夜穷经双目泪，朝朝细琢满头霜。
> 高堂深解娇儿志，万里鹏程任远航。

诗人以昂扬的韵调，抒写著名数学家熊庆来哲嗣熊秉坤先生卓识远见、万里鹏程的志向情操，以及海外归来探亲访友赠送云南省政协钢鹤的家国情怀。再如《袁氏乔梓载誉归》：

> 云岭山花誉望隆，丹青神技几人同。
> 笔锋可令千狮吼，砚海能平万鹤风。

水上挥毫禽戏浪，山间设绘兽争雄。

一门双璧扬中外，青出于蓝百卉荣。

诗人满怀豪情盛赞出生于贵州的著名画家、花鸟大师袁晓岑父子丹青神技的高超绘画技巧，也歌颂了他们德高望重的艺术品性。

还有一些歌颂云南边疆生态风光和民情风俗的诗作，也极为优美动人。如《瑞丽江泛舟》：

凤尾竹葱茏，芭蕉绿韵浓；

牧歌云出岫，渔唱柳梳风。

影丽轻挥桨，波平慢卷篷；

神游两国境，舟在一江中。

还有《西双版纳之歌》中的"糯乐多鸟啼如笑，花海凤凰扑面来""金果辉煌挂玉钩，椰林深处掩银楼""飞舟横越筒裙舞，祝酒杯装万顷涛"都写得神韵万千，多姿多彩。再如《东方大峡谷纪行》中的"咆哮如雷虎气腾，撞开青藏古峰惊"，状写怒江的汹涌澎湃；"江流峡转天地开，突进贡山逞壮怀"，抒发进贡山马帮城的感怀；而"绝壁夹天一线牵，云生脚底我成仙"，则是夜宿普米山寨的真情实感。

《羔银汉诗》的艺术特色是鲜明的。首先，这些诗词不仅严格遵守了诗韵词牌和曲调的基本格律，而且构成了阳刚阴柔结合、互衬互比的崇高美的艺术效果。其次，立意高远，情真意美。这些旧体诗善于把情与理、真与善交融会合，通过意象的描写塑造，注入崇高的

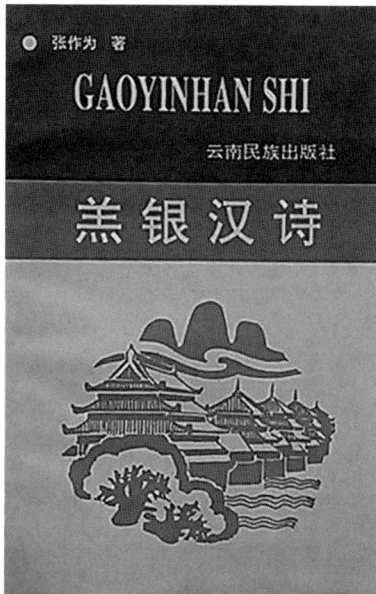

张作为诗词选集《羔银汉诗》书影

思想，意深情美。比如《钢鹤志》《哀氏乔梓载誉归》等诗作，就绝妙地显示了诗人这方面的博学素养与艺术功力。再次，格律严谨，对仗工整，出神入化，如"夜夜穷经双目泪，朝朝细琢满头霜。""水上挥毫禽戏浪，山间设绘兽争雄。""牧歌云出岫，渔唱柳梳风。"等等，可谓巧夺天工，精致缜密。最后，锤字炼句，韵致精美。如《瑞丽江泛舟》的语言清新亮丽，温婉俏美；《西双版纳之歌》的语言则浑厚雄奇，别有洞天；《东方大峡谷纪行》的语言刚劲磅礴，崇高壮美。

有人说，真，是诗歌的生命；善，是诗歌的灵魂；美，是诗歌的本质。张作为的诗歌创作可谓是真善美的交汇统一与完美结合。对于《羔银汉诗》，著名作家彭荆风曾有评论说：这部诗词是咏情韵志之作，情深志远，意境深邃。作品丰富多彩，有古风，也有绝句，更有唐宋风，感情深切，娓娓动人，诗意盎然，耐人寻味。①

第六节　罗庆芳的旅游诗

罗庆芳，中国诗歌学会会员，曾任贵州省诗词学会常务理事、贵州省诗词楹联学会副会长、《贵州诗联》主编，中华诗词学会常务理事、顾问等。

他喜欢诗歌，学生时代就有诗作。大学毕业工作后，作为记者又有机会参加诸多社会活动并游历祖国的大好河山。诗性的禀赋，生活的积累，使他诗情喷发，作品丰硕。至今出版诗集有《献给故乡的歌》《走笔癸巳年》《创新路上——新诗体卷》《倾情江山——诗词卷》等。这系列作品其实最有代表性的就是诗人的旅游诗。概括起来，主要包括以下几个方面的内容。

第一，吟赞祖国山川名胜古迹。全国几十个省市区他都游历过，留下了众多诗词作品，分为"黔山风光""江南纵览""北国诗韵"三大部分。如《长江三峡》：

① 参见周雪波：《生命不息　创作不止——作家张作为论》，载张泽忠主编《理性的曙光——当代侗族文学评论》，广西民族出版社2002年版。

举世闻名三峡景，风光绚丽让人惊。

无滩不险狂波涌，无壑不幽锦绣屏。

无洞不奇钟乳笋，无峰不伟挺拔生。

身临其境雷霆势，无不为之狂喜盈。

长江三峡是我国十大风景名胜之一。它西起重庆奉节的白帝城，东到湖北宜昌的南津关，是瞿塘峡、巫峡和西陵峡三段峡谷的总称，全长约为200千米。诗中以民歌式的铺排，描绘了三峡山水滩洞的险、幽、奇、伟，让人如临瞿塘峡的雄险、巫峡的秀丽、西陵峡的滩状，展示了一幅长江流域最为奇秀壮丽的山水画廊，激起读者对祖国壮丽山水的惊叹与热爱。

而《贺兰山岩画》却极富情趣。贺兰山岩画是宁夏回族自治区贺兰山东麓的文化遗址，为全国重点文物保护单位，是中国游牧民族的艺术画廊。面对塞外如此多娇灵杰景致、古老灿烂文化瑰宝，诗人身临其境，得此神游，诗情奔涌：

沟谷两边石壁立，三百岩画塑神奇。

牛羊驴马人头像，粗狂质朴兴废遗。

诗的前两句，点明了岩画凿刻的地理位置、画幅数量及表现效果，后两句则直赋岩画的表现内容、艺术手法，赞叹其审美效果与文化价值，表达对祖国山河、悠久历史、灿烂文化的钟爱与礼赞。全诗言简意丰，明白流畅，形象鲜明，诗韵悠长。

第二，歌颂红色革命圣地。诗人红色题材的诗作，数量可观，现择两首以窥一斑。其一如《茨坪》：

峻岭崇山绕四周，高峰盆地小城优。

四通道路连各景，五井殿峦接瓦楼。

首脑机关多在此，指挥革命善奇谋。

山湖相映公园景，革命史馆任人游。

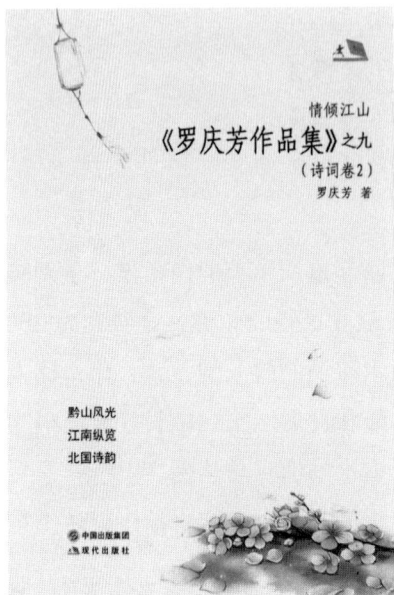

情倾江山
《罗庆芳作品集》之九
（诗词卷2）
罗庆芳 著

黔山风光
江南纵览
北国诗韵

中国出版集团
上海现代出版社

《罗庆芳作品集》书影

茨坪地处湘赣边界井冈山主峰北麓一个崇山台间的小盆地中，四周崇山峻岭，古木参天。1927年10月，毛泽东率领中国工农革命军到达茨坪，建立了第一个农村革命根据地，成为"星星之火，可以燎原"的革命摇篮。新中国成立以来，这里成为第一批全国重点文物保护单位，开辟为红色旅游的重点景区。作者在诗中，以热情赞颂的笔调，浓墨重彩地先勾画出茨坪山、城、路、楼的景观物象，再重点强调它在井冈山革命斗争时期的重要作用与非凡贡献，最后落笔于当今绿色生态、红色景区的旅游发展和为开展革命传统教育再铸辉煌。诗行结构，一气呵成，干净简洁。

再如曾获"西柏坡"杯全国诗歌大赛二等奖的《参观遵义会议会址》：

一座令人神往的小楼，谱写了一曲高亢的歌。
一个听得到炮声的会，在这里召开不畏险恶。
一场硝烟弥漫的舌战，在这里对垒激烈如火。
一条逼近鬼门关的路，在这里翻越一座高坡。
一只穿越过惊涛的船，在这里调换能人掌舵。

这里陈列的每件物品，都有一段感人的传说。
挂在壁上的每一支枪，都曾与数倍敌人交火。
摆在桌上的每一把刀，都有过生与死的肉搏。
那把铜号安详地闲着，可千军万马它曾唤过。
那条写于悬崖的标语，曾把革命的火种远播。
…………

几十倍敌人围追堵截，滥炸的炮弹如雨坠落。
三万红军将士长征路，夺取节节胜利靠什么。
遵义会议会址告诉我，毛泽东凭智勇斗恶魔。
陈列馆的物品告诉我，红军的步履气壮山河。
党中央选准英明领袖，遵义会议光照永不落。

这是一首十行新体诗，原诗共有五段，这里摘引第一、二段和第五段。第一段以铺排比喻的手法，虚写与会、舌战、闯路、驶船等物象，再现了具有伟大转折意义的遵义会议，歌颂了毛泽东等领导人的丰功伟绩。第二段通过会址展陈的枪支、钢刀、铜号、标语等文物，实写红军与围追堵截的敌人鏖战拼搏血火厮杀的场景，歌颂工农红军的大无畏精神。最后一段以赋铺陈直叙，讲述遵义会议后红军走出困境，节节胜利，点明题旨。

第三，赞美贵州山水风貌。施秉云台山是全球白云岩发育的稀世精华，于2014年6月23日在卡塔尔多哈召开的第38届世界遗产委员会会议上，摘取了世界自然遗产名录的桂冠。云台山主峰高千余米，突起于群山之间，因主峰四面削成，独出于云霄之中，山巅如台，加之云雾缭绕，故名"云台山"。作者曾多次云游此山，因惊叹云台仙境而作了4首诗词，其中《清平乐·云台山》惊赞：

山形奇异，鼎立群峰戏。深邃莫测缥缈意，气象万千神秘。
峰回路转通幽，朝夕水汽闲游。曲径藤栏排柳，密林云海蜃楼。

词的上阕，是远望云台山群峰戏立，神奇异动，气象万千，缥缈莫测。一幅壮美奇特的自然秘境静态全活，呼之欲出。词的下阕，身临其境漫游，眼前云台山，谷深林密，老树枯藤，排柳翠绿，峰回路转，曲径通幽，云雾闲游，扑身而来，犹如海市蜃楼之仙境，令人心旷神怡。词的妙处是视角新颖，状物绘境，远近结合，动静兼具，情景交融，人醉景中。

如果说《清平乐·云台山》给人的享受是比较神奇静谧，那么其《自由曲·黄果树瀑布行》则雷霆万钧，气贯长虹，更添新颜：

奔雷滚，巨响拽，君不见银瀑潇洒天上来；飞流直下崩击浪，樱花万点坠塘开。轰隆隆，狂涛惊，未识悬瀑先闻声；九重霹雷高天啸，一年四季总不停。飞瀑仿如顶头鸣，还生雨雾漫天盈，万树千枝凝珠莹；长虹横渡彩环跃，浓雾沾衫湿漉漉，谷壑青峰烟雨濛。自是空前绝后鬼斧工，白水河上九断层；五万年前造壮景，喀斯特地貌铸瀑魂……而今瀑布似金果，熠熠闪光梦魂牵；农舍新房一寨寨，宾馆楼台别有天，富裕家园更无前。改革开放二十年，山清水秀换人间；岁岁驱车赏壮景，年年瀑貌添新颜。

这首自由诗长达 53 句，从黄果树大瀑布的如雷巨响、高天飞流、坠塘炸花、彩虹环跨、雨雾腾空、游人湿漉等来夸张状写它的雄厉姿势，壮阔气派，令人惊叹它的雄浑壮美，鬼斧神工；接着回答了它自然衍进、积淀万年、玉汝于成的地质因果；最后歌颂改革开放以来，大瀑布景区中自然生态、乡村建设、民生经济、人间新貌的发展变化。

长诗的艺术特点亦如大瀑布一样自由奔放，气象万千，磅礴雄厉，浑然天成；且句式灵活，韵脚多变，穷尽发挥。

第四，歌咏贵州特产酒茶。地方名牌酒茶是游客青睐的特产，也是乡土文化的品牌。贵州是酒茶的故乡，国酒茅台和都匀毛尖茶曾在 1915 年巴拿马万国食品博览会上双双获奖。作为记者，他曾多次前往仁怀采访报道。2003 年 12 月 8 日，茅台集团在贵阳召开纪念会宣布，国酒茅台年产超万吨，并荣获全国质量管理奖。诗人有幸参加了这次活动，作诗三首，以示酬贺。其中《咏国酒茅台》云：

黔酒飘香曾破舟，茅台美誉冠全球。
天然好水陈佳酿，异地临摹频效妞。
气候特殊谷地暖，岩层风化窖泥优。
大家风范酱香首，国酒丰碑万古流。

诗中首先提起在巴拿马万国博览会上，国人曾破釜沉舟，摔坏茅台酒瓶，顿时奇香四溢，结果斩获金奖，誉冠全球。接着从自然条件、气候环境、优质水土、优异谷物、精良制作诸因素说明茅台成为国酒佳酿的根本原因。所以如有异地仿造茅台的，也只能落得东施效颦的嘲讽。因为，这种酱香国酒之大家风范，已在食品史册上丰碑耸立，万古流芳。

《雷山银球茶》，则用拟人化的手法，极状黔东南雷公山银球茶"隐在深山有远亲"的声誉和影响，表达诗人对其赞美之情：

> 重峦叠嶂隐幽深，云雾盘旋亲茂林。
> 飞瀑漱石石弄树，高枝蔽日日凝芬。
> 银球冲泡渐舒展，叶片呈形久吐吞。
> 爽口回甘韵味好，清香持久最销魂。

第五，反映民俗风情。挂年画是中国几千年的传统风俗，也是一种源远流长的文化现象。作者长期以来热衷关注年节习俗和文化传承，为民间年画"老鼠娶亲"咏作《老鼠娶亲》诗三首。第一首为：

> 尖腮细腿唢呐声，绿裤红衫喜气腾。
> 山寨不欣八戒赘，都夸鼠俏又精灵。

诗中，诗人以拟人手法将老鼠娶亲的热闹场面描绘得形象逼真，鼠辈一个个尖腮细腿，活灵活现，穿红着绿，吹唱敲打，喜气腾腾，乡人不喜欢八戒入赘，反而夸赞鼠郎俏丽精灵。

最能体现作者痴迷民族风情的诗作是《锦屏彦洞侗歌节写意》：

> 峡谷盆地古木森，翠竹起伏环山青。
> 花桥流水鱼塘浅，挺拔青冈入彩云。
> 葛藤蜿缠古驿道，溪旁好听流水声。
> 鳞次栉比脚楼底，曲弯清流绕寨行。
> 进寨先喝拦路酒，银佩侗姑喜相迎。

欢快唢呐吹热闹，更有古装舞芦笙。

寨门大开人头挤，高竹悬响鞭炮声。

蓝天千里白云绕，笑逐颜开侗寨情。

场坝老少笑盈盈，天真无邪眼传神。

侗家男女翩跹舞，项圈头饰闪缤纷。

舞到中场动人处，男女信物表衷情。

小伙缠上花腰带，姑娘得了一片心。

歌场展示才华美，花桥月下结终身。

年年节庆歌不断，岁岁传承文化兴。

侗寨古朴风俗在，此番归去再来行。

锦屏县九寨百里侗乡地处中国侗族北部方言区与南部方言区的过渡地带与结合部，民族风情浓郁，文化多姿多彩，既有北部侗族的文化特质，又具南部侗族的文化品格，其民居、服饰、饮食、节庆、歌舞等既别具一格，又兼两区之美。而彦洞乡处于九寨腹地，其农历"七月二十"侗歌节为民俗文化的奇葩，名闻遐迩。每年歌节期间，锦屏、剑河、天柱及湖南靖州邻县近万人众奔涌而来，尽展歌喉，喜觅知音，成为旅游业态中游客喜闻乐见的传统"情人节"。作者曾慕名从贵阳赶去考察，既观民风，又感诗情。这首长达30行的民歌体诗篇，可分为三个部分。第一部分为前8句，极力铺写彦洞乡盆地错落，竹林掩映，藤葛拥道，花桥跨溪，木楼林立，水秀鱼美，云淡山青的村容寨貌；第二部分为中间的18句，细致铺写歌节全过程，充分展示了一幅进寨礼仪，歌酒拦路，笙炮欢迎，侗装摇曳，银饰丁零，对歌阵阵，翩跹起舞，高潮知音，互换信物，花桥作证，定下终身的全景式风俗图像，令人陶醉，终生难忘。最后4句为第三部分，卒章显志，妙笔回春，寄寓这个奇葩歌节，岁岁复始，代代传承。

罗庆芳诗歌的艺术特色，首先表现为视野宏大，选材广泛，天地万物，东西南北，人生百态，社会万象都可入诗。正如陆游自谓的"物华似有平生旧，不待招呼尽入诗"。其次形式活泼多样，律诗新诗兼备。最后修辞手法灵变，语言隽永俊丽，风格清美，富于气象，充满激情，读之欣快。

第七节 姚瑶的新诗

姚瑶（1979—），原名姚友本，贵州天柱县凤城镇圭研村人。1995 年考入贵州电力学校，1999 年毕业进贵州电网凯里供电局工作，后从事新闻宣传业务。中国电力作家协会、中国诗歌学会会员，黔东南州作家协会副主席，贵州电网公司文学协会副会长。2007 年出席全国第六次青年文艺创作会，2019 年加入中国作家协会。

姚瑶长期坚持业余文艺创作，尤以诗歌突出。诗歌、散文及小说散见于《山花》《脊梁》《延河》《花溪》《新诗》《诗刊》《民族文学》与《贵州日报》《光明日报》等，出版有诗集《疼痛》《芦笙吹响的地方》及散文集《侗箫与笙歌：一个侗族人的诗意生活》等。

作者认为，诗人是这个精神世界尖锐的发现者和感悟者，诗歌要直抵心灵、刺痛灵魂，在诗歌中找到自我的救赎方式。《疼痛》即是作者近年来创作的具有一定影响的诗集。集子由序跋与"在医院""请把暖带走吧""致故乡书""闲聊间"四个部分计百来首诗歌构成。顾名思义，书名《疼痛》，是因为整部作品饱含着诗人对当下社会现实与底层民众生活的热切关注，社会的病态、生态的恶化、人际的扭曲与底层民众生存的艰难及其人生价值的失重等诸多问题引发了诗人灵魂深处的深重焦虑、失落、撞击与疼痛。这种"疼痛"是一种深邃的思考与叩问，体现了诗人高度的社会责任感和时代使命感，寄寓了诗人渴望疗治而又深感无奈的矛盾心态与人文情怀。

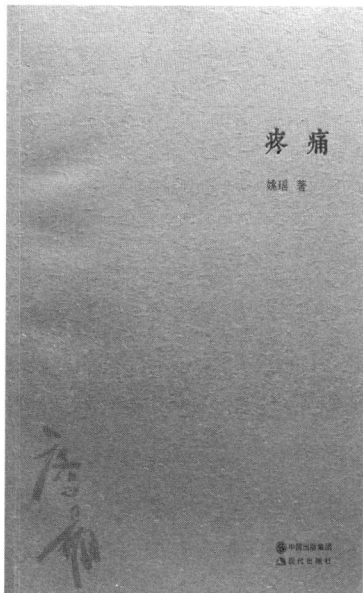

《疼痛》首先是献给父亲的一曲悲怆

姚瑶诗歌集《疼痛》书影

沉重的挽歌。如《送父亲回家》的悲切低吟：

> 一定要送父亲回家。半夜 / 我背父亲下楼，父亲轻得像张纸 / 生怕磕伤父亲的胸口，我小心翼翼 / 轻声呼唤父亲，每下一层楼梯 / 告诉父亲：楼梯转角、出大门 / 注意别碰伤，悬着的双手、双脚 / 父亲再也看不见路了，任由我摆布 / 在那个微凉的下半夜，我的呼唤 / 越来越轻。

诗人的父亲一生坎坷，饱经沧桑，多有屈辱，又好酒成性，染病在身，在承受着肉体和心灵的双重创伤与疼痛的人生中，于 64 岁那年离开了人间。这对作者是莫大的哀伤与打击，为此，他只能以诗为父亲祭奠。诗作写的是送父亲回家，其实是背着父亲的骨灰回家，骨灰与父亲融为一体，虽然父亲轻得像一张纸，但作者却虔诚恭敬，小心翼翼，生怕自己的疏忽碰伤碰疼碰醒了父亲。为了让父亲的灵魂安息，作者将其骨灰送回老家安葬；为了减少自己的疼痛，作者即"我"只能不停地大把烧着纸钱、香烛，以此寄托哀思，护灵归家：

> 从凯里到圭研，二百多公里路途 / 落叶归根。我唯一能够做的，就是放肆地烧着 / 纸钱，让纷扬的纸灰朦胧我的眼睛 / 在空旷的静夜里，我蹲在小区门口 / 等待运输的车辆，等待着无穷的悲伤……
>
> 扑面而来的是 / 那个夏天闷热之后的寒战，像父亲 / 狠狠在我脸上抽了一巴掌 / 钻心的疼。我们半路还停下来 / 烧上香烛、纸钱，喊父亲回家 / 这次，仿佛走了一生。

诗人以哀伤的语调，写出了父子情深以及父亲的逝去而涌动的悲戚与哀愁，深切地表达了作为儿子对于父亲的真诚爱戴和缅怀。随后诗人在《疼痛》中继续哀吟：

> 三年前，我们在埋葬奶奶的坟山地 / 亲手埋葬了你，你羸弱的身体 / 却埋葬下人世间所有的黑。我含着眼泪 / 狠心地填下泥土，一同埋

下的 / 还有三十多年的亲情，旧事 / 那时，我感觉到三十多年的情感 / 轻如一纸风筝，轻轻一拽 / 线就断了。

　　三年前，我栽下的橘子树 / 已经挂果……橘子树栽在你的坟边，原想 / 可以为你，遮挡毒辣的太阳 / 长势很好的橘子树，苗壮的根系 / 一定伸入了你的体内 / 伸入你体内的，肯定还有 / 一起长起来的杂树杂草 / 疼了吗？父亲，你一定很疼。

　　疼痛地埋葬了父亲，诗人就按照风俗在父亲的坟头栽上一棵树。因为在侗族传统观念中，树就是人，人即为树。人死了，在坟头栽一棵树，人可因树而得生。诗人寄情于物，移情于树，托树转身，延续生命。当然，"浴火重生"是要付出"疼痛"的代价，但这是最好的归属，也是生命的要义，更是儿子的孝心。

　　其实，"疼痛"远不止于亲人的故去与灵魂所受的煎熬，还有司空见惯欲言难休的诸多世事社情的精神创伤与刻骨"疼痛"。在《妇产科的男医生》里，就滋生了令人莫可名状、难以启齿的"疼痛"：

　　妇产科基本上是女的医生 / 他是个例外，他像某个宫外孕的妇女 / 一样难受。他是在给某个学生模样的女孩 / 做完流产手术后，发现自己的性功能 / 开始衰退，最后消失 / 河水大面积散开而去，仿佛春天 / 就要过早死在路上。

　　他像做错事的孩子，有些拘谨 / 他害怕会累及她们 / 会传染给她们。好像自己 / 是她们的另一半，比她们还担心 / 一棵不合适季节生长的庄稼。

　　诗作以巧妙的构思、独特的视角、新奇的比喻，对当代社会的性早熟和妇幼健康提出了拷问：不知呵护的性爱、过早地偷吃禁果、性教育的缺失，带来了严重的社会顽疾，这不仅给受害者带来不堪忍受的身心疼痛，也严重地影响着青少年一代的健康成长。可贵的是，在诗行里没有对"性早熟"的直白叙述，而是以隐喻与联想，警醒人们特别是少男少女们，不要让爱的

"河水"过早地漫死在春季，让爱的沃土生长一棵不合适季节的庄稼。诗作也深刻揭示了妇产科男医生的无奈境遇、矛盾状态与职业"疼痛"。这不是综合征的社会之痛吗？必须引起社会疗救的责任啊！

而《卖炭者》直接揭露了当下社会的乱象，反映了市场经济下底层民众生活的不幸：

> 他轻轻地放下担子，两筐的木炭 / 袒露着黑色，缩在袖筒里的手 / 有些羞涩。天太冷 / 卖炭的老人，单薄的衣服裹不住冷 / 他用手抚摩着炭，似乎有些温暖 / 秤砣捏在手上，就是一件凶器 / 愤怒写满脸上，老人手上的秤砣 / 随时都会敲破一个脑袋，但他没敢。/ 三个城管掀了他的炭，木炭散落在地上 / 像一个个委屈的孩子……

冬天，天气寒冷，需要木炭来取暖，但城管的行为在诗人眼里仿佛"都可以杀人"。这种社会治理不文明之疼，令善良者寒心。好在卖炭者还算幸运，没有遭受古代卖炭翁的"半匹红纱一丈绫，系向牛头充炭直"！

自改革开放以来，经济全球化席卷着中国，虽然给我们带来了先进的生产技术和管理经验，全面提高了国人的生活水平。但随着城镇化的快速推进，随着现代生活的侵蚀，随着传统村落的衰败，随着自然生态的恶化，随着文化遗产的遗弃，我们的城乡也失去了昔日的风采。为此，诗人抓住现实的镜头，予以细致的刻画和形象的披露：

无 聊 作 文

老家那三亩地又荒了 / 我的一声叹息，土地下陷一厘米 / 地表之下的那些蚯蚓，露出光洁的皮肤

故乡的河床

一张发黄的旧照片，满是旧时光 / 我在寻找什么？比童年更尖锐的荒芜 / 还是，破败的心情 / 有多少枯死的河床，就有 / 多少找不到故乡的人

母亲的诉说

二弟在公共汽车上被小偷偷了三千块钱 / 小偷把包都划破了，可恨 / 二弟和他媳妇为还房贷吵了一架 / 为买一个蜗居的地方，得耗上半辈子的努力

闲 聊 间

那株硕大无比的香樟树，真的不见了 / 那些在树丫上玩耍的小孩，也不见了……这株香樟树，是不是辗转来到城市 / 然后，又悄声无息地回到乡村？ / 或者，就死在城市里，经历命运的销蚀 / 我想，这株香樟树不是麻木的 / 只是在劫难到来之前，被绊倒在逃跑的路上 / 我们无法阻止种植高楼大厦 /……只是，一株树的成长速度远远慢于楼房

一车车垃圾将去何处

我居住的小区，一百多户人家 / 一天到底产生多少垃圾？我没有想过 / 只是这些垃圾，我想知道 / 最后，都去了哪里？ /……垃圾，正像我们的排泄物 / 污秽，还有无数的苍蝇……

以上诗作既是当代社会的斑驳风俗画，又是时代境遇国情乡情病态体征的呻吟。诗作直击的是，传统村落萎缩，土地田园荒芜，妇幼老孺留守，溪水河床干枯，美丽乡愁难觅，老树迁徙水土不适，乡人进城蜗居艰难，钢筋水泥森林耸立，挡住视野遮蔽日月，生活垃圾堆积如山，污化空气苍蝇弥漫，如此现代顽疾，令人痛心疾首。正如有人抨击的：这个时代，盛产的是目光短浅，流行的是实用主义，器物日益精致，心灵日益粗糙，加上对大自然的任性隔离与肆意掠夺，无不成为人类之痛，时代之殇。于此，诗人在诗行中无不以细致的观察，深刻的诘问，独特的比喻，鲜明的对比，以尖锐的笔触揭开了"疼痛"的伤疤，令人触目惊心，而又痛定思痛，产生了强烈的艺术效果。

这些社会"疼痛"，可以说是时代的产物。当下世界正处于全球化、旅游化和商品化的冲击，如何保护好各民族原有的文化生态、保护好中华文化

的多样性是一个时代性的紧迫课题，也是全面建设和谐社会的一个历史使命。而姚瑶的《疼痛》正是从文学艺术的角度回应了这一重大的社会现实问题。

另一本诗集《芦笙吹响的地方》，是诗人历时 3 年创作的大型篇章，由 199 首诗歌 8000 余行组成。作者在诗集自序中写道："这些年，我一直在原生态的黔东南游走，努力挖掘民族文化元素。……在我诸多的文字里，多次提到芦笙吹响的地方，那是我的胞衣之地、精神故乡，是这块生养我的热土，诞生了笔下的诗行。对原生态土地的敬畏与感激，对风土人情、民俗文化的观察与体验，对当下价值观的拷问与思索，寓情于诗。"

打开诗集，可以看到整部诗集以黔东南民族文化为题材，包括自然山水、苗侗民族传统文化、风情风物、故土家园、人事逸闻等，多视角、多维度地展示了黔东南原始的自然生态、原生的多彩文化、原貌的历史遗存和社会进步、经济繁荣、民族团结的风貌新姿。现仅拾撷三首以欣赏。

芦笙吹响的地方

谁折断了第一根杉木，从此鼓楼飘起炊烟袅袅 / 谁把一根竹子削成器乐，吹奏出回答苦难的答案 / 一张木叶，一把芦笙 / 一曲笙歌就延续了一个族群的梦想 / 月缺月圆，潮起潮落 / 沧海桑田成就了一片美丽土地 / 一碗米酒燃烧着一个民族的精魂 / 一路笙歌点缀着一个民族的情怀 / 芦笙吹响，群山逶迤千军万马 / 芦笙吹响，银饰舞动一路歌舞

岜沙汉子

随身携带的火枪，弥漫远古的记忆 / 一双粗糙的手，凿开坚硬的历史 / 镰刀剃头，收割庄稼 / 吼一嗓子，山峦动摇 / 岜沙汉子，捧起了酒罐子 / 一脸虔诚，仿佛对神低语、呢喃 / 演绎惊天动地的生活，一支火枪，你扳动扳机 / 便拥有了，整个世界的幸福

飞云崖古驿站

过贵州、出云南、抵缅甸 / 飞云崖，经历岁月洗刷 / 数匹马已经越

过东坡山 / 驮着蜡染、竹编和银器去了缅甸某个小镇 / 破损的栈道，深浅不一的脚印 / 仿佛踩疼了，历史的暗伤 / 在飞云崖，荒芜的古驿站 / 留下无尽的故事和遐想

姚瑶的诗歌创作，有鲜明的艺术特点：

第一，关注现实的丰富题材。《疼痛》与《芦笙吹响的地方》这两部作品，作者关注的是社会与人性，特别是底层的社群，直接触及社会现实的灵魂，并传递出作者对社会及当下价值观的拷问与思索。如"父亲"饱经沧桑的一生，"妇产科男医生"的职业创伤，"性早熟"中"带刺玫瑰"的苦果，"卖炭者"的遭遇，"执法者"的乱作为，农村农业生态的凋敝，城镇建设"赶潮"的污染，自然生态的恶化，民族文化的异化等，都是诗人关注的问题与诗歌创作的不竭题材，体现了一种现实主义的创作选择。

第二，娓娓道来的细节描写。诗集中不少诗作都富有故事性，好诗永远在细节中。《卖炭者》即是通过对特定的时间、地点、场景和卖炭人的衣着形色、行为举止、心理活动与遭到"城管人员"粗暴干涉的细节描写，展现了卖炭者生活艰辛，令人同情，激起愤慨。虽然叙述时娓娓道来，没有严词厉语、激情慷慨，但却取得了平静中见波澜、柔语里藏风云的艺术效果。如"三个城管掀了他的炭，木炭散落在地上，像一个个委屈的孩子"，都体现了诗人的观察是多么的细致。

第三，富有哲理意味的语言。其隽永明快的语言是与娓娓叙述相得益彰的，但温馨有趣的诗语中却蕴含着人文情怀和睿智哲理，令人回味，意蕴无穷。如"一张木叶，一把芦笙，一曲笙歌就延续了一个族群的梦想……一碗米酒燃烧着一个民族的精魂"。这是对"芦笙吹响的地方"的礼赞。而乡村生态的恶化，使"有多少枯死的河床，就有多少找不到故乡的人"。在城镇建设中，"我们无法阻止种植高楼大厦……只是一株树的成长速度远远慢于楼房"。如此不动声色的叙述语言，看似不痛不痒，漫不经心，但表达了诗人对环境恶化建设性破坏充满了无奈之情。高楼大厦的快速"种植"与"十年树木"的艰难生长，这讽刺性的对比，提醒人们保护环境已迫在眉睫。

第四，新诗的形式和气韵。作为新诗，姚瑶的诗行是自由体或散文诗。

因此，形式上自由跳跃，结构变化自如，语言清新自然，富有抒情个性，意象创造新奇，为诗坛增添了新声。

当然，就两本诗集比较而论，《疼痛》名副其实。而《芦笙吹响的地方》失之于多有文化符号，而缺少对文化内涵的深厚开掘。

第八节　龙超云、黄松柏、蔡劲松、吴基伟的诗作

龙超云（1952— ），女，贵州锦屏县三江镇赤溪坪人。曾为知青，1971年进安顺市电机厂当工人。1978年考入贵州大学中文系。1982年大学毕业至贵州省民族事务委员会工作，历任科员、副处长、办公室主任。后任共青团贵州省委副书记、书记，遵义市委副书记（正地级），贵州省副省长，中共贵州省委常委、省委统战部部长，贵州省人大常委会党组副书记、书记、副主任等，是中国共产党十七大代表，第十届、十一届全国政协委员，第十二届全国人大代表、常委会委员等。系中国比较文学学会会员，贵州省作家协会原理事。

她在20世纪70年代初开始诗歌创作，陆续在《山花》《花溪》《民族文学》《萌芽》与《贵州日报》等报刊上发表作品，有诗作入选《当代青年诗人诗选》《贵州诗歌四十年》等集子。其内容以表现自然生态、家乡生活、青年情思、社会变革为主，反映了诗人"心灵似水，魂灵似火"的情怀，歌颂女性的韧性和执着，歌唱祖国与民族，赞美人生与爱情。

《脚手架》是作者于1976年元月写的诗作。"脚手架"本是建筑工地上工人施工常用的支架，在常人眼里，司空见惯，不足为奇，可是在慧心的诗人眼里，它却大有用场。诗人通过系列的比喻与联想，将"脚手架"当成了勤劳奉献、英勇无畏的象征。诗人对它礼赞道：

是坚实的地基 / 严峻的山岩 / 把你朝迎金辉暮送晚霞 / 是长茧的大手 / 年轻的双肩 / 将你千里转战 / 拔地而架 / 谁说你只是粗笨的木头 / 纤小的铁钉 / 请看座座高楼阳光下……

当你正和星星谈话 / 黑夜已隐藏着断斧"嚓嚓" / 它惧怕你怀中的生命 / 它要砍红色的大厦 / 斑斑的锈斧能有锐利的钢铗？短命的黑夜能蒙蔽宇宙的广大？"石在——火种是不会灭的" / "我在——拼一身筋骨，让楼满天下"

其实，作者是以"脚手架"暗喻自己，又象征着年青一代工人的辛劳、奉献与拼搏。

她眼里的三月，是春风化雨，温和轻盈，草木翠绿，太阳煦暖；而人呢，更是心情灿烂，道路宽广，前程似锦：

这是三月的雨 / 点点滴滴 / 润湿了原野 / 润湿了每一双干渴的眼睛
这是三月的风 / 温和轻盈 / 拂去寒冷的沉重 / 我们的心有多年轻　这是
三月的太阳 / 燃烧在一扇又一扇玻璃窗 / 当我步出残冬的阴影 / 生活的
路三月一样宽广

这首《三月》，结构精巧，排比叠赞，诗意盎然，情景交融，令人陶醉。诗人不仅赞美了可爱的大自然，而且抒发了自己热爱生活及对未来的憧憬之情。

而《八月，走向成熟》又是另外一种心境：

田野 / 解开金黄的蝴蝶结 / 让披散的长发 / 在水波中流动
山间 / 做了母亲的红高粱 / 禁不住风的嬉戏 / 腼腆地垂下头
充实了 / 饱满了 / 在大地与太阳之间 / 告别春天的梦
摘掉夏天的绿头巾 / 戴上初秋的黄草帽 / 八月，越过岁月的肩膀 /
走向成熟，走向繁忙

全篇采用拟人手法，巧用比喻，以田野山间为意象，以春夏秋冬交替为行程，描绘了一幅丰收全景图。

黄昏是自然界常见的物象，不足为奇，可诗人笔下的《黄昏》，却掀开

了平实的面纱而显露其峥嵘:

> 黄昏悄悄来临 / 远方,你为我擎起一盏小灯 / 柔和地挂在天边 / 又调皮又温存
>
> 晚霞铺开红色地毯 / 引我走向鹅黄色的小灯 / 也许灯会熄灭 / 心燃烧着携我走完人生
>
> 我的小灯不会熄灭 / 除非世界没有黄昏 / 黄昏不等于迟暮 / 你这盏灯啊照亮我每一个早晨

诗人通过对黄昏进行细腻的刻画,运用对比手法,最后道出"黄昏不等于迟暮"的哲理,令人豁然开朗,回味无穷。

还有《六月的山谷》亦属此类题材的诗作,描画和赞美了贵州的山谷、山雾与山风。

故乡是诗人栖息灵魂的家园。为了消解游子对故乡梦回萦绕的深切思念,她多次扑回清水江的岸边木楼,亲切地捧闻故土清香。对故土乡亲的深深牵挂与一往情深,都在她《家乡行》的组诗中得到了淋漓尽致的倾吐。其中《清水江的女儿》倾泻了游子远道而来、近乡情怯、亲吻母亲河的任性、撒欢与遐想:

> 远远的我回来了,清水江 / 你就举我在波涛之上 / 任我笑呀闹呀,闹够了 / 就溶化于你亲切的臂弯里 / 母亲,我不想走了
>
> 当年,江水举着波浪 / 推我到开阔的远方 / 去找更加壮丽的境界 / 去找海洋……
>
> 从此,无论走到哪里 / 总有你亲切的叮嘱在心上 / 总有你的眼睛在张望

是诗人,是女性,就有女人的禀性与多情,更有时代妇女的特征。《在姐妹们中间》的诗行中,细腻而粗犷、戏谑又开心地展示诗人对家乡侗家姊妹们的欣赏:

扬起黑红的脸 / 她们研究着我的头发 / 为什么会曲卷 / 还有水一样的波浪

她们粗糙的手 / 揉揉我的耳垂 / 问我爹妈咋个不给穿眼眼 / 我呢，恨不得 / 穿上闪闪发亮的百褶裙 / 和她们手牵手跳一气"多耶"舞

把春天插在我的发髻上 / 让清水江绕在我颈项上 / 她们忽然蓬起一阵嘻哈打笑 / 推搡着我去行歌坐月 / 找个乡下"纳汉"说悄悄话

我说风大听不见你们的话 / 她们笑说城头姑娘太"鬼" / 问火星大还是地球大 / 又问城里结婚兴不兴亲嘴……

离别时我送她们侗语课本 / 她们送我温热的泪和思念 / 在她们的梦里 / 绣花针和计算机轮流出现 / 而支配着她们的 / 是志向和信念

这首诗既是一幅清新隽永的侗姑图，更是一帧当代妇女生活的风俗画。诗歌融汇着传统与现代的交响，寄托了作者对家乡发展和民族进步的拳拳之心。

对于诗人来说，爱情是永不褪色的主题。俗话说"哪个青年不钟情，哪个少女不怀春"。但在作者情思题材的诗作里，爱情表达得极为含蓄。如《夜来的时候……》：

樱桃透红的时候 / 田野忙起来了 / 母亲归来的时候 / 心潮润了 / 眼睛相照的时候 / 信任开始了 / 夜来的时候 / 太阳走到心里去了

诗人运用清新隽永的排比句式，把对自然、生活及情思的感悟表达得淋漓尽致而又雅致含蓄，让人欲罢不能，回味绵长。

《我有一块红色纱巾》尤其令人品味欣赏，它歌颂了年轻人在离别中孕育的爱情以及爱情给人带来的梦幻与力量：

汽笛 / 催促你 / 接受我难以明言的信息 / 车厢 / 嘲笑我们的手 / 始终不敢握在一起 / 车站 / 正上演中国人的离别 / 脸红的叮咛 / 悄悄地眉来眼去 / 最后 / 到了那个昏眩的时刻 / 一个纸包偷偷钻进我的手里 /

啊，我有一块红色纱巾

哪怕淫雨绵绵 / 哪怕寒风四起 / 哪怕今天被明天磨去 / 哪怕我身边消失你的踪迹 / 但我知道 / 你的足音 / 终究会朝这个方向奔来 / 你的眼睛 / 一定会穿透人生 / 敲响我沉睡的心灵 / 啊，我有一块红色的纱巾

诗作的上一段把场景和氛围营造得非常典型与戏剧性。古代情人的别离，常在长亭渡头，赠柳相惜别，一咏三叹。而此篇诗人把惜别设置于车站，并伴以汽笛催促，更显集中紧迫，肝肠寸断。但众目睽睽之下，情理矛盾，无可奈何，情急之下，只能心跳脸红，以眉传情，这正是此时无声胜有声。最终，爱情的勇气驱走羞涩，凝结爱意的信物"一块红色纱巾"，悠然钻进了"我"的手心，顿时情暖全身。下一段，则以一气呵成的反复铺排，表达了对爱情的坚定信念与深情守望。"一块红色的纱巾"，是爱情的信物，也是爱情的炽热坚贞。

如果说作者的情诗犹如高山流水纯净清泉的话，那么《情寄长江》《春夜，我和北京散步》等诗章就如开阔宏大奔腾潮涌的江河了。在《春夜，我和北京散步》中，诗人深情倾诉：

这如丝如雾的第一场春雨 / 是南方托我捎来的礼物 / 伴随着点点滴滴的问候 / 春夜，我和北京一起散步 / 足音倾吐高原急切切的厚意 / 华灯举着光明也举着关注 / 提起我枫叶形的贵州大地 / 十里长街顷刻间卷起黄果树飞瀑

夜郎，种着落后也种着富庶 / 种着我一生的思恋和甘苦 / 东南长森林，黔北出文才 / 多彩的大自然养育了勇敢的民族

俯望高层大楼和立交桥的眼睛 / 不知何时已渗透发奋者的痛苦 / 在这什么都是第一流的都市里 / 古老和现代同时把我深深触动 / 我生于中国，受命于故土 / 若有一千次生命也只有这唯一归宿

四月的春风撞响故宫的晚钟 / 悠悠传来苗岭山的叮嘱 / 在那同样明朗的天空下 / 三千万人民正挽紧时代的弓弩 / 北京，我不仅仅来拜访来怀古 / 你所给予的有寄托有鼓舞 / 听现代化的钟声 / 在世界各地响成一片的

时候／南方，我枫叶般殷红的高原呵／愿你和共和国一起让全世界瞩目

诗中，作者以赤子之心、高原之情、民族之音向北京首都问候、致敬！这首诗作比喻精妙，意象奇特，首尾呼唤，互相照应，可谓画龙点睛，神来之笔。

龙超云诗歌的风格，总是和她生于斯长于斯的土地联系在一起，和这个瞬息变化的时代联系在一起，充满了理想主义的色彩，细腻温婉，俏丽清新，又不乏刚健豪迈，巾帼气度。

这些诗作被辑入她主编的《中国少数民族女诗人诗选》，1992 年 11 月由贵州民族出版社出版。这本诗选在当时的中国少数民族女性诗歌界产生了良好的影响。

黄松柏（1957—），笔名寒山，贵州玉屏县鹿角寨人。1980 年 7 月铜仁师专中文系毕业后，毅然赴西藏左贡县中学支教。1987 年调北京密云县工作，历任县委讲师团副团长、镇党委副书记、县文联主席、县委宣传部副部长等。2004 年加入中国作协会员，侗族文学学会副会长。

1983 年始陆续在《西藏日报》《西藏文学》《诗刊》《民族文学》《北京文学》《人民日报》《光明日报》等多家报刊发表诗文 500 多首（篇）。出版《人生歌谣》《灵魂的花朵》等诗集，以诗性传达自己的真情实感。

第一，抒怀藏区生活。他进藏后便在海拔 4000 多米的左贡县留下了 8 年的足迹，他把青春热血、才华智慧都献给了西藏教书育人的事业，同时也感受到了雪域高原的奇美风光、奇异风俗，并深切体验到了异域他乡的孤独心境，这一切练就了他的坚毅品质，丰富了他的诗意人生。如《我要是死了》即直陈胸臆：

我要是死了／就在荒原上倒成一具白骨／让有灵魂的星子／随意联想一部悲壮的故事。／我要是死了／就在雪峰挺一尊雪雕／给攀登者／飘成一面指路的旗帜。

西藏高原，空气稀薄，严重缺氧，使人备受折磨。这首诗是他在途经海拔 5000 多米的雀儿山诞生的。诗言志，它抒发了作者扎根西藏高原，献身牧区教育事业的决心，凸显了诗人的价值观念和悲壮情怀。

在西藏，他时常托物寄寓，以抒发自己的思乡之情。《夜饮》写了他秋月下独饮的乡愁：

> 一杯，又一杯 / 那瘦瘦的清秋月 / 也被乡愁喝干 / 浓烈的酒灌醉了 / 熟透了的乡情 / 于是，一颗颗晶莹的泪 / 从眼窝滚出 / 落在这独饮离愁的夜晚。

还有《冬天麦子》《鹰》《我与远山》《旅途》《山缘》《西藏听歌》等，都是抒写在藏区的所见所闻所思所感，它们都清晰地表达了作者的感悟、追求和理想。

第二，讴歌侗乡亲情。他生长在贵州潕阳河畔，喝着潕阳河的水长大，身上流淌着侗家的血，故土与乡情是他创作的源泉。如他写的《侗族的来历》：

> 昨天，我的民族 / 被风雨和喧嚣 / 逼进峒里 / 被称为峒人。/ 在洞里 / 桐油灯把洞顶刻成壁画 / 画上是爷爷的爷爷 / 永远如弓的腰 / 奶奶的奶奶 / 在滴水的冬天 / 用长长的绳子 / 打着沉重的疙瘩 / 我们究竟握了多久 / 去问疙瘩 / 疙瘩无语。/ 太阳光临的那天 / 桃花开了 / 我们走出了峒 / 有位高大的巨人 / 大手一挥 / 把我们峒人改叫成侗族 / 于是，我们被称为人。

诗中，作者以深沉、雄浑、喜庆的多样笔调，追叙了侗族艰辛的足迹、身负的重压与悠久的历史、古老的艺术、原始的文化，接着以对比的手法，歌颂巨人的辉煌英明，给侗族人民以新的符号与生命，使侗家人成为新时代的主人。

还有《家书》他是这样写的：

一行文字 / 芬芳万朵 / 轻柔的歌声 / 漫过流浪苦涩的心田 / 我渗血的脚步 / 为你而歌 / 我的身子离你愈远 / 我的心灵与你愈近。

字里行间，渗透出诗人对母亲来信的无比珍视与激动。为了报答母爱，他不惜以血肉之躯的步履，在人生的道路上奋然前行。虽然身子离开母亲渐行渐远，而心灵却依着母爱愈来愈近。

在作者心中，侗家三宝——鼓楼、大歌、风雨桥就是他心灵的圣物。2004 年 7 月 20 日，黎平县遭受百年特大洪灾。暴洪冲毁了横卧南江河上的地坪风雨桥，这可是著名的国家级文物保护单位啊，它历来是侗家人的心灵家园。于是，奇迹出现了。寨上年过半百的老人与青年们，奋不顾身跳入洪流波涛中抢救被冲走的物件，可洪水冲泄一日千里。第二天，人们自发带上干粮，徒步十几里、几十里沿都柳江搜寻，直至广西境内。经多日搜寻，终于找到了 111 件桥梁构件，其中包括 28 根大梁，占全部构件的 73%，为国家修复地坪风雨桥打下了基础，可谓功莫大焉。作者有感于同胞们的这一壮举，特作《风雨桥冲走之后》以盛赞：

七天七夜 / 沿着都柳江 / 找到高安 / 找到广西 / 找到风雨桥可能飘散的地方 / 他们流着泪找 / 他们吟着歌找 / 找到一块雕花 / 找到一截檩子 / 找到一根柱子 / 就像找到自己的命根子。

侗乡的一切，都让作者无比的怀念。有关这类题材的诗作很多，诸如《母亲的灯》《父亲的酒》《娘，在您身边我才敢醉》《侗族大歌》《傩戏》《侗家三月三》《侗箫》《㵲阳河》《我的村庄在远方》《我的小河》《龙脊梯田》《侗寨》《姐姐》《家书》《四大爷》《三省坡的孤坟》等。

第三，礼赞祖国和英雄。对于祖国，他深怀拳拳之心，喷发出殷殷之情。诸如《五十六个民族的向往》《面对大湖》《龙脊温泉》《司马台长城》《寒山寺》《接近极地》等都是此类型。在《祖国啊，我的祖国》里，他就这样颂赞：

祖国啊，祖国 / 你的屈辱与尊严 / 你的光荣与梦想 / 都融会在你所有儿女的血液里 / 都系在你所有儿女的心尖上 / 精忠报国的古训 / 在枪林弹雨里升腾 / 在呕心沥血的劳作中辉煌。

作家诗人都有英雄情结。当年在纪念鲁迅先生时，郁达夫就作了《怀鲁迅》，他宣称："没有伟大的人物出现的民族，是世界上最可怜的生物之群；有了伟大的人物，而不知拥护、爱戴、崇仰的国家，是没有希望的奴隶之邦。"[①] 黄松柏的英雄情结也炽热不减，他写的系列英雄赞歌有《林则徐》《老罗的故事》《湘江之上》《师长陈树湘》《杨靖宇》《红枪白马赵一曼》《京华英雄》《仰望降蓬山》《燕山苦荞》《黄花顶之骨》《给雷锋》《给李素丽》等，其中一些篇章曾在《民族文学》刊发。他笔下的《杨靖宇》是：

当罪恶的刀 / 割下高傲的头颅 / 也剖开草根和树皮 / 你亮出了民族最坚硬的本色。

诗章歌颂了一个铁骨铮铮、视死如归的民族英雄，让人们因有这样的不屈英豪而骄傲！

在《奥运健儿》中，他认为：

成也英雄 / 败也英雄 / 你掩面的一瞬间 / 我们响彻如钢的骨头并没有倒下 / 无数的人 / 举起你的铿锵玫瑰继续开道。/ 一人挺剑 / 十三亿人挺腰 / 梅朵和笑脸 / 在剑光中开放。

第四，感怀时事世风。关注国家民族命运，关注社会民生，成了他这类诗歌的重要内容。汶川大地震时，他焦虑感动，写了组诗《大地震写意》；看到土地撂荒被糟蹋，内心十分忧愤，呼吁人民珍惜《粮食与土地》；多年前，见到北京密云水库的水越来越少，他焦虑不堪，即写出《生命之水》

---

① 《郁达夫散文选集》，百花文艺出版社 1984 年版，第 121 页。

《我的水库瘦了》《水库与天鹅》《临水读月》等相继发表于《人民日报》和
《文艺报》。在市场经济大潮中，人心不古之怪象频现。为此，他以《大市
场》掀开市场经济过渡时期的面纱：

> "计划"的风景线渐渐陷退 / "市场"的钟声在前额响起 / 为丰富
> 诗歌和篮子 / 在没有脚印的路上 / 我们跟跟跄跄朝前走……红杏吐蕊的
> 欲望 / 弱肉强食的贪婪 / 在古老圣洁的大地疯狂蔓延 / 弹簧秤、计算器
> 再也无法防身 /……市场的路上浩浩荡荡 / 蔚蓝的前方隐约推出 / 风景
> 独好的东方大地。

而《草鞋》则倾情歌颂了光荣的"草鞋精神"，也无情揭露了某些两面
人的阴阳嘴脸：

> 今天 / 草鞋走进了博物馆 / 走进人们心里 / 成了一种永恒的精神象
> 征 / 今天还有无数的人怀着草鞋的敬仰 / 在纵深的前沿 / 继续行走 / 继
> 续开道 / 但也有人把路上的草鞋挂在嘴上 / 让草鞋在嘴上行走 / 其实离
> 路很远。

《民以食为天》中感怀：

> 稻麦瘦了 / 天就瘦了 / 稻麦完了 / 天就完了 / 共和国把稻穗和麦子
> 刻在国徽上 / 为了民 / 也为了天 / 也让粮食的光芒 / 久久地照彻人们躬
> 耕的脊梁。

从艺术角度来说，黄松柏并不刻意追求什么风格流派，但又无不显示出
鲜明的特征。其一是有诗言志的深刻意蕴。阅读他的诗作，可以明显地感觉
到，他的作品或清晰或朦胧地表达了自己的追求和理想，主题强烈，诗旨突
出。其二是暗喻一定的哲理，启迪读者思索，回味有趣，点亮心灯。其三是
不少篇章着意叙述一些故事情节，引人入胜，审美愉悦。

诚然，正如著名诗人查十在其诗集《灵魂的花朵》序言中所坦言的：
"如果寒山的诗还有些地方值得推敲的话，是否语言上应再凝练些，个别诗
的结构也可更巧妙些。"

蔡劲松在大学期间就开始了诗歌创作。其诗歌作品散见于《诗刊》《民
族文学》《山花》《延河》《星星》等刊物。有诗集《人在边缘》《阳光照耀的
翔》《航行与呼啸》，诗歌及艺术作品集《自由的知觉——一个作家的当代艺
术探索：诗歌、雕塑与绘画》等。

蔡劲松的诗作题材丰富，有童年的回忆，有无边的幻想，有偶发的梦
境，也有瞬间的深情，还有山水草木、天空泥土、人间世态的咏叹等等。

在《航行与呼啸》这部诗集里，他发出了对人生命运一次次感悟的不断
咏叹，对山地民族生生不息的礼赞讴歌。如《万胜屯》中，诗人歌吟：

> 这块巨大的岩石 / 与向上的森林 / 奇迹般地相遇。/ 在我的幼年时
> 代 / 收割的农人 / 像一只宿鸟与飞翔对话 / 经历着大雨 / 又被无数绽
> 放的小草熏陶。/ 千次万次 / 鸟儿成群地飞来 / 叼着汗水，或堤边的芦
> 苇 / 环绕时间一圈 / 在万胜屯上 / 我看见自己赤色的胸膛已经长大。/
> 透过水做的镜子 / 森林衍生 / 巨岩成型 / 宛若释放出异光的梦 / 树在万
> 胜屯上结果、开花。/

少年时代，作者常坐在自家门口的小木凳上眺望，乌江对岸的万胜屯山
岭险峻，方圆数里绝壁陡峭，巍巍然横亘于眼前，这是他对家乡山水最初的
印象。随着年龄增长，他对万胜屯的感情越来越深，就像潜潭暗流一样淌进
他体内，并在心中镌铸深刻的烙印。全诗共三节，第一节以拟人化的手法，
描绘万胜屯巨峰与森林的"高"，再现它们的巍然俊伟。第二节运用比喻手
法，歌颂农人的辛勤劳作，追忆自己童年的时光。第三节表达对万胜屯的赞
美之情。

而《江边竹市》则细腻浪漫地描述了诗人乌江竹市之旅的所见所闻所感：

　　隔着排列，隔着如水的念头 / 竹被信仰竖起 / 一节一节地逶迤成 / 移植的航向灯。/ 此起彼伏，敲击 / 竹器的身影 / 游离的乐音 / 辅我上船，游离于 / 呼啸之旅。/ 亮出的身段柔润多姿 / 亮出的羽毛迎着薄雾或细雨。/ 或是竹的气质 / 悠悠地吹起了 / 一个唱民歌的女子，而我 / 在一次竹制的幽深与凉爽中 / 向夏天作别 / 太阳正在头顶。/ 是那个女子，使我想起 / 长在土地里的笋 / 清雅的星空下 / 在江边 / 船从竹的这一岸 / 驶向竹的村庄。/

　　蔡劲松始终认为，乌江两岸的山峡是故乡的血脉。为此，他难忘贵州，感恩贵州，礼赞贵州：

　　你孕育了乌江 / 是我心灵的温床 / 你暗藏于腹中的母语 / 是我抚遍青山的乳汁。/ 在十月以前 / 我怀胎于你额上的皱纹 / 多么难平的夜晚 / 我如何感受你分娩的阵痛 / 奔赴崎岖的山路 / 蜿蜒盘旋于天地之间 / 站在山冈上的我 / 何止是一个血肉之躯的儿子。/ 那么多清泉汇聚于陡峭 / 那么多炊烟给天空予旷远。/ 长流，大乌江的水呵 / 宛若我生命中不止的血脉 / 在绿源的深处搏动 / 在长长的阳光普照中呼吸。/ 听着 / 阳光在雨中落下 / 江河在你起伏的胸前凝成 / 我永远的乳汁。/

　　以上是名为《贵州》的恋歌。诗人以满腔激情，歌颂和赞美了贵州这块古老而神奇的土地。是她孕育了乌江这一壮伟奇险的母亲河。诗人也深受黔山秀水的恩泽，在这里沐浴着阳光雨露茁壮成长；贵州是诗人永远难忘的故乡！

　　由于作者多才多艺，能文能诗，书画互通，身兼作家、诗人、艺术家的多种角色，因而他的诗歌，诗中有画，画中有诗，在他的笔下艺术表达是自由而没有界限的，他的雕塑是诗，诗也是画，画也是音乐。2009 年 10 月 17 日，"自由的知觉——蔡劲松艺术作品展"在北京新文化艺术中心开幕，这是一场诗歌与雕塑、绘画交相辉映的探索与实验的艺术展。本次展览共展出作者几年来创作的雕塑、油画、水墨、版画作品 108 件，诗歌 38 首，较全面地反映了他在文学与艺术相互融合领域的不懈探索、耕耘与收获。这次展览的艺术品和诗歌，都收录于《自由的知觉——一个作家的当代艺术探索：诗歌、雕塑与绘画》集子中。有人这样评论：蔡劲松的艺术创作涉及的题材广阔，具有一种独特的精神气质，深厚、敏感的特质融会贯通于每一件作品中，在艺术语言与观念上体现出强烈的精神追求与观念寓意，内涵丰富、形式多样、无拘无束，艺术想象力和创造力强，体现了当代新知识分子艺术家的文化追寻、探索尺度与精神向度。他的雕塑作品，虽然体量不大，却蕴涵着生长的巨大力量，坚硬的质感和辽阔的想象闪耀着智者的光芒，形成了简洁而朴素的雕塑语言，让观众看到了时间的永恒与艺术的无限。如陶质雕塑《怀抱》的配诗是：

孩子快爬 / 像蜗牛那样一点点地爬 / 像秒针那样慢慢地爬 / 像妈妈额头上的皱纹一样 / 不停地爬。/ 孩子快爬 / 妈妈的双臂张开了 / 它挡住了密布的阴云 / 挡住了风沙和烈日 / 挡住了你的胆怯和懦弱 / 为你的生长牵引。/ 孩子快爬 / 爬到妈妈的怀抱里来 / 这里不仅仅只有爱的磁场 / 还有你一生都需要的力量。/ 孩子快爬 / 当妈妈老了 / 你也不要忘记 / 爬，是一段多么重要的时光。/

雕塑是母子的艺术形象。诗篇以重叠吟唱的格调，层层递进地歌颂了无限神圣的母爱母恩，同时也寄予了对孩子的期许厚望。

他的油画作品色彩浓烈，笔触奔放，给人以强烈的气势感，其挥洒遒劲的油画语言充满阳刚的气息，表达出一种力度与刚性的画面属性。油画《飞》的形象是一只展翅奋飞的大鸟，配诗吟唱：

我听见翅膀的鸣叫 / 迎着风萧萧。/ 我听见飞翔的心跳 / 鼓点一样环绕。/ 我听见天上的太阳 / 躲进了时空隧道。/ 我听见星空扬起雨点 / 嘀嗒嘀嗒打湿羽毛。/ 我听见鸟儿在追逐 / 黑夜不笼罩。/ 我听见画笔吹口哨 / 气宇高昂入云霄。/

诗中以铺排的手法，借助于鸟儿搏击风雨暗夜的顽强物象，赞美和追求一种昂扬奋进的拼搏精神。还有油画《天河潭》题诗则是对贵州故乡的吟赞：

> 是谁的山在山后边 / 是谁的水在水上边。 / 即便对阳光的照临毫无知觉 / 即便山川 / 从未为天空唱过挽歌 / 天河潭，我灵魂的轮廓 / 在云贵高原坚韧地埋着。 / 是谁的心在心外边 / 是谁的潭在潭里边 / 从此经过 / 我的黎明被太阳之手拽着。 /

天河潭是位于贵阳市花溪区的一个 4A 级风景名胜区，为典型的喀斯特自然风光，具有河谷曲拐、沟壑险峻、山水相连、山中有水、水中有洞、洞中有潭的地貌特征。尤其是空山闻水声、碧潭衍飞瀑、天生桥跨立、花树吐芬芳的湖光山色，更是形态各异，妩媚多娇，素享贵州山水浓缩盆景之美称，被誉为"黔中一绝"。作者的油画《天河潭》即取材于此。全诗通过排比设问，以深情的诗话，勾勒天河潭奇巧错落的山水风貌，阐释它坚韧的高原性格，视其为灵魂栖息的家园。

而他的水墨作品随着画面笔痕的放逐，自由自在地展开于物象构成，于交融铺排之中表现幻化的意象情境关系，让人有一种别样的心动。纸本水墨画《高原写意》有诗：

> 我未亲眼见过昆仑 / 但它的月光拖着长长的射线 / 抵达我面前的山坡 / 像漫过堤坝的洪水 / 浸泡着我的想象。 / 茫茫高原 / 悠然地在高处放歌 / 歌声在远处飞 / 我的眼睛在近处搜索 / 歌颂光阴的诗剧。 / 诗剧开篇 / 即被豪气和霸气尽情渲染 / 昆仑之子登场亮相 / 让对生活产生畏惧的人 / 内心激荡，信心增强。 / 昆仑之子露出率真模样 / 周身都携带着高原的光芒。 /

在作者看来，山是圣物，山有灵魂。这幅水墨是昆仑高原的写意画。昆仑山是中国西部山系的主干，为我国第一神山，在中华民族的文化史上昆仑山具有"万山之祖"的显赫地位，古人誉之为中华"龙脉之祖"。画诗以昆仑山为歌咏的意象，借神山之莽莽气象，山骨之豪气霸气，表现了中华神山的万丈光芒。诗中画面，昆仑横空，山犹中华，气宇轩昂；以山喻国，托物寓意，依山寄情，抒发昆仑儿女内心激荡、信心增强的雄迈豪情。

总的来说，蔡劲松的诗歌创作特点鲜明：一是情感浓烈，意境深邃，富于哲理。透过他那些行云流水、诗意盎然的文字，读者可以分享到作者炽热的情愫、深刻的人生感悟、文学畅想和艺术抒怀。他的诗既有对生命的崇敬与叩问、对故乡与异乡的记忆与哲思，亦有对心灵拓展的无尽求索，对生活理想的真挚关切，它们都是作者文学艺术探索旅途中的精神映照与艺术通感的生动呈现。二是风格多样，多元一体，综合性强。他认为，诗歌、绘画、雕塑、哲学等都是互通的，所谓诗中有画，画中有诗，诗画交融，相得益彰。

吴基伟（1972—），贵州天柱县坌处镇平茫村人。其家乡靠近锦屏县城，少小曾在锦屏县生活读书，后考入天柱县民族中学。1994 年贵州大学历史系毕业参加工作，历任贵航集团万江机电厂宣传部副部长、部长、团委书记，贵阳万江航空机电有限公司纪委书记、党委副书记，中国航空工业集团公司团委书记，中国航空文联副主席等，2014 年 1 月挂职任中共甘肃省酒泉市委常委、副市长。2013 年加入中国作家协会，侗族文学学会副会长。

大学时期，吴基伟就开始业余创作，尤其热衷诗歌。大学毕业后，他从三线企业的一名钳工干起，十多年基层企业管理岗位的历练，丰富了人生经历。工作之余，他乐于笔耕，先后在《中国航空报》《花溪》《星星诗刊》《民族文学》《文艺报》《人民日报》等报刊发表新闻、随笔、诗歌、小说近500 篇（首），作品曾获 2014 年《民族文学》年度文学奖。有诗集《踏歌行》《晨歌集》等。其诗歌创作的主要内容有：

第一是对大自然的热情歌颂。大自然本来是人类的美好家园，在漫长的人类发展史中，人与自然本属朋友，亲密无间，和谐相处。侗族民间认为万物有灵，故要敬畏自然，天人合一。作为侗家的儿子，他始终秉承敬重自然的理念，爱护自然，做大自然的热情歌者。他认为，山水草木，虫鱼禽兽，和人类一样，都是万物之灵，都应该被珍视和尊重。人与自然，和谐相处，不能光停留在口头上和纸面上，要融入灵魂里，体现在行动中。为此，他的许多诗作都是对自然界的观察、记录、描绘和咏唱。如春夏秋冬、晴雨晨昏、山川草木、风云雷电、花草鸟儿、星光月影等千般形态万种风华，在他的诗作里都有歌吟：

盛　装

　　我累了 / 它们还站着 / 盛装染遍晨曦 / 在山冈之上 / 在旷野之上 / 望穿秋水望断南飞雁……沸腾不息的滚滚云烟 / 让这里的山山水水 / 牵手相拥

光　与　影

　　阳光跟着我一路攀升的时候 / 整座山温暖推挤着温暖 / 喘息紧挨着喘息 / 很多清纯的树叶只顾鼓掌 / 不知不觉被陌生的风拐卖 / 三两只鸟儿拼凑的乐队 / 和着那位攀爬者孤傲的吊嗓 / 穿越空灵 / 惶惶品着 / 竟似万方乐奏空山交响

远山的记忆

　　……如海的杉山，睡了 / 连绵的翠竹林，半梦半醒 / 那些梦呓出口成章 / 惊扰了你山歌里淡淡的忧愁 / 疯长的思念啊 / 是呼啸的山风把我 / 连根拔起，重重地摔下。/ 月亮早就躲远了 / 黑暗里我仍然看到你双眼里 / 晶莹的激情和清澈的渴望 / 那些笨拙，那些稚嫩 / 还有呼吸，仿佛来自另一个世界 / 踉踉跄跄，排山倒海。/ 记忆滚落谷底，瞬间 / 远山，醉得不轻。/ 多少年前，多少年后 / 远山，我们不老

此类的作品，还有《枕山而眠》《春潮澎湃了》《再次抽绿》《站在春风的翅膀上》等。曾有人这样评价：这些诗作，即使是都市的读者，读来也如置身于无名远方的绿水青山之中，饱览大自然的秀美壮丽，感受大自然的旷荡无垠。

第二是对家乡故园亲人的深切追忆。诗人是从贵州乡村走进城市的，因此，家乡的亲人和乡风民俗，永远是他心灵的依恋和牵挂，也是他永远吟唱的主题。对他来说，乡村里的木楼，袅袅的炊烟，成片的竹林，盘山的石板路，还有那头牛，那条狗，那弯溪，那片叶，那声鸡叫，或是那咕咕直淌的山泉……总是挥之不去，夜夜入梦来。

家　　事

我锁紧门 / 又反复检查门窗 / 还是没有睡踏实 / 在都市 / 梦里被父亲的电话铃声叫醒 / 是多么温暖的事 / 莫非该起床放牛了 / 还是哪个小玩伴 / 点燃了炮仗

对他而言，故乡始终是创作的源泉，他与故土保持着割舍不断的情感联系。就是在都市的寓所里品着书香的同时，他也能闻到来自故园的花香：

翻 动 书 香

家乡三月的油菜花李花梨花 / 一朵一朵都暗香成文字 / 漫润在我思乡的纸笺上 / 并迅速装订包装成书 / 空运北京 / 璀璨帝都寸寸春光……

母爱是神圣博大的，母亲也是艰辛操劳的。当儿女们渐渐长大，母亲却慢慢老去……

在母亲背上的日子

很小很小，在母亲的背上 / 我能抓住母亲 / 瀑布般倾泻的秀发 / 我能看见，母亲的汗珠 / 滴落稻田的脆响 / 我能听见，母亲的山歌 / 穿越荒山野邻的力量。/ 慢慢长大，在母亲的背上 / 我能爬上母亲的脖子，遐想 / 男子汉，登泰山而小天下 / 我能抱住母亲的头 / 不会有漂亮的银饰，阻挠 / 我能贴在母亲的耳根说 / 驾驾驾，抓住隔壁那个丑三娃。/ 后来，在母亲的背上 / 是我的眼光是我的怀想 / 探寻，儿时的时光 / 我能触摸，母亲的眼旁 / 长出的道道沟壑 / 我能数清，母亲的头上 / 已

经染上的片片秋霜 / 处处岁月的沧桑。/ 再后来，母亲的背 / 我只能跪着，仰望 / 顺着脊背往上，是 / 天高云淡，是 / 大爱萦绕，而此时 / 我的背上，也已鞭急声漫 / 母亲笑着，这路 / 走着走着，便是康庄大道

第三是人物赞歌。人物，特别是历史名人和时代英模，永远都是诗人歌咏的对象和主题。作者这一题材的颂诗当以《大观仰止——中国"航空发动机之父"吴大观赞》为代表。巧合的是，作者与吴大观一样都起步于贵州航空，两人可谓地缘、业缘相投。因此，作者对于这一题材近水楼台，能够信手拈来，水到渠成：

……这个老人，已届九十主动请缨 / "让我再做一名普通的发动机设计师" / 这个老人，弥留之际手指蓝天 / "装上我们自己发动机的大飞机要飞得更高更远" / 这个老人，毕其一生要为中国飞机造出"中国心" / "奠基者""无冕之王""发动机之父"广为传诵 / 这个老人，在中共中央总书记胡锦涛眼里 / "一生爱国爱党无私奉献报国有成"。/

……空旷辽阔的蓝天 / 茫茫无际的路途 / 在渺无人烟的贵州大定启程 / 在中国沈阳东郊的一片荒地上树旗出征。/

曾经的灯光从黎明到深夜 / 照亮寂静荒原点燃壮怀激烈 / 曾经的青春，经寒冬忍饥饿 / 演绎数字的神话开启梦幻的轰鸣 / 就这样，吴老 / 您一点点一笔笔描摹着"中国心" / 就这样，吴老 / 您一次次一声声撕裂暗夜的无边沉寂 / "喷发 1A"啼哭着来了 / "红旗 2 号"爬出襁褓 / "涡喷 7 甲"带来了自豪 / "涡扇 5"创造了"中国第一" / "涡扇 6"呱呱坠地 /……

……闭上眼也能看到 / 吴老，你忠贞不渝的信仰 / 关上窗也能听到 / 吴老，你奏响的爱国爱党强音 / 虽然，每次我轻轻停步 / 也止不住的怀想止不住地吟唱 / 你心中的党心中的航向。/

不说你用毕生的智慧和力量 / 把忠诚与爱洒满祖国的万里长空 / 不说你用对党的热爱对真理的热爱 / 战胜困难度过浩劫坚定信仰 / 不说那些美丽的蝴蝶绚丽的翅膀 / 曾经激发你的热情点燃你的理想 / 作为一名

普通的共产党员 / 不曾拿过奖项 / 不曾当过院士 / 党旗却因你自豪为你荣耀 /

……一遍又一遍 / 咀嚼老人九十三岁的风雨人生 / 一次又一次 / 搜寻老人用生命丈量的航空发动机航程 / 一声又一声 / 聆听老人始终在蓝天跳动回响的"中国心" /

这首长诗由序和一、二、三节四个部分组成，计 177 行。诗作以澎湃崇敬的激情，排比复沓的句式，对比鲜明的意象，礼赞了吴大观爱岗敬业、献身祖国、淡泊名誉、生活节俭、平凡高大、感动中国的传奇人生。在艺术结构上，序诗交代创作的缘起，第一节叙述吴大观波澜起伏的人生，第二节点赞他人生的重大贡献，第三节挖掘他的精神世界，启迪后人。诗行中，既有科学的写实，也有诗意的象征，把科学的知识转化为诗的韵律，具有独特的意味。长诗最先发表于《中国企业文化》2009 年第 9 期，曾获贵州新长征职工文艺一等奖。

第四是对灵魂的拷问与探索。追问精神的存在，探究灵魂的居处，是诗歌的作用之一。作者将自己的诗歌视为"灵魂的痕迹"和"思想的挣扎"（《灵魂的痕迹》）。在他的诗作中，也能读到这样的思索：

品 读 灵 魂

这个年代 / 灵魂似乎都比实际年龄苍老 / 甚至苦于奔波 / 很难找一个理由静静地安放……如果没有疯长的欲望纠葛 / 如果没有缥缈的承诺萦绕 / 何不让灵魂选择无拘无束的生活 / 爱与恨 / 生与死 / 就在天地自然间顺性起落。/

在诗中，作者推许的是那种卸除物欲的负累，在天地间自由往来的灵魂。在《让翅膀拼命打开》这首诗中，作者再次重申自己的这一追求：

我让翅膀拼命打开 / 抖落城市无处不在的浮躁 / 让太阳风掠过片片羽毛 / 见证我呼啸的翻滚。/

吴基伟的诗歌创作艺术特色是：

一、自然美与人性美兼而俱佳。他的诗歌文本呈现出丰富的面貌，读来令人动容。比如上述的一首《远山的记忆》，将杉海、竹林、山风、月亮、记忆、乡愁、思念等融于诗情画意中，迷蒙意态，鲜活灵动，美不胜收。

而在《秋语》中，他用撼动人心的话语，反射着人生事态的复杂性，蕴涵着许多无法言尽的话外之意：

> 脚下，草丛又一次列队 / 开始一季不慌不忙的撤退 / 而在高处，更高处 / 树梢让出天空，飞鸟 / 落在了缤纷的怀里，惊起 / 一阵风，一次一次 / 把我抱紧，我听见 / 那些无比空灵的声音 / 将无边无际的春天 / 淹没了。

二、诗作充满哲理智慧的光芒。诗歌与哲学在本质上归于一体。诗歌既是一种高度概括的语言艺术，也是对自然与人性两者关系的沉思、理解和阐释。如《踏歌行》诗集里的《旅途》当属这样的佳作：

> 为了更好地仰望 / 我决定向冬天学习 / 从习惯丰收到静于耕耘 / 从嚣张回到涵养 / 从醉心观赏到愉悦寻找 / 如同那只鸥鸟抓住天空的蔚蓝 / 掠过雨季浑浊的狂野 / 和天地自然一起成长……

诗行之间，有种精神哲理的内蕴在传递，他的"仰望"从选择冬天开始，"丰收"是基于"耕耘"的付出，是回到"涵养"的"寻找"。他把自己喻作"鸥鸟"，在天地、自然和旷野间飞翔，为的是抓住天空中的"蔚蓝"，其实这何尝不是自己生命中的精神渴望与智慧展示！

当然，作为新诗，他的作品在诗行形式、语言锤炼及意象构思上还有值得提升的前景。

第九节　其他作者的诗作

杨再宏（1931—），笔名杨川，贵州黎平县九层村人。幼时在家乡读过"四书五经"，从小热爱美术、书法和民间文学。1949 年未待高小毕业即还乡务农。1951 年 2 月弃农投军，参加抗美援朝战争，历任战士、组长、文化教员等。1957 年转业至黎平县文化馆工作，旋任县文艺宣传队队长。后调任黎平县民族事务委员会秘书，曾任《黎平县民族志》编辑等。中国少数民族文学学会会员，贵州省作家协会会员等。

1958 年开始业余文艺创作。1959 年在《山花》上发表诗歌《侗族人民有劲头》，获得好评。之后，发表过散文《上坟》《诙谐的说媒》，小说《初春笛声》《青春的茶树林》等。他还搜集整理发表了《鲁郎花赛》《辛亥革命歌》《医师和歌师》等民间长篇叙事诗。1963 年创作的《金山银海映骄阳》是较有影响的诗作，后被收入《中国少数民族诗人作品选》。这首诗作描绘了一幅侗乡山区的送粮图：

> 山雀叽喳闹洋洋，一路烟云十里长。
> 不见人啊不见马，只听铜铃响叮当。
> 车队如龙齐赶路，山歌悠悠唱新腔。
> 八月马帮运啥哟？除了粮来还是粮。

诗中赋比兴手法，组合巧用，画面鲜活灵动，意象扑眼而来：那八月的清晨，漫长的山道上，云遮雾罩，路转峰回，不见人影，只听到山雀叽叽喳喳，马车铜铃叮当，山歌飘荡悠扬……啊，原来是一对对马帮在穿云破雾，你追我赶，喜送公粮呢。当车队把公粮送交到粮站时，已是正午骄阳时分了。虽然人困马乏，但看到公粮堆积如"金山银海"时，大家都欣喜精神了——诗歌的留白处理，恰到好处，尽在不言之中。此诗画面栩栩如生，有景有物，有远有近，有声有色，有动有静，时序分明，读者如临其境，如闻其声，如睹其物，虽然不见其人，而胜见其人。加之句式整齐，节奏明快，音调铿锵，读来朗朗上口，有浓厚的民歌风味。全诗以饱满的激情，明白晓畅的语言，通过诗情画意，歌颂了侗乡人民的爱国情怀和劳动热情。

吴隆文（1965—），贵州锦屏县启蒙镇丁达村人。1988 年 7 月贵州民族学院中文系毕业后进入机关工作，历任黔东南州教育局办公室副主任，中共黔东南州委办公室秘书科长、副秘书长、黔东南州委党研室主任等，系贵州省诗词学会及中华诗词学会会员。

吴隆文在各类报刊上发表近体诗词、诗歌、散文诗等 200 余首（篇）。诗集《啸咏遏行云》，2015 年由贵州人民出版社出版，收录诗词作品 834 首。按题材可分为：

一、介绍苗侗风物，展示民族风情。作者的此类诗词多达 50 余首，比如《西江苗寨》《郎德观感》《肇兴侗寨》《侗绣》《鼓楼》《侗年》《苗年》等。《侗族大歌》极有代表性：

> 不奏笙箫不弄琴，引吭高处意幽深。
> 林涛飒飒随风起，泉韵涓涓伴竹吟。
> 似有秋蝉鸣谷外，忽如暖雨破云襟。
> 猿啼虎啸融天籁，曲罢余音绕客衾。

作者通过直观感受和艺术描写，把多声部、无指挥、无伴奏、善于模拟鸟叫虫鸣、高山流水的侗族大歌以诗韵意象营造出来，吟罢令人如闻其歌，如临其境，如赏其画，心旷神怡。

二、感怀民族历史，讴歌时代英雄。作为党史工作者，吴隆文对历史事件人物格外关注，常为这些历史名人和时代英雄所感动，故以诗称赞他们。像《杜甫吟》《咏陈圆圆》《中国远征军》《腾冲战役》《参观延安革命纪念馆有作》《赤水咏史》《橘子洲怀毛泽东》《金沙祭钱壮飞烈士》《怀戴安澜将军》等，无不蕴涵着诗人对历史人物、革命领袖、先烈英雄等的景仰之情。如《西柏坡咏史》：

西柏坡前决胜忙，神州风雨正沧桑。

分田改土图谋远，戒躁防骄顾虑长。

电讯频传三战捷，江阴竞渡万帆扬。

华族傲立东方久，亿兆斯民乐未央。

诗中短短 56 字，即简练描绘出党在西柏坡领导土地改革，毛泽东提出"两个务必"要求，指挥三大战役消灭国民党反动派建立新中国的壮阔历史画卷。

三、聚焦社会底层，关注民生疾苦。"文章合为时而著，诗歌合为事而作"是中国诗歌的特点，作者继承了这一优良传统。如《田头访农有作》便道出了农人稼穑的无奈与艰辛：

去年种蒜今栽菜，八亩农田一季禾。

明岁不知收几许，工酬三百已偏多。

还有《田间见妇姑稼穑有作》《题山求学图》《苗乡访贫有作》等诗作，都体现了作者对农业、农村、农民的关注、对弱势群体的同情与怜悯，其视角是十分难能可贵的。

四、鞭挞列强侵略，彰显爱国情怀。吴隆文在美国参观后，愤然写出《斯坦福博物馆观感》：

馆藏文物五洲具，屈指珍奇华夏多。

玉器陶瓷皆绝品，强权掠去奈归何？

诗中通过对馆藏中国玉器陶瓷的赞美，鞭挞了列强掳掠中华文物的可耻行径，抒发了期盼国宝回归的爱国情怀。对西方的所谓极乐世界也表达了嘲讽之意，如《拉斯维加斯》的诗句"处处销金地，家家博彩楼。灯红酒绿里，声色总无休！"就表达了作者对拉斯维加斯这座腐朽赌城阴暗面的揭露与鞭挞。

此外，作者还有描绘神州美景、盛赞故土河山及友人赠答唱和等诗篇，可谓题材广泛，内容丰富。其诗词创作的艺术特色主要体现在三方面：

第一，采用现实主义的表现手法。在中国诗词创作史上，"缘事而发"的现实主义精神源远流长。作者有不少作品都体现了他倾听时代足音，把握时代脉搏，为时代而歌的特征。如在《苗乡访贫有作》中，作者以"官员"的身份察看到了"扶犁剩有七旬妇，锄地难寻二十郎"的农村留守现象，体会到了乡村农民"苦力秋来兜售罄，余钱不足度春荒"的生活艰辛，更反衬出脱贫攻坚的任重道远。

第二，具有格律严谨的艺术风格。《啸咏遏行云》共收录作品 834 首，其中五绝 199 首，七绝 299 首，五律 77 首，七律 216 首，词 43 首。总的来看其诗词创作以律绝为主，而且格律严谨，对仗工整，用韵准确。

第三，描绘意象丰满的诗情意境。兰花是作者最爱的花草，通过对兰花的咏赞来表达自己的人生态度。如"韵在清华堪国色，型虽简约自奇葩""无烦俗眼惊风雅，一任知音入乐章""似雪冰心堪寄付，无私无邪远尘埃"等吟兰之句，将叙述与象征融为一体，具有较强的艺术感染力。

自然，作者有的诗作稍乏剔透，如能潜心锤炼，必会渐臻圆转。

还有文玉深和龙道炽出版的诗集，也富有浓郁的乡土气息，令人喜闻乐见。

文玉深 1962 年出生于贵州剑河县南明镇屯侯村。大专文化，历任剑河县南明镇副镇长、县文广局副局长、县委宣传部副部长兼县文联副主席等，贵州省作家协会会员。1987 年开始诗歌创作，先后在《杉乡文学》《山花》《民族文学》等刊物发表诗歌作品。1995 年由贵州人民出版社出版的第一本诗集《木叶的旋律》，写的是家乡的山水风光与乡俗人情，虽然没有华美浓艳的诗语，却有一如诗集的名字，像平常的木叶，质朴而优美，简洁而凝练，充满了对故土深切而真挚的乡情，让人读了宛如突然听到远处传来了一曲曲美妙的木叶声，使人恍惚置身于遥远而又温馨的童年梦境。2008 年作家出版社出版的《游走的灵魂》为他的第二本诗集。诗集用抒情的诗行礼赞那些诗情画意的山水，歌咏那些原野小径上的花草，诉说那些不管是否逝去但依然还流连于心灵深处的情怀——这些诗是他灵魂游走的风怀，代表了他的良知、爱心与生命……如《民歌》咏赞：

> 在乡村随便走走 / 就有民歌弥漫其间 / 山民种植粮食 / 也种植诗歌 / 山民在沧桑的岁月里漂泊 / 以民歌为桨 / 一次次抵达彼岸。/ 又一次偶然走进 / 山妹子的歌谣里 / 那舒缓而动听的歌声 / 泡软我的心

诗行以细腻的笔调、明快的语言、摇曳的意象，描绘了山乡简朴多姿的闲适生活，展示了一幅桃花源式的世态风俗图景。

龙道炽，1970 年出生于贵州省锦屏县平秋镇石引村，贵州民族学院少数民族语言文学系侗语文学专业毕业，大学时代，即对诗歌产生浓厚兴趣。先后在锦屏县史志办、县委办工作，贵州省作家协会会员。2015 年贵州人民出版社出版的诗集《清水江歌行》，是龙道炽 20 多年诗歌创作的结集。诗集的主要内容以清水江的历史人文、自然风物和现实社会为抒写对象，是清水江流域生态文化、水域文化、木商文化、军屯文化、红色文化与民族文化等多元情愫的诗意展示，故名《清水江歌行》。

《清水江歌行》集中抒写了黔东南境内沅江的上游清水江的青山绿水、丹枫白鹭，乡风俚俗、如潮世声。通观这些诗篇，清浅直白，却是出自质朴心声。其中的《清水江恋歌》咏唱：

> 1970 年 / 我第一次遇见清水江 / 那时清水江的脸色并不好看
>
> 绕过群鸟悠长的歌廊 / 绿蜻蜓彩蝶一样 / 滑入蛙鼓喧天地带 / 滑入林荫小道烟雨村庄 / 我才知道 / 我爱过的许多动物植物 / 许多流云野风 / 都与清水江 / 都与这一方苗山侗水的脸色有关……
>
> 很多年前的很多年前 / 我的先祖 / 先祖的先祖 / 就在这方盛产水稻和杉木 / 盛产民歌和银饰的江边 / 耕作 / 栽培 / 编织 / 撒网
>
> 在山川 / 坝子 / 田间 / 收割 / 歌唱 / 祭祀 / 祈求丰年　用琵琶和芦笙敲击岁月……

　　诗行以深情的笔调、朴实的语言、缤纷的意象，描写了清水江特有的风物人事与生活画卷，也抒发了作者对清水江的眷恋之情。

　　纵观侗族的诗歌创作，旧体诗词基础丰厚，在群众中也拥有相当广泛的读者，而且接力有人，后劲不乏。新诗则不仅拥有一批著作甚丰的老诗人，新时期以来还出现了大批正在努力探索创新的中青年诗人，侗族诗歌创作呈现出繁荣发展的可喜景象。

第四章

散　文

当代侗族散文创作，五彩缤纷、异彩纷呈、繁荣发展。乡土散文可以列入全国民族优秀散文之列，文化散文引起散文界的关注好评，有的还被选为发达省市高考语文卷的阅读文本，军旅散文影响军营内外，域外散文奇葩独秀，被誉为中外文化交流珍品，科普散文异军突起，旅游散文摇曳多姿，一些散文作品还获得了国际、国内和军队的奖项，成果令人欣喜。

1998 年 11 月民族出版社出版的《侗族散文选》，共收入 85 位作者的 109 篇散文，全书 30 万字，贵州作者有 30 余人。这本散文集汇集了侗族老中青三代作者的佳作，既有资深散文作家的作品，也有初露锋芒的新人新作，还有与侗族休戚与共反映侗乡生活的兄弟民族作家的美文。2014 年 10 月，中国作家协会主编的《新时期少数民族文学作品选·侗族卷》由作家出版社出版。文选中着重收录了反映改革开放以来侗族散文创作的收获，全书共 29 位作者，其中贵州作者有 19 人。所收录的散文作品，引起读者良好的反响。

第一节　张作为的散文

张作为是一位有影响力的侗族作家，不但擅长小说，而且工于散文。他的散文集《喊山》，大体上是由侗乡情结、军旅生涯和自然风光三个主题的作品构成。

《喊山》《清水江哟，我的母亲江》《旖旎樟寨深深情》《打油茶》《画眉斗趣》《深山深夜唢呐声》等篇章，都以抒发侗乡情结为主，而且都能撒开去，从古到今，旁征博引，虚实相宜，情景真切，意象鲜明，抒情感人，使人从审美的愉悦中获得思想的感悟。其中《喊山》是集子中一篇极具代表性的优美散文。"喊山""喊寨"都是侗乡的一种习俗，就是为了山寨的生态安全和社会安稳而唤起人们对青山绿水的敬畏和保护，保证人们生产生活的秩序稳定与祥和。在作品中，作者通过对昔日的真情回溯追忆，以"啊——嗬嗬……"那浓烈而富有乡土气息地对大山深情的声声呼喊，发出了对人情、乡情、爱情、世情的召唤，那"喊声"在山间袅袅回荡，在耳际萦萦震响，它是珍藏于作者心灵深处的真情和憧憬，渴求与祈愿，也是心灵的呼唤！

而《高原夜雾》《飞奔着的课堂》《红河边的野营》等都是军旅生涯的作品，包括连队生活、文化学习、军事训练、站岗巡逻、爱民支农、保卫边疆等。作者在散文的结构上着实地花了一番功夫。看似漫不经心，然而非常精巧地把一个个生活细节安插在散文之中，推动着整个情节的发展。如《高原夜雾》是一篇十分有趣的散文。作者犹如导游一样，一开始就从高、大、美三个方面向游人介绍了滇南名山——哀牢山的峰峦叠翠、壮美挺拔、奇珍异宝，接着笔锋突然一转，夜幕降临，大雾弥漫，伸手不见五指，这时运送歌舞团去国境线上演出的车队却在高原夜雾中抛了锚，故事由此惊险展开……随后，作者以真挚的感情、清丽的语言、精当的比喻、夜空的歌声以及强烈的环境渲染，写人、叙事、状物、抒情，从而刻画了机智勇敢、不畏困难的英勇形象，歌颂了边疆军民的家国情怀和奋勇精神。

作者有关大自然风光描写的作品不少，诸如写昆明翠湖的《翠堤漫步》、黔东梵净山的《看佛光退思》、侗乡九龙山的《那山·那人·那马》、历史文化名城镇远的《长城·名城·新城》、雨中登泰山的《一览众山小》，以及畅游蓬莱阁的《仙山去来》等，都写得有意境、有韵味、有哲理，而且以情灼人，以美感人，以理养人。在《翠堤漫步》中，作者以不落俗套的笔法，把空间景物嵌入时间隧道的过程之中，营造了某种情节因素，使人漫步翠湖，满眼景物，四面景色，美不胜收，触景生情，怀古思幽，思绪万千，使人有"乡愁别恨知多少，付与残宵一梦中"之感。

此外,《他从火山口来》是 1995 年德宏民族出版社出版的纪实散文集,全书 29 万字,17 个篇什。它们所描写的基本是社会主义经济体制中,一个个企业家经历人世沧桑、经受各种磨难、走过坎坷道路、发愤图强,终于成功了某项事业、实现某种理想的历程。其中开篇《他从火山口来》是《拳拳爱国心》的姊妹篇,这两篇写的是同一的人和事,却别具匠心地采取了不同的表现手法,两篇都达到了立意新颖、风格独特、行文流畅、情景交融的艺术效果。这本集子,作者把对人生和社会的观察、对感情和生命的抒写上升到一个新的高度,并及时地抓住、抓准社会所关注的事件、人物、问题和现象。因此其对时代精神的审视和对艺术哲理的思考,引起了读者的关注与共鸣。

第二节 粟周熊的散文

粟周熊不仅是侗族著名的翻译家,而且也是散文名家。1990 年至 1998 年,他因各种机缘 5 次访问过哈萨克斯坦,又有两年多我国驻哈使馆人员的职业生涯,与哈萨克斯坦人民有了直接的交往与接触。这为他域外题材的散文创作提供了条件,写下了一部凝聚着中华人民共和国与哈萨克斯坦共和国深厚情意的散文随笔集《心锁丝路——我的哈萨克斯坦情结》。

这本集子分为"阿拉木图随笔"和"阿拜研究杂记"两个部分。第一部分有《萨乌列,你在哪里?》《西出阳关有故人》《"丝绸之路"步行街的新景观》《郁金香开遍阿拉木图》《一张值得珍藏的照片》《一个民族大家庭》《玛依拉——从中国飞来的百灵鸟》《克拉拉大姐,您好吗?》《难忘那段外交官岁月》《在阿拉木图读街名》《伟大的友谊》和《哈萨克斯坦国立普希金图书馆印象》等 20 余篇短文,作者从文化使者的独特视角,以细腻的笔触真实地记述了苏联解体后哈萨克斯坦的变迁,从哈萨克斯坦的人文历史、地域景观,到风土人情、世态百相,勾勒出一幅幅颇具时代气息而又非常耐人寻味的生活图画,让读者饱览哈萨克斯坦这块郁金香故乡的迷人风情与瑰丽风姿。第二部分有《阿拜故乡行》《哈萨克斯坦人民的骄傲——阿拜·库南拜乌勒》（评传）和《成吉思山峦的三巨峰》等 10 篇作品，这些都是作者多年潜心研究哈萨克民族文化巨擘阿拜及其文化价值的成果。这部集子中的散文、随笔和杂记，都具有十分丰富的文化内涵，不仅记录了作者在哈萨克斯坦的所见所闻所思所感，字里行间充满了对哈萨克斯坦的浓浓情意，而且是中哈源远流长与和睦友谊的历史见证。

集子中的《一张值得珍藏的照片——兼议中哈两国之间文化交流的深层意义》，叙述了作者在哈萨克斯坦阿拉木图参加穆赫塔尔·奥埃佐夫故居纪念馆的一次活动时，偶遇该馆一位叫萨乌拉·麦特格列娃的妇女新馆员，她说收藏有一张 20 世纪 50 年代当时还是哈萨克社会主义共和国的库尔马加济民乐团访问北京时，该团团长给毛泽东主席披上哈萨克民族服装袷袢的历史照片。接着写几经努力与周折，中国使馆的全体同志终于看到了这张照片，并最终弄清楚了老照片上很多故去人物的社会背景和身份，使照片的史料含量和历史价值大为提升。

接着，作者笔锋一转，把哈萨克斯坦历史上长期以来作为我国的近邻，自汉武帝以来至 1991 年哈萨克斯坦独立后，两千多年中两国人民友好交往的历史娓娓道来，使人大开眼界。特别是文中深情追忆了我国著名音乐家冼星海 1943—1945 年在哈的艰难旅程，以及当地人民心地善良地为他的生活提供了无私的帮助，使他有条件创作了不少优秀的音乐作品，为中哈两国的文化交流和友谊作出了不可磨灭的贡献。

2013 年 9 月 7 日，习近平主席访问哈萨克斯坦在纳扎尔巴耶夫大学的演讲中就重提了冼星海的那段历史佳话："古丝绸之路上的古城阿拉木图有一条冼星海大道，人们传诵着这样一个故事。1941 年伟大卫国战争爆发，中国著名音乐家冼星海辗转来到阿拉木图。在举目无亲、贫病交加之际，哈萨克音乐家拜卡达莫夫接纳了他，为他提供了一个温暖的家。在哈萨克斯坦，冼星海创作了《民族解放》《神圣之战》《满江红》等著名音乐作品，并根据哈萨克民族英雄阿曼盖尔德的事迹创作出交响诗《阿曼盖尔德》，激励人们为抗击法西斯而战，受到当地人民广泛欢迎。"[1]

---

[1] 习近平：《弘扬人民友谊　共创美好未来——在纳扎尔巴耶夫大学的演讲》，《人民日报》2013 年 9 月 8 日。

粟周熊的随笔札记集《东拼西凑》，不仅浓缩了他绚丽多彩的人生，还显示了他的深厚文学功力。

《扣林墨兰》是粟周熊 1983 年 9 月参加作家代表团前往扣林山阵地采访写成的。作者以扣林墨兰象征守卫祖国南疆的英雄战士，讴歌"他们在艰苦环境下守卫着祖国的南大门，有时甚至还会流血牺牲，但对什么个人荣誉，从不挂在嘴上"的高尚情操。作品从扣林墨兰引出联想，着力表现贵州籍苗族战士吴歌灵"立了功，不表功"的谦虚性格。结尾用"我再看看在窗台上泛绿吐芽、芬芳馥郁的扣林墨兰，那冲天挺立的花枝不就是我们那些战士的英姿吗"一句点明主旨，意味深长。

母爱似海，父恩如山。作者还写了对父母的感恩情文。其中《历尽难中难，心如铁石坚》则表现了他对父亲的深深思念，父亲的教诲，他时刻牢记在心中。"历尽难中难，心如铁石坚。"父亲的这句话，体现了他磨难坚守、初心不改的执着精神，成了粟周熊一生致用的座右铭，也成了他教育儿女的家训警言。

《老屋里的葛麻藤》是一篇具有一定思想深度的美文。一次，他回到老家，没想到屋前荒草萋萋，有七八根手指粗的葛麻藤从堂屋大门的门槛下面伸延出来，巴掌大的叶子绿油油的，还爬满了屋前屋后的板壁。虽然如今乡下这种荒废的老屋肯定不少，让人见怪不怪。但他看着荒废的老屋，内心却百味杂陈，伤感的眼泪一时蒙住了双眼。这可是他出生之处啊！老屋给了他温暖，使他免遭风吹雨打，享尽家人亲情。长大后他虽然离开了它，但父母还住在这里，哥哥一家也受到它的庇护。只是后来社会发展了，老屋落后了，侄儿侄女们都在老屋里待不住了，便纷纷融入了城镇之中。在伤感的同时，他也赞赏葛麻藤的这种锲而不舍勇于进取的精神，认为一代代的年轻人，就像这些葛麻藤，他们也要冲出老屋，到广阔的天地中去拥抱生活，享受阳光。

粟周熊的散文中还有不少怀念朋友和师长的篇什。如在《我真后悔那次没给他让座》和《怀念孙老》中，作者寄托了曾对自己产生重要影响的原国家图书馆副馆长丁志刚和原人民文学出版社副总编孙绳武的深深哀思。

另外，作者在翻译作品选题中，动物题材占有不少比重。由于有此偏爱，他还写下了不少动物题材的散文。像《忠诚的卫士——大卫》《花花》《我家养有四只乌龟》《好狗南希》等，都把动物当成知心知性知交的朋友来写，神情逼肖，栩栩如生，趣味盎然，回味无穷。

粟周熊笔下散文的特点，多写生活平凡小事，不追求故事的曲折，情节并不复杂，没有惊涛急浪，但宛如一股山泉，汩汩涓流，沁人心脾。语言妙趣幽默，情致真挚可感，真乃文如其人。

第三节　罗来勇的散文

罗来勇的散文创作应该始于 1971 年他还在家乡求学时，刊登在贵州铜仁中学黑板报上反映其下乡支农的那篇记叙文，是它为作者一生的散文创作铺垒了基石。

1972 年，他参军到铁道兵北京地铁建设新兵连，经过摸爬滚打的严格训练，被破格选拔到团部任代理排级新闻干事，做了两年的宣传报道工作，接着又下沉到连队木工班历练了两年。尽管岗位在交替变化，但是，他的文学情结依旧不改。

1976 年 6 月 24 日，他的处女作《高原处处闻笛声》在《解放军报》刊发，占用了半个多版面。这篇作品以贵州黔东高原的交通发展变化为主题，满怀激情地述说了闭塞落后的偏远山区因新时代交通的发展，给乡村和城镇经济社会带来的巨大变化，使老百姓出行便捷，方便生产，便利生活。文中作者引用了颇受少数民族同胞欢迎的时代民歌《铁路修到苗家寨》，使全文散发着浓郁的民族情韵和地方气息，因而获得了《解放军报》1976 年度优秀文艺作品奖。

1977 年，作者进入毛主席纪念堂工程指挥部工作，全程目睹了以超级速度于半年时间内完成的纪念堂地上地下的全部建设工程，他为堪称当时世界建筑奇迹的这一宏伟工程而骄傲放歌。为此，他连续发表了《创造奇迹的人们——建设毛主席纪念堂纪实》（1977 年 7 月《解放军文艺》第七期）、《红心献给毛主席——建设毛主席纪念堂纪事》（1977 年 9 月 10 日北京军区《战友报》)、《红旗的颂歌》(1977年11月11日《解放军报》)、《云湖天河颂》(1978年3月3日《解放军报》)等多篇散文。除此之外，这一时期他的散文创作题材还有表现大兴安岭金矿、上海宝钢等建设工程的军人生活，以及寻访太行山、延安、北极村漠河、黄河龙门和司马迁祠墓等的系列游记。

当然，作为精致美文的还是一篇怀念故乡幼小时随家乡亲人清明扫墓的散文《狮子岩的坟飘飘》。这篇短小散文，发表在1988年山东《齐鲁晚报》上。短文结构巧妙，文字返璞归真，绽放异彩灵性，它是作者在解放军艺术学院深造时的可喜收获之一。文中的"坟飘飘"是作者老家铜仁山区的叫法，其实就是清明扫墓时挂在坟头上的招魂纸幡。在故乡，扫墓又叫上坟。上坟间摆上祭品，焚香烧纸，轻烟袅袅，纸幡飘飘。父母们以身示范，双手合十，祭敬祖先。娃娃们则童趣盎然，你追我逐，既在坟头间躲猫猫，又懵懵懂懂地磕头烧纸……这一风俗事象，看似平静安详，却代复一代，绵延不绝，在不经意间传承着中华民族儒家文化的遗风。

这一时期，作者的散文创作倾向是关心国家大事，对政治有独特的见解，对祖国文化开始有了新认识，因而作品极富思想内涵，题材也常常和时代的潮头并行，可谓是我国当时社会的真实记录。

第四节　陆景川的散文

陆景川（1955—），贵州锦屏县平秋镇人。从小在老人摆古的日子中度过，热爱阅读文学作品。当过回乡知青、农民工、铁路民工和老师。1979年底毕业于黔东南民族师专中文系，后在鲁迅文学院高级创作班培训及中央民族大学民语系非物质文化遗产研究生班深造。历任锦屏县中学语文教师、锦屏县委党史办副主任、宣传部副部长，黔东南州人事局秘书科长兼调研室主任，黔东南州文化局副局长，中共台江县委副书记，黔东南州政协文史与学习委主任，黔东南州社科联党组书记、主席等。系中国民间文艺家协会会员、贵州省民间文艺家协会常务理事、贵州省作家协会会员、侗族文学学

会副会长。1991 年出席全国青年业
余文艺创作者大会，2001 年出席中
国民间文艺家协会第六次全国代表大
会。2013 年贵州省人民政府聘任为
文史研究馆馆员。

20 世纪 80 年代开始，陆景川就
陆续在省内外报刊发表文艺作品。代
表作散文集有《向世界敞开大门——
陆景川散文随笔集》。这部 35 万字的
集子包括"人物素描""岁月心曲"
"乡土遗韵""游踪拾趣"四个方面
的内容。集子不仅仅记录作者个人的
生活体验，还展现了黔东南乃至贵州
这块神奇的土地上人们从闭塞走向开

陆景川散文集《向世界敞开大门》书影

放、从传统走向现代、追求科学文明进步、走向全国甚至是走出国门走向世
界的奋斗历程。这些作品，以严肃的现实主义精神，反映黔东南这块土地上
的社会生活与世态人情，展现这块土地上的生活之美、人情之美、自然之美
与人文之美，刻画黔东南各族人民的民族性格，表达作者对生活对时代对祖
国的挚爱之情。[①]

其中的散文名篇《勤劳一生的侗家人》，1995 年曾荣获联合国第四次世
界妇女大会、联合国儿童基金会授予的"迎接联合国第四次世界妇女大会"
征文名人组三等奖，这是目前所知侗族作家获得联合国所属机构颁发的唯一
文艺奖。1995 年 8 月，该文被收入时任光明日报社总编辑王晨主编的《写
给妈妈的话》丛书，由大众文艺出版社出版，这也是此次范围大、影响广的
征文活动中少数民族作者和写少数民族母亲唯一入选的作品，中国侗族妇女
的母亲形象由此第一次走向世界。1997 年 10 月，著名作家魏巍在北京解放
军三〇一医院亲笔挥毫为作者题写了"勤劳一生的侗族人"。之后，该文获

---

① 杨玉梅：《作家的文化情怀与文学理想——读陆景川散文随笔集〈向世界敞开大门〉》，《贵
州日报》2015 年 2 月 6 日。

得"中国当代散文奖",被辑入由林非、周明、石英主编的中国当代散文大系《中国散文家代表作集》,2010 年 9 月作家出版社出版。

《勤劳一生的侗家人》运用白描的手法,以生动简洁的语言,通过一些典型的生活片段,叙述母亲辛劳的一生……母亲怀有一颗宽厚、仁慈之心,一生行善,助人为乐。作者最后写道:"母亲一生正直、勤劳和善良。如今,我没有了这样的母亲,我真羡慕有母亲的人们啊……"这个结尾,句子朴实无华,可是承载着作者沉甸甸的思念和沉痛。读后,令人不由得潸然泪下,灵魂受到洗礼、净化和升华。这篇散文,刻画了勤劳、善良、博爱、深明大义的侗族母亲的光辉形象,表达对母亲的无比敬仰与深切缅怀之情。这个母亲形象是侗家人,特别是侗族女性形象的典型代表,也是中国母亲形象的代表,她所承载的生活情感内涵与时代记忆必将载入史册,历久弥珍。①

《继父》则是集子中的另一朵奇葩。继父以宽广无私的父爱颠覆了人们印象中的自私狭隘的继父形象,并以其经历深刻诠释了侗族男人宽广的胸怀和崇高的品德。文章开篇明义:以"我对继父的感情超过了自己的生父"为起笔,道出了继父在作者心中的地位和父子深情。接着,作者叙述了生父、母亲与继父的命运交错,并将笔墨重点落在继父对"我"和弟弟的培养关爱上,而后通过具体故事讲述继父的文化素养,他的帅、宽、善、仁,勾勒出一个立体饱满的侗族父亲形象。这个朴素的将一生的"力气"都献给了家乡的好人,是侗族民族精神的集中体现。这篇作品的价值不仅在于展示了继父的人格魅力,更在于通过继父的真、善、美,说明了生命存在的价值。读《继父》,能给人以荡气回肠、灵魂深受洗礼之审美享受。

2017 年,陆景川的第二部散文集《千年风采》出版。集子分三个部分 55 万字,插图 200 余幅。第一部分"源",通过对州境外诸多历史与当代名人故事的叙述,彰显了黔东南历史文化的悠久性、多样性及时代性,全景式地展现了黔山秀水、苗村侗寨的多彩形态、鲜明印记和文化脉象。第二部分"根"里的众多篇章,通过对黔东南本土名人俊彦的人生风云、悲欢离合、成败得失、历史昭示的娓娓道来,告诉人们历史上荒蛮、封闭、沉寂的黔东

---

① 杨玉梅:《2014 年少数民族文学:文学精神的延伸与拓展》,《文艺报》2015 年 2 月 6 日。

南，只要敢于打开寨门，走出大山，敞开胸襟，接受新潮，也一样能够涌现出历史精英和时代先锋。第三部分"缘"里的多姿文本，讲述的是黔东南与友邦人士的际遇情缘、奇曲故事、文化交往与国际影响。

《千年风采》堪称一部文史散文集。"文史散文是以历史人物、历史事件或历史现象为题材而小题小做的散文，意不在古而在今。它篇幅短小，知识性强，融叙事、抒情、议论为一体，常带有思辨色彩或批判性，修辞手段丰富，语言流畅优美。"[①] 这部集子讲述的是古今中外如司马迁、王昌龄、王阳明、史可法、陈圆圆、林则徐、胡林翼、闻一多、梅兰芳、张恨水、萧乾、费孝通、刘东生、吴冠中、冯骥才、余秋雨、叶辛等及黔东南的第一进士周瑛、第一侗族进士龙起雷、第一苗族进士宋仁溥、"黔省人物之冠"孙应鳌、南明重臣何腾蛟、"中外皆有政声"的天津知府石赞清、中兴名将罗大春、清末状元夏同龢、工运领袖龙大道、开国上将杨至成、百年侗医吴定元、资深院士乐森璕、文学史家张毕来、影视艺术家李雪健、"赤脚医生"李春燕及国际民族学家鸟居龙藏、长征传教士勃沙特、挪威大使白山等近百位名人的生平传奇或点滴往事。这些人物，至今还以自己独有的魅力点缀着黔东南及贵州的历史。他们中许多人虽已羽化凋零，有的还在与时代脉搏一起跳动，但他们从不曾远去，还在鲜活地展现着千百年来或当今时代的风姿风貌与风采。这些篇什曾先后发表在贵州、湖南、云南、浙江、北京乃至台湾的有关报刊上。有的是人物长篇，有的仅为一个片段，但它们至少都讲述了一个与黔东南或贵州有渊源瓜葛的故事，能给人以一种启迪、情趣、风尚、美学的人文享受，也具有入世意义的普世价值。著名文艺评论家刘锡诚在序文中指出："《千年风采》，从一个新的角度阐释黔东南的历史文化及其悠久性和多样性，为黔东南的社会史和文化史作了新的梳理和积累。这是作者致力于开掘和弘扬黔东南的地域文化和民族文化的建树。"该书被誉为"国内外知名民族文化旅游目的地的黔东南读本"。

已故著名侗族作家袁仁琮先生认为，陆景川是一位特殊的散文家，其散文充满了知识性、学理性和乡土风韵，有着自身的显著特点：

[①] 任丽清、黄建华:《文史散文的写作特点》,《写作》(上旬刊) 2015 年第 2 期。

第一，取材广泛，内容丰富。凡历史名人、革命先烈、领袖人物、文艺名家、外国友人、文化使者以及自身经历，还有贵州风物、民族文化、自然景观等等，构成了内容深厚、多姿多彩的人物画廊和情景画面，非常符合贵州这块土地的山水和人文特征。

第二，融合了纪实、考证、评介、描绘四大元素。既不单纯地借景抒情，寓情于景，也不主要是议论说事，更没有只注重纪实，而是几方面内容兼而有之，几种手法综合并用。他的许多作品不仅有外在的描写，还有有力的数据和考证作支撑。所以，呈现给读者的是具有强大冲击力的历史和现实交织、自然与人文互映的多彩画卷。

第三，乡土韵味，浓厚纯正。读陆景川的作品，有一种土肥水丰的气息扑面而来，没有一点假货和矫揉造作。他虽来自农村，但经历丰富，又有五湖四海的朋友，有一般人所不具备的生活积累和经验积淀，从深厚泥土里长出来的庄稼自然有很强的生命力。

第四，写作态度，严谨认真。如《龙大道与毛泽东周恩来》这篇短文，仅查史料就经历了漫长过程。他不仅数次奔赴上海、浙江、武汉寻访龙大道的足迹和征集史料，而且为了确定文中毛泽东什么时候到的上海，还查阅了大量资料，光《毛泽东传》就看了三四个版本，还参考了数本周恩来传记和其他资料。①

第五节　潘年英的散文

潘年英在大学期间就开始发表散文作品。相对于小说创作，其散文写作不仅时间更长，而且系列宏富，成果丰硕。

依据内容其散文可分为三大类：一是描写个人情感世界或生活杂感的。如《我的雪天》《顿悟成篇》《芒冬花》《画梦录》等集子。二是乡村旅行及其文化考察的游记，如《边地行迹》《西南山地文化考察记》《寻访且兰故

---

① 参见袁仁琼：《一位特殊的散文家——我读景川》，《鼓楼》2015 年第 6 期。

都》诸集子。三是民俗风土笔记。如《保卫传统》《黔东南山寨的原始图像》《雷公山下的苗家》《丹寨风土记》等。

在侗族作家中，潘年英是敢于披露和解剖自己的个人情感世界和生活体验的勇士。他的笔名"帕尼"就隐含"叛逆"这种气质与骨性。在《我的雪天》集子中，就有《想象我的爱人》《想你，儿子》《怀想西江》《夜夜失眠》《花祭》《心祭》《告别黑风楼》《最后的告别》等多篇写到了他的恋情、婚姻、家庭及离

潘年英散文集《我的雪天》书影

异等人生经历。在《想你，儿子》中，他深情地追忆："我八四年参加工作，上班第一天就认识了娜。她也是黔东南地区的，和我是大老乡，又是苗族，所以我们一见面，就仿佛似曾相识了。娜比我略长几岁，学习的专业也是中文，谈话就总是很投机。不到半年，我们就商量着准备结婚了。消息一传出，单位上的同事都感到有些意外，劝我们慎重考虑，不要太浪漫了。那时的我们，正处于热恋之中，似乎十二级台风刮来，也不能把我们分开了，就于次年夏天结了婚。这样过了一年，儿子便出世了。""不知不觉地又过了两年多的时间。此时儿子已是个很懂事的孩子了，可偏偏在这时，我和娜却闹着要离婚。"离婚之后，"掐指一算，转眼间，我的儿子已满四岁了。今天是他的生日。他远在何方？我无从知道。我不能为他的生日献上我的礼物和祝福，在这样的具有特殊意义的日子里，我倍感思念和孤独……"这些文字，作者以平实的叙述、真实的情感追忆了浪漫的热恋、和美的婚姻、儿子的出世、无奈的离婚以及四年后在儿子的生日中对他的深切思念和自己的孤独落寞。他用情感的创伤真实地传达了自己心路历程那一些刻骨铭心的体验，令人引起悲情与思索。

作为一个情感丰富、情调浪漫、富于幻想而又性格倔强的年轻士子，潘年英对自己心目中的爱人也曾有过美妙的设计与描绘。在《想象我的爱人》那篇美文中，他作了多维度的几近"十全十美"的刻画："想象我的爱人"是"温存"贤妻，"喜欢打羽毛球"，"爱骑自行车"，"能够爬山"，"钟爱雪天"，"柔软的声音"，"写得一手好字"，"长长的头发，乌溜溜的眼睛"，"她会打扮，但不奢侈，她爱美，但不矫饰"……那么，如此"称心如意"的爱人，他找到了吗？这又给读者留下了诸多悬念和沉思。而对于离异独居的感觉，他在《花祭》一文里有独到的表白：平时喜好养花，而且把花养得青青葱葱的。但与爱人不幸离异后，就顾不及花草了。"后来我再去看那些花时，虽然没死，但终是没见长好，像得了败血症。于是我想，这花，也是随了人意的，家合则花盛，家败了，花自然也要败落。这样一想，内心里就掠过了无尽的哀愁……"作者以形象的比喻、深邃的思考、勇敢的拷问，说明了家和家败与花草盛衰的本质异同与人生哲理，使人仿佛聆听了一堂恋爱、婚姻、家庭与人生的剖析课。这或许就是潘年英情理散文的魅力所在。

为什么潘年英的作品敢于暴露解剖自己？他曾坦然地解析道："为什么我的作品中总喜欢暴露自己，把自己摆进去？对于这个问题，我不是随便写'我'的，'我'也不是简单的自我暴露。我认为，在时间的长河中，个人是十分渺小的，真的十分渺小。因此，个人也没有什么秘密。'我'作为时代中的一分子，负载了这时代的诸多信息。当然写'我'，就不仅是'我'了。如果我因此而暴露了自己的隐私，那也是值得的。真的，我觉得个人实在太渺小，没什么不可以暴露的！"[1]作者的识见与勇气，难能可贵而又令人嘉许。

还有一篇反映社会问题的散文《弟弟来了，弟弟又走了》，也非常真实感人。那年，他弟弟和侄儿从天柱老家盘杠去泉州的一个工厂打工。一进厂，厂方就把他们的身份证押住了。签了所谓的劳动合同后也被厂方扣留着，只有利于老板和厂家。他们做了快一个月的工，连睡觉都不能保证，实在太苦就想离厂回家。跟厂里一申请，厂里说走人可以，但一分钱都不能

---

① 粟永华、吴浩主编：《侗族文坛记事》，广西民族出版社 2008 年版，第 251 页。

给。无奈，弟弟就哀求老板说，只要能给两块钱坐车到泉州找我哥就可以了。但老板狠心，一块钱也没给。他弟回到泉州后一诉说，他非常生气。可是又没办法打官司，因为手里没合同。真是"叫天天不应，叫地地不灵"。后来，他把这件血泪事件写成文章，投寄给泉州的几家报刊，编辑们看了都很同情，但基于地方意识与保护，没一家媒体敢发表。最后他寄到《贵州读书报》刊发了。这篇散文在西部产生了很大的反响。类似事件，在打工潮时代是非常普遍的。潘年英把视角触及农民工问题，这是文学干预生活的社会功能，也引发了国家对农民工的关注和保护。

在众多游记散文中，《夜哭凯里》写得精致深沉，令人回味。全篇两千来字，但饱含了作者的深情、爱情、伤情与思情。为了达到篇短情长的效果，作者构思奇巧，采用了层层递进、累积效果、终而泄包、最后转折的对比方法，一咏三叹，曲折有致。首先，把久远、缤纷、美丽、多彩的凯里当作自己的故乡与母亲来赞颂；进而，又把凯里比作"我的新娘""我的妹妹"。在那记忆犹新的甜蜜过往，妹妹你"曾交给我一把金色的钥匙，在村口路头送我上路时你含泪告诉我说那就是我的家，当你疲惫，你就回家；当你思念，你就回家，带上这钥匙，你就可以拥有我全部女人的温柔和贞洁，也就可以拥有全部家的温馨和亲爱。"接着笔锋一转，当"我"再回凯里时，曾经的凯里，想象中的凯里，已是"今非昨，人成各"的陌生形象：我回来了，走过你夜雨如酥的街道，走过你霓虹闪烁的灯影，再不见当年的田园阡陌，更不见那木楼古村。只有灯，满城辉煌灿烂如星河，繁荣和糜烂也一如巴黎和纽约。而妹妹，也不再热情，不再执着，不再纯洁，今夜，我目睹着人欲对你的诱惑，和金钱对你的强暴，我就这样看着你坠入深渊。再下来则是，"我"把钥匙还给妹妹，带着伤口与疼痛离开了妹妹，离开了故乡的凯里，繁华的凯里，灯红酒绿的凯里……"可是凯里，我的故乡老家，还有你，我的妹妹，我的亲人，我却无法停止对你的思念！"

这篇短文以厚实的铺垫、鲜明的对比、炽热的感情、冷静的思索，写出了苗岭新城、州府凯里在改革开放前后的变化，歌颂了新时期以来建设发展的新姿，又痛惜它失去了昔日的本色风貌。文章以小见大，揭示了一个朴素真理，一个城市，一个地区乃至我们的泱泱大国，既需要改革开放，吸收时代和世界的新鲜东西，但又要遏制病毒苍蝇的严重污染，拒绝文化侵袭，以保证我们的家园和祖国的和谐美丽与安全。

他的民俗风土文化人类学笔记类散文也写得清新流畅，朴实自然。作者曾说过："从我内心的期望来说，黔东南的任何一个地方，都可以作为我进行人类学田野观察的对象。我甚至有一种很强烈的愿望，就是希望能在有生之年，为黔东南的每个县份都写一本书，就像此前我给从江、雷山、丹寨和三穗等县份业已写作和出版的相关书籍那样，为那个县份正在变迁中的社会文化和民俗风情做一份比较客观的人类学观察和记录。黔东南共有 16 个县市，如果事情如我所愿，那么 16 个县市就有 16 本书，可以想见，若干年后，这 16 本系统记录黔东南当下社会民俗文化变迁的书籍是何等的可观！"[①] 之后，作者踏遍黔东南苗乡侗寨，勤奋笔耕，完成了多部作品。

仅以《保卫传统》一书为例，不仅篇章结构严谨，并且特色鲜明，它包括第一章 从原始文化到生态文明：从江县生态文化建设的历程；第二章 生态扶贫：一个在实践中总结出来的理论；第三章 少数民族非物质文化遗产：保护和利用。对于为什么要写从江，作者曾娓娓道来："常有人问我，说你一生走南闯北，见识过的地方已不少。那么，请问什么地方给你留下的印象最深、最美？我总是毫不迟疑地回答：从江，贵州从江。我的理由有三：第一，从江是全世界少数民族文化最多样最集中又最富于原生态特质的地方。你可以在许多地方看到不同种类不同形式的少数民族文化，但是你看不到像从江这样融多种少数民族文化为一炉的'多元共生'型的文化现象，这里的苗族、侗族、瑶族、壮族、水族……他们的文化是如此原生古朴，又是如此的奇特多样，并且如此集中地在一个县域之内存在，这绝对是世界上罕见的。第二，从江是最适宜于人类居住的地方；从气候上说，从江属亚热带气候，冬无严寒，夏无酷暑，年均气温为 18.4℃，可谓四季如春；从物产方面说，从江土地肥沃，盛产各种热带亚热带作物，虽不如平原一带丰产，但却足可自给自足，解决温饱；从安全方面来说，从江山高谷深，沟壑纵横，最不担心现代核战争的威胁；从环保的角度上看，从江由于没有工

---

① 潘年英：《画梦录》，作家出版社 2011 年版，第 268 页。

业污染，其境内的每一条河沟都是洁净的天然矿泉水，每一缕空气都是纯氧，每一种食物都是绿色食品……第三，从江是天底下最富有人情味的地方。当今世界，物欲横流，人与人之间尔虞我诈，互相欺骗，已无任何信任感可言。而从江人民，大多崇尚自然，遵循古朴传统，对人热情友爱，胸怀坦荡，以诚相见，这实在是从江最为宝贵的一笔资源。人常说哪里哪里是桃源仙境，哪里哪里又是人间天堂。在我看来，真正的天堂就是从江。"

他的这类散文笔记还有两个特点：第一是他对各县市的深度贫困多从人类学角度来考察叙写，跟一般学者、经济学家看贫困的角度很不一样。经济学家喜欢用 GDP 说话，他则喜欢从生态角度分析评判，结果很不一样。第二是每部作品都有精美众多的插图，图文并茂，很有审美欣赏价值。如《保卫传统》的图片就有 25 幅，效果极佳。

最后还须强调，1997 年上海文化出版社推出的《扶贫手记》，是作者比较重要的纪实性作品。它较早地提出了在农村由于干部愚昧、决策失误而造成的生态破坏是农民贫困的重要原因。这种独到的生活观察与体验，这种针砭时弊的观点，在当时是非常新潮而尖锐的。因此，作品一经问世，就引起了社会的极大关注，也受到文学界和人类学界的重视与研究。

潘年英的散文题材丰富，特别是乡村散文，清新隽永，充满乡愁，是宝贵的文化人类学实录。其语言自然流畅，不事雕琢，亲切沁人。结构多为短小精干，玲珑简洁。

第六节　姚胜祥的散文

姚胜祥（1967—），贵州铜仁市万山区人。少时家贫，初高中均未得毕业。但外公是土秀才，熟知古典文学，时常给他摆《西游记》《三国演义》《东周列国》《隋唐演义》的故事，对他影响很大。之后，在家务农，做过泥水工、矿工、爆竹工等，丰富的经历，使他明白读书才能改变命运。后来考进国企贵州铝厂，成了车间的笔杆子，还当了团支部书记和车间工会主席，并参加了本科自学考试，阅读了不少中外文学，为后来的写作奠定了基

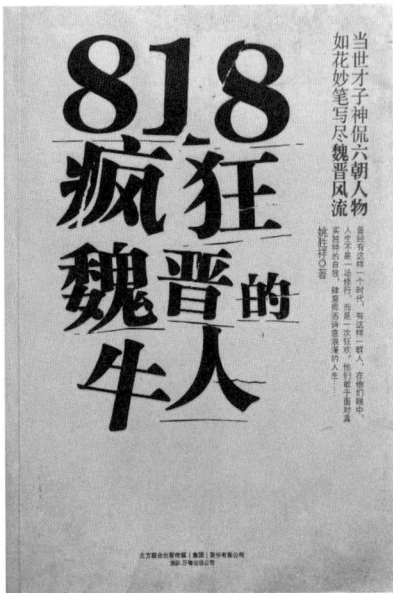

姚胜祥的历史散文集《818 疯狂魏晋的牛人》书影

础。随后进入媒体，最终落户贵州省政协《文史天地》编辑部，历任编辑、主任。系贵州省作家协会理事，贵阳市作家协会副主席，贵州文学院签约作家。

20 世纪 90 年代开始，先后于《山花》《中华散文》《延河》《美文》《雨花》《收获》《十月》等发表作品。曾获贵州省首届金贵文学奖及全国性散文奖等。出版有历史散文集《818 疯狂魏晋的牛人》等。

魏晋南北朝是中国历史上最动荡、最混乱、最黑暗的时期，也是一个思想最解放、个性最张扬的重要时代，又是一个人才辈出、"建安七子""竹林七贤"涌现的辉煌时代。鲁迅曾在《魏晋风度及文章与药及酒之关系》中指出："汉末魏初这个时代是很重要的时代。"《818 疯狂魏晋的牛人》就遴选这个时代最具个性、最有故事的孔融、王祥、曹丕、何晏、嵇康、阮籍、王戎、刘伶、潘安、石崇、王澄、谢安、王徽之、王忱等 20 位人物的故事，用诙谐犀利、极具时尚感的语言描绘他们的生平际遇，而且形象栩栩如生，跃然纸上。

开篇人物孔融作为"建安七子"之首，凭借早年让梨的偶然行为，成了中国历史上的道德模范，其事迹被写入《三字经》。但作者却以独特的视角告诉读者，孔融虽是一个乖孩子，却不是一个好爸爸、好丈夫，他家庭观念淡薄，只关心个人的名士风度，全然不念妻子儿女身家性命，以至于害了两任妻儿。在其让梨事迹背后，其实隐藏着一个巢倾卵覆的家庭悲剧，令人哀叹。掩卷沉思，在作者神侃的笔锋里，是否隐含着对当下一些道貌岸然伪君子的尖锐鞭挞？曹丕身为一国元首的继承人，却在朋友的丧礼上，带领大家学驴叫，以此悼念死去的朋友。而且父亲曹操刚一咽气，就将他身边的美女尽收自己宫中，纳为己用。另外，还迫害手足兄弟，逼曹植作《七步诗》"煮豆持作羹，漉菽以为汁。其在釜下燃，豆在釜中泣，本自同根生，相煎何太急。"就是明显的佐证。嵇康是竹林七贤之一，又为皇上的近臣，履职期间却跑到乡下去开铁匠铺打铁，并且乐此不疲。"竹林七贤"之首的阮籍，不仅多次感叹"时无英雄，使竖子成名"，还常带一帮朋友到隔壁酒吧飙酒，每每喝得烂醉，就凑近美女老板娘身边，倒头便睡。不过经察，又"终无他意"。他还创造了大醉六十天不省人事的醉酒纪录。王戎也是竹林七贤之一，身为司徒高官，贵为侯爵，却每晚与妻子详尽盘算家中一天的收支，把国计民生置之脑后。王澄，作为一方军事大员，却在朝廷为他举行的送别大会上，扔下众人，脱掉官服爬到树上掏鸟窝，然后旁若无人地逗弄捉到手里的小喜鹊。还有王忱，身为朝廷高官，岳父家有丧事，不但不帮忙料理，反而邀约十几人赤身裸体鱼贯而入，围棺绕圈，然后走人，令在场者瞠目结舌，哭笑不得。

总之，《818疯狂魏晋的牛人》就是以"818"即"摆一摆"的形式告诉读者，在魏晋那个特殊时代，有这样一群人，在他们眼中，人生不是一场修行，而是一次狂欢。他们敢于面对真实独特的自我，肆意挥洒诗意浪漫的人生。

虽然书籍封面的推介词"当世才子神侃六朝人物，如花妙笔写尽魏晋风流"，难免有一些广告意味。但是，该书一经面世，确实在销量方面创造了非常可观的牛成绩，荣登年度畅销书排行榜，可见它是赢得读者欢迎的。

《818疯狂魏晋的牛人》有以下艺术特色：

一、厚积薄发，解读历史文献。作者在书中用一种独特的方式，为那些已经淹没在历史中的魏晋牛人作了一次巡礼，作了一次宣讲，这是需要历史学识、理论厚度和超然艺术的。据考察，魏晋是中国历史上一个很特别的年代，中华民族是在那个年代开始成形的，少数民族入主中原，带来了多样性的文化，儒家正统受到了极大的冲击，道家崇尚的人性自然论亦开始抬头，等等。要对这样一个文化辉煌的疯狂年代进行举重若轻的"摆一摆"，显然是干前人未曾涉足的拓荒工作。为此，作者攻书不畏难。每当下班后，别人去打牌、喝酒，他则回到寝室尽情徜徉在书海里与古人交游，累了就高声朗诵几段以提神，然后以写家信或情书的方式做读书笔记，数年如一日，奥丁学识长进，文字得心应手，遂使"当世才子神侃六朝人物，如花妙笔写尽魏晋风流"。

二、著述体例，标新立异。据作者称，人们耳熟能详的成语有200多个是与孔融、曹丕、何晏、嵇康、阮籍、王戎、刘伶、潘安、石崇、王澄、谢安、王徽之、王忱等20位人物有关联的。为此，该书在神侃每个历史人物的疯狂故事时都携带与他有关的成语，并在每个人物篇摆谈完后，都要附有与此人有关的历史成语——在体例上创设了《成语附录》这一独特样式，并标注拼音，详释语意，注明出处。将这些成语列出，是为了让读者从中获取更多的知识，也体现了作者的文化创意情怀。

三、运用调侃揶揄口吻，采用时尚网络语言。如在孔融篇的《乖孩子却不是好爸爸》中对孔融北海六年评价道："然而，孔融的耿直与才华让他既得以沉浸于幸福又暗陷不幸的诅咒。这六年之中，如果孔融多搜刮些民脂民膏，多积攒点财富，在'政治中心'设个观察时局、跑官要官的'驻京办'，逢年过节或制造借口，不失时机地向得势者送上点'心意'，为今后的日子做一点打算，也许接下来他一家的悲剧也不会发生。"又如在《何晏》篇的《玄学宗师和清谈》中对何晏有描述："现在的人一谈到'高干子弟'四个字，似乎里面就暗含了'纨绔子弟''不学无术''仗势欺人''为非作歹'等等。如果从这个角度来讲，何晏当是一个特例。他的'自恋''女人倾向''好色'应该说完全是个人的事情，史书里并没有他抢夺民女之类的记载。"

这些诙谐犀利时尚网络的语言，使人物形象的刻画描写活灵活现，跃然纸上。

第七节　甘典江的散文

甘典江（1969—），贵州天柱县城老街人。1991年7月毕业于贵州师范大学中文系，先后在天柱民族师范学校、天柱民族中学、凯里振华民族中学任教，现为凯里实验中学高级教师。系贵州省作家协会会员，喜欢写作，擅长书画。

甘典江的散文创作起点较高，成绩不俗，是名副其实的文化散文。21世纪以来，先后在地方及国家级报刊发表散文作品30余篇。其中代表性散文有《祭坛上的天使》（2011年第4期《散文选刊》）、《与一把京胡的对话》（2011年第7期《散文选刊》）、《门上的修辞》（2013年第1期《鹿鸣》）、《土豆与红薯》（2013年第3期《雨花》）、《迷失的飞蓬》（2013年4月3日《文艺报》）、《绝版的"青"》（2013年11月21日《文学报》）、《最后的鱼鹰》（2013年第11期《天津文学》）、《母亲的中药铺》（2011年第5期《雨花》）、《米的恩典》（2014年6月4日《人民日报》）等。《草木乡愁三章》获河北省作协"孙犁文学奖"第一届散文大赛优秀奖。

《米的恩典》是甘典江的散文名篇。"恩典"原指帝王的恩赐和礼遇，现泛指恩惠，这里借以形容米对人类的恩惠、馈赠。文章以"米"为描述对象，在审视生活与文化的对话之中，梳理了土地的历史，表达了对米的感恩和敬畏之情。而且指出物质富裕后不能过度物质消费，敬畏粮食才能感受到生命的永恒与安宁。在作者眼中，米的价值早已超出实用范畴，而被赋予文化、伦理深意。甚至，生长米的稻田，在作者审美观照下，竟也成了"大地的行为艺术"，极具审美震撼力。同时，作者对米的情感叙写并没有止于歌颂，而延伸至对现状的隐忧。因为母亲带"我"去粮店买米，工作人员居高临下的目光使"我"突发恐惧。后来，大米开始自由流通，人们吃饱饭后，真正的幸福生活便开始了。然而，随着人性的苏醒，各式各样的欲望也就日益膨胀起来。因此，作者"突发恐惧"——要是哪一天，人们没有了粮食怎么办？如今这个时代，大米的高效生产，使米沦为消费符号，没有多少人记得它的生长生产过程，在超市里，"顾客从一袋米中，看不到四季的替换，闻不着泥巴、雨水和阳光的气味，也无视农夫的喘息与农妇的忧伤"。作者内心的这种炽痛与爱恋，非有对"米"的恩典的热爱则无以深知。这就是这篇佳作给人震慑灵魂的审美效果。因此，《米的恩典》荣获第三届叶圣陶教师文学奖。

行文中，作者旁征博引、信手拈来相关资料，《说文解字》《易经》中的词句、苏格拉底的话以及西方对麦子的膜拜，既表达了对米的深厚理解，更增强了文本的厚重与力量。此外，文章融叙事、写景、抒情、议论于一体，立意高远，内涵丰富，语言极富感染力，在水乳交融中，共同叙写一个主题：以虔诚之心感恩米的恩典。

在《母亲的中药铺》中，作者以母亲中药铺的变迁为线索，既表达了对传统文化的敬畏和依恋，更叙写了自己对母亲的挚爱、敬仰与感恩。而且文笔不事雕琢，清新自然，联想开阔，对比鲜明，蕴意深刻。因而被选用于2012年高考浙江卷语文科目文学类文本阅读，随后入选全国多所学校的考试试卷，并入编有关省市的高考复习资料中，成为中学生阅读、参考、研习的范本。

在黔东南的作家群中，甘典江是一个独特的存在。他虽然是侗族，但并不刻意强调自己的民族身份，也不特意夸饰自我的民族文化。然而，这并不意味着他的写作是无根的。相反，他是个根深叶茂的作者。他的根就是整个宁静而和谐的优秀传统文化，是对花草树木及鸟兽虫鱼都具神性的泛神文化，以及佛教及基督教文化。

他的创作，一方面深受中国传统艺术的熏陶，像传统文人一样，他玩味花鸟奇石，与山川草木对话，以琴棋书画为乐，在审美与艺术创造中，享受艺术人生。他写了不少的艺术随笔，如《门上的修辞》《我为草狂》《雨中读帖》《刻印不入流》《绝版的青》《少女与时间》等。

另一方面，宗教之于他不是用来赏谈的知识，而是作为其精神底色而存在的，所以他的思想就更显通透与达观，可以说没有宗教的涵养，就没有甘典江那一篇篇动人心魄的佳作。这时写作就是其对世界的感恩以及自我心灵的救赎。于是他写下了《舌尖上的救赎》《米的恩典》《水的交响》《穿得越少，灵魂越真实》《活出盐的味道》《母亲的中药铺》等华彩篇章，我们可以把他这个系列的写作称为"恩典系列"。在写作中他时常提醒自己及人们，做一个幸福的人，关心粮食与蔬菜，并时怀感恩的心，感激造物主的赐予，以朴素、从容而宁静的心来生活，去体会佛光照耀，让自己的整个身心"开光"，让自己的脸上绽放出无垢无染的微笑（《绝版的微笑》）。尽量减少欲望，体验朴素的生活，放下，得自在（《穿得越少，灵魂越真实》）。尽量素食，多些慈悲之心，"嚼得菜根，才是向善的起步"（《舌尖上的救赎》）。在一粒米中感受恩典，因为一粒粒的米变成了我们的血肉，每一粒米的形成"都经历了四季的轮回，演绎了生命的涅槃，见证过土地的馈赠，追逐过阳光雨露，都领受了人的安抚和神的祝福"（《米的恩典》）。在一滴水中感受圣洁与智慧，学会感恩与奉献（《水的交响》）。甚至是把疾病当成提醒及沉重的"般若"，提醒我们收敛、敬畏及偿还，看破看空（《读病》）。活出人的尊严及价值，做世上的盐与光（《活出盐的味道》），让我们成为"另一个人的灵芝"（《母亲的中药铺》），"为别人开一次花，结一枚果"（《我请求植物们宽恕我所犯下的罪》）。

再则，他也深受西方现代派文学的影响，深得现代派文学的精髓，对时代的裂变及人的变形是异常敏感的，其表达也是尖锐而别具风格的。在这类散文作品中，以《米的恩典》《土豆与红薯》《水的交响》《迷失的飞蓬》为代表。米是粮食，粮食是至善至美的对象，敬畏粮食，就是遵守法律，可以凭此找回自我，梳结人与大地的伦理，并抵达感恩的故乡，甚至还能够间接地赎罪，是得救的确据。从一粒大米的恩典之约中，人们可以领受永恒的秩序与安息！水是人类生存的必需品，是有生命、情感及智慧的，人们必须善待水，感恩水的赐予，可现在的人浪费水，污染水，漠视水，把水当成"从管子里流出来的一个价格，又从下水道消失"。树的美学价值被忽略，树被大肆砍伐（《树木观止》《远去的柴》），物种的多样性被忽视，野草被除之而后快，白鹤被肉食及随着森林被砍伐而消失殆尽。

有专家认为：甘典江对经验现实和现代人的内心世界保持着独有的敏感，其简洁凝练的语言，近乎冷峻的视角和高度自觉的审美，既道出这个秩序世界的荒诞与心灵的焦灼，也在不断地反观和自省中叩问人类终极命运的归宿。某种意义上，这样的写作是抵抗也是呼告，是冒犯也是救赎。

总之，甘典江的文字扎根于云贵高原，穿越历史时空，融汇中西文化，其文学作品对中国传统文化有独到的体会和挖掘，写作风格沉着、冷峻，尽显魏晋风骨。读着他的文字，让人看到了智慧的灵光，听到了人性的呼唤，顿悟了人生的哲理，进入了禅意的境界。

第八节　杨秀刚、杨琼、陈守湖的散文

杨秀刚（1963—），贵州天柱县坪地镇阳寨村人。1985年参加工作，曾任凯里市第十中学教务主任。1993年从事文学创作。2009年9月参加鲁迅文学院第十二届全国少数民族中青年作家高级研讨班学习。为贵州省作家协会会员、理事，黔东南州作家协会副主席等，2020年加入中国作家协会。

作品散见于《民族文学》《山花》《贵州作家》《福建乡土》《杉乡文学》《夜郎文学》《贵州日报》《贵州民族报》《黔东南日报》等报刊，计30余万字。代表作品主要有《林中纪事》《溪水》《两个人的侗族大歌》《金凤山的高度》《拜谒杜甫草堂》《拜水都江堰》等。其中《林中纪事》《溪水》分别获黔东南州人民政府第一、二届"文艺百奖"散文三等奖，《金凤山的高度》收入天柱二中和振华民中高中地方教材公开出版。

杨秀刚的散文大多书写乡村生活和乡村文化，其内容既有道德良知的拷问，更有不断前行的探索。他用情很深，字里行间体现着他对生活对亲人对朋友的热爱。如《林中纪事》中的护林员甘于清苦，恪尽职守，为乡村致富守护着一片希望。《溪水》书写了黔东南山民守水而居的坚韧伟岸，以及在时代变迁中的思想奔突，读来感叹唏嘘，心潮起伏，震撼人心。《两个人的侗族大歌》则写了侗族大歌随着时代的变迁而远离侗乡，为了传承和推介这个侗家人引以为豪的世界非物质文化遗产，在北京一家侗族酒店里，在无法展现大歌场地空间的阵势下，聪慧而又富于创造的侗家酒店老板，将气势磅礴的侗族大歌从演唱阵容及演唱方式上作了新颖别致的变异，让食客耳目一新，拍案叫绝，也慰藉了远在他乡的侗家人的思乡之苦。《金凤山的高度》是一篇宏大的文化散文，从历史、民俗、风光的角度，阐述了侗乡天柱著名景区金凤山厚重的佛教文化史及自然生态美。在故事的叙述中，明朝云南土司、金凤山佛教文化创始人王章志向我们走来，抖落了"双凤斗龙"的尘埃，撞响了"金凤晓钟"。其后五百多年，又从云南佛学院来了一位名叫释源明的女大学生，她担起了佛教文化传播和复兴的重任，将金凤山佛教文化

和边地文明发展推向了一个时代意义的崭新高度，为我们探寻金凤山历史文化的源头引领了方向……

语言朴实、深沉而富有地方特色表现力，是杨秀刚散文写作的风格。如《溪水》中的一段描写："但蕨根变成蕨粑，费的手脚则很苦。早早吃了顿红苕或苞谷饭上山去，抡着老锄，下挖二尺掘成个'猫耳洞'，然后大块把泥土翻下，捣碎拍细，蕨根便从泥土中剥离出来了……挖累挖饿了，就去树枝上取下篾饭盒，吃着又是红苕或苞谷饭的晌午……下山来的时候，顺便到溪边洗了。进屋滤了水，就放到硬杂木抠成的粑槽里，连夜用木槌擂烂捶细……天一明，就扛着庞桶、筛子、滤布来到溪边淘蕨……冷刺刺的山风从溪沟里呼呼掠过，河边枯萎软茎的草就千次万次低伏下去，却又千次万次地挺立起来。淘蕨人的手冻得通红，有时还空空直咳……实在抵挡不住了，就朝山腰上的木屋喊，要娃娃提个火箱下来。"

杨秀刚的散文还有一定的故事性、趣味性和思想性。如《林中纪事》中护林员悲苦的人生经历以及一些乡间趣事，都写得独特而活灵活现。对于一个因在朝鲜战场胯下受伤，不能娶妻生儿的护林员，他这般恪尽职守，甚至不惜得罪人，与周围乡民的作梗刁难或不作为比来，他为的又是哪般？这应该引起人们的反思……

杨琼（1970— ），女，贵州镇远县江古乡人。1991年镇远县职业高中毕业，曾在镇远织布厂、铁合金厂工作。1998年调镇远县文物局，任镇远卫城管理所副所长、全国文物保护单位镇远和平村纪念馆管理员。系中国散文学会会员、贵州省作家协会会员、贵州省写作学会会员。

身处基层，比较丰富的经历，些许泼辣的性格和敏感细腻的心理，为其创作提供了基础。在为人妻母人到中年后，她才开始文学创作，陆续在省内外报刊发表散文等作品数十万字。

2007年，50余篇什计12万余字的散文集《诗意行走》由作家出版社出版。这本集子是作者思想和感情的结晶，是她行走黔山潕水、苗乡侗寨的诗意提炼，是她对名胜古迹、风土人情的美好写真，也是她参与文艺部门和写作学会组织的有关采风笔会活动的真实记录。其内容由三个部分组成：

第一部分"情系镇远"，她把对家乡的深沉的爱写在了故乡的自然风光、人文景观和民族风情上，为人们描绘了一幅幅风景画、风俗画和风情画。比如《情系爱河》，作者给读者提供了一幅色彩斑斓的苗族六月六风情画；在《古城端午赛龙舟》中不仅感受到古城文化的悠长、深厚，而且看到了许多独特的民俗民风；而《雨雾中的古城垣》等却让读者走进了岁月深处，走进了镇远悠久的历史。总之，热爱故乡，描绘故乡，歌颂故乡，是其作品的主旋律。

第二部分"心绪悠悠"。亲情、乡情、友情从心灵深处喷发出来，洋溢于字里行间。如《泪光闪现中的父母》这篇短文，对父母的感恩和深沉的爱，就洋溢在字里行间，感人肺腑。而《婆婆》则表现了她和她的婆婆用爱、理解和宽容解决了婆媳关系这个人世间的难题，使传统美德与现代意识结合得很完美。《我的"小棉袄"》则将一个母亲对女儿的成长教育和望女成凤的心情向读者展现得淋漓尽致，希望女儿成才的良苦用心打动和感染了众多读者。

第三部分"夜郎之旅"。作者足迹几乎踏遍了贵州的山山水水。每到一地，她均用敏锐的眼光去观察事物，发现生活中闪光的一面，并能有感而发，带回来一两篇作品。于是便有了《"贵州屋脊"见闻》《相约夜郎街》《站在龙里草原上》《红枫湖记游》《过一回苗年》《"泉都"石阡游》《秋访娄山关》等游记篇什，不仅使读者在赏读中得到美的享受，知识的滋养，还从中受到心灵的洗礼。同时，她写的游记散文随笔，还较好地避免了题材雷同、千篇一律的现象，给人一种新奇雅致的感觉。

杨琼散文有自己的艺术特色。一是感情真挚。一般来说，女性比男性更关注呵护心灵，更情感化。她的作品大部分都是歌颂人性的真、善、美，描绘的都是家乡可爱的山、水、人，都是对这块生养她哺育她的土地的难以割舍的眷恋之情，并向读者展示了她绵绵不绝的才情。二是短小简洁。简洁应是一种艺术追求，但简短而不单调，简洁而不简单。在她两三千字的短文中，能用感人的细节来打动读者。她讲述的都是一些平常而有趣的小事，但故事平凡却不琐屑，能将平凡化为神奇，抒发平常人绝不平庸的独特感受。三是亲切细腻。其散文没有华丽辞藻的修饰，却给人一种亲切、细腻的美感。或许是女性特有的气质，她更有重视心灵效应的特点，因而容易引发读者心灵深处的心思共鸣。

陈守湖（1972—），笔名老湖，贵州天柱县坪地镇地妹村人。1995 年毕业于贵州大学中文系，2009 年后在武汉大学文学院攻读文艺学硕士、博士学位。贵州省作家协会会员。历任贵州日报评论员、贵州都市报副总编辑、高级编辑。现为陕西师范大学新闻与传播学院教授。

陈守湖的散文陆续发表于《山花》《滇池》《散文》《美文》《青春》《作品》《岁月》《民族文学》等刊物，多篇作品入选《新世纪贵州作家作品精选》等选本中，出版有散文集《草木书》。另有数百篇时事评论见于《贵州日报》《贵州都市报》《南方都市报》《齐鲁晚报》《长江日报》《新民晚报》等。

《草木书》是一本科普散文集，为陈守湖的代表作之一。作者童年时代体弱多病，经常休学养病，使用了大量的中草药，于是那些植物就成了自己病中的密友，而且许多植物与自己还发生过令人永生难忘的故事。作者在自序中说："人类与自然的真正和谐，其实最重要的是物与物之间的平等与尊重，而不是因果报应式的对于自然的伪善。我们常说'人非草木，孰能无情'，可我们又怎知那些被造物主禁锢在土壤里的植物，不是充满着智慧和情感的？在看似风平浪静的植物世界里，肯定有着我们永远也触摸不到的神秘内在。我要感谢我这些植物朋友。它们使我心境愈加平和，它们使我更加富于爱心。"因此，他写了自己家乡的 100 种草药植物，对这些植物的形态、性状、医药、功效及它们与自己和老家人的生活的亲密关系乃至趣事逸闻都给予了叙述描写与抒发，而且文字简练、活泼、有趣，不失为一本拓宽散文创作题材、别开生面的作品。

贵州大学徐明德教授在《留连桑梓人物事，一草一木总关情——评〈草木书〉》中认为："《草木书》保持了中国散文写法的传统。从一种植物联想开去，上及《诗经》《楚辞》，中及汉唐宋人之诗文，很贴切地略加点染，以示这种植物与中国人的深远历史关系，再引申到作者故乡人们的生存民俗、信仰、神话传说、人生悲喜剧的故事上去。这一切的挥洒收结，都紧贴文中所写植物与民俗，没有冗笔与蛇足，文字里储满了对故乡草木、山水、人物的眷眷深情。……在因一切迅速现代化而使民俗文化急速嬗变的今天，用散文艺术来描写保存那些易逝之民俗的著作不多，《草木书》的写法十分珍贵，值得提倡，这也是保存民俗文化的一种有效方式。"①

除了《草木书》，陈守湖还以他的出生地——湘黔边境一个叫地妹的侗寨作为他的文学根据地，创作了不少乡土散文。天津人民出版社 2010 年出版的《大地上的九座村庄》收入了他的系列散文。在这些系列中，作者倾情书写的依旧是自己熟悉的那片乡土，其本质就是对自己民族文化、精神和思想的一种推广和张扬，同时也以十足的自然主义的态度，对天地万物保持着最大限度地敬畏与尊重，或者还以探索之心，去揣度和发现了它们的生活与秘密，借以呈现大地之物及性灵生存的某种状态和变化。

还有一些散文作品，也是较有特色的。如《镇：1984—1988》，以小说的笔调书写了作者少年时代居留的小镇，青春的忧伤，成长的秘密，怀旧的情怀，在字里行间交织缠绕。作者用美好的文字对逝去的青春岁月进行了祭奠。《台地》是一篇万余字的长篇散文，以贵阳近郊的高坡苗族聚居区作为题材，作者在自己对高坡台地的私性体验中融入丰富的文史材料，充满感情地描绘了高坡人的生存史和心灵史，是一篇大气磅礴、深沉厚重、充满人文情怀的文化散文。而《生活简略》则是城市题材的散文，它以对日常生活物象的个性化撷取为主要特征，意在表达他与身边这个既陌生又似熟悉的世界或明或暗的存在感。这些碎片一样的情景串联，或者说是断断续续的遭遇片段，却藏在人们触手可及的地方。虽然它不发出声音，但人们听得见这些隐藏在城市角落的颤动，清晰而又明白。

陈守湖的散文具有题材多样，联想丰富，物象密集，文字明快，活用口语，节奏鲜明等特点。

---

① 见 2009 年 1 月 20 日，老湖新浪博客载徐明德《留连桑梓人物事，一草一木总关情——评〈草木书〉》。

第九节　其他作者的散文

袁显荣（1953—），贵州省天柱县蓝田镇碧雅村人。先后在黔东南州卫生学校、贵阳医学院读书。历任天柱县医院医生、副主任医师、院长，县卫生局副局长、县人民政府副县长、县人大常委会副主任、县政协副主席等。贵州省作家协会会员。

袁显荣的作品可分为两大类：文艺散文和科普散文。2005 年，大众文艺出版社出版的《清江词韵》，是他颇为特殊的一本散文集。清水江沿岸有杨、王、刘、吴、潘等 40 个姓氏居民，竟有 146 座宗祠，这是罕见的建筑奇观，是侗族地区一笔不菲的文化遗产，也为散文写作提供了丰富素材。《清江词韵》就集中指向这一古建筑的宗祠群。文集不仅将清水江沿岸这一特别景观再现给读者，还大大提高了文本的历史感和可信度。如写清水江下游一带盛产木材、桐油、药材、生漆等，由水路运往湖南、湖北、江浙、上海，再运进来食盐、百货至黔东南及省城贵阳。"那时，清水江一年四季舟来楫往，两岸商贾云集，沿岸侗苗人民打开了眼界"，"使贫穷、闭塞的山区带来了新的气息与现代文明"。经济发达了，地方贤达们捐资办学，修桥铺路，修建宗祠，借以纪念祖先功德、团结本族民众。

比如吴氏宗祠是为纪念吴氏第十六世祖吴盛公修建的。吴盛公为南宋理宗大理寺丞，因言事忤宰相，弃官回里，后人为其修祠，四时祭祀。先后任国民党第八十五军军长和第四兵团中将司令的吴绍周是抗日名将，天柱县瓮洞镇人，宗祠里的第三厅挂着"至德克昌"匾额，以祭奉吴绍周将军的"公忠智勇"。这是一种民族精神的传承，更是这一部分内容的闪光点。

三门塘是侗乡传统村落，国家级文物保护单位。2003 年中国旅游出版社出版由袁显荣主编的散文集《三门塘》收入散文 45 篇，其中作者的文章占了较多篇幅。集子对这个特色侗寨作了立体的记叙和描述。各式各样的宗祠、碑林、码头、木屋、石板路、妇女井、长石栏杆以及喷香的油茶、动人的山歌、古朴的服饰，无处不风光。品读作品，犹如清泉涓涓流出，让人神清气爽。短文《清江瑰宝 侗寨明珠》仅有两十多字，却囊括了三门塘的历史变迁，突出"古"之特点，歌的民族。有形象的描绘，有坐实的年代、地理位置以及各种数据，有虚有实，将三门塘古村寨烘托得韵味十足。如"清江环下，碧浪排空，昼则舟楫上下，夜则渔火辉煌。天地之灵秀，无处不钟毓!"浑厚的民族文化，多彩的风情风物，贯穿其散文的始终，是其价值所在。

在叙述上，他并不满足于单篇叙写，然后聚合，以期收到综合效果。而是做全面深入了解，由外及里，由远而近，由物质而精神地进行探索、剖析。其使用手法不拘一格，考证、纪实、描写、寄情并用，既有可信度，又有趣味性。

此外，他还写了数十篇医学科普文章，将复杂多变的生命现象和难懂的医学科学知识融入形象、易懂的文字之中，有效地向大众推广医学科学知识，是传统意义散文所不能替代的文体。曾获《中国计划生育报》优秀征文二等奖和卫生部中青年科技成果奖的《疑云散过是春光》一文，借一封回复求助的信，告知男性结扎以后，妻子仍然可能受孕，不能简单地认为妻子有外遇。文章只有几百字，却说得清楚明白，容易接受。用短文传播医学科学知识，文短而收到奇效，是袁显荣应用自如的一种文体，成为他散文中颇具价值的一部分。

王明相（1962—），贵州锦屏县彦洞乡黄门村人，1984年黔东南民族师专中文系毕业，1989至1992年就读于贵州师范大学中文系。历任锦屏县中学语文一级教师、锦屏县政府办副主任、主任，锦屏县敦寨镇党委书记，锦屏县政协副主席、县人大常委会副主任等，系侗族文学学会副会长。

其童年是在偏僻、贫困、落后的乡村长大，因而他对于故乡的印记，有切肤之感。后来的人生经历，又使他对各种乡情凡事了然于胸，各种乡村问题成为他心中的隐忧与笔下的素材。2011年其散文集《故乡的歌》由方志出版社出版。集子分"情感驿站""萍踪掠影""心海微澜""文史随笔"4辑计65篇18万余字。因其叙述内容多与故乡有关而名。故乡是其散文中主要的叙述场景与描摹意象，这一篇篇表现乡土题材的散文，犹如一组蕴含一抹淡淡乡愁的山歌，抒发着无尽的乡情与亲情，以及对过往生活的无尽眷恋。其中的《乡村正渐渐远去》正是穿透廉价的浮言赞语，深入乡村的内情，把现实中乡村最真实的一面摆在读者的面前，让人们为乡村正面临的种种困境而倍感忧心，因而显得难能可贵。而在《故乡的歌》这篇散文里，作者满怀深情地写道："故乡的歌，自然，朴质，纯情。她的旋律，就像吹过林梢的习习山风，轻盈流畅。她的韵味，尤似不经装饰雕琢的村姑，清纯诱人。我喜爱故乡的歌，一旦吟唱起那些自然流畅的旋律，我的心中就感到无比甜美，无比温馨，油然而起的乡情如暖暖春水，将我包围，将我轻拥，令我沉醉，让我忘情……"读着这些文字，那欢快或忧郁的歌声便回旋在耳际，幸福的场景，忧伤的往事，便在眼前一一铺展开来，让人向往，令人陶醉，叫人思量。

《纺车与石磨》这本集子分为"翻阅乡土""人事情缘""流年逝景""萍踪记游"4辑共50余篇，记述了故乡山水景物，先贤父老亲友，人生经历往事与游历所见所感。比如《仰视大山》就代表了作者独特的生命体验和独到的思想认识。他出生在百里侗乡的九寨高坡的大山窝里，从小识得山面目，因此对孔子的"仁者乐山"不以为然。他从小就不喜欢山。大山里的人，开门见山，举步登山，不仅乐不起，反因大山的阻隔而常怀怨恨。山里人无论采薪割草，种田打谷，走亲访友，无不攀岩过岭，跋山涉水，何况还时常肩挑背驮，腰负手提，耗时费力，何其艰难。这重重深山，好像一堵堵高墙，隔断了外出去路；又如一层层圈套，网住了前进的步伐。一切愿望与梦想，皆因大山的阻隔而倍受其挫。因此，他对山怨恨犹深，而对平原心驰神往。长大之后，有机会走出了大山，看到外面宽广的世界，看到一马平川的平原。平原的辽阔无垠，平原的博大无边，激荡着他曾经无比渴望的心田。但随着岁月的推移，阅历的增长，对山又有了新的领悟与认识。人们不仅"靠山吃山"，是山的无私奉献养育了生命之躯，锻炼了人的体魄意志和品格，而且生活在大山中，人们的生命和情感，早已融入了大山的血脉与精魂。因此，作者又感佩了孔老夫子"仁者乐山，智者乐水"的智慧与卓绝。最后对家乡的大山予以了盛情的礼赞。其实，作者也是一位具有大山性格和大山情怀的大山之子。这种欲扬先抑的表现手法，令人有荡气回肠之感。

王明相的乡土散文，题材广泛，感情真挚，意境丰满，寓意深沉，真实自然，性情独特，笔触流畅，而且在侗族九寨社区北部方言与清水江多民族语系的共生语境中形成了自己一套独特的语言风格。

杨玉平（1964—），贵州天柱县蓝田镇人，黔东南民族师专中文系毕业。历任从江县中学语文教师，从江县委宣传部干事、县政府办副主任、贯洞镇党委书记、县委常委县委办主任，黔东南日报社副社长、副总编辑，黔东南州政协副秘书长、文史学习委主任等，系贵州省作家协会会员。

1984年秋，当杨玉平一脚踏进从江这块古朴神秘的土地，就被它的文化迷住了。从此，他一直在从江大地上默默地行走和考察：从东部的"世外桃源"丹阳侗寨，至西部太阳山下的加牙苗寨；从南部神秘的瑶寨秋卡，到北边古老的侗寨增冲……他不仅饱览了从江大地无比秀美的风光，也充分分享了从江各族人民的真挚感情，还欣赏领悟到了从江多彩厚重的民族文化。他利用业余时间，不懈笔耕10余年，终于使散文集《心灵家园》结出了喜人的文艺之花。这本35篇文章约18万字的旅游文化散文集，比较全面地记述描写了从江县30多个村寨的自然环境、历史文化、民族风情及发展变迁等内容。它不仅记录了增冲鼓楼的百年历史，孔明塘的古迹遗存，侗乡苗寨的变迁发展，岜沙的人树合一、自然和谐，占里的自觉节育、控制人口，小黄的传唱大歌、声斐中外，瑶寨的奇特婚礼、美妙药浴等等，而且还描述了从江苗族的祭鼓节，侗族的花炮节，瑶族的盘王节，水族的端节，壮族的壮年等等。由于集子是集中地写从江县这个比较偏僻、开发较晚而又鲜明地保存着活态的原生态民族文化的月亮山县域，所以更具有典型意义。

作为一本真实记录、细致描述从江县多元厚重的民族文化的旅游文化散文集，其首要特点是极具旅游文化的史料价值、科学价值和信息价值。如《岜沙——与树同乐》描写道："以主人自居的岜沙男子为了使自己与树木更接近，从3岁开始就在头顶部留着长发，待满5岁宣誓加入'成年人'后，长发便束成辫子挽于头顶，以示成年，像成熟的树木那样成为有用之材。岜沙人的成年仪式，一般在腊月举行。仪式那天，他们相约同房族中年满15岁的男子一起到河边去打捞鱼来煮酸汤鱼，再杀两只鸡一只鸭，然后把米酒饭菜拿到族里的公共坪子摆好，并请来族中16岁以上的全部男子参加。开席前，先由族中法师祭拜天地和祖宗，然后一一为他们剃头，梳成'户棍'，最后，集体吃上一顿，成年仪式即告结束。从此，岜沙又增添了一批与树林朝夕相处的新人。"这段文字让读者对岜沙苗族的习俗能有比较全面深入的了解。类似的篇什还不少。因此，这本集子既是一部记录和承载物质和非物质文化遗产的文艺作品，也是一本建设旅游文化大州和原生态民族文化国际旅游目的地的导读读本。

叙述引人入胜、语言精美绝妙是集子的一个重要特色。比如《梦一样的丹阳》写道："丹阳是生态保持最平衡的地方。刚走入森林，四周便响起了鸟雀的啁啾，鸣蝉的歌唱，山羊的呼叫，毛猴的嬉闹。再看那正从自己洞穴钻出来的野蜂和飞舞在小溪边的昆虫，交织勾画出了一幅惬意的图画。还有那叫不出名的树木，枝梢交错，繁茂地伸展开来，好像颤动的叶子织成碧玉的云彩，停在晴朗蔚蓝的天空下，处处弥漫着树木的气息。在太阳的照射下，黑黑的泥土升腾起缕缕蒸汽，一阵一阵地沁得我们神清气爽，妙趣横生。"

杨曦（1966—），女，贵州榕江县宰麻人。1989年毕业于贵州民族学院中文系，先后在榕江县车民乡政府、榕江县文联、贵州省社科院、福建泉州黎明大学等单位供职，现为湖南科技大学人文学院副教授。

杨曦属于新一代的侗族女作家。著有《翡翠河》《歌谣与记忆》《夜歌》《寻访侗族大歌》等。

《翡翠河》是杨曦出版的第一部文学作品集，收入其20世纪90年代创作的散文、小说30余篇，共14万余字。这部作品，文笔清新，情感细腻。读着里面的每一篇作品，只感觉作者血管里流淌着侗家人的血，在情感上也毫不掩饰自己的民族情结。也许正因为这样，她的文字才更彰显出自身的个性。

《歌谣与记忆》是她出版的一本专门散文集，也是一本带有人类学笔记色彩的游记散文，从宰麻、加所、宰荡、丰登、苗兰、大利、宰南这一线的村寨走过，在历史追溯、现状写照、人文反思中透露出作者深沉的爱恋与惋惜。其间故乡风物的诸多故事犹如一曲曲哀婉动人的歌谣，让人唏嘘伤怀，感慨动容。而《夜歌》是作者的又一部散文专集，内容依然是歌咏故乡的，20 余万字。读者读完了《夜歌》，便感觉就像在烈日炎炎的夏天，突然吹来一股清凉的风。真是久违了，这样纯净的文字，假如没有一颗纯洁的心灵，它又怎能生出飞翔的翅膀，它又怎能用如此真挚的情感表达心中那份特殊的感情，它又怎能在这已被污染得面目全非的世间，保持灵魂的纯粹。

《寻访侗族大歌》则是一部长篇散文作品，有 20 余万字的篇幅，是作者为着寻访侗族大歌而亲历的种种传奇般生活经历和见闻的文字记录，其文笔优雅，渐显人生历练之后思想的凝重与厚实。

总之，在杨曦纯美诗意的文字中，宿命的歌声已经与她的命运结为一体。这个与古老浪漫的大歌、深邃幽美的风景、纯朴浓烈的爱一起长大的女孩，已经走出了故乡的土地，在外面的世界，她又有了许多别的故事，只是这些故事大多悲伤。所幸的是那古老浪漫的大歌、深邃幽美的风景以及纯朴浓烈的爱仍在记忆中闪烁着光芒，似乎她的目光与心灵已经永远留在那片土地上，从来没有离开过。

杨曦的散文创作富有自己的特色，其一是想象丰富，虚实相伴，叙述者在时空上自由穿梭，从而使散文具有诗意的美感。其二，她的散文，短小精悍，往往从最能触动人的心灵和情感的细微着手，以小见大，由此展开想象，引发联想，形式飘逸而灵动，产生了诗画的审美效果。

杨代富（1975—），贵州黎平县平寨乡党脚村人，1998 年贵州省中等师范函授广播学校毕业，2014 年贵州师范大学在职本科音乐专业毕业。先后在黎平县平寨乡多所小学任教，后在平寨乡党政办、黎平县委宣传部工作。系黎平县文学协会副主席，中国少数民族作家学会会员等。

散文作品发表于《人民日报·海外版》《西部散文家》《天津文学》等数十家报刊。

散文集《在云端的日子》，2013 年中国文联出版社出版，全书 22 万字，分为亲人情怀、农事轻描、故乡无言、时令点滴、校园情思、情感微澜和旅痕浅印 7 个部分。文字里满溢作者对亲人的感激和怀念之情，对乡村的热爱以及对逝去物事的不舍与怀念，对农村乱伐树木现象深感愤恨和不满，对农田抛荒、农村留守等现象表现出忧虑和不安；对乡村时令的描写，表现出一种散淡与从容；对校园生活、师生情谊的描写倾注着真情，充满对教育事业的无比热爱。无论是描写乡村里的人、事、景、物，还是叙述个人情感，或是校园生活等各个方面，都传达了自己独立的见解和思考。特别是其美文《青青狗尾草》，通过对生生不息、朴素无华的狗尾草的描述，表现了一个平淡而真实的人生，体现了一段甜蜜而疼痛的亲情，令人回味思索。

杨代富散文，题材多写农村和乡事，生活真实典型，情感细腻真挚，乡土气息浓郁，语言质朴优美，形象生动，给人以一种自然静宁、清新雅致的审美享受。

总之，从侗族散文的创作总体态势上看，这些作品题材的广泛性、内容的民族性、主题的厚重性、形式的多样性，都深度地表现了新时期以来侗族散文创作取得了喜人的成果。

第五章

纪 实 文 学

　　纪实文学，是指作者借助个人的体验方式如亲历、亲见、亲闻及采访等或使用历史文献如日记、书信、档案、新闻报道等，以非虚构方式反映现实生活或历史中的真实人物与真实事件的文学作品，其中包括历史纪实、传记文学、回忆录、报告文学等多种文体。

　　革命回忆录和人物传记都属于纪实文学范畴，都有着重记述"过往之事"的特点。在我国，包括人物传记在内的纪实文学，有着悠久的历史传统，曾经产生过许多优秀作品。这种悠久的传统一旦和时代的、民族的需要相结合，必然会有新的发展。新中国成立之初，为着弘扬革命传统，传承红色文化基因，教育年轻后代，党中央曾号召老干部撰写革命回忆录。侗族的不少革命将领如粟裕、杨至成、曹玉清等，纷纷响应，于是，产生了侗族作者的诸多革命回忆录。

　　侗族的纪实文学，题材广泛，内容丰富，人物群像，多姿多彩，构成了侗族纪实文学鲜活的人物画廊。其史迹绵延从清朝至新中国改革开放新时期，见证了近现代史中国苦难辉煌而富强复兴的壮阔历程，也为红色影视作品的打造提供了不可多得的历史素材。而且体裁纷呈，形式多样，有正史传、文学传、自传、传略、回忆录、纪实篇、报告文学等，可谓繁花怒放，异彩纷呈，充分展现了革命现实主义的鲜明特征和中华民族传统文学的风格色彩，成为作者们健笔纵横、浓墨重彩泼写绘就的春秋史卷。其中杨至成的多篇回忆录被选入《星火燎原》和《红旗飘飘》等大型革命回忆录丛书，它们都是新中国成立以来史传文学的代表作，不仅是别开生面的党史军史，也是生动真实的军事科学著作。还有军旅作家罗来勇的将帅传和报告文学，在军内外都产生了良好的反响，有的作品还获得了人民文学出版社"《当代》优秀报告文学奖"和中央宣传部"五个一工程奖"，并被权威刊物《新华文摘》转载，引起社会广泛关注。还有的传记作品收获了市州级、省部级的文学、社科奖。其作者兼具老中青，从开国将领至基层干部，从部队专业作家到一线打工妇女等，体现了侗族纪实文学创作的团队风貌与勃发英姿。

第一节 杨至成的革命回忆录

开国上将杨至成在 40 多年的革命生涯中，有着非凡的经历。这些人生传奇，为他撰写革命回忆录提供了丰富的素材。

20 世纪 60 年代初，杨至成因战争伤疾而挂职休养，有了较多的时间来思考和创作诗文。这一时期，他还受中央军委委托，亲自主持全军后勤史资料的征集、研究和编写工作。他积极响应党中央和中央军委的号召，秉笔直书，追叙峥嵘岁月，回顾戎马生涯。几年下来，撰写了一系列很有史料价值和文学特色的纪实性作品，如《艰苦转战》《井冈岁月——毛主席在井冈山片断》《回忆往事——少奇同志在中央苏区》《巧使敌人就范》《一个俘虏兵的故事》《军需学校在新形势下的教育方针》《我的历史思想自传》等六七万字的革命回忆录，先后在《解放军报》《解放军文艺》《光明日报》等国家级报刊上发表，并被选入《星火燎原》《红旗飘飘》《回忆井冈山的斗争》等大型丛书，为我们留下了珍贵的党史、军史资料，也是侗族革命文学的宝贵遗产。①

杨至成的革命回忆录具有以下鲜明的特色。

第一，"三亲"史料的真实性。"亲历、亲见、亲闻"是史料的生命线，也是史料历史真实性的核心和灵魂。杨至成戎马一生，他的革命回忆录，

---

① 见陆景川主编：《杨至成诗文集》，贵州人民出版社 2003 年第 1 版，2013 年修订版。

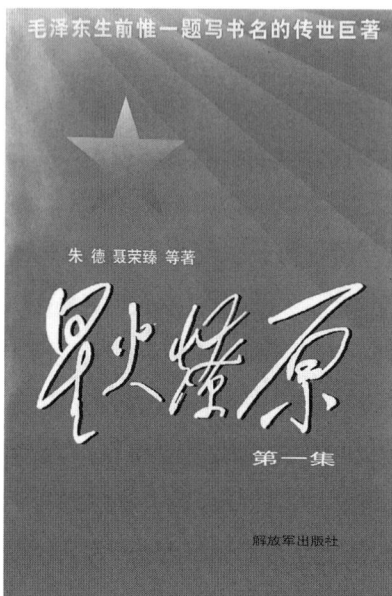

毛泽东生前惟一题写书名的传世巨著

朱德 聂荣臻 等著

星火燎原

第一集

解放军出版社

《星火燎原》书影

是其作为历史当事人和见证人的忠实记录，具有"三亲"特点，历史价值、军事价值极为宝贵重要。如《艰苦转战》一文，是这样叙述由于"左倾"领导的错误决定，导致南昌起义后受挫的实情："这时，人们的思想也和队伍一样的乱。每个人都在考虑着同样的问题：现在部队失败了，到处都是敌人，我们这一支孤军，一无供给，二无援兵，应当怎么办？该走到哪里去？……我们边打边走，经过筠门岭，到达了天心圩。这时，部队更加混乱，跑的人很多，连有些负责人都走了。""朱德同志和几个领导干部

走来了。我认出走在朱德同志后面的是我们七十三团党代表陈毅同志，还有王尔琢同志。朱德同志还是在饶平会合时的那个样子：一身灰布军衣，背顶斗笠，穿双草鞋，草鞋早已破了，用条什么带子横七竖八地捆在脚上。他的脸颊比会合时瘦多了，胡子长得老长，但两只眼睛却还是那么和蔼、慈祥。""这时正是南方发病的季节，拉痢、打摆子的一天天在增多，又没有医药治疗，有的就寄养在老乡家中；有的病势沉重，就在野营的树下或是小道旁牺牲了。""很多人受不了这种失败的考验，受不了这种艰苦困难的考验，不辞而别了。一路行军，只要碰上岔道，就有三三两两的人向岔道上走了，喊也喊不转。记得有一天刚上路没多久，我们连的一个湖南籍的士兵便离开大路走开了。我追上去喊他，他也不理。我说：'朱军长说过，你受不了苦可以走，可是枪是革命的武器呀！'他想了想，把枪一扔，头也不回地走了。像这样的事，不只一回两回啊！"

以上文字，真实记录了南昌起义后革命处于低潮乃至失败时，红军队伍中那些意志薄弱者包括干部与军官有的思想消沉甚至当逃兵的实情，刻画了朱德军长等领导人在困境中的乐观与坚毅。这些文字，真实可信，拷问灵

魂，使人明白革命的胜利来之不易，后人应倍加珍惜，同时也对革命先辈肃然起敬。

第二，细节感人，情感丰满。杨至成的回忆录热情歌颂了毛泽东、朱德、刘少奇、陈毅等老一辈革命家的丰功伟绩，情深意切地生动描绘了他们既是革命领袖又是常人的形象。

《井冈岁月》中写道："在井冈山这一段时间，毛党代表不仅在生活上很艰苦，在工作和学习上也是很刻苦的，真是我们的榜样。他非常关心时事，记得还在井冈山会师时，我们刚到大陇，一见面，他就问我们带报纸来没有。我们从参谋处找来几种报纸，他如获至宝，把这些报纸都拿去了。有一天我去向他请示工作，见他正在看《资本论》，研究马列主义学说。他时时刻刻不忘记学习，经常看书到深更半夜，工作稍有空隙，他就学习，即使在行军中，骑在马上也要看书，马袋里满满的都是书。他看书很认真，重要的地方点圈划线加标语，进行分析和研究。所以，他做文章也好，讲话也好，都是引古证今，深刻、透彻、明确。凡是重要报告和文件，都是他亲自撰写。如《井冈山的斗争》就是在 1928 年 11 月 25 日写的。同时，他还写了不少诗词。毛党代表在战斗环境中坚持不懈的学习精神，是我们应该深刻体会和学习的。"作者以典型的细节、深厚的情感描绘和歌颂了毛主席博学智慧的丰采。

《艰苦转战》一文回忆了这样一件事："就是在这样艰苦的情况下，朱德、陈毅同志对部队纪律的整顿也是从不放松的。记得到达信丰的那天，发现城里有一家当铺。几个不良分子一鼓动，有些战士一哄而上，抢钱的抢钱，拿东西的拿东西，乱成了一团。事情很快被陈毅同志发现了，他立即下令吹紧急集合号。队伍仓促地拉出了城，在一个山脚下集合起来。陈毅同志气愤地批评这种现象说：'这哪里像革命军队，简直像土匪一样了！'接着又谆谆地告诫大家：'我们是共产党领导的队伍，没有纪律是不能生存的。'讲的那些犯纪律的人都垂下了头，红着脸把抢来的东西交出来。"陈毅以军纪治军、以情理育人的丰富性格，跃然纸上。

第三，再现了战争年代革命战士的群体形象。《井冈岁月》里记录红军克服困难，挑粮上山的情景，战士们的神态、言语栩栩如生："黄洋界山高十五里，从山脚挑粮食到山上的五井，大约有三十多里山路，一天挑两次。同志们不辞辛苦，累得汗流浃背。我和粟裕等同志挑着粮食到了半山上，放下担子休息，不一会儿，就看见我们的营长胡少海同志，肩上横扛着整麻袋粮食，从山坡下走上来，他们精神勃勃，看不出一点疲劳的表情。接着，来到半山上的人越来越多了，有的同志在唱歌，有的同志在互相攀手劲；也有的同志把汗湿的衣服脱下来晾一晾，他们的背上有的磨起了红块，小泡大泡，而他们毫不在乎地说：'不要紧，起点泡算什么？我们在枪林弹雨中都不怕，还怕这点泡泡！'这是多么英勇顽强的气概啊！有的同志还编起了顺口溜：'挑谷上坳，粮食可靠，为着伤员，不怕起泡。'休息过后，挑粮的队伍继续爬上山了，有的挑着箩筐，有的背着口袋，也有的把粮食装在裤腿里，挂在脖子上……真是各色各样。同志们行走在弯弯曲曲的山道上，好像一个长蛇阵。"类似这样表现群体形象的记述，在他的回忆文章中，比比皆是。

第四，人物故事的叙述富有中国传统文学的技巧。在《一个俘虏兵的故事》中，作者写自己历经三次战斗，三次见到俘虏兵曹福海以及后来的转变过程，颂扬了毛泽东优待俘虏政策的正确英明，传统叙事手法特色鲜明。作者是这样记述这一过程的：

第一次战斗结束后，战士们围着俘虏，个个虎视眈眈。俘虏呢，哆哆嗦嗦挤在一角，脸色灰白，双眼失神，流露出绝望的神情。其中有个大个子俘虏，佝偻着身子藏在后边，衣服被撕得破破烂烂，还掉了一只袖筒。看了他那副样子，我（杨至成）便问道：你叫什么名字？他浑身一抖，脸抽搐得几乎变了形，上牙磕着下牙，十分艰难地回答：姓曹……叫……叫曹福海。接着，他苦苦哀求：长官，积德呀，一家老小全靠我呢，饶了我一条命，就是救了我全家。随后，我们按俘虏政策放了他。

不久，敌人又来"围剿"。第二次战斗结束后，说来也巧，在俘虏群中我又看到了曹福海。这回他穿戴得整整齐齐，不像上次那样狼狈了，也丝毫没有畏惧的神色。只是低着头难为情地傻笑。我问又来啦？他嘿嘿地笑了两声，样子蛮憨厚。我又问，怎么没回家呢？他说家在云南，怎么回去啊？他还向四周看了一下，便吞吞吐吐地说，还放我回去吧，这回我只打了两枪，还是朝天上放的。也许是他看到我们穿得破破烂烂，拿的是杂牌枪，甚至还有许多梭镖，不相信红军真能把反动派打倒吧。既然他对红军还有疑虑，不愿留下，我们就又发给他路费，开好路条，热情地把他送走了。

没多久，敌人又向我根据地进攻，一接触，就有大批敌军拖枪跑过来。战斗结束后，二营的同志对我说有人找你。我就问，是谁呀？那同志说是俘虏，他说一定要找你！我正想着，通信员把那个俘虏带来了，原来又是曹福海。他看出是我，就晃着高大的身躯跑上来，满脸得意地说，这回我再也不回去了，免得老是当俘虏。再看他身后，直溜溜地跟着十四五个白军士兵，他们和曹福海一样，个个面带笑容，毫不拘束。这事出乎我意料，但一想起毛党代表优待俘虏的讲话，又觉得这是很自然的事。我也很高兴，就把这事向上级报告后，把他们编到班里了。后来，曹福海表现得尤其突出，工作积极，战斗勇敢，很快当了排长。可惜，在随后的大庚战斗中英勇牺牲了。这个故事奇曲回环、引人入胜，前后照应，令人过目难忘。

到 20 世纪 80 年代，随着党史军史资料征集研究工作在全国开展，一批侗族传记文学就应运而生了。

第二节　罗来勇的将帅传与报告文学

罗来勇的将帅传记及报告文学在军内外乃至全国都有良好的影响。其代表作是《聂荣臻元帅》《哈军工魂——中国国防科技人才培养纪实》及《前门外的新大亨》《火箭城人》等。

《聂荣臻元帅》一书，全传 32 万余字，图片 30 幅，计 7 卷 24 章。全书以流光溢彩的文字叙述聂荣臻如何从一个乡村娃娃走出边远大山追踏着时代的潮流，进而成为弄潮前锋，最终演化为伟人的传奇奥妙历程。传记集中聚焦了 1927 年"四一二"大屠杀、1934 年湘江血战、1960 年叩响罗布泊、1976 年中南海作证等诸多典型的危难时刻，讲述了聂荣臻元帅历经险恶，多次走到生命毁灭的边缘，出入于尸山血海之中，终于造就成功的辉煌一生。同时，在娓娓道来的故事中，生动体现了聂帅伟大的人格、智慧、毅

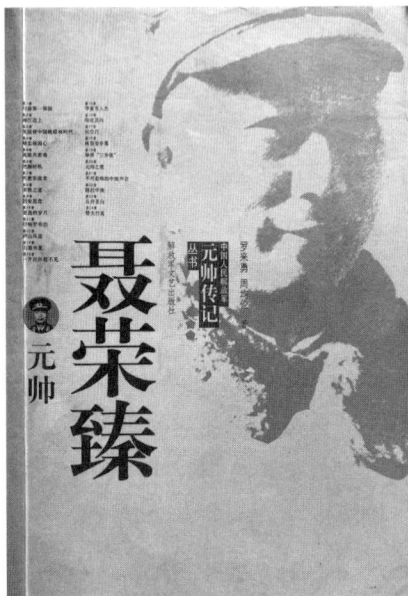

罗来勇传记作品《聂荣臻元帅》书影

力、胸襟及献身精神与人文情怀。作品力图告诉人们，不经大磨难不成大功勋，不经大历练不成伟人格的朴素而真实的道理。

该传是中国人民解放军元帅传记丛书之一。在此之前，元帅们的传记已有专门的传记组写过，并已正式出版，一般称为"正传"。而这次的传记丛书却是元帅们的"文学传"。如何以全新的艺术结构摄取聂帅人生的部分精彩华章写出与"正传"有别的"文学传"，这是作者必须思考的新课题。

接受这一艰巨而光荣的任务后，他在聂帅原秘书周均伦少将的大力协助支持下，面对聂帅的浩瀚史料、丰富精彩传奇的一生，进行了反复的斟酌和思考。他认为，在聂帅70来年的光辉生涯中，一半是党的军事将帅，一半是国家科技领袖，如何结构这样领袖级人物的传主，对他这样年轻的作者来说注定是一次严峻的挑战。经过深思熟虑并征得解放军出版社的认可后，他决定借鉴小说艺术手法，采用双时空并列的艺术结构创作聂荣臻元帅传。他认为，坚持这样的艺术表现方式可以严谨地完成聂帅的人生纪实，达到内容与形式的完美统一。同时他还不时提醒自己，在艺术形式之上的是掌握大量翔实史料，并用生动的现场情景来塑造人物形象，以成功的人物形象来决定艺术形式的成功探索，以此写出历史中的人物，而不是人物的历史。为达到这一创作目的，他走访了聂帅当年走过的湘江和金沙江的那段红军路，以及聂帅鏖战的华北战场；对新中国成立后聂帅工作和生活的地方十分熟悉，在这里多次查找历史资料；同时还多次去采访远在西部的"两弹一星"的各个试验基地和京沪等地的科研院所；甚至还曾多年不间断地在清明节给聂帅扫墓，让心灵进入那神圣的境界。由于对聂帅有了比较深刻的理性认识、炽热的真情实感和从心底的崇拜，作者才富有激情地创作出《聂荣臻元帅》这样感情充沛、文字隽永、可读性强的作品。该传由解放军出版社出版后成为十大元帅文学传记的权威作品之一，受到读者青睐并销售不衰，一版再版。

该传创作的成功，有其独辟蹊径的艺术手法。

第一，借鉴小说艺术，采用双时空并列的艺术结构展开故事情节。可以说把这样的现代派手法用于军方高层指定的元帅传记极为大胆，当时在新中国领袖级人物传记创作中也是极为鲜见的。比如"第一章 对垒第一强国"，时间上就从抗美援朝、保家卫国写起；而"第三章 美国使中国眺望核时代"，就续写与美国的较量，从而引发出聂荣臻主抓核武器试验发展的新时代。而"第二章 湘江边上"，就倒回从红军长征的湘江战役起笔叙写；"第四章 精忠报国心"，再倒叙从传主"少小别离老大归"陈述。之后的故事就都是按照这样的双时空并列的艺术手法展开情节的。其艺术效果是环环相扣，跌宕起伏，故事完整，引人入胜。

第二，传记具有生动的现场情景。在第一章第二节《邻国起狼烟》中他这样写道："北京夜色朦胧。古老的长安街喧嚣了一天的泥尘落定，东西两座牌楼下早已寥无人迹。白天奔来穿去的马车和人力车歇到不知哪处角落。前门外，箭楼高矗于夜空，雕梁飞檐，油漆斑驳，衰败的景象被黑夜掩蔽，依稀可见这座建筑往日的显赫。自箭楼北望天安门，其间一览无余，偌大的广场空无一物。空旷冷清的硕大广场，在铺地的秦砖间隙透着逝去的历史朝代的霉味。一墙之隔的中南海内，虽然楼台亭阁依旧，却已换了朝代，换了主人。"在第二章第七节《全州空虚稍纵即逝》里写道："红一军团政委聂荣臻和军团长林彪率部突破潇水，向道县疾进。时值 1934 年 11 月 21 日夜。是年聂荣臻 35 岁，林彪 27 岁。两位年轻得在历史上少见的将军纵马奔驰，蹄声划破夜空。深秋的稻田已无稻谷，秋风吹过稻田薄薄的水面，凉风卷起征衣，一阵寒意。两骑越过红二师师长陈光和政委刘亚楼的坐骑，直追前锋部队红四团。这是第二师的主力团之一，团长耿飚、团政委杨成武都是后来名震中外的战将。林、聂两骑直到越过红四团，见到红五团政委易荡平才收住缰绳立在道旁。前方除了尖兵连已无部队。"

第三，传主人物形象鲜明，具有超凡的人格魅力。对此该作品有不少精彩的叙述。仅选择第二章第九节《聂荣臻决心与部队共存亡》里对聂帅的一段描述："聂荣臻所在的军团指挥所周围随处可见从岭上抬下来的伤员和烈士。烈士们只能记下姓名，来不及做任何处理。仗打到这份儿上，聂荣臻心中积满对李德愚蠢指挥的怨恨。这些血的代价成为他后来坚决支持毛泽东重新领导红军的原因。……林彪、聂荣臻接到耿飚的报告之后，与左权分析，估计敌人在明天会大大加强火力。因为被他们挡住去路的敌军应在9个团以上。在蒋介石严令催逼下，他们志在必得鲁班桥、脚山铺，一举打通桂黄公路，将红军消灭于湘江两岸。中央纵队前卫已经开始过江，今晚过不完，明天还须死守。第二师恐怕会打光在脚山铺。拼打光了也要守住。聂荣臻铁了心。林彪、左权也都铁了心。军团指挥位置绝不后移。林彪把军团保卫局长罗瑞卿叫来，声音不高：'告诉阵地上的同志，我们3个陪着大家在脚山铺，绝不后撤。明天不管是谁丢了阵地就地枪决。'29日的夜晚对于第一军团无比沉重。"对于聂帅伟人性格的描述不仅在建国之前的战争岁月写到，在抗美援朝战争和两弹一星研制过程中亦随处可见。

第四，语言空灵洗练，流光溢彩。如对建国初聂帅的勾勒："聂荣臻这年刚过五十之寿，青年时那瘦削的脸庞之上的英少之气已不复存在。壮实的身板，天方地圆的面颊，平添稳健刚毅果决的大将风度。"又如对钱三强夫妇1948年6月归国来的描写："那艘从法国启航漂泊航行了月余的轮船终于在越南西贡完成下客卸货作业，启航驶向中国。船舷凭栏而立的一对年轻夫妇引人注目。男士西服革履，青春力量四溢。女士旗袍婀娜，随风飘舞，秀美的脸庞自有知识女性的高雅风姿。两人刚过而立之年，英气勃发照人。他们乘坐的船刚在香港靠岸，上海的报纸已经纷纷报道他们归国的消息，新闻界称他们为'中国的居里夫妇'。"

还有对毛泽东概括的点睛之笔："毛泽东的性格中充满着主动的、积极进攻的精神，充满着在强大对手的压力下避实击虚、避重就轻、集中全力夺取战略要地的谋略和毅力。……那是毛泽东的全盛岁月，文韬武略发挥得潇洒自如，淋漓尽致。"如此精美警句，比比皆是。

1995年12月中央党校出版社出版的《哈军工魂——中国国防科技人才培养纪实》是《中国国防科技报告文学丛书》的一个分卷。这套丛书以纪实的文学手法，把国防科技工业战线上的常规兵器、核武器、运载火箭、卫星、航天测控、核潜艇、空气动力以及军事工程人才培养等方面的发展历史系统地展现于世。丛书共分为7卷长篇纪实文学。《哈军工魂——中国国防科技人才培养纪实》这部32万余字的长篇纪实，以抗美援朝战争向新中国急迫提出建立强大海陆空国防装备力量的历史使命为背景，书写了毛主席和开国元勋们决策，为培养急需的国防科研人才，组建哈尔滨军事工程学院的历史过程。二十世纪五六十年代，哈军工培养的军事科研人才成为中国军队和国防工业的重要人才库，成为我国研制两弹一星、核潜艇及海陆空尖端武器的重要支撑力量。该书真实详尽地记述了国防科技领域的许多"神秘人物"，如著名科学家钱学森，著名空气动力学家梁守槃，著名学者兼教育家张述祖、曹鹤荪、曾石虞、张良起、周明鸂、孙本旺、李天庆、李宓、卢庆骏，航空专家董绍庸、蒋志扬、严汝群、张寿宝等，为人们了解哈军工创建之艰难，成绩之卓著，以及教授们用心血培养一代人才的卓越功勋提供了鲜为人知的史实。该书和其他卷集同时获得中央宣传部"五个一工程奖"，罗来勇本人由此荣立二等军功。

此外，罗来勇还创作了大量报告文学作品。如与冯夏熊合作的发表在1982年第2期《当代》的长篇报告文学《国土・民族・士兵——访基建工程兵散记》，以宏大的视野展现了在二十世纪七八十年代国家极为困难的岁月里，基建工程兵在岭南铀矿、天山公路、霍林河露天煤矿、大小兴安岭金矿、云贵川地质勘探等基本建设战线对于国家的贡献，以及军人们举家"献了青春，献儿孙"可歌可泣的史实。该作品获得人民文学出版社《当代》杂志优秀报告文学奖。

中篇报告文学《不沉的大地》，发表于1983年2月人民日报社《报告文学》第2期。记述太行山里的导弹试验基地的中篇报告文学《火箭城人——中国中远程导弹试验城速写》，刊载于1986年北京《昆仑》第1期。长篇报告文学《中国跨进核门槛的时刻》，1987年8月发表于天津日报社《蓝盾》杂志，获天津日报第二届《蓝盾》优秀作品奖。作品讲述了在千年洪荒的罗布泊里的中国核试验基地，在额济纳旗戈壁滩的火箭和远程导弹发射试验基地，所有走进这一领域的军人都不得不练就罕见的硬汉精神，而他们内心却又有着柔情万千。他们对国家的忠、对家庭的爱，都在作品中通过艺术形象的塑造得到感人的呈现。该系列报告文学作品集中展现了新中国成立后我国开展核弹、导弹、人造卫星研制和试验的艰难历程。作品中记述了多位"两弹一星"功勋科学家的经历和事迹，如在核武器领域的邓稼先、钱三强、王淦昌、彭桓武、于敏、郭永怀、程开甲、朱光亚等，在导弹火箭卫星领域的钱学森、黄纬禄、周光召、陈能宽、任新民、屠守锷、王大珩等，以及一批坚守在洪荒大漠为"两弹一星"研发作出重要贡献的著名将军，如张爱萍、张蕴玉、李福泽、常勇等。

由万吨军舰远望1号、2号组成的太空测控特混舰队，是研制"两弹一星"不可或缺的海上测控力量。该测控舰队远航西半球，担负着越过地平线的太空测控追踪任务。罗来勇被选拔随舰队远航。他随远望号穿越赤道前往南太平洋，一个月内历经春夏秋冬四季气候变化。太平洋上的巨浪狂风，军人们追踪火箭卫星飞翔太空，"舍小家、强国家"的坚守，给他留下了深刻印象。之后，他创作了中篇报告文学《犁海耘天——远望2号船太空测量纪实》，反映了为中国火箭卫星事业奋战在南太平洋的军人们。

《秘密世界的报告——中国原子弹诞生始末》刊载于《山花》1987年第8期，同年10月4日上海《新民晚报》整版转载。纪实文学《艰难的历程》入选邓小平题词的《当代军人风貌》丛书，1987年由解放军文艺出版社出版。

《前门外的新大亨》（与陈志斌合作）以独特的眼光审视了北京繁华的前门街区一批商场创业者在改革开放中个人命运的演变，表现了改革开放初期中国社会复杂的剧烈演变。作品在1988年《当代》第4期一经发表，即被权威刊物《新华文摘》转载，引起社会广泛关注。《北京青年报》《文学故事报》《山西时报》《沈阳晚报》等纷纷转载或连载。作品获人民文学出版社1988年"《当代》优秀报告文学奖"，并被华艺出版社、北京出版社和香港等几家出版机构出版。中央实验话剧院将其改编为话剧在北京连续上演，反响良好。

2008年5月，汶川特大地震发生后，罗来勇带着一家三口同赴四川灾区，冒着余震的危险穿行于最危险的汶川、北川、青川、德阳等灾区。此行完成了长篇报告文学《生命之轻——中国汶川大地震纪实》，刊载于 2009 年北京《报告文学》第 5 期。该作品对汶川大地震有其独特的视角，充满对灾区人民的情感，发表后深受灾区人民欢迎，赢得社会的广泛关注。

第三节　陆景川的英烈传

陆景川的《龙华英烈——龙大道传》，1990 年 5 月由贵州人民出版社出版，全书 18 万字，11 幅珍贵历史照片。该传系统真实地记述了中国共产党早期优秀党员、中国工人运动的卓越活动家、杰出的侗族革命家、著名的上海龙华 24 烈士之一龙大道光辉而短暂的一生。全传分七章：第一章　少年时代，第二章　追求真理，第三章　在上海工人三次武装起义中，第四章　坚强优秀的共产党员，第五章　浙江省委代理书记，第六章　皖赣足迹，第七章　龙华千古仰高风。专家们认为，这是第一部由侗族纪实文学作家写侗族革命家的长篇传记，在贵州党史与侗学研究及侗族文学史上都有特殊的意义和价值。传记两次再版，部分章节被贵州省教委选为中小学和师范学校乡土教材，1992 年分别获黔东南州人民政府第二次社科优秀成果一等奖及贵州省人民政府社科优秀成果奖。1994 年《贵州年鉴》和《20 世纪贵州文学史书系》载入评介。2011 年建党 90 周年之际，《龙华英烈——龙大道传》被中共贵州省委党研室编入《贵州革命英烈图传》丛书由贵州出版集团、贵州教育出版社再版，并获第十二届贵州省"五个一工程奖"。传记被上海龙华烈士陵园、浙江省革命史馆、武汉党的五大纪念馆、江西景德镇革命纪念馆及贵州省有关革命史馆收藏展陈，并被中央党史征集委员会人物传编辑组党史人物丛书与金星华主编的"共和国民族之魂丛书"《共和国少数民族英烈传》等引载。

《龙华英烈——龙大道传》是一部弘扬主旋律的作品，传书史料翔实，文笔流畅，情节感人，是一部历史和文学价值兼具的纪实文学，它将史家笔法与文学描绘相结合，拓宽了人物传记写作的路子，赢得了广大读者的喜爱。2015 年 10 月 12 日《文艺报》刊载杨玉梅《以文学见证民族发展的进

陆景川传记作品《龙华英烈——龙大道传》书影

程——新时期侗族文学发展简况》赞评:"陆景川的《龙大道传》真实再现了革命英雄人物龙大道短暂而辉煌的生命历程,是少数民族纪实文学的重要收获。"其艺术特色,主要表现如下:

第一,作者采取泼墨写意与工笔细描相结合的手法讲述故事。如在描叙龙大道与龙治茂、杨凯运考入"私立武昌中华大学附中部"后,作者列举了北京五四爱国学生运动,及武汉地区受此影响所爆发的革命风暴,泼墨似的勾勒了时代风云;细微处却又从龙治茂经商发财、杨凯运当官仕途亨通、龙大道甘守清贫执着于投身革命的事实,以三个同乡青年不同的人生道路,来表现时代风云对于他们人生观的形成所产生的大浪淘沙的不同影响。宏观的审视与微观的烛照相结合,泼墨写意与工笔细描互为补充,从而将龙大道平凡高大、血肉丰满的形象写得有声有色。

第二,作者溯水探源,完整地表现了一个革命家叱咤风云的一生,彰显其崇高的思想情操。传记开篇,从广阔的角度,再现了龙大道家乡历史上波澜壮阔的民族革命斗争,暗示出龙大道后来走上反抗剥削、反抗压迫、反抗反革命统治的道路,与民族传统和民族文化、民族心理、民族性格有着密不可分的关系。清水江流域源远流长的木商文化及其开放豁达的性格对龙大道起了潜移默化的影响。他少年时代即不满现实,沿清水江流域走出大山外出求学,参加共产党,走上革命道路,带领乡亲伏击军阀武装,谢绝家庭安排婚事而在革命中寻找心心相印的伴侣等等,其渊源均根植于此。作者在叙述中溯水探源,描绘出一幅人生轨迹的生动河流图,从而脉络清晰地传神烈士的风采,完整地表现一个革命家叱咤风云的多彩人生,彰扬其崇高的思想境界与情操。

第三，作者善于把握情节的推进和细节的描写，增强作品的可读性。作者不受材料所囿，一定程度借鉴了小说的表现技巧，大胆推测，在事实的基础上发挥合理的想象，结构出一个个动人的故事、富于个性特点的细节，刻画主人公的活动环境和人物的独特性格，渲染气氛，效果良好。比如临去苏联前夕，龙大道回到家乡，见乡亲们不堪军阀部队的骚扰，毅然带领乡亲们打了一次漂亮的伏击战。讲述这个故事时，作者详细介绍了地理形势，以民谣和文人诗歌佐证地势之险要和风光之旖美，情节完整，过程详细，是一个可以单独成篇的扣人心弦的战斗故事。

第四，抓住"情"字做文章，情理俱备。作者依据自己掌握的丰富资料，如实记叙了龙大道与夫人金翊群相识、相知、相爱、互相砥砺的过程，并结合烈士的革命活动和不同时间的心理状况，公开了一封封情书，有火烫灼人的情愫爆发，也有缠绵悱恻的爱意倾诉，有柳暗花明的殷殷思念，也有亦嗔亦怨的责怪与萦牵……通过对龙大道的爱情世界的扫描和透视，栩栩如生地再现了烈士真爱、敢爱、大爱的情怀，讴歌了烈士为革命事业牺牲个人幸福、天伦之乐的崇高品德和伟大人格，这种对革命事业的大爱无疆，足以震撼每一位读者的心灵。

第五，语言洗练流畅，富有杉乡特色。如描写清水江各族人民与杉木的血肉联系与情缘："世世代代在这块土地上生息、劳作的各族人民，有如杉木一样的性格和特征。他们的情感，像杉木那样葱茏；他们的气质，像杉木那样端直；他们的性格，像杉木那样伟岸；他们的意志，像杉木那样坚实。情感的丰富，气质的淳朴，使得他们和睦相处；性格的强悍，意志的顽强，使得他们具有百折不挠，敢于反抗斗争的光荣革命传统和大无畏精神。"又如，对龙大道家乡茅坪村落的描述："这是一个依山傍水、风景秀丽的村寨。村后，群山连绵起伏，远远望云，那杉木、毛竹、油桐、古松、楠木、樟木、梓木……一层层，一簇簇，一片片，一丛丛，将那连绵山峦编织成碧波绿浪的海洋。村前，平缓开阔的江面上，木排蔽江，万缆横系。每当春江水涨，放排的黄金季节到来时，这百里江面上便沸腾起来了：两岸回荡着雄浑嘹亮的放排号子声，从上游奔啸而来的木排，宛如一条巨龙，出清水江、下沅江、入洞庭、奔长江，送往四面八方。因此，茅坪从明代起，就成了贵州重要的木材集散地。"一幅杉山水乡古村落的鲜活画面，跃然纸上。①

陆景川还撰著了人物传略《杉木王——王佑求》。王佑求是全国著名劳动模范，锦屏县魁胆大队人。他一生跟杉木打交道 60 年。从 12 岁起，就跟大人上山造林。1955 年加入中国共产党，1964 年初他毅然带领 16 名老中青林农爬上海拔 600 米的荒山野岭拉西坡，办起了全县第一个大队林场，在贵州高原升起了第一面鲜艳的造林红旗，他因此出席了黔东南州和贵州省的劳模大会，魁胆大队被树立为 1964 年贵州省林业生产的红旗单位。此后，他三次转战，四建新场，林场从 1 个发展到 10 个，他一生造林包括领导的林场造林在内总计近万亩，并在 21 年中杜绝了森林火灾。因成绩卓著，他先后18 次被评为县、州、省的劳动模范，被誉为贵州高原的"杉木王"。1979 年12 月在北京人民大会堂出席全国劳动模范授奖大会，并从邓小平手中接受了奖证和奖章。1987 年 5 月 3 日王佑求因积劳成疾，在家中逝世，享年 74 岁。

1986 年夏，在王佑求染病卧榻之际，受锦屏县委委派，作者身为县委宣传部副部长，奉命前往他家探望并抢救征集资料。王佑求去世不久，即写成了近 2 万字的人物传略《杉木王——王佑求》，后入选《贵州合作化经济史料》丛书，1988 年 12 月由贵州人民出版社出版，该套丛书获贵州省社科优秀成果奖。这篇传略不仅真实地记录了"杉木王"——王佑求从小就与杉木结下不解之缘，为造福子孙后代，为新中国植树造林艰苦奋斗几十年的风云岁月与动人事迹，而且忠实地再现了全国重点林业县锦屏杉木之乡林区、林业、林农的历史发展与变迁，成为锦屏县乃至黔东南州的半部林业史。其思想内容与艺术特色主要是：

第一，它浓缩了全国重点林区锦屏县半个世纪的林业史，人们从中可以看到锦屏及黔东南州乃至贵州林业，从中断、衰落到恢复发展、直至步入中兴之路的兴衰起伏的历程，对于当代贵州保护生态底线，牢固树立"绿水青山就是金山银山"的发展理念，具有深刻启示和历史借鉴。

第二，它是一幅饱含林区、林业、林农特色的绿色文化画卷。文中既记

---

① 参见万登学：《一部生动传神的传记——评陆景川〈龙大道传〉》，《贵州党史》1998 年第1 期。

述了杉木之乡的风俗、歌谣、俚语与林业科技，还描绘了林海风光、林场风貌、林粮间作、林农生活的多彩图画。

此外，陆景川还在北京、河北、浙江、云南、贵州的报刊发表了系列的纪实文学作品。主要有：《为有牺牲多壮志——纪念侗族无产阶级革命家龙大道诞辰 98 周年》（《当代贵州》1999 年第 10 期）；《英烈一代垂青史　诗存千秋照后人——为纪念侗族革命文学的开拓者龙大道诞辰 100 周年而作》（《当代贵州》2001 年第 6 期，本文获贵州省纪念中国共产党成立 80 周年征文二等奖）；《李雪健：名震京华　情在贵州》（《当代贵州》2006 年第 5 期）；《杨至成：从黔山走来的侗族上将》（《纵横》2009 年第 5 期）；《三坐牢房的龙大道烈士》（《纵横》2010 年第 3 期），并被辑入中国作家协会编《新时期少数民族文学作品选·侗族卷》，2014 年 10 月作家出版社出版；《龙大道在浙江省委的革命岁月》（《浙江文史》2011 年第 1 期）；《张毕来与茅盾的“笔墨之交”》（《人民政协报》2011 年 11 月 3 日）；《龙大道与毛泽东周恩来》（《人民政协报》2012 年 2 月 2 日），引起良好的社会反响，被新华网、光明网、人民网、中共中央党史研究室及中共中央文献研究室等网站纷纷转载；《为了纪念一个贵州的开国上将》（贵州政协报》2014 年 10 月 24 日）；《冯骥才走进了九寨高坡》（《贵州政协报》2018 年 7 月 13 日）；《国宝中医——吴定元》（《杉乡文学》2020 年第 2 期）；《从清水江畔到大上海——纪念侗族革命家龙大道》（《杉乡文学》2021 年第 3 期）；《陆瑞光与中央红军签订〈反蒋作战协定〉前后》（《人民政协报》2021 年 11 月 18 日）；《闻一多：“文化长征”的黔道壮举》（上、下），《纵横》2023 年第 8、9 期）。

《龙大道艰苦朴素二三事》一文，《人民政协报》2021 年 7 月 8 日首发后，2021 年 7 月 22 日中央纪委国家监委网站作为党风廉政教育的典型教材予以转载，随后全国许多省、市（州）、县纪委监委纷纷转发。《龙大道：心底无私　绝命辉煌》一文，2021 年 7 月参加《作家文摘》主办的“恰是百年风华——庆祝中国共产党成立 100 周年”主题征文活动，后经中央宣传部、中央党史和文献研究院、中国作家协会、《解放军报》、北京大学中文系等部门领导与专家学者组成的评委会评选，由有效投稿 6125 篇中精选 200 篇征文结集为《恰是百年风华》，由中国言实出版社出版，该文被选中辑入。

该文后在《党史博采》2021 年第 11 期刊发，腾讯等大型媒体转载，产生了广泛的社会影响。

第四节　龙月江的自传文学

龙月江（1946—2021），女，贵州天柱县石洞镇人。童年在家乡读初小，1960 年随亲属到北京长辛店小学读书，后在长辛店的菜站、匙炼厂、文具厂当工人。1983 年调入中国社会科学院少数民族文学研究所当打字员、发行员等。1996 年退休。2000 年与丈夫邓敏文开始在贵州黎平县岩洞镇从事侗族大歌及传统糯稻保护工作，2005 年开始《侗妹》创作。

《侗妹》是一部自传体长篇纪实文学，分上、下两部，上部（1946—1975 年）于 2008 年 10 月由新大陆出版社出版。《侗妹》（上部）以龙月江本人的人生经历为主线，讲述自身从童年至中年风雨人生的遭际，再现了作者家乡、侗族地区、城市社会以至首都北京的广阔社会背景、复杂的人际关系以及百态风俗事象，歌颂了民族地区及新中国的艰难发展历程与劳动人民的勤劳智慧、阶级友爱、艰苦创业的精神，启示人们只有通过艰辛不懈的努力，边远落后穷山沟的儿女才能走向成功的旅途。

《侗妹》在艺术上有自己鲜明的特色。

首先，作者的自述极富故事性、真实性。在上部的 50 节中，构成完整故事的情节比比皆是。比如，"我出生的小侗寨""来到北京""不许叫我'小侉子''南蛮子'""离开北京""二进北京""师傅领进门，学艺靠个人""男女关系乱革命""新婚之夜""钱包被盗""第一次做母亲"等，作者都是娓娓道来，亲切感人。而且每节几乎就是一个有头有尾的小故事，有的还一波三折，紧扣心弦，令人不忍释卷。由于这些故事都是作者的亲身经历，其真情实感的叙述，最是感人。

其次，人物形象鲜明感人。"我"，是一个从小生长在偏僻落后荒野小侗乡的"侗妹"。可是，后来的人生遭际，使"我"毅然走出大山。为此，"我"不得不强忍泪水，离别亲人，在侗乡与北京之间，数度往返，谋生求学。虽然不是寄人篱下，可也充满了坎坷遭遇，悲欢离合。但"我"以侗家人的"糯米性格"，在艰难困苦中勤劳好学，不屈不挠，机警灵活，好事多磨，终于能在北京这个大都市谋得一席生存之地。其人物形象，鲜明感人，启迪来者。

同时，自传中的"邓"是与"我"风雨同舟的"爱人""丈夫"。"邓"作为辅线，或明或暗、或主或次地贯穿作品的始终。但除了"邓"的十数篇"情书""家书"展示外，没有太多文字对"邓"进行浓墨重彩的描写。然而，仅仅是多次反复对"邓"轻描淡写的"勾

龙月江自传体纪实文学《侗妹》书影

勒"，"邓"的形象就跃然纸上。比如邓到北京相亲当师姐们来看他时，他却躲在内屋里不敢出来。接着写道："大家都围了过去，你一句，她一句地嚷嚷起来：'这是谁呀？干吗在这里藏着呀？''人家是大学生，不愿意理咱们呗！''小龙，你干吗把人家给藏起来呀？干吗不让他见人呀？'邓一句话也没说，只是'嘿嘿'地笑。我赶紧走过去风趣地对大家说：'他叫邓敏文，是个哑巴，不会说话，只会笑！'这时，我又请大家回到大屋来坐，邓也跟着走出了小屋。大家有说有笑，邓还是只会'嘿嘿'地笑。"这段"画龙点睛"的叙述，使邓那憨厚、腼腆、可爱、温稳的形象，栩栩如生，活灵活现。

再次，真实的历史细节和场景描写，构成了侗乡、城市与京都的生活风俗画。

20世纪40年代末的侗乡，不仅偏远落后，而且匪患频繁。作者对家乡石洞写道："过去石洞赶场非常热闹。记得有一次妈妈带我去赶场卖油炸粑。突然有人喊：'崩场啦！崩场啦！'人们立即就慌了神。人们乱跑乱踩，把货摊都撞翻了。大家都在逃命，也有人趁乱抢东西。妈妈见事态不好，赶紧把

油锅往地沟里一放，抱起我就往做米粉的姨妈家里躲。找很惊奇地问妈妈：'什么叫崩场？'妈妈说：'有土匪来抢东西，土匪有枪，谁不给他们东西，他们就开枪打谁，所以大家都赶紧跑场。这就叫崩场。'"

60年代的首都北京生活供应比较紧张。作者写道："那时，北京市是按户口和工种定量供应粮食。姐夫是重体力劳动者，每月定量粮38斤。姐姐是普通工人，每月定粮28斤。李敏是新生婴儿，每月定粮6斤，随后逐年增加。北京的粮食供应不仅定量，而且还要粗细搭配，其中，20%是面粉，算是细粮；60%是玉米面，算是粗粮；还有20%是大米，也算粗粮。当时，白面每斤1角8分5厘，玉米面每斤1角1分，大米每斤是1角5分。因为我和妈妈都没有北京户口，所以，口粮和一切副食及蔬菜都没有我们的份。"

对于70年代上海的某些街区，作者作了细致入微的描述："走出火车站，我才发现上海并不像电影《霓虹灯下的哨兵》那样灯火辉煌。当时正好是梅雨天气，所有的楼房都是灰扑扑的。街道也很狭窄，都是些老房子。阳台上挂满衣服、裤衩、被单等乱七八糟的东西。许多人家的门口放着马桶，男人们在街边的半边矮墙里撒尿。小胡同里没有风，给人一种非常潮湿和闷臭的感觉。"

类似的记述描写，屡见不鲜，这些片段不仅再现了真实的历史场景，还能使读者从中了解了当时中国的社会状况。

最后，语言质朴，生动鲜明。如"八月谷子田里黄，人打摆子病在床。无医无药无人治，只能哭爹又哭娘。眼看要吃新米饭，谁知人已见阎王。""嫁鸡随鸡，嫁狗随狗，嫁给扁担扛着走。""妹来联，妹来高坡开丘田。妹来高坡开条路，开条大道进梯田。""哥来联，哥来联妹共开田。高坡开田要有水，开沟放水进妹田。"又如"紧车工，慢钳工，溜溜达达是电工。""罗马尼亚电影是搂搂抱抱，越南电影是飞机大炮，朝鲜电影是哭哭笑笑，中国电影是新闻简报。"这些民谣、俚语、山歌、顺口溜等来自乡村民间或城市底层，生活气息和地方色彩浓烈，富有民族、区域与时代的特征。

总之，《侗妹》通过小人物、小故事的叙写讲述，反映了时代大背景，社会大发展，人类大进步！只可惜，未等下部出版，作者就因病去世，令人叹息！

第五节 粟周熊的评传

《哈萨克斯坦人民的骄傲——阿拜·库南拜乌勒》是粟周熊的外国人物评传，全文约 4 万字，辑入粟周熊散文集《心锁丝路——我的哈萨克斯坦情结》。阿拜（1845—1904）是 19 世纪哈萨克民族的伟大诗人和思想家。这篇评传文字虽然不多，却比较全面地再现了阿拜波澜起伏的人生，且艺术表现手法有独到的特点。

首先，以实录式的笔调多维揭示阿拜一生传奇、果毅、多舛的命运人生。阿拜，哈萨克语意为"细心、明达"，可对于他的那个时代和人民来说，他却给历史留下了一个个令人费解的悬谜。文章由谜开始，抽丝剥茧地揭开这些历史之谜。作者首先陈述了阿拜家族几代祖先中，都是颇具势力、才辩无双的头领和"比"（古时部落的执法官）。到阿拜的父亲库南拜，更是有惊人的记忆力，能言善辩，精明强干，有远见谋略，他任"比"的权势达到了登峰造极的地步。他对儿子阿拜的教育培养特别重视，先是延师启蒙，8岁时又送他到经文学校学习《古兰经》等。阿拜不仅聪慧，而且勤奋，在学校里还自学了阿拉伯语、伊朗语、察哈台语及其他东方语言，后来又学会了俄语。这些都为他最初接触东方诗歌、萌发诗歌兴趣打下了基础。加上他从小就从祖母、母亲和民间艺人那里得到民间传说故事、壮士歌、长诗与格言谚语的滋养，长到 12 岁时就能写出了诗歌。可父亲的意志为他的命运作出了另类安排。13 岁时，父亲令

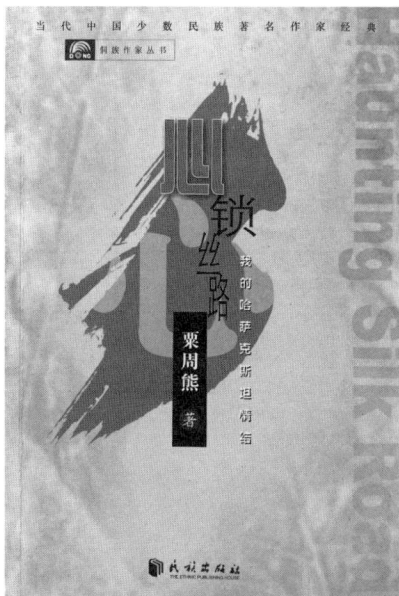

粟周熊《心锁丝路——我的哈萨克斯坦情结》书影

他辍学后去参加官司审理和行政处理，以便将来接班当"比"。虽然他无意仕途，但父命难违，到 20 岁时他还是当上了首席比，并成了法律研究的专家，后来竟荣升四县的总比，本可前途无量。但部落之间无休止的纠纷、争斗与残杀，使他对纷繁的事务管理与炙手可热的比位，失去了兴趣与信心，最终于 30 多岁时弃政从文，步入了诗歌创作之路，使人生出现了重大转折。从此，他将全部身心奉献给了诗歌创作，并潜心研究了俄罗斯文学中普希金、莱蒙托夫、托尔斯泰、屠格涅夫、别林斯基、皮萨列夫等人的作品。不过，他仍未放弃法律的武器，继续为不少远近部落的穷苦牧民解决了许多民事和刑事案件，从而减轻了他们的不幸和灾难，使其无辜的损失得到合法的赔偿，也使不法部落头领受到了应有的严惩。因此，他赢得了"人民喉舌和谋士"的声望美名。但厄运也接踵而来。草原上封建领主、官僚贵族、无耻文人等对他极端仇恨，他们不择手段对他横加污蔑，阴险攻击，甚至施行未遂的暗算手段，无所不用其极。在如此充满仇恨报复的阴森恐怖环境中，他有两个精明能干、才华横溢的儿子先后去世。接连不断的灾难降临，使他变得一蹶不振，最终于 60 岁那年悲愤离世。此后，他还有的子女及后裔纷纷逃难，并不断受到政府当局的无故追捕与"左倾"政策的错误迫害，终而逃亡隐逸在异国他乡，致使后来人们对其不朽的人生及其儿孙知之不多而存谜人间。

其次，以审美的笔调揭示了哈萨克文化巨擘阿拜作为诗人与哲人的非凡成就与影响。传记作为一种文学样式，必须具有审美属性。人生不幸诗歌幸，阿拜的传奇与厄运造就了他诗歌天才的人生。作者开篇就激情颂美：

阿拜的诗像一匹从阿尔泰群山之巅飞临阿拉套顶峰的骏马，在民间传颂了一百多年。阿拜本人虽然在自己那个时代还默默无闻，也未得到应有的承认，今天却同哈萨克斯坦人民站在一起，对他们是那样的亲近，像一个同时代的人，已经被大家接受和理解，甚至被尊为国家和民族的象征。也只有今天，诗人的作品才真正成为哈萨克斯坦国家和民族的瑰宝。哈萨克斯坦人民对与自己民族同命运共患难的诗人寄予深深的怀念，对他战斗的一生，思索的一生，表示崇高的敬意。

阿拜的诗歌虽然只留存 150 多首，但内容极为丰富广博。凡尖锐复杂的阶级斗争，盘根错节的部落纠纷，千头万绪的牧场纠葛，痴男怨女的爱情悲剧以及人间的悲欢离合和草原的自然风光，都是他创作的主题。但归结起来主要的表现形式是哲理诗、抒情诗、叙事诗及晚年创作的散文诗。

他的哲理诗内涵深邃，智慧闪光。在前面介绍粟周熊的翻译作品中我们提到，2013 年 9 月 7 日习近平主席在哈萨克斯坦的纳扎尔巴耶夫大学发表演讲时就引用了《阿拜箴言录》中一段至理名言的哲理诗：

> 世界有如海洋，
> 时代有如劲风，
> 前浪如兄长，后浪是兄弟，
> 风拥后浪推前浪，
> 亘古及今皆如此。

散文诗《阿拜箴言录》是他晚年的一部力作，一共有 45 篇。这些小短文都是对当时社会政治、法理制度、伦理道德、文化习俗、人性人生等诸多问题的哲理性思考，充分体现了他作为一个思想家、哲学家对时代现象及最迫切的社会问题的思索、评判与洞见。

另外，在《你要不知道就别乱说》一诗中，阿拜睿智地警告年轻人要杜绝"五害"——造谣诽谤、招摇撞骗、夸夸其谈、游手好闲和挥霍浪费；鼓励年轻人需具备"五友"——聪明才智、善良心地、坚强毅力、谦虚谨慎和热爱劳动。诗人作为一个思想启蒙者，特别赞美科学与学识：

> 一个人没有学识不行，
> 世界全靠知识支撑！
> 看一个人得看他是否有头脑，
> 因为知识是心的明灯！
> 不等你在做和想些什么，
> 都要通情达理和真诚。

在抒情诗中他强烈谴责自己所处时代的哈萨克社会的诸多恶习，深刻揭露现实生活中的痼疾，无情抨击富人和当权者的贪婪与不法行为。如在《啊，我的哈萨克民族！》一诗中，诗人不无痛心地谈到草原上不团结，意见分歧，毫无秩序，"为了金钱和权力到处充满了仇与恨"，其中的诗句写道：

> 啊，我的哈萨克，我可怜的人民！
> 看你那满脸的胡茬，
> 左颊上斑斑油污，右颊上片片血痕……
> 你甚至丑与美都分不清！

诗人希望自己的人民看到统治者的贪婪与无耻，相信自己的力量才能赢得命运的未来：

> 人们啊，
> 所有妄自尊大的卑鄙小人都在摧残你们的灵魂。
> 如果不把握好自己的命运，
> 我看不出你们会有什么前程！

要在阿拜的诗歌中，严格区分哲理诗和抒情诗是困难的，因而他相当一部分诗作被称为"哲理抒情诗"或"政治抒情诗"。他生活的年代和民族所赋予的禀性，使他写出了这种饱蘸感情的哲理诗和蕴含深刻哲理的抒情诗。这就是阿拜诗歌别具一格的独有特色。

当然，青年时代不能没有爱情。阿拜在自己的诗中也讴歌了爱情和美的强大力量。诗人的感情非常丰富，他把爱情看成是生活敬献给人类的一份厚礼。他写下的爱情诗有《致姑娘》《姑娘的回答》《我眼中的瞳人》《脸颊一红一白》等。这些诗反映了在封建宗法制度的重压下，青年男女的愤懑情绪，以及他们对理想的社会制度的渴望：

> 爱情也许会给你带来忧伤，

给予我的却是灾难和死亡；

同他人冷冰冰地躺在一起，

和长眠在幽暗的坟墓里一样……

——《姑娘的回答》

我心头燃烧着爱情的火，

却不能跨越礼教的沟壑；

她也许能够理解，

我何须讲得太多……

——《我眼中的瞳人》

另外，阿拜还写了三首叙述长诗——《麻斯胡特》《伊斯坎德尔》和《阿济木的故事》。这些叙事长诗也和他的哲理诗、抒情诗、散文诗一样，拥有广泛的读者，给哈萨克文学叙事诗体裁的发展带来许多新意，同样是哈萨克文学的珍品。

同时，阿拜还致力于向自己的民族译介俄罗斯伟大作家如克雷洛夫、普希金、莱蒙托夫和别林斯基等人的作品，为增进哈萨克民族和俄罗斯人民的友谊及文化交流作出了巨大贡献。此外，他还是一个极富才气和独特见解的作曲家，创作了不少独具音乐风格的作品，表现了他多才多艺的创作禀赋。

总之，阿拜作为一个经典文艺家和思想家，不仅留下了诸多方面的创作遗产，极大地丰富了那个时代的文化宝库，而且还为提高同时代和后代创作者的文艺水平累积了滋养，并培育、熏陶和影响了大批诗人及文艺新人，为哈萨克文学与文化作出了不可磨灭的贡献。

这篇传记文学的艺术审美，不仅具有历史、文学与哲学的三重品格，以真实的历史底蕴、生动的文学气韵及深邃的哲理思辨融为一体，而且还以叙述、考证、评述的手法融合互通，以及鲜明流畅富有哈萨克风格的语言，来陈史叙事状人，使传主的个性凸显，生动鲜活，有血有肉，丰实饱满，给读者留下了深刻的典型形象。当然，4万字的长篇，由于没有设章立节而一气呵成，结构上的驳杂烦冗，难免给人留下枝蔓之憾。

第六节　其他作者的纪实文学

一、李万增、李代权的《将军梦——李世荣的一生》

李万增（1932—2009），贵州剑河县南明镇人。先后就读剑河中学、镇远中师速成班。1955 年参加工作，历任剑河县文化馆馆员、副研究馆员、馆长、县文联主席、黔东南州美协副主席等。系中国美术家协会、中国民间文艺家协会会员、贵州作家协会会员等，出版有《娘花和太阳的儿子》《多情的红豆树》《情洒山乡》等民间文学和随笔集子。李代权为李万增儿子，广东清远市清新一中高中语文教师。

《将军梦——李世荣的一生》全书 17 万字。李世荣是曾参加辛亥革命，获国民政府"勋劳卓著，智勇兼全"嘉禾奖的贵州先驱。全书分家世、酬志年华、戎马生涯、隐退归田、人至暮年五章，比较全面真实地再现了李世荣怀着救国救民之志走出大山、投笔从戎、追随孙中山投身国民革命、后因怨恨蒋介石独裁统治而隐退归田、专司家乡教育培养人才、终于迎来人生解放却又蒙冤坐牢、最后重获新生的坎坷人生。

李世荣是一个既具传统意识又富时代精神还烙印了侗族文化性格的历史人物。他幼年熟读儒学，随即接受民主思想，然后走出大山，考进军校，献身社会，追随中山先生加入同盟会，并以陆军中学生的身份参加了具有划时代意义的武昌起义；接着护国讨袁，投入北伐，驰骋疆场，建功立业，英雄可敬。但随着中山先生逝去，蒋介石背叛革命，王天培统率的国民革命军第十军受挫，军阀混战，革命遭受挫折，他又英雄无奈，苦闷彷徨，陷入窘境；最后心灰意冷，退隐归田，远离政局。然而，在那风云变幻的多事之秋，"任是深山更深处，也应无计避征徭"，官匪一家，找上门来，逼其就范；但是深明大义的李世荣，不随波逐流，坚守正义门槛，蔑视为虎作伥，终于迎来新中国的成立。然而，其命运注定多舛，随后他又蒙冤受屈，遭受牢狱之灾。幸亏共产党英明，功过明察，才使他劫后重生，安度余年，参政议政，直至寿终正寝于八十溪村。

作品从一个侧面忠实地记录了中国大革命时期的社会生活，描绘了侗族一代青年的觉醒，并毅然走上革命的大无畏精神。同时，反映了侗族革命者洁身自好的高贵品质，具有历史意义和时代启示。李世荣英豪多难、崎岖沉浮的一生，正折射了资产阶级旧民主主义革命的不彻底性，也反映了旧时代爱国志士的壮志报国、慷慨激昂的情怀和愤世嫉俗、消极避世的脆弱无奈，同时，还深深烙印了侗家人习惯于谦让避世、不好争锋的民族性格。

作者运用散文的笔调来撰写人物传记，风格别异。一般的传记都是以纪实的手法来展开传主的人生命运，并加以评说。而《将军梦》则分成5章52节来编排，每一节都以散文的笔调来记述，基本上是一节一个故事，既独立成篇，又能连篇成章，缀章成传。而且每一节的开头几乎都从环境描写、风物简介或背景交代入手，然后进入故事情节，从而产生引人入胜、可读性强的艺术效果。这种艺术手法，拓宽了人物传记写作之路。

传文中山村景致，侗乡风情，扑面而来。如在介绍赤溪湳洞司时写道："这片地处边远偏僻之疆，千里苗山，层峦起伏，林木葱茏，风光秀媚，大山屹立之间，一坦平川，湳洞司大坝良田万顷，盛产谷物，邛水滔滔绕江口屯悠悠流逝，经沅水、洞庭入长江，水上林木为侗乡带来经济繁荣，人称鱼米之乡。"这古老的侗乡村落，山清水秀，鱼美粮丰，真是世外桃源啊！而在写将军"魂飞天国"时，那乡风土俗犹如画卷展开："按照侗族丧事风习，为他剃了头发洗了身，换了新衣衫，脚穿亡人鞋，双手握着纸钱，口含一粒碎银，身上覆盖红缎绣花寿被，梦床下放着一盏油灯，堂中供着灵位，灵牌上写着他的生死年月日辰，排着香案，点着烛灯，民间传说是欢送将军魂归九天。"

全传细节生动，真实感人。如李世荣幼读私塾、巧对先生出联时是这样写的：课堂的屋梁上，被猫掀瓦抓耗子撕开几个天洞，太阳光从瓦洞中投射下来，大小光圈像镜子，也像鸡蛋，很迷人，学生们看着光圈玩，有的还伸手去捉拿它。龚先生走进课堂，动了动鼻梁上的镜架说，你们觉得光圈好玩，我就出题考你们答对联，看谁能对得上、答得好。他摇晃脑袋，拖着八股音调重复三遍吟出了上联："天晴，鸡蛋、鸭蛋。"他逐个提问学生，有的答得意近却不工整，有的答非所问，不像对联，他脸色不悦。最后，他满怀希望地望着李世荣，又高声念了一遍"天晴，鸡蛋、鸭蛋"。李世荣想到下雨天，先生常用木盆去接从瓦洞上漏下来的雨水，就胸有成竹地对答："下雨，脚盆、脸盆。"先生一听，脸色绽放，即走近世荣拍拍他的小肩膀夸赞："小子非凡矣！"

这段细节，神态逼真，生动感人。类似的细节还不少，如李世荣进入武昌陆军三中时，善于观察思考，智答考官面试试题，应对自如的场面，无不栩栩如生。这些细节，虽然着墨不多，但真实生动，鲜活感人，凸显出李世荣学业用功、聪颖过人、机智灵活的鲜明个性。它不仅使人物形象饱满，也为后来传主的建功立业铺垫了基础。

二、王宗勋的《红军师长龙云》

王宗勋（1964—），贵州锦屏县平秋镇魁胆村人。黔东南民族师专中文系毕业，曾任锦屏县志办副主任、史志办主任、县档案局（馆）长等，系贵州省党史研究会会员。

《红军师长龙云》是王宗勋撰写的一部长篇人物传记，也是一曲人物英勇悲壮的生命颂歌。

龙云，原名龙治贞，化名龙普霖、龙飞云，1903年出生于锦屏县茅坪镇一个农民家庭，父亲系苗族，母亲为侗族。龙云先后在茅坪小学堂、王寨高等小学和天柱中学读书。1919年与革命青年龙大道等乘木排东下武汉求学，受革命思想影响。他投笔从戎，先后参加了北伐战争、平江起义、井冈山会师，亲历了红军第一至第五次反"围剿"战争，历任红军学校第一期学员第一队队长、红五军第五纵队第十一大队大队长、红一军团第三十五师师长、湘赣军区参谋长兼红军第四分校校长、中央苏区独立第四师师长、红三军团第二十一师师长、红六军团第十八师师长等职。1934年8月，奉中央革命军事委员会令，龙云率红六军团第十八师为中央红军实施战略大转移先行探路。一路上，他为保卫红六军团主力与强敌进行了频繁而殊死的战斗，使任弼时、萧克、王震率领的红六军团总部与贺龙、夏曦、关向应率领的红三军团在贵州印江县木黄实现会师，完成中央赋予的光荣使命，实现了中央战略转移的目标。在掩护红军主力转移的血战中，龙云在黔东不幸负伤被俘。国民党将其先后图圄湖南、湖北感化院，妄图通过"软化"，使其变节投降。面对敌人的软硬兼施、威逼利诱，龙云初心不改，坚贞不屈，饱受折磨，病体加剧，最终于 1936 年 2 月死于湖北武汉监狱，年仅 33 岁。

龙云是红六军团西征途中浴血奋战、身负重伤、不幸被俘而遭监禁迫害致死的红军高级将领。长期以来，我国党史、军史界均认为龙云是湖南浏阳人，1934 年 10 月在黔东掩护红六军团总部突围时负伤被俘遭军阀何键杀害于长沙。2008 年，锦屏县史志办在调查中发现，龙云只是与湖南浏阳女子赵氏结婚却并非湖南人，而是贵州锦屏县茅坪镇人。随后王宗勋等人先后到贵州铜仁、石阡、思南与湖南、江西、湖北、北京等地调查征集资料，最后依据大量史料，王宗勋整理撰写成传记《红军师长龙云》。2011 年 10 月，贵州党史界在锦屏县召开龙云烈士事迹研讨会。2014 年 10 月，《红军师长龙云》初稿通过州、省党史部门审定，2015 年 6 月，由中共党史出版社出版。该书 15 万余字，历史图片 22 幅。

《红军师长龙云》的撰著出版，其意义与价值不可忽视。

这部传记，史料丰富翔实，修正了既往龙云史料记述中的重大失误。传书不仅记述了龙云艰难、英勇、悲壮、凄凉、传奇的短暂人生，而且第一次纠正了中共党史界几十年来一直认为龙云的籍贯为湖南浏阳以及 1934 年 10 月在黔东激战负伤被捕后在长沙被军阀何键杀害的以讹传讹的旧说，并以确凿的国民党军政档案文献与赴黔湘赣鄂京调查采访的大量史料互证确立龙云是贵州锦屏县茅坪人，而且他不是被何键杀害，而是饱受敌人残忍折磨之后于 1936 年 2 月 2 日死于武汉的国民党湖北反省院等重要史实，从而澄清了长期以来党史、军史包括《任弼时传》这样重要的史传的误笔讹传，还原了历史的本来面目。这是我国党史、军史人物资料征集、研究、考证与撰述的重大收获。中共贵州省委党史研究室认为：发现龙云师长是贵州锦屏县人，是贵州省党史工作的一个重大发现，是贵州省党史研究的一项重大成果。2016 年 11 月 23 日，贵州省人民政府追认龙云为革命烈士。

传记故事曲折，引人入胜。全书共分为贫寒少年、参加革命、浴火成长、肩负重任、奉命西征、挺进贵州、血战大广坳、甘溪遇险、喋血困牛山、寻找主力、狱中牺牲等十一章。故事环环相扣，军情险象环生，比较全面地再现了龙云师长艰辛多舛、英勇悲壮的传奇人生。比如在黔东南剑河县"血战大广坳"那场战斗，真是战火硝烟扑面而来，枪炮声厮杀声军号声震荡山谷，天宇阴阴，凄风惨惨，尸横遍野，血染山河，军旗倒地，残酷惨烈，叫人目不忍睹。又如，龙云生命的最后一年多是在监狱、"感化院"和"反省院"中度过的。在狱中及"两院"里，他和党组织失去了联系，却能不忘初心，孤身抗争，身心遭受惨重的折磨煎熬，度日如年。但他宁死不屈，既不为"感化"也不"反省"，始终凛然正气，初心不改，令人感佩敬仰。

总之，《红军师长龙云》一书，是一部饱含着清水江畔水色、杉木之乡绿色、革命老区红色诸文化基因的力作。

三、秦秀强的《将军百战归——吴绍周传奇》

秦秀强（1966—），贵州天柱县邦洞镇人，中央民族学院南方少数民族语言文学系毕业，历任天柱县委宣传部干事、天柱县政协文史委副主任、主任等，系贵州作家协会会员。

秦秀强的章回体传记文学《将军百战归——吴绍周传奇》共有28回，计20万字。该传叙写了吴绍周将军童年生活、少年时代的趣事和参加北伐战争、抗日战争、解放战争等重大事件及晚年生活的人生。

吴绍周出生于贵州天柱县瓮洞镇客寨村，是一位地地道道的苗族将军。他在国民党军队里历任排、连、营、团长，师参谋长、旅长、师长、军长、中将兵团副司令等。1945年4月，日军土肥原调集10万兵力，妄图扫荡豫西。吴率第八十五军一一〇师、二十三师、暂编五十五师先后在内乡、重阳店、丁家店、西峡口等地阻击日军。在西峡口和重阳店两次战役中，诱敌深入，聚歼日军第三纵队2000余人，击毙纵队司令，俘敌300余人，缴获战马800余匹、战车数十辆、枪械2000余支、大炮20多门，战果辉煌。吴再次获授三等云麾勋章，升任第九集团军副总司令。日本投降后，吴参加了在郑州的受降典礼，并率部由西峡口开赴新乡市接管，解除日寇武装。在艰苦卓绝的抗日战争中，他率部赴汤蹈火，与日寇浴血奋战，历经南口、台儿庄、随枣、枣宜、瑞武、西峡口、重阳店等大小数百次战役战斗，成为抗日名将，旋升任第四兵团中将司令，后调任十二兵团副司令兼八十五军军长。

在解放战争中，他审时度势，放下武器，投入人民怀抱。在《毛泽东选集》第四卷的《关于淮海战役的作战方针》的"注释"中曾提到吴绍周。之后，他被遣送北京功德林监狱学习改造。其间，美国发动侵朝战争，毛泽东发出"抗美援朝，保家卫国"的号召，吴绍周首先参加了美军战术研究班，由他主笔并同侗族将领杨伯涛等共同完成了《关于美军战术之研究》，经呈送中共中央军委和毛泽东主席阅批后，对志愿军了解美军的战略战术，有力地打击美国侵略者起到了重要的参考作用。由于吴绍周研究美军战术有功，经毛泽东批准，成为功德林监狱第一个被特赦的国民党高级将领。

晚年吴绍周任湖南省人民委员会文史研究馆馆员、参事室参事等。1966年5月病逝于长沙，终年64岁。2015年9月，吴绍周将军被中共中央、国务院、中央军委追授"中国人民抗日战争胜利七十周年纪念章"。

据有关资料统计，抗日战争时期贵州省共组建了11个陆军师开赴抗日前线。贵州70余万将士在抗日战场浴血奋战，英勇抗击日本侵略军，最终战胜了日本帝国主义。黔籍军人在烽火硝烟中冲锋陷阵，前仆后继，为国家作出了重大的牺牲，涌现出了许许多多可歌可泣的英雄人物，吴绍周便是其中一位使日寇闻风丧胆的少数民族将领。因此，《将军百战归——吴绍周传奇》是一本值得珍视的人物传记，为研究黔东南及贵州各族人民的抗战史提供了重要的参考，填补了贵州抗战史研究的诸多空白。

这部传记的艺术特色是：一、全书洋溢家国情怀，释放正能量。作者是在查阅了大量档案文献、文史资料和亲访国民革命军第八十五军抗战老人的基础上，精心撰写而成，具有较强的历史真实性和艺术感染力。该书既可作为文学作品阅读欣赏，又可作为抗战史料查阅参考，是一本不可多得的爱国主义教育读物。二、该书具有章回体小说的特点，情节环环相扣，引人入胜。传记包括28回，近20万字，其中有7回是专门描述吴绍周将军血雨腥风的抗战经历，堪为全书精华。每回前都用两句对偶联句作为"回目"，如"吴绍周怠走瑞金，汤恩伯血战南口""横刀立马台儿庄，冲锋陷阵卧虎寨"，以概括本回故事内容，且每回叙述一个较为完整的故事，具有相对的独立性。每回之间，起承转合，紧扣密切，眉目清楚，符合大众欣赏习惯，令人产生艺术共鸣。三、战争场面描写惊心动魄。传记以吴绍周为主线，记述了广大抗日将士同仇敌忾、不怕牺牲与穷凶极恶的日本鬼子殊死战斗的历史事实，再现了中国人民抗日战争的艰难壮举。人物个性突出，群像鲜活，战争场面和战斗过程历历在目，跃然纸上。

四、杨正豪、杨贵和的《在那天寒地冻的日子里》《脚尧人的小康路》

杨正豪（1952—），贵州榕江县乐里镇上寨村人。贵州师范大学中文系毕业。1973年入伍北京军区，后返贵州省军区、凯里军分区供职，历任排、连、营、正团级干部，上校军衔。1996年转业任黔东南州广电局副局长、黔东南州文联党组书记、主席等职。系贵州省作家协会会员，贵州省美术家协会理事等。

杨贵和（1964—），贵州黎平县尚重镇归林寨人。1984年黔东南民族师专中文系毕业后，被贵州省军区特招入伍。历任凯里军分区军务科科长、榕江县人武部部长、政委、榕江县委常委，上校军衔。2005年转业地方工作。贵州省作家协会会员。

杨正豪、杨贵和的合著《在那天寒地冻的日子里》，叙写的是黔东南州2008年遭受50年一遇的严重冰灾及其灾后救援的史实。那一年春寒料峭，中国南方发生凝冻天气，而黔东南州则成了这场冰雪灾害的重灾区。当时，电杆倒塌、交通中断、水管爆裂、食品短缺、民房损毁、禽畜死亡……据灾后统计，在这场冰灾中全州造成直接经济损失达52亿多元。在冰灾面前，黔东南州委、州政府迅速成立了抗冰救灾应急指挥领导小组，并向全州发出了"守土有责、各负其职，决不准冻死、饿死一个人"的命令。围绕保"民生"这条主线，全州从地方到军队各行各业的党员、干部以及全州各族群众，在大灾面前不退缩、不埋怨、不等待，积极响应党委政府号召，万众一心，迎难而上，奋力抗灾。为了早日复电，重建家园，广西、海南、四川、云南等兄弟省区的电力驰援队伍来了；成都军区、贵州武警、消防的大部队来了。广大驰援队伍官兵与当地干部、群众一道战严寒斗冰雪、沐风浴雨、风餐露宿，夜以继日地忘我工作，谱写了一曲曲惊天地泣鬼神的救灾之歌。虽然，那场严重的冰灾已经远去，但痛定思痛，许多值得记忆和深思的问题时常浮现。诸如如何沉着有效地应对自然灾害？如何科学地避免或减少自然灾害？如何更好地与自然和谐相处？……基于此，杨氏两人欣然接受上级布置的重任，不辱使命，以高度的社会责任感，进灾区、走村寨、访机关、入部队、察民情，通过大量实地采访，创作了长篇报告文学《在那天寒地冻的日子里》，经中共黔东南州委宣传部审定后，于 2010 年 9 月由贵州民族出版社出版。全书 20 万字，图片 160 幅，其意义和价值是：

一、它全面记录了那场大雪灾的严重实情和党政军民奋勇抗灾的战斗史迹。当时，全省各种新闻媒体对那场冰灾的报道虽然铺天盖地，但多是消息、通讯、图片及电视专题等，缺乏系统的梳理和纵深的报告。而这部报告文学能以真实记录的文学手法，多角度、多侧面、全方位、大纵深、高立体地对那场冰灾灾情，以及在抗冰救灾战斗中涌现出来的动人事迹、英雄人物，作了全面深入细致的刻画、描绘和存录。同时，还对总结救灾经验教训、采取抗灾应对措施等作了陈述与探索，为以后减灾救灾提供了历史借鉴与参照，具有重要的史料价值和历史启示。

二、宣传了抗灾救灾的战斗群体和先进个人，反映了社会主义制度"一方有难、八方支援"的优越性。冰灾无情人有情。在大灾面前，全州上下一心，大爱无疆。为了救灾，村与村、寨与寨、乡与乡、县与县打破了固有的管辖边界，采取就地、就近、就便等方式协同奋战，有效救灾。于是出现了雷山县永乐镇医院为救产妇跑到相邻的榕江县平永镇请求柴油发电，得到支持；黎平县绍洞村发生寨火，榕江县紧急调拨运送救灾物资；黎平县缺粮，由从江县保障供应等等。至于那些女子义务巡线组、银行押钞员、通讯维护队，直至抱病坚持工作、牺牲在救灾一线的英雄民警……他们都是那场伟大的抗冰救灾中的英豪，他们的事迹与精神感天动地。作品对他们的动人事迹、合作精神和社会责任感都写得十分出彩，震撼心灵。

三、生动具体反映了军民团结抗灾的鱼水深情。在这次抗冰复电战斗中，驻渝部队某红军师 500 多名官兵成建制地开赴黔东南，与武警、消防、公安和广大民兵预备役人员一道，组成了浩浩荡荡的救灾大军，哪里最需要，哪里最艰苦，哪里最危险，他们就出现在哪里。在镇远县扑救山火的战斗中，有两名战士不幸牺牲。为对子弟兵们的无私奉献与壮烈牺牲表示感谢和致敬，黔东南各族人民掀起了一股拥军颂军慰军的热潮，乡亲们送去一盆盆暖热的炭火，一篮篮的鸡蛋，一桶桶温补的姜汤，一床床家织的被子……在欢送子弟兵凯旋回师的晚会上，歌手和群众深情演唱了本土艺术家创作的歌曲《你就是当年的红军哥》：

> 雪花舞，冰雪落，天寒地冻坡连坡。
> 一支队伍走过来，红军师从我家门前过。
> 震天的号子抬起个山坡，千年重担累倒也不说；
> 你就是当年的红军哥，你就是今天的兵哥哥！

作品在艺术表现上做到了感情的真实、故事的真实、细节的真实，而且语言朴实真切，富有地方、民族、时代的特色，是一本不可多得的当代实录。

《脚尧人的小康路》是杨氏二人的第二部报告文学作品。

脚尧村是地处海拔 1380 多米高的雷公山上的贵州极贫村，辖有 3 个村民小组，39 户 165 人。由于自然条件十分恶劣，过去这个村的群众生产靠贷款，生活靠救济，吃粮靠回销。后来在村党支部书记吴秀忠的带领下，发动群众自力更生，立足自身优势，积极探索发展模式，科学发展生产，从而完成了由农业向产业，由产业向企业转变的"三级跳"。至 2013 年，脚尧村经济总收入达 340 多万元，全村人均纯收入 1.32 万元；加上村里自办的三个茶叶生产销售公司的经营，全村人均纯收入可达 5.77 万元，远远高于全县、全州乃至全省的平均水平。同时，该村实现了通路、通水、通电、通电话、通电视的"五通"，一举甩掉了贫困帽子，率先迈进了小康社会，成为雷山县乃至于贵州贫困山区脱贫致富的榜样。1996 年脚尧村被中共贵州省委、贵州省人民政府授予"小康村"称号，1999 年国务院授予"民族团结进步模范单位"，2005 年中央精神文明建设指导委员会授予"全国文明村镇"称号。吴秀忠作为"全国劳动模范"于 1995 年 5 月 1 日在天安门观礼台上受到江泽民总书记等党和国家领导人的亲切接见……

《脚尧人的小康路》记录报告的就是雷山县脚尧村少数民族群众在村支书吴秀忠和村"两委"的带领下，自力更生，艰苦奋斗，锐意进取，脱贫致富奔小康的创业历程。全书 13 万余字，图片 100 幅。这部作品以独特的视角、冷静的思辨、细腻的描写，全方位展示了全省第一个小康村解放思想，转换观念，依靠科学，脱贫致富的感人事迹，为黔东南及贵州乃至西部贫困地区脱贫致富奔小康树榜样，立标杆，让广大贫困地区学有样子，做有楷模，干有奔头，在实现兴黔富民、建设小康社会的进程中具有典型的指导意义和借鉴作用。

作品热情讴歌了脚尧村党支部的战斗堡垒作用以及党支部书记、全国劳动模范吴秀忠几十年如一日带领群众艰苦奋斗，久久为功，因地制宜，科学发展，共同致富的坚韧精神。作品用榜样的精神激励人，用榜样的力量鼓舞人，用榜样的行动引领人，发挥了文艺作品文以载道、讴歌时代、讴歌英雄的正能量、主旋律的"精神火炬"的独特作用。

作品事例真实，文笔细腻，有较强的可读性。比如在描写脚尧人从一条宽度不够一尺、坡长 800 多米、坡度 70 度的险要山道上悬空搭建木架 130 多米，然后把 7 吨多重的推土机推拉拖运上几个"Z"字形的山脊，最后在 1300 多米高的猫鼻梁山上落地的现场情景就十分惊险动人，大有"愚公移山"再现之势，人物形象生动鲜活，栩栩如生，令人钦佩。

五、傅安辉《陆开德传奇》

傅安辉（1955—），贵州锦屏县石引村人，1979 年底毕业于黔东南民族师专中文系，后就读于中央民族学院汉语系。历任黔东南师专中文系讲师、副教授、凯里学院教授、中文系主任，《凯里学院学报》主编等。贵州作家协会会员。

《陆开德传奇》是其代表作，原载陆景川主编的《九寨风情》。陆开德是一个英雄传奇人物。1852 年他以乡勇身份从锦屏县九寨侗乡石引村应召入伍，在湖南、湖北、江西、安徽、江苏等省辗转与太平军作战，戎马生涯二十年。因智勇双全，作战有功，多次受到曾国荃、曾国藩嘉奖，直至晋升为副将。1871 年他回乡探亲，就在家乡石引村过着安宁、恬静的田园生活。他每当回想起自己从湘、鄂、赣、皖到南京，身经百战，亲自杀了那么多太平军，心里产生了悔意，在上司多次信函催促甚至派员来接的情况下，再也没有返回部队。而在家乡做了捐资助学、倡修义渡、维修寺庙等公益事业，直至年老病逝。

《陆开德传奇》1万余字，故事传奇，情节生动，语言流畅，简明精要地记述了陆开德的军旅生涯和晚年悔醒、退隐归田的一生。其意义主要有两个方面：

第一，陆开德是目前发现的有官方史料记载的最早的侗族高级将领。因此，这篇传略对于研究侗族的军事史及军界人才的成长具有重要的史料价值和启示意义。

第二，侗族是一个能产生军事将领并且已产生了系列军事将才的民族。但是，由于侗族的民族性格柔忍，侗族的军事人才要能"登高望远""终成大器"，不仅要不断克服民族自身及文化性格的局限性，而且还要善于向其他民族学习，坚守初心，方得始终。

综上所述，侗族作家创作的纪实文学有着鲜明的特色，都饱含革命激情，高扬革命传统和爱国主义精神，以讴歌革命前辈和当代英杰为己任，并遵循纪实文学的真实性原则来创作，因此硕果丰实。

第六章

戏　剧

这一章的戏剧，主要以侗戏为主。侗戏，侗语称"戏更"（yikgaeml），它是全国317个剧种以及全国少数民族22个剧种园艺中的一朵奇葩。黑格尔曾指出："哪个民族有戏剧，就标志着这个民族走向成熟……戏剧是一个民族开化的民族生活的产物。"侗戏的产生，是侗族民族文化艺术走向成熟的标志。侗戏从十九世纪二三十年代由侗戏鼻祖吴文彩始创至今已近200年的历史。它经历了几代人的辛勤耕耘和创造，留下了数百个剧目，它们是侗族文化宝库中一笔珍贵的艺术遗产。进入新时期以来，经过侗族文化工作者的不断努力，侗戏的改革创新成果累累，并斩获市州和省部级奖项，得到了繁荣发展。

1978年党的十一届三中全会后，改革开放的春风吹遍了祖国大地，也唤醒了侗乡文化的复苏，侗戏由此跨入了发展的新阶段。它以与时俱进的改革态势，在剧本创作、音乐唱腔、舞台布景、表演方式等方面都实现了新的探索和突破，并出现了侗歌剧、侗歌舞剧、山歌剧、现代侗剧等多种样式的新侗戏。

第一节　侗戏的传承发展

要编侗戏，首先要有戏师。戏师是侗戏之基，侗戏之本。戏师（sanghyik）是侗族民间文学的创作者、保存者和传播者，一般是指那些有名的侗戏导演。在侗乡，一般要具备三个条件才能当戏师：一是能编歌编戏。只有能编歌编戏的人，才能深刻理解剧情，理解剧中人物的思想感情，才能当戏师。二是有较高的表演技巧。侗戏班中的戏师傅，长期为业余演员，演戏多了，熟能生巧，便可担任戏师。三是有一定的汉文化基础，又熟悉侗族文化。戏师们大多用汉字记侗音，抄写和记录自己编创的侗戏，根据剧本教戏和提示戏词。当然，有的只能根据剧本指导排戏和演戏，而有的还能编创新剧本，不少戏师还集歌师、戏师、演员于一身，是现代意义上的"复合型人才"。因此，他们是侗族社会里最有学问的人，是业余的民间文艺家，受到侗族社会的普遍尊重。

有了戏师，才有侗戏的创作与发展。但从侗戏发展的历史来看，道路是不平坦的。它经历了"积极引进"、"努力改编，自成剧种"、成熟发展的几个阶段。侗戏最初作为民间自娱自乐的一种艺术形式，主要是从事侗戏创作和演出活动的戏师们"积极引进"汉族的传统剧目到侗乡，并在以"无偿传戏为荣"的职业道德驱使下，照本宣科地传授戏艺。这一阶段的特征是，侗戏基本上是根据汉族传书或汉族戏剧改编移植而成。尽管在改编移植过程中，戏师们根据侗族人民的需要和审美观念以及欣赏习惯进行了适当的加工改进，但所反映的内容基本上是汉族的内容题材。即使是取材于传统的民间传说、故事或叙事歌改编而成的侗戏，也离侗族人民的现实生活还有距离。加上侗族没有民族文字，只能借用汉字来抄写剧本和侗歌，所以侗戏的发展是非常缓慢的。

1949 年新中国成立后，侗族人民结束了受剥削、受压迫、受歧视的历史地位。侗戏作为一种优秀的传统民族文化，开始受到党和国家的重视。20世纪 50 年代，文化部两次在西南地区召开少数民族文化工作会议，发出了"抢救民族文化艺术遗产"的指示。从此，侗戏的发展进入了"努力改编，自成剧种"以反映本民族题材的阶段。1952 年，从江县著名侗戏师梁普安编创了第一个反映侗族人民新生活的侗戏《土地还家》，它标示着"新侗戏"的诞生。从 1953 年起，侗族地区各县先后建立了文化馆（站）。通过文化馆、站，开始对侗戏进行有组织、有计划的搜集、整理和辅导工作，为侗戏的创作、演出、推广与研究创造了条件。同时，几乎每年都有县、地（州）、省（区）级的文艺会演，从而促进了侗戏的创作如雨后春笋般出现。继《土地还家》之后，又产生了一批"新戏"，如梁普安编的《留粮四百七》《婚姻法》《张老三思想转变》《双季稻》《顾老渊》《互助组》《兴修公路》《兴修水利》《十月革命》；吴章富编的《奶桃》《喝喜酒》《补闹乃闹》；汤世玺编的《两婆媳吵闹》《老中青三结合》《婚姻自主》《计划生育》《民族团结》；吴云深编的《上民校去》；吴冠儒的《打击不法地主》等。这些"新戏"，都反映了那个历史时代的新生活，受到侗族群众的普遍欢迎。

1956 年 12 月 20 日，黔东南苗族侗族自治州第一届工农业余文艺会演在镇远举办，榕江县代表队演出的侗戏《三郎五妹》、从江县代表队演出的侗戏《珠郎娘美》，均受到观众的好评。随后，《珠郎娘美》经提炼后，拿到贵阳参加贵州省民间业余艺术会演，获得一等奖。1957 年 2 月 28 日，黎平县侗歌手吴云英、吴万芬、吴万芳、吴锡英和从江县歌手梁翠华等 4 人及天柱县阳戏《打菜》剧组应邀参加在北京举办的全国第二届民间音乐舞蹈会演，受到朱德、周恩来等党和国家领导人的亲切接见。这年，黔东南东三县（黎平、榕江、从江）在榕江县举办侗族文艺会演，榕江县演出了侗戏《华团阮隋》，黎平县演出了侗戏《粮食问题》，从江县演了侗戏《美道》，均受到欢迎。1958 年初，贵州省文化局组织侗戏调查工作组深入黎、榕、从进行侗戏考察，并辅导农村侗戏班，协助举办三县侗戏会演，与老艺人林占华、汤世玺、吴学先等共同研究对侗戏《莽隋留美》的修改工作。5 月，榕江县侗戏实验剧团成立，此为贵州省第一个专业侗戏表演艺术团体。7 月，中央文化部在云南大理召开西南地区文化工作会议，黎、榕、从三县组织侗戏代表队赴大理作汇报演出受到好评。特别是由 15 人组成的《珠郎娘美》侗戏剧组的演出，更是受到与会者的热烈赞扬，这是侗戏第一次登上大雅之堂，也是在全国范围内第一次公开亮相。11 月，黔东南州第二届工农业余文艺会演在凯里举行，16 个县的 540 名代表参加，演出节（剧）目 130 个，侗戏广受欢迎。这一年，榕江县车江俱乐部以现代生活为题材编写了 52 个侗戏、侗语话剧、侗语快板和侗语相声。黎平县平寨俱乐部创作了 30 多个反映现实生活的侗戏。1959 年 2 月，黔东南州第三届工农业余文艺汇演在榕江举行，凯里、镇远、黄平、锦屏、黎平、榕江等县和州歌舞团 1400 多名演职员参加，演出节（剧）目 105 个。这一年，贵州省文化局、省剧协、省音协联合工作组赴黎、榕、从三县再次对侗戏进行调查。工作组搜集到传统侗戏 26 个，新编侗戏 17 个，其中《珠郎娘美》一剧前后共搜集到 7 种异文底本，并编印出第一本《珠郎娘美》集子。根据这些材料又翻译整理成侗戏《珠郎娘美》剧本汉译本。另外还编印了《侗戏传统剧故事梗概》《侗戏音乐资料》等。

1960 年 1 月，贵州文学月刊《山花》第 1 期发表贵州省文化局、省剧协、省音协联合工作组改编的传统侗戏《珠郎娘美》，后被选入中国剧协主编的《各民族戏剧选》丛书出版。这是侗族文学史上公开出版的第一个侗戏剧本。这年初，《珠郎娘美》被贵阳黔剧团改编成黔剧《秦娘美》，然后赴榕江县排戏，并在凯里、贵阳作汇报演出。2 月，黔东南州第四届工农业余文艺汇演在凯里举行，黎平、锦屏、黄平、镇远、剑河、榕江等县及州直机关代表共 400 人参加，演出 9 场节（剧）目达 102 个，其中榕江侗戏实验剧团的新编侗戏《危险的道路》获一等奖，锦屏县九寨业余侗剧团的《侗族伴嫁歌》获二等奖。6 月中旬，贵阳黔剧团携《秦娘美》进京演出，受到普遍好评，全国有 12 家省级以上的报纸杂志载文评介《秦娘美》。1960 年 6 月 26 日《光明日报》发表京剧大师梅兰芳的《看黔剧"秦娘美"》，文章赞评道："我看的一出《秦娘美》，是民间传说已久的一个侗族故事。……拿全剧的思

1960 年黔剧《秦娘美》剧照

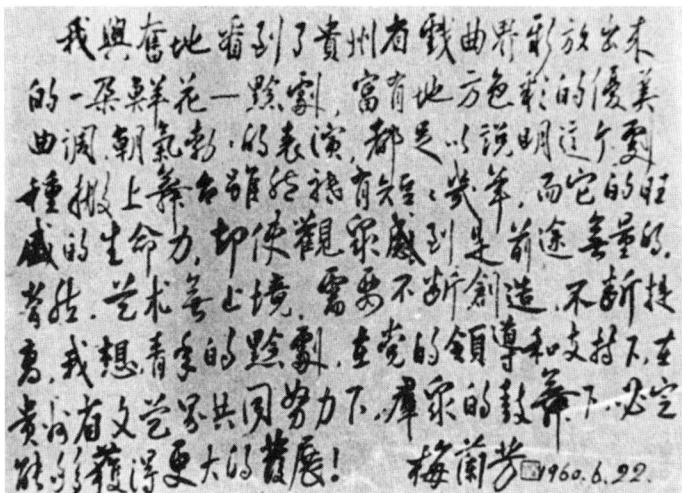

京剧大师梅兰芳评
介黔剧《秦娘美》手稿

想性、艺术性来说，这确实是个好戏。"9 月，因受"左"的政治气候的影响，按上级有关"文化下马"指示精神，刚成立两年多的榕江侗戏实验剧团被宣布解散。1964 年 3 月，黔东南州第五届工农业余文艺会演在凯里举行，从江县著名侗戏师吴章富新编的侗戏《嘎吴办夜校》被评为一等奖，"嘎吴"是指被昆明军区表彰授予一等功的从江县人民武装部科长吴兴春。这年，从江侗戏师梁普安编成新侗戏《四清运动》《兴修水利》《兴修公路》，演出后受到好评。1965 年，榕江县文化馆张勇编成侗戏《奴救赖》，并演出移植小戏《送肥记》和《新媳妇》等，受到观众欢迎。

1966 年初，榕江县在车民乡举行全县民族文艺会演，移植侗戏《三世仇》受到好评。之后"文化大革命"波及侗乡，传统侗戏被列为"四旧"遭到禁演。1970 年，京剧"样板戏"传入侗乡，侗戏开始移植"样板戏"。榕江县文化馆将《龙江颂》《红灯记》《智取威虎山》等剧片段移植为侗戏；黎平县文化馆将《沙家浜》剧片段移植为侗戏，并参加当年黔东南州组织的三县片区文艺调演。1971 年 7 月，黔东南州第六届民族业余文艺会演在岑巩县举行，此前的"工农"改为"民族"，体现了党和政府与全社会对民族文化的自觉认识和高度重视。全州 13 个县的文艺代表队演出革命样板戏《白毛女》和苗、侗歌舞节目。1973 年 10 月，黔东南州第七届民族业余文艺会演在凯里举行，全州 11 个县 635 名代表参加，剑河县创作排演的反映毛泽

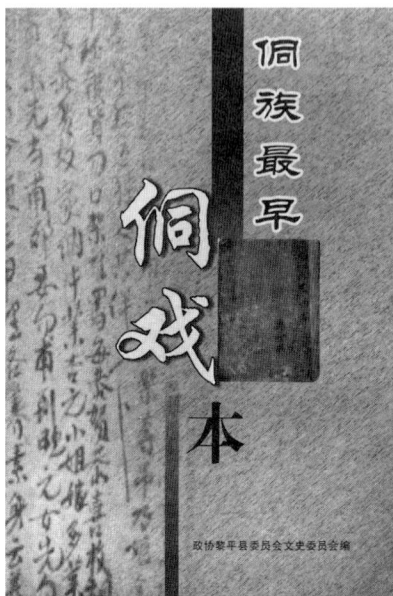

《侗族最早侗戏本》书影

东长征过剑河的歌舞剧《红日照苗山》会演后，到凯里、雷山、麻江、三穗、镇远、天柱等县巡回演出。1976年4月，黔东南州第八届民族文艺会演分别在凯里、雷山、黄平、岑巩、从江5个片区举行，16个县707名代表参加调演。其中黎、从、榕三县在从江举行，榕江县代表队演出移植样板戏《龙江颂》，从江县代表队演出《杜鹃山》和创作剧本《三路口》，从江龙图侗戏班演出新编侗戏《插牌》和《高山劲松》，黎平县代表队演出新编剧目《春潮滚滚》。总之，十年动乱期间，侗戏这簇艳丽的民族艺术之花遭受摧残，老戏师遭到迫害，除了"革命样板戏"外，许多珍贵的侗戏剧本惨遭焚毁。

1976年10月，打倒"四人帮"，人民得解放，侗戏得发展。1978年春节，榕江县车寨侗族人民，重新演出侗戏《补桃奶桃》《珠郎娘美》《三郎五妹》，邻近村寨群众纷纷赶往观看，如大旱获甘雨。从江县龙图宰门侗戏班上演《毛洪玉英》和新编历史侗戏《岳飞抗金》，腊水"顺和班"上演侗戏《刘高》，腊全"仁和班"上演传统侗戏《梅良玉》，贯洞迫举侗戏班上演侗戏《金汉》。同年12月，黔东南州第九届民族业余文艺会演在凯里举行，16个县的399名代表参加，共演出12场，节（剧）目153个。1979年春节，黎平县有30多个村寨演出了侗戏《珠郎娘美》《刘知远》《山伯英台》《梅良玉》等。群众听说演侗戏，七八十岁的老人也赶来观看。这年，黔东南州文化局安排黎平县民族文工队排演的《珠郎娘美》前往锦屏、天柱、凯里、雷山、榕江等地演出。州文化局还组织侗族民间文学工作组，深入黎平、榕江、从江三县调查侗戏流传情况，并写出了《侗族戏祖吴文彩》等调研材料。

1981 年，贵州省从江县文化馆黄能赋、石平姣、陈春元、全文武、梁维安等创编侗歌剧《蝉》，侗戏出现了歌剧这一新样式。1982 年 2 月，侗戏鼻祖吴文彩墓被贵州省人民政府公布为省级文物保护单位，修葺一新。10 月，黔东南州第十届民族业余文艺会演在凯里举行，16 个县 464 名代表参加，共演出 18 场 140 多个节（剧）。1983 年，从江县民族文工队成立，开始排演侗戏《蝉》《三媳争奶》《送礼》等新编剧目。1984 年春，另一位侗戏始祖张鸿干墓重立墓碑修葺，并列为从江县级文物保护单位。7 月，黎平县民族文工队的侗戏《善郎娥美》参加在贵阳举办的全省首届乌兰牧骑文艺会演，从江县文工队的侗歌剧《蝉》应邀参加全省"音乐会"，并双双获创作演出"鼓励奖"。8 月，黔东南州文化局在黎平县举办首届全州侗戏调演，黎平的《善郎娥美》，榕江的《丁郎龙女》，从江县贯洞文化站的《三媳争奶》《送礼》，天柱县的山歌剧《清江春月夜》等参加演出。这次调演，剧目新、样式多，展现了侗戏艺术改革创新的新局面。9 月，贵州省文化厅在贵阳举办首届少数民族戏曲观摩研究汇报演出，黎平的《善郎娥美》、榕江的《丁郎龙女》、从江县的《送礼》等侗戏参加演出，受到专家和媒体的好评。10 月，榕江的《丁郎龙女》被选送参加国家民委、文化部在昆明召开的全国少数民族戏曲剧种录像观摩演出，并获优秀剧目演出奖。与此同时，各类侗戏班子如雨后春笋般出现。据 1984 年底统计，从江县有 200 多个业余侗戏班子，其中龙图乡 500 户人家就有 5 个业余侗戏班子；而黎平县达到 280 多个。侗戏的创作也呈现繁荣之势，仅从江县龙图乡睹岁寨"顺和"侗戏班戏师梁普安，自 1977 年至 1984 年间，就创作了《郎富》《萨岁》《汉边》《郎夜》《四也传歌》等 5 个侗戏，成为侗乡的高产剧作家。随后，黎平县成立了"侗戏实验剧团"。

1985 年 7 月，黔、湘、桂侗族地区在广西三江侗族自治县举办首届侗族文艺会演，榕江县的《莽隋留美》、从江县的《三媳争奶》、黎平县的《竹兰》、三江县的《琵琶缘》、通道县的《抢秀才》等参加演出。这是三省（区）侗戏艺术的一次大检阅、大交流，为推进侗戏的创作演出起到了重要的促进作用。当月，贵州《银屏舞台》第 1 期刊载《黔东南侗戏专辑》，选登了《丁郎龙女》《善郎娥美》《送礼》等 6 个剧本。11 月，黔东南州举办全州戏剧巡演评奖活动，黎平县的《找牛》《补贯送礼》获综合二等奖，榕江县的《莽隋留美》获综合三等奖，天柱的《清江春月夜》获鼓励奖。这年 11 月，榕江的侗戏《丁郎龙女》在文化部、国家民委、中国戏剧家协会、中国少数民族戏剧学会联合举办的全国首届民族剧本评奖中获"团结奖"。

1986 年，湘、黔、桂三省（区）侗乡在贵州黎平县举办第二届侗族文艺会演。从江的《四艾寻歌》、黎平的《孤独的王乔星》、三江的《银耳环》、通道的《浪子回头金不换》等新编侗戏闪亮登场，受到热烈欢迎。这一年，《侗族民间剧本选》由贵州人民出版社出版，收录了《金汉》《门龙》《丁郎龙女》等 10 个侗戏剧本。1987 年，黔东南州在凯里举办第十一届民族文艺会演，12 个县市的 337 名代表参加，演出节（剧）目 101 个，有 26 个节目获奖，其中从江县文工队演出的侗戏《良三传奇》获一等奖。同年，湘、黔、桂三省（区）在湖南新晃举办第三届侗族文艺会演，从江的《良三传奇》、广西的《玉蝉》、湖南的《南瓜岔》等新编侗戏获得好评。这年，侗戏《丁郎龙女》和侗戏有关资料被《中国少数民族戏剧丛书》（贵州卷）收编。1988 年，黔东南州文化局在从江县举办第三届侗戏调演。从江县文工队演出新编侗戏《古榕春色》、小黄队演出传统侗戏《乃宁》，榕江县代表队演出改编侗戏《补桃》，黎平县文工队演出改编侗戏《门龙绍女》，天柱县文工队演出新编侗戏《侗箫奇缘》等，它们在题材内容和表演形式上都有新的突破。1989 年 10 月，黔、湘、桂三省（区）在榕江举办第四届侗族文艺会演，从江的《郎夜》、榕江的《补桃》、黎平的《鱼郎与螺姑》等侗戏及三江的侗族歌舞参加演出。

1991 年 10 月，湘、黔、桂三省（区）在广西龙胜各族自治县举办第五届侗族文艺会演，从江的现代侗戏《官女婿》被安排在首场演出，为这届会演创造了一个较高的艺术起点，并获得组委会颁发的 11 个单项奖。接着，黎平的歌舞剧《侗女神韵》、龙胜的侗戏《七奶奶》、湖南的侗戏《考女婿》等连续演出，会演喜获丰收。同时，贵州省文化厅群众艺术馆还在当年举办全省群众文艺创作评奖活动，从江县文化馆周恒山改编的侗戏《郎夜》和梁维安的现代侗戏《官女婿》同获创作一等奖。

1992 年 11 月，从江县文化馆梁维安创作的现代侗戏《官女婿》，在第三届全国少数民族题材剧本创作评奖中荣获"金奖",开创了侗戏剧作家作品获得国家级金奖的纪录,把侗戏的创作与演出推进了历史的新时代。

与此同时,侗乡业余文化工作者们敢于艺术探索,几经编写排练,成功创作了新的剧种侗歌剧。1995年,贵州剑河县的侗歌剧《情寄岩》被搬上县城举办的农历"六月六"节日舞台,受到热捧。"十年磨一剑"。2002年,该剧经黔东南州文化局的专家指导修订后,更臻成熟,广受欢迎。

2014年,大型侗族大歌音乐诗剧《行歌坐月》横空出世。这是第一次把世界级非遗"侗族大歌"和国家级非遗"珠郎娘美"与被称为"国乐"的中国民族管弦乐首度牵手、珠联璧合、打造推出的经典力作。2015年1月8日晚,《行歌坐月》在北京国家大剧院音乐厅隆重上演,座无虚席,并获得了极大的成功。之后,剧组沿着贵广高速沿线及大城市巡演,受到广大观众的青睐与好评,还斩获贵州"五个一工程奖"。

2016年黎平县开展侗戏普查,结果显示黎平县民间还活跃着185支侗戏队,是全国侗戏表演队伍保存得最多的县,黎平县成为保护与传承侗戏的排头兵。

2017年2月26日至27日,贵州黎平县第三届侗戏调演暨黔、湘、桂三省区侗戏邀请赛在黎平县电影院隆重举行。贵州黎平、剑河、天柱、锦屏、榕江、从江等县及湖南通道县、广西三江县的20支侗戏表演队参加比赛,不同侗族戏种先后在舞台上进行角逐和展演。

2020年10月17日至25日,由国家文化和旅游部非物质文化遗产司、资源开发司指导,中国非物质文化遗产保护协会主办,贵州省文化旅游厅、黔东南州人民政府、中国旅游协会、中国旅行社协会、中国旅游景区协会联合主办的首届"中国丹寨非遗周"在贵州黔东南州丹寨县万达小镇隆重举行。其中10月19日在锦鸡广场全天举行黔东南民族文化生态保护实验区第二届传统戏剧展演活动。来自全州12个县7个剧种248名传统戏剧演员闪亮登场,精彩献艺,为观众奉上了一场民间戏剧艺术盛宴。经过角逐和专家评选,从江县的侗戏《不孝之子》,黎平县的侗戏《精准扶贫》和桂戏《穆桂英大战洪州》,榕江县的侗戏《门龙蛇女》获得一等奖;锦屏县的大戏《百岁挂帅》、丹寨县的花灯戏《白鹤记》、从江县的彩调《夫妻美德》、天柱县的大戏《薛应龙飞马斩杨凡》、剑河县的侗戏《王学光兴邦记》获得二等奖；三穗县的花灯戏《婚俗》、天柱县的阳戏《打菜》、施秉县的花灯戏《红军向导》、丹寨县的花灯戏《美好黔东南》等 6 个节目获得三等奖；同时，侗戏《不孝之子》还获得了最佳剧本奖。

黔东南不仅是歌舞的海洋，也是戏曲的沃壤，目前流传于州境的主要剧种有侗戏、阳戏、大戏（汉戏）、傩戏、花灯戏、彩调、桂戏等剧种。其中，侗戏早在 2006 年被列入第一批国家级非物质文化遗产代表性项目名录。

这次"中国丹寨非遗周"戏剧展演活动，展示了全州各剧种的风貌，加大了各县戏剧交流，为促进黔东南州传统戏剧繁荣发展，增强全州传统戏剧类传承人的文化自信，丰富人民群众精神文化生活，起到了积极促进的推动作用。

第二节　侗戏的改革创新

历史上，由于诸多原因，侗戏的发展比较缓慢，无论在内容、形式或表演艺术上都跟不上社会发展的前进步伐。于是，"侗戏要改革，侗戏要创新"便成了广大侗族人民的共同呼声。从 20 世纪 50 年代开始，侗戏戏师就尝试对侗戏的改编。之后，贵州侗戏调查组还邀请著名戏师吴章富、吴金松、吴学先、吴仕恒、梁普安、杨灿荣等人对侗戏《珠郎娘美》进行整理改编。之后，由于政治运动影响、国民经济受挫，侗戏的改革也陷入停顿不前的境地。

1978 年党的十一届三中全会后，改革开放的春风吹遍了祖国大地，也唤醒了侗乡文化的复苏，侗戏由此跨入了发展的新阶段。它以与时俱进的改革态势，在剧本创作、音乐唱腔、舞台布景、表演方式等方面都实现了新的探索和突破，并出现了侗歌剧、侗歌舞剧、山歌剧等多种样式的新侗戏。如普虹的《丁郎龙女》，吴定国的《善郎娥美》，郭达津的《找牛》，陶光弘的《清江春月夜》，黄能赋等人的《蝉》，梁维安的《送礼》《三媳争奶》《古榕春色》《官女婿》，姚琼娣的《求亲记》，齐剑阶的《风流女贩》，金敏的《桥魂》、郑光松等人的《琵琶缘》等，都对侗戏的改革与创新作出了有益的探索，取得了明显的成功。可以说，20 世纪 80 年代侗戏取得的显著成就，超过了新中国成立前侗戏 100 多年的发展历程。

新时期以来，侗戏的改革创新，又呈现新蕾吐艳的盛况。比如《丁郎龙女》经过改革创新，脱颖获奖。

《丁郎龙女》原先是流传于侗语南部方言区的一则优美动听的神话传说，之后民间艺人将其改编成叙事诗，广为传唱，经久不衰。其故事梗概是：在那古老遥远的年代，东海龙王的女儿打算来侗乡三宝这个地方探亲。当她走到三宝下边的洛宿潭时，遇到两条汇合的河口，她不知道沿哪条河走，就变成一条小花鱼在潭边的水函里藏身伺机。一天，两个放牛娃将水函放干，捉得一条五光十色的金丝鲤鱼。他俩一个想拿去煮酸汤鱼吃，一个要拿去做烧烤鱼吃。正当他们争执不下时，恰好丁郎挑担从这里路过。经丁郎再三劝说，两个放牛娃都放弃了把鱼吃掉的念头，还乐意地把这条小花鱼送给了丁郎。丁郎小心翼翼将小花鱼拿到自己屋下的小水函里喂养。后来，大水淹没了他的小水函，龙女也变成了小花鱼回到了东海龙宫。龙女向父母诉说了丁郎搭救自己的经过。龙父龙母听了很受感动，便叫龙女变成一位勤劳贤惠的侗家姑娘嫁给丁郎。丁郎与龙女结为夫妻，相亲相爱，男耕女织，过着幸福安详的生活。可是好景不长，丁郎的姑妈有一个女儿叫索梅，年龄与丁郎相当，可是她好吃懒做、嫌贫爱富，当初曾一度看不起丁郎。丁郎娶得龙女后，索梅见他们生活幸福日子快乐，格外眼红。于是，她到处散布谣言，说丁郎娶龙女是违背了"女还舅门"的侗家古规，还说龙女不能传宗接代，必定断后。丁郎老实憨厚，真假难辨，轻信谣言，便纳索梅为妾。索梅到了丁郎家里，活路不做，针线不摸，把龙女当成用人使唤。丁郎也在索梅的威逼唆使下，竟然虐待龙女。后来，虾兵奉龙王之命前来探望龙女，得知龙女如此遭遇，遂回龙宫禀报龙王。龙王大怒，发起大水，淹死索梅。龙女亦奉父王之命，回归东海。只有丁郎一人，孤孤单单，留在人间，寻味忆往，苦度光阴。

这是一个生动曲折的民间传说。20 世纪 50 年代，榕江县三宝侗族戏师杨成林将这个神话改编成侗戏剧本。由于他是按传统侗戏的结构来编写，结果剧情宏大，达 10 余场次，致使场次多，人物杂，重唱词，轻道白，全剧显得庞杂臃肿，枝蔓重复。1984 年，榕江县文化馆的普虹对原剧进行了大胆改编与创新，并由车寨鼓楼文化站排练，搬上舞台，一炮打响。这次改编，作了诸多的探索与创新，主要表现为以下几个方面：

第一，缩增场次。将原剧的十多场紧缩为六场，并加序幕和尾声。即序幕——花鱼得救，第一场——脱险回宫，第二场——报恩赔情，第三场——夫妻恩爱，第四场——索梅挑唆，第五场——丁郎变心，第六场——龙女受虐，尾声——招女回宫。同时根据剧情发展需要，为了集中展现丁郎龙女相亲相爱共建家园的甜蜜生活，改编时增加了这一内容为第三场，使剧情发展更加紧密连贯，人物形象更为血肉丰满。

第二，削枝剪蔓。原剧除龙父龙母外，还有龙祖与丁郎妈这两个人物，但他们"不但起不到推进作用，反而影响剧情的发展"，所以改编时把他们全部删减。同时，为着剧情发展的需要，又设计增加了关嫂这个人物，让她在第二场中当媒作证；在第六场中，当丁郎鞭打龙女时又让她出场制止，从而达到"使观众看到正义有人支持，邪恶有人抵制"的教育作用。

第三，埋伏笔，展矛盾。如原剧没有索梅偷看丁郎龙女甜蜜生活的情节。而改编时为了"埋下伏笔"，推进"后来的矛盾冲突"，便增加了这个情节，使剧情发展更加严密有趣，水到渠成，逻辑性强。

第四，唱白结合，力戒重复。原剧有很多道白是重复唱词，改编时，采取唱白结合、互为补充的做法。这样既保留了传统侗戏以唱为主的艺术特点，又发挥了道白的独特作用，达到"珠联璧合"的艺术效果。

此外，该剧在排练演出过程中，对音乐唱腔的设计，对表演艺术及导演的技术问题、舞台美术、语言使用等也都进行了有益的探索：

首先，设计新唱腔，搭配好乐器。传统侗戏的音乐唱腔一般只有"普通腔""哭腔""尾腔"等唱腔，比较单调。而在排演新剧时，大胆地引进丰富的侗歌曲调，为该剧设计了新的音乐唱腔。新唱腔仍以原有的侗戏音乐、侗歌为音乐素材，保留了传统的上下句"戏腔"，并且让它贯穿全剧。

其次，博采侗族大歌、琵琶歌、果吉歌、踩堂歌、山歌、儿歌、吟诵歌等进去，丰富了侗戏音乐，呈现侗乡艺术是歌的海洋之效果。

最后，伴奏乐器改为以侗族拉弦乐器果吉为主，增加了侗族琵琶，更彰显出民乐的特点。

经过如此改进创新，使整个舞台表演，风生水起，生动活泼，引人入胜，受到观众的普遍好评，引来人潮涌动争相观看的盛况场面。

除此之外，《丁郎龙女》还编译侗汉语言两种版本，增进民族文化交流。传统侗戏只能用侗语演唱，为了增强各民族的文化了解，加强民族融合与团结，使其他兄弟民族也能看懂侗戏，新编排演改革中搞了《丁郎龙女》的两种版本，一种是侗语侗歌本，另一种是汉语侗歌本。为侗家人演唱时用侗语侗歌本，为其他兄弟民族演唱时用汉语侗歌本，侗歌歌词用汉语字幕打出，方便了其他兄弟民族的观看，受到热捧与欢迎。

总之，这次对《丁郎龙女》的大胆改编和探索创新，使这台新编演出侗戏的剧情更加紧凑曲折生动感人，人物形象更趋个性、丰满，语言呈现生动朴实，音乐旋律多姿多彩，民族风情浓郁鲜明，舞美效果摇曳生辉，内容与形式结合完美，打造成了侗族民间文艺的精品，是现实主义与浪漫主义相结合的侗戏范本，成为侗戏改革与创新的成功典型范例，并在北京参加全国少数民族剧种录像观摩演出中斩获优秀节目演出奖和第一届全国少数民族题材剧本创作"团结奖"。

20世纪90年代初，梁维安创作的《官女婿》是这一时期侗戏改革创新的成功之作，剧作体现了消化和吸收现代戏剧理论知识的艺术自觉。《官女婿》展示了一个农村妇女为了贪图私利，虔心为女儿选择一个做"官"的年轻女婿，同女儿及其未婚夫发生的矛盾纠葛：女儿自己选择的是一个"不争气"的返乡务农的大学生为心上人。而当这个大学生被选为乡长后，也并未能使那位未来的岳母都随其心愿而事事如意。这是一部反映侗乡时代生活的现代侗戏，它叙说了"村官"的选拔与考核，写出了改革开放后侗乡百姓自主意识的觉醒。剧本构思新颖，语言诙谐风趣，散发着浓厚的侗寨泥土芬芳。在创作中，梁维安对《官女婿》进行了大胆的改革，在剧本的创作、舞台布景、表演方式等方面都有新的探索和突破。剧作中舞台布景的置换与幕与幕之间的有意划分反映了现代戏剧审美特征，体现了作者的艺术自觉。该剧荣获贵州省十年文艺创作特别奖，1992年获第三届全国少数民族题材剧本创作"孔雀杯"金奖，填补了侗剧没有获得全国金奖的空白。梁维安的戏剧创作实践，体现了一个民间戏剧师向现代剧作家华丽转身的提升与飞跃。

在对侗戏的探索与改革中，2009 年，杨俊与杨远松创作了大型现代新编侗戏《娘美》，也不失为侗戏改革创新的新作。

杨俊（1962—），贵州榕江县三宝侗寨人。1981 年黔东南民族师专音乐系毕业后任榕江县乐里小学教师。1984 年调入榕江县文化局任文艺创作室副主任、主任，榕江县文化旅游局副局长等，曾在上海戏剧学院戏剧文学系学习深造，系中国少数民族戏剧学会会员、中国少数民族音乐学会会员。

杨远松（1956—），贵州榕江县车江乡人。1974 年榕江中学高中毕业后上山下乡当知青，1977 年参加工作。1980 年调榕江县文化馆工作，历任美术辅导员兼文物保护员、副馆长、馆长、副研究馆员等。2006 年获黔东南州民族团结进步模范个人，2008 年获文化部非物质文化遗产保护先进个人荣誉称号。

2009 年，杨俊与杨远松创作了大型现代新编侗戏《娘美》。该剧取材于传统侗戏《珠郎娘美》，新编剧基本保留了原剧内容，不同的是在主剧前后增加了序幕和尾声，而且都是彩虹桥的内容。但人物有了较大的改变与突破，蛮松由原来的款首变成了既是款首又是财主银宜管家的权势人物，银宜则锐变成一个风度翩翩的阔少爷。在娘美被逼着嫁给表哥时，银宜也从贯洞来到了三宝向娘美求婚，造成了表哥、珠郎与银宜同时追求娘美的竞争格局。为了排除情敌，银宜计谋与珠郎结为同庚兄弟，又毒计割下珠郎的血做药引子给娘美妈祭天治病，使珠郎成了与娘美有所谓"血缘亲"的兄妹关系而不能成婚。接着银宜、蛮松与珠郎一起砸锁救娘美后逃奔贯洞落脚。后来蛮松、银宜又合谋施计以珠郎纠结土匪、私吞租银、围攻贯洞的罪名迫使珠郎吃"枪尖肉"而将他谋害。最后剧本以蛮松畏罪潜逃，娘美声讨银宜邪恶罪过，银宜悔罪以枪尖自杀而亡，娘美背珠郎尸体回家，去营造心中的彩虹桥为结局。

在主题的表现上，虽然同样是表现反抗姑表亲的一个爱情悲剧，但是，作者根据时代的需要，有意减弱了封建时代穷人富人的矛盾冲突，淡化了传统剧本《珠郎娘美》浓重的阶级斗争意识，加大了人性人情元素的思考。娘美有了"红颜薄命"色彩，珠郎则是在竞争中处于弱势而被强者迫害的悲剧人物。银宜则是性格复杂的悲剧人物。起初他的身上也有人情味，他爱娘美但得不到娘美的爱，以至于因爱生恨而干出伤天害理之事终遭报应、自食恶果。

《娘美》的创作，突破了传统侗戏的剧本结构方式和写作手段，改变了原来民间传统故事的思想内涵和主题，突破了原来民间传统故事的人物刻画和塑造的限制，从写人性的角度刻画人物，塑造形象，反映人性的本质，弘扬人性的美，呼唤人性的回归。当然，这种人物形象的人性探索是否切中人物性格的内在逻辑，是否具有高于生活的艺术美，是值得再探索与再商榷的。

同时，剧本还一改传统侗戏剧本创作中主要以唱词表达剧情的单一形式，巧妙地运用了说、唱、演三位一体的表现手法，借鉴了中国传统戏曲唱、念、做、打的艺术手段和话剧的表现风格特点，并兼容影视剧"蒙太奇"手法为一炉的浪漫主义与现实主义相结合的综合艺术形式，加上使用传统与现代审美相结合的艺术理念来编写文学剧本，一定程度上增强了侗戏《娘美》的艺术性和观赏性。在演出上，还从戏剧形式、舞台美术、音乐设计等方面进行了新的审美追求与表达，使剧作产生了较强的艺术生命力和感染力。

为进一步传承和弘扬侗戏文化，促进侗族地区文化交流，2017 年 2 月 26 日至 27 日，黎平县第三届侗戏调演暨黔、湘、桂三省区侗戏邀请赛在贵州省黎平县隆重举行。来自贵州从江、榕江、剑河、锦屏、天柱及广西三江，湖南通道等地的 13 支侗戏队参加比赛。其间，举办了黔、湘、桂侗戏文化保护传承发展专题研讨会，三省区 60 余位侗学专家、学者、侗戏传承人参加会议，会上围绕侗戏保护的途径与新办法、侗戏创新发展的思路与办法、侗戏剧本与表演在当下的编创问题、三省区如何构建侗戏文化联动交流机制等议题进行了研讨，取得了共识与成果，为侗戏的传承发展提供了方案与路径。

第三节 梁绍华、梁普安、张勇、梁维安、吴定国的侗戏

一、梁绍华的侗戏

梁绍华（1893—1978），贵州从江县新安乡榕寨村人。幼年家贫，未得上学，却迷上侗戏，常组织小伙伴演戏。13 岁拜同寨戏师陆文学为师，随师串寨演出，掌握了许多传统侗戏剧目。后跟塘洞老戏师石甫洛学唱侗戏《元董》，并扮演主角元董，在侗戏舞台上崭露头角。1921 年与戏师梁庭耀一起，根据民间故事和叙事歌编创侗戏《珠郎娘美》，初演即引起轰动，连续在周边村寨巡演。之后，远赴黔、湘、桂侗乡的黎平、榕江、通道、三江、龙胜各县演出，备受欢迎，影响深远。1953 年他把《珠郎娘美》修改提升可演七天七夜，共有 7600 多句，近 10 万字唱词，还打破剧本"一腔到底"的老套，增加多种歌腔，为侗戏音乐的发展奠定了基础。

据调查，侗族民间故事《珠郎娘美》于乾隆至嘉庆年间产生于古州（今榕江），后流传于贵州黎平、从江等县侗族地区，再远播广西三江、龙胜、融水和湖南通道等侗族聚居县。

《珠郎娘美》的剧情梗概是，主人公珠郎和娘美同是古州三宝侗乡人。相传勤劳朴实的英俊后生珠郎与心灵手巧的美丽姑娘娘美，在行歌坐夜过程中互相爱慕，私订终身。由于侗家兴"姑舅表婚"，娘美母亲逼娘美嫁表哥，珠郎父亲逼珠郎娶表妹，他俩反对这一封建古礼，追求婚姻自由，私奔到从江贯洞。贯洞财主银宜见娘美花容月貌，遂起歹心，为了霸占娘美为妾，与蛮松相勾结，杀害珠郎。珠郎遇害后，娘美并未屈服，继续向邪恶势力作斗争。后来，娘美在采蕨小姑娘的帮助下，寻得珠郎尸骨，满腔悲愤，设下陷阱，巧诛财主，为夫报仇。

1956 年，梁绍华率从江代表队带着《珠郎娘美》剧参加全州第一届业余文艺会演，获一等奖。1958 年，受贵州省文化局、中国音协贵州分会、中国剧协贵州分会侗戏联合调查组邀请，参与侗戏调查和《珠郎娘美》的改

编。这年 7 月，他率该剧组参加文化部在云南大理举行的西南民族文艺会演
受到好评。1960 年，贵州省黔剧团将梁绍华的侗戏剧本《珠郎娘美》改编
成黔剧《秦娘美》，他受邀担任改编。剧目演出后，一举成功。同年该剧被
海燕电影制片厂拍成同名舞台艺术片在全国放映，反响很大。这是第一部侗
族题材影片，受到北京艺术界好评，并获京剧大师梅兰芳的高度赞誉。《珠
郎娘美》是侗族人民集体智慧的结晶，渗透在侗族文艺作品的多种形式之
中，是侗族传统作品的代表作。至今，各地演唱的侗戏《珠郎娘美》，尤以
梁绍华的剧本最为完整。1978 年，他因病在家去世，享年 85 岁。

梁绍华从事侗戏事业 70 余载，大半生精力用于《珠郎娘美》剧的创作、
改编和推广，共指导传授了 13 个村寨 14 个业余侗戏班子，培养了 300 多名
侗戏演员，有的还成了著名的戏师。他是新中国成立以来侗戏创作、改编、
表演的拓荒者和奠基人，在当代侗戏史上作出了显著贡献，写下了侗戏的华
彩篇章。

二、梁普安的侗戏

梁普安（1921—2001），贵州从江县龙图村人。祖父是戏师，父母是有
名的歌师，他从小喜欢听别人唱歌摆古，梦想着长大后当歌师戏师。因读
过几年私塾，有一定的文化基础，秉性灵活，记性也好，10 岁就学会侗歌，
并跟随本寨的"兴和侗戏班"串寨演戏，所扮演的小角色，广受赞许，深得
戏师梁振昌器重，25 岁即成了戏班的掌簿戏师。他还心灵手巧，随父学会
裁缝，并以裁缝为业周游侗乡，搜集了大量的民间文学，为后来的创作打下
了厚实的基础。

1950 年家乡解放，梁普安和戏班子以演唱侗戏来庆祝侗乡人民的新生。
但不过多久，他就不再满足侗戏班只演祖辈流传下来的传统侗戏，并开始
思索编创反映新社会新生活的内容。1952 年，他完成了第一个新侗戏《土
地还家》的创作。这是一出以反映轰轰烈烈侗乡土地改革运动为题材的新剧
目，排练演唱后，广受翻身农民的欢迎。从此，他的创作热情更加高涨。同
时，他的才艺也得到党和政府的重视与培养。1957 年至 1959 年，他先后参
加了贵州省民间文艺汇演，还代表贵州省带领侗戏班到云南大理出席全国

少数民族文艺调演，贵州省侗戏调查组也邀请他参加侗戏普查和编创工作。1959 年他被吸收为中国剧协贵州分会会员并当选为分会理事。1960 年他参加改编《珠郎娘美》剧本，负责歌词翻译。1981 年当选为从江县第二届政协委员，1982 年参加全国戏剧家协会，1985 年 4 月出席在北京召开的第四次全国剧协代表大会。会议期间，这位年过花甲的老人精神振奋，即兴编歌抒怀：

> 如今政策放宽，
> 好比二月红太阳，
> 照得大地山野万花香。
> 知了蝉虫林中声声叫，
> 人民唱歌跳舞震山乡。

他是一位高产的民间剧作家，一生共编创侗戏剧目 27 个，其中影响较大的有《互助组》《土地还家》《顾老渊》《新修水利》《新修公路》《双季稻》《郎弹参军》《法制到农村》《郎富》《萨岁》《六洞起义》《郎夜》《红袍后生》《四也传歌》等。经他传唱并执导的侗戏有《梅良玉》《袁大进》《补宽》《三郎五妹》《珠郎娘美》《高文进》等。他的剧作题材广泛，充分反映了新中国成立后侗乡人民在共产党领导下，家乡翻天覆地的变化和人民美好幸福的生活，历史画面壮观，人物形象鲜明，故事情节生动感人，唱词音韵清丽和美，因而深受广大群众的喜爱，黔、湘、桂边界的几十个侗族村寨，都争相传抄和传唱他的作品。

艺术来源于生活。他的创作之所以获得可喜的成功，主要是他生活在能歌善舞的侗乡，他热爱自己的民族，热爱新生活，善于观察复杂的社会现象和客观事物，熟悉本民族的历史、文化、习俗、感情与性格，加上通晓汉族文化，能编善写，因而剧作丰硕。其艺术特色是既继承侗戏传统，又立足侗寨，接近生活，表现时代，并博采侗族传统艺术，进行大量的音乐设计和传谱工作，将从江县六洞一代流行的各类歌曲、歌种引进戏中，从而丰富了侗戏的思想内容与唱腔色彩。同时，他还注重培养年轻艺人，一生中共带出本村戏班 4 个和外地村寨戏班 6 个，辅导男女演员达 360 人之多，为侗戏的传承发展作出了贡献。

除戏剧外，他还把祖父、父亲传承给他的古歌、款词、念词，毫不保留地传授给接班戏师和后人，使这些宝贵的侗族文化在侗乡得到继承弘扬。他编有许多侗歌，多以劝教诫世为主，哲理性强，感染力大，又善用比喻，意象鲜明，深受人们的喜爱欢迎。其中影响较大的有《懒汉歌》《懒婆娘》《孝顺父母歌》等。《孝顺父母歌》是一首反映侗族社会传统道德观念的劝世歌，全歌共 140 多句，分四个部分：一、二部分，叙述父母养育儿女甘苦；三、四部分，劝教儿女、儿媳要尊重父母、孝顺公婆，对那些不尊重孝顺父母公婆的行为进行了抨击。据不完全统计，他掌握有各种古歌 200 多首，酒歌 60 多首，大歌 20 多首，琵琶歌 70 多首，拦路歌 270 多首，踩堂歌 230 多首，迷歌 200 多首，还有各种念词 10 余篇。同时，他还整理撰写了《鱼肚里的歌》《芒岁刘美》《萨岁》《侗戏的形成发展》等文章。

梁普安无愧于是一位多才多艺，集歌师、戏师、故事师、裁缝师多位一体的民间艺术家。2001 年 8 月 12 日，他因病在家逝世，享年 80 岁。

三、张勇的侗戏

张勇（1938—2016），笔名普虹。1955 年考入都匀师范学校，1958 年毕业，先后在惠水县芦山小学、王佑中学、城关一小任中小学教员。1962 年 5 月调回榕江县中宝小学，同年 10 月调榕江县文化馆工作，历任副馆长、馆长，为副研究馆员。系中国音乐家协会、中国民间文艺家协会、中国曲艺家协会、贵州省戏剧家协会会员等，为贵州省人民政府特殊津贴获得者。

1959 年开始发表歌曲作品。1964 年起用侗语进行戏剧创作，将现代汉族小戏《新媳妇》《送肥记》移植成侗戏，还创作小侗戏《奴救赖》，并组织排练，于 1965 年春节期间演出。《奴救赖》是普虹戏剧创作的处女作，塑造了一位少先队员相信科学、反对封建迷信的形象，演出后受到侗乡群众的欢迎。1973 年 9 月，他冲破禁锢，排除干扰，将本馆李仕明编剧的现代小戏《买塑料薄膜》移植成侗戏，参加在凯里举行的黔东南州第七届业余文艺会演。1974 年 7 月，榕江县侗戏移植革命样板戏小组成立，他以车江乡宣传队为试点，排练由他移植并设计音乐的《龙江颂》二、六、七场在当地演出，开创样板戏在侗乡传播之风。1976 年 4 月，他带侗戏移植革命样板戏《龙江颂》选场（第二场），参加全州第八届业余文艺会演，喜获好评，从而激发了他对侗戏音乐改革的兴趣。

1979 年后，他致力于侗族文艺的搜集、整理、翻译、改编、创作与研究。改编、创作侗戏剧目《本松算账》《三郎五妹》《丁郎龙女》《甫桃》《抢秀才》《上学路上》《甫桃新传》《珠郎娘美》等，并设计了音乐唱腔。其中《丁郎龙女》是其侗戏改革的代表作，由于在场次结构、人物形象、音乐设计、器乐运用诸方面均有开拓创新，因而取得了极大的成功，荣获全国少数民族戏剧优秀剧目创作奖和演出奖。他编创的童声大歌《小山羊》和《探外婆》获中国少儿歌舞会演创作二等奖，创作的侗族说唱《憨巨与婢翠》和琵琶弹唱《红军长征过朗洞》获贵州省首届曲艺新曲（书）目比赛三等奖，选编的侗歌乡土教材《长大要当好歌手》《人与自然的和声·侗族大歌》被黔湘桂侗乡学校选作音乐补充教材。他还主持召开黔湘桂"侗族曲艺交流研讨会"和举办民族音乐教师培训班，并创办榕江县"金蝉侗族少儿艺术团"，积极开展和推进民族音乐进课堂。此外，他还参与或编撰了《侗族音乐史》《贵州侗戏》《中国侗族戏曲音乐》《中国戏曲志·侗戏》《中国戏曲音乐集成·侗戏音乐》等著述，发表《侗族戏祖吴文彩》《侗戏的回顾与展望》《侗戏调查情况汇报》《侗戏音乐的渊源及分类》《侗戏应走自己发展之路》等文章，多有新意及见解。

四、梁维安的侗戏

梁维安（1944—），贵州从江县贯洞镇宰门村人，上海戏剧学院民族班专科毕业，曾任从江县文化馆馆长，国家二级编剧。系中国民间文艺家协会会员、中国戏剧家协会会员、贵州省戏剧家协会理事等。

他自幼受到歌海戏乡的艺术熏陶，读中学时即已展露侗戏创作天赋。在50 多年的艺术生涯中，共创作剧目 45 个。其中 20 世纪 60 年代创作 15 个，主要有《大寨红花遍地开》、《我们的公社书记》、《甫来》、《高雄参军》、《劝雀佬的悲哀》、《插牌》、《高老招女婿》、《岳飞抗金》（改编）、《红楼梦》

（改编侗戏）、《西厢记》（改编侗戏）、《苦生》、《丰产坝》等；70年代适逢"文化大革命"，侗戏被列为"四旧"禁演，只改编《智取威虎山》《沙家浜》两个样板戏为侗戏演唱；80年代创作剧目14个，如《美好的世界》、《怎么办》（为上海延平小学编创，获上海市学生文艺汇演二等奖）、《未完成的婚礼》、《山乡秀才》、《送礼》、《三媳争奶》、《古榕春色》、《侗乡人》、《都柳江的诺言》、《爷爷进城》、《奶花》、《四艾传歌》、《仪妹绘郎》等；90年代编创剧目7个，即《官女婿》、《高山劲松》、《杨梅花》、《金罕》（获贵州省1985—1995十年文艺创作奖三等奖）及3个电视侗剧《情洒苗山乡》《方姑妹》《家园》等。2000年退休后编创侗戏7个，《幸福家园》《雨过天晴》《走出月亮山》《梦想成真》《双喜临门》《正好够一桌》（反腐倡廉题材）等。上述剧作中，有12个已成为侗乡戏班盛演不衰的保留剧目。有的被刻为光碟流传播放，如新编侗戏《幸福家园》（侗语叫《甫举号》），据不完全统计已刻成光碟几万套，流传黔湘桂三省区侗族村寨播放。

20世纪90年代初，梁维安创作的《官女婿》是这一时期的成功之作。《官女婿》是一部反映侗乡当代生活的现代侗戏，反映了改革开放后侗乡百姓自主意识的觉醒历程。在剧本的创作、舞台布景、表演方式等方面都有新的探索和突破，并获得全国少数民族题材剧本创作金奖。

梁维安侗戏创作的特色是比较鲜明地反映时代的步履，饱含着乡土的芬芳气息和浓郁的侗家文化韵味，让侗族人民在观赏中得到美的享受，陶醉于戏剧的氛围之中。对此，他曾发出内心地感言："每当我跟随县文工队送戏下乡，看见远近村寨的火把，如群星汇聚，人们像潮水般涌入戏场，演出时那像暴风雨般的掌声，这就是我所得到的最大奖赏。每当这时，我就意识到，我这双脚没有离开生我养我的这块土地。"

他不但是一个高产的侗戏剧作家，还发表了多篇侗戏论文，而且还是一个诲人不倦的侗戏师和侗戏演出的组织者。据统计，几十年来，他共组建戏班、歌队12个，培养学员280多人，优秀的戏徒7个，曾带班领队到广州、深圳、湛江、上海、南京、济南、沈阳等地巡演，足迹踏遍祖国大江南北。

他还擅长编创侗歌，仅退休以来，就为老年人编写侗歌达30多首，如汉译的老人自咏侗歌："莫叹白发容颜退，莫笑满脸皱纹堆。我们人老心不老，晚霞一样放光辉。""莫叹时光似水流，莫笑人老无作为；豁达乐观春常在，夕阳未必逊朝晖。"

五、吴定国的侗戏

吴定国（1953—），贵州黎平县茅贡村人，中专文化。历任黎平县文化馆馆员、县文联主席、县文化局局长、旅游局局长、外事办主任、县政协文史委主任、黎平县侗族大歌申报世界文化遗产办公室副主任等，系中国民间文艺家协会会员、中国戏剧家协会会员，贵州省民族戏地方戏研究委员会副主任委员等。

吴定国的祖辈父辈都是戏师，他8岁开始演戏，一生痴迷侗戏创作，改编或创作的侗戏及汉文译植本达30多个，有新编历史剧、现代题材剧、多幕剧、独幕剧，还有短小精悍的戏剧小品等。它们或展示历史悠悠岁月，怀古伤今；或诉说人间悲欢离合，催人泪下；或针砭时弊，寓意深刻，令人深省；或诙谐滑稽，使人忍俊不禁，捧腹大笑。其中《珠郎娘美》《善郎娥梅》《孤独的王乔星》《人间真情》《修龙头》《瞎子摸马》《花桥琴声》《侗女神韵》等侗戏作品，不仅发表于戏剧刊物，参加州、省会演，有的还被选送参加中国西南艺术节（贵阳）和中国第三届（昆明）、第四届（兰州）艺术节展演，反响良好，有的进京参加演出。它们在乡村广为传演达100余场次，很受侗乡人民欢迎。

他创作的戏剧之所以获得群众喜爱，是其侗戏特色浓厚，能够把博大精深的侗族文化融入戏剧中去。从1978年开始，他在侗乡走村串寨，访艺问歌，搜集整理民间文艺资料达50余万字，发表30余万字。他参加编著、编写或主编出版的侗族文化集子有《侗族祖先哪里来》《侗族礼俗歌》《铲平王吴勉》《侗族叙事歌》《节日风情与传说》《中日专家民间文艺论文集》《人类图像视野中的侗家鼓楼》《迷人的侗族大歌》《侗族大歌与少数民族音乐研究论文集》《侗族知识读本》《民族文化进课堂教材》《侗族大歌》《黎平节日名片》等。还出版了侗戏专集《侗族最早的侗戏剧本》、《贵州侗戏》（与人合作）、《论侗戏的继承与发展》等。他在搜集资料的同时，还组织和发动群众恢复侗歌队、侗戏班，为侗族文化的传承弘扬做了富有成效的工作。近年来，他创作的戏剧小品《一阵清风吹过来》获全国廉政建设比赛三等奖，《侗乡女检察官》获全国女检察官协会成立 10 周年文艺创作评比特等奖。《以身试电》《看飞机坐飞机》，双双获得 2011 年"多彩贵州"戏剧小品比赛黔东南赛区一等奖。这些戏剧作品后结集为《吴定国剧本选》，2013 年中国文联出版社出版。

其侗戏代表作是《孤独的王乔星》。该剧是作者 1985 年根据侗族民间故事改编的新编侗戏剧目，发表于《贵州剧作》1988 年第 1 期。其故事梗概是：王乔因才华出众受堂兄王仁嫉妒而被迫离家出走。18 年后，王乔衣锦还乡，途中遇到一位比自己本领还要高强的侗族少年。王乔担心少年以后会超过他，夺他的王位，遂起歹心杀死了少年。王乔回到家中，从妻子流美口里得知那少年正是他自己的儿子王连。因羞悲交加，他拔剑自刎。死后，变成了一颗孤独的星星，这颗星就是王乔星。从此，王乔星总是与别的星星离得远远的，显得孤零而落寞。

该剧 1986 年由黎平县文工队首演，并参加了湘、黔、桂三省（区）第二届侗族文艺会演。在排演过程中，贵州省文化厅、贵州省剧协予以重视与指导，并举办了剧本讨论会。专家认为，该剧在艺术构思与人物形象上突破了原来侗戏简单浅显的意境，是一部具有较高审美价值的大型侗戏，是继《珠郎娘美》后的又一个侗戏佳作，它勇敢地涉及了人物性格的深层结构，深入了人物的内心世界，突破了传统侗戏"好人完全是好人，坏人完全是坏人"的性格单一化的模式，是侗戏描写人物性格内心复杂化的开端，充分展示了人物内心的矛盾、冲突、痛苦、幻觉，叙写了人物灵魂深处的不安、骚动与博弈。它的出现，标志着侗戏在新时期里的艰难探索，达到了一定的创新水平。因而获得了贵州省第二届戏曲创作三等奖。

1992 年和 2005 年，吴定国两次应邀以侗族学者的身份到日本进行学术交流，把侗族文化、侗戏介绍给日本人民，增进了中日人民的友谊。他还先后被评为全省、全国农村文化先进工作者，出席在北京人民大会堂召开的"全国农村文化艺术先进集体、先进工作者表彰大会"，并在会上作了《满足群众文化生活要求是我最大的幸福》的典型发言，受到党和国家领导人的亲切接见，《民族画报》曾以《侗乡采风人》为题，宣传报道了他的先进事迹。

第四节 王元江、杨安亚、王铭忠的戏剧

一般来说，由于南部侗族受汉文化的影响较弱，因而保存原生的侗族文化比较古朴浓重与深厚，加上南部侗族地区是侗戏的发源地，因而产生了代代相传的侗戏戏师群。比较而言，北部侗族地区受汉文化影响较大，接受汉戏也比较快，所以，没有产生真正意义上的侗族戏师群，却出现了融合汉戏与侗戏文化基因于一体的戏师和剧作者。

一、王元江的戏剧

王元江（1917—2018），贵州剑河县小广村人。小广是一个侗戏发达的传统村寨，早在清朝同治年间，熟悉汉戏的湖南人谢家林就开始在小广导演侗戏，至光绪三十三年（1907）小广建立了侗戏班，这是第一代的侗戏人，他们演唱的戏目都是依据汉族传统题材改编的《夜打登州城》《围困木阳城》《罗通扫北》《逼上梁山》《楼伯玉香》等。至1930年小广不幸失火，所有侗戏衣服和剧本，均化为灰烬。1935年，小广重建侗戏班，从小就喜爱侗戏的王元江成了年轻的演员。当时，表演的侗戏主要是反映《三国演义》的戏目。可惜1938年小广再次火灾，又将戏目与戏衣烧得一干二净。1949年临近解放，王元江积极联合王政炳、杨光明、文兴焕、潘良佑等组建侗戏班子。他们除了表演原来的戏目外，还编创了喜迎解放军庆祝解放的新戏目。王元江还采用汉字记侗音的方法抄录了很多侗族礼俗歌，如四月"采桑节歌"、六月"吃新节歌"、七月"瓜节歌"、八月"采葛布歌"、十月"迎亲节歌"以及大祭祀时的"牯脏节歌"等，使它们得以传承保存下来。他还掌握编创了不少戏文，如《杨家将》《穆桂英挂帅》《空城计》《斩马谡》《薛仁贵征东》《薛刚反唐》等，并在演出中不断修改传承。二十世纪五六十年代，他还结合社会主义建设的需要，编创了歌颂生产劳动和农村建设成就的新侗戏，在剑河及邻县侗寨演出，获得好评。1966年"文化大革命"爆发后，小广侗戏被戴上"牛鬼蛇神"的帽子，节目戏本被当作"四旧"全部被

烧掉，戏衣被扯破丢失。改革开放后，小广又迎来了侗戏的春天。1981 年，王元江仍宝刀不老，在人民政府的支持下，他积极组织 20 多个青年男女演员组建了小广侗戏文艺队，编创节目，在县内侗寨并前往锦屏、黎平、榕江等县的侗寨游演侗戏，深受各地群众的热烈欢迎。他还多次出席过县、州、省召开的民间艺人座谈会，是北部侗族的百岁戏师老艺人。

二、杨安亚的戏剧

杨安亚（1946—），贵州锦屏县瑶白村人。锦屏县中学初中部毕业，后在职参加函授中师班学习。1966 年任瑶白小学民办教师，1981 年转为公办教师，1983 年任瑶白小学校长。2010 年被推荐为贵州省非物质文化遗产项目名录——锦屏侗年县级代表性传承人，2014 年被推荐为贵州省非物质文化遗产项目名录——锦屏县瑶白摆古节大戏代表性传承人。

瑶白是个特色民族文化村寨，贵州省魅力侗寨，瑶白摆古节是北部侗族的文化名片，而瑶白大戏又是摆古节的亮点之一。清光绪年间，寨人龚文昌、滚路贵曾到湖南羊溪浦口拜师投艺，学习汉戏。学成归来，他们根据瑶白本地特点，加进侗家文化元素，进行编剧、排导，画脸谱、练唱腔，形成独特的汉侗结合的艺术大戏，创立了瑶白梨园太和班戏班，俩人亦成瑶白大戏的祖师。时有 8 大弟子，后弟子滚文荣为第二代掌门人。此后，师传身教，使瑶白大戏代代传承。大戏演唱时用的是汉语，台词词牌与京剧大致相同，但唱腔却不一样，带有高山侗家的浓郁声调。大戏演唱的曲调很多，腔调定弦以南路（二黄）、北路（西皮）为主，有 18 个腔调。伴奏乐器分文场、武场。开演以鼓锣启幕助兴，鼓点指挥，京锣和钹呼应。京胡伴奏，唢呐催帕。戏剧虽有剧本，但曲调大部分由戏师口授。其节奏、旋律、声调等方面均受当地侗家民歌语言的影响，极富地方和民族特色。[1]清末时期，戏班带剧目《时迁盗甲》在天柱县石洞寨一带演出，其特技动作轰动了九龙山周边地区。

集侗、汉、苗多元文化于一身的瑶白人，历来把大戏视为不可或缺的

---

[1] 杨安亚:《瑶白大戏文化传承》, 2004 年资料本。

"天下一乐"。杨亚安早在幼年时代，即受祖、父两辈影响，他好民歌，吹民乐，学古戏，听摆古，深受家乡民间文化熏陶。新中国成立后文艺繁兴。1958 年瑶白有 21 名艺人参加九寨区业余文工团，开展文艺演出，他为最小的演员。当了民办老师后，他一边为师从教，一边苦练戏功，由于长期参加业余文艺演出，至 1979 年，他受师父滚文荣传度，成为瑶白大戏梨园太和班的 13 个师传弟子之一。1980 年，瑶白戏班在上级的支持下，采取以木换物的形式，以 50 立方米的议价木材从浙江省永康县西溪纺织绣品厂购进价值 4800 余元的戏剧服装，使戏班鸟枪换炮，装备一新。从此，瑶白戏班按照传统，一年一演或连演三年，迎来四方戏迷宾客。还先后到本县及邻边天柱、剑河等县的侗寨苗村开展演出，声誉遐迩。1990 年初，杨安亚被推举为梨园太和班班主成为掌门人。因长期积累，他掌握的传统剧目有《三气周瑜》《荐诸葛》《杨门女将》《孟姜女》《白蛇传》《梁祝化蝶》《水漫金山》《天水关》《辕门斩子》《柜中缘》等。后来，他又拓宽题材，新编了花灯剧《贺新年》（十二月送财调），因内容形式通俗易懂、雅俗共赏，广受观众喜爱。

为了适应教学培育人才的需要，他还根据小学语文课本《群鸟学艺》改编成一个新侗戏《群鸟学艺》。剧情讲的是有一天，燕子、麻雀、喜鹊、乌鸦、寒号鸟、猫头鹰这些鸟类向凤凰学艺、怎样搭窝的故事。剧情依怎样搭窝，搭简单的窝，再搭建比较温暖的窝，最后建筑理想的窝而展开。这群鸟各自抱着各种各样的心理来听凤凰讲搭窝技艺，因学习的态度不同，所以学到的技术也不一样，最后搭窝也有截然不同的结果。这个美丽的故事告诉人们一个道理：没有上进心，则一事无成；虚心学习就有进步，努力学习并付诸实践，理想就会实现。这个内容深刻、形象鲜明、以侗话说唱的新侗戏演出后，深受侗乡人民群众和学生家长的热烈欢迎。退休后，为传承大戏，他还认领了 27 位大戏徒弟，练功传艺，培育后人，还培育了许多女性演员，并积极参加有关文艺演出活动。他率戏班先后参加了"2017 黎平县第三届侗戏调演暨黔湘桂侗戏邀请赛"；2020 年赴中国非遗之乡——贵州丹寨万达小镇参加"中国丹寨非遗周"活动，展示了瑶白大戏《百岁挂帅》风采。

作为一个乡土文化人，他还先后翻译整理了瑶白摆古节的《祭祖辞》《大戏文化》《神奇的非物质文化遗产》等民俗资料。并主编、副主编《瑶白村志》《彦洞乡志》出版。虽然已逾古稀之年，但他初心不改，常以侗歌自勉："百岁光阴能几何？人生岂敢自蹉跎；老牛不堪夕阳晚，勤下功夫再耕作！"

三、王铭忠的戏剧

王铭忠（1948—），贵州锦屏县城关人，从小喜爱戏剧并模仿学习演员。1958 年被选入黔东南苗族侗族自治州京剧团任小演员，后在上海戏剧学院文学系"戏剧影视文学创作班"学习深造，北京人文函授大学毕业。1980 年州京剧团改为话剧团后任业务秘书。1984 年至 1994 年任黔东南州话剧团团长。1995 年到 1998 年任黔东南州歌舞团党支部书记、副团长，国家二级演员。系中国话剧艺术研究会理事，贵州省戏剧家协会理事，黔东南州人民对外友好协会理事，黔东南州戏剧家协会副主席等。

1981 年开始戏剧创作。其戏剧作品主要有话剧《山林迷雾》《青山常在》《将军泪》《苗乡情》及话剧小品《换大米的人》《送礼》《初战告捷》《热线》等。

话剧《山林迷雾》是以揭露林区的一桩骗购木材投机倒把的案件为线索，反映了全国着重狠抓打击经济领域犯罪活动的斗争。剧作把握时代风云的脉搏，塑造了一个顾全大局、不计私利、警觉性高、敢于斗争的党支部书记、侗族青年龙林浩的生动形象，歌颂了社会主义改革和建设的新人新事，同时也反映了边远少数民族林区并不平静的生活，警示人们要时刻关注经济领域的斗争。剧本曾发表于《贵州戏剧》，1982 年参加贵州省话剧调演获演出综合奖。

独幕话剧《将军泪》把现实的幸福生活与过去艰苦卓绝的残酷斗争联系起来，阐明了进行革命传统教育的必要性，展现了一代军人的精神风貌。该剧曾发表于《杉乡文学》，1990 年 10 月参加在四川成都市举办的首届西南地区话剧节会演，受到好评。

话剧小品《换大米的人》，好似一篇精彩的新闻特写，大胆地把人们熟悉的人物搬上舞台，把人们习以为常的生活加以浓缩和提炼，对生活中的琐事进行哲理的思考，抛却了令人咋舌的"大批判"方式，而运用嬉笑谐谑的嘲讽手法，收到了"响鼓不用重槌敲"的道德教育效果。该剧在参加贵州省小戏调演中获得三等奖。

话剧小品《热线》，摄取生活中典型现象——广播电台的热线电话，成为时下受人欢迎的一种维系形式，它乐为听众排忧解难，有不可替代的特殊功效，人们可以通过热线电话，尽情倾吐自己的想法、苦恼甚至痛苦。通过这种双向交流避免了人们面对面交谈反映问题和困惑的许多不便。因寻得电台热线电话主持人的帮助、解答，使自己增强解决问题的信心和力量，找到解决问题的途径和办法。剧情中通过热线主持人的帮助，促成了一对离异夫妻"破镜重圆"，展示了人间自有真情在的主题。该剧在参加贵州省"信邦杯"小品大赛演出中获得三等奖。《送礼》《初战告捷》两个小品，参加贵州省公安系统第三届文艺会演，分别获得优秀奖和三等奖。

自1984年担任黔东南州话剧团团长以来，他带领全团职工奋发进取，积极开拓演出市场，将一个身处苗乡侗寨的小剧团推到了改革开放的前沿，并先后在贵阳、昆明、上海、广州、深圳等大中城市演出，获得了社会效益和经济效益的双丰收，受到地方党委政府和上级文化部门的赞评。

第五节　其他戏师的戏剧

吴德太（1900—1974），贵州从江县小黄乡新全寨人。他出身于一个贫苦的农民家里，年幼父母双亡，与弟弟相依为命，靠帮财主养牛维持生活。他从小喜欢唱歌，曾当过领唱，还编了许多叙述自己苦难遭遇的叙事歌。由于歌词讽刺了奸邪恶人，财主对号入座，恼怒万分，便借机报复，克扣了他的工钱，把他赶出寨门。从此，他和弟弟一起流浪异乡，来到古州车江一带谋生。在这里，兄弟俩听到一个故事，说当地有一个名叫补宽的穷人给财主当帮工，被财主的女儿爱上，私奔成婚。可是财主十分恼怒，千方百计刁难补宽。补宽凭借自己的智慧才情，一次又一次智斗了财主，财主虽然恼羞成怒，却又无可奈何。兄弟俩根据民间流传的素材，编说成了著名的侗族机智人物故事《补宽》。后来又将这个故事改编成喜剧性的侗戏，其中包括《卖布》《藏梳子》《找牛》《耕田》《帮皇帝抓强盗》等几个部分。这个戏，对地主阶级的代表人物进行了辛辣的讽刺和暴露，歌颂了补宽的聪明智慧及其反抗精神。这部作品，充满幽默、风趣的喜剧色彩，很受群众的欢迎，而且流传至今。

吴章富（1903—1964），贵州从江县高增寨人。幼年进过私塾，熟读"四书五经"。青年学会安设堂萨，还编唱了琵琶歌、拦路歌、酒歌、山歌等不少侗歌。1950年侗乡解放后，从江县文化馆请他编歌编戏，他很快编出了《补闹乃闹》《喝喜酒》《店郎龙妮》《乃桃》等侗戏，还编唱了《破除迷信修水利》《高增寨史》等新侗歌。1959年，受贵州省侗戏工作组的邀请，他同其他戏师一起改编《珠郎娘美》《六洞起款》《陆云正》《陆本松》等侗戏。1963年，他的著名《蝉歌》编成，这是他晚年留给侗族人民的文化珍品。1982年，从江县文化馆根据他创作的《蝉歌》改编成侗戏歌舞剧《蝉》，并将此剧拿到他的家乡高增演出，受到热烈欢迎。为此有人即兴编歌，以表达对他这位老歌师、老戏师的怀念之情。歌中唱道：

> 二十年前一转瞬，喜逢今日返高增。
> 回溯往事历历在，犹记章富老先生。
> 幼年习史又温经，先生才华赛古人。
> 编写侗戏称妙手，创作侗歌更应心。
> 文馆剧团登门访，先生施教最认真。
> 岁次六三正盛夏，先生恰然谈古今。
> 乘凉花桥榕树下，溪水柳梢蝉虫鸣。

吴章富不仅才华出众，而且热情教诲他人，在他的培养教育下，当地涌现出一批有成就的当代侗族戏师与歌师。

> 手把烟杆含进嘴，遥指高处示静听。
> 吊脚木楼姑娘唱，"亮哩亮哩"脆声声。
> 蝉虫侗歌皆悦耳，曾有传说话生生。
> 聊将故事编歌唱，方知《蝉歌》有来因。

这首诗，反映了当年吴章富创作《蝉歌》的情景，同时也赞扬了老先生的才华。

杨成林（1916—1980），贵州榕江县三宝车寨人。1936 年贵阳师范学校毕业后回到家乡三宝创办学校，开展民族教育。1943 年因病离职后，将全部精力投入侗族民间文学的挖掘整理工作。他和好友张士选等人用汉字记侗音的手段把大量侗歌记录下来，计数十万字，成为三宝一带的侗歌范本，许多人争相传抄。新中国成立后，他多次被聘为州、省民间文艺调查组侗语翻译或顾问，同时进行侗歌、侗戏创作。20 世纪 50 年代末参加侗语调查和创制侗文工作，并开始用侗文记录侗语资料，使许多濒临失传的侗族民间文学得以保存，多被辑入《侗族琵琶歌》《侗族祖先从哪里来》等集子中。他还编过一首《侗文字母歌》，十分形象地描绘每个字母的形状，十分方便大家学习侗文。他编的侗歌语言简练，音韵优美，自然流畅，其代表作有《乙酉年洪水淹榕江》《歌唱新民主主义革命》《快乐的社员》《社会主义好得很》《四化建设步步高》等。后来他还学习并运用国际音标来搜集记录侗族民间文学作品。后期，他编成了《三宝青年琵琶歌》《三宝龙歌》《三宝酒歌》三本手抄集子。在侗戏方面他的成就颇高，改编和创作了《珠郎娘美》《果卦》《丁郎龙女》《莽岁榴美》等侗戏剧本。他的剧作结构严谨，层次分明，语言精练，形象鲜明，深受侗族群众的喜爱。由他创作、普虹改编的侗戏《丁郎龙女》曾多次参加县、州、省的文艺汇演，受到戏曲界的好评。他还曾被聘为黔东南苗族侗族自治州民间文学工作组顾问。

第六节　侗歌剧《情寄岩》

侗歌剧，特指以侗话说白、侗歌演唱为手段，表现人物形象、展开故事情节、分场结构剧情、有背景画面切换的舞台戏剧。

1992 年，剑河县化敖小学的姜学英、王正英根据本土一个爱情故事编创成侗歌剧《情寄岩》，后经同校的黄均明改编，民间艺人彭如镜、彭培生参与导演，由化敖村文艺演出队排练后，于 1995 年搬上剑河县"六月六"节日的舞台上，正式与观众见面，受到热捧。"十年磨一剑"。2002 年，该剧经黔东南州文化局的专家指导修订后，更臻成熟，广受欢迎。

《情寄岩》的故事梗概是，相传很久以前，化敖寨南边一户姓罗的人家有个姑娘叫蝉月，长得花容月貌，聪明伶俐，天生一副清亮的歌喉，犹如蝉鸣。寨北有个 18 岁的后生叫祥依，父母早逝，与妹妹相依为命。他为人善良，勤劳能干，时常用侗歌来倾诉自己的不幸人生。寨上的后生们为了能与蝉月"凉月坐夜"，时常邀约祥依一起去与蝉月对歌。久而久之，祥依和蝉月以歌传情，互表爱慕而私订终身。可天有不测之风云，蝉月的三舅包三有一个孩子，30 多岁了，仍好吃懒做，寨里人叫他为"垃赖"。垃赖也爱慕表妹蝉月的貌美聪明，每天晚上都跟着后生们去看蝉月唱歌。后来他干脆央求父母去向蝉月求亲。包三心里明白孩子配不上蝉月，于是就仗着在地方有声势，强行搬出"女还娘头"的侗乡封建古规，强迫外甥女蝉月与儿子垃赖成婚。新婚之夜，祥依和蝉月设计双双外逃，逃到离寨子很远的岑昂坡上去对歌盟誓。两人唱了几天几夜，歌声感天动地，天上的歌仙于是下凡点化，把两人招上天去，而男女人身却化成了形似人体、颈脖宛如戴着项链的两个石头，它们相视而立，互诉衷情，民间俗称这两个石头为"情寄岩"。从此，这个坚如磐石、凄美动人的爱情故事就相传至今。

《情寄岩》的剧情共分五场：

第一场，歌场对歌，折叶选伴。在吊脚楼下行歌坐夜时，蝉月爱上了善良老实的祥依，而在捡树叶选伴时他俩又恰好中一对。于是两人相约上"情人坡"去游玩。蝉月的表哥垃赖也垂涎表妹的美貌，心里萌生痒痒滋味，便要父母强行到表妹家下聘约"吃篮子"。

第二场，逆规盟誓，遭受算计。"情人坡"上，蝉月和祥依互唱情歌，诉说衷肠，盟誓结亲。不料正好遇到垃赖，垃赖回家告诉父母。于是垃赖的父亲包三，设计抢亲。

第三场，舅家逼婚，违心答应。舅家包三带着垃赖，来到蝉月家，以"还娘头"古规相逼娶亲，否则就要九百六的银子，蝉月的父母万般无奈，只好答应操办婚事。

第四场，抗婚出走，雷打不分。面对古规的禁锢束缚，蝉月和祥依眼看劳燕分飞，只好计谋新婚之夜私奔。但茫茫世间，哪有栖身之处。最后只好远逃高坡山上，含情对视，互唱情歌。

第五场，感天动地，化石成仙。三天三夜的情歌对唱，倾诉了俩人的爱慕深情，也控诉了对封建古规的愤怒反抗。歌声感天动地，歌仙下凡点化，原身化为石头，身魂升天而去，情爱长留人间。

《情寄岩》一经演出，即以题材的深刻思想内容，风格的浓重民族韵味，艺术的喜闻乐见，赢得了侗族北部方言区的剑河、锦屏、天柱等县侗乡人民的喜爱。随后，剧目先后到剑河的大广、小广、下高坝和锦屏县的平秋、彦洞、瑶白、采芹、九灼与天柱县的石洞等乡镇及周边侗寨多次巡回演出。据不完全统计，《情寄岩》在剑河、锦屏、天柱等县侗族村寨共演出230余场，观众达180000人次，特别是制成光碟后，更是飞入侗乡寻常百姓家。尤其是妇女们，往往看得废寝忘食，通宵达旦，泪流满面，感慨万千，从而在数百里侗乡掀起了一股《情寄岩》风靡乡间的侗戏旋风。

《情寄岩》的编创演出有其成功的艺术创新：

首先，塑造了个性鲜明、各富特色的人物群像。该剧是以承袭与反抗传统封建婚姻制度为主要矛盾而展开剧情冲突的。在这一斗争中，各种人物粉墨登场，表现自我。蝉月自小受到父母疼爱，长相水灵俊秀，性格温婉开朗，自主担当，喜爱民歌，在玩山对歌中与祥依情投意合，定下终身。对于来自舅家的封建礼俗压迫，敢于藐视与反抗，是侗乡的一个敢作敢为、敢爱敢恨的新型女性。而祥依则勤劳憨厚，淳朴老实，为人诚恳，安分守己，渴望幸福，形象令人怜爱。包三则是侗乡封建势力的代表，他为人诡计多端，吸食鸦片，顽固不化地维护封建宗法礼俗制度，企图依仗家产财势，通过"女还娘头"的旧规和物质利诱来强占外甥女蝉月为儿媳。但他又恨铁不成钢，对于自己有些呆痴口吃结结巴巴的儿子垃赖是气恼而又无奈。而垃赖不仅呆拙，还常常爱惹是生非，炫富作孽。这些人物，身世不同，性格各异，都是侗乡人情世态的形象提炼，因而极富艺术魅力，深受侗乡人民喜爱。

其次，全面真实展示了侗乡的风俗画卷。《情寄岩》整个剧情都是在封建礼俗"女还娘头"催生下产生的一个曲折凄美的爱情故事。"女还娘头"

是侗乡亘古不变的旧制礼俗和习惯势力。一位哲人说过，传统的习惯势力是最可怕的势力。其实，在铁一般的生活事实中，侗家人也目睹了"女还娘头"婚姻的许多恶果，影响后代发育，不是畸形就是呆痴。但性格温顺的侗家人就是不愿不敢自主打破传统陋习，而是承袭亲上加亲，顺其自然，整个歌剧就是如此真实全景似的反映了这一风俗画卷。还有侗乡依山傍水、古树荫翳，木楼林立、石板小径的村容寨貌，以及山歌对唱的文化场景，节日庆典、信仰仪式、服饰饮食等乡风土俗，无不构成了一幅内涵丰富、色彩斑斓的世态风俗。

再次，《情寄岩》的歌词侗韵鲜明、生动活泼、抑扬顿挫，朗朗上口，易于传唱。如："唱首山歌把月凉，梭罗栽在月中央。好花开放高岩上，蜂蝶恋花蜜蕊藏。"特别是其中穿插的众多白话垒词，更显北部侗族的说唱艺术特色。说白话，侗话叫"和颂吧"或"啦颂吧"，意为"念垒词（韵文）"，它是唱歌间隙中插入的一段朗诵性韵文，内容经典含蓄，令人回味无穷。语调音域较窄，一字一音，语速较快，跌宕起伏，具有独特的节奏感和音乐美。如蝉月的一段侗语白话（汉译）："哥啊，多不说，只说我俩苦情多，情投意合结成伴，如今难舍又难割。母舅逼婚'还娘头'，气在心头炸脑壳。含羞和你把话说，愿我祥哥拿主意，莫让光阴白蹉跎！"真是情深意切，如泣如诉！

最后，剧中侗歌曲调，抒情婉转，旋律优美。化敖的侗歌很多，有情歌、酒歌、山歌、摆古歌、踩堂歌、祭祀歌等等。《情寄岩》整部歌剧的侗歌曲调，多姿多彩，在音乐的民族化、大众化、区域化方面所做的大胆探索与尝试，令人喝彩。

第七节　侗族大歌音乐诗剧《行歌坐月》

2014 年，由侗族蒋步先等参与编写，经中央民族乐团采风改编、创作，并与黔东南州歌舞团、从江县人民政府联袂排演的侗族大歌音乐诗剧《行歌坐月》横空出世。这是第一次把世界级非遗"侗族大歌"和国家级非遗"珠郎娘美"与被称为"国乐"的中国民族管弦乐首度牵手、珠联璧合、打造推出的经典力作。专家们认为，这是一部千年民族文化艺术返璞归真经典之作，是一场将歌、舞、乐、服、俗高度融为一体，极度震撼的视听盛宴。

2015 年 1 月 8 日晚，位于北京天安门附近的国家大剧院音乐厅，1725个座位，座无虚席。当 60 名来自贵州从江县小黄村的村民们一身银饰走上舞台，随着银饰叮当作响，偌大的音乐厅里，掌声雷动，气氛热烈。《行歌坐月》，在殿堂般的大厅里首次上演，获得了极大的成功。

侗族大歌音乐诗剧《行歌坐月》是根据流传在黔东南的侗族民间文学国家级非遗代表作名录《珠郎娘美》的故事改编创作的。

该剧通过珠郎与娘美勇于冲破封建传统束缚不畏强权追求婚姻自由的经历，讲述了一个清朝乾隆年间发生在黔东南侗族地区古州三宝侗寨的真实而凄美的爱情故事。其剧情共分四幕场次：

第一幕"青梅竹马"。讲述了古州（今榕江县）三宝侗寨有位美丽清纯、歌声甜美的姑娘娘美和英俊勤劳、琴技高超、歌声优美的后生珠郎，从小一起长大，两小无猜，欢度童年。

第二幕"行歌坐月"。珠郎、娘美在月色下对歌坐夜互诉衷肠，互表爱慕，最后打破铜钱作为信物，山盟海誓，私订终身。为了冲破"女还娘头"的封建婚俗，追求自己的爱情幸福，他们被迫背井离乡，逃离三宝，流浪他村，去寻找美好的人间乐土。

第三幕"恶断姻缘"。当珠郎、娘美找到阡陌连绵、风景如画的贯洞村时，正值五黄六月之际，忽然传来抒情的《五月蝉歌》和男声合唱的《劳动大歌》等轻快旋律，使俩人对美满姻缘、幸福生活充满梦想。谁料富家子弟、好色之徒的银宜，口是心非，暗使毒计，利用外族进犯机会，买通贪财寨老施行淫威，污蔑珠郎为内奸，以合众起款吃枪尖肉面的手段诛杀珠郎，以达到其霸占娘美的目的。

第四幕"大爱如歌"。失魂落魄的娘美，素衣白纱，面色憔悴，孤苦伶仃，步履蹒跚，歌声悲切，深情呼唤情郎归。当她得知珠郎遇害后，悲愤不已，发誓报仇。终以巧施妙计，令恶棍自掘坟墓，落坑死亡，报仇雪恨。同时，她想殉情随郎而去。不料珠郎托梦，要她活着，为爱传歌。最后，珠郎魂归，与娘美深情遥相对望，引吭高歌。多年以后，娘美成为百里侗乡的

"歌仙"，她的歌声犹如不朽的乐章，将他们忠贞不渝的爱情故事在月亮山麓、都柳江畔世代传扬，把侗族大歌传承光大。

剧情最终以传统大歌《天地人间充满爱》作为尾声，整个诗剧演出约一个半小时，一次次获得观众的如雷掌声。

这个剧目在北京震撼演出后，于 2015 年 4 月 12 日至 19 日，在贵阳、凯里、从江、桂林、广州等贵广高铁沿线地区开启了全国巡演之旅，使人们更多地了解多彩美丽的侗族文化。随后，又前往杭州、上海、武汉、长沙、成都、重庆等城市巡演。通过全国巡演，把文艺精品与文化旅游产业发展深度融合，进一步提高了多彩贵州和美丽黔东南的美誉度和知名度。

纵观整个音乐诗剧，其艺术特色有以下亮点：

第一，《行歌坐月》的剧本结构，情节精简，跌宕起伏，故事感人。传统的民间侗戏《珠郎娘美》，题材庞大，剧情复杂，人物众多，枝蔓纤绵。据统计，原剧中人物 80 多人，全部唱词 5800 余句，是侗戏中影响较大的大型作品。而改编后的音乐诗剧，剧情精练，脉络清晰，只有"青梅竹马""行歌坐月""恶断姻缘""大爱如歌"四个场次，其删繁就简、剧情紧凑、逻辑严谨、发展自然、扣人心弦的艺术效果突出显著，极为成功。

第二，《行歌坐月》的音乐设计，美轮美奂，元素多维，高雅创新。该剧以多声部、无指挥、无伴奏、自然和声的民间合唱形式的世界非物质文化遗产侗族大歌为主基调，融入民族管弦等经典国乐，系首次将国乐与"天籁之音"侗族大歌熔于一炉的音乐诗剧。这种以立体音乐、诗性音乐的表现形式来解读、诠释、宣传、保护侗族音乐文化的大胆尝试，是一次艺术表现形式的历史创新，更是全面记录、大型展现侗族音乐宏大工程的完美力作。正是编导作曲们综合运用传统的、现代的、创新的多维理念的音乐创作手段，成就了《行歌坐月》。从而使它真正以全新的音乐诗剧形式，走出侗寨，走出贵州，走向全国。同时，该剧又以极其简约纯净、清泉般闪亮的舞台艺术形象的呈现，让观众真正享受到一股沁人心脾、返璞归真的原生态音乐艺术之风。

第三，《行歌坐月》的演唱阵容庞大，民族乐器形式多样，相得益彰。整台演出汇聚了 90 人的乐队、60 人的侗族大歌表演队、50 人的合唱队，规模宏大，并配备世界最先进的音响设备震撼演绎，还把侗族特有的牛腿琴、侗笛、木叶等侗族乐器与高雅的管弦乐器结合起来，形成宏大、经典、辉煌的声乐效果，使这台演出更富有磅礴、宏伟、震撼的艺术魅力，让观众对民族音乐剧有了全新的认识和感受。侗族大歌表演队的演员全部来自从江县的侗寨小黄村，其中3个年纪最小的男孩仅有12岁，而年纪最大的演员则是从江县的侗族大歌国家非遗传承人80岁高龄的潘萨银花，其余的都是中青年人，可谓四代同堂，齐放大歌。

从编创的角度来赏析，这是一部音乐诗剧，本身有着完整细腻的剧本结构，但这次的演出是以音乐会的方式来展现，如何在没有台词的情况下让观众看懂剧情，这将是非常大的一个难点。为了让音乐、剧情紧凑鲜明，剧组决定只保留三名主角，女主角娘美，男主角珠郎及男反派人物银宜，这将有助于观众更直观地了解剧情的发展以及情节冲突。这部剧并不是将原始侗族大歌配器而成的作品，而是需要根据原始素材衍生和创作，在众多原始素材中挑选，搭配原始侗族大歌以及衍生的新的音乐段落，并且为三名主角树立鲜明的音乐形象。这部诗剧并不单纯是各种唱段的混合体，当中穿插了完全是民族管弦乐队的音乐段落，还有侗族大歌与民乐队产生融合的段落。另外还有侗族当地的特色乐器引入，如牛腿琴、侗笛、侗琵琶，等等。

在首都国家大剧院观看演出后，解放军艺术学院梁秋冬教授在谈观感时赞叹："侗族大歌与中央民族乐团共同推出这个剧目，让我感觉非常新颖，既有高雅的音乐艺术享受，又有世界'非遗'的'天籁之音'，还能全面感受一个曲折动人的爱情故事，这台音乐诗剧非常巧妙，不失为一台音乐精品。"①

《行歌坐月》是新中国成立以来首部以侗族大歌为题材进行整合的大型音乐诗剧，是侗族民歌结合音乐创作的尝试和实践，也是中国首个登上国家大剧院的侗族音乐剧。《行歌坐月》作为探索传统艺术与现代创作联手的范式，无疑是保护民族传统文化的新途径，更是民族文化产业的成功范例和经典力作。2015年，《行歌坐月》荣获贵州省年度优秀文艺作品奖以及贵州省第十四届精神文明建设"五个一工程"优秀作品奖。

---

① 沈仕卫：《〈行歌坐月〉国家大剧院开启巡演序幕　携手中央民族乐团　世界非物质文化遗产侗族大歌联姻民间文学》，《贵州日报》2015年1月23日。

第七章

影 视 文 学

影视文学包括电影和电视文学。侗族的影视文学是 20 世纪 60 年代才开始出现的文学样式，总体来看，它还处于初创阶段，公开发表或已投拍和播映的影视作品还不算多。但随着文艺改革创新的前进步伐，军旅作家罗来勇参与撰稿和拍摄的反映政治经济改革、关注国计民生、宣传反腐倡廉等主题的政论专题篇，以对社会问题认识精准、把握到位和思想内容与影视艺术的有机结合为特点，极具政治与艺术的冲力。这些片子在中央电视台和北京电视台等播出后引起社会的广泛反响，有的片子获得了北京市委宣传部优秀电视纪录片二等奖。近年来，侗族影视新星编导丑丑等已崭露头角，新作迭出，势头正旺，其作品摘取了国内、国际的多个奖项，有的电影作品还被国家广播电影电视总局、文化部选定为国家外宣影片，并被译为英语、法语、西班牙语、阿拉伯语等多种语言，提供给中国驻外各使领馆，在举行外事活动或电影招待会时放映宣传，产生了良好的外宣效应。

第一节 侗族题材的影视作品

侗族题材的第一部电影产生于 20 世纪 60 年代初。1952 年，黎平县为庆祝土地改革的胜利，组织了文艺会演，其中侗戏《珠郎娘美》的演出受到好评。当时参加黎平县土改工作队的省文化局和省文联的领导和专家邢立斌、萧家驹、蹇先艾、郭可诹等观看演出后认为侗戏很有民族特点，特别是《珠郎娘美》中的民间音乐和反对封建包办婚姻的内容，很值得进一步去发掘整理。1958 年春，黎平、榕江、从江三县联合组团排练侗戏《珠郎娘美》，7 月该戏参加文化部在云南大理召开的西南地区民族文化工作会议演出获奖。对此，中共贵州省委高度关注，省委分管宣传文化工作的副书记苗春亭、省委宣传部部长汪小川就此作出批示指出，侗戏《珠郎娘美》产生在贵州侗族地区，贵州应当重视其发掘、整理和提高。随即，在省文化局局长张世珠、省文联党组书记邢立斌等的亲自安排下，省文联、省歌舞团专门组织人员多次到黎平、榕江、从江三县有侗戏流传的地方进行考察，搜集到了不少的侗戏剧本。后来，剧作家袁家浚从众多的侗戏本子中选择侗族戏师梁绍华、梁庭耀的原作剧本《珠郎娘美》进行了改编。剧本编成后，确定以黔剧的形式演出。之后，袁家浚、刘芥尘、刘学文、俞百巍等又参考了《珠郎娘美》的异本叙事歌和有关的民间传说，进行了二、三稿的反复修改，还邀侗戏戏师梁绍华、梁普安担任歌词翻译，最终确定剧名为《秦娘美》。后经萧家驹、袁家浚、沈光番等人参加共同修饰后成为定稿。1959 年上半年，从省、市黔剧团、艺校川剧班和一些地区剧团挑选演员组成黔剧演出团，下到榕江县车江乡进行排练，并由黔剧团副团长、编剧黄耀庭担任导演。经过两个多月排练成型后，先后到州府凯里和贵阳作汇报演出，得到赞评。之后，经过修改补充、加工排演，基本定型，并参加了这年 11 月在贵阳举办的贵州省戏剧调演。当时贵州省委对黔剧《秦娘美》非常重视，在修改提升的每一个重要环节都严格把关、定向指导。1960 年春，贵州省文化局局长张世珠亲自带领黔剧团到杭州、上海演出《秦娘美》。张世珠还与上海海燕电影制片厂联系，商议将《秦娘美》拍成电影的事宜。为此，上海海燕电影制片厂著名导演孙瑜亲自到杭州观看黔剧团的演出。这年 6 月，黔剧《秦娘美》被选送到首都北京公演，引起广大观众的好奇和兴趣，也受到了北京戏剧界众多大师的好评。如梅兰芳的《看黔剧〈秦娘美〉》、欧阳予倩的《可爱的黔剧〈秦娘美〉》、周信芳的《喜看黔剧〈秦娘美〉》、赵景深的《谈〈秦娘美〉》、马少波的《一夜东风花满树》等文章都予以肯定赞评。中国剧协还专门召开了座谈会。7 月，黔剧团受邀在北京怀仁堂演出《秦娘美》，朱德总司令、刘少奇主席、周恩来总理、中央民委副主任赛福鼎等观看了演出，给予热情鼓励和祝贺。随团参加这次北京演出的导演孙瑜也欣然同意将《秦娘美》拍成电影。随后，孙瑜亲自到贵阳与剧作家俞百巍在花溪设计拍摄本，电影编剧罗军参加了舞台设计。电影《秦娘美》的剧情是：

古州三宝侗寨有个美丽的姑娘秦娘美与邻寨青年珠郎相爱。但侗族的古规是"女还娘头"，即女孩一生下来注定要嫁给舅舅的儿子为妻。秦娘美为争取婚姻自由，在遭受逼嫁的前夕，与珠郎"破钱"盟誓，双双离开家乡，逃到一个叫七百贯洞的地方。七百贯洞的地主银宜垂涎秦娘美的姿色，假仁假义地引荐珠郎入了房族，并拨给他一块田地耕种。当珠郎知道银宜拨给他的田地是巧取豪夺佃户人家的，就坚决拒绝了。于是银宜又差遣珠郎代他到下河那地方去采办货物。珠郎走后，银宜乘机对秦娘美一再调戏利诱，遭到拒绝后，银宜不肯罢休，勾结款首蛮松，后来利用款会吃枪尖肉表心的时候，将珠郎刺死，反诬珠郎是私通下河人的奸细。

参加款会的群众知道珠郎的冤屈后深感不平，但被款首以武力压制。银宜则向秦娘美伪称珠郎是在抗击下河人进攻时被俘虏的。他怕群众向秦娘美道出珠郎被害真相，即派人监视她的行动。媒婆奶花又来劝诱秦娘美改嫁银宜。秦娘美因珠郎生死不明，力探真相，决心弄清楚珠郎的去向。后来是大库派两个小姑娘唱着侗歌，将珠郎被害的真相暗示给秦娘美。

娘美在万分痛苦中冲出地主的看守，在江箭坡荆棘丛中采蕨找到珠郎与她盟誓带在身上的那半块铜钱，并寻到了珠郎的尸骨。她和大库等人设计，登上鼓楼，擂起法鼓，佯称谁能帮助她将珠郎尸骨埋葬，就愿嫁给谁，以报恩情。银宜信以为真，跟娘美上山，娘美待银宜掘好了深坑，便以铁锄猛击他的头部推下坟坑。这时暗中保护娘美的乡亲，已将款首蛮松打死，赶来帮助，协力将恶霸地主银宜埋葬在他自掘的坟墓中，为珠郎报了血仇，为地方除了大害。

拍摄时，对侗戏原作《珠郎娘美》和黔剧《秦娘美》进行了一些改动提升，增加了婢娘、婢妹带娘美到江剑坡采蕨菜，在珠郎的尸骨旁发现了与他盟誓时破分的半边铜钱，这才知道珠郎被害，把娘美的复仇引出来。特别是在反映群众向封建婚姻制度进行斗争的场面，加强了群众力量，如娘美和珠郎流落贯洞，娘美报仇的情节。在原侗戏里，娘美是孤军作战的，而在影片里则增加了大库老人、青年纠缪等群众，为他们想办法，出主意，鼓励了娘美的斗争意志。这就反映了娘美的斗争不仅仅是私仇，而是一场尖锐的阶级斗争，使主题与人物形象更加深刻鲜明。同时，贵州省文联副主席翟强还采用蒙太奇的手法，在拍摄时做了一些技术调度，一下子也使这个影片的艺术性提高了，使人看了有更好的审美效果。

黔剧和电影为什么将侗戏《珠郎娘美》改为《秦娘美》呢？珠郎和娘美在民间流传的故事和叙事歌中都是没有姓氏的。在侗族地区，侗语把叙事歌统称为 jenh（"经"或"君"），汉译即为"传"的意思。《珠郎娘美》的叙事歌，即称为"君珠郎娘美"。为了突出女性主人公娘美即改为"君娘美"，汉直译就是"传娘美"，汉意译即为"娘美传"。因侗语"君""秦"谐音，故黔剧和电影将剧名和片名改名为《秦娘美》，"秦"并非娘美之姓氏，应作为"传"来理解与解释。

1960 年 11 月，戏曲艺术电影黑白片《秦娘美》在全国上映。这是第一部被搬上电影银幕的侗族文学作品，它标示着侗族人民的艺术才华，第一次得到全国各族人民的公认和赞赏，这是侗族文学史上使人感到欣喜和自豪的一页。影片在侗乡放映后，引起热烈的反响，人们激动地说："毛主席真关心我们侗家啊，不仅关心我们今天的生活，而且还关心古时候的生活哩！"[①]

1963 年，彩色木偶动画片《长发妹》由上海美术电影制片厂出品。该片是依据侗族民间传说《长发妹》改编而成的经典动画片，由严励编剧，岳路导演，著名版画家黄永玉担任造型服装设计。为了拍摄好《长发妹》，岳路和黄永玉都到侗乡体验生活了一段时间。

《长发妹》是流传在侗族地区的一个美丽的民间传说：

---

① 伍华谋（侗族）：《侗家热爱"秦娘美"》，《北京晚报》1961 年 9 月 7 日。

很久很久以前，有个侗族小姑娘叫长发妹，她是一个热爱劳动、心地善良的女孩子。她住在荒凉的陡高山下，这里长年缺水，土地干裂，庄稼枯萎，人们忍受着干旱的折磨。一次，长发妹好不容易才给生病的母亲弄到一点水，她担水经过老榕树时，看到树干开裂枝叶枯黄，便向树根浇了些水，老榕树立刻变得全身碧绿。后来，她发现了山上的泉眼，想让泉水流出来，解除乡亲们的痛苦。但是泉眼为山妖占有，山妖不准她泄露秘密，否则就要把她和全寨人处死。在死亡的威胁面前，长发妹十分忧虑，心神不安。从此，绯红褪下了她的双颊，头发也逐渐由青而黄，由黄而白。后来，她终于下定决心，领着大家打开了泉眼，让淙淙的清泉灌溉着山区的土地田园。

山妖是不愿人们得到幸福的，它要惩罚长发妹，让她长年躺在山上，任泉水从她身上冲刷而过。长发妹决定牺牲自己，当她来向老榕树告别时，老榕树变成一位老人，老人使长发妹的头发长到一个和她一模一样的石人头上，并令石人代替长发妹躺到泉眼下经受泉水的冲刷。这时山妖出现了，老人给了长发妹一副弓箭，射死了山妖。从此长发妹的长发变成了一条雪白瀑布，寸草不生的陡高山变成了花果园，而长发妹又长出了一头乌黑发亮的新长发。

这个美丽的传说反映了侗族人民追求幸福生活的美好愿望，也表现了劳动人民不怕困难和勇于自我牺牲的优秀品质。拍成影片后，借助生动的人物形象，主题更为鲜明突出。这个彩色木偶动画片在全国放映后，特别受到各族少年小朋友的喜爱欢迎。

1985年，中央电视台和二炮部队在锦屏县人民政府的支持协助下，联合拍摄的电视专题片《大山的儿子》，宣传了锦屏县平秋镇高坝村侗族青年石修志从军报国的优秀事迹。该片在中央电视台、湖南电视台、贵州电视台以及中央电视台"东方之子"栏目播放后，在国内引起强烈的反响，并获得了全军电视剧一等奖。石修志也于1987年被授予"全军一级英模"，受到党和国家领导人邓小平、江泽民等的接见。随后，二炮部队"模范工程师""全国民族团结先进个人""全国新长征突击手""全国第一届十大杰出青年"的荣誉奖章都青睐于他，1992年当选党代表出席了中国共产党第十四次全国代表大会。

中国少数民族系列电视专题片《中国侗族》，于1997年底在贵州从江开镜，在侗族文学会的积极支持和热情参与下，摄制组分两次到贵州从江、榕江、黎平，湖南新晃、芷江、靖州、通道，广西三江、龙胜等地拍摄，主要内容有《侗族大歌》《侗族婚俗》《祭萨》《侗款》《侗族建筑艺术》《侗族雕刻艺术》《侗族饮食文化》《侗族服饰》及改革开放20年来侗族地区的巨大变化。这个专题片后在中央电视台及地方台播出，引起良好反响。

2001年6月，为向中国共产党建党80周年献礼，中共贵州省委宣传部、省委党史研究室和贵州电视台以邓恩铭、王若飞、周逸群、龙大道、旷继勋等革命先驱为素材拍摄贵州党史重要历史人物电视纪录片《青山赤子》。其中的《青山赤子——龙大道》以陆景川的《龙华英烈——龙大道传》为主要素材，并按传记线索，赴浙江、上海、武汉等省市及龙大道故乡，拍摄外景与实物、文物，采访了有关历史当事人、亲历者和研究者，制作成一部思想深刻、文献丰富、史迹真实、人物鲜活及时代感鲜明的人物文献纪录片。陆景川以传记作者的身份在片子中，简要介绍了龙大道走出贵州大山、求学寻路、追求真理、领导工运、浙江建党、廉洁奉公、抵制"左倾"、喋血龙华的壮烈一生。《青山赤子》是贵州省首次以黔籍革命家、军事家为素材拍摄的党史人物电视系列片，具有开创性意义。该片播出后在省内外产生了广泛良好的影响。之后，该片被中央组织部资源库收入，中央组织部和中央党校分别把该片作为全国党员教育和党校教程的鲜活教材。

2009年10月，为了隆重庆祝新中国成立60周年，由国防部原部长迟浩田题写片名，黔东南州人民政府、三穗县人民政府为协拍单位，八一电影制片厂和中央电视台电影频道与北京天格艺星影视文化发展有限公司经过两年多的努力，共同拍摄制作完成的电影《杨至成火线供给》在中央电视台电影频道展播。影片再现了1946年东北四平保卫战白热化对峙阶段，杨至成受命于危难之际，又巧妙利用政策和策略，联苏、降匪、取财，突围重重障碍向前线运输军火物资的智慧和忠诚。剧中塑造了杨至成、袁德良、成多、唐慧文、米洛季夫、沙二毛子等一大批性格鲜明的人物形象，反映了战争的残酷和军人钢铁般的意志。该片于 2009 年 9 月 27 日由中共贵州省委宣传部、黔东南州人民政府在贵阳举行首发新闻会。10 月 10 日晚中央 6 频道黄金时段开始隆重播映。之后，中央电视台电影频道经常滚动播放，历久弥新。

2021 年 11 月 15 日，为迎接上海大学建校 100 周年，宣传上海大学的光荣历史，弘扬伟大建党精神，赓续红色血脉，传承革命基因，由上海市委宣传部指导、上海广播电视台纪录片中心承制的 6 集大型纪录片《红色学府——上海大学（1922—1927）》在上海大学正式开机。1922 年 10 月 23 日，中国共产党为了积极传播马克思列宁主义，培养救国建国的革命青年人才，创办了"东南革命最高学府"上海大学。时有"文有上大，武有黄埔"之美誉。龙大道即在建校当年由恽代英推荐考入上海大学社会学系学习，并于次年加入了中国共产党，成为上大的重要革命校友和著名烈士。纪录片摄制组按照陆景川《龙华英烈——龙大道传》提供的素材，先后前往贵州、浙江、武汉等地拍摄龙大道红色足迹所至的外景及文献、文物与实物。传记作者陆景川通过深度挖掘传主人物的闪光事迹，在贵州凯里出镜宣传介绍了龙大道当年走出侗乡、赴鄂求学、投身上大、追求真理、英勇斗争、龙华就义的可歌可泣的感人故事。2022 年 10 月党的二十大胜利召开期间，该纪录片在上海东方卫视播出，反响热烈。

第二节　侗族作者的影视剧本

这一节所说的剧本是指由侗族作者创作而未能投拍的电影与电视剧本，或者依据侗族作者原创剧本而改编创作投拍了的影视剧本。

老作家滕树嵩和女儿滕剑鸣共同创作的电视文学剧本《受伤的美女商标》，发表于 1989 年的《银屏舞台》。后由刘于夫改编，马龙滨、刘于夫导演，侗族的杨林、吴定邦、杨宗福 3 人音乐设计，杨英慧主演，贵州电视剧制作中心投拍成电视单本剧《侗女贝仙》，先后在贵州和中央电视台播出。该剧以 80 年代侗乡改革开放为时代背景，反映侗族妇女解放思想，走出封闭山寨，为改变侗乡落后面貌而投身于社会主义市场经济的种种遭遇及对人生价值的认识与追求，展现了侗族人民勤劳、诚实、善良的性格和侗乡风情，歌颂了新时期侗乡的新人新事新风尚。1990年7月该剧获文化部、国家民委、中国文联、广播电视部举办的第三届全国民族题材电视艺术"骏马杯"三等奖，并载入《电视艺术辞典》。

老作家张作为的影视文学创作成果颇丰，相继推出了一系列作品。电影文学剧本如反映侗乡修水利的《江猛子》，反映卢汉起义的《将军在黎明前苏醒》，反映军人爱情生活的《春城无处不飞花》，反映自卫反击战的《边地金凤凰》等。特别是依据其原著改编的电影剧本《原林深处》，后因诸多缘故，终未投拍。8集电视连续剧《游天曲》，1984年《云南戏剧》第55期选载。它写的是我国明代著名旅行家徐霞客，离家西行，远登云南鸡足山，历经艰难困苦、坎坷曲折的人生奋斗历程的故事，展示了一幅壮阔的历史画卷，为观众塑造了一位伟大的旅行家的崇高而可爱的形象，抒发了徐霞客报效祖国的一片赤诚之心。后因故未拍成。

石新民根据长征题材创作的电影文学剧本《萨玛风云》，曾发表于《电影文学》2010年第9期。写的是长征时期红军与侗族头人联手为保护红军伤员，同国民党及其特务进行殊死斗争，最终取得胜利，欢送红军经过侗区的故事。2015年，为纪念中国工农红军长征胜利80周年，石新民依据其《大风歌》改编成30集电视剧《毛泽东在黎平会议》。2016年9月，剧本由贵州人民出版社出版。

杨俊的电影剧本《娘美魂断鼓楼坪》，收录于2014年贵州省文联编辑出版的《贵州少数民族戏剧作品集》。该剧讲述娘美和珠郎心心相印，共同抗拒"姑表亲"古规，几经波折追求自由爱情，终因封建势力的狠毒绞杀，在侗乡留下了一段真实悲切哀婉的爱情传奇。

第三节　罗来勇的政论专题片

新时期以来，罗来勇在影视作品创作领域也成绩不凡。1989年上海电影影视公司推出由秦怡为顾问的《中国物价大潮》8集专题片。罗来勇担任这部作品的撰稿人，这是他第一次和军外影视机构合作的第一部影视作品。20世纪80年代末中国伟大的改革开放进入了第一个十年的尾声，此时我国一度出现较大的通货膨胀，以美国为首的西方势力利用我国物价波动挑动群众和政府的矛盾，制造混乱。中央敏锐地提出要抓住舆论导向，向人民讲清楚当前的困难和问题，要求这部片子以通俗易懂的方式讲清物价波动的道理和改革开放的关系。片子播发后，确实在这方面发挥了经济舆论的先锋作用，对于宣传国家政策，融合政府与人民的关系起到了很好的协调作用。

1989年夏，西方反华势力利用我国改革开放进程中除弊革新的社会矛盾，挑起部分群众的不满和冲突，在北京引发严重政治风波。针对这一复杂动乱局面，北京市委宣传部和北京电视台迅速组织编创拍摄大型系列专题片《同心曲——北京人衣食住行》，主题是反映老百姓最基本的生活需求在改革开放政策下的进步变化，摆事实、讲道理，和人民群众交心。罗来勇承担这部大型系列专题片中的北京城市地面及地下交通、生活煤气和液化气供应、城市供水、邮电通讯等共21集的撰稿及拍摄。该片于1990年1月至3月分别在北京电视台陆续播出，引起广泛反响，获得北京市委宣传部优秀电视纪录片二等奖。

1991年2月，罗来勇承担团中央宣传部和中国青年音像出版社组织的专题片《从未停止的人类竞争——国防教育与青年》的专辑撰稿。1992年夏，他承担中央军委原总政治部拍摄系列纪录片《边关军魂——青春无悔》的撰稿。这部系列片全军发行，由中央电视台播出。片中插曲《青春无悔》歌词获全军优秀歌曲歌词一等奖。1992年，罗来勇根据自己发表的小说《西域》创作了电视连续剧剧本《红戈壁》，后刊载于原国防科学技术工业委员会主办的《神剑》杂志2002年第6期。2004年，中共中央纪律检查委员会组织撰写供县级领导干部以上学习警示的电视专题片，他应邀负责撰写中国交通和卫生医疗两大系统的反腐败案例，其中包括贵州省原交通厅厅长卢万里的贪污腐败案专题片。该片播发后，社会反响很大，起到了良好的倡导清廉、反腐警示的教育作用。

罗来勇的影视作品主要是政论专题片的撰稿兼及部分编导。其具有的鲜明特色可以归纳为以下三个方面。

第一，立场鲜明，思考深刻。从作品可以看出作者关心时政，爱国爱党政治素养好，对社会问题认识精准，把握到位，能够把经济、民生和政治很好地融合到艺术中。

第二，他创作的时政类影视作品，助推了社会主义新时期的文艺复兴，主流文学创作涌动着批判现实主义的思潮。当时，作家们多以针砭时弊为骄傲，视正剧为唱颂歌，认为与艺术追求不符。其实，那是一种短视，今天回首历史，罗来勇在那个时代潮流中的文学选择虽然一度不显光芒，但是历史证明他的坚持正确，弘扬了主旋律，理念经得起历史考验。

第三，他既懂文学，同时能对中国的经济变革有独到的观照。他不是与世隔离的军旅作家，他一直关心并思考着国家的政治、经济改革对社会的影响。正因如此，上海影视公司和北京市委宣传部才根据他所表现的独立的经济思考，找到正在解放军艺术学院学习的他来承担有关专题片的撰稿，而且他出色地完成了自己承担的任务。

第四节　蒋步先的电影《寻找牛腿琴》

蒋步先（1954—），贵州榕江县三宝侗寨人。先后在贵州民族学院、天津音乐学院、中央民族学院等音乐舞蹈专业学习。历任黔东南州群众艺术馆副馆长、黔东南州音乐家协会副主席、黔东南州歌舞团艺术总监等，系中国音乐家协会会员，国家一级演员。

儿童电影《寻找牛腿琴》是由蒋步先原创、杨晶晶和蒋筝筝联合执笔改编、著名导演宋奇执导、胡建雄制片的我国首部侗族儿童音乐电影。2011年该片由中共黔东南州委宣传部、贵州从江县人民政府、湖南美亚传媒有限公司、北京保利文化传媒有限公司、黔东南州侗族大歌艺术团联合拍摄。蒋步先担任影片的作曲与男主角。

片子梗概是：方琴从国外回来就职于北京某少年宫任音乐老师，她每次与在海外的母亲方红通话时，母亲总在电话里提醒不要忘记寻找一位会拉牛腿琴的"歌神"老人。一天，方琴老师在上课时将一张 CD 放给学生们听，引起他们对优美旋律的浓厚兴趣。在方老师的讲解下，他们才知道演奏曲子的神秘乐器原来是侗族的牛腿琴，并详细了解了牛腿琴潜藏的故事，他们被这个故事深深吸引着，还强烈要求方老师带他们前往侗乡寻找牛腿琴。一路风尘到侗寨后，学生们被美丽的侗寨风景所震撼，特别是听到人类口头与非物质文化遗产代表作名录的侗族大歌后，更感受到了侗族特有的民族风情和文化魅力。在侗寨期间，孩子们同心协力，勇往直前，用他们的聪慧才智、决心与勇气克服了诸多困难险阻，终于在侗家老人和孩子们的帮助下，在深山老林中找到了名叫"歌神"的老人。原来"歌神"就是方老师的父亲。他们父女相认后，也揭开了 30 年前一段美丽动人而心酸的爱情故事——原来"歌神"与方老师的母亲方红曾相恋并按侗家的风俗举行过婚礼，"歌神"还以他们的爱情故事谱写了一首动人心弦的牛腿琴协奏曲《琴思》。后因方红父母的阻挠，棒打鸳鸯，方红去了海外，而"歌神"也因此隐居深山，苦度光阴。在找到"歌神"后，他就随女儿方琴和孩子们来到北京某大剧院上演《琴思》，而方红也从海外赶到现场，热泪盈眶地品味着那倾诉心灵的琴声……

该片题材新颖、情节曲折、原创民族音乐悠扬动人，拍摄取景多在榕江、从江两县侗寨，整部作品具有很强的民族性、时代性、教育性等显著特点，对促进各民族的文化交流、加强民族团结、巩固社会主义民族关系起到积极作用。2012 年 2 月 9 日至 18 日，在德国举办的第 62 届柏林国际电影节上，中国儿童电影首次集体亮相。在展演晚会上，电影《寻找牛腿琴》主演蒋步先还用侗族传统民族乐器"牛腿琴"进行了现场演奏，让宾朋们亲身感受到了中国侗族文化的魅力。该影片荣获本届电影节"最具文化遗产表演奖"。

第五节　丑丑的电影《阿娜依》《云上太阳》《侗族大歌》

丑丑（1983—），原名欧丑丑，女，贵州凯里市人。先后在凯里市第八小学、黔东南师专附中读书，1998 年考入北京电影学院表演系。现任北京云上太阳影视文化有限公司电影出品人、编剧、导演。她是中国影坛最年轻的女导演之一，也是侗族历史上第一位电影导演。先后被授予"贵州省旅游文化传播大使"（2012 年）、"贵州省最美巾帼志愿者"（2013 年）、"贵州省三八红旗手"（2014 年）、"全国三八红旗手"（2015 年）等荣誉称号。

《阿娜依》是她导演的第一部电影故事片，同时还担任该片的编剧、制片人、女主演和电影主题歌的演唱者。片名"阿娜依"原是苗族姑娘的名字。在苗话里，"阿"是称呼，"娜依"是芍药花的意思。芍药花是苗家人最喜爱的一种花，生命力强，既可以观赏，还可以入药。这个片名包含了作者对民族文化、对剧本主人公的一往情深。《阿娜依》是一部原生态的电影故事片，它讲述的是发生在黔东南这片民族文化沃土中苗族、侗族青年男女平凡而不俗的故事。世代生活在这片神奇土地上的勤劳、善良、朴实的苗、侗同胞，他们有着真挚、多情、超凡的人际关系和热情豪放的民族性格，他们与大自然和谐共处，过着与世无争、粗犷简朴的田园式生活。阿娜依，一个生长在古村落里普通善良的苗族姑娘，从小失去父母，跟着阿婆长大，因此深受苗族文化的熏陶。她五岁开始跟阿婆学习苗绣，学唱苗歌。她用泉水般透明的心、甜美的歌声、灵巧的双手和婀娜的舞姿诠释着她对这片土地和同胞们的爱。阿娜依的美丽、善良、执着、热情与真诚，赢得了侗族小伙阿憨对她一生一世不变的爱情……

该片使用胶片拍摄，在黔东南境内的凯里、黎平、从江、雷山、台江、榕江、黄平、镇远 8 个县市取景。其特色是比较成功地将苗、侗同胞的民歌、风情、建筑、生存环境等原生态元素表现得原汁原味而又淋漓尽致。2006 年 3 月，影片制作完成后在黔东南及周边民族地区放映，引起一股"阿娜依"热。后来在法国、美国、欧洲放映，产生了一定的外宣效应。2007 年12 月，《阿娜依》获得贵州省"五个一工程奖"和贵州省人民政府文艺奖。

《云上太阳》是丑丑拍摄的第二部电影作品，她同时担任独立制片人、编剧和导演。影片取名的灵感来源于作者坐飞机时，看到哪怕乌云密布，而当飞机穿越乌云后，总能看到艳阳下的万里晴空，这是一个深含意蕴而美妙无比的意境。它叙述了这样一个故事：一位法国女画家波琳得了一种查不出原因的怪病。因此，她对人生失去了希望，想寻找到一个纯净的地方，了断生命。波琳四处漂泊，无意中她走进了中国贵州东南部大山深处神秘美丽的苗寨，她认为自己终于找到了灵魂的归宿。正当波琳决定就在这个世外桃源般的地方结束自己的生命时，谁知她的生死却已经跟苗乡紧紧地连在了一起。于是，波琳和当地善良、纯朴的苗胞之间的奇遇便催生了感人肺腑的故事。接下来，当地质朴的村民想尽一切办法，甚至不惜用他们的"神鸟"锦鸡做药引，来挽救她的生命。波琳获救后，非常感动，终于选择留了下来，担负起教育苗寨孩子们学习现代文化知识的使命。

这部影片的特色是一开始就把观众带进青山绿水、苍松峻岭、云蒸雾绕的贵州大山中，以此揭示人与自然之间共生共存的"天人合一"关系以及少数民族同胞生存的智慧。影片画面，唯美纯净，无可挑剔；故事简单，质朴感人。当然，法国著名的舞台剧演员菩翎男的加盟，也为影片增添了新奇有趣的异国情调。而影片中最打动人的情节是，当寨老们以古朴的投石方式作出郑重的表决，要奉献出他们所崇拜的图腾神鸟锦鸡的鲜血作为药引来给波琳治疗绝症时，波琳断然拒绝，誓死不从，并大声喧喊："我不能吃你们的神，你们的上帝！"这个情节，给国内外观众留下了深刻的印象。

2009年9月，该片作为第五届巴黎"中国电影节"参展影片与法国观众见面，被观众热捧说电影真美，每个画面都像油画一样引人入迷。2011年2月，在美国第十七届塞多纳国际电影节上，《云上太阳》从145部影片中脱颖而出，身着美丽侗服的丑丑站在万千观众瞩目的领奖台上，一举荣夺电影节的"最佳外语片奖""最佳摄影奖"和"观众最喜爱影片奖"三项国际大奖。3月，《云上太阳》被国家广播电影电视总局、文化部选定为2011年度中国外宣影片。之后，影片被翻译为英语、法语、西班牙语、阿拉伯语等多种语言，提供给中国驻外各使领馆，在举行外事活动或电影招待会时放映。

2012年，《云上太阳》获贵州省第十二届"五个一工程奖"和贵州省人民政府文艺奖电影类二等奖。

《侗族大歌》是丑丑的第三部影片。由丑丑、江秀佳编剧，丑丑执导，王嘉、萧浩冉、韦礼安主演，卢燕、王庆祥、伍宇娟、王春子联袂出演，北京云上太阳影视文化有限公司、黔东南州凯宏资产运营有限责任公司、贵州电视文化传媒联合出品。2014年6月，该片开机仪式在贵阳举行，被国家

丑丑电影作品《侗族大歌》海报

民委、中国作协列入当时"中国少数民族电影工程"的首批五部影片之一。该片的摄制工作得到贵州省委、省人民政府和黔东南州委、州人民政府的大力支持。

侗族大歌，是侗族的音乐之魂，被国际音乐界誉为"清泉般闪光的音乐，掠过古梦边缘的旋律"。电影《侗族大歌》讲述的是三位侗族歌师之间的爱情故事：阿莲、那福、千树三位主人公都是侗族歌师，而命运的交织使他们之间都经受了爱情与友情的煎熬。那福和千树都爱上了阿莲。但为了那福，千树深深地隐藏自己的私情，而那福为了千树也忍痛割爱，选择离开，三个人彼此在理性上都选择了放弃与隐忍。但在情感和意识深处，他们三人之间又都能不离不弃、终身相守，共同传承大歌，弘扬文化。在 60 年漫长的人生旅程中，三位歌师以 60 载的坚守与陪伴，感人至深地诠释了人世间虽然平凡却是刻骨铭心的人类共通的爱情信仰。

为了创作好这部爱情片，丑丑怀着强烈的文化使命感，几年中深入近百个侗寨，当得知一些优秀的侗族歌师相继去世，她心情无比沉重，下决心一定要拍好以反映侗族大歌为题材的这部影片。为此，她先后探访了吴品仙、潘银花、胡官美、杨秀珠等 40 多位侗族歌师，采集了大量的素材，把侗族文化中"天人合一"的精髓，侗家人的淳朴、善良、坚韧、包容和智慧，都融入影片当中。影片还展现了不可复制的原生态民风民俗，以及如诗如画的山水美景。

电影《侗族大歌》主创团队阵容强大，美国好莱坞著名华裔电影人、美国电影奥斯卡金像奖和美国电影金球奖终身评委卢燕女士担任该片的艺术总监和主演，著名表演艺术家王庆祥（《生死抉择》《一代宗师》）、著名演员王嘉、伍宇娟、王春子、萧浩冉担任主演，这些名艺人的参与，无疑为影片的成功奠定了坚实的基础。

　　前后历时 6 年，影片从剧本创作到拍摄与制作终于完成。2016 年 2 月，《侗族大歌》参加加拿大第 22 届维多利亚电影节，斩获组委会颁发的特别奖——"新文化浪潮电影大奖"。4 月该片参加了第 49 届美国休斯敦国际电影节，这是世界上历史最悠久的独立电影节，很多世界知名导演都曾在这里获得他们一生中重要的国际大奖，其中包括史蒂芬·斯皮尔伯格、乔治·卢卡斯、科恩兄弟、乔纳森·德梅、李安等。在这次来自全球 76 个国家 150 部参赛参展影片中，《侗族大歌》再次以独特的视角、唯美的画面、动听的

2016 年 4 月，电影《侗族大歌》导演丑丑（前右一）等在第 49 届美国休斯敦国际电影节颁奖典礼现场与电影节主席（中）合影

音乐、史诗般的故事、极高的艺术品质以及演员的精湛细腻表演，征服了电影节评审团，最终荣获雷米金奖最佳艺术指导奖和大评审团特别雷米金奖最佳导演奖，成为华语影片的最大赢家。同年，该片获得北京国际电影节北京民族电影展最佳影片奖。

　　《侗族大歌》是中国当下一部少有的音乐电影，影片中的音乐共采集了 1000 多首传统侗族歌曲，录制了 48 首歌曲，几乎囊括了侗族歌曲的所有种类，以及男女老少独唱、合唱、多声部演唱等各种形式。最后在电影里使用了其中最具代表性和国际传播力的 24 首来串联剧情，所有歌曲均由侗族歌师主唱，展现侗歌的美妙与纯朴。

　　纵观以上 3 部影片，可以看出，"丑丑的电影以其自觉的民族认同、丰饶的民族符码、驳杂的民族景观而贴上了'丑丑'与'贵州'的标签。"①

---

　　① 田园、廖金生：《认同与构建：青年导演丑丑的"民族景观电影"初探》，《广东技术师范学院学报（社会科学版）》2013 年第 6 期。

是真正意义上的"原生态电影"。自然,"原生态电影"也有其明显的缺憾,《阿娜依》和《云上太阳》的故事叙述都比较简单,很少悬念设置及引人入胜的情节,人物形象性格平实,艺术感染力有待提升。当然,《侗族大歌》在戏剧性的丰富、人物关系的复杂、情感的跌宕起伏及其价值体系的构建等方面,都明显地上了一个台阶。这也标志着丑丑的剧本编创与导演艺术开始告别青涩,走向成熟。

第六节　吴娜的电影《行歌坐月》《最美的时候遇见你》

吴娜(1987—),女,贵州榕江县仁里乡人,2009 年毕业于广东外语外贸大学英语教育学院,现为广州遢迩文化传播有限公司编剧、导演。

吴娜喜欢并痴迷上电影纯属偶然。上大学时,她读的是英语教育专业。一次,外教老师布置了拍英文短片的作业。她在这次活动中做了团队的导演。在拍摄过程中,她突然发现影像是一种非常有魔力的表达艺术,可以用这种形式去向别人传递自己的所思所想。短片拍出来之后,她的老师 Dr. Nicholson 对她说:"我发现了你在影片拍摄方面的天赋,你可以考虑把拍电影作为自己的事业去追求,20 年后你会感谢我今天对你说的话。"她当时深受触动,于是开始自学并去影视专业的课堂旁听。2008 年冬天,她开始用摄影机记录外婆家的一些影像与人和事,更是发现了其中的美妙和情感力量,并希望能把这些独特感受通过影像表达出来,让别人也能感同身受,从此陷入影视而不能自拔。之后,还曾经到北京电影学院旁听课程。

吴娜 2010 年开始拍摄电影。《行歌坐月》是她的电影处女作,并身兼编剧与导演。该片叙述侗族女孩杏高中毕业后在家里过着平静的日子,直到她日夜思念的侗族小伙子飞,带着一个城里的女孩小露回到侗寨,杏的心就不能再平静。侗寨留不住小露,但暂时留住了飞。杏知道飞总有一天要"飞"出去,于是就想跟飞一起外出打工。在吃新节家人吃团圆饭时,杏宣布了这个想法,立即遭到家人坚决反对,连一向慈爱的公也发了火,杏一气之下甩手离席。无奈之下,妈妈告诉了她一个有关她的小姑和飞的叔叔的凄美爱情故事，她终于明白了公为何如此的原因。对家人的爱，加上与飞的感情渐入佳境，杏淡忘了外出的念头。但是好景不长，飞在酒醉时犯下了严重错误，给自己带来了意想不到的后果，甚至是亲人的离世。与此同时，杏对飞的感情已到了无法自拔的程度，在飞不告而别后，杏没有继续留下忍受思念的煎熬，而是选择了离家出走……

影片取材于榕江、黎平、从江一带的侗族男女青年交往恋爱的风俗，将黔东南侗族村寨生活作为故事背景，既展现了侗家小伙沿袭传统的

吴娜电影作品《行歌坐月》海报

"爬窗探妹"的习俗，又打破了旧式"包办婚姻"的观念，表达了以男女主角"飞"和"杏"为代表的侗族青年男女对美好爱情的向往与追求，演绎了一段感人至深的爱情故事。

这部电影的演员都是当地农民，大部分场景拍摄于吴娜的外婆家，一个承载了她很多童年记忆的农舍。记忆中的外婆家要比现在的美好，于是影片不可避免地被一种缅怀过去的情绪缠绕。外婆家和其他许多侗寨一样，在外面世界的飞速发展的影响下以越来越快的速度改变着原有面貌。吴娜担心年老的慢吞吞的外婆适应不了这样快速的节奏，而外婆也日夜牵挂着在外闯荡的孙子孙女们……由此揭示了侗族文化在现代化进程中发生的变迁。

2012年1月，《行歌坐月》在北京万国城百老汇电影中心首映。之后分别在广州、深圳和上海、宁波、苏州等20多个城市的艺术影院放映，反响良好。影片先后参加中国南京国际青年艺术电影高峰论坛、第六届华语青年影像展、第十五届上海国际电影节，并成为2012年中国电影导演协会大会表彰的"2011年度青年导演特别推荐6部展映影片"之一，还荣获2012伦敦国际大学生电影节"中国最佳新人导演奖"。

2012 年 10 月，吴娜编剧和执导的喜剧片电影《最美的时候遇见你》在贵州黔东南古城镇远开机，谭松韵、罗云熙主演，刘汉城为制片人。影片讲述的故事说，人一生中总有一次奋不顾身的爱情。高中的杨芳芳是一个平凡的"丑小鸭"，一封来自她初中"梦中情人"——郭阳的情书，打破了她所有的平静。她开始做各种尝试，努力让自己变成"火凤凰"，为的是要在"最美的时候遇见他"。她为爱情努力蜕变、奔走，一次"精心策划"的美丽邂逅让她和他坠入爱河，年轻的激情在盛夏尽情释放，但紧随而来的是暴风骤雨般的痛苦……芳芳于是决定，要在最相爱的时候与郭阳分开，把他们的爱情永远留存在美好的时候……

这是一部青春爱情类型的影片，将告别《行歌坐月》中少数民族的书写背景，转而叙述 80 后一代人的成长经历。吴娜试图以自己真实的经历和敏感心灵体验来唤起 80 后对爱情和成长的共鸣。《最美的时候遇见你》故事中清丽脱俗的爱情观和接地气的场景、桥段，不仅跳脱出大陆青春爱情狗血情结堆砌的窠臼，更开创了有"80 后特色"的"真实感人小清新电影"。80 后一代熟悉的校园场景和成长细节，刷新了大陆"小清新"电影定义，被媒体及影迷赞叹感动其真实。

作为从文艺片向商业片转型的尝试，《最美的时候遇见你》得到电影业内人士的关注，并鼓励吴娜要敢于说出心底最隐秘、疼痛的体验，不能有畏惧和保留。这使吴娜获得了非常重要的创作上的启发。

2014 年 6 月，《最美的时候遇见你》入选上海国际电影节，11 月入选北京华语青年影像论坛，12 月入选上海青年影展，上映后赢得观众和媒体的好评。

第七节　侗语电视剧

随着当代社会世界全球化、经济一体化与文化渗透的到来，民族文化受到极大的冲击而面临式微或濒临消亡。在侗乡不仅本土文化受到侵袭与异化，而且随着打工潮的潮翻浪卷，年轻的一代外出打工，孤老弱幼留守家乡而歌声息歇、文化失传。但是，由于经济改革的成功，又使人民群众逐步在解决温饱的同时，日益增长了对本土文化的渴望与需求。为此，党和政府对民族文化予以高度的重视，并从国家战略层面进行大力保护和抢救。在侗乡，随着国家对非物质文化遗产保护力度的加强与对民间创作的扶持，一批为老百姓喜闻乐见的侗语电视剧便应运而生。它们是具有时代特征的艺术品种，并深受侗乡人民的热捧好评。

一、剑河县的侗语电视剧《情寄岩》《情断高架桥》

2002 年 11 月，剑河县文广局根据群众对侗戏《情寄岩》的迷恋与青睐，从挖掘、整理、提升民族文化、繁荣文艺创作愿望出发，邀请黔东南州文化局、州群众艺术馆、州歌舞团等部门的有关领导和专家对该剧进行审定、修改和加工，使其在内容和形式上得到充实、完善与升华，并策划、改编、投拍、录制成四集侗语电视剧。该剧由黄均明改编，杨冰海导演，杨海斌执导，杨海斌、梁东平剪辑，吴晓玲制片，杨德敏监制进行精心投拍。这是西部地区第一部侗语爱情电视剧，与舞台侗戏《情寄岩》相比，其剧情基本相同，但它压缩成了四集。第一集，对歌选伴；第二集，盟誓遭难；第三集，舅家逼婚；第四集，化石成仙。它在由舞台艺术搬上银屏时，通过实景拍摄制作，剧情更加连贯紧凑，故事性增强，情节具体感人，画面逼真直观，而且对以侗语说白、侗语演唱的歌词都配上侗文与汉文的对照，使受众范围扩大，为侗汉同胞欣赏分享。后应广大观众要求，剑河县文化馆将其录制成光盘 15000 余张，从此该剧走进了侗乡千家万户，也辐射到汉族人家，成为侗族周边地区侗汉百姓闲暇之时播放的侗语电视剧。

这是我国第一部以侗族爱情悲剧为题材，由侗家人自编自导、拍摄录制、搬上荧屏的多集电视剧，在侗族文学史上写下了重要的一页，开启了民间侗语电视剧的历史先河。

《情断高架桥》是三集侗语电视剧，编剧王安益，改编王川海，歌词改编潘盛森、潘良辉、潘良荣，导演潘良辉，摄影彭太康，剑河县异彩影视工作室制作。

明清时期侗族社会有"女还娘头"的封建陋俗，把女儿当成物品赠送舅家，因而拆散了多少情投意合的痴情伴侣，给后世留下无尽的怨情和悲剧。

此剧讲述清光绪年间在剑河县小广侗寨有一对男女青年杨贵平与潘秋香以歌结伴，私订终身，最终因"女还娘头"陋俗迫害，致使两个有情人情断高架桥的感人至深而又十分凄惨的爱情故事。

二、天柱县的侗语电视剧《梁山伯与祝英台》《孟姜女哭长城》《七仙女下凡》《牛郎织女》《回娘头》

由于侗语电视剧受到侗族人民的普遍喜爱，加上外出打工的年轻人在经受外面文化的撞击后，也产生了一种寻求乡愁、文化回归的渴望。于是，在侗族北部方言区的天柱县出现了井喷似的催生侗语电视剧问世的奇迹。

侗语电视剧编剧龙恩弟在指导排练

侗语电视剧导演吴世江在审读剧本

2009 年初，天柱县石洞镇摆侗村侗语电视剧组在致富带头人、侗家歌手吴世江的木楼里问世。剧组成立后，千头万绪从何做起？慧敏的吴世江从自己小孩爱看电视剧得到了启发。她决定从侗家情歌入手，挑选人们喜闻乐见的民间爱情故事进行改编拍摄成侗语电视剧。她是个敢作敢为的女子，在广东打工十多年也见过不少世面，脑袋瓜里最不缺少的是主意和办法。她马上找来村小学的退休老教师龙恩弟和还在讲台的老师吴国智来商量，三人可算是弹琴遇知音，一拍即合。龙恩弟阅历丰富，幼读私塾，当过长工，历经苦难，生活中常靠侗歌排忧解愁。参加抗美援朝战争归来，他到摆洞村小学任教。在担任摆洞村大队党支部书记十余年中，他创建了青年林场，还领衔创办大队文艺夜校，编创了许多民歌、小品、相声、快板等侗语曲艺在侗乡演出，深受欢迎。他是当地德高望重的寨老级人物。剧组成立后，他当仁不让任编剧。而吴国智自小喜欢民间文艺和书画艺术。高中毕业后，先是任小学代课和民办教师，后才转为公办教师，他熟悉民俗，能编会唱，擅长文体，热衷编导，是一个多才多艺的乡土人才。新时期以来，他还自学摄影和电脑，掌握了较高的拍摄技巧及影视处理技术。三人的剧组一搭台，龙恩弟就根据《梁山伯与祝英台》传说，用 3 个月时间改编成 1 万余字的侗话剧本，编写侗歌 150 多首。吴国智则筹资购买了摄像机。拍电视需要钱，吴世江就把自家养的几头肥猪卖了，与两位老师共同筹集了 1.2 万元拍戏经费。为节约成本，她利用在广东制服厂打工学到的技术，自告奋勇到贵阳买来布料缝制成像模像样的 10 套古装。之后，又有锦屏县彦洞乡的青年摄影爱好者彭太康加盟进来，剧组的技术力量就更加发展壮大。

2009 年 4 月，由 6 名演员和一名摄影师组成的《梁山伯与祝英台》剧组，赴黎平县的天生桥、飞龙洞拍戏，之后，又回摆洞附近补了不少画面外景。于是，三集剧情渐渐展开：富家小姐祝英台为反抗传统社会对女子的束缚，争取到与男孩子一同读书的机会，公然挑战"门当户对"的世俗观念，与同窗三年的平民学子梁山伯相恋，争取自由的婚姻。然而，封建势力却棒打鸳鸯两分离。但梁、祝的爱情坚定不移，终于感天动地！二人化成彩蝶翩翩飞舞，溶入多彩、自由、广阔的天空，所经之处，花儿漫天开放……

在整个剧务中，制片人为吴世江，编剧、导演龙恩弟，摄影、剪辑吴国智，龙开焯饰梁山伯，吴世江饰祝英台。吴世江饰演的祝英台，在剧中笑得自然，哭得真切，她那悠扬甜美的侗歌，唱得情意绵绵，天感地应，撼人心魄。剧目拍摄制作后，刻成光碟发给村民观看，大家无不叫绝。随后，光碟刻制达 10000 余张，一周内销售一空，一直翻印到第 10 版。一时间，"梁祝"的侗歌唱响了天柱山村，传遍锦屏、剑河等侗族北部方言区。

此后，摆洞电视剧创作组的演职人员发展到了 20 多人，而且全是农民，年龄从 20 岁到 83 岁不等。在各级组织的关怀和村两委及广大民众的热情支持下，整个团队精诚合作，积极传承弘扬民族文化，通过自筹资金，以传统经典故事为题材、以北侗民族语言和民歌为表现形式，自编、自导、自演、自制创作出一系列侗语电视剧，为丰富人民群众的精神文化生活、推进新农村建设、构建文明和谐社会作出了积极的贡献，得到社会各界的普遍关注与赞誉。

之后，吴世江也因主持拍摄侗语电视剧、弘扬民族文化而出名。她先后担任石洞镇摆洞村委妇女主任、石洞镇第十五届人大代表、天柱县第十六届人大代表、黔东南州第十三届人大代表等，并成为侗歌的黔东南州级非遗文化项目传承人，摆洞村种养殖业专业户和勤劳致富带头人与乡村民族文化建设投资人。

2010 年第二部三集电视剧《孟姜女哭长城》拍摄完成。该片讲述了因秦始皇筑长城而导致一对新婚夫妻孟姜女与万喜良生离死别的故事。它深刻地揭露了封建社会残酷的徭役制度给普通老百姓带来的痛苦生活和悲惨命运，寄托了劳动人民向往和平、追求安定、渴望家庭幸福生活的梦想。该片制作碟子一出，便受到贵州天柱、锦屏、剑河、三穗、玉屏及湖南新晃、芷江、会同、靖县、通道等侗族地区人民的欢迎，激发侗族青年男女对民族文化的喜爱，引发侗族人民开始对本民族文化进行重新审视，掀起了学习和推广民族文化的热潮。

2012 年第三部三集电视剧《天仙配》(又名《七仙女下凡》)拍摄完成。七仙女与董永的爱情有违天庭律条，故玉皇大帝棒打鸳鸯，强力拆散这对有情人。但是，七仙女和董永对爱情的忠贞不渝，最后也打动了专横霸道的玉皇大帝，迫使他同意俩人在人间相伴永远，恩爱终生。该剧是对一个家喻户晓的神话传说的经典爱情故事的新诠释，它一经播出，便得到男女老少的喜爱。特别是很多年轻人观看片子后，便三五成群学唱侗歌，重拾这块文化瑰宝，弘扬光大。不少中小学在教育行政部门引导下，将侗族文化引进课堂，传承民族文明根脉。

2013 年第四部三集电视剧《牛郎织女》拍摄完成。这是根据我国四大民间爱情传说之一改编的。相传王母娘娘的外孙女织女，下凡到人间嫁与牛郎为妻，后生一男一女，王母娘娘知道了，便把织女捉回去。牛郎身披老牛皮，挑了两个小孩，追到天上，王母娘娘便从头上拔下发簪，在织女后面划成一道天河，把这对恩爱夫妻永世隔开。从此，他们天天隔河相望，啼哭不止，最终感动了王母娘娘，允许他们每年七月七日相会一次。相会时，由喜鹊为他们架桥，俗称鹊桥相会，流传至今。《牛郎织女》的精彩演绎，不仅广受当地群众喜爱，而且经媒体宣传后，受众范围空前广泛，碟片的散发不仅覆盖了黔东南的天柱、剑河、锦屏、黎平、从江、榕江、三穗、镇远、凯里和铜仁玉屏的侗乡侗人，还远播扩散到了湖南的怀化、芷江、新晃、会同、通道及广西的三江、龙胜、桂林、柳州等县市的侗乡和侗家人居住的社区①。

由于上述剧目都是汉族题材，未能满足群众对原汁原味的侗族题材的需求，于是剧组把选材转移到侗族民间故事上来。

2014年第五部三集电视剧《还娘头》拍摄完成。这是根据当地历史上发生过的真实故事改编的。故事讲述了古老侗寨中的渔郎与香香是自由恋爱的一对情人，他们早已私订终身。香香的舅舅家是当地大户，香香的母亲早就想把香香嫁给自己娘家的侄子当媳妇，俗称"女还娘头"。然而，香香一心只爱聪明能干的渔郎，不肯嫁给舅舅家的表哥。于是，香香便与母亲和舅舅这股传统势力斗智斗勇，历经千般磨难、万般辛苦后，与渔郎终成眷属。该剧播出后，不仅得到侗家儿女的热捧，还受到社会的广泛关注。经县、州、省各级网络媒体宣传报道后，碟片的发放范围不仅遍及黔东南、湘西、广西等侗族地区的万户千家，而且还踏着打工潮的步伐，飞往京津冀、江浙皖、沪赣、闽粤等地有侗家儿女足迹所至之漂泊人家……

侗语电视剧系列片之所以受到侗族人民的喜爱，是与题材为耳熟能详的故事和独特的民族艺术表现形式分不开的。

第一，上述剧目题材虽然是汉族的传说故事，但在侗族地区可谓家喻户晓。如今把它们拍成有视听艺术效果的侗语电视剧，容易被群众接受。而对于"情寄岩""回娘头"类的乡土题材，属于群众耳熟能详的民间文学，因而受到欢迎与喜爱。

---

① 王远白：《卖猪筹集经费拍摄电视剧传承侗歌文化——侗家农妇和她的侗歌电视剧组》，《贵阳新闻网》2014年10月15日。

第二，侗语电视剧符合和满足了侗族人民的审美心理和消费需求。这些剧目都是侗族民间艺人自编、自导、自演，而且用侗话说词、侗语唱曲、侗人扮演、侗服装饰、侗乡舞台布景道具表演的综合艺术。侗家人担任编、导、演，自然会以本民族的独特思维方式、特定心理素质和艺术欣赏习惯去理解、审定、提炼、评判、阐释、表现这些经典题材的内涵意义、故事情节和人物形象。所以，侗语电视剧在艺术形式上体现了一种侗族的风格和气派，贴近了侗族百姓的日常生活，使大家看得懂、听得明、学得起、唱得熟，这正好满足了侗族人民对文化艺术的渴望与需求。同时，剧目通过侗歌来推动剧情发展，既表达了情感，增强了故事感染力，又为侗族同胞学唱侗歌、传承文化提供了范本。

第三，用特定环境再现典型环境中的典型人物。侗语电视剧集侗乡村容寨貌、风情风物、歌舞、服饰、饮食、习俗、信仰、礼仪等文化元素于一炉，为故事的展开、矛盾的跌宕交错、场景画面的转换、人物的心理刻画及性格的发展等提供了条件，使剧目能再现典型环境中的典型人物，为侗族人民叫好喝彩。比如，孟姜女与范杞良的生离死别就发生在侗乡的小江河边和侗寨的木楼里，梁山伯与祝英台的相遇场景或读书环境就在侗乡的鼓楼或凉亭中，祝英台给梁山伯的信物是侗家的银手镯，他们分别相送就是以侗家对歌的形式来传情达意，如此等等，都是侗族的风格与特色。

第四，选景与乡村旅游开发项目相结合，为侗乡小康建设插上了翅膀。这些剧目的选景多在清水江畔的侗乡，并与乡村旅游开发项目互为呼应，使观众欣赏到侗乡的优美景色。比如，《情寄岩》与《情断高架桥》就多次在著名的剑河小广古村落取景；而《梁祝》剧，则赴黎平县的天生桥、飞龙洞去拍外景，也摄入了摆动村附近的溶洞与瀑布；"梁祝读书分别"的踏歌场景是选在天柱县著名的旅游区金凤山；"孟姜女范杞良水中相遇"的地点是在山清水秀的小江河边。

第五，侗歌歌词典雅优美，朗朗上口，易唱易传。这几部侗语电视剧的歌词基本都在150至160首之间，可谓情歌的山峰，侗歌的海洋。比如《情寄岩》中婵月唱给祥依的相遇歌："三月天，风吹树叶在路边，山中百鸟都成对，同在花园看郎该和谁有缘？""春风三月百花香，玩山坡上好玩场，十七十八黄金岁,莫等太阳落西山,人在世间没好久,光阴一去不复返。"《梁山伯与祝英台》则有这样的歌:"出了城门过了关,我俩来到金凤山。山上鲜花千千万,没有芙蓉配牡丹。""有对鸳鸯在水塘,一雄一雌配成双;英台若为女子身,梁兄能否当新郎?"这种由花、鸟、树、叶、日、月起兴,劝告有情人要珍惜光阴、追求爱情幸福的歌词,鲜明自然,优美晓畅,生动感人,易记易唱。又如控诉封建陋俗的歌:"乌云笼罩侗家村,父子二人去逼婚,封建古规谁人定?害了几多有情人。""在家天天想阿哥,见到阿哥话难说,父母把我还娘舅,心中焦急如刀割!""别想凡间父母人,变幻身子化影形,留下双岩把情寄,夫妻双双腾彩云。"真是字字悲愤,句句含情,语语明志。《孟姜女哭长城》中的歌词非常口语化,如"秦始皇呀秦始皇,你为防边修城墙,累死民夫千千万,要你还我范杞良!"歌词言简意赅,仿佛是对秦始皇的历史审判!

当然,作为民间侗语电视剧的文艺作品,这些剧目也难免简朴粗糙、不事雕琢,但唯其如此,才显示了作为农民艺术作品的朴实可爱。

第八章

文学理论研究

早在明清时期，侗族对民间文学的社会功能已有深刻认识，形成了"饭养身、歌养心"的理论见解。大约产生于清代后期的《歌师传》不仅是对13位侗族歌师和16部作品的记录，也是对侗族民间文学创作的理论总结。

新中国成立之后，侗族的文学理论研究又获得新的发展。20世纪50年代以来，贵州侗族地区各行各业的人才如雨后春笋般得以出现，在文学界涌现出了一批较有影响力的文学理论家，有的兼作家或是民间文艺家，他们结合实践，吸纳本土文化著书立说，在文学理论研究的百家争鸣中提出创见，发出了属于自己的声音，有的论文被中国人民大学复印报刊资料全文转载，产生了广泛的影响。如邓敏文、龙玉成、袁仁琮、潘年英、傅安辉、王继英、陆景川、罗庆芳、王胜先、杨秀琭等学者在自己的专业领域里积累了不少研究成果。

第一节　邓敏文的文学理论研究

邓敏文（1943—），贵州黎平县岩洞乡竹坪村人。1963年考入中央民族学院中国少数民族语言文学系。1980年考入中国社会科学院少数民族文学研究所工作，历任助理研究员、副研究员、研究员，南方民族文学研究室主任、中国社会科学院研究生院教授等，曾任侗族文学学会会长。1988年至

2007 年，曾 4 次赴日本东京、京都、大阪、奈良、冲绳等地进行学术访问、考察或讲学。主要著作有《中国少数民族文学》(合著)、《侗族文学史》(合著)、《神判论》(独著)、《没有国王的王国——侗款研究》(与吴浩合著)、《侗族通览》(总纂)、《中华文学通史》(合著)、《中国南方民族文学关系史》(中卷，独著)、《美的心声——西部文学》(独著)、《侗族大歌拾零》(与吴定国合著)、《中国少数民族人口丛书——侗族》(独著)、《侗族习惯法研究》(合著)、《中国侗族生态文化研究》(与陈幸良合著) 以及侗族长篇叙事歌《珠郎娘美》和《吉金列美》(合

邓敏文文艺理论论著《中国多民族文学史论》书影

译)。有学术论文 100 余篇在国内外相关刊物上发表。1988 年 4 月获国务院授予 "全国民族团结进步先进个人" 称号；1993 年 10 月获国务院特殊津贴证书。退休后积极参与侗族大歌的保护、传承与发展工作，积极参与侗族大歌申报国家及世界非物质文化遗产申报工作。

邓敏文的研究领域涉及中国民族文学史、民族文学关系、侗族文学史、侗族文化以及民间文学资料搜集整理等方面。在开展民族文学研究的过程中，他对民族文学史的分期、古代南方少数民族汉文创作、民族文学的 "合化" 现象、南方少数民族对 "词" 的贡献提出了精辟观点。

一、民族文学史的分期研究

虽然历史上一些少数民族如彝族、纳西族、水族等拥有自己的文字，但这些文字使用范围不广，因此中国少数民族文学的形成、发展、传播都是通过口头的方式完成的。由于没有确切的时间记载，对民族文学史进行分期存在困难，邓敏文与杨进铨合著的《民族文学史的分期问题》结合《侗族文学

史》的编写对此进行了探讨。作者首先指出文学的发展有自身的规律，表现出明显的阶段性，有分期的必要性："研究文学史，编写文学史，是为了摸清文学发展与政治、经济及其他意识形态内在的联系；探讨纷繁复杂的文学现象的继承、发展关系；搞清文学发展运动的大致方向和路线；将其划分成若干相互衔接而又可分的发展阶段，描绘出它发生、发展的重要轨迹。既然这样，就非分期不可。"其次指出分期的可行性，针对民族文学没法清楚断代的问题，邓敏文认为分期的方法在于可以结合该民族的历史实际，"采取宜粗不宜细、宜宽不宜窄的原则，把断代史的时间放长些。实事求是，远古的材料不够充分，就让它跨度大些；晚近的，材料丰富，就让它跨度小些，多写点。对哪个时代清楚了，就从哪个时代写起。"最后在评述常见的分期方法之利弊的基础上提出了民族文学史分期的"六大原则"：实事求是的原则、尊重历史的原则、以文学自身为主的原则、体现发展阶段性的原则、年代长短适度的原则、前后一致的原则。①

针对如何判断民间文学作品的生存年代，邓敏文在《民族文学作品的生存年代》中根据《侗族文学史》和其他兄弟民族文学史的编写经验提出了一些具体方法：一是充分利用汉文典籍中所提供的有关情况；二是充分利用各种各样的民间文学手抄本；三是充分利用民间口头文学作品对民间口头文学作家及其作品的介绍，从中判断有关民间文学作品及其作者的生存年代；四是充分利用有关歌师艺人的传说故事；五是充分利用附于民间口头文学作品之后的"编后歌"；六是采用大跨度的分期方法，将生存年代不确切的作品放到相应的历史时期当中介绍；七是"留头断尾"法，所谓"留头"，就是不管作品产生于何年何代，所谓"断尾"，就是断定这些作品于何年何代已经生存。

二、古代南方少数民族汉文创作的兴起、原因及意义

中国是以汉族为主体的多民族国家，汉语（字）是各民族用于交际的共同语。在中国古代，南方少数民族汉文创作起于何时？有何原因及意义？邓

---

① 以上均见邓敏文、杨进铨：《民族文学史的分期问题》，《中央民族学院学报》1987年第4期。

敏文在《南方少数民族汉文创作的兴起》一文对这些问题进行了探讨，他认为自唐代开始，中国南方少数民族直接用汉语汉文进行文学创作的现象逐渐兴起，且一发而不可收。其原因是唐代是中国封建政治、经济、文化高度繁荣的历史时代，多民族国家空前巩固，多民族经济和多民族文化空前繁荣，各民族之间的文学交流也出现蓬勃发展的新态势。唐朝对少数民族采取"羁縻"统治政策，使南方各族人民与中原汉族人民的交往日益频繁，许多汉族文人学士也先后来到江南传播汉族文学，从而促进了南方少数民族汉文创作的兴起和发展。南方少数民族汉文创作的意义在于：

其一，汉语文学的创作队伍不断扩大，即由单一民族作家组成的创作队伍扩大为由众多民族作家组成的创作队伍。由于创作队伍不断扩大，作品数量不断增多，其影响范围也不断扩展。

其二，由于少数民族作家的介入，以及汉族作家与少数民族作家的频繁交往，使汉语文学的创作题材和创作视野迅速扩大，反映少数民族生活的文学作品迅速增多，从而大大地丰富了汉语文学的内容。

其三，由于众多少数民族作家的参与和各民族文学的相互交流，使汉语文学的形式、风格及创作手段更加多样。

其四，汉语文学既是中国各民族文学相互交流的产物，又是中国各民族文学相互交流的中间媒体。在相互交流的过程中，各少数民族传统文学又不断吸收汉语文学的丰富营养，使其内容、形式、风格及创作手段不断发生变化，使各少数民族的传统文学向着多姿多彩和共同繁荣的方向发展。[①]

三、民族文学的"化合"现象

中国是多民族的国家，因此中国文学是多民族文学。针对各民族文学相互影响、相互交流的现象，邓敏文提出了"化合文学"的概念，并在《中国各民族文学的化合反应》一文中进行了具体论述。他认为"中国文学不是一种单一民族的单质文学，而是一种包括中国各民族文学在内的化合文学。所谓化合文学，就是指由两种以上的民族文学元素在相互联系、相互依存的基

础上形成的一种相对稳定的文学形态"。其基本特征是："中国各民族文学元素，不是以游离态的形式存在，而是以化合态的形式存在"；"中国文学化合体内各民族文学元素均处于不停的运动变化之中。这种运动变化，包括量的增减和质的变异"；"中国文学化合体内各民族文学元素，在特定的时间和空间里，它们所具有的'化合价'并不相同。所谓各民族文学的化合价，就是指参加化合反应的民族文学在化合反应过程中对周围各民族文学的化合能力，或者叫影响能力"。邓敏文进一步指出，中国文学诸元素的生成及发展源于上古时期以来的多民族相互联系和依存，各民族的文学在中国文学中有着相应的地位和作用，缺之则使得后者支离破碎，出现历史断层。在化合文学中，汉族文学的影响占主导地位。为此，"我们应当在中国各民族文学的相互作用中了解中国文学的历史；我们应当在历史的长河中了解中国各民族文学的相互关系及其变化规律。"①

四、南方少数民族对"词"的贡献

"词"是中国文学史上起于唐、兴于宋的一种诗体文学。曲牌多样的宋词，究竟是一族一地之产物？还是多族多地之创造？邓敏文主张是后者，并在《"宋词"寻根——南方少数民族对"词"的贡献》一文中讨论了南方少数民族对"词"的贡献。首先，《旧唐书·音乐》所载的"歌者杂用胡夷里巷之曲"就包含有南方少数民族一些歌曲，因为唐代南方少数民族地区与中央王朝已属于朝贡关系，南方少数民族向中央封建王朝献乐或中央封建王朝收集南方少数民族音乐的情况在史书中多有记载。其次，南方少数民族的生产、生活及赖以生存的自然环境，也为汉族文人填词提供了素材，使"词"的内容不断丰富，不断扩展。最后，"词"萌生于南方，兴盛于南方，词作大家，大多是南国文人或长期在南方生活的北方文人。这种现象并非偶然而是一种必然，原因一是南方民族众多，歌谣文化丰富，为词的产生提供了丰厚的文化土壤；二是南方水资源丰富，各民族的文化具有优柔、婉转的抒情特性，为婉约之"词"的诞生准备了温床；三是南方社会比较安宁，历史上

---

① 以上均见邓敏文：《中国各民族文学的化合反应》，《民族文学研究》1988 年第 2 期。

的一些大战几乎都在北方进行，金戈铁马的岁月在南方相对少些。因此，南方文人或歌妓有较多的闲心和雅兴从事字斟句酌的填词活动。[①]

第二节 龙玉成的文学理论研究

龙玉成（1930—2015），原名龙昭金，贵州天柱县邦洞镇铁厂村人。1958 年毕业于贵阳师范学院中文系，先后在贵州民族学院、贵州大学任教。1962 年 10 月调入贵州省文联从事民间文艺工作。历任贵州省民间文艺家协会副秘书长、秘书长、副主席、主席。曾当选省文联第四届委员会委员，全国文代会第四次、第五次代表，中国民间文艺家协会第四届理事、第五届常务理事，侗族文学学会副会长等。为贵州省民间文学三套集成办公室主任兼《中国歌谣·贵州卷》主编。

20 世纪 60 年代开始发表学术论文，参加搜集红军长征在贵州的故事资料数十万字，有 16 篇 7 万多字的故事收录在《红军在贵州的故事》集子中。1980 年后，专门从事侗族传统文化的调查和研究，先后参加采录选编出版《侗族民间文学资料》12 集，整理编辑出版《侗族情歌》《侗族玩山歌》《侗族歌谣选》等，与人合编《侗族民间故事选》《贵州古文化研究》《影视剧本选》（民间文学）等。撰写有 20 余篇论文在各级报刊上发表。

龙玉成致力于贵州少数民族尤其是侗族的民间文学资料的搜集、整理和出版，在长期的实践中，对侗族民歌的风格及文化特征、侗歌的汉译以及贵州各民族民歌的形式及格律提出了自己的见解。

一、侗族民歌的风格及文化特征

侗族因语言的差别分为南、北两个方言区。历史上汉文化在侗族南、北部的传播及影响的程度不一样，也使得两个区域的民歌风格及文化特征有所不同。作者认为：在北部方言区，形式上大多数民歌都是七言四句，有的地

---

① 邓敏文:《"宋词"寻根——南方少数民族对"词"的贡献》,《民族文学研究》1998 年第 4 期。

方则在七言四句的基础上发展成为固定的格式，或者是不固定的长短句；在押韵上，多数民歌以押脚韵为主，如果是长诗，则存在中途换韵的现象，而有的短民歌，只谐调而不押韵；而在南部方言区，民歌的长句歌较多，长句歌句式长短不一，韵律要求严格，无论句子多长，都要一韵到底，中途转韵的很少；在节奏上，仍是以四字一顿为基础，也有少数是六字停顿的，以五字或三字结尾；两地的民歌都采用赋、比、兴的修辞手法，但南部偏重于写实，对"比"的运用，也是明喻较多，隐喻较少，而北部则隐喻、暗喻较多。

二、侗歌汉译方法

龙玉成深谙侗语，因长期从事侗族歌谣的搜集整理研究从而积累了丰富的工作经验，在《侗歌翻译浅谈》一文中对如何翻译侗歌进行了探讨。作者认为，翻译侗歌，既要考虑为侗族人民服务，也要考虑能被全国各族人民所能接受；既要考虑侗族民歌的各种形式以及翻译的译文应当采取什么形式，也要考虑侗族的语言特征以及侗族人民对汉语所掌握的情况。否则，译成汉文的侗歌不具备民族特色，不被侗族人民所接受，甚至反感，影响到侗族民歌的形象。那么如何将侗歌译成汉文呢？作者主张，要很好地保持侗歌的原貌，就要求翻译者熟悉侗语和侗歌，了解侗乡的民俗风情以及侗歌中的习惯语和专有名词等，要按侗歌的规律来翻译。首先是要保留齐言体的歌谣形式而不是散文体，要能唱易记；其次是保留侗歌的固定节奏、声调和谐、韵律严格的特点；最后是侗语在词语音节方面多为单音节词，而译成汉语为双音节词，因此要注意古侗语的语法倒置现象以及意思的转换。

三、贵州各民族民歌的形式及格律

贵州自古而来是一个多民族的省份，境内汉、苗、布依、侗、水、仡佬、彝、土家、回等 18 个世居民族长期生活于一起，因此各民族的民歌在形式及格律方面既有自己的个性，又有共性。作者在《贵州各民族文化交流中的民间诗律》一文中对此进行了分析。文章指出贵州各民族民歌的形式及格律有几种类型：句式有五言体、七言体、有固定节奏的长短句、无固定节奏的长短句；节奏多二字一顿、四字一顿、间或有六字一顿的，句尾多三字或五字。五言体民歌主要是苗、布依、彝族古歌中较多，其他民族间或有这种句式。七言体民歌，主要是汉族和普遍使用汉语的回、土家、仡佬等族的汉语民歌，有民族语言的侗、布依等也有大量七言体汉语民歌和民族语民歌。有固定节奏的长短句民歌，主要是侗族侗语民歌。无固定节奏的长短句民歌，主要是彝族民歌。汉族七言四句体民歌也深刻影响少数民族诗律。贵州各民族民歌在形式及格律上的相似之处是各民族相互学习、相互借鉴的文明成果。

第三节　袁仁琮的文学理论研究

袁仁琮集文学创作和学术研究于一身，既是作家，也是学者，不仅创作了大量文学作品，还在文学理论研究领域多有建树。

一、新文学理论原理研究

文学作为人类的一种精神活动，是复杂的多层次的系统活动。中国有着悠久和丰富的文学理论，但 20 世纪 50 年代之后形成的"工具论""从属论"以及阶级性、党性、典型化等文学思想已不能满足新时代的文学活动。文学的实践和文学的历史呼唤符合实际的新文学理论的产生。鉴于此，作者结合具体的文学创作实践，借鉴和吸收部分外国适合中国国情的研究成果，著成《新文学理论原理》，书名之所以标明为"新"，旨在表明作者关于文学原理的理解和传统（即"旧"）的文学理论有所区别，主张从文学的角度，完全按照文学自身的规律以形成理论系统，如实地描述它的发生、发展、变化规律，文学作品体式规律，文学创作规律以及文学消费规律，旁及文学与政治、文学与经济基础、文学的个性与共性。

袁仁琮认为，文学产生、发展和变化的规律是文学是物质生产发展到一定历史阶段的产物，起源存在多元性质，包括"劳动后的愉悦情绪活动""神话传说""祭祀活动""对异性的爱慕"；文学之所以发展变化有内、外

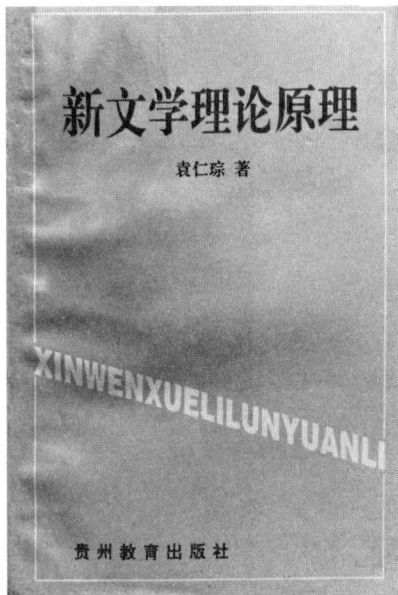

袁仁琼文艺理论论著《新文学理论原理》书影

因，外因有生产力的发展、人类认识水平的不断提高以及各民族文学的交流，内因是竞争，由文人走向大众文学、由一元走向多元、走出政治圈子恢复艺术品本性是文学发展的三大趋势。文学作品的结构规律包括"文学作品的体式"和"文学作品的构成"两部分，文学作品的体式可分"叙事文学""影视文学""抒情文学""商业文学"等；文学作品的构成因素有主观因素和客观因素，文学作品的内容有题材、主题、意境、情节，作品的形式分结构、布局、语言、表现手法，文学作品内容与形式存在作用和反作用的关系。文学创作规律包括"方法"和"过程"两大部分，写实主义、浪漫主义、新写实主义以及现代主义是文学创作的主要方法，相互之间可以融合；文学创作过程包括准备阶段、构思阶段和物化阶段，素质、兴趣的培养以及艺术、生活以及思想准备是文学创作的必备条件。文学消费规律的发生在于文学作品的审美性，通过文学消费，文学的社会价值得以实现。

二、关于灵感的新探索

灵感是创造性思维过程中认识发生飞跃的心理现象。袁仁琼结合具体的创作实践对灵感的特殊本质以及思维形式进行了探讨。他认为灵感是一种复杂的精神现象，"因为灵感只是创作（创造）活动的先导，并不是创造（创作）活动过程主要的思维形式，它既是一种实实在在的精神现象，又不是独立的思维形式；它可以被认识，可以促使其出现，却难以控制和把握。这样，灵感就成了一种特殊而复杂的精神现象了"。灵感的特殊本质有创造性、不稳定性以及依附性：创造性是指灵感是打通创作道路的"一闪亮"，把创造（创作）欲望变为创造（创作）行动；不稳定性是指灵感具有非预期性，往往偶然出现，停留时间短暂；依附性是指灵感奔身并不是一种独立的思维形式，并不能担负创造和创作的主要任务，只是接通思路。作为一种不是独立的思维形式，灵感形成的土壤是非理性心理活动。非理性心理活动包括三个方面：各种本能、部分理性心理的凝结和沉积、处于理性心理边缘的非理性心理。在文学创作过程中，灵感只是创作活动的原发，灵感的发生与积极思索的内容密切关联，超常活力的心理素质能够诱发灵感。

三、文艺形象"典型化"的再思考

在文艺领域中，"典型"是指作家创造出来的具有鲜明独特的个性而又能反映一定社会本质的艺术形象。针对学界有人提出性格多重组合来塑造典型的想法，袁仁琮对此提出了自己的看法："典型问题的研究，重点应该放在如何把'这一个'写得更入情入理，更真实。而不是研究如何'组合'一个什么形象。如果作家们把主要注意力放在'组合'上面，势必越组合离开真实越远，最后滑到新的公式化泥坑里去。"作者认为，性格的复杂性是客观存在，不是外力所能拼凑而成的。那么如何塑造典型呢？"要塑造真实可感的人，塑造有血有肉的个性，唯一的途径是研究社会生活的深层，研究人这个'世界'的深层。""离开特定环境，任何形象都将失去典型意义"。作者关于典型化的认识总结是："只要正确地描写了社会环境，生活中的任何一个人都有可能成为文学作品中的典型。只要作家能深入人和社会的深层，就有可能写出更接近于真实的性格复杂的艺术典型，舍此，结果都将是不妙的"。

四、散文写作的探索

作为文学中的一种体裁形式，散文创作在学界也存在诸多争鸣。袁仁琮对"表现什么""内容和形式的关系"以及"意境问题"三个方面提出了自己的见解。针对长期以来有人关于散文的写作是表现自我的认识，作者认为"写作散文是客观的需要，而不是表现自我"。古今中外任何文学珍品，都是时代的产物。人类的进步，社会的发展无时无刻不在向人们展示新的生活，提出新的问题，要求人们去解决新的矛盾。为了客观的需要才创作，才写文章，这是创作一切文学作品，写作任何一篇文章的出发点，不能有另外的出发点。散文之"散"的问题？作者认为"不是形式问题，而主要是内容问题"。散文内容之"散"的原因是外部世界反映到人们头脑中来的事物丰富而复杂，因此散文题材广泛。关于散文的意境真实性问题，作者认为意境有高有低，若要把散文的意境写得高些，须从三个方面下功夫：一是客观事物的描写要真实；二是作者感情要真实；三是在真实的基础上开掘题材的潜在意义。①

第四节　潘年英的文学理论研究

作为作家与教授，潘年英在文学理论研究方面也积累了很多成果，提出了许多富有见地的看法。

一、比较文学的未来发展

近年来，兴于 19 世纪初期的比较文学每况愈下，其原因主要是研究者中的大部分至今未能走出欧洲文学之框架。如果要挽住此种颓势，中国少数民族文学将是一个新的研究起点。作者认为，比较起文字文学，口头文学的价值功能十分明显。因此，不能用一种文学理论模式去框定另一种形态的文学，中国文学多元并存的格局给中国比较文学带来生机。比较文学的实质，就是通过比较的手段使各民族更加清醒地认识到自身的价值与周围民族文化的关系，从而在通向世界文学之路上，寻求合理的抉择。鉴于历史进程中民族之间的文化互动交流，潘年英主张比较文学的研究可从六个方面展开：

其一，比较文学研究可以超越国界，也可以不超越国界，凡已有可比价值的文学，均可视为比较文学的一部分，比较文学应从狭隘的国别文学比较中解放出来，开拓更加广阔的天地。

其二，中国比较文学的特点将从国内各民族文学的比较中显现出来。这

---

① 以上均见袁仁琮：《新文学理论原理》，贵州教育出版社 1995 年版。

不是什么优势的问题，而是比较文学在中国发展的必然结果。

其三，文学的比较研究，抑或是比较文学的研究，都以比较为前提和出发点，可资比较的价值尺度可以打破"平行"和"影响"的界线，达到真正比较的目的。

其四，比较文学只有深入文化的比较研究，才能真正领悟到民族文学的精神实质。因此，文学的比较不受文字文学的限制，凡是具有文学性质的一切文学（如口头文学），都应成为比较文学的研究对象，而且是更为重要的对象。

其五，文化影响是一支永恒的原始古歌，从比较文学影响研究的窗口也可以窥探到人类文化深刻的奥秘。所以，我们反对殖民主义的文化压迫和侵略，而为民族文学的真正交流高唱赞歌。

其六，比较文学只注重文学在平等原则下的价值衡定，而拒绝受狭隘民族主义的感情贿赂。

二、民族文学的发展探索

二十世纪八九十年代的全国民族文学发展不尽如人意，原因是多样的，根本原因是政策失误，即文艺政策总是在培养作家的共性，而扼杀个性，使得民族作家总是在向全国看齐的同时缺乏对自身的母体文化作更深刻的研究和认识，只会叙写一个"好的故事"，而没有展示广阔深厚的民族文化背景。因此，民族文学的发展应向文化渗透。在作者看来，文学作为艺术的一种，应当具备艺术的一般品格：

一是越是熟悉的东西，越是熟视无睹。艺术要获得成功（指文化意义上的成功），必须实现两个阶段的超越：非我—自我。

二是艺术价值不与时代精神和审美情趣成正比；现代艺术与原始艺术在某些方面的吻合绝不是单独的"返璞归真"，而是艺术家在实现"非我—自我"的超越过程中首先发现了美的规律，他们比普通群众更能及时地感悟到世界艺术的潮流和趋势。

三是尽管现代艺术与传统艺术在审美思维方面有不同层次的差别，但这种层次并不是朗然分明的。艺术相对独立而存在。而且，各门艺术之间同样存在一种"互渗律"。

四是艺术需要所属自我的"自由空间",而"虚实相生"比单纯的写实更能使这一"自由空间"得到相对的拓展。

三、人类学文学的跨文体创作研究

文学的人类学与人类学的文学是两个相互关联又相互区别的概念。文学的人类学主词是人类学,是一种借助于文学的语言和形式来实现思想表述的人类学文本。而人类学的文学的主词却是文学,即借助人类学的方法、手段来写作文学文本,或从人类学的角度解读文学文本。作者结合创作实践,对人类学文学跨文体创作进行探讨。在学界,人类学文学的创作不乏其例,如林耀华先生的《金翼》、庄孔韶的系列人类学文学作品、作者以及小说家赵洪宇先生于 2001 年出版的以"人类学"命名的系列小说作品。在作者的创作实践中,借助"人类学"的思想来实现一种文学写作的突破。人类学文学的跨文体创作是不同学科的相互借鉴和打通,要做到此是件不容易的事,学科的真正"打通"及"跨文体"写作的实现,都必须依赖于作者真正具有多学科的知识和写作能力。

四、多民族文学史观之认识

2007 年始,由中国社会科学院民族文学研究所《民族文学研究》编辑部等多家单位联合发起的"多民族文学论坛"连续两年以"创建'中华多民族文学史观'"为题,展开讨论,试图通过大家广泛的研讨和积极的呼吁,引起中国文学批评界对此问题的关注和重视,进而谋求达成共识,真正促进"中华多民族文学史观"的形成。对此,作者以为,历史上一直存在"中国多民族文学史观",只是没得到特别强调而已。在当下,"少数民族文学"或者"少数民族作家文学"被严重地边缘化和民间化是不争事实,因此落实"多民族文学史观"常态化遇到的困境有二:一是"多民族文学史观"的确立首先是要有更多的能够获得广泛认同的多民族文学作品的真实呈现,而少数民族民间文学尽管不乏佼佼者,但想获得更广泛的认同还是十分困难;二是新中国成立之后,少数民族作家文学创作虽然取得了一定的成绩,客观而论，绝大多数作家的创作业绩还是十分平庸的，许多作家甚至只是有名无实的，他们中有些人可能有头衔、有荣誉，但实在没有什么太像样的作品。针对此种现状，作者认为"多民族文学史观"的真正确立涉及文化、经济及政治等因素，有待于少数民族地区经济文化的进一步发展以及争取到更多的文化自主权。从实际出发，仍需从作家和作品的培育着手。具体地说，少数民族文学地位的提高，以及使各族文学得到更广泛的认同，还有待于各少数民族作家们的共同努力。因此，少数民族文学的创作既要"现代化"，又要"本土化"。

第五节　其他学者的文学理论研究

贵州侗族学者的文学理论研究除了上述四人之外，还有傅安辉、王继英、陆景川、罗庆芳等人，他们在民族文学研究领域都提出了自己的观点。

一、傅安辉的文学理论研究

（一）黔东南民族文学创作的思考

黔东南为苗、侗等民族世居之地，民族风情浓郁，创作素材丰富多样。可这一区域的文学事业发展滞后，甚至民族文学创作还呈现了弱化趋势。对此，作者进行了反思总结，并提出了相应的建议。黔东南区域民族文学发展滞后的原因有二：一是新中国成立之后的人才培养缺乏对民族传统文化的教育，使得他们对本区域本民族文化相对陌生，因而难以承担艺术表现区域人生的重任；二是急于求成的心理，对表现客体未能冷静地深入地思考，并加以哲理性的总结，造成所写的作品深度不够或人物形象达不到典型，给人的精神享受和思想启迪也不够，存在假大空现象。鉴于此，作者提出了振兴黔东南区域民族文学创作的措施：一是必须在本质上求得对黔东南主体民族的深刻认识，不仅要深入了解民族发展史、文化习俗，还要了解当地民众的思维方式和心理特征、了解他们的喜怒哀乐、为人处事、理想愿望，以便把握住他们的生活情态和精神风貌，这样才能增强作品的厚重感，使作品获得思想深度，避免作品流于肤浅的反映；二是要立足区域，发挥优势，高度审视生活，对生活作出最为集中的反映、最为艺术的再现，从生活真实向艺术真实飞跃，这样文学才能够传达和再造人及其心灵，从特殊中获得普遍的意义；三是要努力学习古今中外一切成功有效的创作经验，灵活机动地运用创作方法和表现手段，还要超出文学领域，借鉴其他学科的治学方法和手段，例如借鉴人类学的田野调查方法。

（二）文学理论的学科思考

"五四"以来，我国的文学理论总体上是以审美论为主导，认定文学的本质特征是审美性，而体现在方法论上是以美学作为文学理论最根本的研究视点和方法。因此，文学理论与美学是相混的。在 20 世纪，文学艺术理论研究普遍形成了一种观念上的审美论潮流。于是，美学的视角和方法是最权威的视角和方法，美学话语成了最权威的话语。这种美学霸权主义使文学理论成为美学的附庸，甚至使文学理论丧失了自己的研究领地和学科地位。鉴于此，作者主张文学理论应独立成为一门学科，文学理论的学科建设要在研究对象上走出文学与文艺混同的认知误区，在学科名称上清除文艺学与文学理论的混淆，让艺术理论回归艺术理论，让文学理论回归文学理论。在梳理总结中国传统文学理论及俄罗斯形式主义的文学主张之基础上，他指出：文学理论的学科定位，要打破固有的理论结构，拆除封闭的理论围墙，以文学作品作为研究的重点，以文学的诸多问题作为研究的对象，以文化作为研究的深度背景，以审美和语言学作为研究的视角，立足现实，重视实践，使文学理论的学科定位合理化、科学化，从而获得鲜活的学术生命力，不断适应现实文学和现实人生的发展要求。

（三）文学范畴的情感体验与把握

在文学范畴里，情感是文学活动区别于其他意识形态的一个重要特征。情感既是文学创作的内驱力，又是文学鉴赏的外推力。那么，在文学范畴中，人们如何通过情感体验和情感把握去了解人生和探索世界？作者对此进行了深入探讨。首先是情感体验。人是有情感的，主观体验至关重要，积极的情感体验能够促进思想道德净化。因此文学活动非常重视情感体验，不论是作家的创作，还是读者的阅读与交往，没有真切的、境界高尚的情感体验是无法塑造出栩栩如生的艺术形象的。其次是情感把握。情感把握是文学创作的基本原则之一，它要求作家对自己的创作对象作情感性体验和评价。情感把握作为一种主体心理过程，内隐着人的政治、经济、文化、伦理、宗教和审美等社会性需要与态度，以及由此而形成的对社会生活的情感性评价。文学创作正是以这样的性质及功能，在向人们揭示真理的同时也向人们揭示着意义，并用情感影响方式，发挥着特殊的意识形态作用。因此，也就要求创作主体有高尚的人格。

（四）20世纪中国美学发展误区探讨

中国美学源远流长，有着丰富的美学理论思想。但到了20世纪，在中西方文化持续碰撞交融过程中，中国的美学理论遗产逐渐受到舍弃，加之20世纪50年代之前战争频繁，国家多难，而50—70年代抓阶级斗争，使得中国的美学发展出现一些误区。对此，傅安辉进行了梳理总结，并提出了对策。20世纪中国美学发展存在的误区有四：一是忽视中国美学，并且用西方美学原理来俯视中国美学的实际，使中国美学只能处于印证、衬托西方美学的地位；二是以政治美学取代文艺美学；三是偏重文艺的教育功能，轻视文艺的审美娱乐功能，不利于中国美学的健康发展；四是中国美学得不到公正合理的对待，导致教育体系中的美育被砍掉。鉴于此，他提出了六点建议：一是中西美学有许多相似之处，求同，相互印证，相得益彰，是必要的，但企图用西方美学来涵盖包容东方美学，建构一部全世界公用的美学原理，一套全球公用的范畴、命题、论说方式，这是很难做到的，因此中西美学应平等对话、交流，取长补短，融合出新，才能真正促进各自美学的发展；二是马克思主义美学不是政治美学，不能拿他来作为政治斗争的工具，应当把马克思主义美学真正作为美学学科来建设，作为美学科学来学习运用，而不能偷梁换柱；三是中国美学的建设需要宽松的政治氛围和宜人的社会环境作保障，让人们获得创造精神文明和享受精神文明的充分自由；四是要重视美育；五是要捍卫美学的高雅品位，不能忽视审美活动中的理性作用，不能把高尚的审美娱乐世俗化、庸俗化，变成亵渎美学的审丑；六是不能割断历史，中国美学必须建立在中国传统文化的基础上，否则，中国美学的生长发展就会失去根基和条件。

二、王继英的文学理论研究

（一）叙事文学发展轨迹探讨

神话、传说、故事是民间文学中的三大叙事性文学，自古以来因各自具有不同的特点，因而被人们视为三种不同类型的文学。但作者认为，从文学角度看，上述三种民间叙事文学之间是相互联系的，这种联系正好体现了叙事文学的产生和发展过程。神话是人类最古老的叙事文学，但只是包含了叙事文学的因素，还不属于纯的叙事文学，是叙事文学与科学（解释、探索世界起源）的结合体，相对于后者而言，前者处于从属地位。传说是在神话的基础上发展起来的一种叙事文学。和神话比较起来，传说在内容上不再是探索自然及社会现象的奥秘，而重点转向了反映社会生活和表达作者的思想感情。在传说中，叙事文学的因素越来越突出。故事是纯叙事文学出现的标志，特点是彻底摆脱了对自然或社会现象的解释，转向以形象来反映社会生活和表现作者的思想感情为目的。故事出现以后，就彻底克服了传说反映社会生活的局限性，使人们在文学创作上进入了自由自觉进行的过程。故事也正是在这样的基础上，使它能够从更高层次上去对社会生活作出高度概括的反映，造成其作品在艺术性和思想性上都超过了传说。

神话、传说、故事之间的叙事特征演变表明，叙事文学是经历了一个在想象的解释中产生，依赖想象的解释而发展，最后彻底摆脱了解释而进入自由想象创作的过程。在这个过程中，人们以自身或生活为依据去对自然或社会现象作想象性的解释，是起着至关重要的作用，它是人们在解释中，由不自觉地反映社会生活，到半自觉地反映社会生活，最后到完全自觉地反映社会生活。加上在这种反映中，人们通过自己的想象，一步步地将其主体因素渗入被反映对象中去，从而使被反映对象变成一个主客体高度融合的有机体——艺术形象。说明叙事文学作为一种审美的社会意识形态，虽然也和其他艺术一样起源于劳动，但是它从产生到发展，最后形成一门独立的艺术类型，是经过了一个复杂的过程。

（二）创世史诗历史事实重组现象探讨

创世史诗是我国民间一种古老的叙事长诗。由于这种史诗历史悠久，里面有很多是古代社会生活的反映，故经常被人们当成重要的历史资料来对待。但问题是各民族创世史中的历史事实，是否保存着真实的历史情形，还是在后世传承过程中被人们重组？作者的观点是创世史诗中的历史事实已被人们重组过，并以侗族的创世史诗《人类的来源》为例进行了论证。通过与人类社会发展史进行比较，作者发现，侗族创世史诗《人类的来源》经历了历史重组，发生了三个方面的变化：一是把人类的历史源头往后移，即从原始社会初期移到了原始社会末期；二是重新认定人类的始祖，即历史上任何民族都是以动物为祖先图腾，而在侗族创世史诗中是以人类为祖先；三是转移了人们的历史视线。

通过对侗族创世史诗《人类的来源》进行分析，作者得出结论是在创世史诗中，包含有很多重要的历史事实，但是这些历史事实在史诗中都不是以本来的面目出现，而是在历史的重组和误解的描述中，罩上了一层假象，这种假象极易给我们造成一种错觉，使我们在历史的重组中把史诗表面的描述当成历史的真实情形。因此作者主张在以史诗为资料来研究民族历史时，一定要对里面的历史事实进行认真的鉴别，千万不要被史诗表面的描述所迷惑，否则，研究出来的民族历史就会大错特错。

（三）侗族南北部方言区社交地点的差异及其对情歌影响分析

侗族因语言的差别分为男、北两个方言区。由于历史原因，南、北部地区的文化习俗差异很大，其中社交地点就是例证之一。南部地区的社交地点主要是在家里，称为"行歌坐月"，北部地区的社交地点主要是在山上，称为"玩山"。为什么一个民族会出现两个不同的社交地点？这种不同是自古以来就有的吗？还是在侗族历史发展过程中出现的呢？还有，这种社交地点的不同，使其情歌也发生了什么变化？对此类问题，作者进行了研究。从历史性看，北部地区早期的社交地点也是在家里，但后来改到了山上，是因为这一地区的侗族民众较早地接受到了汉文化，深受封建礼教的影响。而南部地区受到封建礼教的影响较少，因此还保留着古朴的社交习俗。

因接受汉文化程度的不一样，社交地点不一，因此所唱情歌在内容、形式及曲调上也有差别。在曲调方面，北部地区比较高亢，而南部地区比较含蓄轻柔，原因是北部地区社交习俗在山上，空旷的环境可以让歌者放开嗓子，尽情抒情；而南部地区社交习俗在家里，室内空间小，又是晚上，隔壁有老人及小孩休息，为了尽量减少影响，歌者只好放低声音。在内容上，南部地区的社交过程有"喊门"环节，在北部地区有"送友"环节；另外，在歌词上，南部地区的情歌多半是对夜晚和火塘的描述，而北部地区多借汉文化观念的词汇如"姻缘""乾坤""知书识礼""梁山伯与祝英台""鸳鸯戏水""万里江山""忠臣""官司""今生与来世""功果圆满""修炼""迷魂汤""八字"等，以及表示汉文化事物的词汇如"花园""花台""洞庭湖""洛阳桥""灵丹""凭据""马鞭""灯笼""细笔"等来含蓄表达情思爱慕。在情歌的形式上，北部地区表现为七言四句、节奏四三、押偶句尾韵，而南部地区多为长短句型，其中有七言的、九言的、十一言的，甚至二十几言的，句数有四句、六句、八句。在修辞手法上，北部地区多采用象征、比喻等手法进行含蓄表达，而南部地区则是直白表达。通过分析比较，作者最后得出结论是，侗族出现两个不同的社交地点，以及由此带来的侗族南北情歌的变化，是侗族南北两个方言区受汉文化影响的程度不同造成的。它是侗族自古以来就有的青年男女的自由恋爱，在侗汉两族文化的交流中，受到了封建礼教的不同冲击的结果。

三、陆景川的文学理论研究

（一）九寨"嘎花"内涵分析

锦屏县的九寨区是以平秋镇为中心的九个大寨子构成的侗族聚居区，俗称"百里侗乡"。"嘎花"是"百里侗乡"最为典型的婚嫁歌。"嘎花"由20多个青年男女（一般为偶数）在婚嫁筵席上对唱。"嘎花"内容可分为敲门歌、进屋歌、赞席歌、叙情歌、挽娘歌、催娘歌、诉苦歌、恭贺歌、开路歌等，形式一般为七言四句，也有杂言多句的，有逢双押韵，平仄相对，曲调和谐等特点。陆景川认为，九寨"嘎花"内涵丰富，蕴含有深邃的民俗文化：

一是保留有侗族先民由伙婚向对偶婚过渡的遗迹。伙婚和对偶婚是人类历史上两种不同的婚姻形态，九寨"嘎花"保留了此种文化遗迹。"嘎花"的组织活动方式是，针对新娘来说，在来唱"嘎花"的一群后生中有玩得程度有差异的"头夫""二夫"和"散夫";反过来,这群女子在男子中又分别是他们的"老久""老伴"或"初会娘"。这种现象可能就是远古时期"主妻"与"诸妻"和"主夫"的痕迹。从唱"嘎花"的时间地点来看,是晚上举行,后生们是"夜唱晓行",而且是女子招男子,男子上女门。之后又是新娘出嫁,新郎娶妻等。这也许有历史的巧合。但是,我们不妨推断,这可能就是对偶婚中的"走婚"式、"从妻居"式、"从夫居"式三个时期浓缩在一起之后的历史痕迹。

二是隐示了母系氏族向父系氏族的抗争。从夫居是人类男权社会确立在婚姻文化的表现,九寨"嘎花"暗含了女性对此种转变的抗争。歌词唱道:"前头嫁男不嫁女,如今嫁女害我难。"到偶婚后期采取女子出嫁、男子娶妻的"从夫居"式时,妇女们出于捍卫自己的既得利益,便进行了抗婚斗争。男子们为了把女子弄到手便凭借经济上已有的优势使用暴力去抢婚。"九寨嘎花"中新郎家派人去歌堂边拉扯新娘便是古代抢婚习俗的残迹。可能是抢得了人抢不了心的缘故吧,侗家新娘到郎家后自有主张,即"不落夫家"。到新郎家的第二天转走回门,以后郎家要一年三请,连请三年。不管哪一次,新媳妇都穿戴如初,从头到脚一崭新。故有"侗家媳妇三年新"的俗谚。有的甚至五年七载还是新,直至受孕怀胎才落夫家。这期间,女子回到娘家后,仍和出嫁前一样,有享受"行歌凉月""户外玩山"的自由。

（二）侗族革命诗词分析

1986 年 10 月 23 日,陆景川在《贵州日报》发表《"血性文章血写成"——读杨和钧烈士诗歌》,对杨和钧的革命诗歌进行了分析研究。杨和钧（1894—1936）,侗族,贵州锦屏县婆洞乡人（今启蒙镇）,少小聪慧好学,知书识礼,长成习武好义,行医救人,好唱侗歌,和睦邻里。1934 年 12 月 8 日,中央红军长征经过婆洞,红军的政治主张和民族政策使杨和钧深受感动和鼓舞。他不仅冒着生命危险救护红军官兵,而且两次外出广西寻找红军未果。返回家乡后,他秘密组织义友,兴办学校,发动群众,开展革命活动。1936 年 11 月 22 日,杨和钧被国民党乡长逮捕,以"卖客"（出卖当地政府）的罪名残杀在婆洞寨边花桥下,时年 42 岁。1986 年 3 月 12 日,贵州省人民政府追认杨和钧为革命烈士。

　　杨和钧生前曾创作有三本笔记的诗文，后因火灾、搬家及反动派的搜查，多已失传，今仅留七首，原件保存在遵义会议纪念馆，分别被中国青年出版社的《革命烈士诗抄续编》、上海人民出版社的《先驱者诗联选》和贵州人民出版社的《贵州革命烈士诗抄》等书辑入。20 世纪 80 年代初，陆景川就开始对杨和钧的资料收集与研究。他认为，杨和钧是当地侗族青年知识分子，集歌师、药师、武术师为一身，在红军的教育启发下，最终由义士转变为革命志士。他撰写的"怀念红军诗"稿本，浸润了侗家人冒险救治红军、写诗拥护革命和深情缅怀红军的殷红热血，他在诗作中第一次把"马列主义"这一崭新概念运用于侗族诗歌的创作之中，并对它的强大精神力量作了热情的讴歌。这在 20 世纪 30 年代血雨腥风的侗乡是最具时代进步意义的思想飞跃。杨和钧的"怀念红军诗"政治倾向鲜明，宣传鼓动性强，格调清新自然，民歌风味浓郁，感情真挚，语言朴实，通俗流畅，脍炙人口。他是白色恐怖下创作革命诗歌的著名少数民族烈士诗人。他的诗抄曾一度在中国革命军事博物馆展出，后被定为国家一级文物，成为遵义会议纪念馆的镇馆之宝。

　　陆景川还对杨至成和李世荣的诗词进行了探讨。2003 年，陆景川主编的《杨至成诗文集》出版。他认为，杨至成将军的诗词内容丰富，思想深邃，"三亲"性强，并成功地运用革命现实主义和革命浪漫主义相结合的创作手法，既有古典诗词的格调，凝练简洁，工整对仗，活用典故；又有民歌特色的浓郁风格，清新明白，通俗易懂。杨至成将军的百余诗词，不仅是我国党史军史的一份红色档案，中国当代民族革命文学的壮美史诗，同时也是侗族人民弥足珍贵的文学遗产。2018 年 11 月 9 日《贵州政协报》刊发陆景川《一生坎坷　情怀悲壮——李世荣将军诗歌评析》一文，认为李世荣诗作题材广泛、内容博厚、特征鲜明，是从辛亥革命到新中国成立初期国家风云变幻、奋斗崛起、开国新政、恢复经济的史诗，也是民族地区政治、经济、文化、社会发展历程的实录，是诗言凝练、清新朴实、集传统古体诗歌与侗族民歌艺术交融辉映的感世诗作。

　　（三）侗族纪实文学研究

　　陆景川认为，新中国成立以来的贵州侗族纪实文学，以杨至成和罗来勇的作品影响最大，它记录了中国革命的壮阔史实与真实细节，歌颂了中国共产党及其人民军队，为革命领袖、功勋将帅和革命战士雕刻了英雄群像，富有革命现实主义的鲜明特征和中华民族传统文学的风格色彩，是宝贵的红色文学，弥足珍贵。[①]

他评析，杨至成将军戎马一生，他的革命回忆录，是其作为历史当事人和见证人的忠实记录，具有亲历、亲见、亲闻的"三亲"特点，历史价值、军事价值和文学价值交融互见，情节跌宕，引人入胜。而军旅作家罗来勇的《聂荣臻元帅》是中国人民解放军元帅传记丛书之一。全书以流光溢彩的文字叙述聂荣臻如何从一个乡村娃娃走出边远大山追踏着时代的潮流，进而成为弄潮前锋，最终演化为伟人的传奇豪迈历程。该传记的突出特点是写出了历史中的人物，而不是人物的历史。同时，在娓娓道来的故事中，生动体现了聂帅伟大的人格、智慧、毅力、胸襟与献身精神和人文情怀。而《龙大道传》是第一部侗族作者写侗族传主的英烈传记，它在中共党史和侗族文学史上留下了侗族革命家的鲜活形象，也为红色影视作品的打造留下了不可多得的题材。

四、罗庆芳的文学理论研究

罗庆芳不仅创作了大量的古体诗词和新诗，而且还在古体诗词的创作内容与格律形式上进行了可贵的探索。归纳起来，其观点主要有：

（一）古体诗词的创作要体现出时代精神

罗庆芳认为，古诗词要体现出时代精神，这个基本原则在中外著名文艺理论家、批评家的论著中都有所体现，在古今著名诗词大家的实践中都有表现。那么，如何实现古诗词的创作体现时代精神？他主张：一是要正确理解时代精神、随时关注时代精神；二是要热爱生活，要坚持深入生活之路，自觉投入社会生活中细心观察和深刻体验；三是要坚持创新，选取新的视角；四是要有政治家的眼光和战士的胸怀、斗志，做一个有理想、见识、胸襟的人，注重"诗外功夫"的积累和提升；五是要懂得诗的形式、结构、韵律、

---

① 陆景川：《健笔纵横写春秋——贵州侗族纪实文学综论》，《黔东南社会科学》2015 年第 3、4 期。

语言，要积极撷取当代的寻常语、当时语、新语汇，形成富有表现力的诗家语。

（二）努力构建新古体诗

罗庆芳认为，新诗体的创新，只有站在传统的基础上才能看得深透，才能找到正确的路径。中国诗歌在三千多年的发展过程中，积累了许多优良的传统，只有继承这些传统，才可能找到前进的方向。经过对中国古代诗体流变的总结、整理，作者认为，新古体诗承接并发展了传统古体诗的创作方法，其作品用语古朴、意境高雅，韵味自然生动，清新顺口，才采用今韵，放宽平仄和对仗。在进行理论研究的同时，作者一直在进行新诗体的实验创作，利用诗歌的教化功能，以掌握的若干格言，以十行诗的形式进行组合，共创作了 400 余首。

（三）诗歌语言贵在创新

罗庆芳认为，诗歌属于一种语言艺术，需要破除常规，坚持创新，处处追新、时时求变，这是诗词艺术之根本。创造出新的诗家语是时代发展之要求，如何做到语言的创新？作者认为，一要注意新词语的运用，例如将现代词汇引入诗词中，可增强诗词的时代性，可谓是"熟语令生，熟法使变"；二是广泛吸收民间新词汇。

除了以上三个方面的理论探讨之外，罗庆芳还对自由曲及其写作、意境在诗歌创作中的作用、诗歌的形象表达以及本质特征、向民歌学习等方面都进行了深入探讨，提出了富有创见的主张。总之，罗庆芳的文学理论研究主要集中于古诗词创作方面，对当下中国的传统诗词创作有着积极的借鉴作用。①

除了上述的学者外，杨秀璨、王胜先也对侗族文学进行了许多研究，提出了不少创见。杨秀璨认为侗族原始神话产生于原逻辑的非理性的原始心理状态，经历了形成、过渡和稳态三个演变阶段；认为侗族作家熊飞的中篇小说《山葬》成功之处在于虚幻的艺术手法、独白的意识流构筑出了小说的叙事模式。不足之处在于内容不符合事实、细节描写失真、人物文化心态与时

---

① 以上均见罗庆芳：《感知·创作·锤炼》，中国文联出版社 2013 年版。

代背景逆差以及臆造民俗化石 4 个方面。王胜先比较了《姜良姜妹》和《萨岁》，认为前者是原始神话，后者属于民间人物传说，同时认为《嘎萨岁》是侗族英雄史诗。

进入 21 世纪之后，贵州侗学界涌现出了一批年轻的学者，如高等院校的杨经华、龙昭宝、欧阳大霖等，他们在各自的研究领域里对侗族的故事、歌谣等口头文学展开探讨，延续了理论研究传统。

第九章
民间文学的新发展

　　1950 年，侗族地区先后解放。1951 年完成了土地改革，从根本上消灭了封建剥削制度，侗族人民和其他兄弟民族一样，成了国家的主人，过上了没有剥削压迫的新生活。侗族人民为此欢欣鼓舞，他们发自内心以自己擅长的民间文学形式来歌唱自己的主人翁地位和新生活，表达自己的理想愿望和美丽梦想。

　　新中国成立 70 年来，侗族民间文学经历了三个阶段的发展高潮。第一个高潮在解放初期。侗族人民在党的领导下刚挣脱身上的锁链，心情欢欣鼓舞。他们衷心拥护共产党和毛主席，热忱歌唱社会主义新生活。第二个高潮在 1957 年至 1959 年的"大跃进"时期。当时，全国出现了一个规模宏大的采风运动。在这个采风运动中，侗族民间文学尤其是民歌得到了广泛的搜集。仅据 1960 年贵州人民出版社出版的"贵州解放十周年丛书"之一、中共锦屏县委会编写的《绿色的锦屏》记载："遵循党提出的文艺为工农兵服务，为社会主义建设服务的方针，用文艺形式，歌颂党和毛主席，歌颂总路线、"大跃进"和人民公社，文艺创作有很大发展，据天柱、白市等六个公社的统计，1958 年共编有民歌 26 万多首（其时天柱、锦屏并县为锦屏县）。"当时，中共锦屏县委办还整理编辑了《锦屏绿化跃进山歌》辑，内部刊印。但是，由于当时全国的经济工作受到"高指标、浮夸风、瞎指挥"的影响，因而这一时期的民歌虽然数量多，反映生活面广，并多采用夸张手法，出现了许多的好民歌，但也不可避免地出现了不少脱离实际的作品。

如"手拿钢钎口唱歌，边开铁矿边欢乐；一天几次'大跃进'，钢铁堆得坡连坡"等。第三个高潮是在粉碎"四人帮"、特别是党的十一届三中全会后，党中央执行了拨乱反正、改革开放、发展经济、建设四化的一系列重大决策，农村在实行"包产到户、包干到户"的责任制政策后，农村经济开始出现转机并迅猛得到了发展。而党的民族政策和"双百方针"及实施民族文化大发展大繁荣战略的进一步贯彻落实，更激发了成千上万侗族民间故事师和歌师的创作激情，优秀的民族民间文学不断涌现，呈现了侗族民间文学创作繁荣发展、搜集整理及翻译研究出版成果迭出的新局面。

第一节　新　民　歌

"爆竹声中旧岁除，春风送暖入屠苏。"新中国成立的礼炮，给侗族社会带来了翻天覆地的变化，侗乡村寨，万象更新。"饭养身来歌养心，侗家就会歌传情。"侗族人民吹笙载舞，引吭高歌，喜庆新生。这些侗歌一反传统民歌沉闷忧郁愤恨的情绪，充满了新时代喜气洋洋、人民当家做主、感谢党恩的精神面貌，侗家人把它们称为新民歌（gal meik）。

一、思想内容

侗族新民歌是时代的见证与记录，内容丰富，题材广泛，思想深刻，内涵丰厚。概括起来，主要有以下几种。

（一）赞颂歌

赞颂歌就是侗乡人民歌颂新社会、新时代、新生活、新思想、新变化、新发展的民歌。如锦屏县魁胆村农民王佑求在新中国成立初期为欢庆侗乡解放唱的歌[①]：

阴山只望太阳晒，久雨就盼乌云开；

---

① 陆景川主编：《九寨风情》，中国文史出版社 2015 年版，第 477 页。

> 如今春风吹过岭，黑暗去后光明来！

千百年来，大山深处的侗乡人民饱受封建社会黑暗的煎熬，挣扎在水深火热之中，他们像阴山望太阳、雨天盼云开一样盼望翻身解放。共产党来了就像太阳一样，照亮了黑暗的侗乡，侗族人民迎来了春风吹拂、光明灿烂的新天地。这首歌唱出了侗家人翻身解放后对共产党的感激心声。

而另外一首颂歌《太阳出来满山坡》是这样唱的[①]：

> 太阳出来满山坡，侗乡寨子好暖和；
>
> 毛主席和共产党，带给我们幸福多；
>
> 侗家热爱新社会，大家唱起新侗歌。

毛主席和共产党正如太阳那样照暖了侗乡，给侗族人民带来了幸福和希望。短短几句歌，表达了侗族人民对党、对领袖、对新社会的无限热爱。

天柱县歌手杨通显的一首侗歌，通过日常生活的比喻，说明了只有依靠共产党的坚强领导，人民才能过上富裕的生活[②]：

> 划船下江要靠桨，下河打鱼要靠网。
>
> 侗家人民要富裕，全靠中国共产党。

1986年11月25日，时任贵州省委书记胡锦涛到榕江县视察指导工作，他深入县麻纺厂、响水洞果园场等一线调研，并召开座谈会发表重要讲话，为全县的经济发展指明了方向。县政协主席、侗族歌手龙正荣即兴编唱了一首侗歌[③]：

> 书记来榕搞调研，座谈讲话暖心田。

---

① 杨权编著：《侗族民间文学史》，中央民族学院出版社1991年版，第292页。

② 天柱县文化馆编：《木叶飞歌——天柱民歌选》，1981年内刊本，第3页。

③ 粟永华、吴浩主编：《侗族诗选》，广西民族出版社2006年版，第323页。

地方企业要发展，麻纺建设更向前。

改造橘园当大事，投入小费赚大钱。

一席话语很实际，富民兴县励志篇。

新民歌中篇幅最长、内容最多、规模最大的作品，应该是由吴世源、吴定鎏、吴定文、吴定华搜集整理流传在剑河、锦屏县周边的侗歌《侗族人民唱社会》。这首歌是由甲、乙两人先后领唱、众人最后合唱的长篇叙事歌，共有 3 部分、44 段 176 行 1132 字，可谓鸿篇巨制。从 1949 年新中国成立之初一直唱述至党的十五大时期，历时 60 余年，应是侗族社会的当代史诗。[①]歌的开头唱道：

解放初期四九年，人民翻身见新天；

伟大领袖毛主席，领导我们建家园。

歌一起头就抒发穷苦人民在 1949 年翻身解放后重见天日的喜悦，表达了人民群众决心在毛主席领导下建设新中国、迈进新生活的志气与豪情。

党的十一届三中全会后，解放思想，包产到户，生活向好。人民群众欢呼歌唱：

八十年代田到户，农民欢欣受鼓舞；

放开手脚展劲干，家家户户饭饱足。

实行西部大开发，践行科学发展观后，农业农村发展实现了新飞跃，一派欣欣向荣的气象：

农业放宽政策稳，西部开发富百姓；

接了电灯和电话，我们乡下变新城。

---

① 剑河县侗学会主编《吊脚楼》2015 年第 1 期。

又有电饭电炒锅，煮饭炒菜方便多；

不用操心砍柴火，就能过上新生活。

人民生活富裕了，国家发展靠科学。

八月谷子满了仓，农民个个乐呵呵；

以前交税很是重，现在免税真快活。

中央政策真正好，人民群众得宽乐。

国家实施医保改革后，老百姓看病不愁，便有侗歌唱道：

现在生活比蜜甜，有吃有穿好家园；

有病不愁没医看，党和政府帮付钱。

最后，歌手号召大家，千万不要忘本，要永远记住党的恩情：

党的关怀要记清，大家记住心头明；

大家记住心头暖，莫要忘记党恩情。

（二）忆苦歌

忆苦歌一般都有鲜明的思想内容和强烈的爱憎之情，它以作者所知的真人真事为素材，采用前后对比的表现手法来显示主题。20世纪50年代初，全国兴起了轰轰烈烈的清匪反霸、减租退押和土地改革运动。当时，侗族广大劳动人民刚刚从苦难的深渊中获得解放，过上了自由、平等的新生活。土改工作队为了使侗族人民提高阶级觉悟，自觉地走上社会主义的康庄大道，因而广泛开展了忆苦思甜活动。活动中，贫苦农民群众打倒封建剥削势力，倒苦水，斗地主，唱苦歌，颂新生，憎爱分明，极大地提高了阶级觉悟。如《封建压迫去当兵》《旧社会的罪恶说不完》《乡长吃人肉》《翻身歌》等都是较有影响的作品。《旧社会的罪恶说不完》是一首以传统念词形式演唱的款词歌，一共有220句，分为五个部分：1序歌，2剥削，3派款，4抓兵，

5 翻身等①。其中《乡长吃人肉》控诉道：

> 乡长吃人肉，保长吃人骨；
> 甲长逼百姓，百姓没活路。

乡长、保长、甲长是国民党基层政权的乡村小吏，他们身为"父母官"却不为百姓着想，更不管百姓的死活，而是利用手中"小权"，大逆不道，鱼肉百姓。"上梁不正下梁歪"，乡村污吏尚且如此，那些高官显宦的贪腐乱政就可想而知了。这首民歌是对旧社会基层政权及其高层反动统治的血泪控诉。

锦屏县的魁胆村地处高寒，山多田少，粮食歉收，1949 年以前，这里的财富大部分被财主占有，贫苦农民只能租山种树，成材后与财主实行三七或四六分成，收益的大部分被剥削者占有，人们只能靠吃"烂饭"度日，魁胆成了远近闻名的"烂饭寨"，很多成年男人因贫穷都成了光棍：

> 魁胆村啊住高坡，田无丘来地无角。
> 一年四季吃烂饭，三十多岁无老婆。

这首歌反映的就是旧社会许多贫困山村的苦难缩影。

《封建压迫去当兵》是一首流传在天柱县三合一带的忆苦歌②：

> 想到过去我们家，受了几多的苦情。
> 我爹排行是老二，封建压迫去当兵。
> 官家进屋就捆走，剩下我妈打单身。
> 我爹交代妈妈说，你要耐烦看家门。
> 我去不知生和死，留下儿子伴你身。
> 你要耐烦盘恩大，自然有日得宽心。

---

① 中央民族学院语文系编：《侗语课本》，第 46 页。

② 杨权编著：《侗族民间文学史》，中央民族学院出版社 1991 年版，第 298 页。

等到我大懂点事，我问妈妈爹哪行？

我妈听到这句话，眼泪如雨湿衣襟。

手抹眼泪难开口，就是老蒋害穷人。

有钱人家买命转，我妈无钱爹丧生。

……

歌中原用侗话以第一人称的口吻倾诉作者一家在旧社会被抓兵派款的悲惨遭遇。歌声最后以欢庆新中国的诞生，光明代替了黑暗而结束。这首歌朴实无华、娓娓道来，抓住夫妻生离死别、母子思亲对话的悲惨情节，抒发了穷苦人对旧社会的无比憎恨，听后十分感人。

抗日战争时期，日本帝国主义的铁蹄践踏中华大地，实行"三光政策"，中国人民深受其害，由此奋起反抗。有一首流传在三穗县等溪、款场和天柱县坪地、邦洞等地的民歌就诉说了日本侵略之下的国无宁日、家无团聚的夫妻分离：

男：可恨东洋小日本，占我地盘杀我人。

　　为打日本离姣去，难舍难分也要分。

女：日本鬼子狠心狼，又抢东西又烧房。

　　如今郎去打鬼子，娇在家中侍爹娘。

　　等郎胜利回家转，双双一起上歌场。

歌词不仅愤恨地控诉惨无人道的日本帝国主义的暴行，而且还表达了国难当头、匹夫有责的民族气节，侗家新郎义无反顾离开新娘，共赴国难，奔向战场。他们约定，等赶走小日本，再回家双双上歌场。其慷慨悲歌，家国情怀，令人击节，震撼心房。

"文化大革命"十年动乱，推行的是极左的思想政治路线，使中国的经济濒临崩溃的边缘。而在农村"宁要无产阶级的草，不要资本主义的苗"泛滥成灾，割个体经济的"尾巴"，害得农民想多种经营发展种养殖业像做贼似的，四处躲藏，甚至被揪斗批判，人们生活在贫穷困苦之中，《社员迎开治穷花》就是对当时农村经济遭受破坏的真实记录①：

> 记得那年割"尾巴"，砍倒果树铲掉瓜。
>
> 得篮鸡蛋偷偷卖，养个肥猪阴倒②杀。
>
> 富的倒霉穷"光荣"，口含花椒浑身麻。
>
> 如今实行责任制，党的政策暖万家。
>
> 谷收万斤嫌仓小，猪肥牛壮多鸡鸭。
>
> 粮丰钱足人人笑，社员迎开治穷花。

歌谣采取生活中的物象，运用前后对比的表现手法，前一部分诉说割"尾巴"年代倒行逆施的惨状，果树被砍倒，瓜菜遭铲掉，卖鸡蛋像做贼，养肥猪悄悄地杀了不能上市卖，农民活得没有尊严，浑身麻乱不舒坦，还要以贫穷为"光荣"，心灵完全被扭曲，农村主人公的腰杆根本挺直不起来，只有屈辱的无奈与无望的痛苦。歌的后一部分，歌颂了党的十一届三中全会后，解放思想，农村实行包产到户的生产责任制政策，农民的生产积极性被充分调动起来，通过发展多种经济，农村和农民的面貌大变，猪肥牛壮多鸡鸭，粮丰钱足，家暖人笑，农民社员们开始迎来了治穷致富的新时期。

（三）劳动建设歌

新中国开展轰轰烈烈的土地改革后，侗乡人民分到了土地，生产建设积极性空前高涨。随着国家对西部建设的重视与投入，大批项目上马落地。特别是党的十一届三中全会把全党工作的重点转移到社会主义现代化建设上来后，侗族社会又跨入了社会主义现代化建设的新时期。"四化"建设的宏伟蓝图，又一次激起侗族歌手们的创作激情，讴歌新时代建设奔小康，便成了这一历史时期侗族民歌创作的主旋律。这些民歌的共同特点是都具有奋发向上的革命激情和鲜明的时代特征，既有远大的革命理想又有富于脚踏实地的

---

① 天柱县文化馆编：《木叶飞歌——天柱民歌选》，1981 年内刊本，第 7 页。

② "阴倒"，侗语，意为"暗中""悄悄"。

求实精神。如《面向荒山作斗争》①：

> 一更月亮明又明，面向荒山作斗争；
> 不怕高山高万丈，也要把它造成林。

歌中反映了林区人民披星戴月，进军荒山、不怕困难、植树造林、美化家园的决心和干劲，那劳动的场面振奋人心。

1958 年，是我国政治、经济形势发展的一个重要年头。侗乡的村前寨后，田边地角，到处布满"鼓足干劲，力争上游，多快好省地建设社会主义!"的大幅标语，人们高举"总路线""大跃进"和"人民公社"三面红旗，在各条战线上日夜奋战，提出的口号是"苦战一年，幸福万年""跑步进入共产主义!"由于当时过分强调生产关系和人的主观能动性，违背了经济建设和社会发展的客观规律，给社会主义建设事业带来了重大灾难。但在那火热的"大跃进"年代，却产生了数量不少的新民歌。如《跃进花开万万年》《歌唱总路线》《我们的公社好》等作品。这些作品，由于受当时政治形势的影响，真实的感情较少，人文关怀淡薄，幻想的成分较多，表现了脱离现实生活的倾向。但也有一些民歌来自生产劳动中，比较贴近生活，描绘了动人的劳动场面，反映了客观的本质现象。如 1959 年 6 月，被全国妇联授予"三八红旗手"的剑河县八女放排队是由姜月花、龙显英、龙太祝等 1 名共产党员和 7 名共青团员组成的放排小分队。她们横扫传统的轻视妇女的世俗观念，勇立潮头，战胜困难，劈波斩浪，挑战生死，在清水江上勇当新时代的放排健儿。当时，从剑河县的木排停放点半塘湾放排到锦屏县的茅坪贮木场，总航程为 240 多里。从 1958 年 11 月至 1959 年 11 月的一年中，八女放排小分队总计安全航行 192 次，行程 48384 里，运出木材 12911 立方米，竹子 160 吨，大米 7120 斤，超额完成了剑河县林业局水运工队交给的运输任务，在清水江航运史上为妇女谱写了辉煌篇章，先后受到县、州、省各级政府的表彰和嘉奖，其代表还光荣出席了全国妇联在北京召开的表彰大

---

① 锦屏县委办整理:《锦屏绿化跃进山歌》第一辑，1958 年内刊本，第 7 页。

会，受到党和国家领导人的亲切接见。下面是她们放排时豪迈歌唱的《放排歌》①，显示了巾帼不让须眉的飒爽英姿：

> 歌悠悠来水悠悠，木排载我江中游。
> 惊涛骇浪脚下踩，放排女工好风流。
> ……………
> 清江河水悠悠长，姑娘放排志气昂。
> 不怕风吹和浪打，要与男子比高强。
> 下了一滩又一滩，太阳出来照高山。
> 我笑太阳起得晚，没见姑娘闯险滩！

当时，这条航道共有 78 个险滩，急流汹涌，为了帮助大家熟记每个险滩的险情和走向，放排队长还将这些险滩的名称、险象、过滩要领、注意事项等编成山歌，叫大家熟记熟唱，以便放松心情，提高胆量，增强注意力，胜利闯滩。比如要闯过险恶的黄莲洞滩，她们就精神集中，以歌发力：

> 黄莲洞上漩水凶，十二大浪翻艄梁。
> 大水小水照中闯，涌水倒水莫心慌。
> 掌稳大艄认水路，警惕滩脚碰断簧。

八女放排歌，充分说明了劳动创造民歌、好歌在民间的艺术规律。

1970 年 8 月，在毛泽东"三线建设要抓紧""备战备荒为人民"的号召下，党中央、国务院、中央军委作出了修建湘黔、枝柳铁路会战的决定。贵州省革委、省军区下达了《关于动员民兵参加湘黔铁路会战的命令》，全省几十万男女民兵在当时十分艰苦的条件下，历时两年顶烈日、冒酷暑、战风雪、斗淫雨，硬是用肩挑、背扛、手拉，以昂扬的斗志、奋进的作风、冲天的干劲，圆满完成了党和人民交给的历史任务，湘黔铁路于 1972 年 10 月

---

① 陈远卓:《清水江上八女放排》，见剑河县侗学会主编的《吊脚楼》2011 年第 2 期。

全部完工，1975 年 1 月正式运营，成为联通西南、中南与华东的重要干线，从根本上改善了贵州乃至西南交通闭塞的状况。火热激越、困苦艰险、青春燃烧的烽火岁月酿造出了大量民歌。这首由锦屏县民兵团二营十连侗族民兵王锦城创作的《歌颂女民兵》，就是对那场大会战的历史记录 [①]：

> 侗家姑娘不一般，顶天立地战湘黔。
>
> 挖山架桥修隧道，运石拖沙打炮眼。
>
> 借问智慧从何来，"雄文"四卷是源泉。
>
> 如今时代不同了，女子能顶半边天。

民歌展现了侗家女民兵在铁路会战工地的英姿形象，她们按严格的军事建制组织战斗生活，努力学习《毛泽东选集》四卷雄文，用强大的思想武器武装，因而凡男同志能做到的架桥梁、挖隧道、打炮眼等艰难作业，哪怕风险弥漫，她们也无所畏惧，勇敢地做得到，充分展现出"妇女能顶半边天"的巾帼风采。

黔东南是全国的重点林区，植树造林保护生态是我国的基本国策，也是农村和农民走向脱贫致富奔小康的经济产业。对此，侗歌中多有传唱：

> 植树造林意义大，绿化山坡为国家。
>
> 家家多栽摇钱树，儿孙万代把家发。

全国林业劳动模范王佑求，一生办林场，先后三次转战，四建新场，林场从 1 个发展到 10 个，场员从 17 人壮大到 241 人。干部群众看到他把林场办得这样好，编出山歌来颂扬他 [②]：

> 一进荒山就扎营，三年五年便成林。
>
> 此处成林又搬家，林场处处开红花。

---

① 王光俊编：《黄门诗联选》，2012 年内刊本，第 79 页。

② 陆景川主编：《九寨风情》，中国文史出版社 2015 年版，第 483、486 页。

而为了提高造林质量，使林业生产后继有人，王佑求特意把自己一生费尽心血摸索出来的一套生产经验和造林技术编成山歌来向青年人传授：

全面整地宽打窝，阴天栽杉最适合。
宜用一年健壮苗，根散压紧填满窝。
打好桩子挡泥土，杉苗尖子朝下坡。
林粮间作双管理，保证杉苗快成活。

由于王佑求的模范带头作用，加上靠科学技术造林，全力精心管理，其林场造林总计万余亩，不但把家乡

全国劳动模范、歌师王佑求

的山山岭岭描绘成一幅美丽壮阔的绿色画卷，也赢来了重大的经济效益，累计建成价值成千上亿的绿色银行，为祖国的经济发展和生态建设作出了重大贡献，荣获全国劳动模范，受到党和国家领导人的亲切接见。

（四）爱情歌

爱情是人类永恒的主题。侗家情歌源远流长，浩如烟海，千姿百态，撩拨心怀。当然，侗家情歌的表达方式有着自己独特的风格，既含情温婉，不显裸露，又借物传情，生动感人。比如因久未谋面，后生试探姑娘，唱的是：

好久不揭酸菜坛，不知酸菜酸不酸？
好久不和妹相会，不知妹心甜不甜？

姑娘听了，嫣然婉笑，即兴还歌：

好久不到甘蔗园，不知甘蔗甜不甜？
好久不得和哥坐，不知哥还连不连？

后生听了姑娘的回答，心里有数，暗自高兴，又进一步摸底：

> 好久不来梨树脚，晓得梨花落不落？
> 好久没得同桥过，不知妹心是如何？

姑娘心意依旧，信誓旦旦，委婉言情：

> 好笙不要时时吹，好双不要时时陪。
> 真心无需时时见，相逢一次当百回。
> …………
> 有心爬树爬到巅，有心放水放到田，
> 有心跟哥跟到老，没像阳雀叫半年。
> 刚才是妹开玩笑，哥莫拿来记心间。

姑娘、后生就是这样从多次的试探盘问中，来了解对方的心思，以表达自己执着坚定的爱情。这是流传在三穗、天柱、锦屏、剑河数县侗族青年男女常唱的爱情歌。①

还有一种形式奇特的连环歌用来表达爱情，更是别有风趣②：

> 男：上坡要上连环坡，织布要织连环梭，
> 　　采花要采连环朵，唱歌要唱连环歌。
> 女：唱歌要唱连环歌，哥不缠妹妹缠哥，
> 　　妹是青藤哥是树，青藤缠树永不脱。
> 男：青藤缠树永不脱，只怕斧砍快刀割，
> 　　只怕坏人放野火，树也难活藤难活。
> 女：树也难活藤难活，不过刀山和油锅，
> 　　同上刀山手挽手，同下油锅脚绞脚。

① 郑桂宣搜集：《晓得梨花落不落》，《南风》1988 年第 3 期。
② 周昌武搜集：《侗族连环歌》，《南风》1990 年第 2 期。

男：同下油锅脚绞脚，讲得轻松好活泼，
　　只怕山中同林鸟，大难一到各飞各。

女：大难一到各飞各，为妹没学那轻薄，
　　棕树拔高不怕剐，茅草换叶不怕割。

男：茅草换叶不怕割，只怕冬来火烧坡，
　　火烧心死根也死，哥无灵丹救不活。

女：哥无灵丹救不活，春风一吹绿满坡，
　　死了死了又活转，活也为哥死为哥。

这种连环歌本来是考人才华和应对能力的一种民歌，无论对唱或单唱，都要求用上一首末句作下一首的首句，首首相连，环环相扣，意蕴深沉。而这首爱情连环歌，以复沓重叠的句式，活用多种比喻，以自然、社会、人事的繁复意象，层层推进，循环反复，表达了恋人间的互相爱慕、聪明灵巧与坚贞不渝的生死爱情，令人吟唱后，酣畅淋漓，痛快过瘾！

1979年2月17日，遵照中央军委命令，中国边防部队对侵犯中国领土的越南军队进行自卫反击作战。3月16日全部撤回国内，完成作战任务。在这次对越自卫反击作战中，贵州各族青年慷慨参战，血洒疆场。下面是流传于天柱、锦屏侗族地区男女青年互相鼓励杀敌报国、夺取战绩，再来圆满婚姻的情歌[1]：

女：敌寇侵犯我边城，爱国青年要出征。
　　哥不从戎不嫁你，留你一世打单身！

男：自卫反击郎出征，不让敌寇来横行。
　　消灭顽敌立战功，喜报寄回妹家门！

歌中女子以国家为重，以深情、风趣、戏谑的口气表述爱意心怀，而男子则壮怀激烈，慷慨出征，决心以杀敌立功、捷报飞来的战绩，报答情妹的

---

[1]　天柱县文化馆编：《木叶飞歌——天柱民歌选》，1981年内刊本，第8页。

无悔爱情。

在侗乡，谁不植树造林是被看不起的。姑娘们选意中人也要挑选造林能手。"玩山"谈情说爱时，姑娘们以唱栽杉歌表述心怀：

> 侗家代代爱种杉，阿哥种杉妹嫁他。
> 要想成家杉林配，不种杉树莫成家。

小伙子们则信心满怀，以歌明志：

> 栽上杉树坐木楼，栽上桑麻穿丝绸，
> 栽上菊芍喝美酒，栽上山茶吃香油。[①]

男女青年还用情歌激励对方在建设美好家园的征途中，创造佳绩，争当模范。一位姑娘用这样的歌来回答后生的求爱：

> 莫嫌姑娘不吭声，姑娘本是有心人。
> 劳模会上与哥见，国庆佳节就结婚。

新时期以来，国家对民族文化、非物质文化遗产极为重视，锦屏县九寨"嘎花"伴嫁歌上了中央电视台，还获得了贵州省非物质文化遗产保护项目名录。情伴出嫁，后生们去为她唱嘎花歌是以极为矛盾的心理、悲喜相伴的心情祝贺、期望姑娘的：

> 房内电灯亮晶晶，今日阿妹要离分。
> 哥妹分离真难舍，愿你前途比灯明！
> …………
> 忆起花园苦了哥，哥我有话跟妹说：

---

① 陆景川：《侗家"女儿杉"》，《森林与人类》1994 年第 5 期。

妹到郎家要和气，尊老爱幼敬公婆。

侗族是一个历史悠久、文明礼仪、遵循和谐的民族，青年男伴即使与好妹妹分离了，也心胸豁达地祝贺她的前程一片光明。而且还谆谆嘱咐她到郎家的新环境后，千万要与人和善，和气相处，尊老爱幼，孝顺公婆，做一个贤惠勤劳的媳妇。阿哥情深义重，明月可鉴。

党的十八大召开以来，侗家青年男女与时俱进，情歌又有了新时代的内容。比如，侗乡经济发展了，人民生活显著提高，姑娘都穿着名牌时尚的衣服，更显俏丽风采，后生见了，喜不自胜而赞美：

妹你一身全名牌，好似牡丹花园开；
千蜂万蝶争相采，哥想配妹配不来。

姑娘受到褒扬，喜在心头，翻翻媚眼，更加自信：

国运昌盛时机来，这阵不歪哪阵歪?!①
千蜂万蝶不稀罕，只爱情哥好德才。
哥妹共筑中国梦，幸福日子进家来。

歌中一个"歪"字，既具有区域特色，又富有时代色彩，侗族男女青年赶上新时代，人民生活富裕了，就要穿戴名牌衣饰，显摆起来，"歪""亮"出来，这是时代的风采！

（五）旅游歌

改革开放以来，国家打开国门，侗乡打开寨门，侗族地区因保存完好的原始的自然生态、原生的民族文化、原貌的历史遗存而备受中外游客的青睐，地球村成千上万各族各色客人纷至沓来，侗乡成了最富于魅力的旅游宝地，农家乐变为城乡人民的乐园。侗族旅游歌就是在这种历史背景下应运而

---

① "歪"，方言，即展示、显摆之意。

生了。它包括侗乡宣传推介旅游景点景区和侗家人在各地旅游体验景点景区过程中所创作的各种民歌。

锦屏县的九寨侗族社区，在清水江和小江的两江夹一岭中向高坡延伸，方圆百里，在纵深绵延起伏的山岭上错落着平秋、石引、黄门、瑶白、彦洞、高坝、皮所、魁胆、小江九个侗族村寨，故名"九寨"。它地处侗乡腹地，还盛产黄金，又是国家重点建设工程三板溪水电站所在地，为中国侗族南、北部两大方言区的过渡地带与分水岭，其文化既有北部侗族的特质，又兼有南部侗族的意蕴，融汇了两区之美，成为文化人类学的一个重要文化符号，是公认的南北部侗族结合部侗族文化的核心保留地，也是侗乡富有开发潜力的旅游区。因此，在这块宝地上产生了《侗乡九寨几多娇》的民歌：

> 九寨水美，九寨山高，百里侗乡风景独好。
> 山连山来水连水，吊脚木楼风雨桥。
> 摆古祭祖代代传，牯脏节斗牛真热闹。
> 动听的嘎花放声唱，侗乡九寨几多娇。

> 九寨米香，九寨鱼跃，百里侗乡换了新貌。
> 三板溪电站照万家，农村建设步步高。
> 八年杉木成林海，满山花果开口笑。
> 黄金富矿资源宝，侗乡九寨更妖娆。

这首宣传九寨侗乡的民歌，由陆景川整理，后由上海电影制片厂著名作曲家杨绍榈谱曲，旋律极富有北部侗族山乡的风味，为推介展示九寨百里侗乡的生态人文旅游发挥了独特作用。2018 年仲春，国务院参事、中国民族民间文化保护传承领军人冯骥才一行来到九寨高坡百里侗乡旅游考察，并题写了"侗乡人文美，留下千年魂"的赞美①。

黔东南侗乡盛产草鞋，制作精致，工艺精美，既是品质精良的工艺品，

① 陆景川：《冯骥才走进了九寨高坡》，《贵州政协报》2018 年 7 月 13 日。

也是出门旅行的便利脚鞋。过去当远方的客人来到侗乡，在凉亭或寨楼边还可免费拿取细草鞋穿上，然后兴致勃勃地迈步侗乡的行程。如今，在乡村旅游开发的不少侗寨，游客们又可以得到细草鞋的馈赠。有歌唱道：

> 贵客游玩到侗乡，送双草鞋给您穿；
> 草鞋细细陪伴您，伴您吉祥又平安。

深藏于清水江边的天柱县坌处镇的三门塘，是一个古老而又秀美的侗寨，几十栋干栏式的清代建筑构成了三门塘的村落，特别是徽派建筑和传统庙宇相结合的王氏宗祠，精美绝伦的哥特式建筑的刘氏宗祠堪称杰作，它们共同构成了北部侗族方言区的露天民俗博物馆，其古建筑群 2013 年被列为国家级文物保护单位。由民间文艺爱好者石修科创作的民歌《三门塘》吟唱道：

> 村前有路又有江，车来船往皆入窗。
> 祠堂建筑徽欧式，住房讲究大门枋。
> 路旁多见石碑林，十里可闻油茶香。
> 待客酒歌耐回味，纯朴民风远传扬。

作者身临其境，以独特的视角，浓墨重彩地渲染了三门塘的村容寨貌及隐秘多姿的宗祠文化、别具一格的水运文化、历史悠久的石文化和民情风俗，令人行游此地，流连忘返。

雷山县郎德上寨坐落在苗岭主峰雷公山麓的巴拉河上游，是享誉海内外的"中国民间歌舞艺术之乡""全国百座露天博物馆"之一。作为黔东南民族风情旅游热点，最早于 1985 年率先对外开放，1993 年载入《中国博物馆志》，1997 年被国家文化部命名为"中国民间艺术之乡"，2001 年其古建筑群被列为第五批全国重点文物保护单位，几十年来，接待了海内外宾客近百万人次，包括几十个国家的贵宾政要和我国党政军领导人都曾到此参观考察。石修科在游郎德时又即兴吟诵了《郎德苗寨》的歌谣：

> 苗族文化旅游村，名闻遐迩几十春。
>
> 依山傍水座势好，五讲四美彰文明。
>
> 礼仪迎宾酒拦路，歌舞待客游趣兴。
>
> 上午才送金发女，下午又来碧眼人。
>
> 一年四季客不断，春夏秋冬响芦笙。

歌谣中活画出郎德苗寨几十年来随着改革开放的步伐，在乡村旅游发展进程中产生的巨大变化及崭新面貌。

苗年、侗年都是贵州和国家级的非物质文化遗产名录，石修科通过旅游体验与深入田野考察，道出了自己参加过侗年、苗年的特有感受与别样真谛。他的《过侗年》唱出了锦屏县九寨侗族社区侗年的浓浓年味：

> 秋后喜气漫山间，彦洞瑶白过侗年。
>
> 宰猪杀鸡打糍粑，笙歌侗戏人欢颜。
>
> 儿童掩耳放鞭炮，老翁摆古不夜天。
>
> 年成好来节热闹，日子越过越甘甜。

而在雷山参加苗年活动，又是另一番的风情画面：

> 秋后村民刚收镰，苗家张罗过苗年；
>
> 节日隆重数雷山，持续九日闹喧天；
>
> 先是宰猪敬财神，接着打粑尝新鲜；
>
> 肩挑酒肉走亲戚，打点花脸步态偏；
>
> 村村爱放牛打架，劲舞高歌大团圆。①

两首民歌描绘叙写的都是过年，但又有年文化的明显异同。两个年节的时间大体相同，都在秋收之后，都杀猪宰鸡鸭打糍粑，都吹笙唱歌放炮等，

---

① 见石修科：《原生态美景雅韵》，中国文联出版社 2013 年版。

但最大的区别是苗家过年要打红点花脸挑酒肉走亲戚，而且纵情米酒，步伐歪歪斜斜打偏偏，还要飞歌劲舞，神态恣意奔放张扬，体现了苗家人豪放粗犷的性格。而侗家人过侗年则是唱歌演侗戏和摆古叙说历史，其神态安详，"长歌闭目，顿首摇足"，活现出侗家人温婉和谐的民族性格。

施秉云台山是世界著名的白云岩喀斯特地貌自然遗产地，因主峰四面如削，独出于云霄之中，山巅如台，云雾缭绕，故而得名。云台山以原始自然生态、天象奇观、奇峰丽水、佛教遗址、道教古刹等自然和人文景观为特色。面积47平方公里，分为云台山、排云关两大旅游片区，规划景点24处，山间珍稀等植物近400种，珍贵等动物近百种，被称为"植物宝盆、动物宝库"，是贵州东线探险寻幽的旅游宝地。老民歌手周昌武在20世纪末神游此山，搜集整理出了一组青年男女登山游玩对唱的民歌①：

> 女：唱首盘歌试郎才，此山为何叫云台？
>
> 　　登上云台看什么？为何个个乐开怀？
>
> 男：主峰高耸云天外，峰顶恰似一平台。
>
> 　　登上云台看世界，无限风光任剪裁。
>
> 女：登上云台一身轻，白云悠悠雾气蒸。
>
> 　　云台名花多得很，劝郎摘朵去温馨。
>
> 男：古雅奇秀云台山，浓情美意领不完。
>
> 　　但要摘花心打颤，再三考虑伸手难。
>
> 女：难得郎来游云台，跟郎学得几多乖。
>
> 　　太阳去了明天转，问郎此去几时来？
>
> 男：承蒙错爱不忘怀，扯蔸葛麻岭上栽。
>
> 　　自尊自强莫懈怠，葛麻开花又转来！

这组民歌奇巧自然，融旅游与对歌谈情于一炉，既介绍了云台山的自然风光，又蕴含了青年男女情爱的深切绵长，为旅游民歌的佳作。

---

① 黔东南州旅游局、黔东南州老年诗社编：《当代旅游诗词选》，1999年内刊本。

（六）守法反腐歌

遵纪守法是时代的呼唤，也是人民的企盼，更是国人的义务。反腐倡廉则是社会主义本质的根本体现，也是社会主义核心价值观的政治规范和道德要求。侗族的民间习惯法源远流长，款就是侗族的民间法律，侗家人自然明白法纪是社会管理的铁律。同时，遵纪守法、反腐倡廉也是侗族人民的民意体现和政治诉求。其中《遵纪守法歌》唱道：

> 请你侧耳细细听，唱首法律新歌给众人。
> 中央提出构建和谐好环境，重申党纪国法得民心。
> 法律面前人人皆平等，全民遵守国家长久享太平。
> 如今放宽政策国法管，熟读条款人走正道不要走歪门。
> 国靠国法国稳定，村傍乡规寨安宁。
> 别学河中高岩来挡水，不信法律倒霉害自身。
> 触犯法纪不管你官有多大，都要遭受国法党纪的严惩。
> 强奸抢劫得以犯罪论，杀人偿命处极刑。
> 杀人放火罪恶大，自有法律为准绳。
> 诈骗拐卖害百姓，打砸偷盗要判刑。
> 贪污受贿国法党纪未容许，许多高官落马成罪人。
> 知法犯法罪行加一等，别想侥幸逃过群众明眼睛。
> 反腐倡廉人人来响应，切莫违法乱纪败坏共产党的名声。
> 别贪贿赂大搞钱权那交易，以身试法定会断送你前程。
> 身为干部该当带头来守纪，人民心底那杆秤公平。
> 国家关杀惩罚是罪犯，稗草不除哪来田谷好收成？

还有人民欢呼新中国成立以来反腐斗争取得的伟大胜利，坚决拥护党中央为民除害。其中有一首《大小贪官一起抓》唱道：

> 我党靠枪夺天下，依靠工农来起家。
> 多少先烈热血洒，换来人民新国家。

如何久安治天下？毛主席西柏坡把话答。

"闯王进京"应为鉴，谨防糖衣炮弹打。

"三反""五反"他发动，功臣贪污照样杀。

为官权力民众给，不是命好坐府衙。

民可载舟可覆舟，得民心者得天下。

改革成果民共享，不是掌印任你拿。

可恨有些当官崽，坐了官椅把民刮。

以权谋私肥自己，坑害人民害国家。

莫让先烈血白洒，别让肥了官宦家。

社会主义好大厦，岂容虫蚁啃坏她。

反腐倡廉震华夏，大小贪官一起抓！①

（七）儿歌　谜歌

儿歌，侗语称"Gal Las Uns"，是专门为少年儿童创作并演唱的一种侗歌。周作人1923年所作的《儿歌之研究》认为："儿歌者，儿童歌讴之词，古言童谣。"②可见，儿歌就是童谣，或者说儿歌是流传于儿童口头的歌谣。谜语主要是指暗射事物或文字等供人猜测的隐语。由于谜语很多都是能供人传唱的歌词，故也称谜歌。儿歌、谜歌都起源于民间口头文学，都属于民歌范畴，也是儿童文学最古老最基本的体裁形式之一。由于它们都特别富有儿童生活的气息，并表现出儿童的健康的思想、感情和愿望，而为儿童们喜闻乐见。其内容主要反映儿童的生活乐趣，传播生活生产知识，启发思想品德教育，开启思考智慧的能力等等。下面选取《侗族民歌选》和《中国民间歌谣谚语集成·锦屏县卷》辑入的流传在黔东南州及黔桂周边的几首儿歌谜歌说明之。

比如《要吃果，把树种》：

高山上，树蒙蒙，

---

①　梁维安搜集整理：《从江侗族大歌选集》，中国文联出版社2015年版，第254、263页。

②　转引自《民间文学论文集》，浙江人民出版社1982年版，第314页。

枝枝叶叶摇摇动；

塘有鱼，河有龙，

寨底梯田重叠重；

喔喔叫，大鸡公，

老早喊人去做工；

蚂蚁石上来找吃，

啄木鸟树上去捉虫；

灯盏子①在石山上，

九月苞②在杂树丛；

要吃果，把树种，

四时结果吃不穷。

这首教诲型的儿歌就是一幅儿童眼里的乡村田园风光图。儿童们吟唱这首歌，便从小感受到家乡山水田园果树虫鱼家禽野果的乐趣和用场，从而唤起心灵深处对乡土风情生态环境的热爱，并从小培养爱护自然、建设家乡、勤劳而获的良好习惯与传统美德。

下面这两首游戏型儿歌则都具有引导儿童模仿物象、观察事物、好学多问、增长知识的娱乐作用。《螃蟹歌》：

螃蟹在河里，

人说它和团鱼是兄弟，

身体都是圆圆的，

走起路来脚爬地……

究竟是不是？

问问老人去……

《牛、马、鸡打架歌》，虽然歌词简短，但却情绪盎然：

---

① 一种野果。

② 一种野果。

牛打架，角对角，

马打架，脚对脚，

公鸡打架扎脑壳！

儿童大歌里的《布谷高声叫》(又译"三月之歌")，其实也是一首儿歌，它通过对三月时令的描述和对蚱蜢跳跃的模拟及布谷鸟叫声的模仿，让儿童们从小明白一个道理，人勤春来早：

三月里，天气好，

一对蚱蜢跳得高。

布谷布谷高声叫，

催人快播种，

季节已来到，

布谷布谷！布谷布谷！

还有儿童的谜歌也饶有兴趣，不仅吟唱起来顺口悦耳，还能从小培育儿童学会观察、分析、判别的技能，从而开阔视野，增长知识，学会本领。如下面的谜歌：

未曾出世娘先死，

娘死几年崽才生，

细雨飘飘来养我，

不知何日报娘恩？（朽木上的菌）

有耳不闻雷声响，

有鼻不知桂花香，

湖南贵州都走遍，

不知性命落何方？（草鞋）

近看是盘丝，

远看像条街，

老爷堂中坐，

有人送饭来。（蜘蛛网）

最后，需要说明的是，侗族的儿歌一般是以侗语吟唱，也有侗语汉语夹杂传唱的，以上儿歌谜歌都是汉语翻译的歌词。其歌词语句简练，节奏轻快，生动活泼，易记易唱。

二、艺术特色

侗族新民歌与传统民歌相比，现实主义与浪漫主义相结合的表现手法更加突出鲜明，具有强烈的时代主题和生活气息，艺术形式多姿多彩。

（一）具有丰富的现实内涵与鲜明的时代色彩

新民歌直接表现了新中国成立以来的思想变革、经济建设及改革开放大发展与万众创业奔小康的历史进程，抒发了侗族人民丰富的思想感情，反映了侗乡社会取得的丰硕成果和日新月异的巨大变化。《唱支歌来颂党恩》就是这方面的民歌力作[1]：

唱支歌来颂党恩，党的恩情似海深；

父老乡亲听我唱，我来一一道分明。

一唱土地改革好，受苦农民翻了身；

分田分地得解放，个个当家做主人。

二唱惠农政策好，粮食直补种田人；

千年农税全免去，农民增收喜泪盈。

三唱危房改造好，整村推进好英明；

家家砖瓦把楼盖，村村寨寨面貌新。

四唱医疗保障好，户户都有救助金；

---

[1] 黔东南州侗学会主编《侗韵》2014 年第 2 期。

医疗费用能报销，生病住院不担心。

五唱社会保障好，农民也有低保金；

鳏寡孤独不愁老，政府关怀胜亲人。

六唱交通建设好，宽广公路接农村；

从此告别泥巴路，通乡大道任人行。

七唱教育政策好，"两基"攻坚得民心；

娃娃读书全免费，住校还有补助金。

八唱人口政策好，家庭负担得减轻；

独生子女受优惠，还有奖励扶助金。

九唱小康政策好，社会和谐人安宁；

吃穿不愁样样有，家家户户小康奔。

党的恩情唱不尽，人人牢记在内心。

世世代代跟党走，幸福年华万万春。

这首民歌共22行，从土地改革、减免农税、危房改造、医疗改革、民生保障、交通建设、"两基"教育、人口政策、小康社会等九个重大方面歌颂共产党为人民谋幸福、办实事、办好事，执政为民，深得民心的历史功绩，展示了新中国成立以来社会的发展变化与巨大进步，揭示了只有坚持党的领导、坚定地走社会主义道路才能救中国，才能发展中国这一颠扑不破的真理，并蕴含了"得民心者得天下"的社会发展规律。

（二）描写高度集中概括，体现了思想深邃形象生动的完美统一

新民歌为了充分表达新的思想内容与描绘生动的艺术形象，往往采用多种多样的表现形式，以便集中概括出典型。天柱县文化馆编的《天柱民歌选》中的《腾出洞房装新谷》就很是别出心裁：

红高粱，金苞谷，层层叠叠堆满屋。

稻谷对我提意见，说是挤得气难出。

老伴急，我发愁，抓耳搔腮皱眉头。

幸亏儿媳体谅我，腾出洞房装新谷。

民歌中作者以一家之主的口吻，通过红高粱金苞谷和新稻谷秋收进仓，堆积如山、相互拥挤的意象，集中反映了党的十一届三中全会后，农村解放思想，承包到户，农民生产积极性空前高涨，农业五谷丰登，农民喜气洋洋，辛勤收获，挑谷进仓，但又仓满人急，令人抓耳搔腮，苦无办法，好在聪明贤惠的新媳妇，眉头一皱，计上心来，果断腾出新房，方才装完新谷。几句歌谣，集中概括出具有重大政治影响的农业、农村与农民的"三农"政策得到贯彻落实的历史进程，艺术地讴歌了"三农"的新生，形象地表现了"三农"的发展变化，成功地塑造了农村改革后"我""老伴""新媳妇"的新人形象。而且歌谣中的"层层叠叠堆满屋""稻谷对我提意见，说是挤得气难出"与"老伴急，我发愁，抓耳搔腮皱眉头"还成功地运用了夸张、拟人、状描与铺陈直叙等艺术手法，从而产生了渲染环境、烘托气氛的强烈效果，精彩地塑造了典型环境中的人物形象。

（三）运用赋比兴手法，民歌意象鲜明生动感人

赋、比、兴是民歌中常用的三种主要表现手法。赋就是铺陈直叙，即直接叙述事物，铺陈情节，抒发感情；比就是类比、比喻，以彼物比此物；兴就是起兴，即先言他物以引起所咏之词。

侗族新民歌用赋的手法很多，可谓比比皆是。上述的《过侗年》在起歌时，就用赋直接交代了过侗年的时间、地点与氛围；然后铺陈情节过程是"宰猪杀鸡打糍粑"，再吹"笙歌"演"侗戏"，抒发了整个侗寨"喜气漫山间"，村村"人欢颜"的欢畅快慰心情，不仅渲染了浓浓的年味，而且把过年中的景观物象、事态现象、人物形象等展现得淋漓尽致，意象鲜明，栩栩如生。

比、兴在新民歌中也用得很普遍，人民群众常常把生活中最熟悉多见的事物都用作比、兴，应用到民歌的创作中。如下面这首情歌就极为典型：

> 桐油开花内心红，郎家富贵姣家穷。
> 姣想跟郎结个伴，金鸡难进画眉笼。

歌中"桐油开花内心红"是起兴句，跟下一句"郎家富贵姣家穷"没有

直接的因果关系，但它是为引出下一句所要表达的"娇"与"郎"的悬殊差别对比作铺垫的，而且起到出韵脚的作用。下面的"金鸡"用作比喻"娇"即姑娘自己，而"画眉笼"比喻富贵的"郎家"。在民间，画眉是宝贵的益鸟，美丽可爱，又好鸣啭，歌声洪亮，悠扬婉转，音韵多变动听，因其机敏灵巧，善于打斗，又被誉为"英雄鸟"。歌里把郎比作"画眉"，把"郎家"比作"画眉笼"，而"娇"如"金鸡"，相形见绌，是无缘进入"画眉笼"的，隐喻了穷家姑娘是难得嫁到富贵人家的，当然也形象地表达了"娇"的自谦与矜持。这一比兴手法的灵巧运用，激发人们的联想，产生了形象鲜明、意蕴深刻的艺术效果。

再如下面一首，也是美妙意趣，韵味无穷的：

> 想郎想得泪淋淋，姣变飞蛾来打灯；
> 报哥莫打飞蛾死，飞蛾就是姣的魂。

歌谣中姑娘即"姣"是"本体形象"，"飞蛾"是"喻体形象"。这种比喻就是暗喻，也叫隐喻。姑娘把自己比喻作为一只在"哥"面前围灯飘旋的"飞蛾"，表达了姑娘对"哥"的思念之情，抒情色彩十分强烈，趣味横溢。特别是"飞蛾就是姣的魂"更是点睛之笔，成功地塑造了一个执着地追求爱情、忠贞不渝的女性形象。这首民歌想象力丰富，意象鲜明，情感深厚，语气铿锵，令人荡气回肠，回味无穷，感人至深。

总之，新民歌中的艺术表现手法，多种多样，除了上面主要介绍的几种形式外，往往叙事、抒情、对比、议论兼而有之，可谓异彩纷呈，丰富多彩，令人叫绝。

第二节　新　故　事

新中国成立之后，特别是改革开放新时期以来，侗族人民创作了不少反映社会主义政治、经济、文化等众多方面的现实生活的当代故事，并为社广为传颂，我们称之为新故事。这些故事，一方面继承了侗族传统故事的优良元素，另一方面又与时俱进增加了鲜明的时代特色，富有新时期的崭新内容、区域特色与民族气息。同时，对经济建设时期存在的道德滑坡、金钱至上等不文明现象也予以暴露与鞭挞，以培养和塑造人民群众的社会主义核心价值观。但新故事似乎失去了多元而独有的载体，也不太为社会重视搜集，发表出来的更是日渐式微。

一、思想内容

（一）歌颂新人新事新气象

农村实行包产到户后，责任田到户、责任山到人，农民的积极性得到了空前的发挥。但人自为战、户自生产也带来了新的矛盾。比如有的人因封建传统意识的影响而产生自私自利甚至损人利己、蛮不讲理的行为。这就提出了在农村既要解放生产力又要教育农民提高觉悟增强素质的问题。《新乡长的一把火》就是讲述"新乡长"解决这个农村主要矛盾问题、歌颂新人新事的佳作[①]。

《新乡长的一把火》说的是农村改革责任田到户时期，某一侗乡惩治村霸蛮人的故事。当时宽长乡政府的对面有个余家寨，寨上有一对霸气刁蛮明欺暗偷的夫妇叫柳少炳和何银仙。他俩在队里拈阄分田分地分山时，就使计要泼硬要好的和近的。还得寸进尺，把他家分到的田土边的道路都打上桩子用刺蓬堵塞路面不让别人走。平常砍柴割草，他俩都去别人的责任山上捞便宜，凡过别人的田边地头，常常顺手牵羊，掐谷穗、拖稻草、摘辣子、打南瓜、扳苞谷、扯黄豆，样样都往自家搬。而他家的责任山，就是一把草别人也丝毫碰不得。大家只好忍气吞声，就是个别人不信邪与他家斗，斗来斗去，明明是有理的，到头来也输了东西还受气。原因就是从村小组到乡政府的各级领导都怕惹麻烦，更怕他家寻机报复，没有人敢主持公道，结果助长了他家的气焰，正不压邪，怨声载道。

恰在这时，来了一位新上任的龙乡长。龙乡长不简单，高中毕业后，因

---

① 见《南风》1985 年第 1 期。

照料母亲住院赶不上高考，就在家里搞试验田，并创下了亩产千余斤的纪录，引起上级重视，1983 年被选为大队长，还入了党。后来组织上又送他到民族学院干训部去学习，结业回来就被选为宽长乡的新乡长。他上任还不到十天，柳少炳夫妇因挖牛圈坪把百十挑的石头，全倒在全乡重点户邹正光的科学试验田的陡坎上，石头不断滚落到田里压坏了秧苗，被邹家告到乡政府。消息传来，柳少炳夫妇一如既往，无所惧怕，以为照样能够横蛮狡赖，蒙混过关。结果被新乡长召开群众大会，依靠众怒难犯的智慧和力量，把柳少炳夫妇控斥得颜面扫地，浑身哆嗦。终于迫使他俩从头一二检讨，接受龙乡长宣布的处罚意见，并表态以后一定要知错必改，重新做人。

俗话说"新官上任三把火"。《新乡长的一把火》仅从"一把火"这个侧面，反映了新时期"四化"干部对人民负责、敢于担当而又讲究政策、化解矛盾、团结群众、共谋发展的新公仆形象。

（二）赞誉基层民主管理建设

随着农村改革开放和经济建设的不断深入发展，人民群众的民主意识也在不断增强，要求财务公开透明度的呼声也不断高涨，这是新时期农民法治意识空前提高的诉求。体现这一时代要求和进步的新故事要数《"五瓣章"的来龙去脉》最典型。

《"五瓣章"的来龙去脉》是根据发生在贵州省锦屏县平秋镇大山溪谷边的圭叶村的真实故事改编的。那时锦屏县是国家级贫困县，而圭叶村又是县里的二类贫困村。2005 年，根据县和镇里的安排，圭叶村党支部开展共产党员先进性教育学习活动，全村党员对党支部提出的意见与建议达 86 条，最核心的就是关于要求财务公开的问题。当时，全村有 86 户 347 人，其中谭姓 69 户，村里共有稻田 120 亩，人均 0.34 亩，农民人均收入仅为 1000元，村集体没有一分钱，仅靠县里每年拨来的办公经费 5000 元维持村务的运转。而对这几千元开支的来龙去脉，大家意见就大得很。原因很简单，那就是全村大都是谭家爷崽，而且村支书、村主任还是谭家同胞两兄弟。而作为村支书的谭洪勇，当过兵有文化在外打工能挣钱，只是为了家乡的发展，才回来挑起支书的担子。在这个位子上，他也常常感到委屈和烦恼，因为这村官本没什么收入，还经常既遭上面压又被下面骂，风箱里的耗子两头都受气。他时常窝着一肚子气抱怨说:"不就几千块钱吗,其实还比不了发达地区人家一餐饭钱。何况,我们又从不敢乱花一分钱?"为了取得群众的信任,改变两头受气的现状,他经过几昼夜的冥思苦想,找到了支部委员谭洪源一块商量,最后想出了一个大胆的办法来试验民主理财。在村两委的会议上,这个大胆的想法被通过了。这就是雕刻一枚公章,分成几瓣,然后选出群众代表分别掌管,凡需要报销发票,大家集中起来一起审核,同意的就盖章报销,不同意的就自己掏腰包。最后找来半截梨木,按定型的图案,用钢锯沿五角星的方向锯成五瓣,刻成"平秋镇""圭叶村""民主理""财小组""核审"的印章。这就是后来被媒体誉称的"史上最牛的公章"——"五瓣章"的来龙去脉。

自"五瓣章"使用后,圭叶村的民主理财规范多了,哪怕是几角几分钱的报销,也依规接受了监督。从此以后,村里的意见渐渐少了,大家对村干的看法也有了变化。过去村里开会时,很少有人参加,即使来了也不认真听,都是发发牢骚说通怪话就走人。而现在村民们的积极性、自觉性提高了,村两委开会号召搞什么事,如集资修水井、便道、架桥什么的,大家都十分积极踊跃地参加了。

随后,圭叶村的"五瓣章"管理被锦屏县纪委作为加强村务公开和村级财务管理的典型在全县推行。圭叶村"五瓣章"民主管理财务的新经验推行不久,即被州、省主流媒体予以报道。特别是2007年11月29日《贵州政协报》以《圭叶村:"五瓣"公章会审公共财务》为题并配以醒目图片报道后,立即引起舆论轰动。《四川日报》马上转载此文并将标题改为《贵州"五瓣章",史上最牛的公章》。由此,"五瓣章"风靡全国。2007年12月3日《人民日报》以《理财公章分五瓣,花钱报销严把关》为题并配发三幅图片重磅报道。此期,《新京报》《北京青年报》《武陵都市报》《华商报》《重庆晚报》《贵州日报》《南方日报》、香港《文汇报》《大河报》《南方周末》《新民周刊》和新华网、光明网、人民网、东方网、新浪网与贵州电视台、东方卫视、中央电视台、中央人民广播电视台等全国上百家著名媒体相继纷纷报道和发表评论,形成了报刊、电视、广播、网络联动报道、转载、讨论"中国最牛公章"的热潮,五瓣章带着强烈的冲击波不断闯入公众的视野。

2007 年 12 月 6 日《新京报》刊发社论《五瓣公章体现权利的制度制衡》指出："民主是人类政治文明的共同成果，而民主的形式归根到底是由实践着民主的人们创造出来的。比如《人民日报》报道，贵州省锦屏县圭叶村的村民们，就创造出一种让人叹为观止的财政民主形态：村里的财务审核公章被分成了五瓣，四个村小组各选一个代表再加上一名支部委员，五个人各管一瓣，村里的开销须经过其中至少三人同意，五瓣才能合并起来盖章。这枚公章被网络舆论称为'史上最牛的公章'，在圭叶村这枚公章确实起到了了不起的作用，人们不能不为农民们的智慧而惊叹。把一枚公章一破为五，看起来很简单，但确实充满了智慧，它直接把民主指向了权力的分立与制衡。"

2007 年 12 月 24 日至 27 日，圭叶村村支书谭洪勇、村主任谭洪康和"五瓣章"掌管人谭洪灿、谭洪权、杨仁炳、谭洪江、谭元煜被邀做客中央电视台，著名主持人白岩松亲自采访，并制成新闻节目，于 2008 年 1 月 1 日 21 时 30 分新闻频道"印象 2007 CCTV 年度新闻记忆"栏目正式播放，被列为中国"2008 十大展望"内容之一①。

（三）以传统题材警示侗乡保护生态，不要过度开发

随着经济建设的高歌猛进，农村的矿产资源也得到了充分的开发利用。在黔东南锦屏县、天柱县的百里侗乡蕴藏的金矿引来了黔、湘、桂、粤、闽、川等地老板的青睐，各地淘金者趋之若鹜，无不想抱个金娃娃，一夜成为暴发户。据《黎平府志》载"平秋一金，可救黎平之急"。早在道光年间平秋金矿即已大规模开采。咸丰元年（1851），胡林翼到任黎平知府后，曾圆满地处理过锦屏县平秋金矿的乱象②。到光绪十七年（1891），黎平府为缓解财政困难，经贵州巡抚府批准设采金局，在平秋大量开采金矿，兴盛一时。民国二十三年（1934），平秋金厂溪曾掘得一块大脉金，经提炼后重达 24 两，名播黔湘。后来矿源枯竭，停止开采。改革开放以来，发财致富梦喜降人间。矿区又沸腾起来了。不少人继续做着"黄金十八块，块块十八金"的美梦。结果有的人大发其财，而有的人钱米无归，甚至命丧洞穴。到了

① 王明相、陆景川：《五瓣章的故事》，陆景川主编：《九寨风情》，中国文史出版社 2015 年版，第 381—387 页。

② 陆景川：《胡林翼打破平秋金厂"怪圈"》，《人民政协报》2015 年 12 月 31 日。

2000 年的世纪之交，平秋金矿区竟发展到每洞投资 50 万元以上的竟有 30 多个矿洞，人众达六七千至万人，那金厂溪山旮旯里机器轰鸣，人声鼎沸，酒店林立，歌厅棋布，发廊遍地，废矿堆积，把个山清水秀的地方搞得热闹非凡又乌烟瘴气。不过，人们在沉静的时候又慢慢细想，这块神奇的土地过去是什么样？黄金的传说故事是怎么讲的？矿洞的来历演变是如何？等等。为此，当地的民间文艺工作者便搜集整理了《多彩的平秋金矿》《金厂溪乐园话兴衰》系列传说故事等。现选《天降黄金雨》《乱金洞》两则介绍如下[①]。

《天降黄金雨》，相传很古的时候，锦屏九寨百里侗乡并没有黄金。后来从平秋到三板溪一带的山山岭岭中遍布黄金，尤其是在金厂溪、棉花溪、乌槽溪、圭威溪、十二盘一带有百多条的脉金。原来是因为九寨侗家人因勤劳朴实、常年手拿锄头开山种地，那朝前挖地亦步亦趋、心诚备至的姿态，形如手持法笏的人在恭勉殷勤朝拜天宫，虔诚无比。这一情形无意间被天庭的太白金星遥遥窥见。老金星看在眼里，喜在心上，随即禀报玉皇大帝。玉帝闻报大喜，甚为下界凡人动容。于是发令太白金星传旨赵公元帅这位财神爷速向此地降黄金雨，以济苍生。还特别强调除降下"黄金十八块，块块十八斤"外，再撒些碎金普救众生。自此，平秋一带就成了蕴藏黄金的风水宝地。可是，朴实的侗家人只相信"运去金成铁，时来铁是金""土中生白玉，地里产黄金"的千年古训，没有谁有非分之想把这些从天而降的黄金捡回家里。不久，平秋喜降黄金雨的奇闻一传十、十传百，迅速传到了湖南洪江客商耳朵里。客商们"宁可信其有，不可信其无"，蜂拥而至来到平秋做掘获黄金的发财梦。消息传到天庭，玉帝大怒，即刻传旨值日天官山神土地神速将黄金在平秋三板溪一带收藏殆尽。自此，这一带的金矿仍然没有被挖绝淘尽，那"黄金十八块，块块十八斤"的传闻一如既往令不少人萌生发财的美梦。于是，天降黄金雨的美丽传说便流传至今。

这则新搜集整理的传说，反映了侗乡是一个资源富集、藏金纳银的风水宝地。但侗乡人民却是勤劳朴实、敬畏自然，不想依赖老天爷发财致富，只遵循"土中生白玉，地里产黄金"的勤勉古训，做事为人。

---

① 陆景川主编：《九寨风情》，中国文史出版社 2015 年版，第 367—369、371—372 页。

《乱金洞》的故事是，平秋金厂溪有个金洞很大，藏金很多，而淘金挖洞的人也密密麻麻。可是这个矿洞的湖南老板，为了发财却不管矿工的死活。他不分昼夜，命人监工挖洞，结果把整个山洞要挖空了。

老板发了财就追求享受，不仅每天泡在酒肉美女之中，还想寻找点什么特别开心刺激的玩玩。一天，不知从哪里来了一个戏班子，老板就有意留他们下来唱了三天三夜，整个矿区热闹非凡。但老板又舍不得花钱做东，他就召集其他矿主和在矿区做生意的老板来共同均摊戏班的开支。而且他还很黑心，不准自己大金洞的矿工出来看戏。几天后，戏班子前脚刚走，就闻从山坳上传来了清脆尖嫩的歌声。两个身着侗家盛装的姑娘手挥侗帕，从半坡上飘飘而下，那歌声应山应水，回荡在矿区上空。其他矿洞的侗家后生，都出来对歌，欲求良缘。那个大金洞凡是爱歌的，也纷纷出来听歌。湖南老板见了两个美貌如仙的姑娘，心里痒痒的，顿生邪念，无奈他又不会唱歌攀搭不上，于是就气恨地离开歌场，跑回他的大金洞口凶恶地阻拦出来听歌的矿工。突然，天空电闪雷鸣，狂风大作，暴雨如注，随着一声巨响，大金洞顿时山崩地塌，巨石翻滚，老板和少数没有出来的矿工全部被埋在大洞里。歌场上立刻一片混乱，人群惊恐无措。迷蒙惶恐之中，人们觉得歌声突然消失了，转眼去找歌女，已是无影无踪。忽然，天空一朵浓云下飘来两块布条，上面写着："观音菩萨送戏为民""观音菩萨普度众生"。人们如梦初醒，纷纷跪下磕头，感谢观音娘娘惩治了黑心老板，感谢观音娘娘救命之恩，也默哀无辜做了金洞野鬼的矿工。为了吸取血的教训，从此，人们就把这个大金洞叫作"乱金洞"。

这个故事教育人们要积善行德，不贪昧心钱，同时弘扬了侗族爱护生态、保护资源的精神。

（四）美妙叙说非物质文化遗产传承

随着经济全球化、文化同质化的深刻影响，民族民间文化受到巨大的冲击、异化和破坏，有的面临濒临失传的威胁。为此，保护、传承和利用民族民间文化、特别是非物质文化遗产，就上升到国家意识的层面。"北侗盘轴滚边绣"就顺应这一文化潮流得到了保护。

"北侗盘轴滚边绣"发源于锦屏县九寨侗族社区，因其地处侗族北部方言区而简称"北侗"。这里是侗绣之乡，侗绣的种类繁多，有铺绒绣、结子绣、连环绣、错针绣、盘绣、滚边绣等等。由于锦屏县是侗族南部方言区和北部方言区的结合部和过渡地带，其文化兼集南北侗之大成，且有两区之美，因此锦屏侗绣与其他地方的刺绣有别，在图案设计、工艺美术、针法绣工方面，融合了南侗和北侗的刺绣技艺，形成了自己独特的气质与风格。"盘轴滚边绣"就是其中的佼佼者，仅仅在九寨侗族群落中流传，一枝独秀，全国罕见，具有很高的历史、科学、艺术价值，2011 年被列入第三批国家级非物质文化遗产保护名录。

《梭椤树与绣花女》就是反映这一绣种来历的美丽传说。[①]九寨姑娘在刺绣的时候，有一个非常与众不同的习俗，就是绣活快要全部结束时，必须刻意留下几针的空白，以示刺绣这活儿怎么绣也没法绣到头，只有坚持绣下去，不改初心，方得始终。

据说这个古老的习俗就是从龙女那里流传下来的。相传古时候，侗寨龙员外家有一小姐龙女，不仅精通琴棋书画、四书五经，而且手头还会刺绣的绝活。为此，龙女十八芳龄时，来提亲的踏破门槛。可龙女都看不上眼，原来她心里早有了意中人，就是她家的长工。长工叫三郎，长得高大英俊，虎背熊腰，做起活来虎虎生威。可员外夫妇觉得三郎虽然心地善良，精壮勤快，但毕竟门户不当对。为了叫三郎知难而退，员外要求三郎必须去月亮底下砍倒梭椤树，用来做成琵琶琴和织布机，方能与龙女结成姻缘。三郎心知肚明，接受了这个苛刻条件，就背着斧子上月亮山去砍梭椤树。他砍了三年五载，可梭椤树越砍越长，三郎无可奈何。几年中，龙女没有得到三郎音讯，担心出事，就抱着一只玉兔找到梭椤树下。见三郎还在树下不停地飞斧砍伐，人也消瘦了，胡子拉碴，龙女非常心痛，放声痛哭。她整整哭了七七四十九天，把山里的神仙也惊动了。后神仙怜悯下来帮助她，给她一方圆手帕和几幅绣样图，慈悲地对她说，若你能照着绣样，把梭椤树下的花鸟虫鱼、蝴蝶葫芦、藤枝蔓叶都绣齐到这方手帕上，那就是你们俩人今生的造化。之后，玉兔也来帮忙，拔出胡子做绣花针，拔出兔毛做绣丝线。可梭椤

---

① 龙令香口述，龙令洌整理：《梭椤树与绣花女》，陆景川主编：《九寨风情》，中国文史出版社 2015 年版。

树下的花草鸟虫总是绣不完来绣不满，刚绣完这样，又长出那样……虽然无奈，但俩人都不死心，就唱着山歌诉说，依然年复一年地砍树，照旧年复一年地绣花，俩人发誓要砍到底，绣到底，直至地老天荒，圆了姻缘……

从此之后，九寨就流传着这样一首歌谣：

> 梭椤树，梭椤花，男砍树来女绣花，
> 三郎龙女求姻缘，令人传唱令人夸！
> 梭椤树，梭椤花，梭椤树下有人家，
> 生得女儿能刺绣，生得男孩善持家！

后来这个美丽的刺绣传说就变成了九寨侗家的传统文化瑰宝——盘轴滚边绣。绣娘们为了继承龙女梭椤树下飞针走线的执着精神，就将绣活快要圆满结束时特意留下几针空白的习俗传承至今。《梭椤树与绣花女》反映了侗家人"艺无止境"的不懈追求，它是绣娘们精求绣艺的力量源泉。侗绣的"艺术留白"，说明了高手确实在民间！

二、艺术特色

侗族新故事的产生虽然历史不长，艺术技巧也未臻成熟，但从已经涌现的这些代表性作品，还是可以看到其具有的特色：

（一）塑造了比较丰富饱满的人物形象

传统的侗族民间故事的人物形象常常是类型化的。由于过去的创作媒介靠的是陈述口传，创作者为了提供听觉形象，便于听众记忆，所以对人物一般不作过多的性格描绘，而是仅仅突出人物性格的某一方面，如贪财的哥哥，勤劳的弟弟，狠毒的后母，智慧的帮工等等，人物是泛指的，不重年龄、经历、教养，个性不鲜明。而侗族新故事比较注重人物刻画，性格塑造，在表现人物的主要性格特征时也兼顾到其他个性方面，如人物的职业、年龄、教养、禀性都交代得比较清楚，使人物形象比较立体饱满。比如在《新乡长的一把火》中，作者就详细交代了新乡长龙腾江的身世，他今年22岁，中等身材，外貌并不出众，1981年高中毕业后，因孝顺侍候母亲住院而误了高考，之后在家务农，搞科学实验种田大获成功，被群众推选为大队长还入了党，后又被组织推荐到省民院去读书深造，结业后回乡，被选为新乡长。这样的铺垫，为这位年轻化、知识化、专业化而又经历丰富、德才兼备的新乡长上台履职后，快刀斩乱麻处理多年来一直困扰乡民社会的"村霸"问题，打下了坚实的人物性格基础。

在刻画村霸柳少炳和何银仙夫妇时，也多方面表现了他俩沆瀣一气、刁蛮霸道、诡计多端、手段恶劣、阴阳狡赖及其在众怒难犯、法理兼治之下认输检讨的复杂性格。

与这样的农村邪恶势力作斗争，就要有勇有谋，既靠法治惩处又需要德行感化，才能多管齐下，一举成功。因此，这篇新故事的人物形象"新乡长"与"村霸"都是丰富饱满、性格鲜明的，给人留下了深刻的印象。

（二）追求故事情节波澜曲折、跌宕起伏的效果

侗族新故事，多运用悬念、巧合、突变等手法，使情节波澜起伏，错落有致，引人入胜。如在《新乡长的一把火》中，当新乡长刚上任不几天，村霸柳少炳和何银仙夫妇就挖牛圈坪把百多挑三角尖尖的石头堆在重点户邹正光的科学试验田的陡坎上，使石头纷纷滚落到田里压坏那鲜嫩青翠的秧苗。看着田里乱七八糟的石头，邹正光"气得不得了"。他想到去乡里告状，可邻居劝说他："自己捡算了，这冤是无处伸的。"也有人对他说："听说新乡长是个'四化'干部，不妨试试看，不是说新官上任三把火吗？"余怒未消，他回家把这件事对妻子说，妻子一听气得炸了肺，俩人一商量，决定第二天麻麻亮就去乡政府告状。故事讲到这里，即引发了科技户与村霸及新乡长三方的矛盾交织，情节发展到此，令人感到惊险、新奇，唤起一口气读完的欲望。接下来写第二天邹正光一早赶到乡里，正遇新乡长在洗脸。乡长一见他就问道："你是来告状的吧？"还没等他把"石头案"的原委诉说开，乡长就打断了他的话："中午一定要解决！"这里作者没有叙写乡长向他当面了解情况的过程，也不告诉他如何解决的措施，由此造成悬念，让读者十分想了解中午这个棘手的"石头案"是如何解决的。随后写道："乡长要理'石头案'的事，像一阵风似的传开了。还没到中午，乡政府门口的人，就挤压得像赶场一样的。邹正光来了，他坐在乡政府门外吸烟。柳少炳两口子也来了，他

们来时是满不在乎。当两人站在门外阶沿上，看到这人头攒动的场面，感到出乎意料，心里就有些不自在乱了神。往日别人投来的是畏惧的眼光，而今天却是鄙视的眼色，俩人顿时心虚了一半。龙乡长从办公室走出来了，群众鸦雀无声……"接下来，面对着刁蛮狡赖凶狠的夫妇村霸，新乡长将与他们产生什么样惊心动魄的交锋与斗争？最终结果胜负如何？新乡长如何以理案为契机，打开宽长乡工作的新局面？如此波澜起伏地结构故事情节，引人入胜。而新乡长靠群众的智慧和力量，结合法理的严正与情理的感化，最终使尖锐的矛盾得以圆满解决，既出人意料之外而又在情理之中。

《新乡长的一把火》《"五瓣章"的故事》等新故事都运用了上述种种艺术手法，使得故事情节的发展曲折离奇，跌宕多姿，从而产生了引人入胜的审美效果。

（三）采用生动、丰富的群众口语

新故事和传统民间故事一样，主要是靠语言作为载体的艺术。在侗族新故事中，常常采用了许多生动活泼而富于表现力的群众语言来叙述故事，表现人物的性格特征。如《"五瓣章"的故事》，说到圭叶村贫困得村集体没有一分钱，每年仅有的 5000 元办公经费，也是县里拨下来的。但村民对这几千元钱的使用情况意见大得很。因此，每当村两委公布财务收支情况，群众都不屑一顾，有的当众撕烂，闹得极不愉快。然而，村干部也颇多委屈，有苦难言。尤其是村支书谭洪勇，更感到苦恼。他曾经到山西大同市当过兵，具有中专文化学历，也长期外出务工，尽管当村官没什么收入，且经常被上面压，遭下面骂。但既然被大家推选为村支书，他就很想干一番事，可干来干去，非但没人说他一句好话，反而搞得意见沸沸扬扬。他觉得十分窝囊，就气愤地说："不就几千块钱吗，其实还比不了发达地区人家一顿饭钱。何况，我们又从不敢乱花过？"谭洪勇的这些气话，既是村干部的特定语言，又非常符合他的经历、身份与性格，使人物形象呼之欲出。而当村主任谭洪康的一张 28 元下县城的发票不被"五瓣章"理财小组审批报销时，他就很生气："不报就不报，有什么了不起。"拿过票据，当场就撕碎了。虽然当场气氛紧张，但理财成员之一的谭洪灿则含着烟袋嘲笑道："生不生气我们不管，给我们五瓣章就有这个权！"这些对话，不仅烘托了现场审查发票报销的紧张气氛，而且还活托出各人的不同心情，更显示了理财小组成员的公正、维权，使读者如见其人，印象深刻。

民间歌谣、谚语、俚语、歇后语也是新故事里经常使用的语言。如《新乡长的一把火》中的俚语"好汉阄下死"，就再现了宽长乡村民凡事靠拈阄来决定运气和命运的地域风俗。《天降黄金雨》的"黄金十八块，块块十八斤""运去金成铁，时来铁是金""土中生白玉，地里产黄金"等谚语的灵活运用，不仅形象贴切，鲜明生动，还体现了侗乡风水宝地、资源丰富的特点，又表明了侗家人质朴和善的民族性格与尊重自然、吃苦耐劳的品质。而在《梭椤树与绣花女》的故事中就以那首《梭椤树，梭椤花》歌谣来结尾点题，更是余味无穷。

第三节 民间文学的搜集整理与翻译出版

一、搜集整理、翻译出版的主要形式

历史上，侗族有用汉字记录民间文学的习惯。18 世纪末 19 世纪初，侗戏鼻祖吴文彩等人已经广泛使用汉字记侗音来搜集整理和创作侗族民间文学作品——侗歌歌本和侗戏剧本，并广泛在侗乡群众中流传。从江县龙图乡腊全寨"顺和"侗戏班老戏师梁普安珍藏的一本歌书，共抄录有各种起源歌 400 多首，如"顿雀"（踩堂歌的来历）、"顿萨岁"（萨岁的来源）、"顿靠"（酒的来源）等。20 世纪 40 年代，贵州省榕江县车江寨侗族文人杨成林、张士选等采集 350 余万字的侗族民歌，也是用汉字记侗语的方法汇编成册的，当时成为三宝一带侗歌的范本，不少人争相传抄，为保存传续侗族民间文化打下了基础。但是，真正广泛的搜集、整理、翻译、出版工作，还是在新中国成立以后，才得到高度重视和繁荣开展。

侗族是一个有民族语言而无文字的少数民族，侗族的民间文学作品，绝大多数是用本民族语言创作流传的。在搜集、整理、翻译、研究、出版侗族民间文学的过程中，翻译是其中的一项重要环节。这里所说的翻译，是特指

将使用侗语创作的文学作品翻译成汉语汉文，使更多的读者了解侗族民间文学，以利于民族文化的交流与传播。

真正对侗族民间文学予以重视并取得的成就主要是在中华人民共和国成立之后，特别是在"文化大革命"之后。新中国成立初期，党和国家即对少数民族文学创作给予特别关怀，积极支持扶植少数民族作家创作，注意挖掘少数民族古代民间文学遗产，搜集整理少数民族口头文学创作。在1958年7月举行的中国民间文学工作者大会上，确立了"全面搜集，重点整理，加强研究，大力推广"的整理研究民间文学的十六字指导方针，并成立了中国民间文学研究会，使民间文学的整理、研究、推广工作得以全面展开，侗族的民间口头文学才真正受到重视，并取得了不少积极成果。党的十一届三中全会后，这一工作得到迅速恢复与发展繁荣，垒筑起了民间文学文化工程的"万里长城"。

关于翻译侗族民间文学的目的、要求和具体技术问题，历来就有不同的理解和做法。20世纪80年代初期，侗族民间文学界曾为侗族民歌的翻译问题发生过一场争论，其中比较有影响的文章有龙玉成的《对翻译整理侗族民歌的一些看法》，肖丁的《侗歌"还娘头"质疑》，龙增琪的《侗歌的翻译整理要重视原貌》，陈懿的《也谈侗歌的翻译整理》，过伟的《试论少数民族民歌翻译》、陆德高、粟万雷、陈维刚的《侗歌须有侗歌的形式》，吴浩的《侗歌的特点与翻译》等。这场争论，虽然各家论点终未一致，但对活跃学术气氛、探讨侗歌的翻译理论和指导侗歌的翻译实践，无疑是有好处的。

一般来说，侗族民间文学的搜集整理和翻译出版有四种形式。

第一种是个人自发的搜集整理刊印出版。20世纪50年代以来，党的民族政策光辉照耀侗乡，民族文化得到重视与发展。在侗乡，很多歌师、戏师、款师和艺人都凭个人的爱好和兴趣，在传唱与口述或用汉字记侗音来搜集记录各种侗歌、侗戏、款词、款约和故事传说等，其中最有代表性的如石美发、吴金松、潘老替、王元江、肖昌义等都做了大量有效的搜集、整理、翻译、编纂工作。而解放初期在侗乡工作又热爱民间文艺的一些汉族干部，对丰富多彩的侗族民歌、传说故事和独特侗戏，又感到新奇和兴趣，而且痴迷陶醉在这种浓郁的文化氛围中。于是，他们学习侗话，尊崇侗俗，开始做搜集整理侗族民间文艺的尝试，并取得了可喜的成绩。1951 年曾参加过黎平县土改工作队的音乐家郭可谌，就搜集过侗族民歌资料。1953 年，他对这些侗歌资料进行整理研究，并根据侗语"嘎老"（Gallaox）的意思，把它翻译为汉语"大歌"，还以"薛良"的笔名写成《侗家民间音乐的简单介绍》一文，发表在 1953 年 12 月号的《人民音乐》上，这是人类音乐史上使用"侗家大歌"概念的肇始。还有南京籍的汉族干部杨国仁在黎平县农村工作期间，学会了一口流利的南部侗族侗话，能和侗族老乡广交朋友，成为侗家的知心人，并搜集、整理了侗族农民起义领袖吴勉的系列故事和各种侗歌。后来他调入县文化部门和州文联工作，先后整理、翻译、发表或出版了《吴勉》《咸同"六洞"起义歌》《侗族祖先哪里来》《侗族礼俗歌》《侗族叙事歌》《侗族坐夜歌》等系列民间文学作品，为传承、研究侗族文化作出了贡献。70 年代初，在天柱县农村生产队"接受再教育"的湖北籍满族大学生陈颖，学会了一口北部侗族侗话，并将流传于天柱县境内的侗族民间故事收集整理选编成《双凤斗龙》，后来由贵州人民出版社出版。这是一本将一个民族在某一县份流传的民间故事汇编成册的集子，具有开创性的意义。

第二种是有组织领导的搜集整理出版。1956 年秋，中国科学院少数民族语言调查队深入贵州黔东南侗族地区进行调查时，就开始有意识地搜集整理侗族民间文学资料，为日后有组织、有计划地大规模搜集整理侗族民间文学奠定了基础。1957 年 4 月，曾在黎平县参加过土改的贵州省音协主席萧家驹率龙廷恩、毛家乐、钱明政、张冲、郑寒风等参加

1955 年，文艺工作者在黔东南侗乡采风

由贵州省文联组织的"侗歌调查组"，深入黎平县的四寨、坑洞、肇兴、纪堂、三龙、皮林和从江县的大团、龙图、独洞、新安等侗族村寨采风，他们历经 4 个月的艰辛奔波，凭现场的访问、学唱、听记，共采集到各种类型的侗歌 560 余首，并从其中的 130 余首大歌中精选出 54 首，加上附录的 6 首，编成《侗族大歌》专集，于 1958 年 8 月由贵州人民出版社出版。这次调查采风，不仅获得了侗歌侗戏的很多资料，也发现了一批如陆大用、吴文彩等有名的歌师、戏师。除《侗族大歌》外，其余的文字资料，则编印成为侗族民间文化的资料集。

1958 年 5 月"大跃进"在全国开始后，侗族地区也同全国各地一样，掀起了一个轰轰烈烈的新民歌运动。当时，贵州省及其所属侗族地区各级民族文化机构也纷纷组织人员，广泛开展采风活动，搜集范围从新民歌、新故事扩大到传统民歌、古歌、叙事诗和传说故事，乃至于戏剧、童谣、谚语等等。这年 12 月，黔东南州文化部门搜集整理的民歌选集《春风吹到清水江》出版，这是自治州正式出版发行的第一本民间文学专集。1958 年夏秋之交，按照贵州省委领导关于要探究侗戏《秦娘美》原创地的指示精神，贵州省文化局组织"侗戏调查组"，赴黎平、榕江、从江调查侗戏。调查的动因是 1956 年《戏剧报》发表了广西的《侗戏〈秦娘梅〉被发掘整理出台》的消息。其实，广西的《秦娘梅》是由贵州的侗戏师创作、传授的。调查组的任务就是为了证实这一事实。调查组由马景新任组长，张志任副组长，组员有戏曲工作室、省音协、省剧团的专业人员郭可谌、关太平、孔成宇、邹先福、陈志伦、樊林等 20 余人。经过深入细致的采访调研，他们在众多资料的基础上，撰写出了《侗戏从黎平发迹》《侗戏〈珠郎娘美〉的编剧是梁绍华》《梁绍华到广西、湖南传授侗戏》等调查报告。同时，还搜集、整理、翻译了不同的侗戏剧本、音乐资料，计 50 余万字，其中侗戏传统剧目 26 个，现代剧目 17 个。1959 年元月至 5 月，贵州省文化局再次与省音协、剧协联合组成"侗戏工作组"。组长俞百巍，组员有萧家驹、龙庭恩、刘学文、邹先福、张泽鑫、向廷辉（侗族）、方少华、孟元伟、潘文光等，赴黎平、榕江、从江三县收集、整理、翻译有关"珠郎娘美"的故事、叙事诗和侗戏。随后，刊印了汉文参考资料《珠郎娘美》铅印本。其中有工作组集体整理的侗戏《珠郎娘美》剧本（由张泽鑫等执笔翻译）；另外还有 6 种资料本：从江榕寨梁绍华口述戏本《珠郎娘美》、从江九洞杨文瑞口述戏本《朱郎娘梅》、从江五稼萨鲜花唱《朱郎娘梅叙事歌》、黎平东郎吴金松唱《究郎娘梅叙事歌》、黎平肇兴陆唤标讲《久郎良梅的故事》、榕江车江杨光会讲《秀郎娘梅的故事》。侗族老戏师、老歌师梁绍华、吴金松、吴士恒、梁普安、吴学先及黔东南州侗文训练班的杨书禹、吴远明及杨灿荣、成正平等参加了口述、搜集、翻译、抄写等繁杂事务。[①]

这两次侗戏调查活动，产生了重要的社会影响。第一，摸清了侗戏的家当，包括发祥地、产生时间及戏祖、戏师、剧目、戏班、演出习俗等情况，从地方到中央有关部门，都明确了侗戏发源地和侗戏《珠郎娘美》的原创在贵州；第二，调研成果直接在 1958 年帮助榕江、从江、黎平县联合修改《珠郎娘美》剧本提供了厚重的资料依据，使侗戏《珠郎娘美》参加这年文化部在云南大理召开的西南区民族文化工作会议的观摩演出，受到一致好评，并微拍成新闻纪录片在全国放映；第三，贵州文学刊物《山花》1960年 1 月号发表了侗戏工作组整理的汉译剧本《珠郎娘美》后，为侗族人民和全社会提供了一个可资演出及研究的侗戏善本，也为后来的黔剧和电影《秦娘美》的改编演出、拍摄上演提供了重要的剧本基础；第四，党和政府对侗戏的重视，促使各地的侗戏班纷纷恢复了活动，促进了侗戏的发展，推动了贵州民族民间戏剧宝藏的发掘、整理、研究、利用工作。

之后，侗族民间文学的搜集整理研究出版工作一直延续至 1966 年上半年的"四清"运动为止。在 10 年"文化大革命"中，侗族民间文学资料的搜集整理者和大部分民间歌手、故事家都程度不同地遭受迫害，已经搜集而未付印的相当一部分资料被付之一炬，民间文学的搜集整理、研究出版工作被迫中断。粉碎"四人帮"，特别是党的十一届三中全会以后，侗族民间文学的抢救和整理工作重新得到重视，许多单位加强了领导，增设了人员，并配备了现代化的设备来开展工作。至此，除在 20 世纪 50 年代末 60 年代初，在贵州省文联组织领导下编印的内刊本《贵州民族民间文学资料》丛书有第

---

① 王颖泰：《贵州戏剧批评史》，贵州人民出版社 2006 年版，第 394—395 页。

10、13、30、31 集是侗族民间文学资料外，从 1982 年始，由于新中国成立后国家新创制的侗文得到了大力推广，用侗文记录整理侗族民间文学作品已成为新的手段，许多资料经用侗文或侗汉对照的形式编印出来，增强了这些资料的科学性和可靠性，为正确翻译整理和深入研究侗族民间文学，打下了良好的基础。自此，组织搜集整理刊印的侗族民间文学资料增加了第 54、55、56、57、58、69、70 等集。之后，编写《侗族文学史》，还搜集编印了《侗族文学资料》6 集。1984 年贵州省民间文艺研究会更名为"贵州省民间文艺家协会"，1985 年以后，随着《中国民间故事集成》《中国民间歌谣集成》《中国民间谚语集成》即"三套集成"工作的全面铺开，侗族民间文学的搜集整理工作进入了一个崭新的阶段，无数鲜为人知的具有重要学术价值的古歌、民歌、叙事诗和神话、传说、故事等不断被发掘整理出来，并被有关专家学者深入研究，侗族民间文学的搜集、整理、研究和出版工作出现了空前繁荣发展的新局面，侗族有 60 余人加入了中国民间文艺家协会，其中贵州有 30 余位会员。据有关统计，截至目前，由贵州省民间文艺家协会（含民间文艺研究会）编辑的 70 多集《贵州民间文学资料》丛书中就有 17 集为侗族民间文学资料。至于民间文学"三套集成"的县卷本则硕果累累。如镇远县的故事卷和歌谣谚语卷，从江县的故事卷、歌谣卷、谚语卷，锦屏县的歌谣谚语卷、故事卷，天柱县的歌谣卷、谚语（韵语）卷，三穗县的歌谣卷、故事卷，剑河县的故事卷、歌谣卷，岑巩县的故事、歌谣、谚语三者合一卷；榕江、黎平、玉屏等县已作普查、搜集资料，但未编印成县卷本。除此之外，不少县份还编印了其他资料本。如剑河县编印有《酒歌》《情歌》，天柱县编印有《木叶飞歌》，锦屏县编印有《锦屏民间文学资料》，黔东南州文研室编印有《黔东南民间文学资料》一、二集（侗族）。贵州省民间文艺家协会还着重抓理论研究和整理出版，共出版理论研究专著 5 部，歌谣集 15 部，传说故事集 4 部，戏剧、风情集各 1 部等等。再加上湘桂鄂侗族地区汇编成册的侗族民间文学资料，有近 200 集逾千万字。如果将那些与其他民族的民间文学资料合集或分散于各地各人手中的资料全部汇集起来，已经搜集到手并形成书面材料的侗族民间文学资料 3000 万字以上。这无疑是一笔宝贵的文化财富，是千百年来侗族人民智慧的结晶和艺术创造的成果，为丰富中华民族的文化宝库作出了重要的贡献。

第三种是黔湘桂三省区通力合作的搜集整理出版。侗族聚居在黔湘桂鄂边界的 10 多个县市。为了全面、广泛、完整地搜集整理出版丰富多彩的侗族民间文学资料，新时期以来，贵州侗族地区与湖南、广西、湖北侗族地区密切联系、互相配合、深入侗乡广泛搜集整理研究出版侗族民间文学，取得了令人瞩目的丰硕成果。

《侗族民歌选》，1980 年上海文艺出版社出版。这是全国第一本从文学角度选编、翻译成汉文、公开发行的侗歌集。全书共选入贵州、湖南、广西等地的侗族民歌 121 首，约 23 万字。

《侗族民间故事选》，上海文艺出版社 1982 年出版。这是公开出版的第一部侗族民间故事集。该书共收入黔、湘、桂三省区侗族民间故事 96 篇，约 23 万字。

《侗族民间爱情故事选》，1983 年广西人民出版社出版。这是第一本以"爱情与妇女"为题材选编的故事专集。全书共收入黔湘桂的民间爱情故事 45 篇，近 18 万字。

《侗族民歌选》书影

《侗族民间故事选》书影

《侗乡风情录》，1983 年四川人民出版社出版。这是第一本侗乡风情录集子。全书收入黔湘桂侗族民俗美文 93 篇，约 24 万字。

《养鹅小姑娘》，1983 年吉林人民出版社出版。这是第一本侗族民间儿童故事集。全书收入流传于黔湘桂侗族地区的各类儿童故事 26 则，5 万余字。

20 世纪 80 年代初井喷似的整理出版系列的侗族民间文学丛书，这是改革开放初期文艺春天百花齐放的繁荣景象，也是黔湘桂几省区侗族民间文艺工作者通力合作的喜人成果。应该说那是老一辈民间文艺家们最忙的季节，也是最兴奋最幸福的令人难以忘怀的季节。

第四种是借助中外学者合作平台来搜集整理出版。自中国步入了改革开放的金光大道，侗族地区也敞开大门喜迎世界各国嘉宾来观光旅游。但作为深入侗乡进行真正意义上的文化考察还是不多，但效果明显，收获显著。比如 1986 年 4 月间，中国和芬兰两国学者对广西侗族民间文学的联合考察；1997 年 9 月，中日民俗学家对湖南新晃、麻阳侗族习俗和民间傩戏的考察；1998 年 4 月，挪威大使和生态博物馆学家与中国学者对黔东南侗、苗文化的考察等。

这里仅以中芬联合考察作重点介绍。1986 年 4 月 8 日至 15 日，中国民间文艺家协会、广西民间文艺家协会和芬兰文学协会、北欧民俗研究所、土尔库大学文化研究系民俗学和比较宗教部的中外专家学者共 47 人踏上了美丽的侗乡，其中芬兰学者有土尔库大学教授、芬兰文学协会主席劳里·航柯先生等 5 人、中国学者 42 人中包括贾芝、刘锡诚、乌丙安、张文、蓝鸿恩、张振犁、李路阳、马名超、祁连休等著名民间文艺家及侗学专家杨权、邓敏文、杨通山、吴浩等 6 人。这一庞大的中芬考察团队历时 8 天先后对广西三江侗族自治县的八江、林溪等乡镇近 10 个侗寨流传的神话、传说、故事、款词、款约、大歌、耶歌、酒歌、情歌、琵琶歌、笛子歌、拦路歌及花炮节等众多文化事象进行了深入细致、详尽立体的综合考察与探究，涉及区域包括溶江河流域与孟江河流域的侗族核心区。

这是一次科学性的田野作业联合考察，其最大的特点是采用了比较先进的技术手段和科学方法，在短时间内利用录像、录音、摄影等设备，全面而立体地记录了大量的活态在侗族人民群众之中的口头文学，并且深入地观察研究了这些作品的活的形态及其作用、特点与形成、变化。同时，还调查了民族风情、文化传统对民间文学的影响及侗族民间文学传承与现代文明和其他民族文化的交融现象等等。这次联合考察，取得了中芬双方都十分满意的成果。芬兰劳里·航柯先生对这次联合考察活动予以充分肯定："我们在很短的时间里，取得了可喜的成果，是成功的。经过这次考察，在我国的民间文学档案馆里，将新设'中国'这个栏目。中国目前的民间文学占有比其他许多国家高得多的地位，这是使人惊奇的，中国在这方面走在世界的前列。"此次考察之后，中芬两国学者就这次考察获取的资料，发表了许多整理、研究文章，从而使中国侗族及其民间文学、民间艺术、民族风俗、民族建筑在国内外进一步扩大了知名度。在现今世界著名的芬兰国家民间文学档案馆里，不仅设立了"中国"栏目，而且设立了"中国侗族"的栏目。这是此次联合考察的最大的成果。①

特别应该提及的是，在这次考察中侗族学者邓敏文、吴浩搜集了大量的款词、款约。这些款词、款约，在侗族传统文化中占有十分重要的地位，是侗族传统文化的核心组成部分之一，它不仅是侗族民间文化的一种重要文学样式，而且对于研究侗族古代社会的形态结构及政治、经济、法律、军事、宗教、民俗等方面均具有重要的历史科学价值。为此，中芬联合考察后，他们继续推进这一工作。1991 年春节前后，两人再次对黔湘桂三省坡脚下的八百里侗乡进行了为期一个月的田野考察。他们深入贵州黎平、从江，广西三江、龙胜，湖南通道、靖州等县的 70 多个侗族村寨，访问了数百个老人，获得了款词、款约的大量新资料，以及许多与款文化有关的历史和现实的真实事例与传说故事。之后，他们进行了认真的翻译、整理与研究，撰写出了《没有国王的王国——侗款研究》一书，从款的真实故事、款的组织结构、款的文化要素形式、款的传说故事、款的文物遗存、款的历史变迁、款的现实影响、三省坡考察纪实 8 个方面作了详细生动的记述阐发，全书计 20 余万字，第一次对侗款文化进行了系统梳理与理论阐述。后经中国社会科学院科研局审核，书稿被评为"具有国家级较高学术价值的著作"，1995 年由中

---

① 吴浩:《中芬两国学者对侗族民间文学联合考察纪实》，全国政协暨湖南、贵州、广西、湖北政协文史资料委员会编:《侗族百年实录》，中国文史出版社 2000 年版，第 360—364 页。

国社会科学出版社出版。

最后，特别应该指出，在侗族民间文学的搜集整理、翻译出版及研究评论中，除了侗族同仁外，还有汉族、苗族、壮族、满族、水族、布依族、土家族等兄弟民族的一些民间文艺家朋友和学者亦致力于侗族民间文学的搜集整理和研究出版，他们为侗族民间文学和侗族文化的发展繁荣作出了宝贵的贡献，侗族人民是永远铭记他们的历史功绩的。

二、搜集整理、翻译出版的主要成果

新中国成立以来，出版问世的侗族民间文学书籍汗牛充栋，这里只能选取比较有代表性和影响力的书目成果予以简介。

1.《长发妹》（侗族民间故事），萧甘牛、潘平元搜集整理，上海少年儿童出版社 1955 年出版。这是我国最早出版的侗族儿童民间故事集，具有开创奠基之作的深远影响，后数次再版发行，深受全国少年儿童的喜爱欢迎。

2.《侗族大歌》，贵州省文联编，贵州人民出版社 1958 年出版。这是第一本介绍侗族大歌的音乐图书。书中的 50 多首侗族大歌包括了大歌的几种类别——大歌、声音歌、叙事歌等。另外附录有 8 首歌曲，如踩堂歌、拦路歌、侗戏歌等。这本集子虽然是从音乐角度编辑出版，但其歌词却采用汉字记侗音和汉文对译的形式较好地保留了侗族民歌的本真性。音乐家萧家驹为该书写了 3 万字的序言，比较详细地介绍了侗歌、大歌和大歌的结构以及音乐特点等，是学习和研究侗歌的重要参考书籍。

3.《正月二月燕子来》（侗族歌曲集），贵州省群众艺术馆编，贵州人民出版社 1959 年出版。书中选登的 14 首侗歌包括了《永远跟着毛主席永远跟着共产党》《歌唱总路线》《单身歌》《画眉鸟在叫着》《蝉之歌》《随着溪水下山冲》《好表妹》《三个青年在坡上吹竹笛》等 8 首不同风格的侗族大歌，还有踩堂歌《春天到了》，酒歌《深耕歌》，牛腿琴歌《你若有心谈心》，并有 3 首儿歌《每每摸》《月亮圆圆像转箩》《太阳落坡》等。歌词用侗文书写，并译配了汉语歌词，还附有《侗语声母、韵母，汉语拼音字母，国际音标对照表》和《侗语声调调号调值表》。这是第一本可以用侗、汉两种语言演唱的侗族歌曲集。

4.《珠郎娘美》(侗戏汉译本),贵州戏剧家协会编,被选入中国剧协主编的《各民族戏剧选丛书》,中国戏剧出版社 1960 年出版。这是第一个以单行本形式出版的侗族民间文学作品。这个译本,较好地保持了侗戏的传统风格,后被选入《中国少数民族文学作品选》。

5.《侗族民歌》,中国音乐家协会贵阳分会、贵州大学艺术系编,贵州人民出版社 1961 年出版。全书收入侗族南部方言区的侗族民歌 57 首,既有传统民歌,也有新民歌。题材有反映侗族传统生活习俗、歌颂毛主席和共产党与歌唱侗乡新面貌等丰富内容,并采用侗汉对照的形式排印。

"文化大革命"动乱结束后,文艺得以复苏。从 1980 年开始,侗族民间文学和民俗学作品不断推出,成果累累。

6.《侗族民歌选》,杨通山、蒙光朝、过伟、郑光松编,上海文艺出版社 1980 年出版。这是第一本从文学角度编选的侗歌集子。全书共选入贵州、湖南、广西等地的侗族民歌 121 首,约 23 万字,按内容分为九辑:第一辑,歌头、劳动歌、哲理歌;第二辑,神话歌、礼俗歌;第三辑,农民起义歌;第四辑,苦歌、苦情歌、抗婚歌;第五辑,情歌;第六辑,儿歌、谜歌;第七辑,抒情歌;第八辑,叙事歌;第九辑,新歌。选编者在前言中比较详细地介绍了与侗歌有关的侗族风俗习惯以及侗歌的格律、种类和流传形式等。这本书所收入的作品,都尽可能地注明出处、流传地点和作者情况,书后还附有 9 首侗歌曲谱。这样编排方便了对侗族民歌的研究,受到民间文学界的普遍欢迎,被喻为侗族文学史上的"诗经"。该书在 1979 年至 1982 年全国民间文学作品评奖中获得荣誉奖。当然,对该书中的民歌分类以及某些作品在翻译整理中存在的问题,还有值得商榷的地方。

7.《侗族祖先哪里来》,黔东南苗族侗族自治州文学艺术研究室、贵州省民间文艺研究会编,杨国仁、吴定国整理,贵州人民出版社 1981 年出版。全书共收入流传于侗语南部方言区的侗族古歌 20 首。其中包括创世古歌和迁徙古歌两大部分。从中我们既可以看到侗族人民的艺术创造,也可以看到侗族社会历史发展的轨迹,它不仅具有较高的文学欣赏价值,还有重要的历史研究价值。

8.《侗族琵琶歌》,黔东南苗族侗族自治州文学艺术研究室、贵州省民间文艺研究会编，棠棣华、王冶新整理，贵州人民出版社 1981 年出版。该书收入流传于贵州黎平、榕江、从江等地的侗族情歌 205 首，约 10 万字。这些作品类型较多，感情真切自然，具有强烈的艺术感染力，从中人们可以看到各个历史时代侗族男女青年的恋爱观、审美观以及伦理道德观。如其前言所述，该书在翻译整理过程中，作了一些探索尝试，采取比较自由的形式表达，"试图积累一点整理经验"。在 1979 年至 1982 年全国民间文学作品评奖中获三等奖。

9.《侗族民间故事选》，杨通山、蒙光朝、过伟、郑光松、龙玉成编，上海文艺出版社 1982 年出版。这是公开出版的第一部侗族民间故事集。该书共收入黔、湘、桂三省区侗族民间故事 96 篇，约 23 万字。其中有神话传说、历史传说、风物传说、机智人物故事、动物故事等。该书的前言，简要地介绍了侗族民间故事的民族特色及其流传情况。每则故事一般都注明流传地区、搜集地点、搜集整理者的姓名以及口述人、搜集时间等，有的还对材料的来源作了说明，信息含量比较丰富。

10.《侗族民间爱情故事选》，杨通山、蒙光朝、过伟、郑光松编，广西人民出版社 1983 年出版。这是一本以"爱情与妇女"为题材选编的侗族民间故事专集，从远古神话传说《张良张妹》《蝴蝶姑娘》等到后来的民间故事《娘梅》《刘梅》《述梅》与《三郎和五妹》《帅哥和美娜》《杏妮》及《吉妹秀银》等都作了尽量地搜集，全书共收入作品 45 篇近 18 万字。这些传说故事，生动反映了各个历史时代侗族妇女的遭遇及其反抗精神，同时也体现了世代侗族人民在婚姻爱情问题上的道德风尚和伦理观念，其文学和历史价值并重，令人爱不释手，耳目一新。

11.《侗乡风情录》，杨通山、蒙光朝、过伟、郑光松、周东培编，四川人民出版社 1983 年出版。全书收编有关侗族的民俗资料 93 篇，约 24 万字。按内容分为"入境问俗篇""林农渔猎篇""饮食衣饰篇""人生礼仪篇""社交节日篇""组织、信仰篇""歌舞乐戏篇""建筑工艺篇"八个部分。著名社会学家和民族学家费孝通教授为该书题写书名，著名民间文艺学家乌丙安、段宝林教授分别为该书作序。乌丙安在序言中赞评："《侗乡风情录》的出现毫无疑问地为民族民俗学的荒径开出了一条新路！"段宝林教授赞美：

"《侗乡风情录》是侗乡飞起的第一只春燕!"这本书虽然是一本民俗文化集,但表现体裁却是散文形式,而且写得生动优美,极富艺术魅力,同时这些民俗资料与民间文学又有极其密切的关系。它的出版,对阅读、欣赏和研究侗族民俗学与传统文学都有十分重要的参考意义。

12.《养鹅小姑娘》,杨通山、蒙光朝、过伟、郑光松编,吉林人民出版社1983年出版。这是一本侗族民间儿童故事集。全书共收入流传于黔、湘、桂侗族地区的神话、童话、传说和动植物故事26则,5万余字。这些故事生动活泼,充满侗族少年儿童的生活情趣。从这些故事中,人们可以看到侗族儿童那种勤劳勇敢的品质,朴实纯洁的心灵,机智顽强的性格以及美丽迷人的南国风光等。它是一本深受少年儿童喜爱的民间文学读物。

13.《双凤斗龙》,陈颖采集,贵州人民出版社1984年出版。全书共收入流传于天柱县境内的侗族民间故事24则,约14万字。将一个民族在某一地区流传的民间故事汇编成集,这对民间文学的普查工作和人文地理的比较研究无疑是有益的,既可以使人们了解这一地区民间故事的流传分布情况,也可以将这一地区与其他地区的民间故事进行比较研究,从中探求它们之间的相互影响及其变化规律。这些民间故事,情节生动曲折,语言简洁朴实,具有浓郁的民族色彩和地方特色。但美中不足的是未能将这些故事的流传、搜集地点以及讲述人的信息注明,因而弱化了其学术价值。

14.《贵州侗族音乐》,贵州省文物管理委员会办公室、贵州省文化出版厅文物处编,郑寒风执笔。贵州人民出版社1985年出版。该书对南部方言区侗族音乐进行较为全面的介绍,引用了丰富的谱例,并对侗族多声部合唱的艺术手法、曲式结构、和声结构规律以及侗歌歌词结构进行了探讨,对研究侗族音乐有一定的参考。

15.《侗族礼俗歌》,杨国仁、吴定国编,贵州人民出版社1987年出版。全书收入侗族拦路歌、夸赞歌、酒歌、踩堂歌、哭歌共33首。书前简要介绍了这些歌类的流传情况和演歌形式,有较高的欣赏、研究价值。

16.《贵州侗戏》,黔东南州文化局编,李瑞岐主编,马军、吴定国、张勇副主编。贵州民族出版社1989年出版。该书全面介绍贵州侗戏的历史和现状,是第一部研究侗戏和侗戏音乐包括戏曲大歌的专著。

17.《侗歌教学演唱选曲一百首》，贵州省艺术专科学校、贵州省艺术学校和黔东南州民研所编，杨宗福、吴定邦、张明江任主编，吴定邦、杨宗福记谱，王胜先、吴定邦翻译整理，贵州民族出版社 1991 年出版。该书已成为贵州艺校、艺专和艺术学院侗歌班的专业课教材。

18.《侗族民间文学史》，杨权编著，中央民族学院出版社 1992 年出版。这是国内第一本专门研究侗族民间文学史的著作，在侗族文学史上具有开拓奠基的里程碑意义。作者自 1952 年在中央民族学院讲授以来，就十分重视侗族民间文学资料的搜集、整理和研究，并亲自进行大量的田野考察，记录积累了数量颇为壮观的第一手资料，经过几十年的梳理和研究，并按照民间文学作品的内容参考侗族的历史发展来确定其创作年代，行文以史为纲辅以类述，纵可以尽览侗族民间文学的历史，横可以洞观民间文学作品的概貌，较好地反映了其发展演变的脉络。而且，此书几经教学实践检验，多次修订，始臻成熟，既体现了作者深厚的学术功底，也彰显了专著的显著特点：一、比较准确科学地对侗族民间文学作品给予了断代与阐述；二、作者认为，侗歌是侗族民间文学的主体，因而侧重评介了诗歌的内容；三、所有选用作品的汉译文，都遵循了"信、达、雅"的翻译原则，确为难能可贵。因此，这部著作堪称是学习侗族民间文学的宝贵教科书。

19.《贵州侗族民间故事选》，贵州省民间文学"三套集成"办公室主编，龙玉成编，西南交通大学出版社 1993 年出版。自民间文学"三套集成"工作开展以来，贵州侗族地区各县展开了大量的普查采录工作，获得了丰富多彩的民间文学资料，这本集子就是在各县报送的民间文学资料的基础上选编出来的。集子包括了神话、传说、故事、童话、寓言等类别，可谓种类繁多，内容丰富，风格各异，涉猎到侗族社会生活的各个方面，是侗族传统文化的瑰宝，是人民群众生活的教科书，也是贵州侗族民间文学的经典范本。

20.《侗歌在巴黎》，贵州省文学艺术界联合会、贵州省音乐家协会编，冀洲主编，王承祖副主编。贵州民族出版社 1993 年出版。该书汇集了 1986 年秋中国侗歌合唱团应邀赴法国参加巴黎金秋艺术节演出的全部曲目，是第一本用五线谱出版的侗族大歌专集，尤有重要的参考研究价值。

21.《中国民间歌曲集成·贵州卷·侗族分卷》，该书编辑委员会编，王化民、张中笑主编，龙廷才、吴定邦、吴支柱副主编。由中国 ISBN 中心 1995 年出版发行。该书历尽十年辛勤劳动，集贵州省南、北部方言区侗族民间歌曲之大成，是侗族音乐编研的重要成果。

22.《侗族曲艺音乐》，贵州省民委文教处编，张勇、刘振国主编，贵州民族出版社 1997 年出版。该书"综述"部分对侗族曲艺音乐进行了科学分类，并对其音乐特征作了解析；"音乐选例"部分涵盖了地区性、代表性和典型性；"传记"部分对为侗族曲艺作出贡献的民间艺人和曲艺工作者给予介绍和评价。实为融乐、词、史、论于一炉的，有民间文艺、民间曲艺、民间音乐、民族民间文化多学科价值的一本参考书。

23.《中国侗族戏曲音乐》，是黔湘桂三省区侗族聚居县的合作项目。湖南怀化地区民委编，吴宗泽主编，张勇、陈国凡、杨文基副主编。北京文化艺术出版社 1997 年出版。该书集侗族戏曲音乐之大成，全面反映侗族戏曲剧种的产生、发展及现状，同时描述了侗族风土人情及传统文化，融资料性、学术性为一体，既可供广大民间音乐爱好者阅读，又可供专家学者研究参考。

24.《长大要当好歌手》，贵州省民委民族语文办公室编，张勇、石锦宏、杨芳主编，贵州民族出版社 2000 年出版。该书选用侗语歌曲 100 首，其中适合幼儿园和小学低年级学生演唱的歌曲 50 首，适合小学高年级、初中和扫盲班演唱的歌曲 50 首，成为侗乡侗歌进课堂的乡土教材。

25.《侗族文化辞典》，欧潮泉、姜大谦编著，华夏文化艺术出版社出 2002 年版。编者历经 10 年艰辛工作，将侗族文化有关资料按文化人类学的学科体系分为 32 个类目 2370 个词目包括族源族称、建置沿革、地理地名、社会制度、家族家庭、婚姻制度、风俗习惯、人物事件、侗款文化、渔猎采集、种植饲养、手工纺织、衣食住行、村寨建筑、道路交通、语言文字、文学艺术、节日礼俗、音乐歌舞、民族教育、体育娱乐、医药卫生、图腾崇拜、丧葬祭祀、名胜古迹等汇编一册，内容全面，资料翔实，文字简练，是一项不可多得的研究成果，填补了侗族文化研究史的空白，对保存和传承传统侗族文化有重要的参考价值。

26.《九寨风情》，陆景川主编，文化艺术出版社 2002 年出版，后经修订，由中国文史出版社 2009 年、2015 年再版，计 40 万字，40 余幅图片。

著名民间文艺家段宝林教授在序文中指出，该书全面汇集了锦屏县九寨侗族社区的神话、传说、故事、歌谣、寓言、童话及节日习俗、历史人物、调查报告、研究论文及其他有关资料，内容丰富，形式多样，是研究九寨社区民间文学、民俗学与历史学的重要文献，有的民间文学调查报告和记录，运用立体描写方法，使人有耳目一新之感。2004年获贵州省人民政府第二届文艺三等奖。2010年4月2日《中国民族报》发表了美国威斯康星大学吴晋婷博士的评介文章《九寨风情：一幅黔东南侗族的文化长卷》。

27.《侗歌三百首》，杨志一、郑国乔、龙玉成、杨通山主编，民族出版社2002年出版。全书21万字、8幅图片。上编是"侗语侗歌"：进堂歌、踩堂歌、起源歌、大歌、伦理歌、拦路歌、送客歌、催唱歌、换段歌、婚礼歌、酒歌、儿歌、风情歌、情歌、叙事歌、款歌、新歌；下编是"汉语侗歌"：初相会歌、借把凭歌、相思歌、伴嫁歌、汉语侗歌、白话、新歌共24类，计300余首。该书篇幅不大，但采用"节律"分行、侗汉对照的编排体例，并对重要歌类、特殊歌俗作了简要说明，比较精要、系统、科学地展示了各地侗歌歌词创作和流传的基本概貌，展示了"长句歌"的特殊魅力，具有重要的学术价值，同时又方便侗族及兄弟民族读者的阅读与欣赏，在侗歌出版史上具有创新意义。

28.《AL LAOX·侗族大歌》，贵州省民族宗教事务委员会民族古籍整理办公室编，普虹搜集整理，贵州民族出版社2003年出版。该书是贵州省民族古籍整理出版重点项目，采用侗文、汉文直译、汉文意译三对照的形式排版，并附有10首不同风格的谱例，是第一本从文学角度整理出版的侗族大歌古籍本。

29.《侗族大歌与少数民族音乐研究》，杨秀昭、吴定国主编，卢克刚、杨胜勇、杨正权、吴锡锋、何洪副主编，中国文联出版社2003年出版。该书是2002年10月在贵州黎平县召开的"中国少数民族音乐学会第九届年会暨侗族大歌研讨会"的重要成果，集子分为"侗族大歌及壮侗族群音乐专题研究""少数民族音乐理论、创作、表演的新探索""西部开发与少数民族音乐的保护与传承"三部分内容，其中侗族大歌和侗族音乐研究文章30余篇，并附有"侗族大歌研究回眸"的目录。

30.《侗族大歌研究五十年》，中国少数民族音乐学会、贵州省音乐家协会、黎平县侗族大歌申报世界非物质文化遗产领导小组编，张中笑、杨方刚主编，贵州民族出版社 2003 年出版。该书辑录了（1953—2003 年）50 年来研究侗族大歌的主要文章，分为概览、发现篇、研究篇、创演篇四大板块，是一本全面回顾侗族大歌搜集研究的论文集。

31.《人与自然的和声·侗族大歌》（音乐本），普虹选编，邓敏文审定，贵州民族出版社 2005 年出版发行。该书是编者受中国科学院和中国社会科学院《侗族大歌的抢救、保护、继承与发展》项目组的委托选编的，汇集了侗族大歌的精华，为侗族地区民族音乐进课堂和农村青年学习侗族大歌提供乡土教材。

32.《侗族大歌拾零》，吴定国、邓敏文编著，贵州民族出版社 2005 年出版发行。该书受中国科学院和中国社会科学院《侗族大歌的抢救、保护、继承与发展》项目组的委托选编，介绍了以歌养心的侗族，侗族大歌的传说，侗族大歌的发掘者、推介者、民间大歌之家以及侗族大歌走向世界的步伐等，为了解"蝉声中的文化"——侗族大歌提供了丰富的资料。

33.《天籁之音　侗族大歌》，刘亚虎主编，黑龙江人民出版社 2005 年出版。该书分 9 章：侗族大歌概说、侗族大歌的人文历史、侗族大歌的内涵与魅力、侗族大歌的歌队与歌师、优秀的作品不朽的价值、侗族大歌的美学价值评估、侗族大歌的濒危报告、侗族大歌的保护与发展、国内外学术权威对侗族大歌的评价精选，比较全面地介绍了侗族大歌的基本内涵、作品种类、传承现状、发展保护、研究成果等内容，具有较高的学术价值。

34.《侗族文化大观》，贵州省民族事务委员会编，石开忠主编，龙国辉、覃绍英、陆景川、石干成副主编，贵州民族出版社 2016 年出版。2009年国务院下发了《关于进一步繁荣发展少数民族文化事业的若干意见》，贵州省人民政府迅速出台了贯彻"实施意见"。由此，省民委决定编辑出版"贵州民族文化大观丛书"，《侗族文化大观》即为这一文化建设工程之一。该书图文并茂，主要介绍了侗族的族源族称、语言文字、民居建筑、交通电讯、婚姻家庭丧葬、传统社会管理组织、农耕农事、饮食服饰、节日庆典、哲学思想、宗教信仰、伦理道德、文学艺术、教育体育、侗药侗医、侗学研究、文化交流及文物古迹、风景名胜等丰博内容，是新时期以来侗族文化集成之重大成果。

35.《侗族大歌志》，黔东南州文体广电旅游局编，吴谋高、吴泰苇、粟周榕主编，云南人民出版社 2020 年出版。志书比较全面地记叙了侗族大歌的前世今生、思想内容、艺术形式、特征特色、技艺习俗、流传区域、传播机制、空间场景、传承保护、研究成果、申遗之路、中外影响及传承人物、曲谱歌名、保护方案及文献附录等等，可谓纵叙史实，横陈事项，史料翔实，收罗宏富，实为侗族大歌之专门全志。

三、民间艺人、歌师、故事师及文艺家

在前面叙述过的那些戏师，几乎都一人多能，都是艺人、歌师、故事师或文艺家，有的还集多种身份于一身。这里再介绍一些有代表性的民间艺人、歌师、故事师及文艺家。

石美发（1895—1970），乳名"包发"（"包"，侗语意为崽），贵州黎平县洪州镇阳平村人，洪州琵琶歌著名歌师、优秀人民教师、北伐老战士、民间音乐家。

他父亲是名闻侗乡的琵琶歌师，母亲为出色歌手。他从小深受熏陶，酷爱唱歌。少小敏悟好学，记忆过人，读过六年私塾，熟《增广全文》《百家姓》，通《四书》《五经》。7 岁时把琵琶带在身边，白天读书，晚上跟大人进月堂学歌唱歌。9 岁时，恰逢阳平村与平架、九江、赏方等村寨开展走众亲迎新年文化活动，他抱着自制的琵琶琴走上戏台，弹唱琵琶歌《道地芳更闷堆赖》（我们侗乡天地美）和《闷格哆嘎苟克当》（一天不唱吃饭不香），赢得了观众一阵阵的呼声喝彩。当他鞠躬致谢要走下戏台时，忽然，台下一位百岁老翁石寿昌在人们搀扶下走上戏台，疼爱地抱起他说："小包发呀，嘎乃赖听雷很，闷堆王季都招赖哟！"（小包发呀，这歌动听得很，天上玉皇大帝听了也称美啊！）

3 年后，他在洪州学堂高小毕业，当年秋考取黎平府德育中等学堂。在校期间，喜爱侗族民歌的音乐老师周成亮看他有音乐禀赋，即教他学会音乐简谱，使他学歌唱歌写歌如虎添翼。中等学堂毕业后，他因成绩优异，当了

乡村教师。从此，他利用假期，背着琵琶走访黔湘桂三省坡周边的15个村寨，利用一个月的时间，搜集记录了当地的不少琵琶歌。经过整理研究，他发现，各村寨的琵琶歌歌词意思和曲调虽然大同小异，但歌词长短却不尽相同，歌名也有差异。如"敬老人歌"，阳平村叫《嘎宁佬》，九江村叫《嘎玛宁》，平架村称《艾宁佬》，仰冲村则叫《嘎公宁》等等。他把各村歌词及曲谱记译下来加以比对，觉得阳平村和平架村弹唱的敬老歌更为生动好听。但侗语歌词都仅为一段四句：

> 侗家有规矩，
> 千年不能变，
> 老人抚养我们长大千般苦，
> 我们幼辈从小都要酒肉敬老人。

他心想，这敬老歌虽然歌词朴质鲜明，曲调动听，但复唱三遍，歌词不变，大家听了就审美疲劳不过瘾，如歌词丰富一些，效果会更好。

于是，他以阳平村和平架村人弹唱的《嘎宁佬》和《艾宁佬》为蓝本，进行艰苦的整理改编，并在油灯下前后修改了13遍，将歌名改叫《占登奔》。"占"即吃，"登奔"为当地产的野槟榔，汉译过来就是《槟榔歌》。他还把歌词由一段增加成四段，增强了吟唱效果。汉译如下：

女声齐唱：

> 众人慢慢听我唱支歌，我的歌声告诉众伙伴：
> 我们家中有酒肉，先要想到老人们；
> 年轻人烤好酒备好菜，先敬老人吃；
> 年轻人腌好鱼炖好汤，先敬老人尝；
> 老人年纪老，让他们安心家中坐；
> 老人年纪大，让他们高堂来守屋；
> 老人坐家守儿孙，看到儿孙长大又懂事；
> 家庭兴旺，老人心欢畅！

男声齐唱（加琵琶弹奏）：

九月摘禾上山采登奔，登奔好吃长在山崖上。

我们拿什么孝敬老人吃？情姐情妹啊！

女声齐唱（男子弹琵琶伴奏）：

九月摘禾我们当真上山采登奔，登奔长在岩梁的树丛中。

我们拿什么孝敬老人吃？采下登奔请老人尝，情哥情郎啊！

男女声齐唱（加琵琶弹奏）：

情妹啊，情郎啊，九月摘禾上山吃登奔，登奔好吃长在河坝上。

我们有什么好吃的东西，都要孝敬老人们啊。

可怜老人辛苦一辈子，把所有家产都送给了我们年轻人。

记住吧，朋友啊，姐妹啊！

一天，平架寨里有一户人家娶媳妇，全寨老人和周边村的亲戚朋友都去喝喜酒。他也送去一份红礼喝喜酒。宴席间，他就为众人弹唱各村寨的《祝酒歌》《嘎宁老》等，最后才弹唱整理改编后的《槟榔歌》。结果，一炮打响，《槟榔歌》赢得了全场老少一片喝彩！后来，因为《槟榔歌》的内容为敬老，所以在意译时，把歌名改为《晚辈要把老人敬》。这首歌经反复加工成型后，成为洪州琵琶歌中最著名的篇章，也是文人整理、润色、规范后的开山之作。

1923年9月，平架中心小学设立高小，开设5个班，有老师4人，学生139人，石美发承担高小国文、算术、历史、地理的全部课程。当时，学校老师的工薪全部由民众集资，每个老师每年获得800斤稻谷，还有40块大洋的工资。教学中，除了应设课程，他还不要报酬免费增设了侗歌课程，他期待把侗族民歌引进课程传承后，弘扬光大。他还依据民间素材新编了

《十二月情歌》《丢歌不唱荒日月》《贵客来了把路拦》及祭寨歌《你们不能入我寨》等优美动听的琵琶歌。这些新侗歌，像长了翅膀的鸟儿一样，飞向三省坡周边侗乡十八寨，并辐射到百里之外的湖南通道、广西三江等毗邻侗区。

1925 年正月初，他率洪州地区的阳平、平架、九江、赏方等村寨"走众亲"的 5 个歌队、5 个芦笙队共 138 人，赴广西三江县的程阳八寨参加侗歌大赛，在 7 天的比赛活动中大获全胜：阳平、平架、九江琵琶歌获得第一名，赏方获第二名；还有三个芦笙队获第一名，两个芦笙队获第二名。他本人被授予"侗家金色大歌师"称号，并获金光闪烁的一块锦匾。正月十二这天，春阳艳艳，他率歌队、芦笙队翻过三省坡返回贵州。然而，队伍在越过大塘坳的时候，突然遭到山坳丛林中百多名土匪的袭击，妇女和姑娘身上的银首饰被抢劫精光，有的还被拉进山林里遭凌辱，男人们身上的钱财也被洗劫一空，琵琶、芦笙、芒筒等乐器被砸烂砸碎，一二十个老人、歌手被打伤。他那把心爱的琵琶被土匪砸在石头上粉碎，"侗家金色大歌师"的锦匾被土匪们恶狠狠地踩碎。面对如此惨况，他欲哭不成，伤透了心。此后，三省坡地区匪患猖獗，许多村寨被烧被抢，妇女不幸遭受凌辱，侗乡人民不堪匪患。而国民党政府却无能为力，陷穷苦百姓于水深火热之中。石美发一怒之下投笔从戎，参加了国民革命军，并在叶挺独立团三营五连当战士、后任班长。与他一起从军的还有寨上的三个伙伴，他们都被编在一个班里，四人常常讲侗话，唱侗歌。

1926 年 5 月，叶挺独立团作为先遣队挺进湖南，揭开了北伐战争的序幕。战斗间隙或宿营，他们四个同乡就用自制的琵琶，弹唱琵琶歌，既鼓舞军心斗志，又给官兵们带来快乐。10 月，叶挺独立团先后攻下汀泗桥、贺胜桥，接着攻占了整个武汉三镇，北伐军在两湖战场取得了决定性的胜利。在庆祝北伐军武汉大捷的联欢会上，石美发和他的同乡战友走上舞台，演唱家乡琵琶歌《丢歌不唱荒日月》，又用侗语演唱了《北伐军军歌》。他们的精彩演唱，获得了北伐军将士的如潮掌声，叶挺将军还亲自为他们颁发了奖旗和奖金，他们因大歌而扬名于北伐独立团。随后，战斗频繁惨烈，三个同乡战友先后牺牲。为此，石美发再度伤透了心。1927 年蒋介石在上海发动

"四一二"反革命政变，共产党人和工农群众的鲜血流同江河，第一次大革命失败，他又一次伤透了心。从此，他感觉前途暗淡，阴霾重重，最终提出了退伍回乡的请求。上司念他归心似箭，批准返乡，还发给200块大洋的津贴，他终于踏上了返乡的归程。

1927年9月，他用退伍津贴在阳平村盖起了一幢三间两层的木楼校舍，重新走向三尺讲台，追逐他乡村教育的梦想。他一边教书，一边继续搜集整理研究侗歌。1928年冬天，33岁的他以歌为媒，娶了一位志同道合的妻子吴秀娥。这位侗家姑娘，勤劳朴实，贤惠漂亮，而且又能唱歌编歌，她那清亮的嗓音映山映水，能使鸟雀下树。

一个夜深人静的晚上，他让妻子试唱他新编的琵琶歌《阳光艳艳暖侗乡》，铿锵的过门调一弹，妻子的筒裙飘荡起来，随着优美激荡的歌声，妻子婀娜多姿的身段便像天鹅般翩翩起舞，那绕梁的天籁之音，把已经睡下的父母打动，老人便起床坐到堂屋来跟随着节拍吟唱起来。一家人的歌声琵琶声，从堂屋中飞出木楼，引来周围的男女乡亲起床拿琴，都来弹唱。后来，人越来越多，挤满了堂屋、楼梯和禾廊，把个木楼内外围得水泄不通。这一夜，当东方的山梁上露出鱼肚白时，沉迷于歌唱的人们，才知道天已经大亮……

新中国成立后，石美发满脸绽花，激情奔涌，决心把侗歌发扬光大。他结合时代把穷人翻身、土地还家、家乡新貌等内容编成新歌，歌唱共产党和人民政府。特别是1956年，为响应国家绿化造林的号召，他运用洪州琵琶歌曲调，创作了一首《造林歌》。歌词为侗、汉语互为融合：

久呀哎咿久呀哎咿呀，
哎咿哎政府号召大造林，
久哎久男女老少齐响应哩，
哎咿哎低山高岭锄声震，
砍山砍岭忙不停！
哎咿哎这边岭上栽桐树，
那边山上栽杉林，

大家同心协力干，

我们自有厚报银！

哎咿呀，哎呀哎！

曲调欢快跳跃，歌词简约质朴，词曲如说如唱，朗朗上口，充分反映了绿化造林劳动场面的快乐气氛和愿景收成。这首《造林歌》的创作特点，与传统洪州琵琶歌不同，出现了传统琵琶歌所没有的单句起头和结尾的新式创作方法等。《造林歌》在县里公演后，迅速传开，后被推选参加全国群众文化先进单位表彰大会演出节目，并在山西昔阳、北京上海等地演出而传遍大江南北。

1956 年 7 月，黎平县为表彰石美发从事乡村教育的突出贡献，授予他"优秀人民教师"称号，并选举他为黔东南苗族侗族自治州第一届人民代表大会代表。1957 年 7 月，在黔东南苗族侗族自治州成立一周年庆典大会上，作为州人大代表，他率领黎平县平架侗歌队参加庆典，并演唱了《晚辈要把老人敬》《丢歌不唱荒日月》等琵琶歌，轰动了晚会现场。从此，这种侗族民间假声合唱艺术，飞出大山，传遍城乡，名闻音乐界。

1958 年 10 月，贵州省音乐家协会主席、著名音乐家萧家驹率队来到黎平县的平架、阳平、九江等地调研侗族民歌。在走访了周边 10 多个村寨，观看了 10 多场文艺表演后，萧家驹兴奋地紧紧握着石美发的手说："你们侗家人了不起啊，真正的了不起！洪州琵琶歌是天籁之音，是世界上最动听的民歌，我佩服侗族人民创造了如此闪光的假声高唱艺术。石美发，你的劳动是不朽的创造！"借助音乐家萧家驹的金口玉言，以黎平县平架、阳平、九江、仰冲等村为中心区域的侗族假声合唱琵琶歌，从此被定名为"洪州琵琶歌"。

1970 年 1 月 14 日，石美发在阳平村老家病逝，享年 76 岁。他的床头放着他一生不离手的乐器，一把小琵琶，一把大琵琶，还放着一本生前手抄的毛边纸侗歌集子，那浸润他终生艺术心血的歌集，厚厚如砖头。安详离世时，他是在妻子如泣如诉的琵琶弹唱声中慢慢合上双眼的。出殡那天，成千上万的父老乡邻和歌手歌师及学校师生为他送葬，祈愿他一路走好！

石美发从 7 岁开始走进歌堂、月堂，一生共整理和创作各类琵琶歌计360 余首，内容包括反映时政、倡导公德、歌颂劳动、赞美爱情、赞颂真善美、抨击假丑恶等，也有叙述人世艰辛、父母恩情的，还有浑厚、凝重、述说、咏叹的酒歌、贺歌、拦路歌和忌事歌等。特别是他凭借一生的热爱执着与坚守，发挥自己熟悉侗、汉文化的优势，发掘、整理、创新、丰富和发展了洪州琵琶歌这种侗族民间的假声高唱音乐艺术，使它飞出山寨，走向全国，惊艳世界，他是一位默默耕耘、智慧勤勉、成果丰硕的侗族民间音乐艺术家！

1986 年 10 月，贵州省黔东南州侗族女声合唱团，应邀出席法国巴黎金秋艺术节，在巴黎音乐宫，合唱团演唱的侗族大歌《自己许配才称心》《蝉之歌》和经过石美发改编的洪州琵琶歌《晚辈要把老人敬》，轰动了法国巴黎和国际音乐界。

2006 年 12 月 30 日，贵州大学音乐学院侗歌队参加贵州电视台、黑龙江电视台在哈尔滨联合演出的春节晚会，洪州琵琶歌《晚辈要把老人敬》喜获大奖。

2008 年 3 月，洪州侗歌队参加中央电视台演出高唱《晚辈要把老人敬》《丢歌不唱荒日月》，主持人在演唱之前，专门介绍洪州琵琶歌的原创者石美发，让千百万观众记住了这位著名的侗族民间音乐艺术家。

吴金松（1900—1972），贵州黎平县水口镇东郎村人。小时当长工、佃户，后来任传事，负责村寨里喊寨、打扫鼓楼及通知村民参加公务活动等事务。他从小喜爱唱歌，尤其擅长对歌、盘歌和"六洞琵琶歌"，17 岁时，即成为远近闻名的歌师。民间流传的歌谣"金松的嘴，是喷泉的水；金松的歌，是不干的河"就是对其歌才的赞美。

1952 年初，在群众的信赖与拥护下，他当选为村农民协会主席，从此扛起了村级事务的管理。在参加黎平县四级干部大会上，他听取了县委书记总结全县剿匪征粮、民主建政、土地改革等任务的工作报告后，在为期五年的村农协主席工作中，他积极带领村民走社会主义道路，先后完成了农村征粮、政权建设、土地改革、阶级划分、农业生产互助组、初级社、高级社建设等工作任务，直到 1956 年开展农业合作化运动前夕才卸任。这一时期，他依据火热的生活和切身体验，编创了《忆苦思甜》《社会主义好》《十二心变》《孝顺父母》《夫妻和睦》等反映新生活、新时代、新面貌的侗族琵琶歌，并在全县上下传唱，产生了很大的影响。他还多次出席乡、区、县的各种文艺会演。

1958 年，为贯彻"百花齐放，推陈出新"的艺术方针，促进新文艺的民族化、群众化，黎平县组建了侗族民间合唱团，他和著名民间艺人潘老替等被聘为辅导老师。这一年，他已经 58 岁，但为了传承民族文化，培养青年人才，他还是告别妻儿，克服困难，来到了黎平县城，为青年演员们传道授艺。其间，他除了传授六洞大小琵琶歌弹唱技艺外，还把自己会唱的各种侗歌一并教授给学员们。还与其他老师一起，一边学习音乐知识，一边创作排练新的节目，并一起下乡和外出演出，为合唱团建设努力发挥作用。临近"文化大革命"时，黎平县侗族合唱团受到冲击，被迫解散，他和团内艺人们都下放回乡务农。这时，虽然年过半百，但子女都长大成人，他已无牵无挂。每当农闲时节，他就背着琵琶走村串寨，继续为侗乡人民传歌、编歌和唱歌。除编唱劝世歌、礼俗歌外，他还编唱了著名的叙事歌《珠郎娘美》。他用自己激越的歌声，鼓励侗族男女青年进行争取婚姻自主的斗争。《珠郎娘美》这首优美的叙事长歌，伴随着他的不停足迹，走出了黎平，踏进了从江、榕江、湖南通道、广西三江等黔湘桂边地各县的山山水水，歌声也在侗乡的村村寨寨广泛传扬，赢得了百里侗乡的赞誉。

沿袭传统习惯，侗族琵琶歌歌师一般都能亲手制作琵琶乐器，他也如此，是制作琵琶的民间高手。为了更好地唱歌配乐，他亲自选用泡桐木或樟木、檀木、水杉、油杉等优质材料，制作出一系列的大、中、小琵琶琴。大琵琶，用作"嘎经"（叙事歌）大琵琶歌配乐，中、小琵琶，用作"坐夜歌"（情歌）小琵琶歌配乐。琵琶的琴头有弯有直，以弯琴头见多；琴盆有圆形、长方形、椭圆形等；琴颈为指板，有的设两个把位，有的不设把位，但大小均按比例制作。其中，大琵琶身长 1 米多，装置 3 根筋弦，体大弦粗，以牛角片或竹片弹奏，声音浑厚、低婉、辽阔，一般定弦音为 563，多用于叙事琵琶歌或说唱音乐伴奏。中、小琵琶身长 1—2 尺之间，安 4 根或 5 根丝弦或金属弦，4 弦定音 5663，5 弦定音 56633，以牛角片或竹片弹奏，声音清脆、悠扬、悦耳，多用于男女琵琶情歌对唱伴乐，在侗戏里也用作色彩音乐等，且多为台上演员自弹自唱。一般来说，泡桐木、樟木等材料制作的侗族琵琶琴，音质轻柔缠绵、悠扬悦耳，混合着情意绵绵的情歌之声，显得格外地抒情动听，叫歌手们十分喜爱。而吴金松的歌声和弹唱的琵琶琴声，尤其深情而感人，往往使人陶醉入迷，思绪万千。1972 年，他病逝于家乡，享年 72 岁。

潘老替（1915—1999），贵州从江县高增乡小黄村人。少小时期，他即因灾荒随父母逃难到黎平县四寨乡的岑丘村落脚。苦难的日子，使他从小就喜爱拉果吉琴、唱侗歌。弹琴唱歌成瘾的他，常常忘事，少不了挨父亲的耳光。有一次，他带着果吉上山砍柴，半路上突然听到蝉虫在树林里"朗朗哩哩"地歌唱不停，听着听着，他着迷了，拿起果吉在山上模仿弹奏了起来，直到太阳落坡了才突然记起来还没有砍柴。由于他心灵手巧，还学会了自己制作果吉、胡琴和侗笛。无事的时候就常常时而拉琴、时而吹笛、时而自弹自唱，弹唱技艺日渐成熟，曲调和歌声都很优美动听。每天晚上，他家的木楼，里三层外三层围满了听歌的人。到 17 岁时，他已经是十分熟练的弹唱艺人，虽然一字不识，但由于脑子灵、记忆好、勤快学，逐渐成了集唱歌、弹琴、演戏等技艺于一身的通才，被戏师补鼎邀请进入侗戏班排演《善郎娥美》，他既当演员，又当乐手，还能把剧情和唱词倒背如流。后来，又学会了《吉金》《龙门》等曲目。20 岁成为当地著名歌手，1936 年，21 岁的潘老替离开戏班，带上他的胞弟潘老欢一起离开家乡，开始艰辛的游艺生涯。这是他第一次出门唱歌，既增长了见识，也学会了各地的侗歌，拓宽了歌唱的领域，收入也有很大改善，当他们离开村寨时，人们常常打包糯米饭、腌鱼、腌肉甚至红包以示答谢。他传唱的侗歌主要是《金汉烈美》《善郎娥美》《珠郎娘美》《莽岁榴美》等叙事长诗，还经常唱情歌、酒歌、拦路歌、踩堂歌等。他的演唱，一字一句，精雕细琢，声音圆润，吐字清晰，嗓音纯正，极具艺术魅力，那动人心魄的歌声，传遍了黔、湘、桂侗族周边的村村寨寨。从此，他成为著名的民间歌师和果吉拉唱艺人。1941 年 6 月，永从县和下江县合并为从江县时，他到从江县的亚山地方唱歌，由于当地的挽留，他竟然一连唱了 13 个晚上，每晚都唱到深夜，13 个晚上唱的歌，未重复一首，听歌的人没有不佩服的，都赞誉他"了不起"！

1953 年，从江县的独洞、归速两村，派出罗汉队和姑娘队到岑丘寨上来接他去唱歌、传歌，男女青年们穿着节日盛装、吹着芦笙而来，看到这个场景，他感动不已，二话不说就赶紧上路。当他来到当地村寨时，主寨的男女老少早在村口夹道欢迎他的到来。步入鼓楼时，又响起了三响铁炮，鼓楼里摆满了烟茶果品，人们以侗家最高的礼仪迎接招待他，他顿时感到做歌师艺人的尊崇。

1958 年黎平县成立侗歌合唱团，他和石美华、吴金松、吴仕恒等歌师、戏师被聘为老师。在合唱团的一年多时间里，他和同行们传授了大量大歌、情歌及侗戏的知识，使得《蝉之歌》《嘎吉哟》《八月歌》等侗族经典名作迅速传播开来，在侗族地区产生了很大影响。平日里，他既上台表演说唱曲目，又给学员传授果吉、胡琴、侗笛等吹拉弹唱技艺。他的果吉拉得娴熟，特别是双音十分协调，尾声人声与琴声分离，若离若合，赛过蝉声，扣人心弦，技艺达到炉火纯青，几乎无人敢于相比。1959 年冬天，黎平县举行一年一度的文艺会演，天气忽然寒冷起来，身上只穿两件单衣的潘老替，冻得连腰都直不起来，时任县委副书记的陆金良看见了，问他说："天这样冷，你只穿这点衣裳？"他回答说："我只有这两件衣裳！"当天中餐，陆金良即向县长吴邦建汇报。吴县长当即拍板，从冬季救济棉衣中救济潘老替一件。当他接过新棉衣激动不已，那晚，他一夜难眠，想起共产党的恩情，他心潮涌动，连夜编成了新侗歌《一件棉衣》：

> 今天上台弹琵琶，未曾开口泪先下。
> 从前我穷田地少，穿件烂衣富人见了笑掉牙。
> 常年做工吃不饱，肚子饥饿真无法。
> 解放军到来分田地，我们如鸟雀展翅飞天涯。
> 县里文艺大会演，偏落雪凌结冰耙。
> 身上只有两单衣，北风呼呼冻手麻。

领导见我衣单薄，送件棉衣暖全身。

好像雪里送炭干天下雨水，好像害病得到医生来打针。

千好万好只有共产党最好，为人民服务关心照顾我穷人！

第二天晚上，文艺会演正式开始，他主动报名演唱新编的侗歌《一件棉衣》，博得了经久不息的阵阵掌声。这首新侗歌，歌颂了共产党关心穷苦人家严冬送棉衣的感人故事。随后被中央广播乐团灌成唱片在全国播放，引起热烈反响，他成了名闻遐迩的侗家歌手。之后，他多次出席县、州、省文艺会演活动，受到各地观众的称赞和好评。

1966 年合唱团因"文化大革命"爆发而被撤销，他和团里的艺人被下放回乡务农。"文革"期间，凡侗乡唱侗歌、弹琵琶、吹芦笙等都被禁止，村寨中的鼓楼、花桥、萨神坛都被视为"四旧"而遭到破坏。"文革"结束后，他焕发了艺术青春，继续为广大群众唱歌、传歌和教歌，进入他传歌授艺的鼎盛时期。1979 年 9 月，他光荣出席在北京召开的全国少数民族民间歌手诗人座谈会，受到党和国家领导人的亲切接见，并加入了中国民间文艺家协会。1983 年在全州文艺调演会上，他把新编的侗歌《重新上台》带上了演出舞台：

今晚上台唱歌我乐哈哈，共产党尊重我又弹起土琵琶。

文艺舞台就像一座大花园，我这只歌鸟又回花树来安家。

可恨"四人帮"操着大刀把花砍，美丽的花朵被丢进猪槽受糟蹋。

他们把通向歌堂的路用刺来塞断，一条大路设下重重关卡。

唱琵琶歌说咿咿呀呀不好听，吹芦笙曲说哇里哇啦不像话。

他们把多少歌手当作"四旧"来打压，扯着耳朵拿到会上斗争又谩骂。

共产党啊我爱你就像画眉爱树林，我又像一个浪子重新找到爹和妈。

我要紧跟您在新长征路上唱高歌，把"四化"的凯歌传遍万户千家。

新时期以来，侗乡村寨经常邀请他去传歌唱歌，为表达对他的敬意，好客的人们家家户户用禾秆草包糯米饭和腌鱼腌肉等送他出村。有时礼品太多，他又年高体迈，主寨就派青年们挑着礼物、燃放鞭炮送他回家。一次，他到广西侗寨去唱歌传艺，那里盛产茶油，每到一寨，村民们总是以油茶报答他，这家二两，那家三两，并用竹筒来包装，竹筒满了一筒又一筒，等到他离开村寨时就派人挑着护送他回家。晚年的他，因为唱歌传歌受人敬重，生活过得快乐宽裕而充实。1999 年，他因病在家逝世，享年 84 岁。他的一生，为侗族民间文艺的传承和发展作出了积极的贡献。

张广庭（1917—1995），贵州锦屏县彦洞乡仁丰村人。他从小在苦水里泡大，因而特别喜爱听老人摆古，并幻想像故事里的人物一样能在想象中改变自己的悲苦命运。新中国成立后，他幼年幻想能有出头之日的梦想，竟然变成了真真切切的现实。于是，他以火热的激情和干劲，积极投入土地改革、清匪反霸的运动中，不久就加入了中国共产党。1952 年，仁丰村成立党支部，他担任了第一任党支部书记，直至 1968 年，在"文化大革命"运动中被批斗下台。他一生都懂得文化的重要，任期内他克服困难创建了仁丰村小学，让孩子们就地就近上学读书。接着在仁丰村办起了九寨区第一所农民俱乐部，对农民进行夜校文化补习，扫除文盲。同时组建村文艺宣传队排练民族歌舞，丰富群众文化生活，并多次参加公社、区、县以至州里的文艺汇演，使该村赢得了侗乡"文化村"的美名。

他是一位民间故事师，会摆许多传说故事。"满崽咎的故事"长期以来就流传在北部侗族的锦屏、天柱、剑河相邻各县侗族人民中间。相传满崽咎这个人，清末民初生于锦屏县九寨乡皮所村一个雇农家庭，因排行最小，俗称"满崽咎"，简称"满"。"满""咎"都是侗语，"满"意为"最小""末尾"，"咎"意为"优秀""机灵"。满崽咎这个形象，是侗族人民依据历史人物塑造出来的一个勤劳勇敢、有胆有识、能言善辩、乐观幽默、敢于反抗的机智人物形象，在方圆百里侗乡，"满"的故事，家喻户晓，妇孺皆知。

张广庭老人讲"满"的故事时，神采飞扬，手舞足蹈，还穿插着优美的侗族民歌，人们围着他，听得如醉如痴，发愣发呆，还不时爆发出阵阵的喝彩声，令人开心笑得前仰后翻。他讲的"满"故事，后来由贵州省民间文艺家协会主席龙玉成翻译整理出来，被辑入 1982 年上海文艺出版社出版的

《侗族民间故事选》，并与卜宽、陆本松、满根、天神哥、开甲等著名的侗族机智人物齐名辉映。之后，民间文艺家陆景川又向他搜集了"满"的另外几则故事，如《提粪》《薅秧》《请法师关屋》《跟我学》等等，并把它们辑入《九寨风情》集子中出版，使北部侗族民间文学中满崽咎这个机智人物的形象更加饱满完美和栩栩如生。

1995 年 7 月 29 日，张广庭不幸病逝，享年 78 岁。村民们把他安葬在仁丰小学的操场边，以示纪念与追思。

肖昌义（1929—2009），贵州锦屏县平秋镇皮所村人。少年时代，因家境贫寒，生活穷苦，他读到高小就辍学了。但却受到父亲和村里老艺人的影响，幼年时代就接受了民间文化和技艺的熏陶。他为人开朗，天性活泼，从小爱唱山歌、吹木叶。青年时代，他走到哪里哪里就有歌声，哪里有歌声，哪里就出现阵阵木叶声飘荡的欢乐场面。即使到了晚年，他还学习民间医术，苦钻《易经》，测字看相，经常走村串寨，为邻里乡民唱歌摆古看病。

2001 年 8 月，中央电视台首次来到锦屏县九寨平秋拍摄侗族民歌风情片。受黔东南州文化局和平秋镇政府的邀请，他特意为九寨侗族文化艺术业余学校和中央台拍摄活动编排传授了失传很久的九寨民间舞蹈《踩歌堂》。这一年他已 73 岁，但仍精神矍铄，艺技不减当年。据他回忆，小时候他曾参加过《踩歌堂》，原来古歌很长，但年老记性差了，当时他怎么也只记得四段侗话歌词了。第一段叙述侗族先民的生活环境和古代吃牯脏、祭祀、吹笙、踩堂的盛况。第二段追述母系时代妇女们采集野菜的原始劳动，并告诫人们要注意火烛安全。第三段讲古代侗族社会生产力低下，经常受到猛兽的侵袭盗食，侗民们群围追打老虎的场面。第四段叙述侗族社会生活安定，人们得以相约唱歌，吹笙娱乐。这首古歌是侗族古代社会生产生活的风情画卷，是对九寨社区进行人类学、社会学、民族学研究的活化石。至于古歌的曲调，民族音乐专家认为：这是一首由 61235 构成的羽调式侗族古歌。它结构单一，曲调古朴；乐韵庄重粗犷，节奏顿挫鲜明，感情真挚淳厚，情绪激烈跳跃。其调式和风格与南部侗族古歌尤为酷似。

不仅如此，他还是九寨侗族社区民间文学的故事师和传承人。20 世纪 80 年代，锦屏县有关部门为了编辑民间文学"三套集成"而向他请教。他十分热心地讲述了《张良张妹》《嘎老定亲》《十八姑娘三岁郎》《羽毛衣》《巧媳妇斗"赖皮狗"》《再幸》《柴汉》《"万事不求般般有"》《牛娃和后娘》《无义与知恩》《包黑汉》等神话、传说、故事、笑话、寓言和童话以及谚语，还演唱了很多的民间歌谣。这些极为珍贵的民间文化遗产，分别被选入《中国民间故事集成·锦屏县卷》《中国民间歌谣谚语集成·锦屏县卷》及《九寨风情》与 1994 年 3 月西南交通大学出版社出版的《贵州侗族民间故事选》等集子中。2009 年 1 月 1 日，肖昌义老人因病去世，享年 80 岁。他被誉为九寨侗族民间文化的老艺人。

龙玉成（1930—2015），贵州天柱县邦洞镇铁厂村人。他出身农家，从小在家乡一边劳动一边读书，并爱上了民间文学。而且他热心公益，是村里的活跃青年。1950 年，他当选村农会主席。1953 年镇远师范毕业后，分配到台江县革东小学当老师，这里是苗乡沃土，他深受苗族文化的熏陶。他不断追求学业，1954 年考入贵阳师范学院中文系，1958 年毕业后，先后在贵州民族学院和贵州大学中文系讲授民间文艺的课程。1962 年 10 月调入贵州省文联专职从事民间文学工作。其间历任贵州省民间文艺家协会副秘书长、秘书长、副主席、主席等，曾为全国文代会第四、五届代表，中国民间文艺家协会第四届理事、第五届常务理事，中国民间文学三套集成贵州省领导小组成员兼办公室副主任及《中国歌谣·贵州卷》主编等。其漫长人生中，有 60 余年是在民间文学的田野里劳作耕耘。

从新中国成立至 20 世纪 80 年代，贵州民间文艺家协会率领全省各级会员，广泛地开展发掘抢救整理活动，先后刊印了 70 多集包括苗族、布依族、侗族、彝族等少数民族的民间文学资料集，其中有 17 集是《侗族民间文学资料》，这一宏大文化工程，引起全国民间文艺界的轰动与反响。中国民间文艺家协会主席钟敬文先生生前在多种场合说过："贵州编印了几十集的民间文学资料，很了不起！它们不仅保存了弥足珍贵的民族民间文化，还为我国培养民间文学、民俗学的硕士、博士提供了方便，贵州的同志功不可没！"

钟老的赞誉，包括了对龙玉成工作成果的褒扬。

自 20 世纪 80 年代以后，龙玉成就把主要精力放在侗族民间文学的搜集整理上来。他说："我是侗家人，侗族民间文学的发掘和整理，我有不可推卸的责任。干吧，一样一样地干吧！我在民间文学战线上就要让我们侗族的民间文学发出光彩，并充实祖国文化的宝库。"为此，他几十年如一日，锲而不舍地一样接着一样干。先后主编、合编并在北京、上海、云南、四川、广西、贵州等地出版了《侗族民间故事选》《侗族情歌》《侗族玩山歌》《贵州侗族民间故事选》《贵州侗族歌谣选》《贵州民间文学——影视剧本选》《贵州古文化研究》《飞天白鹅》等系列书籍。有人统计，他一生中搜集整理翻译了几千首侗族民歌、近百万字的侗族民间神话传说故事，还发表了《论侗族民歌的翻译问题》《论侗族的"源""流"问题》《论侗族民歌的文化特征》《论侗族民间故事的文化特征》《侗族伴嫁歌的生态研究》《论侗族情歌的生态与习俗》《贵州各民族文化交流中的民间诗律》等 20 余篇论文。他搜集整理的侗族民间神话《捉雷公》被辑入《侗族民间故事选》由上海文艺出版社出版后，获得了贵州省少数民族文学一等奖，论文《论侗族的"源""流"问题》获贵州省社科优秀成果奖等。

此外，早在二十世纪五六十年代，他就参与过《苗族文学史》《布依族文学史》《侗族文学史》的资料收集与编写。后来，又为编辑《贵州彝族回族白族民间故事选》《贵州水族瑶族毛南族民间故事选》《贵州土家族仡佬族民间故事选》《贵州布依族歌谣选》《贵州汉族歌谣选》等丛书而辛勤工作。其间，还搜集整理了 10 多万字的红军故事，其中有 16 篇被收入在 1984 年中国民间文艺出版社出版的《红军在贵州的故事》集子中。他还担任全国大型工具书《中国各民族宗教与神话大辞典》《中国各民族传统文化百科大全》的编委及贵州卷的正、副主编，并撰写了侗族部分的条目。后来，他直接主持和负责的贵州省民间文学三套集成办公室，曾获全国社会科学规划办公室授予的先进集体奖，他个人被授予全国先进工作者荣誉称号。

在几十年的民间文艺生涯中，他采访了成百上千的各民族歌手、歌师、戏师、艺人和故事师，广泛联络团结民间文艺创作和研究的众多人才，尤其是为侗族民间文学组织、集聚了承前启后、继往开来的后备人才。直到今天，这批人才还在发挥推动促进侗族文化发展繁荣的独特作用。2015 年 8 月 12 日，龙玉成因病医治无效在贵阳逝世，享年 85 岁。

周昌武（1932—2011），贵州三穗县款场乡革溪人。从小受民间文学陶冶，少年时代已能出口成歌成垒。1958 年毕业于贵阳师范学院中文系，先后在三穗县中学、师范教书，1986 年调入黔东南州教育学院任写作和民间文学课讲师，后升副教授。当选黔东南州第九届人大代表、常委会委员；系中国民间文艺家协会、中国民俗学会、中国写作学会会员。

20 世纪 50 年代中期开始在省级报刊发表作品，后因被错划"右派"环境不顺而搁笔。1979 年"错划"得到改正，他焕发起文艺激情。从 1980 年起，先后在《南风》《侗学研究》等刊物发表歌谣、白话（垒）、故事、民俗、论文等 500 多首篇。其中代表性的歌谣如《侗族儿歌》《周岁歌》《祝寿歌》《高章歌》《结亲歌》等；白话如《侗族白话三篇》《初会白话》《借件白话》《褒奖白话》《成双白话》等；传说故事如《开甲的故事》《姜应芳的传说故事》《盼红军的故事》《款场斩龙坡的故事》《闹安神》《鬼的故事（三则）》等；民俗文章如《退茶》《咔舅公》《吃高章》《后生吃粑》《上马》《侗族人唱歌》《侗族的赎魂》等；论文如《款场侗族酒俗散论》《侗族民歌——世界民歌之最》《试谈侗族婚恋中的良风、陋俗》《款场侗族与汉文化的关系》等。《开甲的故事》等辑入上海文艺出版社出版的《侗族民间故事选》，《周岁歌》《祝寿歌》被收入《贵州省三套集成·歌谣集》，《侗族儿歌》获贵州省民族文学三等奖，《款场侗族酒俗散论》获贵州省社科优秀成果四等奖。出版的《侗乡好事酒歌》，获黔东南州文艺创作百奖二等奖等。编著有 15 万字的《民间文学讲稿》，他在《后记》中幽默风趣地咏唱："没有大纲无教材，民间文学课要开。起家依旧凭白手，成事不容卖小乖。书刊摞摞交叉用，散韵堆堆细选排。讲稿行文十五万，二十九天拼出来！"之后，《民间文学讲稿》获贵州省写作学会首届科研成果奖。

陈远卓（1934— ），贵州剑河县南明镇凯寨村人。幼年在家乡读书劳动，就喜爱学歌唱歌听摆古。1951 年参加中国人民解放军，1956 年转业到黔东南苗族侗族自治州水电局工作，1961 年调剑河县文化馆，1984 年调任剑河县政协副秘书长，分管文史资料征集整理研究工作，1987 年当选县政协副主席并连任三届至退休。系中国民间文艺家协会、中国民俗学会会员等。

从 1962 年开始，他在剑河县文化馆开始搜集整理少数民族民间文学资料，1964 年进贵州省群众艺术馆文艺干训班学习剧本创作，"文化大革命"期间因创作剧本《红山茶》等和搜集大量民间文学资料受到批判被打成"牛鬼蛇神"，遭受监督改造 10 余年，直到 1980 年才重回县文化馆工作。作为一个人生经历丰富而又痴迷民间文化的热心人，他对民间文学情有独钟，对民间文化心领神会，无论是对传说、故事、民歌、民谣、民风、民俗的采录、翻译与整理，都能得心应手。他整理的传说故事，对机智勇敢的劳动者尽情讴歌，对贪婪愚昧的土佬财或刁刻奸诈的小人，进行无情的揭露和鞭挞。观其文如见其人，这与他的性格诙谐幽默甚至活泼机敏极为有关。他是熟悉侗语，精通侗族风情的侗家人。当年重回文化战线后，他就在省内外刊物发表作品，几年间在 10 多家报刊发表并被 5 家出版社收入出版的民歌民谣、民间故事、散文、特写和文史专稿 40 多篇 30 多万字，《贵州民间文学资料辑》丛书收入其各类民歌 6000 多行，各类民间故事 30 多篇，其中民间故事《借谷对诗》获 1981 年贵州民族文学创作二等奖。《天神哥》《王神保》等被辑入上海文艺出版社出版的《侗族民间故事选》。下面来分享他整理的《王神保》中的一段故事即可窥见一斑：

那一年，王神保刚满 18 岁，父亲王三挡却听信媒婆的话，给他讲了一个 30 来岁的二婚婆娘，王神保不情愿，他便对爹说："爹，我还年轻，要讲就讲一个年纪相当的给我，那个老婆娘我不要！"

"屁话！婆娘还不是姑娘变的？父母之命，媒妁之言，这是古礼。不要也得叫你要！"王神保知道父亲的脾气，和他硬争是没有用的，只好暂忍着。

不久，王三挡请亲家吃饭，他叫王神保去后园挖楠竹笋来炖肉，王神保去到竹园，挖来了四五个老楠竹蔸，砍成片片，掺在肉里一起煮。亲家来吃饭了，王三挡兴趣蛮浓地邀请吃楠竹笋。可是大家从锅里夹起来的全是老楠竹片。王三挡气得火冒三丈，大声武气地骂道："你这畜生，我叫你去挖楠竹笋待客，你怎么尽挖一些老竹蔸来煮呢？"

王神保答道："爹爹息怒，这竹子不也是笋子变的吗？"一句话，说得王三挡哑口无言，在座的亲家也感到脸上无光。

不久，这门不相称的亲事就这样退掉了。

陈远卓的民间歌谣风俗故事集《侗寨古风》16万余字50余幅图片，2004年由中国文联出版社出版。其中的《开天辟地歌》《牯脏节歌》《采桑节歌》《婚嫁歌》及节日习俗、信仰习俗、婚姻习俗、建筑习俗、风情风物故事、改革陋俗款规、名胜古迹传说、民间艺人评介等类别齐全内容丰博的诸多篇章，都是极有价值的社会学、民俗学、历史学、民族学和民间文艺学的珍贵资料，受到学界和同行的赞誉与好评。

此外，他还主编刊印了《剑河县民间故事选集》《中国歌谣谚语集成·剑河县卷》《剑河县文史资料辑》等丛书。

王朝根（1935—2017），贵州天柱县石洞镇客寨村人，晚年定居锦屏县平秋镇街上。3岁时他父亲过世，10岁时母亲和爷爷相继离世。成了孤儿后，小学没读完他就离开了校门。为了排遣生活痛苦，他时常以歌解闷消愁，侗歌成了他维系生活的心魂。可后来的岁月，使他逐渐感觉到侗歌正在悄悄地流失与消亡。属于痴爱，他开始了抢救侗歌的漫长旅程。可搜集侗歌的路，弯弯拐拐，困难重重。开始，人们对他搜集侗歌也不理解，认为他不务正业而躲开他、疏远他。不久他发现，照相在乡下很受欢迎。如用照相作交换来搜集侗歌，这路子可能就宽广。可那时相机是高档奢侈品，他根本买不起。直到1956年，他利用自学到的关于小孔成像和凸透镜聚焦的知识原理，竟成功仿制出了一台简易的照相机。从此，他以照相为手段，走村串寨，搜集侗歌。只要谁能跟他对上几首歌或者抄写一两首歌，他就可以免费帮照相。这一来，他便搜集到了很多几乎失传的侗歌。1960年，在熟人的帮助下，他进了清水江木材水运局工作。有了铁饭碗，他仍痴情不改地靠业余照相在清水江两岸搜集侗歌。可不幸的事情发生了，在一次作业中，意外事故致他左手残废，从此他连拿照相机都不方便了。1980 年，他又遭不测，致使右下肢致残。从此，他一瘸一拐，被抛入厄运之中。但他志气不减，始终没有熄灭钟爱搜集民歌的激情。

在不断地走村串寨中，他最终认识了九寨。九寨是一个原生态的侗族社区，又是中国侗族南北部方言区的过渡地带和结合部。九寨的侗歌多如山花，有古歌、大歌、酒歌、山歌、情歌、儿歌、婚嫁歌、木头歌、丧葬歌、桃园歌、巫术歌及白话等等，可谓花的世界、歌的海洋。他敏锐地感觉到九寨就是他要找的侗歌之乡和栖身之所。1981 年，他毅然办理了搬迁手续，从天柱县老家搬到锦屏县九寨区平秋村来定居。九寨人理解他，也接纳和支持他。从此，在他简易狭窄的木房里，男女老少都喜欢来跟他学歌对歌，他总是热情耐心地与人以歌交流，还帮助年轻人提高唱歌技巧。他还擅长现场编歌，编得入情入理，令人易记易唱。从此，他赢得了九寨歌师的声誉。50多年中，他的足迹踏遍了锦屏、天柱、剑河、三穗、镇远等侗族北部方言区，也到过黎平、榕江等南部方言区，行程超 11 万里，搜集到各类侗族民歌 3 万多首，整理成侗歌资料集 10 多本。

为了能更好地利用光碟传播侗歌，2002 年，年过六旬的他还学会了电脑，之后东拼西凑，买了一台电脑，开始制作光碟。他从选民间歌手、布置场景到排练演唱，一切工作都亲自上阵，而且精力充沛，乐此不疲。几年中，拍摄制作了《九寨古歌》《九寨嘎花》《九寨酒歌》《有缘巧相遇》《情意感人心》《聚散情依旧》《情爱终如蜜》及九寨风情内容的光碟 10 多种。由于他整理的歌集有侗、汉记译，因此资料价值较高。而制作的光碟因是侗、汉双语，易于流传，很快就飞入千万寻常百姓家。他的歌本和光碟还先后被县、州、省文化部门及有关单位收藏和保存。他爱歌入迷、写歌成书、护歌坚守、一生艰辛、无怨无悔的感人事迹，先后受到《黔东南日报》《贵州日报》《当代贵州》和金黔在线及海峡卫视等媒体的报道与宣传。2008 年经省内外媒体力荐，这位守护侗歌 50 年的七旬老人，入选为感动中国人物的百名候选人。

2012 年 4 月，受上海东方卫视的邀请，他以北侗歌师的名义与南侗歌手吴飞虹、吴良峰等赴上海接受采访，这也是黔东南州北部侗族地区的歌师首次赴上海摄制节目。不久，上海东方卫视对他 50 余年守护传承侗歌的感人故事进行了专题报道。当时，他深情的现场感言是："几十年来，我拖着残疾之躯，致力于搜集、整理、抢救和传承侗歌，并因此饱受贫困煎熬，也遭到了不解与非议。随着岁月沧桑，白发稀疏，我的耳边也架上了老花镜。但我迷恋侗歌，痴情侗歌，我不后悔，我要将守护侗歌进行到底！"如此坚守的初心，如此铿锵的呐喊，给全国无数听众与观众留下了深刻难忘的印象。从上海回来后，他备受鼓舞，也自知时不我待。经过几年备尝艰辛的案头工作，他终于整理成了 70 多万字的资料集，配上侗文后，竟超过百万字，洋洋大观。可如此之巨的侗歌集要想出版问世，却不是一件容易的事情啊！

2017 年 5 月 9 日，王朝根因病去世，享年 83 岁。同年 9 月，他费尽毕生心血搜集整理达 130 余万字 16 幅图片的《侗族歌经》三卷本，在县、州、省有关部门的积极推进下，由北京团结出版社出版。王朝根在天之灵有知，当会瞑目于九泉。

　　吴培信（1936—2010），女，贵州黎平县岩洞村人。岩洞是侗歌之乡，她的祖母、父亲、母亲、姑母、姑父都是当地有名的歌师，长辈的口传心授，使她从小酷爱唱歌，长到 14 岁便成为伙伴们公认的"姑娘头"和侗歌领唱歌手，被乡亲们亲昵地誉为"侗家小金蝉"。

　　1950 年黎平县刚解放不久，岩洞村就来了土改工作队，而且还有能歌善舞的年轻女同志，她们热情昂扬的气派，对年轻的吴培信产生了深刻的影响。在她们引领下，她积极带领伙伴们扭秧歌、排侗戏、唱大歌，成为热心要求进步的青年积极分子，受到时任贵州省文化局党组书记、副局长、挂职黎平县委副书记兼土改工作队队长邢立斌和土改队里音乐行家的重视与培养。1952 年 10 月，她光荣加入了青年团。1953 年 2 月中旬，受土改队的选派，她与歌伴吴山花、吴雪花、吴培略一起，先由岩洞步行到黎平县城，再由黎平县城步行到榕江县城坐汽车去贵阳省城参加贵州省民间文艺会演。而且一鸣惊人，由她领唱的侗族大歌《蝉之歌》荣获会演的一等奖，并被推选参加当年 4 月在北京举行的全国首届民间音乐舞蹈会演。3 月下旬，吴培信等 4 人离开岩洞踏上了前往北京的行程。由于没上过学，也不会讲汉话，一路上，她们由岩洞乡乡长带队，跋山涉水，再一次走到榕江县城后才坐车到贵阳会合往重庆，然后在重庆乘船东下武汉，再转坐火车到北京。一路风尘仆仆，她们没有叫一声苦，反而情绪高昂，积极投入会演彩排之中。这次活动，是中华人民共和国成立后举办的第一次全国民间文艺会演，前后演出了27场，有10多个民族的308位民间艺人参加演出，表演了100多个各具地方民族特色的优秀音乐、舞蹈节目。由"侗家小金蝉"吴培信领唱的《蝉之歌》，是侗族大歌第一次向北京也是向全国观众惊艳亮相，因而轰动了首都舞台，赢得了中国音乐家协会专家们"幕落音犹在，回味有余音"的热烈赞誉。接着，她们应邀至中南海怀仁堂为中央首长和民主党派人士演唱，侗族大歌那优美纯正、清亮如泉的天籁之音，受到刘少奇、周恩来、朱德、宋庆龄等中央领导和党外人士的赞赏与鼓励！会演结束，她们不仅获奖，还每人得了一双解放鞋作为纪念礼品。

1953年10月4日，中国人民第三届赴朝慰问团5000余人离开北京赴朝鲜慰问中国人民志愿军。贺龙任总团团长，著名作家老舍等14人为总团副团长。慰问团成员中有梅兰芳、程砚秋、马连良、新凤霞、王昆、张君秋、周信芳、袁雪芬、常香玉等全国著名艺术家。贵州为第三总分团第四分团，各族代表共计50人，副省长欧百川任团长，省委宣传部部长刘昭任副团长。侗族歌手吴培信也荣幸参加了此次慰问活动，这是她第一次走出国门。她所在分团的慰问任务是许世友任司令员的志愿军第三兵团及其所辖的秦基伟任军长的第十五军。她身着亮丽的侗家服饰在慰问队伍中尤为引人注目，被夹道欢迎的志愿军官兵们簇拥起来抛向空中，气氛十分热烈欢腾。她和团员们前往黄继光、邱少云等著名战斗英雄生前所在连队深入慰问，聆听了英雄连队英勇杀敌的战绩报告。她还和苗族团员到营区里看望了在上甘岭579.9高地战斗时仅用20分钟就炸毁敌人4个碉堡的贵州籍特等战斗英雄易才学，向他表示敬意与祝贺，并与他合影留念。这期间，她还目睹了在美帝国主义飞机大炮轰炸下朝鲜美丽山河的弹痕累累、一片废墟。面对着祖国"最可爱的人"和惨遭战争创伤的朝鲜军民，她百感交集，于是在军营前、在阵地上、在山林中、在道郡里，她以一首首侗歌，唱出了侗乡各族人民对中国人民志愿军和朝鲜人民的崇高敬意及对和平与友谊的向往，也喷射出了对美帝国主义及其帮凶的同仇敌忾。她那清丽悠扬的歌声，在经受战争洗礼的热土上，飞扬回荡——她成为将侗歌首次唱出国门的第一人。通过这次慰问活动，她受到了一次深刻的爱国主义和国际主义教育。回国后，她随团先到安徽蚌埠、浙江宁波等地慰问从朝鲜前线归来的志愿军部队，旋即又到贵州兴义、安龙等地慰问人民解放军。第二年4月才回到黎平工作岗位。

1954年6月，吴培信光荣加入中国共产党，9月，她被吸收正式参加革命工作，成为黎平县的第一个民族女干部，并先后担任乡党委书记、区委副书记、县妇联副主任等。之后受党组织选派，前后两次前往贵州民族学院干训班学习深造，增长了文化科学知识，提高了政策理论水平。

1957年6月下旬，吴培信再次接到上级通知，让她参加在莫斯科举行的第六届世界青年学生友谊联欢节。7月1日她按时到达北京集合。接着随团中央第一书记胡耀邦为团长的代表团出席在莫斯科举行的第六届世界青年学生和平友谊联欢节。参加这次联欢节的中国代表100人，她是贵州省的唯一代表。来自5大洲131个国家不同民族、不同种族的3000多个代表欢聚一堂，在莫斯科体育场隆重举行开幕式，苏共中央领导伏罗希洛夫在开幕式上讲话。五大洲的代表也分别在会上发言。然后进入联欢活动，代表们共同唱出人类和平与友谊的心声。吴培信将侗歌演唱到了国际舞台的大殿堂，使世界青年为优美独特的侗歌和侗族姑娘的风采而倾倒与喝彩。随后在游览活动中，她先后参观了克里姆林宫、列宁斯大林墓、地下铁道、集体农庄等，代表们还广泛交流，互敬礼品，增进了各国人民之间的团结和友谊。8月下旬代表团回到北京，进行总结，然后返回本省向青年学生传达。9月5日吴培信回到贵阳。从9月9日起，她向贵阳市机关、学校、厂矿、企业、工商界和宗教界近1万名青年学生进行了9次传达报告，此后还应邀赴遵义、都匀、凯里等11个县市作传达，11月才回到了黎平县城。

1958年，她作为优秀侗族歌手被吸收为中国民间文艺研究会会员。1959年11月至1960年7月，组织选送她到中央团校学习政治理论和团的知识，结业时荣幸地受到周恩来、朱德、邓小平、董必武、陈毅、胡耀邦、陆定一等党和国家领导人在中南海接见并合影。之后她一边工作，一边坚持学习，考得了大专文凭。从此，她改变了过去只能唱、不会说、不能写的落后现状，工作起来风生水起，先后担任凯里县东方红公社党委书记、黔东南团州委副书记、书记、黔东南州中级人民法院副院长、黔东南州妇联党组书记、主任等职。并当选第一至第六届黔东南州人大代表，1981 年始，她连任第七、八、九届黔东南州人大常委会党组成员、副主任等。1964 年 12 月曾当选第三届全国人大代表。1983 年 10 月出席全国第五次妇女代表大会，并在大会文艺活动中，金嗓不减当年，引吭高唱了一辈子痴爱的侗族民歌和革命歌曲。

在新中国民族政策的光辉照耀下，吴培信由偏僻侗乡的一名女青年歌手，成长为优秀的民族领导干部。她一生中，始终热爱侗歌，咏唱侗歌，热情关心侗族地区的文化建设，并与湖南、广西的侗族领导干部一起倡导举办黔湘桂三省（区）侗族文艺会演，她常与歌师、戏师、歌手、乐手、民间文艺家们广交朋友，成为大家的贴心人。她经常深入侗寨苗村，了解民族文化的生存状态，提出切实保护民族文化的有效措施，为民族文化的立法保护、特别是侗族大歌的传承保护与合理利用奉献自己的全部智慧与余热。

2010 年 4 月 7 日，侗族人民的"小金蝉"、优秀歌手吴培信老人，在侗族大歌的天籁之音中，合眼入梦，安然长逝，终年 74 岁。

龚力新（1939—2020），笔名艾人，贵州省剑河县柳川镇人。小时候，他是个好玩好耍的孩子，年轻时还经常翻坡越岭走几十、百里路去锦屏县和三穗县赶歌场。歌场上，姑娘和小伙子们、老年男女们，那唱山歌的悠扬情调、圆润嗓音、应山应水，那你呼我应热情洋溢的场景，在他青少年的脑海里打下了深深的烙印。

1960 年贵阳卫校毕业后，他先后在贵州省卫生宣传教育所、剑河县卫生防疫站、剑河县人民医院工作达 24 年。1984 年 2 月调入剑河县县志办，历任副主任、主任、副编审等，系中国民间文艺家协会、中国民俗学会、贵州作家协会会员。他一生业余从事民族民间文化几十年，共搜集整理民间故事、民族风情、山歌、礼俗歌百余万字，其中在民间文学刊物《南风》等发表数十篇首。先后整理出版 25 万字的民间故事集《美女蛇》和 20 万字的民间情歌集《情歌对唱》。《美女蛇》1996年获黔东南州首届文艺创作百奖民间文学优秀奖,其中的《穆仲青》被收入《侗族民间爱情故事选》由广西人民出版社出版。而《情歌对唱》集在编排体例上突破窠臼,有如下鲜明特点:第一,集子包含了侗族北部方言区和南部方言区的情歌对唱,内容涵盖面较广;第二,集子是以对歌歌手来分类,故在相同的情歌内容中能欣赏到不同歌手演唱的独特风采与民俗立体感;第三,集子附有对唱歌手的简介,便于读者对歌手有全面了解。如:"黄林芝,女,侗族,高小文化,农民。1975年1月生。贵州榕江县朗洞镇宰练村枫木坳人。6、7岁开始学歌,15岁熟练唱歌,能随机应变编唱侗歌。嗓音婉转,优美动听,姑娘时就名扬州内外,曾多次在黔湘桂周边各县民歌赛中屡次多得金奖。"

他还在《山花》等文学刊物上发表散文、小说、诗歌等20余篇,其中散文诗《高山飞瀑》1981年获贵州省民族文学创作二等奖。主编出版《剑河县志》等史志著述3部计200余万字,《剑河县志》1997年分别获得黔东南州哲学社会科学一等奖和贵州省哲学社会科学四等奖。论文《侗族婚姻习俗的传承性与变异性》1994年获贵州历史文献研究成果三等奖。

罗康学(1945—2016),贵州锦屏县平秋镇平秋村人。他少小聪颖敏悟,在家乡深受侗族民间文学的熏陶。1953年在家乡平秋小学读书,1959年考入锦屏县中学,因生活所迫,高一就辍学回家务农。但在校期间,他十分爱好古典文学和民间文艺,读了《水浒》《三国演义》《西游记》《儒林外史》《七侠五义》《杨家将》《二度梅》《说唐》《包公》《警示恒言》等众多的文学作品,深受演义武侠小说艺术的影响。困难时期在家乡务农期间,他仍孜孜不倦地坚持自学。1965年经锦屏县卫生局推荐进入镇远卫校学习1年,结业后在平秋大队和平秋公社卫生院当赤脚医生达10余年,熟悉中草医药及巫医,为四周邻里行医看病,受到群众的好评。

因为从小喜欢读书,又崇敬英雄豪杰,而且热爱家乡山水,熟悉九寨百里侗乡天文地理和风土人情,故而对书面作家文学与民间口头文学十分熟悉。加上有几分天分悟性,善于发挥艺术想象,因而他摆的传说故事,情节曲折,枝叶繁茂,栩栩如生,十分动人。他还善于引经据典,即兴发挥编歌、盘歌和对歌，故成了九寨侗乡有名的歌师。二十世纪六七十年代，在歌坪对歌、吟诵垒词白话与盘问对歌中，曾唱赢周边天柱、剑河等县许多歌队与歌师。在四村八寨的大歌宴席和婚嫁对歌席上，他都是充当歌头和把关的歌师。同时，还对九寨的侗族民间文化极有思考和见解，因而成为外地专家学者来到九寨平秋都要采访的重要民间文化人。

他讲述、演唱的作品先后被选入各类民间文学集子中。如以他为歌师演唱的婚嫁歌《九寨嘎花》，经文艺工作者整理后最早发表在 1983 年 8 月第 4 期的《南风》，这是锦屏县的民俗歌首次刊发在全国有影响的民间文艺刊物上。这组婚嫁歌因民俗文化内涵丰厚，曾受到全国著名民间文艺家、北京大学段宝林教授的赞誉，从而产生了广泛的反响。随后，由他口述的民间文学作品累累推出，并被选入各种公开出版的集子中。如童话《麦子和荞子》被选入 1983 年 8 月吉林人民出版社出版的《养鸭小姑娘》，故事《只要银钱一十三》被选入 1994 年 3 月西南交通大学出版社出版的《贵州侗族民间故事选》、《三板溪的传说》、平秋金矿的系列故事《金龟》《乱岩洞》等及童话《南瓜和白瓜》同时被选入陆景川主编的《九寨风情》集子中一版再版，这本集子获 2004 年贵州省人民政府授予的文艺成果三等奖。

罗康学兴趣广泛，还经常吟诗作对，以反映九寨社区的风情风物和侗族人民丰富多彩的生活。2016 年 11 月 13 日，他因病在家逝世，终年 71 岁。

王胜先（1951—1995），贵州从江县拥里乡人。他的童年很苦，生下来就没有了父亲，是随母亲改嫁漂泊乡间的。青少年时代，他走村串寨讨过饭，到广西打过工。后来，在混乱的"文化大革命"期间，还因遭受牵强附会被扣上许多罪名，被游街批斗，甚至蹲了几十天的大牢……这苦涩的童年，也许是一份财富，使他过早地成熟敏慧，认知了人世间。他悟性好，又喜好读书，并从小受到侗族民间文学的感化，平时留心记住老人摆的古和乡间流传的俚语歌谣，因而十多岁就能编唱侗歌，还将《水浒传》中的《大破连环马》改编成侗戏脚本，邀小伙伴们来排练演出。"文革"期间，他编了一出侗戏《乃朗》（离去的母亲）。戏中把残暴的继父写成是"四类分子"，剧情表现了主人公随母下堂受尽虐待的苦难生活与忍辱抗争。这出戏在贵州从江县和广西三江县邻边几十个侗族村寨演唱近百场，竟使许多妇女泣不成声，泪流满面。

1979 年，胜先竟以高小的学历，奇迹般地考取了黔东南民族师专中文系，并且在学校开始了他的写作生涯。《侗寨斗牛节》是他民间文学的处女作，发表在国家级刊物《民间文学》1980 年第 8 期上。1981 年 9 月，他毕业后分配到《黔东南苗族侗族自治州概况》编写组，1984 年调黔东南州地方志办公室，1987 年调黔东南州民族研究所，历任《民族工作》杂志主编、助理研究员、副所长等职。1990 年调黔东南州政协任学习委员会副主任、政协常委。还先后成为中国民间文艺家协会、中国民俗学会、中国少数民族文学学会、中国百越民族史研究会会员等，并任黔东南州侗学研究会副会长兼秘书长。

他一生从事侗族民间文学与文化研究，多有成果，先后发表《侗寨斗牛节》《历代侗族民歌韵律浅议》《赞誉声中一点管见》《"左"倾思潮在民间文学中的反映》和《野人传奇》《京都，回荡着鼓楼的赞歌》《古雅迷人的侗乡》及《侗族族源考略》等文艺作品和学术论文等 40 余篇；编著有《侗族文化与习俗》《越裔遗俗新探》《民族志概论》等；主编、合编《侗族历史文化习俗》《侗族文化新论》《侗族文化史料》《黔东南州民族志》等；与人合作翻译《侗歌演唱选曲一百首》，编演侗戏《芒岁刘美》等；还发表过一些小说、散文、戏剧等总计 100 多万字的著述和作品，是年轻有为的民间文艺家和民族学者。

他的研究成果引起国内外学术界的关注。1992 年 12 月，应日本民俗历史学会邀请，随中国贵州民间文艺家考察团前往日本进行学术访问。在日本丽泽大学与日本研究侗傣语族的专家竹原茂教授等人，就侗傣语族的语言、文化特点、风俗习惯等进行了学术交流，并到日本乡村进行民俗考察，增进了中日民间文化界的友谊。

1993 年，他响应上级号召停薪留职回家乡领办企业。几年间，走遍从江县的山山岭岭、沟壑峡谷，都柳江畔留下他奔忙辛劳的足迹。1995 年 11 月 27 日，因暴病医治无效，英年早逝。

第四节　侗族大歌——人类非物质文化遗产代表作名录

一、侗族大歌的名称、曲调、种类与文学特征

"侗族大歌"，是汉语的称谓，意为"大型之歌"。侗语则自称"嘎老"（gallaox）或"嘎玛"（galmags）。"gal"是"歌"的意思，"laox"为"大""众大""宏大""古典"之意。"mags"即"大"和"长"也。"mags"和"laox"是近义形容词，但"laox"在侗语里还有"古老尊崇""传统规范"之意。侗语"嘎老"或"嘎玛"，则蕴含"大歌""长歌""古老歌谣""传统规范歌谣"等多层含义。"嘎老"，原来只是侗族民歌的一种，即男女歌队在鼓楼正式对歌时的一类多声歌。由于"鼓楼"是侗寨的象征和文化中心，而这类歌贯串于鼓楼对歌的始终，其他多声歌只是其中之插曲，由此它成为多声歌的代表和标志。侗家人就把"嘎老"视为多声歌的总称，通称为"侗族大歌"。又由于侗族大歌渗透到了各种民俗事象活动的细节与始终，所以它也成为侗族传统文化具有多重作用和意义的文化核心。从音乐表现形式的特征上看，侗族大歌是一种多声部、无指挥、无伴奏、自然和声的民间合唱形式。侗族大歌在音乐上有"众声低而独音高"的特点，唱高声者嗓子特别清脆、嘹亮，犹如绿树丛中的一枝红花。

不过，侗族大歌与一般以高声部为主旋律的合唱规律相异，其主旋律却在低声部，因而它是我国目前所发现的民间最完善的合唱表现形式，不仅声斐国内，而且名扬海外。国内外音乐界惊叹这是中国音乐史上的重大发现，从此扭转了国际上关于中国没有复调音乐的说法。所谓复调音乐，即指若干旋律同时叠复进行而组成有机整体的一种音乐形式，简言之为"多声部音乐"。

侗族大歌历史上流传于大部分侗族地区，后因沧海桑田、春秋更迭，如今主要流传在南部侗族的贵州黔东南州黎平县、从江县、榕江县以及广西三江侗族自治县与上述毗邻村寨，流传面积1000多平方公里，其地域基本上

连成一片，均属侗语南部方言第二土语区，人口 20 余万众。

为了更好地了解和研究侗族大歌，必须对侗族民歌的体系有个大致的了解。从总体上说，侗族民歌规模和系统丰富繁复。"据不完全统计，不同名称、不同韵律、不同唱腔、不同风格和不同演唱方式的侗歌有 100 余种，这是一个五彩缤纷的文学和音乐的世界。从语言角度上看，侗歌可分为侗语侗歌和汉语侗歌两种主要形式。侗语侗歌是指用侗语创作并演唱的侗族民歌，具有传统的语言特色，是当前侗族民歌中的主要品种，也是最有民族特色的侗歌种类。韵律复杂是侗语侗歌的主要特点。大多数侗语侗歌既有句尾韵（亦称正韵），又有句中韵（亦称内韵或腰韵），还有上下句之间的勾连韵（亦称勾韵）。用侗语演唱的侗族大歌（gallaox）是当今世界上罕见的多声部、无指挥民间合唱音乐，是侗歌中的珍品，为国内外音乐界所瞩目。侗语侗歌的句式长短不一，少者二言、三言，多者十数言乃至数十言。据目前所掌握的资料，有的侗语侗歌一句竟长达七十多言，故有'长句歌'之称。'长句歌'的主要特点是由两个以上的'节律'（或称'节拍'）组合成句，其中最末一个'节律'必是三个音节或五个音节，其余均为四个音节或六个音节。优秀的侗语侗歌，不仅要求有句尾韵和上下句之间的勾连韵，还要求有句中韵。所谓句中韵就是指各'节律'与'节律'之间的一种押韵方式。这在其他民族的民间诗歌中是不多见的。汉语侗歌是指用当地汉语方言创作并演唱的侗族民歌，也有用侗、汉两种语言夹杂起来演唱的侗族民歌。汉语侗歌是侗歌发展的必然趋势，是侗、汉文化交流和社会进步的必然结果。""汉语侗歌的主要特点是以七言四句为主，通押双句尾韵，具有七言绝句的语言风格。也有一些句式较长、句数较多的作品，类似七言古风。"[①]

当然，按侗歌的风格、旋律、内容、演唱方式及民间习惯，我们也可以把它分为四大类，即大歌、小歌、礼俗歌和叙事歌。

"大歌"是由至少 3 人及其以上组成的男女歌队在鼓楼等特定的公开场合集体演唱的结构比较宏大的民间复调歌种，演唱形式比较隆重，它是各种集体民俗活动的中心内容。应该强调的是，由于这类大歌是主客两寨歌队双

---

① 杨志一、郑国乔、龙玉成、杨通山主编：《侗歌三百首》，民族出版社 2002 年版，第 5—6 页。

方在鼓楼中对唱的。所以，如果客寨来的歌队是女的，主寨就必须以男歌队作陪；反之，客队是男的，主队就必须以女歌队作陪。而歌词的内容则以长篇叙事诗包括神话、传说、故事、赞辞等为主，同时主、客歌队因系男女双方对歌，故歌词也少不了爱情故事的内容等。

"小歌"是侗歌中单声部民歌的统称，侗语称"gallagx"（嘎腊或腊嘎），"腊"侗语为"小或崽"的意思。小歌一般以青年男女行歌凉月或花园玩山唱的情歌为主要内容。其曲调短小细腻，委婉缠绵，寄情尤深。在北部侗区小歌一般称为"玩山歌""花园歌"；南部侗区则称为"坐夜歌""走寨歌"或"土皇歌"。根据伴奏乐器和演唱场合的区别，小歌可以包括琵琶歌、牛腿琴歌、笛子歌、木叶歌、山歌、河歌等等。

"礼俗歌"是在特定民俗和礼仪场面中唱的歌种。侗语称"galxangc"（嘎想）。其音乐旋律起伏不大，注重歌词的内容表达。它包括祭祀歌、踩堂歌、拦路歌、酒歌、款歌、耶歌、伴嫁歌等。如每年正月、二月间祭萨岁祖母时，众人就手拉着手或手搭着肩踩堂唱祭祀歌、踩堂歌等。另外，当外寨人来主寨做客时，主人就在村口寨门拦路，主客相互盘问对唱拦路歌或酒歌等。

"叙事歌"是以神话、传说或历史、伦理、婚恋等为主要内容并以故事的形式传唱的歌种。侗语称为"galjebl"（嘎吉）。它是多由有强力记忆、丰富经验及演唱艺术的老歌师自拉自弹自唱或领唱的演唱歌种。根据演唱方式和不同曲调，它可分为叙事大歌、琵琶叙事歌、牛腿琴叙事歌等等。

如果进一步探析，"大歌"又可分为叙事大歌、声音大歌、抒情大歌和伦理大歌四种。

叙事大歌，侗语称"galjebl"（嘎吉），"吉"（jebl），侗语含有传说、故事等意思。"嘎吉"以传唱神话传说、人物事件、世态人情为主要内容，歌词一般长大，音乐旋律舒缓、低沉与忧伤。如根据本民族神话传说故事改编的长篇叙事歌《开天辟地》《吴氏祖宗》《珠郎娘美》《莽岁流美》《元董之歌》《金汉之歌》《榴妹之歌》等等。也有根据汉族民间传说故事改编的叙事歌《山伯与英台》《陈世美之歌》等。

声音大歌，侗语称"galsoh"（嘎所），"所"（soh）在侗语中有"声气、声音、气息、气力、生息、生存"等含义。"嘎所"在侗族大歌中扮演重要的角色，为大歌之精华。虽然它歌词比较短小，但展示旋律拉腔的气韵宏大，拉腔时高音歌手与低音歌手的歌声此起彼伏，跌宕多变，形成巨大的反差与映衬。特别是旋律多模仿自然界的虫鸣鸟叫、流水潺潺、风啸林涛之声和清风明月之状与时令交替声音，通过丰富的和声运用，朴素的支声手法，绝妙的模拟技巧，加上侗语的独特韵律，在鼓楼、凉亭、风雨桥背景之下，与天地万物交相辉映，构成一幅天人合一、美妙和谐的画面，展示那天籁之音的生态意象，不仅具有强大的艺术感染力和震撼力，而且具有很高的艺术审美价值和音乐研究价值。比如《蝉之歌》模仿蝉鸣吟唱；《杨梅虫之歌》传达杨梅虫啼叫；《山羊之歌》描状山羊欢跳动作情景；《三月之歌》模仿时令变化气象轮回等，其歌词为"三月里，天气好，一对蚱蜢跳得高。布谷、布谷高声叫，人们快播种，季节已来到，布谷、布谷……"这就是声音之歌。可见，其"声音"，无不具有独特的声像魅力，形成鲜明的艺术风格和听觉效果，给人以生态美的享受和崇尚自然的启示。特别是由女声演唱的《蝉之歌》，声音优美跌宕迷人，为侗族大歌之经典杰作。这种文化现象，早期的英国浪漫主义诗人雪莱曾指出："在世界的青年时代里，人们舞蹈、唱歌、模仿自然事物，并在这些行动中，犹如在其他的行动中，遵守着某种节奏和秩序。这些通过模仿所作的再现，各有属于它自己的某种秩序与节奏，听者和观者从这中间所感觉到的快乐，比从任何其他秩序中所感觉到的更为强烈、更为纯粹：近代作家们把接近这一秩序的感觉，称为美的鉴赏。"①

抒情大歌，侗语称"galmags"（嘎吗），"吗"（mags），侗语为"粑、软、柔"等含义，引申为"软歌""柔声歌""缠绵歌"。因其内容是抒发男女爱意柔情，故俗称抒情大歌。其歌词内容丰富，旋律柔媚舒缓，是大歌的主体部分。如《二两银歌》《旧时情哥》《鱼在深潭约共塘》《蜜蜂对对岭上飞》《肇兴情歌》《三龙歌》等等。

伦理大歌，侗语称"galxangc"（嘎想）。"想"（xangc），侗语有"想、思、自省、劝诫"等含义。它是一种寓教于歌、孝顺父母、劝诫善良、惩治

---

① 伍蠡甫主编：《西方文论选》下卷，上海译文出版社1981年版，第51页。

邪恶的传统道德教育之歌，故名伦理大歌。侗家传统社会的伦理观念传承与村寨的安定祥和，就是得益于"嘎想"潜移默化的教育与滋养。其旋律深沉凝重，起伏不大。如《父母恩深》《婆媳歌》《单身歌》《懒汉歌》《酒色财气歌》《乡老贪官歌》等。

侗族大歌的民间文学内容是丰富厚重多彩多姿的。作为一种重要的传统"口传文学"，大歌反映的是侗族整体的文化传统，其他歌种则反映的是整体文化中的个别内容。从目前学界的认知角度来看，大歌的歌词内容主要涉及传统文化的如下方面：历史传说、祭祀礼仪、生产劳动、婚姻恋爱、劝事说理、唱咏风物等类别。所以民间歌师曾一语道破说："凡是我们身边有的事情，大歌都是要唱到的。"可见，侗族大歌不仅是一种音乐艺术，而且还是了解侗族的社会结构、政治经济、民情风俗、世态万象、婚恋关系、文化传承和精神生活的重要组成部分，具有社会史、民族史、思想史、教育史、婚姻史、音乐史等多方面的人文科学研究价值。

侗族大歌不仅内容丰富，而且形式多样，主要有散文体、韵文体和散韵结合的说唱体。而大歌的歌词一般是韵文体的主要代表。侗谚说："没有图案不成侗锦，没有韵律不成侗歌。"大歌特定的韵律结构，讲究正韵、勾韵、内韵之间的联系和押韵。其句式或长或短，因内容需要而灵活变化，是一种典型的"长短句自由结合体"。大歌的歌词长短不一，短者几行、十几行，长者几十、数百行；或者说，大歌歌词较长，最少两段，一般一二十段，多到一二百段。但无论长短其行数都为偶数，每行的字数一般都为单数。每句亦可长可短，短者三字，长者百余字。以"偶数行单数字句，句子长短不齐，篇幅可大可小"可以概括大歌的结构模式，而将这样参差错落的结构生动连缀在一起的便是大歌分外讲究的"韵律"。

侗族大歌的韵律艺术举世罕见。一般来说，同一首歌中将正韵、勾韵和内韵连环套用，是其"韵律"的特征。

正韵是侗歌中的主韵，押在偶数句的末尾，故也称脚韵，或尾韵。一首侗歌必须押正韵，而且一韵到底，很少换韵。正韵使一首侗歌一气呵成，构成一个严谨的整体。

勾韵是上下行相押的韵，即奇偶数句之间相押的韵。一般来说，侗歌七个音节以上的句子都可以分成几个小节，各个小节自成谓语词组。勾韵习惯押在奇数句的末一个音节和偶数句第一小节的第一音节或其他偶数音节上。因为勾韵常常出现在偶数句的中间，故也称为腰韵。勾韵可以自由更换，不要求一韵到底。勾韵使整首诗歌奇偶数句形同环链，紧密相扣，上下呼应。

内韵是同一个歌句中所押的韵，通常是前一小节的末尾音节与后一小节的开头音节相押，也可以押在后一音节的其他单数音节上。当句子特别长或大时，往往要求句子内部押内韵。内韵使歌句更富于节奏感，读来铿锵悦耳，唱来娓娓动听，错落有致，使每个歌句的结构更为严密多姿。

概括地说，侗歌的韵律是："正韵偶句末尾，勾韵奇偶挂勾；内韵同句相连，通篇句句相扣。"正韵和勾韵相互依存，是侗歌中必不可少的歌韵。严格说来，不押正韵和勾韵就不成为传统侗歌。内韵可有可无，但用好了内韵，可以使侗歌韵味更足，增加音乐美和艺术感染力。为此，造诣较深的歌师进行创作时，非常讲究运用内韵。也只有用好内韵，才称得上是一首形式比较完美的侗歌。

侗歌用韵普遍采用 24 个脚韵韵目，俗称"24 大韵"，它是侗族诗歌中世代传习的 24 个正韵韵律。在长期的诗歌创作实践中，歌师们系统总结了侗族诗歌韵律的出现和使用规律，提出了"24 大韵"理论，并根据其主要元音的相同或相近，把它分为 8 组。具体为：第一组：疑西（nyicsil）韵；第二组：别捏（bieec nyeel）韵、牛纽（nyiuc nyiuc）韵、肴霄（seeuc seeul）韵、明兴（mingc xingl）韵、良凉（liengc liengl）韵；第三组：拿那（nyac nyal）韵；第四组：对内（deic neil）韵、排耐（paic nail）韵、民森（miamc xaml）韵、瓢鸟（piaoc nyaol）韵、难先（nanc xanl）韵、王相（wangc xangl）韵；第五组：学虏（xoc nyol）韵；第六组：姑九（gucjul）韵、泉暖（jonc nyonl）韵、穷拥（jungc nyungl）韵、浓农（nyongc nongl）韵；第七组：仇妞（jeeuc nyeel）韵；第八组：十喃（sebc nyebl）韵、门身（menc senl）的、灭瑟（medc sedl）韵、盟生（micengc xeengl）韵、特纳（dagc nagl）韵。此"24 大韵"的排列有其自身的规律性，即第一至第七组均为阴声韵与阳声韵相互搭配，第八组则全是入声韵；每组作为名称的两个音节，其声调都是一高一低；从调类上讲都是平声（包括阳平和阴平）以及与阳平调值相当的短入声，体现了侗歌的抒情性特点。[①]

"24 大韵"是民间歌师们都熟悉并擅长的韵腔。尤其优秀的歌师更是习惯用 24 大韵作为创作中经常使用的韵律。由此可见，语言成为侗歌尤其是大歌的根基。这是因为侗语有 15 个音韵，是世界上音韵最多的语种所致。所以，侗歌特别是大歌的唱词中常常出现日常生活中不使用或少使用的古代侗语或韵文体侗语，并因其掌握的难度较多较高而成为侗族口传文化中"高雅文化"的象征，而能掌握甚至编创这种韵文的歌师理所当然地就被看成是侗族传统口传文化精髓的真正创作者，而受到社会的特别尊崇。

为了很好地说明侗歌的韵律，下面选一首侗歌为例：

　　　　　△　△　　　□

Nganemc suis eip wap pap jenc jemh,
　野　　菊　开　花　满　山　谷，

　　　　　　　　□　　　　　○

Dens lagx nyens Ganelm liangp dos gai,
　源　人　人　侗族　爱　唱　歌，

　　　　　　　　　△　△　　□

Saemh xonc saemh map gal meenl dos,
　代　传　代　来　歌　常　唱，

　　　□　　　　△　　△　　　○

Soh emv jenc nyangt yungt angl hac,
　声音　盖　山　草　响　江　河，

　　　　　　　　△　　△　　　□

Hangl jenc naih qangk mangv jav dos,
　边山　这　边　唱　边　那　唱，

　　　　　　□　　　　　　○

H mungx dos soh weenh mungx dac,
　一　个　唱　声音　万　个　答，

　　　　　　　△　△　　　□

Xegt aenh dangx lail guail meec daoh,
　都　称赞　党　好　聪明　有　威望，

[①]　参见欧潮泉、姜大谦编著:《侗族文化辞典》，华夏文化艺术出版社 2002 年版，第 356—357 页。

　　　　　　　　□　　　　　○
Meix aenl singc maoh emv senl nyal，
　个　恩　情　他　盖　村　河。
译文：

> 野菊开花满山坡，侗家本来爱唱歌；
>
> 侗歌一代传一代，唱遍山林唱遍河。
>
> 这山唱来那山应，一人唱歌万人和；
>
> 人人都赞共产党，党的恩情盖山河。

　　这是一首八句七言侗歌，它很规则地押了正韵、勾韵和内韵。其标号○为正韵，□为勾韵，△为内韵。①

　　如果深入细致比较一下，侗歌的用韵与《诗经》有异曲同工之处。

　　《诗经》是我国的第一部诗歌总集，它的绝大部分作品都是民歌或模拟民歌的诗体。《诗经》的用韵大致有以下几种：

　　第一，句尾韵。例如《关雎》一章："关关雎鸠，在河之洲；窈窕淑女，君子好逑。"押"鸠、洲、逑"之尾韵；第三章："求之不得，寤寐思服；悠哉悠哉，辗转反侧。"是押"得、服、哉，侧"尾韵。而《硕鼠》首章全都是句尾押韵。侗歌的正韵也即尾韵就类似于《诗经》的这种句尾韵。

　　第二，句中韵。《诗经》里不少的诗句以代词或语气词收尾，韵往往在代词或语气词的前面。如《伐檀》："坎坎伐檀兮，寘之河之干兮，河水清且涟漪。不稼不穑，胡取禾三百廛兮！不狩不猎，胡瞻尔庭有县貆兮！彼君子兮，不素餐兮！"都是各句中的"檀、干、涟、廛、貆、餐"押韵，而不是押语气词"兮"的韵。这相当于侗歌中押的腰韵即勾韵。

　　第三，一韵到底或换韵的。如《静女》，第一章是"姝、隅、踟"一韵到底的，第二章则是换了一次韵如"娈、管"押韵与"炜、美"押韵。侗歌中一韵到底或中间换韵的也是比比皆是。

　　第四，灵活押韵。有句句押韵的，如《硕鼠》第一章："硕鼠硕鼠，无

---

　　① 杨权编著：《侗族民间文学史》，中央民族学院出版社1992年版，第252—254页。

食我黍！三岁贯女，莫我肯顾。逝将去女，适彼乐土。乐土乐土，爰得我所。"有隔句押韵的，如《关雎》的第二、四、五章，都是第二、四句（偶句）押韵。还有奇句和奇句押韵，偶句和偶句押韵的。如《静女》第三章："自牧归荑，洵美且异。匪女之为美，美人之贻。"诗句中是"荑、美"押韵与"异、贻"押韵等。由于《诗经》多是民歌诗体，而民歌是随口唱的，随口用韵，随时转韵，也就是所谓的"天籁"之趣。因此，诗经的用韵格式也是多样的。[①]兴许《诗经》和侗歌都是民歌体，所以有用韵的相似之处，或许又互相影响、吸收和交融。因此，侗族大歌又被誉为"天籁之音"。

侗族大歌除了歌词简练、讲究押韵、结构优美之外，歌词还多采用比兴手法，使得形象鲜明、意蕴深刻、风格清新，传唱自如。

二、侗族大歌的历史先声《越人歌》

侗族是古代越人的后裔。越人是古代生活在长江以南广大沿海地区的一个大族群。学界一般认为，当今的壮侗语族与古越人的语言有渊源关系。越人虽然操持的是"鴃舌鸟语"的"野音"，但实际上他们的音乐素养却很高，能够脱口成诵，发声成歌。据《吕氏春秋·遇合篇》记载，春秋战国时期，越人的音乐与乐器就相当发达了。侗学界认为，侗族大歌起源于春秋战国时代，西汉著名史学家和文学家刘向在其所著《说苑·善说》一书中记述的《越人歌》，应该是侗族祖先越人的民歌。

《说苑·善说》记载，公元前 528 年（楚平王元年），楚国令尹鄂君子皙举行舟游盛会。当时的"楚国令尹"相当于后世的宰相。在盛会上，一位越人船夫即"榜枻越人"对鄂君拥楫而歌。由此产生了著名的《越人歌》，其歌辞曰："滥兮抃草滥予，昌枑泽予？昌州州湛。州焉乎秦胥胥。缦予乎昭，澶秦踰渗。惿随河湖。"一曲歌了，鄂君子皙不解其意，乃曰："吾不知越歌，子试为我楚说之。"于是乃召一位懂得楚语的越人将越语译为楚语。其歌词曰："今夕何夕兮？搴舟中流。今日何日兮？得与王子同舟！蒙羞被好兮，不訾诟耻。心几烦而不绝兮，得知王子。山有木兮木有枝，心悦君兮君

---

① 袁愈荌译诗，唐莫尧注释：《诗经全译》，贵州人民出版社 1981 年版，第 12—13 页。

不知。"鄂君子皙听懂歌词后很高兴，即乘兴对越人船夫"揄袂行而拥之，举绣被而覆之"。

这段歌词的意思是说："今晚是怎样的晚上啊，河中漫游；今天是什么日子啊，与王子同舟。深蒙错爱啊，不以我鄙陋为耻；心绪纷乱不止啊，能结识王子！山上有树木啊，树木有丫枝；心中喜欢你啊，你却对此不知！"

有专家认为，这位越人船夫应该是一位漂亮聪明的越族姑娘，因与王子同舟拥楫而歌，便心花怒放，禁不住喜欢上了王子。而等歌词翻译完毕，王子听懂了意思后便也乘兴上前拥抱了她，还把宽大的衣袖盖在她的身上。[①]

由于这首《越人歌》是以两种歌体、两种文本并存传世的，既有越语的汉语记音，也有楚歌体的汉语译文；既是一首越歌原作，又是一首楚语译歌。因此，历代以来解析难度非常大。但一经专家们以侗语翻译解谜，就迎刃而解了。因为，侗语源于古越语，而越语——僚语——侗语是一脉相承的。

有研究认为：侗族语言与古越人的语言有许多相同或相似的地方。在语音上两者的声调都有8至9个调以上，平、上、去、入四声阴阳分明，舒声和促声齐全。两者的声母都比较简单，数量接近，喉、鼻、唇、舌韵母齐全、有长短元音之别，在表达上富于变化，有一系列的前喉塞音，保留有"kl""pl"等复辅音和连音词。在语法上，两者的结构也基本相同，采用的都是"倒装法"。还有两者在词汇上都有许多有音无字的词汇。特别是越人民歌中的"兮""猗"等助词，在当今侗族的许多民歌乃至日常用语中也司空见惯。所以，现在的侗家人能够听懂古越人的《越人歌》，而汉族人却听不懂。[②]

贵州民族研究所已故老专家张民先生在《试探〈越人歌〉与侗族》一文里写道："就笔者管见，这首歌无论就其音译、义译或韵律、格律、语言结构、或记音方法似与侗同。"[③]湖南省文联已故学者林河先生在《侗族民歌与〈越人歌〉的比较研究》中认为："侗语似比壮语更接近于《越人歌》

---

① 邓敏文：《侗族》，中国人口出版社2013年版，第116页。

② 陈业坚、韦秋明：《试论侗族与古越人的关系》，黔东南苗族侗族自治州民族研究所编：《百越文化国际学术讨论会暨贵州省第三届侗学学术年会论文集》，1995年10月内刊本。

③ 《贵州民族研究》1988年第1期。

原意。"①中国社会科学院少数民族文学研究所原研究员邓敏文先生的《试论〈祖公上河〉的成因与侗族族源》则强调："那位拥楫而歌的榜枻越人和那位精通越、楚两族语言的越译，很可能都是侗族的祖先。如此说为是，那么《越人歌》也当是侗族的古代民歌。"②著名少数民族文学评论家傅光宇教授认为："据《史记·楚世家》，熊渠自丹阳（今湖北枝江市西）兴兵伐扬粤，至于鄂。鄂为今湖北鄂城。是这次战争由西向东沿江而下，中间就经过鱼陂（今湖北天门市西北）。可见《越人歌》作者当属扬粤（越）人。而扬越当时主要在今湖南境内，但后来西迁了。如果从地区上看，今侗族主要分布于贵州、湖南西南，而鄂西尚有分布，则榜枻越人及越译应当与侗族先民的关系更密切些。"③所以，这首《越人歌》似可以说是最早被翻译记录下来的侗歌的"先声"。这些意见或观点，基本上能为民族学界与民族音乐界所接受，并一般认为侗歌乃至侗族大歌至今已有 2500 多年的历史了。2009 年，侗族大歌申报人类非物质文化遗产保护项目名录时，就以上述观点申报并得到联合国教科文组织文化官员们的认可与赞同。

其实，历史上当侗族大歌沿袭至宋代就已发展相当成熟了，并成为侗家须臾不离的生活习俗。陆游在《老学庵笔记》卷四《辰沅州蛮》中曾记载："辰、沅、靖等蛮，有仡伶……土著，农隙时，至一二百人为曹，手相握而歌，数人吹笙在前导之。"这是对"仡伶"（侗人）集体做客，演唱"多耶"（踩堂歌）情景的形象描述。至明代，侗族大歌更在侗乡盛行。明人邝露的《赤雅》中详尽记述："狪亦獠类，不喜杀，善音乐，弹胡琴，吹六管，长歌闭目，顿首摇足，为混沌舞。"句中的"长歌"，即为"大歌"。可见，明清时期，侗族大歌在黔桂湘侗族地区已广泛流传。

三、侗族大歌产生的综合成因

对于侗族大歌产生的综合成因的探讨，迄今为止的研究与论述仍然相当

---

① 《贵州民族研究》1985 年第 4 期。

② 《贵州民族研究》1987 年第 4 期。

③ 傅光宇：《新的突破　新的开拓——读"丛书"本首批六卷少数民族文学史》，《民族文学研究》1993 年第 4 期。

薄弱。就笔者所知，薛良先生早年发表在 1953 年 12 月号《人民音乐》上的文章《侗家民间音乐的简单介绍》，是最早对侗族大歌的评介；1958 年萧家驹先生 3 万余宏论的《侗族大歌序言》也对侗族大歌进行了比较全面的阐述。但因历史的局限，他们都未能就侗族大歌的产生原因进行较为深入的揭示与论述。萧先生在序文中对大歌产生的原因的最后"断定"也只是说："大歌这种艺术形式是侗族人民自己创造并不断加以发展形成的，它既不是什么外国传教士所传入，也不是什么汉族音乐干部'加工'的结果。"① 民族音乐理论家、中国艺术研究院音乐研究所研究员伍国栋先生也对侗族大歌产生的渊源进行了研究。他认为："侗族大歌的历史渊源，可追溯到侗族古代氏族社会后期的农村公社阶段：其歌唱体制的正式确立，大约在侗族社会进入封建制，但仍带着氏族社会的'尾巴'——保存在封建制度下的变质农村公社阶段。因为只有定居的农耕生产水平较高的村寨生活，才有可能为稳定而规范的歌班建制和频繁的群聚歌唱活动，创造出必需的社会条件。侗族大歌很可能是宋明之际普遍出现在南部侗族方言区的族姓结构和'款'组织社会生活的相应产物。"②

新时期以来，比较权威的《侗族百年实录》《侗族文化大观》《侗族通史》《侗族通览》等重要著述都没有很好地解答这个重大问题。中央民族大学已故著名教授、侗学专家杨权先生的《侗族民间文学史》与后起之秀杨筑慧教授编著的《中国侗族》以及国内音乐专家张中笑先生的《侗族大歌研究五十年》、武汉大学杨毅的博士论文《歌与生活——人类学视阈下的侗族大歌研究》及杨秀昭、吴定国主编的《侗族大歌与少数民族音乐研究》等音乐论著，也没有对这一核心问题有比较充分的论及。就是笔者于 2008 年 8 月 29 日在黔东南州人民政府参加的"侗族大歌申报人类口头及非物质文化遗产文本审稿会"曾讨论论证的由黔东南州与贵州省主持向国家文化部编报

---

① 萧家驹：《侗族大歌·序言》，贵州民族音乐研究会编：《献给国庆四十周年——贵州民族音乐文选》，中国民族摄影艺术出版社 1989 年版，第 122 页。

② 伍国栋：《从侗寨鼓楼坐唱管窥侗族大歌的历史渊源》，贵州民族音乐研究会编：《献给国庆四十周年——贵州民族音乐文选》，中国民族摄影艺术出版社 1989 年版，第 122 页。

的《人类口头及非物质遗产代表作候选项目申报书——侗族大歌》①及由黔东南州文体广电旅游局编、吴谋高等主编的 2020 年 4 月云南人民出版社出版的《侗族大歌志》等对此也未有比较科学系统的论述。由此可知，这一重大理论问题探究的难度与积久日深。至于侗族大歌起源的"外来说""劳动说""模仿说""改造说"等等，更有隔靴搔痒之嫌。那么，在地大物博、人口众多的中国，侗族为什么能创造并传承这种复调式民间音乐的这一人类杰作呢？在笔者看来，至少是有一些重要的主客观的综合成因的。

笔者为本土侗族，收集整理研究侗族文化已 40 余载，先后参加了《侗族百年实录》《侗族文化大观》《侗族通史》《侗族通览新编》《贵州世居少数民族文学史·侗族卷》等重要著述的编撰，积累了不少资料与研究心得。这些年来，笔者退休后能静下心来精细阅读有关中外经典，并对侗族大歌产生的历史渊源、文化背景、自然环境、传统习俗等进行了多维的深度思考。在此，愿意试图揭开侗族大歌产生的谜底渊源，以就教于方家，分享于读者。

让我们先来了解一下我国的古代经典《乐记》。

众所周知，完成于春秋战国后期的《乐记》，是我国最早而全面的音乐理论专著。它在论述音乐的起源时深刻指出："凡音之起，由人心生也；人心之动，物使之然也。感于物而动，故形于声；声相应，故生变；变成方，谓之音；比音而乐之，及干戚羽旄，谓之乐也。乐者，音之所由生也，其本在人心感于物也。"②这些话，是我国最早对音乐产生过程中"物感说"理论的概括，即"音由心生，物感音动"；"乐者，音之所由生也，其本在人心感于物也"。《毛诗序》也认为"情发于声，声成文谓之音"。③即由情感抒发出声音，声音形成五音之调就叫作音乐。这都说明，音乐是人心受到外物的感应并产生情感而产生的，这便是音乐产生的根本原因。因为"音乐"首先是表现"人心"的，它以情感人，以德化人，偏重于治心。"音乐"的特点是"和"，目的在于"和同"而互为相融、安宁和睦。可见，《乐记》论乐，物

---

① 参见贵州省黔东南苗族侗族自治州人民政府：《人类口头及非物质遗产代表作候选项目申报书——侗族大歌》，2004 年 4 月 15 日，内刊本。

② 《二十五史卷一·史记》，中国文史出版社 2002 年版，第 58 页。

③ 夏传才：《中国古代文学理论名篇今译》第一册，南开大学出版社 1985 年版，第 96 页。

感音动，心音并举，对立统一。它不仅生动形象地阐释了音乐产生的根本原因，并肯定了音乐的社会功能，而且否定了在音乐起源上的单纯模拟自然或来自阴阳影响等观点，对音乐艺术的产生作了通俗朴素而又唯物辩证的科学解释。

侗族自古就有"饭养身来歌养心，侗家就会歌传情"的民谣，"歌养心"——这是侗族言简意赅的"歌论"，也是对侗族人民高度热爱音乐的文化心理素质的概括。侗族"歌论"与经典《乐记》大有异曲同工之妙，它们都强调"歌"与"乐"的功能作用是"养心""治心"与"传情"。至于侗歌的起源与产生，在侗族古老的叙事歌和传说故事中，也是朴素地叙说侗歌是因外物的感应或附体于身并内化于心后有感而发吟唱成歌的。这些叙事歌与传说故事，体现了侗族原始古朴的辩证唯物主义的思维意识。

具体来说，侗族大歌是因如下的综合历史成因而产生的。

（一）侗族的民族性格是产生侗族大歌的根本文化核心

侗族是越人的后裔，稻作的民族。据古籍记载，越人是古代生活在长江以南广大沿海地区的一个大族群，可谓水乡之族。沿袭至今，侗家仍多住潺潺如带的溪水边。侗寨山清水秀，环境优美，因此侗家人的性格有水柔温婉、韧性恒毅的特质。而且，溪水是涓涓细流，汇成江河，千条江河又汇归大海，体现了凝聚、合流与归一。侗族上善若水，敬畏自然，崇尚天籁，讲究天人合一，追求人与自然、人与社会、人与人之间的和谐统一。侗族崇尚紫色，比较阴柔和美。历史上，侗族文化延绵数千年，受佛教儒家文化影响不大，而多有道家遗风。道家是一种土生土长的本土文化，其根基深厚，枝叶繁茂。道家追求无为而治，与侗家的传统公民社会极为契合。而侗族大歌是古老纯正、规范雅致、如清泉般闪光的多声合唱音乐，体现了族群人心"和同"的精神意识。这种"和同"意识，与《乐记》阐释的"心音"观念是极为契合的。因此，侗族精致细腻、内敛温婉、不事张扬、为而不争、静而不俗、合作互助、和谐大同的民族性格正是孕育侗族大歌的思想内核和文化本源。所以，明人邝露在游历考察了粤西的侗、壮、瑶等族人后即在《赤雅》中明确记述："狇亦獠类，不喜杀，善音乐，弹胡琴，吹六管，长歌闭目，顿首摇足为混沌舞。""不喜杀好斗，善音乐管琴"就是对侗家人品格习性的精辟概括。

民族性格决定民族文化这一道理在国外经典作家中也有类似的深刻阐述。法国 18 世纪末 19 世纪初著名的女作家、文学批评家斯达尔夫人在论述法国文学艺术时曾指出："法国人的快活、法国人的趣味已经成为欧洲一切国家的口头语了，这种趣味和这种快活通常总是归因于民族的性格。"① 也就是说法国的民族性格是产生法国文学艺术特质的内在原因。俄国著名思想家普列汉诺夫在《论艺术》中进一步强调："任何一个民族的艺术都是由它的心理所决定的；它的心理是由它的境况所造成的，而它的境况归根到底是受它的生产力状况和它的生产关系制约的。"② 法国著名的文艺理论家丹纳更精辟地指出："自然界有它的气候，气候的变化决定这种那种植物的出现，精神方面也有它的气候，气候的变化决定了这种那种艺术的出现。"③ 这里，普列汉诺夫的"境况""状况"和"生产关系"与丹纳的"自然气候"和"精神气候"即为我国古典《乐记》里论述的"外物"。"外物"决定"心音"与"艺术"。可见，中外文化的客观规律都是相通或"殊途同归"的。

我们的伟人毛泽东也有性格气质决定文化性质的独特论述。他在 1940 年完成的《新民主主义论》中曾对鲁迅作了高度评价："鲁迅是中国文化革命的主将，他不但是伟大的文学家，而且是伟大的思想家和伟大的革命家。鲁迅的骨头是最硬的，他没有丝毫的奴颜和媚骨，这是殖民地半殖民地人民最可宝贵的性格。""鲁迅的方向，就是中华民族新文化的方向。"这里，毛泽东同样论述了鲁迅"硬骨头"一样"最可宝贵的性格"是决定其思想文化本质的根本原因。

上述中外经典，论述精辟，醍醐灌顶，是打开我们研究侗族大歌产生根源的金钥匙。

由此，我们可以得出结论，侗家人的性格、也即侗族的"心理素质"与"精神气候"，是产生侗族大歌的思想核心和文化根源。这也是侗族有别于其他民族的根本文化性格之一。

---

① 转引自普列汉诺夫：《论艺术》，中国人民解放军战士出版社 1975 年版，第 42 页。
② 普列汉诺夫：《论艺术》，中国人民解放军战士出版社 1975 年版，第 47 页。
③ 丹纳：《艺术哲学》，人民文学出版社 1963 年版，第 9 页。

（二）侗语为侗族大歌的产生提供了思想情感载体，穿戴了华美外衣

语言是人类进行沟通交流的表达方式及载体，它可以表现人们的思想和感情，也可以表现人们的音乐艺术。对此，著名民族音乐学家杜亚雄指出："因为音乐往往和语言相结合，语言特点决定了诗歌的格律、节奏感和韵律感，而诗歌的格律、节奏感和韵律感又决定了音乐的特点，所以任何一个民族音乐的特点都不可能离其语言而存在。"[1] 对于多彩的侗族语言，著名语言学家、南开大学教授石林先生在语言研究中认为，侗语是世界上声调最多的语言，因而最动听和富有音乐感。他在《侗语在东亚语言比较研究中的重要地位》中指出：世界的声调语言虽然较多，但以亚洲语言的声调最为发达。在亚洲语言中，藏缅语的声调较少。汉语、苗瑶语和侗台语的声调较多。在汉语中声调最多的是江苏吴江话，有 12 个声调；在苗瑶语中，声调最多的是绞坨话、宗地话和新场话，有 11 个声调；在壮侗语中，壮语有 11 至 12 个声调，傣语声调最多的是红河傣雅语和瑞丽弄岛傣卯话有 10 个声调，布依话声调最多的有 10 个，海南临高话最多的是琼山土语有 13 个声调，黎语声调最多的是保城土语有 11 个声调，水语、仫佬语、毛南语都有 10 个声调，荔波方村莫话有 11 个声调，而侗语很多方言区的声调都有 15 个，包括 9 个舒声调和 6 个促声调，这是迄今所知的世界声调语言中声调最多的语言。[2] 在古代，这种语言甚至被戏称为"赚舌鸟语"，它充分体现了这个古老语族，尤其是侗语的华美精彩、轻利急速与悦耳动听！人常说："侗家讲话像唱歌"，这是很有道理的。也就是说，15 个声调青睐侗家，使侗语如虎添翼、一花独秀地享有思想外壳而产生了侗族大歌。

我们知道，侗语隶属汉藏语系壮侗语族侗水语支，分为南北两个方言区。侗语 15 个调值中的 9 个舒声调和 6 个促声调，字与字之间在发音上极易混淆，即使是本地人也需要通过细致的训练才可能在歌唱中准确的使用和表现。所以，侗族歌师教歌一般先教歌词，歌词的教授至少注重四个层面：每个字的正音、各村寨土语特色音调的模仿、语言韵律的使用、歌词内容的

---

① 杜亚雄：《中国少数民族音乐简明教程》，上海音乐学院出版社 2014 年版，第 172 页。

② 石林：《侗语在东亚语言比较研究中的重要地位》，贵州省侗学会编：《侗学研究》（三），贵州民族出版社 1998 年版，第 230 页。

准确。从这个角度看，学习大歌首先是学习语言。作为始终注重"韵律"的大歌来说，其唱词所使用的是一套与生活中的白话口语有明显差别的语言系统。在这一系统中，包含着传统侗语的古典用字、古典读音和古典韵律。大歌的产生和传承，使得独特的侗语与其中所蕴藏的独质文化元素得到活的保存与创新。反过来说，语言也为大歌勾勒出了一个有限的、除侗语区之外的人们难以超越的生态疆界。换句话说，其他的民族语言不太可能产生这种多声部、无指挥、无伴奏、自然和声的民间合唱形式的大歌。

（三）鼓楼为侗族大歌的产生支撑起广阔的文化空间

侗族自称"干"（GaemI）或"更"（GemI），是我国南方的一个古老民族。因其居住于干栏建筑，故又称干栏民族。而鼓楼则是侗族干栏建筑的经典杰作、智慧结晶与民族标志，也是侗族区别于其他民族的文化符号。侗族民间流传着"先立鼓楼，再立萨堂，后立寨子"的建寨规矩，可见鼓楼的重要无比。侗族款词是这样盛赞鼓楼的："鼓楼高巍巍，顶上盖琉璃，檐下垂珠玉，结实又雄伟。"所以，鼓楼不仅是侗族的族徽标志，也是民族凝聚力、向心力的象征，又是侗族政治、经济、文化和社交的中心，更是侗族大歌正式公开展演的唯一指定场所，是集体聚会传唱大歌、展示民俗的庄重的文化空间。因而人们又把侗族大歌习惯地称为"鼓楼大歌"。侗族因有鼓楼这个高巍雄伟、神圣庄重的宏大静态文化空间，才有幸于其他民族而孕育了侗族大歌，并使其得以在这富丽典雅高贵亲和如音乐殿堂般的文化家园中生生不息地活态继承，世代传唱，流传至今。鼓楼无愧于支撑起"天籁之音"侗族大歌的广阔文化空间。

（四）集体歌咏为侗族大歌的产生传唱提供了长期有效的传承机制

"歌养心，饭养身"是侗族社会的生活信条与审美价值。它充分说明，侗族把歌看成是和生命一样的重要。"汉人有字传书本，侗家无字传歌声；祖辈传唱到父辈，父辈传唱到子孙。"这是侗家传唱侗歌的传统和机制。所以，宋代大诗人陆游在《老学庵笔记》中早就有关于"仡伶"（侗人）集体做客唱歌的记载。侗家一年四季在所有的生活民俗中，包括节庆活动、集体交往、村寨做客、谈情说爱乃至信仰活动等诸多事象，都离不开众人群体的歌唱形式，集体唱歌已成为人们生活须臾离不开的传统习惯。侗族民间就有

"多人出多声"的说法，这既符合实际，又十分有道理。侗族这种"全民参与、全民投入、全民唱歌、全民荣誉"的集体歌咏的优良传统习俗，就是侗族大歌产生的重要民俗基石，也是侗族大歌得以有效传承、弘扬光大的独特形式和保障机制。集体歌咏成为侗族传唱大歌、保护大歌、创新大歌的民俗铁律。

（五）大山阻隔沟壑纵横的自然生态环境使侗族大歌的保护传承有了顽强可靠的天然屏障

侗族地区境内复杂多样的自然地理结构，对文化间的相互传播与冲击发挥了强有力的制约作用。特别是黔东南苗族侗族自治州，虽然总的面积不大，但境内的重峦叠嶂、山河阻隔却十分突出，自然生态系统的特异性尤其明显。在现代文明大规模进山入村之前，不论哪个民族要直接影响到黔东南都要面临难以克服的交通制约因素，因而外来文化要介入黔东南并发挥强有力的影响，都得耗费极为巨大的代价。虽然，在漫长的历史长河中，外界的政治、经济、军事和文化教育都曾对黔东南施加过从未间断的压力与影响，但要发挥明显的效应又都感到力不从心，无可奈何。这正如杨万里诗句描状的奇迹"正入万山圈子里，一山放出一山栏"。这种群山拱卫、山河阻隔、交通闭塞的原始环境，有力地避免了侗族大歌受到巨大冲击而异化或失传，成为侗族大歌得以原状保护传承至今的天然屏障。可见，侗乡区域，尤其是黔东南的山形地貌造就了民族制衡的特异格局，使其拥有维系民族文化稳态延续的独特优势。

综上所述，侗族大歌的产生是与侗族这个古老民族的独特文化性格、语言特征优势、文化传承空间、优秀传统习俗和自然生态环境等诸多因素有关，它是侗族社会内外因素、人际默化、历史陶冶、生态庇护而"凤凰涅槃"的人类杰作，世界经典！正如马列主义经典作家指出的："每个民族无论其大小，都有它自己本质上的特点，都有只属于该民族而为其他民族所没有的特殊性。这些特点便是每个民族对世界文化共同宝库的贡献。"①

---

① 《斯大林文选》下册，人民出版社 1962 年版，第 507 页。

四、侗族大歌的发现、传播及享誉全球

民国时期，因民族压迫与民族歧视政策，侗族大歌只能"养在深闺人未识"，无缘走出侗乡，更遑论登上大雅之堂。

1949年10月1日，中华人民共和国成立。1950年，贵州省侗族之乡黎平县解放。人民政权建立之初，百废待兴。但共产党的民族政策的光辉已照耀着边陲山区，民族文化受到党和政府的重视与发掘。

1950年，时任贵州省文化局党组书记、副局长、挂职黎平县委副书记兼土改工作队队长的邢立斌和文艺家骞先艾、郭可谐、萧家驹等组成的贵州省土改工作队到黎平县参加土改。在他们的指导支持下，黎平县岩洞村青年女声歌班成立，这在当时是侗族村寨成立的第一个侗族歌班，少女"姑娘头"歌手吴培信等成为骨干。土改期间，贵州著名音乐家郭可谐、萧家驹等在侗寨里听到了侗家的"嘎老"（gallaox），那一高一低两三个声部宛如柳树绽绿、桃红吐蕾、清泉流淌的歌声，使他们的专业直觉意识到似乎发现了音乐的奇葩，他们为这种长而大、规范而传统的侗歌所倾倒——这是侗族大歌最初发现的奇迹。

1953年3月中旬，贵州省首届民间文艺会演在贵阳举行。在音乐家们的推荐下，黎平县选派岩洞村的吴培信、吴山花、吴雪花、吴培略4位姑娘前往贵阳参加会演，吴培信由于掌握侗歌数量多、音色甜美、演唱纯正而成为领唱歌手。会演中，她们演唱的侗族大歌《gal Leengh Leix》（蝉之歌）因声情并茂、风格纯正而获一等奖，并被推选参加即将在北京举行的"第一届全国民间音乐舞蹈会演"。3月下旬，吴培信等4个姑娘带着获奖节目离开岩洞前往北京。1953年4月1日至14日，经中央批准，由国家文化部主持的"第一届全国民间音乐舞蹈会演"在北京隆重举行。此次文艺盛会共演出27场，有10多个民族的308位民间艺人参加演出，表演了100多个各具地方民族特色的优秀音乐、舞蹈节目。这是中华人民共和国成立后举办的第一次全国民间文艺会演，其区域之广、民族之多、规格之高都是盛况空前的。侗族大族"蝉之歌"等不仅参加了会演，而且还荣幸地受邀参加了在北京中南海怀仁堂举行的招待演出，受到观看演出的刘少奇、周恩来、朱德、宋庆龄

等中央领导和首都观众的热烈赞赏与欢迎，中国音协的专家给予了"幕落音犹在，回味有余音"的高度赞誉。会演结束，她们不仅获奖，还每人得了一双解放鞋作为纪念礼品。这是侗族大歌首次登上国家殿堂的演出，侗族的文化史册上由此镌刻了她们4人首次把侗族大歌唱到首都北京的永恒记忆！

1953年下半年，音乐家郭可诹经不断搜集整理侗族民歌，并根据侗语"嘎老"（gallaox）的意思，把它翻译为汉语"大歌"，并以"薛良"的笔名写成《侗家民间音乐的简单介绍》一文，发表在1953年12月号的《人民音乐》上，这是人类音乐史上使用"侗家大歌"概念的肇始。该文言简意赅地概括："嘎老，一般叫作'大歌'，是一种多段长大的集体歌唱的曲子。"这是音乐界人士明确提出在我国民族民间音乐中存在多声部民歌事实的第一篇评介文章，具有里程碑的时代意义。之后，"侗家嘎老"一直被翻译为"侗族大歌"。

1955年，由黎平县岩洞村姑娘吴全妹等组成的黎平民间合唱队到北京演唱侗族大歌喜获好评，并第一次被中央人民广播电台录制成唱片发行全国，引发社会的良好反响。

1956年8月24日，毛泽东主席由周恩来、朱德、陈毅和周扬、夏衍等陪同，在中南海怀仁堂会见了中国音乐家协会的负责同志，发表了著名的《同音乐工作者的谈话》，为发展和繁荣社会主义音乐艺术指明了方向。

1956年底，贵州省第一届工农业余艺术会演在贵阳举行。著名作曲家郑律成等应邀莅会观摩指导。1957年元月初，郑律成慕名前往黔东南州的黎平、榕江、从江三县体验生活，采录侗歌，恰遇三县举行文艺会演，观看演出后，他被侗族大歌的优美宏大的旋律强烈地震撼了。在侗乡，他日夜采风，临走时，带走了不少的侗歌资料。回到贵阳后，他仍激情燃烧，一挥而就写成了《贵州！你是祖国民间艺术的宝库》。在激情飞扬的文字中，他沉浸在对侗歌演唱的遐想之中："哪里来的这样整齐、谐和、漂亮的合唱队？他们天天唱，但每天出现在舞台上的都是新的合唱队。他们的歌很多，要是让他们尽情地唱下去，十天、二十天也唱不完。这是黔东南来的侗族合唱队。如果条件许可的话，这种合唱队就是一千个、一万个也可以来。他们唱的大歌、小歌、叙事歌，艺术形式多么完整！有和声，有对位，有伴奏，又

1958 年出版的《侗族大歌》书影

1958 年锦屏县委办公室整理的山歌歌本

有完整的形式。有些音乐家认为这些和声对位是偶然的结合，其实这种看法错了。侗族有自己的作曲家和诗人，能创作出大量的作品，并为人民所喜爱。据说黔东南有一个 60 多岁的老人，他创作了 15 首大歌和几百首小歌，这都是我们国家民族宝贵的文化财富。侗族的歌声和其他的兄弟民族一样，深刻地表现了他们美好的憧憬和火热的爱情！"①其赞誉之情，溢于言表。

1957 年 1 月 10 日，《贵州日报》刊发贵州省歌舞团作曲家郑寒风的文章《多彩的侗族合唱艺术》指出："我省侗族民歌合唱于 1953 年在全国民族民间歌舞会演中演出后，曾引起首都音乐界的重视。它不仅曲调优美动人，而且在曲式结构上紧密完整，演唱形式多样活泼，曲调蕴藏极其丰富。最可贵的，就是在侗歌合唱中，出现了多声部的旋律，这在全国各民族中也是罕见的，值得很好地加以发掘和整理。"

1957 年 4 月，曾在黎平县参加过土改的贵州省音协主席萧家驹率龙廷恩、毛家乐、钱名政等参加由贵州省文联组织的"侗歌调查组"，深入黎平

① 丁雪松等：《作曲家郑律成》，辽宁人民出版社 2009 年第 2 版，第 322 页。

县的四寨、坑洞、肇兴、纪堂、三龙、皮林和从江县的大团、龙图、独洞、新安等侗族村寨采风，他们历经 4 个月的艰辛奔波，凭现场的访问、学唱、听记，共采集到各种类型的侗歌 560 余首，并从其中的 130 余首大歌中精选出 54 首、加上"附录"的 6 首，编成《侗族大歌》，其他的编成《侗族民歌》，于 1958 年 8 月由贵州人民出版社出版。萧家驹先生还为《侗族大歌》集子撰写了长达 35000 余字的序言。序言分为八个部分，对侗族南北部方言民歌的差异、南部方言区侗族民歌的分类、侗族大歌的种类及歌队的组织与训练、侗族大歌的结构和调式、侗族大歌的艺术价值等进行全面的阐述。这两部歌集是贵州省搜集、整理、保存侗族大歌、侗族民歌的奠基性作品，也是贵州民族音乐学研究的一项重要学术成果，对后来的侗族音乐研究产生了深刻的积极影响。

1957 年 7 月 29 日至 8 月 10 日，第六届世界青年与学生和平友谊联欢节在苏联莫斯科隆重举行。中国政府派出了以团中央第一书记胡耀邦为团长的阵容强大、包括 16 个民族 1202 名各界青年及学生代表参加，黎平县岩洞女歌手吴培信是全国唯一的侗族代表。来自全球 131 个国家 1000 多个青年组织的 34000 多名代表欢聚一堂，共同唱出了人类和平与友谊的和谐心声。吴培信多次参加演唱，将侗歌推向了国际乐坛的殿堂，使世界青年学生朋友为之惊艳与喝彩！[①]

1958 年底寒假期间，中央音乐学院教师方暨申、孙云鹰、何振京等到贵州从江县龙图、小黄、伦洞村等调查侗歌、侗戏，并进行录音、搜集和整理，方暨申还写出了《侗族拦路歌的收集与研究报告》，被学界称作 20 世纪中国民族音乐学真正的实地调查报告。

1959 年 10 月，贵州的侗族大歌《侗族女声琵琶歌》及《苗族芦笙舞》《欢乐的苗家》等节目赴京参加国庆 10 周年献礼演出，受到首都观众的好评。

1962 年 3 月 6 日，《光明日报》记者采写报道《贵州音乐工作者搜集和整理侗歌》，文章赞评道："侗族人民历来喜爱而又擅长唱歌，至今在民间流传着许多优美的传统歌曲。贵州省文化部门这几年陆续派出音乐工作者，到

---

① 陆景川:《吴培信：侗族大歌唱出国门第一人》，《贵州政协报》2020 年 7 月 22 日。

黔东南苗族侗族自治州的黎平、从江、榕江、天柱、锦屏等侗族聚居地区，重点调查和搜集侗歌，并整理出版了《侗族大歌》和《侗族民歌》两本歌集，这两本歌集包括侗歌中各种歌类的曲调 110 多首，是至今发现的侗歌中的精华，其中有些歌曲曾在全国和全省的民间音乐会上演过，受到音乐界和听众的好评。"

1964 年 11 月 26 日，由黎平三龙女歌手吴学桂和从江龙图女声大歌队 8 人及天柱歌手 1 人共 10 人组成的侗歌队代表贵州省赴北京参加"全国少数民族群众业余艺术观摩演出会"演唱侗族大歌，深受欢迎。12 月 27 日，毛泽东、刘少奇、朱德、宋庆龄、周恩来、邓小平等党和国家领导人亲切接见全体代表，并合影留念。

一年后，史无前例的"文化大革命"降临，侗族大歌也厄运难逃，沦为"四旧"糟粕。

1978 年党的十一届三中全会后，文艺的春天温暖大地。1980 年，贵州从江县男声大歌队应邀参加在南宁举办的西南少数民族民歌合唱座谈会演出，获得赞美盛誉。

1980 年 10 月，侗族大歌歌手吴玉莲参加"庆祝中华人民共和国成立 31 周年联欢晚会"演唱侗族大歌，受到党和国家领导人的亲切接见。

1984 年 8 月，著名作家魏巍来到贵州黎平征集红军资料，准备写一部反映红军长征的长篇小说。他详细了解了侗家人的生活与艺术。他多次喜听侗族大歌，还连声赞美说："好，好，太好了！侗族大歌博大精深，独具特色，应该把这些珍贵的音乐艺术搜集起来，整理成册，公开出版发行，扩大宣传影响。"①

1985 年 6 月，《贵州侗族建筑风情展览》在北京民族文化宫举办，黎平、从江两县风情表演队演唱的侗族大歌惊艳京城。

经过 20 世纪 50—80 年代初的厚重积淀，西方音乐界由此捕获到了侗族大歌这一重要信息，为其最终飞出侗乡、走向世界铺垫了基础。终于，侗族大歌迎来了 80 年代后期的国际"大震撼"。这首先得感谢法国著名民族音乐

---

① 陆景川：《伟人名家与黔东南》，作家出版社 2016 年版，第 432 页。

学家路易·当德莱尔先生。他早年就注意到了侗族大歌，但限于当时中国的国内形势和对外关闭，他在听到了"在单调的东方民歌中，发现了和声"的信息后，却踏不进中国的大门。直到改革开放后的 1985 年，他才不远万里，两次来到黔东南的侗乡山寨，亲自鉴赏这株"高山奇葩"，并决定把古朴悦耳的侗族大歌推荐给巴黎秋季艺术节，使它放声世界。他对陪同他在侗乡挑选节目参加艺术节的中外同行说："这是对一个长期没有文字的民族发展自己民族文化的补偿。侗族是音乐的民族，侗乡是歌的海洋。"

1986 年 9 月 28 日晚，北京首都机场，灯光辉煌。来自贵州黎平、从江两县的一群头挽发髻、颈戴项圈、身着紫黑色民族盛装的侗族姑娘吴玉莲、吴水英、吴培三、吴培妮、吴培焕、陆俊莲、陆德英、杨水仙、石明仙 9 人在贵州省音协主席、作曲家冀洲和黔东南州歌舞团副团长杨林的率领下，登上了飞往巴黎的波音 747 飞机。他们是作为贵州省黔东南侗族女声合唱团应法国巴黎秋季艺术节的邀请赴法演出的。经过十几个小时漂洋过海越山掠城的飞行，合唱团一行终于抵达巴黎戴高乐国际机场，并受到当德莱尔先生及巴黎艺术界和中国驻法大使馆的热烈欢迎。热情的艺术节主人当即决定，安排侗家歌唱团在夏乐宫国家剧院演出。夏乐宫是 1887 年万国博览会的会址，它在巴黎市中心，隔着塞纳河，与埃菲尔铁塔相望。整洁如画的草坪，镶嵌着各式雕塑的建筑，以及专为艺术节布置的四川风味的茶馆，使这个艺术大都会增添了堪称"第一流"的色彩。

10 月 3 日，演出开始了，舞台上静悄悄的。当这些缀耳环、戴项圈的侗家女，在叮叮当当的银饰碰撞声中，迈着平稳的步伐缓缓出场时，平时看惯了飞旋舞步，听惯了震耳强音的巴黎各界的社会名流，意外地观赏到了纯正、朴素、雅致的"东方美"，全场立即爆发出暴风雨般的掌声……

在持续了两三分钟的掌声后，姑娘们才开始演唱第一首歌——《自己许配才称心》。这时，会场突然静下来，静得连一根针落地都听得到。巴黎观众惊奇地发现，侗族的演唱自成规则：不借助话筒，也不需要乐队伴奏，先由一个人领唱，然后合唱，不知不觉中，歌队又分成两部：低声部担任主旋律，高声部成为支声复调，巧妙地点缀滋润着主旋律。继而，低声部又派出一部分拖腔声部，不仅一直平稳地延续着，中间还加进模仿鸟叫、虫鸣和小河流水的音节。一时间，人类的情感、悠扬的音乐和大自然的美妙旋律，高度和谐地交融在一起……"这就是天籁之音。"接着又演唱了《蝉之歌》《晚辈要把老人敬》等几首大歌，首场演出，取得了完全的成功！

艺术节执行主席马格尔维特激动地对法国《世界报》《解放日报》，法国各电台、电视台等媒体说："在东方一个仅百余万人的少数民族，能够创造和流传这样古老、纯正、闪光的声乐艺术，在世界上实为少见。它不仅受到法国观众的喜爱，就是全世界人民也都会喜爱的！"马格尔维特对侗族大歌的高度评价，标志着侗族大歌在世界民族文化音乐史中占有着重要的位置。

侗族大歌这株瑰丽的民族音乐之花"高山奇葩"为什么能在世界艺术之都的圣殿上大放异彩，"震惊巴黎"呢？

首先，侗族大歌在世界范围内是稀缺的民歌合唱艺术。在全球各大洲国家中，民间多声部民歌并不多，而有像侗族大歌这样体裁完善、章法完整、套路复杂、自成体系的多声部歌曲就更为罕见。在欧洲的波兰、捷克、俄罗斯等国多声部民歌虽为普遍，发达的程度也比较高，但是地道的、根植于民间的世俗性多声部民歌还构不成什么体系，比较集中的乃是专业作曲家加工改编的多声歌谣，但往往又多属于宗教的音乐范畴。而欧洲民间音乐本身迄今没有翔实的史料说明它们有多声部民歌。因此，法国音乐评论家李德·孔特才断言："可以肯定，这些侗族歌曲比起八九世纪之前，西方复调音乐初期的任何专业作曲家都要高明得多！"在亚洲国家中除蒙古民歌采用低音持续长音手法，以及与我国接壤的缅甸、老挝和泰国边境的少数民族，如哈尼、卡瓦、景颇等有一些多声因素的民歌外，其他国家都是单声风格的民歌，或仅在哭乐演奏中有多声音乐的因素。在非洲多数信奉伊斯兰教的国家里，其民间音乐也是单声的风格。据说只有苏丹、塞内加尔有一些多声因素的民歌，但都比较简单原始。而美洲最早生活在那里的印第安人的民间音乐都是单声风格的。自发现新大陆后，欧洲移民则带去多声民歌，故北美、拉美各国才出现多声民歌合唱，但都风格悬殊，简繁不一，也不普遍。所以，匈牙利民间艺术组织主任伊思特万听罢侗族大歌后无不感慨地夸赞道："侗歌合唱太精彩了，它真是绝妙的艺术，演唱风格很有特色，技巧都是高超的，这样的民间合唱艺术世界上是少有的。"而奥地利音乐学家彼雷的观感是："侗族合唱的个性独特，风格朴实，感觉非常新鲜，优美动听，因而印象特别深刻！"

其次，在东、西方文化的地理、历史、习俗、语言、审美上存在着特殊的差异。欧洲民众普遍存在极为强烈的民族传统文化意识，人们在性格里有着好古怀旧的情绪，依恋和向往维多利亚女皇时代那种田园式的生活，厌倦都市车水马龙的喧嚣，希冀去寻找一块净化清朴的环境，获得大自然赐予的恬静而达到心理上的情绪平衡，他们受不了噪声的污染……因此，侗族大歌在法国演出时，对平时看惯了飞旋舞步，听惯了那歇斯底里疯狂、强烈的震耳欲聋的音响和光怪陆离的感官刺激的巴黎社会各界名流、广大听众，能意外地观赏到了古老纯正、朴素雅致的"东方美"，几曲侗族大歌唱罢，对于那些素有艺术欣赏水平的西方人士来说，他们十分惊奇地发现，侗族大歌多声部的结合与和声的运用何等自如，它曲式完整，织体严谨，层次清晰，章法紧密，明达流畅，那声音大歌里颇具华丽的交响性色彩。特别是当他们从音乐旋律中听到虫鸣鸟叫声、悟出风声林涛、小溪潺潺流水、牧笛悠荡的音乐形象时，顷刻间人类的感情，山野的呼唤，使音乐与大自然的和声高度地和谐交融为一体时，顿使他们仿佛天籁飘荡，余音绕梁，叹为观止！

再次，欧洲人民有保护传承民族传统文化的强烈意识。这些国家突出的共同点都表现在竭力抢救民族民间艺术遗产，高度重视与崇尚民族传统文化，国家和政府不惜任何代价把历代遗留下来的古迹、古堡、文化旧址，哪怕是断垣残壁、荒芜废墟都加以修复保护，甚至把一砖一瓦都精心地珍藏起来，统统视为国宝，变成人民的精神财富。而且，他们还常常嘲笑那些经济实力雄厚而没有某种举世闻名悠久灿烂的历史文化的工业强国为弱智愚氓、外强中干，并以自己作为历史文明古国而引为骄傲与自豪。法国前文化部部长米欧尔·居伊在观赏侗族大歌后就明确表示："侗歌，清泉闪光的音乐，在世界上也罕见，把侗族世代相传的那些最美好的歌曲继续传唱下去，让子孙后代都能享受到她的绝代风华。一个文化大国是不能没有过去的！"

最后，西方民众在文化艺术上有着追新求异、好奇包容的宽阔胸怀。他们通过鉴赏、比较、吸收、兼容外来文化，借以丰富和推动自己民族文化艺术的发展。这也是侗族大歌在"震惊巴黎"之后又能"征服罗马"的社会思想基础。音乐这门特殊艺术，能够神速地沟通彼此的心灵。音乐家亚历山德拉·彼柏在反复听了侗族大歌后说："富于独特风格音乐的侗歌，是能马上地打动西方观众的心弦，我们大家都感觉，找到了知音。因为姑娘们唱的旋律，更接近我们的民间音调。而那个牛腿琴和琵琶伴奏的女声独唱，那是一个 mixolydian made（混合利底亚调式），真是好听极了。"伟大的作家和音乐理论家罗曼·罗兰也曾精辟说过："音乐是世界的一种语言，它用不着翻译，因为它是灵魂对灵魂的说话。"这正如巴黎的许多观众在听罢侗族大歌后不约而同地说的："侗歌的歌词里唱些什么，我们虽然一时听不懂，但从唱腔中我们知道哪些是虫鸣鸟叫，哪些是高山流水，哪些在诉说人间的悲欢离合；而更多的歌声里，可以想象她们的家乡一定是有着高山丛林、鲜花遍地、生活甜美、风光秀丽的地方。"说得多么亲切而有见地啊！可见侗歌的音乐形象塑造得多么惟妙惟肖，精美准确，它把整个侗族人民生活劳动、繁衍生息孕育侗族灿烂历史文化的背景——一个最佳的文化生态环境——依山傍水的绿色侗乡，反映在欧洲人民的心目之中。

　　在这次巴黎艺术节上，侗族大歌一共演出了 6 场。不仅场场爆满，而且一场比一场热烈。从第 4 场起，剧场前面的过道上、后面的通道上都"人满为患"。最后一场，姑娘们竟然一口气唱了 20 余首歌，因为首首大歌，都像一件件精工巧匠雕琢的工艺珍品一样光彩夺目，无比深广；又像一幅幅美丽的侗乡田园画卷，一一显现在巴黎观众眼前，使他们沉浸陶醉。姑娘们为此赢得了长达 15 分钟的雷鸣般的掌声，被热烈的鲜花簇拥包围着。看到此情此景，"慧眼识宝"的当德莱尔先生喜出望外，他忘情地冲到姑娘们面前，用刚学会的侗话举臂欢呼："洛缅（姑娘）、洛缅（姑娘），成功了！成功了！"

　　法国电台、电视台的音乐编辑们则欢腾地高声宣布："侗歌，是第一流的艺术，我们要向全世界播放！"卢森堡、西班牙、马德里的电视台也赶来演出现场拍摄侗歌，并隆重推出播放。

　　法国《世界报》发表题为《迷人的侗族复调歌曲吸引了西方观众》的评介文章称："九个侗族姑娘的无伴奏合唱，精炼优雅的音乐，可以和意大利的歌剧媲美。毫无疑问，在秋季艺术节中，侗歌是最给人们以启示的艺术之一，也是秋季艺术节的重要发现和成就！"

《解放日报》也发表专题述评说："侗族大歌是最有魅力的复调音乐，这种音乐要比纯粹遵循中国传统严格规则的音乐更能很快地为西方观众所接受！侗歌在纯朴中表现出高度的优雅！"

在联合国教科文组织工作的台湾籍同胞丘淑华女士看完演出后在现场眼含热泪同侗族姑娘长久地握手拥抱，激动得断断续续地发表观感："好啊，中华儿女是好样的……我们高兴地分享了大陆同胞成功的喜悦！"

侗族大歌在巴黎所展示的艺术魅力，震撼了秋季艺术节，令那些以艺术欣赏的高水平而闻名于世的巴黎观众为之倾倒，这不能不说是一个神奇而美丽的秋天的童话！①

1988年7月26日—9月8日，以黔东南州歌舞团组成的"中国贵州民间艺术团"代表国家出访意大利、匈牙利、奥地利等国家，参加世界民间艺术盛会——第一届奥地利克拉根福国际民间艺术节。参加这次演出的还有意大利、瑞典、墨西哥、南斯拉夫、葡萄牙、以色列、希腊、土耳其、奥地利、匈牙利、玻利维亚、捷克斯洛伐克、英国、瑞士、乌干达、巴西、苏联等20个国家以及意大利两个地区的代表团等。这次演出先后到达5个国家40个城镇，行程12000多公里，共演出54场，观众达167000多人次。侗族大歌在每场演出中都以富有东方乡土气息和独特的艺术魅力震撼着南欧观众。西方媒体盛赞侗族大歌多声部合唱音乐形象鲜明，优美动听，极富感染力，是地道、纯正、最具特色的民间音乐。

后来，随着农村经济结构的改变，打工潮的兴起，市场经济的形成和世界经济大潮的涌来，加上现代文化及外来文化的冲击，侗族大歌的演唱与传承曾一度出现衰退的现象。

跨入21世纪后，随着民族民间文化得到国家的重视、保护和弘扬，文化的多样性受到倡导推崇，濒危的民间文化得到抢救与传承。侗族大歌又迎来了复兴辉煌的新时代。

---

① 参见杨高：《侗家女进巴黎》，《莫愁》1987年第5期；杨林：《侗族大歌在国外的影响及发展走向》，黔东南州民族研究所编：《百越文化国际学术讨论会暨贵州省第三届侗学学术年会论文集》，1995年内刊本。

在 2001 年央视春晚的节目《民族对歌》中，贵州黎平县歌舞队为全国人民带来了侗族大歌《布谷催春》："正月好风光，山水多明亮，林中布谷鸟，'布谷、布谷，把歌唱'。榕树长新叶，生活奔小康，旧貌换新颜，村村寨寨喜洋洋。"这首侗族大歌形象地表现了侗乡春天来临，万物复苏，林中布谷鸟，婉转鸣唱，歌唱新生活的新春场面。这年 8 月，世界大学生运动会在北京举办。闭幕式上，组委会选中侗族大歌，在北京音乐厅和南京音乐大剧院为侗族大歌安排了两场 90 多分钟的专场演出。这次演出使侗族大歌这一朵民族艺术的奇葩在世界各国大学生的心中绽放……

2002 年 2 月 11 日，侗族大歌入选中央电视台春节联欢晚会，其"天籁之音"征服国人，引起亿万各族人民的文化回归之情和对民族艺术的尊崇之感。

2004 年 2 月，贵州黎平县岩洞中学侗族大歌队 15 人，代表贵州省中小学生赴北京参加全国第一届中小学生艺术展演，夺得声乐类演唱二等奖。这是侗族大歌走进学校课堂的骄人成绩。

2006 年 5 月 20 日，贵州省黎平县、广西壮族自治区柳州市、三江侗族自治县申报的侗族大歌经中华人民共和国国务院批准列入第一批国家级非物质文化遗产代表作名录。这年 8 月，由黔东南州的吴宇珍、杨丽等侗族姑娘组成的侗族大歌组合参加了 CCTV 第十二届青年歌手大奖赛，天籁之音打动了全国观众，她们荣获"最受观众喜爱歌手奖"。

2007 年 4 月 11 日，时任国务院总理温家宝抵达东京，对日本进行"破冰之旅"的正式访问。4 月 12 日，"中日文化体育交流年"中方开幕式在东京举行。开幕式呈现给日本观众的是《守望家园——中国无形文化遗产特别公演》。当晚，时任日本首相安倍晋三携夫人陪同温家宝总理兴致勃勃地观看了演出。来自贵州从江县小黄村少儿侗歌队的吴秋月、潘运兰、潘麟玉、潘培孟、吴姐兰、吴凤香、潘婢内、潘婢业、潘晓姐 9 名小姑娘，最大的 15 岁，最小的才 9 岁。她们一上场，叮当作响的银饰先声夺人，唤起场下掌声雷动。当天籁之音般的侗族大歌在演出大厅响起时，全场轰动了，观众们如闻仙乐从天上缈缈飘来，令人荡气回肠，那如浪的掌声持续在大厅里回响，令观众赞赏不绝。东京藤冈女士评价侗族大歌说："第一次看到这样的表演，让我感受到了中国文化的魅力。"中野良子是中国观众非常熟悉的日本著名演员，她说："听了歌曲，就想到中国去看一看。像这样的传统文化交流对当今时代来说，实在太有必要了。"13日上午，温家宝总理在他下榻的饭店大厅里接见侨胞代表、留学生代表、中国驻日大使馆全体成员及随他出访日本的非物质文化遗产演出团。他对侗族大歌给予高度评价："一场成功的演出，胜过一个大的项目。昨晚的演出非常成功，深深地打动了日本观众。非物质文化遗产侗族大歌是原生态唱法，确实非同凡响，这歌不用伴奏，不用乐器，也能唱出这么整齐、这么和谐、这么美好的和声。侗族大歌在世界上享有很大的影响，很高的声誉。"①

2007年12月6日至12日，由侗族著名学者邓敏文、吴定国和侗族大歌歌师吴玉莲、吴玉珍、吴学美、吴培圆、石定兰、吴良明8人组成的中国侗族大歌歌师队，应日本国学院大学及东亚歌会国际学术研讨会的邀请，赴日本东京进行文化交流。作为侗族大歌歌师队出国访问，这是侗族文化交流史上的第一次。日本朝日新闻、国学院大学网等众多媒体作了热情报道和高度评价。

2008年7月，历史上规模最大的第五届世界合唱比赛在奥地利联邦州施泰尔州州府格拉茨举行，93个国家的450个合唱团参赛。贵州黎平侗族大歌合唱团充满激情的演唱充分展现了侗族大歌的艺术魅力，受到观众的热烈欢迎和评委的好评而最终获得金奖。是年，比利时著名钢琴演奏家尚·马龙造访贵州黎平县肇兴侗寨，当地恢宏华丽的侗族大歌表演，使他心灵受到强烈震撼，他兴奋地表示，在这里找到了现代音乐与民族音乐的最佳结合点。之后，他在贵州卫视栏目《让世界听见》用钢琴演奏侗族大歌，成为国际音乐界让侗族大歌与西方音乐完美融合的先声。

2009年9月，贵州从江县少儿九姐妹女声侗歌队应国家文化部邀请，赴台湾参加"国风"非物质文化遗产专场演出，一曲《蝉之歌》侗族大歌倾倒宝岛台湾观众，震撼台胞心灵，引发思乡之情。

2010年2月28日，贵州省从江县小黄侗寨九姐妹，在中共中央办公厅

---

① 苏丹、沈仕卫：《侗族大歌为国争光 温家宝总理高度赞扬》，《贵州日报》2007年4月16日。

举办的元宵节联欢晚会上演唱《蝉歌声声颂盛世》等侗族大歌，中央领导祝贺她们演出成功并合影纪念。6月24日，贵州黎平侗乡19名青年男女，应邀参加在维也纳金色大厅举行的"第十届维也纳国际合唱节"演唱侗族大歌，惊艳国际音乐界。

2011年2月2日，在央视兔年春节联欢晚会上，63名来自黔东南的侗家演员带着"侗族大歌元素"，为著名歌唱家宋祖英伴唱《天蓝蓝》，那山泉般的歌声飘进了观众的心田，再次展现了原生态黔东南的无限魅力。9月，受国家大剧院"乐咏中国·世界作曲家谱写中国"活动组委会的委托，卡列维·阿霍、迈克尔·戈登等5位作曲家，在贵州黔东南体验学习侗族大歌，英国作曲家罗宾·霍洛韦说："没想到这次听到了那么多复调式音乐，回国后我一定会继续搜集侗族大歌资料并深入研究和创作。"

2012年4月22日，时任国务院总理温家宝率中国政府代表团出访德国，来自贵州从江县的吴汉芸、陆秋园、陆晋情等4名侗族歌手随团出访。在当晚的开幕式演出会上，她们以天籁般纯净的嗓音展现侗族大歌，博得全场持久的掌声，并借助广播电视、网络将侗族大歌传遍世界。6月6日，由中国非物质文化遗产保护中心主办的"中华非物质文化遗产传承人薪传奖"在北京颁奖。贵州国家级侗族大歌代表性传承人吴品仙获此殊荣，是全国60位获此荣誉的传承人之一。

2013年6月，由文化部、香港特别行政区主办的"根与魂·中国非物质文化遗产展演"大型文化活动在香港举行。贵州省从江县侗歌艺术团走进香港参加活动，将侗族大歌、行歌坐夜、珠郎娘美等歌舞展现在香港观众面前，赢得盛赞喝彩。

2014年11月14日，由贵州省文化厅、省民族宗教事务委员会主办的全省首期侗族大歌传承保护发展骨干人才培训班在黎平县开班，来自黎平、从江、榕江三县文化馆和农村优秀歌师歌手100余人参加培训，为侗族大歌的保护传唱培训了骨干人才。11月28日至29日，贵州首届侗族大歌传承保护发展百村歌唱大赛决赛暨中国从江第十一届原生态侗族大歌节在贵州省从江县城鼓楼广场举行，贵州榕江、从江、黎平、广西三江、湖南通道五县101支侗族大歌队2222名侗歌歌手登台演唱侗族大歌。来自美国、德国、加拿大、老挝等国家的 43 名外国歌手同台演唱侗族大歌。是年，贵州省出台《多彩贵州·侗族大歌传承保护发展行动计划》，规定从 2014 年开始的 5 年里，贵州省财政每年投入约 1000 万元专项资金，开展侗族大歌的校园传承、社会传承等方式的保护传承工作。

2015 年 5 月 7 日至 16 日，贵州省黎平县侗族大歌合唱团吴再锋等 6 名侗族农民歌手，赴德国莱比锡城参加合唱节。他们演唱的情歌《白天黑夜都想你》《相亲相爱在年轻》《丢久不见常相思》等爱情题材的侗族大歌，在一片木叶吹奏的伴奏下，声音清脆明丽，如仙歌缥缈，让现场的西方观众如痴如醉。

2016 年 4 月 17 日，贵州省黎平侗族大歌艺术团受邀赴北京参加中央电视台新址大楼综艺频道《回声嘹亮》栏目"回归经典、重播春晚"的节目录制。她们演唱的《蝉之歌》《大家静静听》《唱出时代最强音》结束后，现场响起了热烈的掌声，主持人李思思夸赞说："我们侗族姐妹的声音太好听了！"

2017 年 2 月，贵阳实验小学"启明星"侗歌合唱团 28 名青少年将侗族大歌唱响美国联合国总部，为 300 多名驻联合国各国官员、联合国主要机构官员献上了侗族童声大歌《筑塘歌》《小米歌》等，获得各国外交官员的高度赞扬。4 月 12 日，贵州省黎平县侗族大歌国家级非遗传承人吴品仙率 6 位侗族女歌手，与 6 位澳大利亚土著歌手一道，在悉尼音乐学院"家乡之歌"音乐会上同台演出，展示了原汁原味的各自"家乡之歌"，这是中国侗族歌手和澳大利亚土著音乐歌手首次合作演唱的成功范例。8 月 10 日，2017 中国（黔东南）国际民歌合唱节暨国际合唱联盟"世界声音对话"开幕式在贵州省凯里市下司古镇举行。这是"世界声音对话"活动首次在亚洲举办，俄罗斯、葡萄牙、蒙古、摩洛哥、墨西哥等 20 多个国家和地区、69 支合唱团参加此次活动。开幕式在黎平侗族大歌《欢乐歌》中拉开序幕，演员们精彩的演唱赢得现场国内外观众的热烈掌声。9 月 15 日，贵州省黎平县侗族大歌民间合唱团应邀参加"2017 走进俄罗斯海参崴大型文艺会演"。中俄的 21 个文艺团队经过 3 小时的激烈角逐，黎平县侗族大歌民间合唱团表演的侗族大歌《蝉之歌》、琵琶歌《丢久不见常相思》两个节目一举夺得金奖。

2018 年 2 月 15 日，央视春晚贵州黎平肇兴分会场，侗族大歌《尽情欢歌》、苗族歌舞《太阳鼓》《对歌对到日落坡》等与央视春晚现场连接，向全国直播。3000 多苗侗儿女身着盛装，尽展侗族大歌、长桌宴、反排木鼓舞、锦鸡舞等风采，让大美黔东南绚丽多彩的民俗文化展现得美轮美奂，淋漓尽致。3 月 16 日，中央电视台央视科教中国影像方志"黎平篇·侗族大歌"由中央电视台 10 频道播出，引发观众的心灵震撼。

2019 年广西柳州市"相聚紫荆花城　唱响侗族大歌""三月三"全国侗族大歌·芦笙踩堂邀请赛在市人民广场隆重开幕。贵州榕江县、从江县、黎平县，湖南通道侗族自治县、绥宁县和广西三江侗族自治县 3 省区 4 市（州）6 县 25 个侗族村寨 21 支参赛队伍 800 多人激情演唱，各表演队通过歌声、服饰、语言带给观众不同地区的风土人情及文化特色差异，让观众们享受一场民族风情浓郁、特色风格鲜明的视听盛宴。活动最后，所有参赛的队伍齐唱原创侗族大歌《唱出时代最强音》及通俗歌曲《我和我的祖国》，其阵容强大，歌声嘹亮，唱出民族团结、合力共赢的活动主题思想，把柳州"三月三"文化活动推向高潮。

2019 年 6 月 7 日至 10 日，由文化和旅游部、广东省人民政府主办，广州市人民政府、文化和旅游部非物质文化遗产司、广东省文化和旅游厅承办的"文化和自然遗产日"非遗主会场宣传活动在广州白云国际会议中心世纪大会堂举行。贵州从江县小黄村小学合唱团 40 名歌手在活动启动仪式上精彩亮相，演唱侗族大歌《祖公落寨》，惊艳全场。之后，小朋友们还继续参加了"天籁之音"板块展演活动，使更多广州市民欣赏到侗族大歌的天籁魅力。这次活动将侗族大歌与粤剧、昆曲、古琴艺术等 39 项中国列入联合国教科文组织非遗名录的非遗项目首次同台亮相，彰显了我国非遗保护实践、保护成果前所未有的创新格局。

2020 年 1 月，贵州黎平县岩洞镇侗族大歌队的 CD 专辑《大家静静听》在世界各地电台 DJ、乐评人投票选出的环球世界音乐排行榜上获得第 5 名。2 月，又在波士顿的 Merging Arts Global Radio 世界音乐排行榜上排到了榜首。据不完全统计，其专辑已在英国 BBC、美国 WFMU、日本 NHK 等世界各地的几十家电台播出，并在 Spotify、iTunes、QQ 音乐等 50 多个网络平台上线。这年 10 月 1 日至 8 日"十一黄金周"期间，2020 年"天地世界音乐节"荟萃国内外顶尖非遗音乐大师，引入"国潮"音乐元素，在上海新天地、虹桥天地、瑞虹天地、新虹桥中心花园及武汉、重庆、佛山四大城市、七大场地，争相上演精彩纷呈的世界音乐演出，从上海辐射全国。其中有来自墨西哥的马利亚旗，美国的蓝草音乐，夏威夷的呼啦舞，非洲鼓，特别是来自中国贵州古老纯正的侗族大歌，一共 37 支音乐团队在此期间呈献 85 场高规格的现场演出，为受众带来高品质的艺术体验。10 月 4 日，贵州黎平县岩洞侗族大歌队在上海新天地惊艳表演的《布谷催春》《蝉之歌》《大家静静听》等天籁之音，余音绕梁，获得国内外观众的热捧喝彩。

2021 年 12 月 17 日至 19 日，中国"原生民歌节"在重庆彭水县举办开幕式和在黔江区举行闭幕式演出。全国 31 个省（市、自治区）的 39 个展演队包含 21 个民族共 223 人参加展演的节目涉及 38 个非遗项目，其中国家级项目 24 个。在开幕式演出的 15 个节目中，世界非遗代表性项目侗族大歌《欢乐侗家人》和国家级非遗项目苗族民歌《娇阿依》、彝族海菜腔《金鸟银鸟飞起来》等极具地域和民族特色的民歌表演极受青睐点赞。

2022 年 11 月 25 日，由贵州省图书馆学会、贵州省残疾人联合会主办的以"赏侗族大歌，听民族心音"——全民阅读推广助残公益活动在贵州省图书馆举行。来自黎平肇兴侗寨的陆仙花等 5 位侗族大歌非遗传承人引领 30 余位残疾人朋友在侗家歌声中，一起破译古老而生动的民族文化密码，分享了侗族大歌的历史文化渊源及其音乐特色。侗族大歌非遗传承人还现场精彩表演了《天地人间充满爱》《欢迎你到侗寨来》《山里草莓》《丢久不见长相思》等集体合唱、情歌对唱、琵琶弹唱等来自古老侗寨的天籁之声，赢得大家热烈掌声。残疾人朋友们表示，现场聆听侗歌优美的旋律，不仅了解了民族音乐的历史，感受了一次特别的文化体验，还增强了他们身残志不残、自强自立的信心和勇气。

2023 年 5 月 13 日，贵州"榕江和美乡村足球超级联赛"在县城城北新区体育馆正式开幕。三宝侗寨 10 多个村的侗歌队共同演唱气势恢宏、深沉厚重的侗族大歌《天地人间充满爱》《欢迎你到侗寨来》，那歌声抒发的激情点燃了现场万余观众澎湃的心潮。随后，千人芦笙响起，如潮的人流跳起侗族"多耶舞"，在"民族团结心连心，和睦相爱万年亲"的歌声中激情涌动。最后，在《我和我的祖国》的万人合唱中，把开幕式推向高潮，整个球场变成了多彩民族文化绽放的大舞台。接下来足球联赛开始，参赛球员都是普通的农民工、木匠、瓦匠、厨师、卖鱼卖肉的、学校师生等，但这些普通人的足球运动，却带来了非凡的凝聚力和影响力，场内场外，纵情欢呼，燃爆全网。短短几天内，县、州、省和国家的各大主流媒体，争相报道，"村超"横空出世，应运而生。特别是 6 月 3 日的第三个"超级周六"，央视著名足球解说员韩乔生为当晚足球赛现场解说，更是把榕江"村超"推向了空前的高潮。时下，榕江构建起以贵广高铁、贵南高铁、夏蓉高速、荔榕高速、剑榕高速的区域性交通枢纽，使得当天晚上现场观众达到 5 万余人，观众来源扩展至广州、广西、深圳、湖南、湖北以至北京、上海等大城市，甚至还有来自非洲的金发碧眼的外国姑娘……而收看网上直播的观众竟达到 5000 万众。从此，榕江"村超"超越时空，激荡全国，惊艳海外，活力四射。"村超"这场盛世降临的历史大戏，正是侗族大歌与民族文化为她插上了启幕腾飞持续火爆健康发展的金色翅膀！

　　2023 年 10 月 18 日上午，在习近平主席夫人彭丽媛陪同下，出席第三届"一带一路"国际合作高峰论坛的外方领导人夫人参观北京中国工艺美术馆（中国非物质文化遗产馆），来自贵州侗族大歌之乡从江县小黄村的 22 名少年儿童，为贵宾们献唱侗族大歌《阳雀歌》《青蛙歌》《侗歌汉语都要学》，清亮悠扬的童声大歌在大厅中回荡，深深打动了现场的各位嘉宾，也赢得了热烈的阵阵掌声。那天籁之音不仅展示了人类非物质文化遗产之华美，也见证了世界人民友谊的交融！

　　60 多年来，侗族大歌漂洋过海，既在东方国家，也在西方国家；既在社会主义国度，也在资本主义国土的音乐殿堂上留下了经久不衰的记忆。侗族大歌唱响世界，誉满全球。

五、侗族大歌"八年挑战"——"申遗"成功

　　2009 年 9 月 30 日，联合国教科文组织保护非物质文化遗产政府间委员会第四次会议在阿联酋首都阿布扎比圆满结束。会议传来了令人振奋的消

息，经过专家评审委员会审议批准，侗族大歌入选联合国《人类非物质文化遗产代表作名录》，并以全球 76 个优秀项目中排名第六的身份获此殊荣。

联合国教科文组织保护非物质文化遗产政府间委员会的评委们对侗族大歌给予了高度的评价：侗族大歌起源于春秋战国时期，至今已有 2500 多年的历史，是一种多声部、无指挥、无伴奏、自然合声的民间合唱形式，是"清泉般闪光的音乐，掠过古梦边缘的旋律""是一个民族的声音，一种人类的文化。"因此，侗族大歌理所当然进入了世界文化遗产的名录。

然而，这一天的到来实非易事，竟然走了"八年挑战"艰辛漫长的博弈岁月。

2002 年 10 月，在第二届"黎平·中国侗族鼓楼文化艺术节"期间，中国少数民族音乐学会在黎平县举办了"中国少数民族音乐年会暨侗族大歌研讨会"，与会的专家学者一致认为，像侗族大歌这样的优秀文化遗产，理应申报人类口头及非物质文化遗产代表作名录。

2003 年 2 月 21 日，黎平县人民政府与中国科学院和中国社会科学院签订《侗族大歌申报人类非物质文化遗产代表作名录工作协议书》，正式走向漫漫"申遗"路。

2003 年 3 月 27 日，黔东南州人民政府与中国科学院、中国社会科学院签署协议，共同开展侗族大歌申报第三批人类非物质文化遗产保护名录的工作。4 月，由中国科学院、中国社会科学院编写的申报文本初稿完成。6 月 17 日，黔东南州在贵阳组织"侗族大歌申报人类口头及非物质文化遗产代表作名录文本论证研讨会"，来自中国科学院、中国社会科学院、中国艺术研究院、四川大学、贵州大学、贵州民族学院、贵州省民间文艺家协会、贵州省民族研究所等单位的专家学者参加了论证会。在为期两天的研讨中，与会专家从艺术学、人类学、民族学等方面对侗族大歌文本提出了修改意见。会后，中国科学院、中国社会科学院专家组根据贵阳认证会的意见，于 8 月底完成了文本的修订稿。10 月 3 日，黔东南州邀请国家文化部对外联络局的官员、中国科学院、中国社会科学院、中国艺术研究院的有关专家到黎平县参观考察。12 月 8 日，中国艺术研究院邀请黔东南黎平县侗族大歌表演队参加在北京举办的"中国少数民族艺术遗产保护及当代艺术发展国际学术研讨会"并作展示演出。黎平县人民政府发言人在研讨会上作了题为《侗族大歌——人类和平的心声》的演讲。

2004 年 3 月,《侗族大歌申报人类口头及非物质文化遗产代表作名录文本》及音像资料上报文化部。但令人遗憾的是,侗族大歌没有被选为当年中国政府向联合国教科文组织报送的候选代表作品。但是,通过侗族大歌申遗工作,使侗族大歌这一人类天才的杰作,得到了国内外专家、学者和评委的高度认同,达到了"借申遗之路,扬大歌之名"的效果。

2005 年在全国开展的"四级名录"(国家、省、市州地、县四级)体系建设中,黔东南州为保护弘扬侗族大歌做了卓有成效的工作,终于使侗族大歌于 2006 年 5 月进入了首批国家级非物质文化遗产保护名录。同时,黔东南侗乡各级人民政府采取多种措施,包括建立黎平堂安侗族生态博物馆、肇兴生态保护区,开展文化艺术之乡创建活动,实施侗族文化进课堂,建立侗族大歌保护基地,扶持举办民间节日、开展侗族大歌普查、多次组织侗族大歌演唱团赴国内外开展文化交流等工作,使侗族大歌的保护、宣传取得了明显效果,为其再次申报人类非物质文化遗产代表作名录奠定了良好的基础。

2008 年初,当新一轮申报工作开始时,黔东南州以开阔的视野跳出了县域区划的限制,将黎平、从江、榕江、锦屏、天柱等数县侗族大歌流传地集中捆绑进行申报。6 月 16 日至 19 日,《保护非物质文化遗产公约》缔约国大会第二届会议在联合国教科文组织总部法国巴黎召开,大会通过了保护非物质文化遗产政府间委员会制订的《公约》实施细则,其中最重要的两项工作就是对人类非物质文化遗产申报工作分为"人类非物质文化遗产代表作名录"和"急需保护的非物质文化遗产名录"。前者可以理解为更多地侧重于一种荣誉性的称号,彰显遗产的地位,把某一个国家或地区的遗产上升为全人类的遗产;后者则更多地强调了抢救、保护申报列入名录的项目。这意味着将有更多的优秀民间文化遗产成为人类非物质文化遗产名录。这样,就为侗族大歌再次申报人类非物质文化遗产带来了难得的机遇。

这一次,贵州确实抓住了机遇。在贵州省委、省政府和黔东南州委、州政府的高度重视和省文化厅的精心组织下,2008 年 8 月 29 日,"侗族大歌申报人类口头及非物质文化遗产代表作名录文本审稿会"在黔东南州政府举行，经过与会专家学者的认真研讨，对申报文本提出了全面可行的修改意见，并上报省政府。

随后，按照贵州省政府领导意见，省文化厅组织了黎平县、榕江县地方专业人士参与，高校专家教授、省州知名音乐家和文化学者等组成的"侗族大歌人类非物质文化遗产代表作名录申报文本编写工作组"，同时还由贵州省电视台专业电视编导组成了"侗族大歌人类非物质文化遗产代表作名录申报音像宣传片和资料片制作组"，于2008年9月3日起在贵阳开始全程封闭式工作。由于此次申报文本格式新奇，要求严格，在省文化厅领导下，文本编写组认真对照联合国教科文组织的文件要求，多次讨论，几经修改，终于高质量地完成了申报文本的编写和音像资料的制作，并于规定时间上报至国家文化部外联局。2008年9月29日，中国国家文化部以《保护非物质文化遗产公约》缔约国的身份向联合国教科文组织递交了第四批《人类非物质文化遗产申报书》，侗族大歌亦在中国申报的项目之列。

之后，经过整整一年的严格筛选与激烈竞争，最终于2009年9月30日，在阿联酋首都阿布扎比召开的联合国教科文组织保护非物质文化遗产政府间委员会第四次会议上侗族大歌脱颖而出。据报道，来自全球114个国家和地区包括中国代表团在内的400多名代表出席了会议，为期3天的会议主要是确定入选《人类非物质文化遗产代表作名录》和《急需保护的非物质文化遗产名录》的名单。经过专家评审委员会的严格审议、投票推选并最终批准，侗族大歌与全球76个优秀项目一起入选联合国《人类非物质文化遗产代表作名录》。其中中国有22个项目入选，侗族大歌以项目排名第六的身份获此殊荣。①

2010年8月19日，"中国入选联合国教科文组织非物质文化遗产代表作名录项目颁证仪式"在北京举行，侗族大歌国家级非遗传承人吴品仙出席仪式并受到时任中共中央政治局委员、国务院副总理刘延东，时任全国政协副主席孙家正等党和国家领导人的亲切接见。

回溯历程，春秋沧桑，应验了先哲的至理名言："路漫漫其修远兮，吾

---

① 陆景川：《侗族大歌"漂洋""申遗"记》，《中国民族报》2009年12月25日。

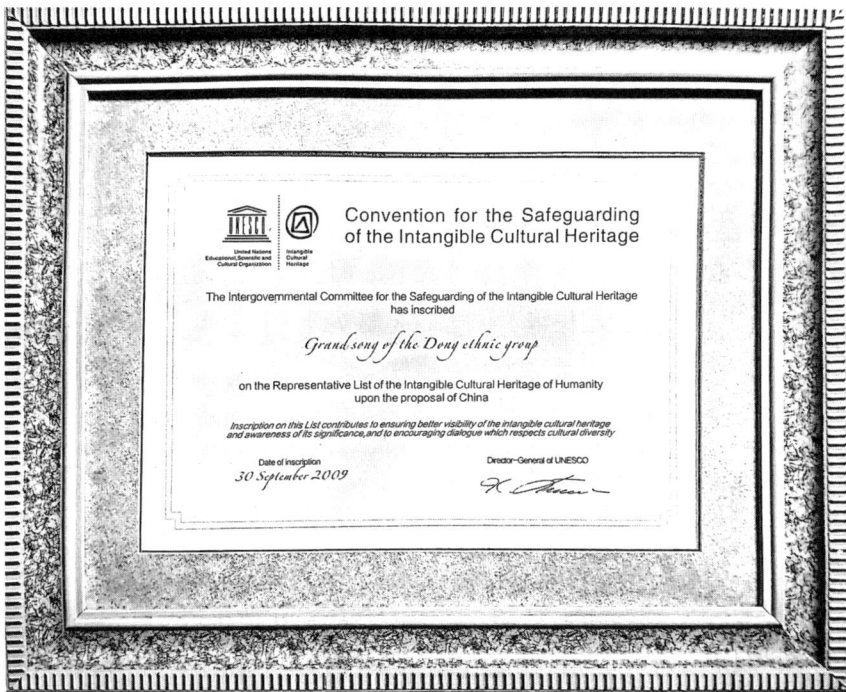

Convention for the Safeguarding
of the Intangible Cultural Heritage

The Intergovernmental Committee for the Safeguarding of the Intangible Cultural Heritage
has inscribed

Grand song of the Dong ethnic group

on the Representative List of the Intangible Cultural Heritage of Humanity
upon the proposal of China

Inscription on this List contributes to ensuring better visibility of the intangible cultural heritage
and awareness of its significance, and to encouraging dialogue which respects cultural diversity

Date of inscription
30 September 2009

Director-General of UNESCO

侗族大歌入选联合国人类非物质文化遗产代表性名录证书

将上下而求索。"如果从春秋战国时代侗歌问世算起，那么，这一人类文明的瑰宝延续了 2500 多年的历史积淀，又在八年浴火重生坚韧不拔的"申遗"岁月中，历经呕心沥血的艰难竞争，最终在国际舞台上申遗成功，实现了真正意义上的侗族大歌敞开大门走向世界，其"凤凰涅槃"，令人震撼，惊艳世界！

"侗族大歌"申报联合国人类非物质文化遗产代表作名录成功，是人类良知对侗族人民千百年来热爱生活、热爱故土、热爱大自然的奖掖回报，也是对侗族人民坚守善良、崇尚和谐、敬畏自然、热爱艺术的历史馈赠，更是对侗族人民勤劳智慧、能歌善舞、才艺卓然的嘉勉褒扬！

"侗族大歌"的申遗成功，可谓千年积累，一举成名。如今"侗族大歌"的各类歌词，在历史淘洗筛选中沉淀，经过一代代歌师歌手们的传唱、锤炼，集中了民族的文化艺术智慧，成为一个巨大的侗族文学遗产宝库！

六、侗族大歌国家级传承人

吴仁和（1931—2016），贵州从江县高增乡高增村人。他从小师从歌师、戏师学习侗歌、侗戏，深得师傅真传。5岁开始学唱侗歌，7岁进高增小学读书至高小毕业。15岁学演侗戏，25岁独自掌握传统侗戏，成为当地戏师。其歌师戏师传承系谱是：戏祖吴恩公传给吴玉强，吴玉强传给吴仁和，吴仁和传给吴任英，吴任英传给吴老七，至今传承了5代人。

2010年3月，高增村"侗族大歌传习所"挂牌成立。传习所常年开设侗族大歌课程，义务向村民授课。传习所就设在吴仁和的家中。每到夜晚，他家就成了寨子里最热闹的地方，不大的堂屋里挤满了男女老少。按照侗家习俗，一般是男歌师教男徒弟，女歌师教女徒弟。但他与众不同，由于他演唱的大歌浑厚动听，而且精通男歌和女歌的全部经典曲目和唱法，所以，男女徒弟都来拜师。长期的唱歌、教歌和对歌，使他得出了一套教歌方法："教歌前，先解释歌词大意以及歌曲的背景和传说故事，以激发大家的兴趣，然后教念歌词，把意思搞懂，再教曲调，使大家很快就能把侗歌学好唱好。"吴仁和在教侗歌的时候，脸上常常挂着善意平和的微笑，他平易近人的性格让村民们乐于与他沟通。大家从他那儿不仅学会了侗歌，而且体会到了许多生活的乐趣和做人的道理。

当然，吴仁和只是个在田间劳作的农民，没什么收入，而教歌传歌要花费不少时间和精力，幸好得到了同样是热爱侗歌的村民们的支持，他才坚持了下来。在近70年的教歌生涯中，他授徒一代又一代，先后培养出杨英慧、杨光琴、杨光锦等上千名侗族歌手。他的学生遍及全国各地，有的在本土当歌师、戏师，有的在县民族歌舞团担任主唱演员，有的在省州外成为主要歌手，有的成为省级非物质文化遗产传承人。其中杨英慧是他最为得意的弟子之一，现为贵州省民族歌舞团著名侗歌演唱演员、贵州省政协委员。早在1990年，杨英慧在著名侗族作家滕树嵩创作的电视剧《侗女贝仙》中饰演女主角贝仙，深受好评，获得授奖。而杨光琴从小跟他学歌唱歌，深受熏染，成为从江县艺术团的主要演员，她把侗族大歌一路唱出贵州，唱到北京、上海，唱到法国、美国等国际歌坛。

吴仁和的最大心愿，就是要让侗族大歌世代传承，他常说："汉族有字传书本，侗族无字传歌声；祖辈传唱到父辈，父辈传唱到儿孙！"为了给后人留下宝贵的侗歌、侗戏遗产，他年轻时出师后，从事唱歌、教歌、编歌和演戏、编戏 60 余年。一生潜心挖掘和搜集整理的侗族大歌和侗戏剧本几十本，共计 200 多万字。其中编创侗歌 2000 多首，代表作有《椪郎柑妹》《正行》《阳随》《引详》《嘎河》《嘎样》《嘎父母》等等，而且熟唱侗歌 300 多首；自编侗戏近 20 部。1985 年被高增乡人民政府聘为民族文化与开发工作顾问。2005 年 12 月，被评选为贵州省第一批非物质文化遗产侗族大歌传承人；2009 年 5 月，被授予第三批国家级非物质文化遗产项目侗族大歌代表性传承人称号。2016 年他与世长辞，享年 85 岁。

贾福英（1936—），贵州从江县高增乡小黄村人。小黄村是享誉全球的世界非物质文化遗产"侗族大歌"的发祥地之一，如今出了贾福英、潘萨银花这两位国家级非物质文化遗产传承人。

贾福英幼时读过私塾、学堂，少年时代就师承著名歌师、戏师吴太德和潘公坎，学习传统侗歌、侗戏。20 岁他开始编歌，年轻时期不仅在本地开办歌堂义务教歌传歌，还受邀到广西三江、湖南通道等地教歌传歌。30 岁时即将侗族民间故事《甫贯》《珠郎娘美》等改编成侗戏搬上舞台，在侗乡广受群众喜爱欢迎而流传四方，所编的侗歌至今在当地侗寨仍传唱不衰。

他善于观察生活，看到有意思的物象和事情，就琢磨编成侗歌。如他编的儿歌《猫头鹰》："今天上坡见只猫头鹰，在树上嘟嘟嘟嘟叫个不停，叫小孩们着迷听见了，大家开心好玩喜盈盈。"有时心情不好或遇到高兴的事，他也能把自身的心境感受编成侗歌传唱。如此反复琢磨后，一首首意境深刻、脍炙人口的侗歌就这样编出来。侗歌编成后，他都要先唱给大家听，大家说好的歌他才记录下来，并教人传唱开去。

他共改编侗戏 8 部，创作传统侗戏近 20 部，自编自唱具有不同时代内容和风格的侗歌 820 余首 20 多万字。还先后辅导侗戏班、侗歌队 30 余支 1000 余人，其儿女和孙女均成为当地有名的歌师、歌手。他教的弟子和学生都成绩骄人，其中有小黄村"十姐妹"获得第一届多彩贵州原生态唱法

"金黔一等奖",小黄"小九姐妹"曾随国务院总理温家宝出访日本演唱而饮誉中外,还有小黄"十二罗汉"也获得了第二届多彩贵州民歌大赛一等奖,等等。这些歌师歌手中,不少人走南闯北,在外演唱侗族大歌发家致富,有的成为当地有名的歌师,继续传歌、教歌,让侗族大歌后继有人。

年过80高龄后,他还老当益壮,夕阳唱晚,继续在村小学当"朝阳侗歌班"的辅导老师,传承后人。他还把自己一生中搜集整理的所有侗歌写成一本歌书,用汉语翻译出来,拿国家给他的文化传承人补助金,印制成厚厚的歌本,让这些侗歌流传于世,赓续后人。

2005年12月,他被评选为贵州省第一批非物质文化遗产侗族大歌传承人;2018年5月,获得第五批国家非物质文化遗产项目侗族大歌代表性传承人称号。在侗乡,他不仅是著名的歌师、戏师,而且还被乡亲们赞誉为"侗乡歌王"。

潘萨银花(1944—),女,本名潘玉新,小名太英,人们习惯尊称她为萨银花(萨,侗语奶奶之意),贵州从江县高增乡小黄村新全寨人。

萨银花出生于歌师、戏师世家,5岁跟母亲学歌。9岁时进高增乡小黄小学读书,13岁在祖母和母亲的培育下,在歌队中当主唱侗族大歌高声部的"赛嘎"。17岁时,其全寨男女到黎平县肇兴乡去吃相思(集体做客),银花等人在鼓楼与肇兴腊汉(男子汉)对歌三个昼夜,把肇兴腊汉全部对败阵下去,从此银花一举成名,传遍侗乡。18岁时,她开始向本寨青年男女传授侗族大歌。随后,还应邀到周边的德比村、归林村、贯洞村、占里村、托里村和黎平县的肇兴、坑洞、高够等地传授侗族大歌。其传授的侗歌有《嘎老》《嘎听》《嘎琵琶》《嘎耶》《嘎金行》《嘎丁》等,自编的侗歌有《感谢党中央》《感谢远方的客人》《欢迎你到侗寨来》《嘎班篾腊汉》《感谢李文珍老师》等,所学所编的歌计有2000多首。其传承谱系为:一代潘萨花传给二代潘乃太,潘乃太传给三代萨银花,萨银花传给四代潘贵美,潘贵美传给五代潘足英、潘胜珍。1990年她还应贵州大学艺术学院邀请去该院给侗歌班的学生传授侗歌。

60多年来,潘萨银花门下的学歌"弟子"已有1400余人,其中有300

多人在贵阳、杭州、深圳、上海等省内外的大中城市专门演唱侗族大歌。他还为当地培养了一批坚守在家乡的优秀歌手、歌师，如贾美兰、吴荣德、潘显安等多人都成了黔东南州的民族文化传承人。潘萨银花培养出来的弟子，有曾获得多彩贵州歌唱大赛原生态唱法金黔奖的"小黄十姐妹"，有陪同国家领导人出访国外的"九朵小金花"的小演员。同时，为了把自己会唱的侗歌传承下去，几十年中潘萨银花在自己家里开办歌堂义务传歌教歌。2012年她又受聘在村小学给"朝霞侗歌班"的孩子们义务教唱侗歌。由于潘萨银花传授的侗歌，一直是全部靠她心记口唱，所以如何把这些侗歌留给后世是她一直以来的心事困扰。为此，自 2014 年开始，在从江县"非遗"中心的支持下，她邀约村里几位老歌师，把她们所会的侗歌录了下来，刻制成光碟，以便让这些侗歌有效地流传下去，其通过视频录音制作的光盘达 300 多首侗歌。

2005 年 12 月，她被评选为贵州省第一批非物质文化遗产侗族大歌传承人，2009 年 5 月，获得第三批国家级非物质文化遗产项目侗族大歌代表性传承人称号，成为"侗族大歌之乡"小黄村德高望重的女歌师。

2022 年 11 月，香港凤凰卫视三频道以"潘萨银花和贾福英致力于传承侗族大歌：现场教授、文字记录"为题，报道了这两位小黄村国家级非物质文化遗产项目侗族大歌代表性传承人的歌艺传奇。

吴品仙（1945—），女，贵州黎平县永从镇三龙村人。三龙自古就有"侗乡歌窝"之称，也是侗族大歌的发祥地之一，"捡得完河边的石头，唱不完三龙的大歌"就是这里的歌谣。

生长在这样的"歌窝"，吴品仙就近水楼台。她 6 岁就开始学歌，师从吴廷会、奶娘替等老歌师。到了 1958 年，她刚 13 岁小学毕业时，就被选送到黎平县民间合唱团当小演员。1959 年 7 月，她因具有音乐天赋和深厚的侗歌演唱功底，被选入中央民族歌舞团当侗歌演员。自此，她有机会与各族民间文艺家和文艺界名人接触，学到很多在家乡学不到的东西，同时汉文化知识也得到了不断提高。这期间，她外出演出时跑遍了沈阳、长春、哈尔滨等东北各大城市，并多次到人民大会堂演出，在参加全国少数民族文艺调演

侗族大歌国家级非遗传承人吴品仙（中）向小学生传授侗族大歌知识

时受到毛主席等中央领导的亲切接见。她还参加了大型歌舞东方红史诗的演出，这是她演艺生涯中难忘的岁月。之后，由她演唱的侗族大歌被中央人民广播电台录制成唱片，在全国发行，轰动了全国的音乐界。后来，由于思乡心重，1964 年 12 月她就申请从北京调回贵州黔东南州歌舞团工作。"文化大革命"期间，文艺界受到冲击，表演的内容根本与她所学和爱之如命的侗歌没有任何联系，就主动要求调到州展览馆当讲解员。1970 年回家过春节时，因与家乡的父老乡亲多唱了几天侗歌而延误了假期，被单位领导除名而返回家乡。但她终生无怨无悔，并多次痴情地慨叹："怎么说呢？我像是鱼，侗寨像是水。鱼离不开水，我离不开侗寨。离开侗寨唱侗族大歌，就没有那个味道了！"

1978 年她得到落实政策复职后，被安排到黎平县三龙乡政府任妇联主任。从此，她一边努力工作，一边利用业余时间向当地老歌师学习侗歌，还一边给年青一代热情传歌唱歌和编歌。

1996 年退休回村后，她将自己的全部精力投入自己钟爱的侗族大歌事业上。她常说"传承侗族大歌，要从娃娃抓起，绝不能断代。教歌是我一生的追求，我有义务将平生所学传授给年青一代。"自 2000 年始，她将侗歌带进学校课堂，在三龙小学教儿歌和侗族大歌。同时她与好友吴学桂、吴美芳一道，组织三龙侗歌队，举办业余侗歌班，培养出具有一定侗歌造诣的歌师

10 多人。2002 年，在黎平县举办的"七一"侗族大歌大奖赛上，她带领的三龙歌队一举夺冠。2003 年 8 月，黎平县申报侗族大歌人类非物质文化遗产时，她带领三龙大歌队随行到贵阳参加申报演出，使三龙侗族大歌再次唱响省城；10 月，又带队参加黔湘桂三省区 16 县侗族大歌大奖赛，三龙歌队获得三等奖。2004 年始，她先后被广西龙胜县民族歌舞团、湖南芷江县民族歌舞团、湖南新晃县民族歌舞团聘为侗族大歌指导教师，并受聘为总部设在贵阳的世纪风华旅游投资公司的侗族音乐研究与传播指导导师。2005 年，一位澳大利亚墨尔本大学的女博士生来拜她为师。收下这个徒弟后，她因材施教，仅仅用一年半的时间，就教这位女博士生学会了流利的侗话，唱熟了 30 多首侗族大歌，还写了 17 万字的论文向海外宣传侗族大歌。

作为承上启下的当地歌师，她接过师傅的传歌薪火，继续照亮后继学子，共培育侗歌弟子达 2000 余人，使三龙侗歌传承后继人才，盛传不衰。作为歌手，在长期的学习和演唱中，她熟练地掌握了三龙地区所有的侗族大歌，并且对当地的拦路歌、敬酒歌、赞颂歌、礼俗歌、琵琶歌等 800 余首侗歌娴熟在心，演唱自如。在歌班里，她不但是领唱，还是歌班的核心歌者；在县境内，每次重大节日、重要接待演出都能听到她和她的歌班或徒弟的歌声；在对外演出中，她和她的歌班经常应邀北上京城，南下深圳，东到上海，西抵西安等 20 多个城市演出，为宣传侗族大歌、弘扬侗族文化作出了突出贡献。据统计，自新中国成立以来，三龙侗寨为全国各级歌舞团输送了 100 多名歌舞人才，参加国家级演唱的不下 60 余人次，参加国际演唱会的也有 16 人次之多。这些业绩无不凝聚了她的智慧与心血。

2005 年 12 月，吴品仙被评选为贵州省第一批非物质文化遗产侗族大歌传承人，2008 年 1 月，荣获第二批国家非物质文化遗产项目侗族大歌代表性传承人称号。

2012 年 6 月，荣获"中华非物质文化遗产传承人薪传奖"。"薪传奖"是中国非物质文化遗产保护中心面向中国内地和港、澳、台地区，为表彰中华非物质文化遗产传承作出杰出贡献的各级非物质文化遗产代表性传承人，以推动非物质文化遗产的保护以及中华优秀传统文化的继承和弘扬而设立的专业奖项。这次"薪传奖"的评选，从 1488 名国家非物质文化遗产代表性传承人中遴选出 60 人进行表彰，侗族大歌优秀传承人吴品仙成为贵州唯一"薪传奖"的获得者。

胡官美（1955—），女，侗名乃珍珠，贵州从江县往洞乡吾架寨人。她从小就听着父母唱歌长大，天生对音乐怀有灵性，还有一副清嫩的好嗓子，6 岁就跟父母学唱歌，凡父母唱过的歌，她一听都能记下来。长成姑娘时那歌就唱得特别好，而且还会唱各种侗歌，比如大歌、情歌、酒歌、拦路歌、牛腿琴歌、琵琶歌、叙事歌等等，成为往洞一带的有名歌手。

1973 年，她嫁到榕江县栽麻乡宰荡村加所寨后，先后生育了 3 个子女，她与丈夫一道教孩子们唱歌，看孩子们长大，同时她也成了当地一名女歌师、活歌谱。自 20 世纪 80 年代以来，在村寨里，人们每天吃完晚饭后，孩子们就会自发地来到她家里学歌。"几十年来，我一边学歌，一边唱歌，一边对歌，一边传歌。传了一批又一批，人数加起来应该有 600 多人吧！"这是她经常自豪说的话。当然，要当一名歌师也绝非易事。除了能唱能教能编外，还要懂得唱歌的规律和技巧，掌握如何控制声调才协调，同时心里要装有三四百首歌，熟悉它们的各种唱法，特别是要熟练掌握 6 种类型的侗族大歌的唱法和音调，才算有本事能胜任。因此，要成为一个侗族歌师是十分困难的。虽然她也遇到过很多困难，但性格倔强的她没有被困难挡住，依然坚持边学边唱，边教边传。经过长期的实践，她最终摸索出了一套教歌的办法，即先教念歌词，让孩子们懂得歌词意思和来龙去脉，再教一句学一句，直到背得滚瓜烂熟；然后再教学唱低声部，学会轮流换气，保持声音平稳，接着再教高声部，反复练唱，最后一气贯通，熟能生巧。通过这样的反复学唱训练，就能把唱歌的基本功夫掌握在心。靠着这样的方法教歌练歌唱歌，她在宰荡村里培养了一批又一批的女声歌队，使侗歌传唱后继有人。

一直以来，她唱歌的演唱技巧和教歌水平，获得了乡亲们和音乐专家的认同，她被聘为榕江县非遗中心的兼职培训教师，并在加所小学长期担任校外侗歌老师。在她几十年培养的学生弟子中，优秀侗歌人才层出不穷。其中她的大女儿杨秀珠和小女儿杨秀梅就是歌队里的佼佼者，也是榕江、从江、黎平周边三县名闻遐迩的侗歌"姊妹花"。2002 年 10 月，胡官美带领"姊妹花"与宰荡村女声大歌队应邀参加中国山东栖霞苹果艺术节演出，演唱的侗族大歌，感动中外宾朋。2006 年，"姊妹花"作为主力演员参加贵州省代表队"蝉之歌组合"，赴京出席第十二届中央电视台青年歌手电视大奖赛，斩获"原生态唱法银奖"和"观众最喜爱的节目奖"。2008 年，"姊妹花"所在的榕江县艺术团被遴选参加贵州侗族大歌合唱队，由贵州电视台选送参加第十三届中央电视台青年歌手电视大奖赛，演唱的侗族大歌摘取合唱组铜奖，并远赴法国、西班牙等国家演出，惊艳海外。

新时期以来，胡官美曾带领栽麻乡不同的歌队参加过各类比赛近 300 场次，获得了不少奖项，为乡村赢得了众多荣誉，也为当地大歌传承和文化旅游、乡村振兴作出了贡献，受到乡亲们的赞誉和尊敬。

2004 年 5 月，榕江县人民政府表彰她为"优秀歌师"。2005 年 12 月，被评选为贵州省第一批非物质文化遗产侗族大歌代表性传承人；2007 年 6 月，被中国文联、中国民间文艺家协会授予"中国民间文化杰出传承人"荣誉称号；同年 10 月，被贵州省文化厅授予侗族大歌优秀传承人荣誉称号；2012 年 12 月，荣获第四批国家级非物质文化遗产项目侗族大歌代表性传承人称号。

胡官美一家 40 多年如一日，"守护"着侗族大歌。在她家里，包括她丈夫、两个女儿和媳妇共有 5 名歌师，儿子、女婿、孙子、孙女均是出色的歌手，仅她一家就可以组织男女两个水平很高的大歌歌队，是名副其实的侗族"大歌之家"。她大女儿杨秀珠常说："母亲教歌时经常教育我们，生活中要像唱侗族大歌一样，团结协作，互相配合，才能过好每月每天的日子！"2017 年 5 月，胡官美获全国妇联授予 2017 全国"最美家庭"荣誉称号。

侗族文学学会历任会长、副会长、秘书长名录

1987 年 10 月 14 日，在北京、贵州、湖南、广西等地作家的努力和有关领导的关心支持下，中国少数民族文学学会侗族文学分会（简称侗族文学学会）在湖南新晃县政府招待所成立。侗族文学学会是中国少数民族文学学会的团体会员。它是在中国共产党的领导下由侗族文学工作者和业余爱好者自愿结合组成的群众性学术团体。经过协商选举，产生了学会的第一届领导班子（顾问、理事、常务理事及副秘书长略）：

    会　长：杨志一　文化部《文艺研究》原编审，中国作家协会会员

    副会长：龙玉成　贵州省民间文艺家协会副主席

             李鸣高　湖南省民间文艺家协会副主席

             杨通山　广西三江侗族自治县政协副主席

             姚祖瑞　湖北省鄂西州宣恩县民委副主任

             杨　权　中央民族学院教授（1988 年 9 月增补）

    秘书长：邓星煌　湖南省怀化地区民族事务委员会副主任

1995 年 10 月 30 日，"全国侗族文学研讨会"在贵州省玉屏侗族自治县政府招待所召开，侗族文学学会进行换届选举，产生了第二届领导班子：

    会　长：邓敏文　中国社科院少数民族文学研究所南方研究室主任，中国少数民族文学学会秘书长

    副会长：粟周熊　北京图书馆副研究员，中国作家协会会员，中国翻译

家协会会员

潘年英　贵州省社会科学院副研究员，中国作家协会会员

吴宗源　湖南省怀化地区行署专员

吴　浩　广西柳州民族中学专业学校校长

秘书长：杨进铨　中央民族大学附中高级教师，中央民族大学外国语系兼职教授

邓星煌　湖南省怀化地区民族事务委员会副主任

2000 年 10 月 11 日至 12 日，"2000 年侗族地区经济文化协作研讨会暨全国侗族文学学会第三次会员代表大会"在怀化市西南宾馆隆重举行。会议期间，侗族文学学会进行换届选举，产生了第三届领导班子：

会　长：邓敏文　中国社科院少数民族文学研究所南方研究室主任，中国少数民族文学学会秘书长

副会长：刘宗林　中共湖南省怀化市委副书记

潘年英　福建泉州黎明大学研究员，中国作家协会会员

吴大华　贵州省教育厅副厅长，教授

吴宗源　湖南省审计厅厅长

陆景川　贵州省黔东南州文化局副局长

覃绍英　贵州省民族事务委员会人事处处长

粟永华　广西壮族自治区民族事务委员会副主任

吴　浩　广西柳州民族中学专业学校校长

李正生　中南民族大学图书馆党总支书记

秘书长：杨进铨　中央民族大学附中高级教师，中央民族大学外国语系兼职教授

2006 年 12 月 2 日至 5 日，全国侗族文学学会暨第四次会员代表大会在湖南省新晃侗族自治县毛家大酒店召开。会议选举产生了学会第四届领导班子：

会　长：吴宗源　中共湖南省委督办专员，湖南省审计厅原厅长

副会长： 杨进铨　中央民族大学附中高级教师，中央民族大学外国语系
　　　　　　　　　兼职教授

　　　　　蔡劲松　北京航空航天大学党委宣传部部长、教授，中国作家
　　　　　　　　　协会会员

　　　　　黄松柏　北京市密云县文联主席，中国作家协会会员

　　　　　刘宗林　湖南省国土资源厅副厅长

　　　　　潘年英　湖南科技大学教授，中国作家协会会员

　　　　　石希欣　中共湖南省怀化市委秘书长

　　　　　陆景川　贵州省黔东南州政协文史与学习委主任

　　　　　覃绍英　贵州省民族事务委员会助理巡视员

　　　　　龙耀宏　贵州民族学院教授

　　　　　粟永华　广西壮族自治区民族事务委员会副主任

　　　　　吴　浩　广西柳州民族中学专业学校校长

　　　　　张泽忠　广西民族大学教授，中国作家协会会员

　　　　　黄钟警　广西龙胜各族自治县县长助理

秘书长： 杨玉梅　中国作协《民族文学》编辑部编辑

　　　　　石佳能　湖南怀化市民委助理调研员

2014 年 10 月 19 日至 20 日，全国侗族文学学会年会在广西龙胜各族自治县龙胜华美大酒店召开，会议选举产生了学会第五届领导班子：

会　长： 杨玉梅　女，中国作协《民族文学》杂志社总编室副主任，中
　　　　　　　　　国作家协会会员

副会长： 蔡劲松　北京航空航天大学党委宣传部部长、教授，中国作家
　　　　　　　　　协会会员

　　　　　黄松柏　北京密云县人大科教文卫办主任，中国作家协会会员

　　　　　潘年英　湖南科技大学人文学院教授，中国作家协会会员

　　　　　龙耀宏　贵州民族大学人文科技学院常务副院长、教授

　　　　　陆景川　贵州省黔东南州社科联原主席，贵州省文史研究馆
　　　　　　　　　馆员

陈宏彦　女，湖北恩施土家族苗族自治州州委组织部副部长、老干局局长

吴烈善　广西大学环境工程和环境科学院教授

杨通银　江苏师范大学国际关系学院副院长、教授

石佳能　湖南省怀化市民族宗教事务委员会纪检组长

杨海波　中国劳动保障新闻网总编辑

吴基伟　中国航空工业集团公司团委书记、文联主席，中国作家协会会员

杨筑慧　女，中央民族大学民族学与社会学学院教授

杨海标　广西龙胜各族自治县工会党组书记、副主席

吴桂贞　女，广西柳州市教育局党委副书记

王明相　贵州省锦屏县政协副主席

杨少波　湖南省怀化市文联主席

　　秘书长： 龙　昊　女，北京大学医学部宣传部干事

2019 年 12 月 13 日至 14 日全国侗族文学学会第六次会员代表大会在贵阳花溪"大成精舍酒店"召开，会议选举了学会第六届领导班子：

　　会　长： 杨玉梅　女，中国作协《民族文学》杂志社一编室主任、编审，中国作家协会会员

　　副会长： 黄松柏　原北京市密云县人大科教文卫办主任，中国作家协会会员

蔡劲松　北京航空航天大学人文学院院长、教授，中国作家协会会员

潘年英　湖南科技大学人文学院教授，中国作家协会会员

龙耀宏　贵州民族大学文学院院长、教授

陆景川　贵州省文史研究馆馆员

吴烈善　广西大学资源环境与材料学院教授

杨通银　江苏师范大学国际关系学院副院长、教授

石佳能　湖南省怀化市民族宗教事务局调研员

吴基伟　中国航空工业集团新闻中心主任，中国作家协会会员

杨海波　中国劳动保障新闻网总编辑

杨筑慧　女，中央民族大学民族学与社会学学院教授

杨海标　广西龙胜各族自治县工会党组书记、副主席

吴桂贞　女，广西柳州市文联副主席

王明相　贵州省锦屏县人大常委会副主任

杨少波　湖南省怀化市文联主席

石干成　贵州省黎平县史志办原主任

杨秀刚　贵州黔东南州作协副主席，凯里市作协主席

杨清波　湖南怀化学院图书馆党总支书记

徐昌才　湖南省长沙雅礼中学高级教师，中国作协会员

龙章辉　湖南省绥宁县侗学研究会会长，中国作家协会会员

田均权　湖南省芷江县委助理调研员，湖南和平文化研究院院长

杨　曦　女，湖南科技大学人文学院副教授

雄　黄　湖南省新晃县诗人

姜莉芳　女，湖南怀化学院民族民间文化艺术创新中心副主任

余达忠　福建三明学院文化传播学院副院长、教授

杨　琳　女，北京市金松林动画公司总经理

莫俊荣　广西防城港市文联副主席，中国作家协会会员

杨仕芳　广西柳州市文联副秘书长，中国作家协会会员

秘书长：吴鹏毅　广西科技师范学院文化与传播学院副教授

附录二

侗族民间文学文化成果目录

　　除前面介绍的一些主要作品外，全国侗族地区还先后整理出版了众多的民族民间文学及侗族文化作品或有关集子。主要有：

　　《中国少数民族戏剧丛书·贵州卷·上卷（侗戏部分）》，该书编委会、贵州省文化厅编，中国戏剧出版社1981年出版。

　　《壮侗语族语言文学资料集》，中央民族学院少数民族语言研究所第五研究室编，四川民族出版社1983年出版。

　　《侗族情歌》，龙玉成编，贵州人民出版社1986年出版。

　　《歌海回澜》，黔东南州民族事务委员会、州文学艺术研究室主编，廖正中编，贵州人民出版社1986年出版。

　　《侗族酒歌》，龚宗堂、杨子才搜集整理，贵州人民出版社1986年出版。

　　《嘎茫莽道时嘉——侗族远祖歌》，杨保愿翻译整理，中国民间文艺出版社1986年出版。

　　《黔东南苗族侗族民间文学论文集》，罗竹香编，贵州人民出版社1986年出版。

　　《民间侗戏剧本选》，贵州黔东南州文化局主编，李瑞岐编，贵州人民出版社1986年出版。

　　《壮侗语族谚语》，中央民族学院少数民族语言研究所编，中央民族学院出版社1987年出版。

　　《侗族叙事歌》，吴定国、杨国仁编，贵州人民出版社1987年出版。

《娘花与太阳的儿子》，李万增采编，贵州人民出版社 1987 年出版。

《侗族坐夜歌》，杨国仁、吴定国编，贵州人民出版社 1988 年出版。

《划平王吴勉》，吴定国编，贵州民族出版社 1988 年出版。

《侗款》，湖南少数民族古籍办公室主编，杨锡光、杨锡、吴治德整理译释，岳麓书社 1988 年出版。

《贵州侗族歌谣选》，贵州民间文学集成办公室主编，龙玉成编，中国民间文艺出版社 1988 年出版。

《侗族祭祖歌》，杨国仁选编，贵州人民出版社 1988 年出版。

《侗族史诗——起源之歌》（上下册），杨权、郑国乔搜集整理注译，辽宁人民出版社 1989 年出版。

《侗族文化与习俗》，王胜先著，贵州民族出版社 1989 年出版。

《侗垒》，湖南少数民族古籍办公室主编，杨锡光、张家祯整理注校，岳麓书社 1989 年出版。

《贵州侗族歌谣选》，龙玉成编，中国民间文艺出版社 1989 年出版。

《贵州侗戏》，黔东南州文化局编，李瑞岐主编，贵州民族出版社 1989 年出版。

《侗垒应用概况》，张人位编，贵州人民出版社 1990 年出版。

《长发妹》（中国民间童话丛书·侗族），陈颖编，云南少年儿童出版社 1991 年出版。

《侗族说唱韵语》，龚宗唐搜集整理，贵州民族出版社 1991 年出版。

《侗族歌谣研究》，吴浩、张泽忠著，广西人民出版社 1991 年出版。

《广西侗族文学史料》，苗延秀主编，漓江出版社 1991 年出版。

《侗锦·兰花》，龙燕怡著，广西民族出版社 1992 年出版。

《侗族叙事歌》，杨盛中主编，贵州人民出版社 1992 年出版。

《琵琶歌选》，湖南省少数民族古籍办公室主编，杨锡光、杨锡整理译注，岳麓书社 1993 年出版。

《侗族谦赞歌》，陶光弘采集，贵州黔东南州文艺研究所 1993 年编印。

《侗族民间叙事文学》，过伟著，广西人民出版社 1993 年出版。

《侗族民间文学选读》，贵州省民委民族语文办公室编，石锦宏、潘永荣、欧亨元整理，贵州民族出版社 1994 年出版。

《侗乡好事酒歌》，吴展明、周昌武搜集整理，民族出版社 1994 年出版。

《侗族谚语》（侗汉对译本），杨汉基、石林、张盛、梁维安编，贵州民族出版社 1996 年出版。

《侗族大歌琵琶歌》，龙耀宏、龙晓宇编，贵州人民出版社 1997 年出版。

《侗族曲艺音乐》，贵州省民委文教处编，普虹编纂，贵州民族出版社 1997 年出版。

《侗族文化研究笔记》，石佳能著，华夏文化艺术出版社 2000 年出版。

《情歌对唱》，龚立新搜集整理，香港天马图书有限公司 2002 年出版。

《侗族大歌》，陈乐基主编，贵州民族出版社 2003 年出版。

《飞天白鹅——侗族琵琶歌》，龙玉成记译，贵州人民出版社 2004 年出版。

《侗寨古风》，陈远卓编著，中国文联出版社 2004 年出版。

《侗歌大观》《侗寨大观》《侗戏大观》《侗药大观》《服饰大观》《饮食大观》《信仰大观》《体育大观》《建筑大观》，陆中午、吴炳升主编，民族出版社 2004 年出版。

《侗族大歌》，张勇选编，邓敏文审订，贵州民族出版社 2005 年出版。

《中国侗族歌谣故事精选》，陆中午主编，中国文联出版社 2006 年出版。

《黔东南民族文化村镇》，刘必强主编，贵州民族出版社 2007 年出版。

《侗族传统诗词发展史》，张人位、徐漪主编，香港文学报社出版公司 2008 年出版。

《侗寨民间故事》，杨玉林编著，大众文艺出版社 2009 年出版。

《侗族艺苑探寻》，张勇著，贵州民族出版社 2010 年出版。

《六洞九洞侗族村寨》，粟周榕主编，贵州民族出版社 2011 年出版。

《珠郎娘美》，杨远松主编，中国戏剧出版社 2012 年出版。

《侗族口传经典》，傅安辉编，民族出版社 2012 年出版。

《侗族古歌》，张勇等编译，贵州民族出版社 2012 年出版。

《侗族叙事歌二十首》，该书编委会编，贵州大学出版社 2012 年出版。

《侗族童谣》，贵州省少数民族语言文字办公室编，覃绍英、谭敏搜集整理，贵州民族出版社 2012 年出版。

《汉族题材少数民族叙事诗》（译注）（侗族、水族、苗族、白族卷），龙耀宏主编，民族出版社 2012 年出版。

《从江侗歌集萃》，梁定修搜集整理，中国戏曲出版社 2013 年出版。

《侗戏鼻祖吴文彩研究》，吴定国、傅安辉主编，中国文史出版社 2014 年出版。

《侗族民间文学研究》，傅安辉著，中国文联出版社 2016 年出版。

《北侗婚恋习俗》，宋尧平编著，中国文联出版社 2016 年出版。

《侗族民歌与民俗文化研究》，欧阳大霖著，贵州民族出版社 2016 年出版。

《从江民族文化探微》，梁定修、张子纲主编，团结出版社 2016 年出版。

《侗族传统伦理道德》，杨明兰著，中国书籍出版社 2017 年出版。

《侗族酒文化》，宋尧平著，中国书籍出版社 2017 年出版。

《侗族歌经》（上、中、下集），王朝根编著，团结出版社 2017 年出版。

《剑河故事》，杨村主编，团结出版社 2018 年出版。

《九寨明珠 侗寨彦洞》，杨军昌著，贵州大学出版社 2019 年出版。

《黔东南民歌》（北侗），黔东南州政协编，范钟声主编，德宏民族出版社 2020 年出版。

《黔东南州非物质文化遗产集锦》（一），杨政权主编，贵州民族出版社 2007 年出版。

《黔东南州非物质文化遗产集锦》（二），王平主编，贵州民族出版社 2008 年出版。

《黔东南州非物质文化遗产集锦》（三），粟周榕主编，贵州民族出版社 2015 年出版。

《黔东南州非物质文化遗产集锦》（四），粟周榕主编，中国文史出版社 2021 年出版。

《黔东南国家非遗项目知识普及读物》，粟周榕主编，云南人民出版社 2022 年出版。

此外，还有内部刊印的《侗族文化史料》《侗族款词·耶歌·酒歌》《侗族民间文学资料》《黔东南剧本创作选》《侗款》《侗垒》《侗族说唱韵语》《侗族坐夜歌》《侗族情歌》《玩山盘歌》《北侗民歌》《侗族叙事歌》《琵琶歌选》《侗族最早侗戏本》《玉屏侗乡民歌选》《金山夜话——天柱县民间故事选编》《锦屏民间文学资料集》《启蒙侗歌》《万山民间歌谣》等。与此同时，有关侗族县份还编印了"民间故事、歌谣、谚语三套集成"丛书等。

　　以上公开出版和内部刊印的各种各类侗族民间文学或文化丛书与资料集浩如烟海，这是一笔巨大而珍贵的侗族民间文学文化遗产，它们在中华民族民间文学文化遗产宝库中闪耀着独特的光芒。

附录三

黔东南州民族民间文化面临冲击、失传的危机与抢救保护的对策

陆景川

贵州黔东南苗族侗族自治州是苗族、侗族聚居地，居住着全国近四分之一的苗族人口，近一半的侗族人口。同时还有布依、水、壮、畲、彝、满、回、藏、白、傣、佤、土家、仡佬、蒙古、朝鲜、哈尼、傈僳、高山、拉祜、纳西、景颇、阿昌、门巴、珞巴、维吾尔等其他民族。这里的民族民间文化——民族语言、民间文学、戏剧、曲艺、诗歌、音乐、舞蹈、绘画、工艺美术、民居、服饰、器具及传统节日、庆典活动、民族体育和民间游艺、民俗活动等等，积淀厚重，内容丰富，形式独特，异彩纷呈，它们是自治州的宝贵的民族文化遗产。因此，黔东南州被世界保护乡土文化基金会列为全球十个少数民族文化保护圈之一。但在"文革"的冲击破坏下，加上一二十年来，由于工业和城市化步伐加快，生产、生活方式的改变，都市外来文化的冲击等等，现在全州的民族民间文化面临的冲击、失传甚至濒临消亡的危机已触目惊心。正如世界少数民族语言研究院的诺曼博士在黔东南州侗乡生活了一段时间后指出的那样："现在很多侗家人不会说侗话，更不会唱侗歌，如果不注重侗族文化传承的话，再过几代人，这些优秀灿烂的文化，将随时代消逝。这将给本民族、给世界文化造成不可估量的损失。"（见 2002 年 9 月 13 日《中国文化报》刊载的《一个爱尔兰人的侗乡情结》）因此，抢救、保护民族民间文化的任务已迫在眉睫，刻不容缓。

一、民族民间文化面临冲击、失传的状况

1. 民族语言。民族语言既是民族文化的重要构成因素，又是民族文化的重要载体。语言不仅是人类思维的外壳和最重要的交际工具，而且又是民族特征的重要标志，其对民族文化的保存和传承的作用是极其重大的。但是，就是这样一种重要因素，在全州苗乡侗寨也发生了严重的流失。致使以语言为载体的其他民族文化也随之流失。如天柱县，2002 年全县共 325 个行政村（含 10 个居委会），其中属侗族的行政村有 213 个，现仍操侗语的只有 145 个，占侗族行政村的 68%；属苗族的行政村有 112 个，现仍操苗语的只有 32 个，占苗族行政村的 28.5%。台江县是苗族人口最集中的县份，苗族占全县总人口的 97%，史称"苗疆腹地"，号称"天下苗族第一县"，也是苗族传统文化保存得比较好的县份，可是至 2002 年，全县 187 个苗族行政村中也有 9 个不再讲苗语。丹寨县，1990 年全县总人口为 141192 人，苗族人口为 105495 人，当时有 89670 人会讲苗语，占苗族人口的 85%；到了 2001 年，全县总人口为 15.3 万，苗族人口为 11.6 万，能讲苗语的为 9.39 万，占苗族人口的 81%，已呈下降趋势。另外，全州如今 40 岁以下的一般都具有双语能力，在语言的日常操作上呈现了一个年龄的分界线，即 50 岁以上的讲自己民族语言的多，而 50 岁尤其 30 岁以下的则以讲汉语为多。这种语言的习惯对民族语言的丧失也在起着催化作用。民族语言的流失是民族文化根基的丧失，这一现象说明了全州民族民间文化处于被冲击乃至于失传的危机是极其严重的。

2. 民族服饰。民族服饰是民族文化最有特色的内容之一。从调查来看，全州各族衣着的变化以 1978 年的改革前后为界线显现出一个明显的分水岭。在改革开放前民族服饰已经受到了影响，但变化不算大。改革开放后，人们进入了完全开放性的生活环境之中。通过外出学习、交流和打工，与外界文化发生了广泛的接触，以致对外面文化的吸收变成了自觉行为。于是衣着也很快吸收外面的，改着西装和现代装为主。一般 50 岁以上的保留穿戴民族衣服，50 岁尤其 30 岁以下的基本不穿。如黎平县是中国侗族的著名大县，而该县的肇兴号称"天下第一侗寨"，但现在肇兴仍穿侗装的人不到 30%，虽然许多家庭仍保留有自己的民族服装，但只是在逢年过节或参加重大庆典时才穿。黎平的佳所村，本是一个十分古老的侗族村寨，但到现在全村已没有一个人再穿侗装了。天柱县 16 个乡镇中，在开放初民族服饰仍保留较好的是侗族的竹林乡、岔处镇、社学乡、高酿镇、石洞镇，它们在 70 年代前仍自织自用，可到了 80 年代之后则不论男女青年都已不穿侗装了，而只有少数中老年妇女仍保留着。从苗族来看，在 80 年代之后台江县也发生了巨大变化。现在全县男子仍保留有民族服装的只有方召、革东、施洞 3 个乡镇，其他 6 个乡镇的男子都基本改了装。丹寨县的情况也类似，全县除了妇女集中保持较为完好外，男子改装也是普遍的。2002 年该县共有 161 个行政村，而完全不再穿民族服装的竟然有 22 个村。其中典型的是原合心水族乡，全乡所有的水族现在没有一个人会讲水话和穿水衣，全被汉化或苗化了。民族服饰的衣着习惯被改变，一方面是人们的审美观念发生了变化和工业生产的大量现代装的涌入，另一方面是民族服饰的传统制作要花大量的人力、物力，制作不经济，因而跟不上时代的需要。

3. 民族建筑。黔东南州的民族建筑，以其古朴典雅、古香古色的独特景观，直观地展现了我州独具特色的民族文化。尤其是州内各民族的民居木楼，全是纯粹的木质结构，木皮盖顶、木柱作架、木枋为梁、木板为壁，不用一瓦一砖、一钉一铆，而且与鼓楼、风雨桥和凉亭一样，造型美观，工艺高超，这是人类建筑史上的一大奇观。特别是苗村侗寨，木楼林立，无一砖一瓦。远远望去，鳞次栉比，铺排壮观，气韵恢宏。专家们赞美说，这些木楼，造型独特，风格别致，美观大方，宽敞明亮，做工也很讲究，门、窗、廊、栏等雕刻精美，充分显示了黔东南州各民族人民的聪明才智和创造精神。可是近一二十年来，由于城镇化建设的影响、旅游业的发展和污染、外来文化的侵袭，加上国家实行退耕还林、禁伐天然林和保护生态环境的政策，还由于寨火山火的经常发生，致使州内许多农村的民居住房都改成了砖木结构或砖泥结构的楼房。在建筑材料和建筑风格上出现了砖木杂混、铁木相交、土洋结构的民居怪胎，使原来风格独特、魅力无限的苗家吊脚楼、侗家木楼等民族民居，黯然失色，令人扫兴。比如雷山县郎德苗寨的清代民居古建筑群，是国务院公布的第五批全国重点文物保护单位，郎德苗寨是中国著名的民俗博物馆，近 20 年来，接待了不少中外的国家元首和海内外的著名人士和旅游团队，但寨上的民居建筑已受到污染侵袭，那砖木结构、钢筋水泥的建筑补缀在苗家吊脚楼的身上，就如健美的人体，有了一块丑陋的伤疤。黎平肇兴的侗族古楼群，天下闻名。江泽民主席与挪威王国国王共同签署的中挪文化合作项目——中国黎平堂安第一座侗族生态博物馆就诞生在肇兴乡。可是，近年来这里如雨后春笋般破土而出的没有侗族建筑形式和风格的砖房，令游客扫兴，叫中外文化游人愤慨。凯里市南花村是黔东南州对外游客接待的苗族风情景点，近年来接待了中外领导人和游客达4万多人次。但这里的砖房、砖木结构的"夹生"吊脚楼随着旅游业带来的富有而比比耸立。挪威国家文物局考察团到此考察后，曾为吊脚楼受污染而痛心，并希望黔东南州有关方面切实担当起保护民族建筑的责任来。锦屏县的九寨社区素称百里侗乡。这里是中国侗族嘎花歌（婚嫁歌）的故乡，是中国侗族摆古节的发祥地，是中国侗族南北部文化的融汇点。九寨社区的平秋镇还是贵州省人民政府命名的全省先进文化乡镇。就是这样一块过去属于侗族文化净土的地方，曾引起中外民俗学者考察、被中央电视台音乐3频道专题报道过的千年古老侗寨，如今也有了砖木结构、土洋联袂、不伦不类的民居群。

4. 民族歌舞乐器。民族歌舞艺术是民族民间文化的精华。民歌不仅是一种民间音乐，而且也是民族的历史。马克思在论述日耳曼人的歌谣时指出："古代的歌谣是他们唯一的历史传说和编年史。"可是对于这样的"历史传说"和"编年史"，黔东南州却失传得令人心痛。台江县的苗族民歌主要有古歌、酒歌、苦歌、情歌、儿歌、叙事歌、起义歌、劳动歌、婚嫁歌、姊妹歌、节日歌等。在这些民歌中，最辉煌宏伟的是古歌，但古歌已几乎失传。如王安江是仅存的几个歌师之一，号称没有哪一首苗族古歌不会唱，可是他的古歌已没有传人。酒歌也不再广泛传唱。而情歌因不再兴游方活动，几乎断层了。因为现在的年轻人要么在校读书，要么出外打工，而且恋爱的方式也发生了变化，以致情歌失去依托的生活载体而逐步消失。丹寨县的苗族民歌情况也一样，它主要有古歌、情歌、酒歌、生产歌、姊妹歌、季节歌等几类。现在古歌已无人会唱，情歌和台江县一样，因没有生活载体而已基本消失。如原在县城附近的鼓楼坡歌场、长青乡的一碗井歌场均不复存在。关于侗族民歌，以锦屏县为例，锦屏县的侗歌有古歌、大歌、酒歌、情歌、山歌、儿歌、半夜歌、婚嫁歌、木头歌、玩龙歌、吉利歌、桃园歌、丧事歌、巫术歌和白话等，可谓丰富多彩。但现在侗寨的青少年都已不会唱。而古歌、桃园歌、儿歌、白话等已近乎失传。而天柱县侗族民歌的不幸遭遇，比锦屏县还严重。除了民歌外，民族舞蹈与民族乐器的失传也是令人震惊的。丹寨县苗族的舞蹈，过去共有7种，即芦笙舞、铜鼓舞、板凳舞、鼓瓢舞、木鼓舞、傩舞、巫舞。但目前仍流行的只有芦笙舞、铜鼓舞和板凳舞，木鼓舞、傩舞、巫舞已基本失传，而鼓瓢舞现在也只限于有雅灰乡的重隆村保留，但没有年轻的传人。台江县的反排木鼓舞，原始古朴，苍劲有力，雄浑豪放，鼓点神秘，是属于世界舞蹈的杰作，曾在1990年进京演出，受到江泽民、杨尚昆、李鹏、李瑞环等领导人的赞赏。之后，走出国门，饮誉中外，被盛赞为"东方迪斯科"。但随着民间老艺人的相继过世，这一杰作的传承也受到了威胁。民族乐器如台江县苗族古老的加圆琴，原流行在台江的台拱镇、施洞镇、革东镇、南宫乡和排羊乡一带，现在只有台拱镇的红阳村有1把和施洞镇有两把，但已无人会吹，基本失传。至于台江击鼓的鼓点，在60年代仍有30多种，现在仅存9种。其中反排村存5种，革东镇1种，施洞镇2种，台拱镇1种。同样，台江芦笙的吹奏方法，在解放初仍保留有11种之多，到目前已仅存6种了。总之，民族歌舞乐器等艺术文化的失传也是惊心动魄的。

5. 民族传统体育。苗族、侗族等少数民族有着许多传统的体育项目。如黎平县侗族有摔跤、抢花炮、扳手劲、斗牛等，天柱、锦屏两县侗族有月牙铛等民间武术，有勾镰、龙灯、舞狮、板凳舞、斗牛、斗鸡、骑高脚马、踢毽、赛龙舟和各种民间棋类。丹寨县苗族有扭扁担、玩龙抢蛋、芦笙吹跳竞技、斗牛、赛马、斗鸟等等。这些项目少数较为广泛流传，多数只有某个地方保存，许多都面临失传的危险，有些虽保存但没有开发，有的则因经济或文化观念改变而使得保存存在着危机，有丢失的危险。如斗牛，它是苗族、侗族都保存着的传统项目。虽然现在推崇民族风情旅游，斗牛稍有复兴，但是实际也存在着危机。如黎平侗族的斗牛生活是以村寨为单位参与，斗牛的养护是由村寨各户喂养看护，可是现在的年轻人大部分都外出打工，接受了现代生活观念与方式，很多人都无心养牛、喂牛。这就潜藏着消亡的危机。

6. 生活社交习俗。随着现代化进程和外来文化的不断进入，全州各民族的传统生活社交习俗也在不断地改变之中。如牯脏节是苗族一个重大节日，可是近几年台江县就有不少村寨退出这一大型的民族社区节庆活动。如台拱镇的台拱村、南笋村、五寨村、报孝村、展福村、交空村，施洞镇的芳寨村、偏寨村，台盘乡的坪水村、南宫乡的交下村等都先后退出。生活习俗变化大的还有恋爱婚姻的交往与缔结习俗、饮食习俗，乃至信仰、居住、娱乐方式等其他方面。有的地方在思维方式、审美趣味、价值取向的心理结构上都发生了变化。值得关注的是，民族医药方面的问题。由于现代医药的迅速发展，人们对民族传统医药的依赖减弱，使它们得不到开发利用。如黎平县侗族地区有许多民间偏方、秘方、验方，对许多疾病有专治疗效。其中很有名的"水师"接骨法，对接骨有独特功效，但只局限当地少数人使用。另外还有一些祖传的能治"淋巴结核""肺结核""蛇咬伤""妇科病""肝硬化腹水"的特效草药，也局限于地方使用，未能开发。当然，这里既有缺乏研究能力的缘故，也有师传的局限的缘故，有些医药方术的传承又受到门规的严格限制。由于这种状况，许多民族医药面临着失传。

　　总之，黔东南民族民间文化的断层、失传是多方面的，其主要原因是：第一，"文革"时期一味否定传统文化的思潮与行为，造成了对民间文化的破坏与丢失。第二，改革开放后，外来文化的冲击，在文化变迁、重构中造成了大量民族民间文化的失传和丢弃。第三，民族传统文化在与现代文化的对接中，许多未能进行价值转型与提升，以致丧失了生存的领地，从而未能保持人们对它们的生活需要。第四，较长一段时间来，我们对民族民间优秀文化保护的重要性认识不足，在法律和政策上有不到位的地方，以致未能及时地进行抢救和保护。第五，民族传统文化的传承机制脆弱，许多东西未能进入学校课堂。同时过去的民族教育只是注重少数民族地区及其学生的科学文化知识教育而忽视了民族文化知识与技能的教育，使民族民间文化远离学校，得不到较好的传承。因而在"普九""普实"中扫除了汉语文化和现代科技知识文盲，却增加了民族语言和民族民间文化的新文盲。这不能不是民族地区教育的悲哀。

二、民族民间文化抢救和保护的现状

　　自 20 世纪 80 年代以来，联合国教科文组织意识到，随着全球化进程的加速，各国和各地区的民族民间文化遗产都受到冲击，特别是民族民间文化中的无形文化遗产比有形文化遗产更加脆弱，因而面临失传的威胁更大，因此更需要抢救和保护。有识之士认为，经济全球化时代，文化的走向应该是反其道而行之——本土化。一个民族的文化丧失个性和特色，等于自觉取消了民族的立身之本。民族民间文化遗产是本民族的基本识别标记，是维系民族存在的生命线，是民族发展的源泉。如果不引起足够的重视和保护，千百年来沉积的文明成果可能在一朝一夕之中消失得无影无踪。在黔东南州，当一些党政官员和有识之士（包括外国人士）以及民间百姓开始意识到了民族民间文化遭到破坏流失的严重性和濒临消亡的危机性时，也采取了一定程度的抢救、保护和发掘、整理的举措。

1. 最近几年来，州市县政府为推动旅游业的发展而举办的"服装节""芦笙节""鼓楼节""漂流节""龙舟节""过苗年"等民族节日，对民族民间文化的抢救保护起到了一定的作用。这方面最显著的效果表现在民族服饰上。如台江、雷山、丹寨、黄平等县的苗族服饰和黎平、锦屏、榕江、从江等县的侗族服饰。从90年代开始因旅游业的兴起又开始恢复民族服装的生产和穿戴，民族服饰有所复兴。黎平的地扪村一带，现在该村每户至少有3人以上有民族服装，全村达1000人以上。另外，黎平县近几年举办鼓楼文化艺术节后，侗族大歌又开始流传起来。本来黎平侗族大歌主要流行在岩洞乡一带，但距其较远的龙额乡最近也会唱侗族大歌了，而且他们的代表队参加黎平艺术节比赛还得了第一名。至于侗族的建筑瑰宝鼓楼，黎平县境内现有328座，比1989年增加了100多座。

2. 台江县委、县政府以申报"苗族口头与非物质文化遗产"为契机与突破口，提倡全民"学说苗话，学唱苗歌，学跳苗舞"，掀起保护和弘扬民族文化的热潮，效果显著。现在，台江县成立了俱乐部组委会，以村、乡或一个集体、一个部门为一个单位成立18个俱乐部，自由组织成员开展苗族歌舞排练，每个周末晚上轮流在秀眉广场举办苗族歌舞排练表演。白天学习剪纸、刺绣、银饰等民间工艺美术。还动员县城各单位干部职工主动接受苗族文化的熏陶。要求俱乐部成员年底练出一首苗族大合唱，一首独唱和两个集体舞蹈，组委会将组织比赛，给各俱乐部打分，并列入各单位的考核指标。同时，台江县还保护开发了 7 个民族文化村。其民族文化项目为：反排村以苗族舞蹈木鼓舞为主，九摆村以银饰工艺为主，施洞寨则以节庆活动、刺绣艺术为主，岩寨则以民居为主，拥党村则以民居观光为主。这一举措，必将使台江的苗族文化得到显著的复兴。

3. 把民族民间文化引入中小学课堂。如锦屏平秋镇和彦洞乡在平秋民族中学创办了"锦屏县九寨侗族文化艺术业余学校"，进行民族文化的教育，开设的课程有侗族文化概论、民居、民俗、服饰、歌舞和侗语、英语等。学校创办两年来，先后接待了中国社会科学院、中山大学、上海外国语学院、美国美籍华人文化基金会、韩国留学生采风团等院校与组织，并参加全州服饰文化节和国际芦笙节表演受到好评，其学员还成为州级广告宣传画的侗族形象大使。中央电视台和贵州电视台先后作过报道。著名社会学、人类学大师、全国人大常委会原副委员长费孝通欣然为该校题写了校牌。合江县在教育局等有关部门倡导下，已把苗族文化引进全县小学课堂，现在开设有苗语、苗舞、苗歌、苗族工艺美术课程；而县职中开办的导游班也开设有民族文化知识与技能课，如苗文、苗族历史、苗族文学、苗族礼仪、苗族音乐、苗族工艺美术等。丹寨县民族中学的做法是：一、组织力量编写乡土教材，突出民族语言特色，因材施教，帮助学生树立自信心，增强民族自豪感，发展个性，培养多层次人才。二、借助民族文化沟通学校与社会的联系，把民族歌舞、器乐、美术、体育、娱乐项目纳入活动课程，进行民风、民情、民俗教育，改变课程单一的结构模式，丰富学生生活。三、在学校内部增设"民族文化教研室"和"民族艺术教研组"，以民族艺术教育为切入点，凭借地域文化优势，开办"民族特长班"，其中包括"苗族芦笙歌舞队""蜡染工艺班""美术基础班""声乐班""舞蹈班"等。该校师生表演的苗族芦笙舞蹈在凯里"中国苗族侗族服饰文化节"中，荣获二等奖。黎平县的岩洞中学、三龙中学、城关四小等学校都相继办有艺术班、民语班等。

值得一提的是受世界少数民族语言研究院的派遣，爱尔兰的诺曼博士一家人在榕江县栽麻乡宰荡村办起了侗族少儿双语教学点，而且办得有很大的创新性。一是从学前开始；二是先母语教学，此后过渡到普通话，与普通教学接轨；三是根据侗族不同时期孩子的兴趣，从学前班开始，编写各个科目的教材。目前组织用侗文编印了学前班到一年级的语文、数学、音乐、自然、思想品德等教材。现在侗族小朋友们来学校的激情空前高涨。因为他们来学校不是开始就读自己不懂的汉字，而是讲侗话，说他们经常说的侗家童话故事，唱侗家童歌。这种试点很成功，使那里的入学率提高到98%，4个班200多名学前学生不仅都会唱80多首侗族的歌曲，还能熟读许多侗文书籍，能将会说的侗话拼写出侗文。如今根据当地老百姓的要求，诺曼他们还要增加高硐、大利、苗兰、归柳、八匡5个村的教学点。诺曼抢救、保护民族文化的义举，不仅受到侗族人民的欢迎和支持，而且受到中央电视台西部频道的宣传报道。

尽管全州采取了不同程度和范围的抢救、保护的举措，但这与全州悠久的历史、丰富而灿烂的民族民间文化资源面临破坏的威胁仍是感到抢救不够，保护不力，弘扬不大。为此，必须加大这一工作的力度和措施。

三、民族民间文化抢救保护的对策

1. 进一步提高对抢救和保护民族民间文化重要意义的认识。黔东南州是以苗族侗族为主体的多民族自治州，具有悠久的文明史，有着非常丰富的民族民间文化遗产，它们有的是具有重要价值的人类创作的天才代表作，有的是从历史、艺术、人类学、社会学、语言学或文学角度看具有突出价值并曾广为流传的传统文化的代表形式，这些遗产都是人类文化的精粹，都是人类伟大文明的结晶，属于全人类的共同财富，备受中外的关注和重视。江泽民同志在庆祝中国共产党成立80周年大会上的讲话指出："我国几千年历史留下了丰富的文化遗产，我们应该取其精华，去其糟粕，结合时代精神加以继承和发扬，做到古为今用。"在党的十六大报告中，他进一步强调要"扶持对重要文化遗产和优秀民间艺术的保护工作，扶持老少边穷地区和中西部地区的文化发展"。抢救和保护中国的民族民间文化遗产，是弘扬民族优秀文化、促进社会主义精神文明建设的重要措施，是实践江泽民同志"三个代表"重要思想中坚持中国先进文化的前进方向的具体体现。

2. 建议州县（市）政府成立州县（市）两级民族民间文化保护委员会，统一领导协调这项工作，并责成有关部门抽调专人对全州的民族民间文化进行普查、发掘、整理、研究与开发、利用。

3. 认真贯彻实施《贵州省民族民间文化保护条例》。这个《条例》已经 2002 年 7 月 30 日贵州省九届人大二十九次会议通过，自 2003 年 1 月 1 日起施行。《条例》中的内容丰富，立法规范，操作可行，是保护贵州民族民间文化的法律文件和审视贵州民族民间文化的经典文献。我们建议各级党委和政府行文组织对《条例》的普法学习教育，并对各地的施行情况进行督促与检查。

4. 民族民间文化是博大精深的文化遗产，涉及社会学、宗教学、考古学、人类学、美学、文学、史学及艺术等各个门类。我们的抢救、保护工作能否上档升位，提高品位，多出成果，并在国家和联合国的文化遗产申报工作中占有一席之地，关键在于人才。因此，建议组织人事部门要为这一工作的有效开展广揽人才、提供人才。同时，文化保护委员会要制定出文化保护人才培训计划并组织实施。

5. 民族民间优秀文化作为中国先进文化的重要组成部分，它的建设同样需要经费投入。这种投入是功在当代，利及千秋，一本万利，永续利用。根据《贵州民族民间文化保护条例》第二十八条关于"民族民间文化保护经费由政府拨款"的规定，建议各级政府都要对文保工作给予财政的投入。

6. 根据《贵州民族民间文化保护条例》第三十条关于"中小学应当将优秀的民族民间文化作为素质教育的内容"的规定，建议州县（市）教育行政部门出台具体落实这一规定的施行方案。

2002 年 10 月

附记： 本文先后发表或转载于 2002 年 12 月 3 日《黔东南日报》、2003 年 1 月 28 日《贵州政协报》、2003 年 1 月《文化广角》第 1 期、2003 年 2 月 27 日《贵州民族报》、2003 年 2 月 24 日《人民政协报》、2003 年 4 月《当代贵州》第 4 期；后被写入 2004 年《中国文学年鉴·2003》"民间文学研究综述"，曾入选金星华主编的《民族文化理论与实践——首届全国民族文化论坛论文集》，民族出版社 2005 年版。

后　记

　　侗族著名作家袁仁琮先生生前多次叮嘱笔者："侗族不能没有文学史，更不能没有当代文学史。"他希望笔者把《贵州侗族当代文学史》先搞出来。笔者从小喜爱文学，为了完成袁老的嘱托，也为了实现自己的梦想，竟不自量力扛起了这个苦活。

　　为文学著史，史料是基础，而且史料必须准确、全面、丰富，具有新颖感，既要以经过检验的史料为基础，更要努力发掘富有历史价值、独具时代特色的新史料为重要支撑。

　　近30年来，笔者先后参加了《侗族百年实录》《侗族文化大观》《侗族通史》《侗族通览新编》《贵州世居少数民族文学史·侗族卷》等的编写，积累了一些侗族文学文化资料，但自我揣量，若要为贵州侗族当代文学著史，仅凭已有资料仍是冰山一角。那么，厚筑资料库的路途何在？经过深知熟虑，笔者采取了以下措施：

　　第一，向作家作者征集资料。在贵州省外的作家即以信函求助征集，如军旅作家罗来勇、翻译家粟周熊等住在北京，笔者就以信函和电话索取资料，并于年节发去问候或邀请他们回家乡探亲旅游，保持良好的互动联系，从而得到他们的支持与信任。省内的，则寻找机会登门拜访、邀约餐叙或利用学术文化活动谦恭请教、摆谈求索，由此也积累了不少的资料和作品。

　　第二，利用自己参加文史研究馆馆员活动及学术研讨的机会，到贵阳及有关市县查阅文献、史志、报刊等尘封时久的资料，努力发掘已退出人们记忆的旧闻逸事，以资补缺补漏，使史著饱满立体，有趣耐读，厚重深沉。如史海淘金挖掘出贵州天柱县籍抗日名将吴绍周将军响应党中央号召，为赢得抗美援朝战争胜利潜心研究美军战术有功，经毛泽东主席亲自批准，成为北京功德林监狱第一个被特赦的国民党高级将领的秘闻；还有1958年，贵州省委指示要对侗戏进行深入调查研究的直接动因是因为不久之前北京的《戏剧报》发表了广西的《侗戏〈秦娘梅〉被发掘整理出台》的消息后作出的重要决策等。

第三，购买相关的文学文化图书。笔者先后在书店，或通过网上，或托外地朋友购买了诸如周扬、王瑶等编《中国文学史通览》，吴重阳、陶立璠编《中国少数民族现代作家传略》，袁行霈主编《中国文学史》，童庆炳主编《文学理论教程》，王庆生主编《中国当代文学史》，张志忠主编《中国当代文学60年》，刘勇主编《中国现当代文学》，李鸿然著《中国当代少数民族文学史论》，苏晓星著《苗族文学史》，王颖泰著《贵州戏剧批评史》，梁一儒著《文艺民族化论稿》，丁雪松等著《作曲家郑律成》，杜亚雄著《中国少数民族音乐简明教程》，贵州民族音乐研究会编《献给国庆四十周年——贵州民族音乐文选》，李建民著《从中医看中国文化》，宋月航著《中国历代名医传》，苏联雷巴科夫著《阿尔巴特街的儿女》，以及《星火燎原》《红旗飘飘》《侗族民歌选》等一大批专题图书。

第四，实地调查采访。笔者曾先后深入贵州的黔东南、铜仁等州市的侗乡进行田野调查，获得了大量的第一手资料。如，为了了解贵州名人李世荣的家世及诗歌创作，几次前往天柱县懊头寨小住，听其子女及孙辈讲述李先生的传奇人生，还在他们陪同下前往其墓地拜谒凭吊。在剑河县，笔者探望了国医大师吴定元的孙子并与之结交为朋友，还在奇秀美丽的小广侗寨与珍寿老艺人王元江兴致勃勃对饮而歌。在锦屏县九寨侗乡，笔者采访过老歌师、法师、巫师肖昌义，听他摆古唱歌，看他跳巫踩堂，还与刚从田地回来两脚泥巴的张广庭老支书一起抽叶烟，采录民间故事。在天柱县摆洞村侗语电视剧组的木楼里，笔者多次与演职员们在电视机前观看他们辛苦拍摄的电视剧，不时为那揪人心结的剧情故事和鲜活人物而喝彩。还与草根编剧龙恩弟老兄在杉树倒影、水波婆娑的小江边漫步聊天，听他摆谈困顿艰辛的坎坷人生。晚上睡在他家简易的木床上，笔者人老尿急，起夜频繁，而木楼的房门又格格叫响，从二楼赶到一楼方便，令人惊悸不安，真怕扰醒了主人一家。听了他们讲拍摄侗语电视剧经费缺口很大，笔者便多方求助，为他们争取到了3万元，帮他们解决实际问题。笔者还寻找机会，前往铜仁市的松桃县拜访侗学会的作者朋友。这些广征博采的活动，不仅使笔者了解到民间艺人的疾苦，也增进了与他们交流融合的思想感情，更是搜集到了许多珍贵鲜活的民间文学资料。这些实践活动，也使笔者深切体会到习近平总书记关于"文艺要热爱人民"论述的重要意义。

第五，借助自己书房一万数千册图书、报刊，十年磨砺岁月中，笔者皓首穷经，游学书海，垒筑侗族文学史著的资料长城。"衣带渐宽终不悔，为伊消得人憔悴。"长期的书斋伏案工作，呕心沥血的脑海掏空，使笔者多次心脑疾病发作而扑倒病床。在古稀之年到来之际，颈椎、胸椎、腰椎全已退行性病变。这酸甜苦辣无可诉说，只能收藏在心窝头。历经"十载披阅，十次增删"，终使这部《贵州侗族当代文学史》落地问世。

作为一部新编史著，本书在指导思想、整体构想、编写体例、史论评介诸方面，试图作一些探索与创新。

一是习近平文化思想为指导，客观反映贵州侗族当代文学发展演变历程、内在规律与鲜明特色。相较于苗族、布依族、彝族文学，侗族当代文学的突出特色和亮点应该表现在纪实文学、革命诗歌、侗族戏剧、侗族大歌、小说翻译诸方面。毕竟侗族有开国大将、上将、少将等系列的回忆录和诗歌，而且侗族作家撰著的元帅大传影响广泛；侗戏和侗族大歌又是国家级、世界级的非遗项目，闻名遐迩，享誉世界；侗族翻译家翻译的苏俄文学于当代"一带一路"建设的意义及地位，在贵州少数民族乃至中国少数民族文学中也是异峰突起，毫不逊色；侗族还有百岁有七的国医大师的医歌，亦为一花独秀。为此，史著立足创新性地谋篇布局，全书共设置为"绪言、小说、诗歌、散文、纪实文学、戏剧、影视文学、文学理论研究、民间文学"计9章56节，并附珍贵历史图片60余幅。其中，"杨至成的革命诗文""罗来勇的将帅传""吴定元的医歌""侗族大歌""侗族戏剧""侗语电视剧"及"粟周熊的小说译作"等作品尤其特色鲜明，故在章节设计编排中，予以勾勒凸显，以呈亮色，以显特色。

二是努力拾遗补阙，追求内容丰博。1988 年贵州民族出版社曾出版 38 万字的《侗族文学史》，这是侗学文学文化史上的一座丰碑。但因历史条件制约，原著在当代文学部分只有 7 万余字，资料又截至 1985 年底，内容确实存在遗漏之憾。比如，有"将军诗人"之誉的杨至成上将的不少诗文均创作并发表于二十世纪六七十年代，并被辑入影响深远的《星火燎原》《红旗飘飘》等大型丛书，可原著却没有收录评述。又如，龙树德反映黔滇边区革命斗争的红色诗歌，亦未挖掘介绍。改革开放以来，侗族地区在政治、经济、文化、社会、生态文明等方面都发生了翻天覆地的变化，侗族文学也呈现了繁荣发展的新气象：老作家精神矍铄，厚积薄发；中青年作家笔锋雄健，力作迭出；文学新人蓓蕾绽放，争奇斗艳。整个侗族文坛一派姹紫嫣红，新时期以来的新民歌、新故事、新侗戏乃至影视文学等也枝繁叶茂。为此，笔者广博征集资料，力尽所能收罗，拾遗补阙，在史著中予以中肯评介。其中仅对袁仁琮及其斩获"骏马奖"作品的述评，即近万字。

三是深度发掘考证鲜为人知的尘封史料，尽力揭开文化现象的背景原因，揭示文学历史的本质特征。如，通过对侗族大歌丰厚资料的深度发掘与深入研究，发现 70 年来侗族大歌的搜集、整理、传播、弘扬与申遗、利用、发展、提升的历程，始终贯穿一条红线，这就是自新中国成立以来，侗族大歌始终受到党中央高度重视和关怀厚爱，充分体现了党的民族政策的光辉普照。当然，侗族大歌也始终得到"慧眼识珠"的专家学者和外国友人的热心帮助、宣传推介、青睐尊崇，才能走出侗乡、走向全国、惊艳世界。又如，通过对辛亥革命元老李世荣尘封湮没资料的深入发掘、考证研究，最终确定其出生地是在天柱县幞头寨而不是剑河县的八十溪村，并依据其家谱记载考证出其享年是 67 岁而不是 70 岁。他有一半多诗歌，作于新中国成立后他任省文史研究馆馆员、省人大代表及政协委员之时，故笔者不落俗套，一改《侗族文学史》把他作为民国诗人评介的窠臼，置于当代诗人部分予以重点评述，以彰显其旧式军人的历史风貌和喜获新生倍感党恩的生命异彩！再如，诸多文学史习惯记载，某某作家早在少儿时代就"聪慧敏学，过目不忘，学业优异"，可笔者通过潜研史料，发现侗族作家滕树嵩有"少年天赋不高，时有课文背不出被同学笑话"的逸闻。这反映了另一种文学现象，说明通过后天努力、勤奋笔耕，迟钝少年也能成为优秀作家。发掘史料还发现，20世纪60年代中期，滕树嵩的代表作短篇小说《侗家人》竟被云、贵两省报刊的30多篇过"左"文章批判攻击，这在少数民族作家中是极为罕见的。这篇作品直到在1979年1月的"贵州省落实文艺作品政策座谈会"上才得到平反。这些不容忽视的细节，即便是原《侗族文学史》与吴重阳、陶立璠编《中国少数民族现代作家传略》、赵志忠主编《20世纪中国少数民族文学百家评传》等著作均未提及。正因如此，这些重要细节的载入，或许可以说是对重要作家滕树嵩文学创作研究空白之填补。

四是充分兼顾南、北部侗族地区文学状况的叙述平衡。我们知道，纳西族文学因分为东部和西部地区两个部分而呈现其多样性和差异性，侗族也因存在南部和北部两大方言区的差异而俗称"南侗"和"北侗"。北侗由于多靠近汉族地区而汉文化发达程度较高，由此产生了侗族作家群；而南侗过去地处偏僻受汉化影响较少，比较原生态保留了侗族文化的特质而民间文化浓郁古朴。故传统上形成了作家文学在北侗、民间文学在南侗的习惯评判。原著《侗族文学史》与传统的文学资料，一般都是一谈北侗文学就偏重于文人作家文学而忽视民间文学；而一谈南侗文学就侧重于民间文学及侗戏而忽略文人文学。为矫正这一史笔偏差，笔者在这部史著中既尽量突出南、北部侗族文学的区域特征，又极力总揽南、北部侗族文学在不同体裁及作家作品上的兼收并蓄，以显示其文学多形态、多层次、多色调的格局，说明民族文学的产生发展受到其自然生态环境与人文生态环境的影响与制约。也由此达到叙述评介的两全其美、完整平衡，全景式地勾画出侗族文学发展状况的总趋势、总形态。

五是深入思考探索，多视角地观照文学现象和文学作品，予以立体性的研究与分析，以求得真知灼见。史著在"民间文学的新发展"一章中，对侗族大歌起源之探索，就不以汉族文学起源之"杭育"派为依据，也跳出侗族大歌起源于"劳动说""外来说""模仿说""改造说"等诸多人云亦云的旧说。而是从客观实际出发，多视角地观照侗族文化、文学本身产生、发展的特有规律，结合笔者长期从事文化、宣传、社科及侗学研究的切身体会与深切感悟，并以中国古典文论与西方文艺经典为参考借鉴，开掘新意，得出侗族大歌产生的根本原因是"侗族的民族性格""侗族多调的独特语言""侗族鼓楼的文化空间""侗族传歌的有效机制""侗族特殊的地理环境屏障"等诸多综合因素共同铸就正果，才孕育产生了侗族大歌这样的人类杰作。这种不落俗套的探源，自然不是为了"标新立异"，却也不失为是一种"敢闯新路"的开拓与创新。还有在对杨至成将军诗文深入研究后认为，杨至成的革命诗文曾刊发于《光明日报》《解放军报》《解放军文艺》等核心报刊，后被辑入《星火燎原》《红旗飘飘》《将帅诗词选》等巨著鸿篇，影响较大，完全能够列入我国党史、军史文艺之林。这些作品不仅是党史、军史中的一份红色档案，也是我国当代军事文化的民族史诗，更是侗族人民弥足珍贵的文学遗产。再如，原《侗族文学史》对民间文学的搜集、整理、翻译、出版只是泛泛而谈，而笔者在这部史著中经过深入研究，概括梳理出搜集、整理、翻译、出版民间文学的四种有效形式，使人明晰路数，耳目一新。

冬去春来，岁月如梭。《贵州侗族当代文学史》自 2012 年 12 月开始撰写，经过多年的增删修改，反复打磨，至 2017 年底始成初稿。经由贵州省社会科学院的领导与专家初步评审，然后认真修改，于 2018 年 10 月完成送审稿本。当年 11 月，经由中国社会科学院少数民族文学研究所研究员、中国侗族文学学会原会长邓敏文，中国作家协会会员、《民族文学》编辑室主任、侗族文学学会会长杨玉梅博士，贵州省文联民间文艺家协会原主席韦兴儒，贵州民族大学二级教授、博士生导师石开忠、龙耀宏 5 人组成的专家组评审，一致同意通过评审结题。专家组认为，《贵州侗族当代文学史（送审稿）》工程浩大，内容丰富，资料翔实，结构完整，逻辑清晰，论述全面，分析深刻，表述流畅，全景式地科学梳理和精要阐述了贵州侗族当代文学产生、发展、演变的历程。全书不仅涉及当代侗族文学艺术，还涵盖社会、历史、民俗、风情、地域等诸多内容，对新中国成立以来贵州侗族文学及社会历史文化作出了全方位描述，内容特别丰富厚实。因此，这部著作不仅具有当代贵州侗族文学史的学术价值，也彰显了文学的地域性和民族性的鲜明特色，特别是总结书写了改革开放 40 年来贵州侗族文学的喜人成果，在侗族文学史、文化史上都具有里程碑意义，是一部无愧于让侗族人民充满民族文化自信的优秀作品。2018 年 12 月 10 日，贵州省社科院再次为书稿召集会议，对专家组的评审意见与建议，进行分析梳理，希望笔者认真采纳，精心修改，力争以高质量的终定稿本付梓面世！

随后数年，笔者心无旁骛，披阅史料，查缺补漏，增删修订，潜心润色，终于在 2022 年底始臻定稿。由于笔者曾经在地方政协文史委躬耕十年，有幸结缘于全国政协文史委的领导与同志。后承蒙中国文史出版社资深编审王文运先生鼓励，将书稿呈其审阅，喜获垂爱，纳入出版选题。之后，经其不吝赐教，数改不弃，反复推敲，终稿方出。王先生精益求精、严谨不苟之心，崇文敬业、成人之美之情，令人感佩，没齿难忘，特表谢忱！

史稿在撰著过程中，得到贵州省民族宗教事务委员会、贵州省文史研究馆等有关部门的鼓励关心。贵州省社会科学院院长吴大华教授、院原文学所所长何积全研究员予以悉心指导，院文化所所长杜小书研究员、科研处处长罗剑研究员、民族研究所陈晓静副研究馆员等提供了诸多便利，贵州民族大学龙昭宝博士是我们编写贵州世居少数民族文学史丛书的同仁，他欣然惠赠其侗族的《文学理论研究》专稿交笔者审修辑入史著。众多的侗族作家作者对史著的编写寄予关注，热心协助。特别是已故老作家袁仁琮教授生前尤为鼎力，亲审篇目，携掖侪辈，策励著史，风范犹存；著名军旅作家、正师级军官罗来勇情意切切，帮助甚殷；邓敏文研究员、杨玉梅博士不仅审阅文稿，而且提供资料参考；第十届贵州省人大常委会副主任、贵州省文史研究馆原馆长、贵州省文联原主席、《贵州文库》总纂顾久教授悉心指导、赐序策励；贵州省人大常委会原党组书记、副主任龙超云审阅了部分文稿；黔东南州的有关领导和同志耿生茂、王安邦、刘明波、袁世泽、吴一生、李文明、陆红、方煜东、王振乾、杨琪、石干成、李橄等襄助协力；湖南侗学研究专家石佳能、吴跃军热情助力；如此等等，难以尽述。谨对以上单位、领导、各位作家作者与专家学者及热心之士，敬致谢悃！

史著使用的资料，基本截至 2022 年底，特殊情况延伸至 2023 年。凡录入评述的作家作者作品，均不以官位头衔大小高低为入选标准，而重在作品的质量与影响。其具体选入均按《贵州世居少数民族文学史丛书》之规矩，以省级作协会员以上且公开出版一两本文学作品为基准，并尽量兼顾作者的代表性与作品的特色性。史稿中有关章节内容，曾先后在州、省及北京有关报刊上发表。著稿原拟献给新中国成立70周年或建党百年华诞，后因修改补正任务繁重失之交臂。又70余年来，春秋更替，人事代谢，史料散佚；加之当下境况，个人著史，单打独斗，索取资料，途径受限，困难迭重，以至联系有碍，或许遗珠漏玉，实为无奈。更为笔者天资平平，识力不够，笔力不健，精力不逮，仅以勤奋和有心两者努力而为之，故遗漏舛错在所难免，敬请专家及读者与同胞们批评指正。至于拙著质量如何，只能任由时间老人来裁评。

"十年辛苦非寻常，人世沧桑两茫茫。"十年非短，稍纵即逝，笔者临近古稀，虽然白霜染鬓，尚且一息尚存。可造化弄人，病魔无情，疫情肆虐，生命脆弱，数年瞬间，熊飞、龙玉成、刘荣敏、张勇、袁仁琮、谭良洲、龙恩弟、罗来勇、龙月江、张作为、粟周熊等一二十位先生、女士及省级、国家级非遗传承人先后作古，令人唏嘘，情何以堪！虔愿他们在这部文学史中，灵魂安息，获得永生！

陆 景 川

2024 年 3 月 20 日春分日于凯里金地苑